活佛轉世

與神秘西藏

周煒★著

台灣先智★出版

目錄

序章……014
楚布河谷的黑帽僧人……014
借屍還魂驚奇……020
第一位轉世活佛……025
大小活佛的各種神奇傳說……028

✸輪迴轉世的文化觀念

第一章　古老的靈魂觀念……036
喪葬祭奠中的招魂和還陽術……037
吐蕃本教的招亡儀式……040
神話中的招魂術……046
藏族人的「拉乃」觀念……051
宗教活動中的靈魂幻影……057

俑像符咒與邪靈替身……064
民間習俗中的不滅神靈……068
魂歸九天的天梯……072
第二章 轉世化身的史詩傳說……078
天光中轉世的格薩爾王……079
蓮花生的化身……086
佛經中的轉世理論……090
轉輪聖王……093
第三章 度亡還陽儀典……102
超度生死的《中陰度亡經》……102
神秘的死亡體驗……105
臨終前的度亡儀軌……110

第四章　活佛轉世與往生密法……124
借屍還魂……124
往生奪舍法……127
死而復生的修煉法門……128
第五章　天上的太陽和月亮……134
古老的西藏宗教……134
無量光佛的化身……139
觀世音菩薩的化身……147
佛與果位……154
不斷轉世與權力延續……157
✹活佛的前世今生
第六章　活佛的神秘圓寂……166
預知生死的玄機……166
轉世祈禱的誦經儀式……172

肉身靈塔與活佛的葬禮……181
第七章 活佛的投胎轉世……188
前世化身……189
轉世之旅……195
第八章 活佛轉世去處的預言……208
四百年前的轉世預兆……208
法體移動與轉世方向的判斷……214
第九章 預示轉世方位的西藏占卜……218
真假達賴謎團……218
烏謪吉凶占卜圖……223
羊骨占卜術……228
藏族占卜術……231
西藏的銅幣卦術……234

九宮八卦圖……238
藏族史詩中的占卜術……245
繩卜民間占卜術……253
轉世與占卜術的烙印……256
第十章　西藏神巫的魔法傳奇……264
白哈爾神……264
乃窮護法神巫的魔力……268
預卜達賴班禪轉世的方向……274
乃窮護法神的占卜異象……277
西藏其他的著名神巫……281
神巫的資格考試……295
第十一章　聖湖上的幻象魔影……302
拉姆拉措聖湖的倒影……302
聖湖顯影奇觀……303

第十二章　秘密尋訪靈童……306
認識達賴念珠的四歲靈童……306
在彩虹飛跨的帳篷裡出生的孩子……312
能識別真假班禪遺物的靈異男孩……314
佑寧寺後山升起的太陽……317
✹雪域轉世靈童
第十三章　神童中的神童……324
手心長有法輪的靈童……324
熟知班禪遺物的後藏少年……334
能熟讀空中經文的小靈童……342
雍正皇帝喜歡的青海靈童……348
第十四章　文殊菩薩的轉世……362
文殊菩薩的首要弟子……362
黑暗中的閃電……366

少年佛學天才……374
微笑的宗喀巴……380

✱活佛認定和坐床大典

第十五章　靈童真身驗明……388
十三世達賴靈童真身確認奇聞……389
十四世達賴靈童真身確認奇聞……393
第十六章　金瓶裡的最後簽牌……400
金瓶選靈童的由來……400
第一個用金瓶認定的活佛……409
金瓶掣簽儀式大觀……412
最後的認定大權……414
第十七章　高高在上的寶座……426
靈童的剃度……427

坐床大典……437
達賴班禪的受戒大會……450

✹轉世活佛的流金歲月

第十八章　走向智慧之門……456
考取佛學最高的格西學位……457
培養成為佛學大師……465
登上最高學府……473
第十九章　執掌西藏政教事務……478
至高無上的政教領袖……478
隱藏的政治陰謀……485
十三世達賴的個性……489

✹無量光佛的兩世化身

第二十章　五十年後公開的秘密檔案……498
蔣介石的六八四六密令……498
班禪大師轉世靈童證明書……502
靈童尋訪經過報告書……508
靈童靈異附身報告……513
九世班禪的轉世真身……520
關於尋訪轉世靈童的秘密情報……524
國民黨的五十萬銀幣……529
第二十一章　生命的終點……534
最後九年……534
等待圓寂……540

第二十二章　世紀末的轉世大典……548
鎦金護頂的靈體……548
祈禱轉世……552
觀看聖湖顯影……552
暗中秘訪……554
金瓶驗明正身……555
冊立與坐床大典……562
附錄：主要參考書目……566

序章

楚布河谷的黑帽僧人

如果提到西藏的活佛，人們自然會想到達賴和班禪大師，這是因爲這兩位活佛對世人的影響實在是太大了。當然，由此人們也很容易把活佛與西藏的黃教格魯派聯繫起來，甚至認爲活佛都出自黃教。其實這是一種誤解。

在西藏，除了黃教格魯派以外，還有寧瑪派、噶舉派、噶當派、希解派、覺囊派、薩迦派等，並且多數的教派都有本派著名的活佛。儘管如此，西藏的第一位活佛，並不是出在黃教或寧瑪派當中，而是出自楚布河谷的黑帽僧人中。

西藏的第一位活佛爲什麼會出自楚布河谷的黑帽僧人當中呢？還是讓我們先從藏傳佛教各教派對色彩的喜愛上談起。

應該說藏傳佛教各教派對色彩是各有偏好的。十三世紀稱雄於西藏的薩迦派，喜歡紅、白、黑三種顏色，所以坐落在後藏日喀則薩迦縣仲曲河畔的薩迦寺，其宮牆就是紅、白、黑三色，由於它的色彩太花稍，所以民間有的人乾脆稱薩迦派為花教。在藏區各地，你只要看見寺院的牆壁是紅、白、黑三色，這個寺院就一定是薩迦派的。

格魯派是宗喀巴大師進行宗教改革後創立的新教派。為了讓自己的教派與舊派佛教有所區別，宗喀巴別出心裁地讓自己的弟子們戴黃色的帽子，這也顯示了他對黃色的獨特感受。稱格魯派為黃教，從某種意義上說也算是尊重宗喀巴的習慣。

噶舉派在色彩愛好上像黃教一樣都很專一，他們偏愛白色。要說原因，恐怕與與瑪爾巴大師有關。

噶舉派的祖師瑪爾巴大師曾三次去印度、四次去尼泊爾學習密法，這就是後來聞名全藏的密宗「那饒六法」。要修好此法，必須清淨心境，避世苦修。因此，瑪爾巴和他的高足米拉日巴等人在修法時都要穿白布僧裙。相傳凡是修煉這種密法的人，都要依照印度習俗穿白布僧裙。

還有一些噶舉派僧人為追求密法的最高境界，孤身在雪山洞穴中面對一片白色苦修，借以親證所謂「萬有一味」、「怨親平等」、「染淨無別」、「空樂無別」的「大手印」境界。像米拉日巴大師就曾在喜馬拉雅山上苦修，傳說他當年住過的洞穴至今依然存在。

由於噶舉派僧人親近白色，因此，民間送給該派一個雅號——白教。

可是瑪爾巴圓寂後才幾十年，他的門派中就出了一個人物，公然一改噶舉派崇尚白色的傳統，對黑色發生了興趣。

這位人物就是西藏佛教史上赫赫有名的都松欽巴。相傳他能夠知曉過去、現在、未來三世，而「三世」藏語稱爲「都松」，「知曉」藏語稱爲「欽巴」，所以後人稱他爲都松欽巴，意思就是知曉三世之人。

都松欽巴的父母都修習密法，他自幼也深受影響。公元一一二五年，十六歲的都松欽巴出家爲僧。十九歲的那一年，他隻身到拉薩求學。三十歲時成爲瑪爾巴大師的再傳弟子塔波拉結的弟子。

《青史》記載，塔波拉結給他灌頂並傳授《方便道教授》後，他只修習了九日，全身就開始發熱，就改穿單衣又繼續修煉了九個月，雙手經常大汗淋漓，仍堅持不懈。所以他在八百多名塔波拉結的弟子當中，以能夠艱韌修持而著稱。由於修煉密法，功力大進，相傳在這九個月中，即使是在他入定後的手上撒上塵土，多日以後，塵土仍舊不落分毫，其他的修行者卻難以做到，可見都松欽巴禪定的定力是沒人趕得上的，因此後人傳說他是八百修士中的最大修士。①

都松欽巴與衆不同的另一地方是他對黑色情有獨鍾。據土觀活佛的《土觀宗派源流》記載，都松欽巴對黑帽有一種特殊的喜好，爲此，他的頭上常常戴著一頂黑帽。

從藏族傳統的審美習慣看，黑色在藏族人的心目中同樣像白色、黃色一樣是美麗的。這一點從藏族古老的圖騰崇拜中就可以找到根據。在一些古老的神話傳說中，青藏高原獨有的黑色犛牛就是該民族的圖騰之一；另外藏族民居窗戶邊的黑框以及雅魯藏布江南岸的山南一帶，老白姓身穿的黑色氆氌藏袍等，都說明了這一點。

儘管如此，在都松欽巴之前，戴黑帽的僧人是見不著的。都松欽巴出生在康區，而屬於康區的嘉絨地方，至今還有戴黑帽的習慣。當然在昌都、玉樹、阿壩等地，黑色的禮帽依然是藏族人最喜歡的色彩。都松欽巴也許是受到這種傳統的影響，將教派的僧帽換成了黑色。

都松欽巴偏愛密教就如同他偏愛黑色一樣，他對西藏各教派的密法非常熟悉，對本派的眞傳「掘火定」和「大手印」兩種密法更有獨到的領悟。相傳他後來竟然達到了能暢通無阻地穿越岩石的地步，所以被後人尊稱爲「喇嘛乍巴」，意思就是「岩上師」。

公元一一四七年，都松欽巴返回故鄉，並修建了著名的噶瑪丹薩寺，領有徒衆七千多人。

公元一一八七年，都松欽巴年事已高，仍在今天拉薩西北的堆龍興建了著名的楚布寺。

楚布寺距拉薩七十公里，因爲該地在當時屬於楚布氏家族的轄區，所以得此寺名。初創時規模並不大，後來由元朝中央撥專款，由本派活佛噶瑪拔希進行了擴建，可是在公元一四一〇年的一次地震中，楚布寺幾乎全部被毀。公元一四一四年，在明成祖的資助下，噶瑪噶舉派的第五世活佛德信寫巴重新修建，始具現在的規模。

從巴沃山口遠望楚布寺，背面是烏熱神山的皚皚白雪，寺前是嘩嘩而過的楚布河，河谷的兩岸是農田和村舍，以五層高樓降白央大殿爲中心，四面環繞四大學院，並以經堂、神殿、僧舍及活佛的拉章（活佛私邸）、靜室等建築群，組成一座雄偉裝觀、幽靜威嚴的古老佛刹。

據楚布寺志記載，鼎盛時期寺僧多達五千多人。楚布寺最著名的文物是號稱南贍部洲莊嚴大佛釋迦牟尼塑像；寺內除有歷世噶瑪巴活佛的靈塔外，還有噶瑪巴朝佛的影像石、金魚朝聖的石紋自然圖案等；在寺院後面的土吉青布神山上，有一世噶瑪巴活佛修道的岩洞，信徒們常去朝拜，到這裡靜修的僧俗也非常多。

在信徒們的心目中，楚布寺被視爲「眞正的土樂金剛壇城」。一首詩歌這樣讚美楚布寺：

位於楚布河谷上的楚布寺啊
在此南贍部洲世界中是
無以倫比的
任何看過或朝拜過的人
甚至只觀想過一次的人
則其天始劫來的罪業與無明
必可淨除

在歷史上，以噶瑪丹薩寺和楚布寺爲上下兩主寺，形成了西藏著名的噶瑪噶舉派。

黑帽派儘管在西藏從未掌握過地方政權，但是它的名聲和地位卻是任何教派都不敢輕視的。因爲正是這個黑帽派開藏傳佛教活佛轉世之先河，從此在藏區形成了活佛轉世制度，並一直延續到今天。

借屍還魂驚奇

噶瑪拔希是都松欽巴的再傳弟子。在都松欽巴逝世後的第十年，噶瑪拔希在西康出生（公元一二〇四年）。

他聰慧過人，相傳五歲左右就會誦讀，十歲前後，對所有佛經，只要一念，就能領會。當他第一次見著自己的上師崩扎巴時，就得到了秘密灌頂。

噶瑪拔希在拉薩一帶修煉了十年的密法後，回到了故鄉，不久他的身邊就有了僧徒五百多人。一次，他當衆表演密法，法力所到之處，猶如一道銅牆鐵壁，誰也走不過去。

公元一二四七年，噶瑪拔希重返楚布寺。一二五三年忽必烈南征雲南大理時，得知以噶瑪拔希爲首的噶瑪噶舉派法力超群，勢力又比較大，就派人召他到川西北的絨區色都地方會見。忽必烈見這個藏僧確實非同一般，就要他長期隨侍左右。但噶瑪拔希執意不肯，前往甘肅、寧夏和內蒙一帶傳授秘法。

公元一二五六年，噶瑪拔希接到元憲宗蒙哥召他前往會見的詔書，就隨使臣到達和林，受到蒙哥以及阿里不哥的崇信。他向蒙哥和王室成員傳授了一些密法，蒙哥也賜給他金印、白銀等。爲尊重噶瑪噶舉黑帽派的習慣，蒙哥還賜給他一頂金邊黑色僧帽。從此這一派的名聲更大了。

據《紅史》記載，噶瑪拔希在和林，降伏了這裡的龍魔和其他障礙，顯示了無數奇特的神變，得到了蒙古王室和百姓的敬信，使他們從外道的邪見轉變到皈依佛教。他在多雪的冬天，使六日路程之內的區域無雪無風，並使王室和百姓每日都遵守分別解脫三時戒、發菩提心。他還講解四身灌頂，使憲宗皇帝產生善體驗。

他的名聲如遍布天空的星星，在蒙古和內地傳揚。憲宗皇帝更將他奉為根本上師。為了表示對佛法的敬信，憲宗皇帝下令，全國每逢月內四吉辰，②任何人不准欺凌別人，不准殺生吃肉。憲宗皇帝還三次大赦一切囚犯。③

三年後，憲宗皇帝（蒙哥）去世，忽必烈於公元一二六〇年即大汗位，後來又戰勝與他爭位的阿里不哥。忽必烈提起以前噶瑪拔希不願留侍身邊的舊事，又因噶瑪拔希有幫助阿里不哥的嫌疑，下令逮捕了噶瑪拔希，並對他施行了各種酷刑，最後將他關進監牢中，七天不准進食，但他仍然安然無恙。

《紅史》上說，這是因為有金剛亥母前來，與四部智慧空行母一道，從哈拉哈拉墳墓中取來婆羅門女兒的屍體，舉行會供。於是他人對噶瑪拔希的一切處罰都經四部智慧空行母轉到了屍體身上，所以任何東西都傷害不了他。與此同時，又有不動之二十四地之空行來吹氣，東北方向出現吉祥天母的天兵四萬四千人，降下大風、雷電和冰雹。這些神靈還製造出瘟疫，並用魔法殺死對噶瑪拔希用刑的武士。到第七天，忽必烈等俱生後悔，祈求噶瑪拔希原諒。④

這段記載幾乎完全是文學化的，而實際的情況是忽必烈考慮到噶瑪噶舉派以及噶瑪拔希本人在蒙、藏地區的影響，才沒有殺他。出獄以後，忽必烈要他去江浙一帶，但他請求回藏，得到忽必烈的同意。

公元一二八三年，噶瑪拔希在楚布寺圓寂，享壽八十歲。相傳他火化後，心臟、舌、眼都未損壞，其舍利以白色爲多，這些聖物後來一直被供奉在噶瑪丹薩寺和楚布寺的靈塔中；而他的衣服和鞋靴都是世人眼中極有靈氣的聖物，被一一剪爲碎片分發，以滿足信徒們的心願。

《紅史》上記載說：

噶瑪拔希圓寂前說：「我的身軀請放七天，不要動。」所以他圓寂後，遺體就被移到了寓所內，而他則變化爲彩虹前往天界向眾天神獻大供養，歷時八天。八天以後他回到自己的寓所準備用奪舍法復生時，發現自己的遺體已被火化，楚布河谷充滿了哭聲。看到眾生如此悲苦，他傷心得昏迷過去。

蘇醒後，他又去尋找奪舍的屍體，在堆龍帕倉找到了一個完整無損剛滿三歲的小孩屍體，他就用奪舍法將自己的靈識遷移到屍體的體內。噶瑪拔希轉生後，小孩的眼珠開始轉動，死者的家人認爲死人轉動眼珠不祥，他的母親立即用針將他的眼睛取下，安在臉上。他想沒有眼就不能做利他之事，於是又把自己的靈識遷出，準備再找屍體轉世。

在北面的外房中，他找到了一隻長著蟲子的死鴿子，大為灰心，就準備回到兜率天宮。這時，守護地方的二十五空行母前來勸他還是轉世為人。他說再往人間非常困難，二十五空行母在六十二勝樂佛的壇城中為他灌頂，並頌讚吉祥，然後要他降生在芒域貢塘秀莫雪山邊沃瑪龍堪塘的扎普龍雪地方。

二十五空行母送他踏著彩虹之路，來到上為水晶房、下為中陰界的地方時，據稱愛欲道血浪湧來，所有空行母都逃走了。相傳登九重天有九層天梯，他只登上一層，所以沒有逃脫，大聲喊道：「業緣解脫之道如此困難啊！」說完暈倒過去。

醒後，他感覺到身體特別疲乏。此後，按空行母的授記，於木猴年一月八日降生，這位降生的小孩就是噶瑪拔希的轉世攘迥多吉。⑤

關於噶瑪拔希轉世時情景，在其他藏文史書也有記載，但說法卻有些不同。土觀活佛的《土觀宗派源流》記載說，噶瑪拔希圓寂時，他把弟子鄔堅巴叫到跟前囑咐道：「我死後，在遠方拉推，肯定會出現一名繼承黑帽派密法的傳人。在他未來之前，你就暫時作佛的代理！」說完就從頭上摘下金邊黑色僧帽，戴在了鄔堅巴的頭上，旋即示寂。

在《賢者喜宴》中，對噶瑪拔希奇妙的轉世傳說是這樣寫的：

在涅槃的瞬間，噶瑪拔希前往兜率天，這裡是佛教所說的喜足天界，其天界內院，是彌勒菩薩的住處。他供養供品後，又在眾神居住的地方繼續供奉了供品，隨後他感到有些無聊了。八天以後他忽然又想起自己的弟子們，就重新將自己的靈識遷入到屍體內，於是他的屍體也就變成了俯臥的姿式。他看著痛苦嚎叫的人們，心情很不平靜，頓時產生了憐憫之心，決定用「奪舍法」使自己得以轉世，從而繼續爲苦難的人們做出善事。

說來也巧，這一日在拉薩西北部的堆龍帕倉村，一對老夫婦的兒子突然死了。當噶瑪拔希看到升空的裊裊祀煙後，就趕到了那兒，將自己的「重覺（靈識）」移到了死屍的體內，於是死屍的眼睛開始一閃一閃地有了光芒。老夫婦看到這種奇怪的現象就說，死人的眼睛像活人的樣子是一種可怕凶惡的徵兆，急忙從爐灶中抓了一把灰撒在了兒子的眼睛上，接著又用針把它刺破。

堆龍夫婦以爲死了的兒子被魔鬼纏住，所以他們想到用灶灰來驅邪。但是他們卻沒有想到這種行爲恰好打亂了噶瑪拔希的轉世計劃。噶瑪拔希沒有別的辦法，只好將自己的靈識移了出來，再想別的辦法轉世再生。

這時，在北部邊地，有一隻生了蟲子的死斑鳩，噶瑪拔希想到時間尚早，就將靈識移入了斑鳩的體內，打算暫且就這樣逗留下去。這時，有一位美女前來拜見他說：「大慈大悲的主人，請你不要只死死看到法界，請你保持自己的憐憫心，堅持清淨的人身，請你與無力有情的父母言歸於好，請你高舉佛教的勝幢。」

噶瑪拔希聽完此話，知道是神靈在給他指定轉世的母胎，就住入了後藏貢塘攘迥多吉母親的胎中，使轉世獲得了成功。

從一些宗教著作看，轉世活佛的前生在他圓寂後四十九天內，就要住入母胎內，經過九個月或者十個月，才能出生轉世。可是噶瑪拔希的靈識住入母胎後，只用了五個月時間就轉世了。

第一位轉世活佛

西藏的第一位轉世活佛攘迥多吉於公元一二八四年出生在噶舉派一代宗師米拉日巴的故鄉後藏貢塘，並被認定爲噶瑪拔希的轉世，五歲時他被迎請到噶瑪噶舉派主寺楚布寺。

攘迥多吉的父親阿強卻貝是一位舊密學者，以製做陶器爲生，生活貧困。攘迥多吉出生時貢塘一帶出現了很多奇特的吉兆。他出生後不久就能述說前世和轉世的情景，並且非常喜歡讀寫教法，所以在家鄉漸漸有了名聲。

三歲前後，他向堪布色康巴講述了自己的前世和在中陰界的事情。他還讓父親給噶瑪噶舉派的臨時代理人鄔堅巴捎去一頂黑帽和三身像，並帶話說：「我以後會自己來楚布寺，以此作見面的因緣。」鄔堅巴想起噶瑪拔希圓寂前遺囑，就給攘迥多吉的父親帶話說願意見見他的兒子。

阿強卻貝領著他三歲的兒子經過長途旅行，終於走進了鋪扎寺。鄔堅巴因爲頭天晚上夢見本尊神顯現說有大成就者明天會到此借宿，於是醒後就吩咐侍僧們說：「今天噶瑪拔希大師會來這裡，你們奏樂前去迎接。」

鋪扎寺的僧人們高奏法樂，聲勢浩大地在寺院前等候著。但是過了很久，並沒有什麼高僧模樣人出現。後來，他們發現有一對夫婦領著一個小孩朝喇嘛儀仗隊的方向走來。

近侍們回來稟報後，鄔堅巴說：「正是他們，請把小孩大人一起請到這裡。」

小孩進來後，同鄔堅巴並肩坐在左右座位上。鄔堅巴平素具有無限福澤和身威，修習秘密主法時，威嚴更甚，所以他的父母都跪下禮拜，但是攘迥多吉卻不禮拜，並毫無懼色地搖弄佛堂前面的鈴鐺。鄔堅巴看後笑著說：「這個頑皮的小孩，具有奇特殊勝的因緣。」然後讓他坐到墊子上，問道：「你是何人？」這個小孩答道：「我就是著名的噶瑪巴，心中具有圓滿法力，但身體四大力未圓滿，所以來此祈請你護持。」

鄔堅巴十分喜歡和高興，如同保護眼睛那樣護持他，並爲他授居士戒，授給灌頂教誡。

在《青史》當中也有攘迥多吉前往楚布寺的記載，但有些細節卻與《紅史》的記述不相同。《青史》說：

當噶瑪拔希的轉世靈童攘迥多吉到達楚布寺時，噶瑪拔希的弟子、遺囑執行人鄔堅巴在楚布寺的經堂上擺設了一個高座，並聲稱是爲師傅準備的。攘迥多吉在父母的帶領下走進大經堂時，他無拘無束，大大方方地坐在鄔堅巴對面的高座上。

鄔堅巴頓覺驚奇，問道：「孩子，你爲什麼坐在我師傅的座位上？」小孩回答說：「你的上師就是我。」聽到此話，鄔堅巴立刻想起了噶瑪拔希的臨終遺囑，知道這孩童就是上師的轉世，就說：「現要你須坐在下邊。」於是給他傳授了殊勝菩提心儀軌和一些簡單的教義。

攘迥多吉七歲時，跟隨堪布袞丹喜饒出家，起法名爲攘迥多吉，此名相傳是噶瑪拔希的密宗名。這時，楚布寺喇嘛涅日得到觀世音菩薩的授記後，迎請他爲楚布寺的住持。從此，攘迥多吉成爲噶瑪噶舉黑帽派的第一位活佛，同時也是西藏的第一位活佛。

大小活佛的各種神奇傳說

西藏大大小小的活佛，小時候都有不少靈異傳說。相傳攘迥多吉在楚布寺聽法時，護法神從山間爲他送來新泉水。他在楚布寺第一次見著涅日喇嘛和其他高僧時，在地上隨便插了一根乾柴，沒想到事隔不久，虛空流出聖水，那根枯木竟然生根發芽。他還派人到堆龍的帕倉去尋找那對失去了三歲兒子的夫婦，人們果然找到了這對夫婦，並把他們帶到了楚布寺。攘迥多吉想起前世轉世的有趣事情來，就對婦人說：「你把我的眼睛怎麼安放的？沒有安放在眼孔中，而是掉在了地上。」

儘管這樣，攘迥多吉覺得自己和這對夫婦很有緣份，就賜給他們一頭母犏牛。二十歲時，攘迥多吉受比丘戒。相傳這時攘迥多吉打開了全身的脈結，一切教法開始融入心中。雖然一切知識自行圓滿，但他仍然如愚笨之人一樣向喇嘛賢哲學習。

《紅史》上記載說，攘迥多吉在夢幻中曾拜見佛、菩薩和以前的大學者、大成就者等，並由他們加持灌頂傳授教法。與此同時，他還拜見過釋迦牟尼、無量光佛、普賢菩薩、文殊菩薩、觀世音、龍樹、無著兄弟、蓮花生、米拉日巴等，並從他們那獲得了無尚的教授。

攘迥多吉後來還經常接到邀請，前往薩迦、多康一帶傳法。有一次他去多康的達拉頂寺時，看見森林中燃起大火，生起大悲之諦力，使龍神顯現降下大雨，大火馬上被熄滅。這以後，他從多康到衛地，受到念青唐古拉山神等許多西藏地方神祇的歡迎，楚布寺的護法女神也前來歡迎他。

有一次他到咱日奈達地方傳法，迎接和送別他的人們都看到了許多奇特的怪事。據說一次他需要越過一道懸崖才能過河，然而在攘迥多吉和弟子們到達河岸時，河中間突然出現了一條沙路，大師和弟子們全部從沙路上過了河，再不需要翻越懸崖絕壁了。⑥

攘迥多吉一生勤奮好學，曾從師研習了不少的法相學（占卜和相面、曆算等）和密宗教法，在《紅史》中記載有幾件事情，可略知這位活佛的法相學功底。

公元一三三一年，元文宗圖帖睦爾派人帶著詔書和蒙哥賜給噶瑪拔希的金印，去西藏召請攘迥多吉來大都。七月，攘迥多吉離開楚布寺，前往拉薩貢塘與當時薩迦派著名高僧貢噶堅贊會合。當他經過當雄時，已是十一月份，忽然雷聲大作，接著又出現了日蝕，再後來就是少見的鵝毛大雪。攘迥多吉預言說：「大皇帝有性命之災，我們不必前往大都。」於是他帶領隨行人員返回了楚布寺。

第二年，他再次動身前往大都，在途中他得到了元文宗死在輦谷的消息，特做法事爲元文宗超渡亡靈。攘迥多吉到達大都後，成爲元寧宗的佛教根本上師。在大都，他受到元寧宗和大臣們的歡迎和敬奉。他爲皇帝和大臣們灌頂，使他們得到了如願以償的教法。後來他從皇帝的面相和其他徵兆上得知元寧宗的壽命不長。果然，元寧宗在位僅一月，年僅七歲就夭亡了。

公元一三三六年，攘迥多吉又應元朝使臣之請，到京城與元順帝相會。而此次進京也主要是爲元順帝作法事，祈禱他延年益壽。公元一三三七年八月，攘迥多吉預告大都附近有大地震，就從屋裡搬到外邊，居住平壩上。地震時，城被毀壞，百姓都逃走，凡是跑到攘迥多吉跟前祈求護佑的人們，都未受到傷害。此事查《元史．五行志二》，果然有至元三年（公元一三三七年）八月辛巳夜，京師地震的記載。

攘迥多吉在京都期間，受到了皇帝和皇室的普遍敬仰。《紅史》上記載說：「雞年一月十五日，元惠宗妥懽帖睦爾從蠻子地方到達大都，在數百萬僧俗歡迎隊伍中，誰也無法開通道路，法王攘迥多吉頭戴黑帽，口念六字眞言，人群都爲他讓出路來。元惠宗手拿大哈達前來頂禮膜拜，無限敬信，奉獻無數財寶。」⑦《紅史》又載，「狗年五月十五日動身返藏時，元惠宗封他爲『曉悟一切空性噶瑪巴』，賜敕書、國師印、水晶印盒和金字牌符。」⑧

爲了表達對元朝皇帝的忠誠，攘迥多吉回到西藏後，專門在楚布恰雅寺中爲皇帝建期供和影堂（即記錄當時眞實情況的彩畫）。

《紅史》的作者甚至認爲，元惠宗之所以能執政二十七年，而國政安樂，也是因爲攘迴多吉護持的結果。他寫道：

「一天，在二王臣和三對施主與福田之處爲大皇帝引出壽水，因而皇帝消除了一生中的違礙。先前，除忽必烈之外，其後的皇帝沒有一個執政十一年以上的，元惠宗妥懽帖睦爾從水雞年至土豬年執政共計二十七年後，身體還很健康，而且國政安樂。之所以這樣，是因爲攘迴多吉的功德。當上都出現一大業障之預兆時，由於攘迴多吉向觀世音祝禱，使其不能侵害皇帝和信佛法的人們。」⑨

攘迴多吉除了對皇帝以及元朝帝國非常忠誠外，他對藏傳佛教的命運也是時刻關心的。據歷史記載，當時，由於漢地和朵思麻地方的一些壞僧人不守淨行，所以一些不喜歡佛法的官員們商量，下令除西藏外，其他所有地方的不守淨行的僧人全部還俗，並且要支差服兵役。雖然其他帝師和國師奏請了皇帝，但仍然未能阻止這種做法。一天，在天門洞宮召開會議時，法王攘迴多吉最後到會，坐在下面的小椅上，以伯顏太師爲主的所有大臣最初是圍繞帝師的座位的，後來都向法王攘迴多吉的座位靠攏。法王攘迴多吉說：「你們王臣們以帝師爲主，把我們這些無權的僧人召請來，在此地不作興盛教法之事，反而毀滅佛教，如此這樣究竟是爲什麼？我們是一生衣食不足，來向你們乞求嗎？以前忽必烈等皇帝的事業，你們是否要改變？

皇帝的生命和國政等各方面的事情，你們大臣們能承擔責任的話，我們馬上都返回藏區。」

攘迥多吉這樣嚴厲地斥責後，大臣們害怕了，馬上派數名達爾干（古代蒙古職官）帶著詔書到各地宣布，阻止了一場過激的有損於藏傳佛教發展的做法。

相傳根據攘迥多吉本人的說法以及漢人陰陽五行者卜算，攘迥多吉具有長壽的福兆。然而，因爲他心生教化衆生之念，所以想去兜率天宮。虎年（公元一三三八年）三月八日，攘迥多吉在王臣們聚會時說：「我這個瑜伽行者像天空中的雲彩一樣，不知道會到哪裡去，你們願意修行教法，請馬上各自修習吧！」因爲他以前常說要回西藏，但終未成行，所以大衆未懂這是他的遺言。

兔年（公元一三三九年）五月五日黎明時，送茶的僕人夏森還沒有睡醒，就聽到從光音天中傳出金光道歌，一瞬間天空中發出「法王攘迥多吉圓寂」的聲音，同時大地開始震動。五月十四日，攘迥多吉從大都出發，到附近的溫泉沐浴。弟子們問道：「天空爲什麼出現各種祥雲、光輝和彩虹？」他回道：「這標誌著一位善知識的大德將要逝去。」這一日，大都的天空中彩虹一直沒有消失。

六月八日起攘迥多吉感到身體不適。

六月十日太陽剛出來時，攘迥多吉命令都增巴安排祭禮。伯顏太師哭著請法王不要逝去。法王說：「我想回西藏，你們王臣不按我的話去做，以前的事已經過去了，現在後悔也來不及了。我要到別的地方去了。請王臣們按教典和教法護國政吧！」

弟子們在法王攘迥多吉面前發願，請求繼續服侍法王，努力學習教法。法王說：「對西藏全體僧徒的教訓早在豬年到鼠年之間已講完，我們師徒即將會面。」

此時，由攘迥多吉口述，近侍記錄，寫下了噶瑪噶舉黑帽派第四世轉世活佛轉世的有關遺囑文書。

六月十五日，攘迥多吉因病在大都圓寂。

六月二十五日，大都舉行了隆重的葬禮。以國師和太師爲首的全體官員徒步抬著靈棺到火化地點，然後用檀香木和紫丁香木火化。以大皇帝爲首的全體官員也參加了攘迥多吉的祭奠活動。

後來攘迥多吉的靈塔被迎請回西藏，安放在楚布寺中，並塑造了他的金像和大身像。

攘迥多吉的轉世就是被藏族人稱之爲「遊戲金剛」的乳必多吉。

乳必多吉公元一三四〇年出生在西藏昌都。三歲時被攘迥多吉的弟子道丹貢杰娃認定爲攘迥多吉的轉世靈童，西藏佛教史上習慣將他說成是噶瑪噶舉黑帽派的第四世轉世活佛。這就奇怪了，既然我們說攘迥多吉是西藏的第一位轉世活佛，那位乳必多吉就應該算西藏的第二位轉世活佛。從實際的情況看，這話一點不錯，但藏傳佛教在劃分不同派別的轉世活佛系統時，習慣從教派的創始人算起，由於都松欽巴和噶瑪拔希是黑帽派的祖師，所以人們按照傳統把都松欽巴看成黑帽派第一世活佛，噶瑪拔希為第二世活佛，而攘迥多吉、乳必多吉則依次被稱為第三世和第四世轉世活佛。

✽✽✽

①《青史》，廓諾．迅魯伯著，郭和卿譯，西藏人民出版社，第三一二頁。
②藏曆每月廿八日為藥師佛的吉日，每月十日為空行會集的吉日，每月十五日為釋迦牟尼的吉日，每月最末一日為無量光佛的吉日。
③《紅史》蔡巴．貢噶多吉著，陳慶英、周潤年譯，西藏人民出版社，第八十一頁。
④《紅史》蔡巴．貢噶多吉著，陳慶英、周潤年譯，西藏人民出版社，第八十二頁。
⑤《紅史》，第八十三頁。
⑥《紅史》，第八十八頁。
⑦《紅史》，第八十九頁。
⑧《紅史》，第九十頁。
⑨《紅史》，第九十一頁。

輪迴轉世的文化觀念

人在死亡的時候，靈魂在墓中或其他的地方還可繼續生存，在藏族古老的《朗氏家族史》中記載有這樣一個奇妙的傳說，有一個人死後，他的靈魂還可以去會見他那尚活著的女友。在古代吐蕃，一種與靈魂不死相聯繫的事件常常在戰場上出現，這就是活著的武士經常向死去的武士提問題，而由另一個人代死者回答。

不管靈魂怎麼變化，但它都必須有一個寄居的地點，它就是命根或者說「拉乃」（魂的寄居處），「拉乃」不僅可以作為個人的靈魂的寄居處，同時也可以作為家族靈魂或整個民族靈魂的寄居處，它就像血統一樣可以代代相傳。

第1章 古老的靈魂觀念

西藏第一位轉世活佛雖然出現在一二八四年，但活佛轉世的觀念並不是此時才形成的，追溯根源，它與古代藏族的靈魂觀念有直接的聯繫。

公元七世紀，佛教從印度和中原地區傳到了西藏。在此以前，藏族人所信奉的宗教是由辛繞米沃創立的原始本教。該宗教在吐蕃時期雖是一種原始宗教，但影響卻非常大。從很多文獻和古老的神話傳說中，都可以發現本教的哲學觀念帶有明顯的萬物有靈色彩，古代藏族對自然和人的認識，是以萬物有靈為基礎的。

正如漢族和東方一些民族一樣，古代藏族也認為靈魂可以離開身體而遊蕩（喪魂或落魄）如一個人受驚之後便會出現抱病臥床等情況，為了使其痊癒，必須由本教巫師舉行一種「招魂」儀式。藏族人堅信這種巫術可以強行把敵人（對立面）的靈魂召去。

喪葬祭奠中的招魂和還陽術

根據敦煌藏文文獻P.T一〇四二提供的本教喪葬儀軌材料，我們可以發現許多有趣而又神秘的東西。更爲重要的是，我們還能比較全面地獲得有關本教祭司在喪葬時所從事的一系列與還陽術、招魂術等相關的知識。

古代西藏本教的喪葬儀軌時間爲三天，每天又分爲若干個階段，分別進行不同的祭禮。下面就是一位王室成員的葬禮。

第一天——

上午：

首先由本教祭司致禮，然後參加葬禮的人在墓地排列開，開始進行哭喪儀式。其間藏王還要向死者致禮。接著，吐蕃王室成員、死者親友、武士、大力本教巫師等也相繼致禮。這時，本教祭師將金、玉、白陶土、海螺、冰珠石、朱砂、麝香等放入酒中，並向亡靈敬獻兩瓢酒。然後，本教祭司把死者的親屬領到藏王面前，彼此互獻禮物。

下午：

本教祭司要舉行的最重要的儀式就是牲祭和屍魂相合的儀式。牲祭的內容是，由祭司將魂像①、溫洛②、寶馬③、寶犛牛，犛牛等一一剝皮，然後敬獻在祭壇上。

「屍魂相合」儀式實際上就是靈魂歸附屍體的儀式。儀式的程序是：本教祭司首先在靈魂（象徵物）左右放上兵器，在靈魂（象徵物）的頂端放上象徵殯葬本教祭司和供獻本教祭司的供品，然後再擺上乳品桶、彩線結、食物，最後是死者的像。在死者像的左右兩邊供上食品袋和魂像。一切準備好後，本教祭司又牽來犏牛、綿羊、寶馬、犛牛等，作爲祭祀的象徵物。這時一名被稱作小供獻的本教祭司把屍體、屍像、供食等搬到墓室門口。再由斷火巫師和大力巫師選擇一名魂主④，由他把給屍體的供食和給靈魂的供食、屍像等與魂像互相碰三次，以此表示屍魂已相合，靈魂已附在屍體之上。隨後，魂主向屍體獻上一瓢「相合酒」，並開始從左自右轉圈，每轉一圈都要致禮和獻一瓢酒。三圈後停下。這時一名祭司走到屍體邊，也從左自右轉三圈，然後從死者的臉部開始，用長矛向死者扎三次，並向死者致禮。這時人們又開始哭喪。最後吐蕃王室的御用本教祭司在寶馬等牲口上蓋上幾層紙，與其他供品一道放入墓室作爲殉葬品，自此，屍魂相合儀式結束。

第二天——

早上：

最重要的儀式是施行還陽術。當清晨時分，吹第一遍螺號時，吐蕃王室的御用本教祭司、借獻祭司、處理屍體者、兩位祭司開始用蒿和艾熏香，並對棺材敬禮。接著處理屍體者揭去魂像、屍像和「溫洛」上的覆蓋物，並用手拍打屍體。與此同時，吐蕃宮廷祭司和供獻祭司開始施法，祈請屍體立起。待屍體立起後，祭司們又供上燈盞、供品，並向屍體供上一瓢配有藥料的祭酒。儀式結束。

相傳，本教巫師施行還陽術必須在天邊灰濛濛吹響第二遍螺號時完成。

下午：

除了埋藏糧食、供獻祭酒向棺致禮外，下午最重要的儀式就是敬獻供品。首先降魂巫師要供獻棋子、樂器、飲食睡臥用品、食物飲料等。接著吐蕃宮廷本教祭司和供獻祭司們對供於墓穴的物品一一作除鬼法事。

第三天——

早晨：

喪葬儀式進入高潮——牲祭儀式。

當吹響第一遍螺號天快亮時，四方墓室的西邊入口被打開，墓室頂上鋪上了花色氈。這時祭司們牽來犏牛、羊、馬等。一切準備就緒，大力本教巫師開始剖刺放血，這時天已濛濛發亮。一隻羊被解剖分割，接著是一匹馬。很快被宰殺的牲口擺滿了墓地。

上午：

當太陽升起時，本教祭司用完早餐，開始把死者的塑像、魂像、各種靈魂象徵物、寶馬、樂器、食物等放入墓穴。

晚上：

繁星密布的時刻，死者的幼子駕臨，從魂像上撕下盾牌大小的一塊，放在陵墓的祠堂裡，接著本教祭司們將形形色色的供品置於陵墓頂上。隨後三位吐蕃宮廷本教祭司進入墓穴施行「墓穴厭勝」法術。

喪葬儀式結束。

吐蕃本教的招亡儀式

吐蕃本教的喪葬儀軌離我們已非常久遠，但本教喪葬儀式本身卻一直延續到今天。由於西藏文化主流的改變以及時代的進步，今天的本教喪葬已擯棄了吐蕃時代繁瑣的形形色色的儀軌，而重點發展了極具靈魂觀念的「降布儀軌」。

「降布儀軌」由以下幾個部分組成：

（一）供「贖品」

「降布儀式」在死者家中舉行。屍體放在靈堂角上，裹一層棉布。一位本教祭司和兩位本教僧人主持儀式。他們念誦特定的經文時，有鼓、單鈸、螺號等伴奏。

儀式是從供「贖品」開始的。這是一個小小的人形的麵團塑像，代表死者。本教主持祭司抓起塑像把它獻給害人的精靈。據說不這樣做這些精靈就會在儀式上搗亂。本教祭司在屋外一邊扔這些小小的人形「贖品」（glud），一邊念誦著咒語：

「唵！願仙宮般的色界裡的一切有情借眾多善逝的加持力及我自己的禪定、猛咒及手印的威力，能有幸遂其所欲，享盡一切所能想像到的東西。爲淨除沉緬於痴迷的有情的罪孽污濁，願所有置魔障、使人迷途的鬼怪領受此等贖品供物，這便是他們所要的酬報。願每個鬼怪滿意地回到各自的住處。」⑤

在本教巫師、祭司的觀念裡，鬼怪得到了「贖品」還不會馬上離開，必須呼喚神靈之名，以便使他們恐懼而逃。因此，本教祭司繼續念道：

「嗦！所有設置魔障，使人迷住的鬼怪聽著！爲了降除一切有情之雜染並引起走向解脫之路，你們這些奪壽、斷命的大紅鬼，不要滯留於此。快各自到你們的住處去，如果你們不離去，那麼從絕對界的永恆虛空將出現眾善逝之主，他是眾仇怒王之首，有令人恐懼的外相：面目青黑、九頭、十八手臂像雨一般投來各種武器，他會將鬼怪碾成粉沫。」⑥

這段咒文念完後，本教祭司相信鬼怪已經驚嚇逃走，於是「降布儀式」進入下一部分。

（二）招喚死者（招魂）

鬼怪逃走了，本教祭司開始念一段有關召喚死者的經咒。目的是要召喚回組成人之「五蘊」中的「識蘊」。召喚「識蘊」同供獻「贖品」一樣，都是西藏常見的一種法術，比如當一個人得病時，本教祭司也會使用此儀式。因爲在他們的觀念裡，病與死亡的共同特點就是「魂飛魄散」，因此需要舉行這些儀式來補救。

本教祭司此時念的經咒是：

「啊！哦，你現在已經死去，高貴家族的吉祥之子！先前受情欲的迷惑，你現在在中陰界遊蕩，而且受盡無數苦難。現在聽我說，心思不要散逸！現在由於教主的慈悲，我成了你的導師，所以要聽我所說的一切！死去的你連同你的不潔都已從中陰界中召喚出來了，你將和不潔「靈牌」融爲一體。沒有融入不潔的靈牌是：

黃色金面是身之所依，

灰白色的靈牌是語之所依，

不潔的衣服是體之所依，

有三道刻痕的竹杆是命之所依，

明鏡是心之所依。」⑦

這段咒文中所說的「靈牌」也稱爲「降布」，所謂的「降布儀式」實質上就是指這塊靈牌以及圍繞它所進行的法術而言的。在本教古老的文獻《色米》中，對「降布」及其儀式就有過很多的描述。「降布」（靈牌）的中央畫有千人一面的死者像，而其他部分所象徵的意義在上面的咒文中提到。

當然，在舉行「降布」儀式時，「降布」實際已成了前面提到過的識蘊的住處，可以說就是死者的「身體」，換一種說法，「降布」實際上已成爲死者的象徵物。此時，作爲死者象徵物的「降布」和活人一樣眞切。儘管屍體要一直置於屋內，但它不是儀式注意的焦點，而「識」與「魂」也不再和它有關。本教祭司一切的法術都是圍繞「降布」（靈牌）來進行的。

本教祭司通過咒文將死者的魂召回並使之與「降布」融爲一體後，他開始用淨水給「降布」沐浴（也就是給死者沐浴）。

接著，祭司把兩組「種字」（vrbu）寫在「降布」上。第一組由六個字組成，代表輪迴中的六道衆生。六個字是：「吐」（thu）、「支」（tri）、「蘇」（su）、「那」（na）、「卡」（ka）、「索」（so）。第二組字由所謂「五勇字」（tphav-ba-vbru-Lnga）組成。《色米》認爲「五勇字」可以說是救度六道生死輪迴之苦的一劑良藥。它實際上就是一種符咒。

符咒寫好後，祭司又念道：

「啊！哦，良家吉祥之子！寫在你軀體上的六個種字是輪迴六道的種子，所以你受六道輪迴之苦。

但在頭上，手上和腳上有五勇字。作爲五智的五勇字要調伏敵人，即不潔五毒。五勇字已披戴盔甲，五勇字會剪滅罪孽，而五毒隨著五智增廣而消其毒性。」

（三）向死者獻供（向「降布」獻供）

接下來儀式開始向死者獻供。包括兩方面的內容。第一類是眞正的物品，是爲了滿足死者的物質需求。第二類獻供是非物質的，是通過畫有圖的紙牌來完成的。具體的作法是：本教祭司把供品畫在儀式紙牌「扎里」（tsag-li）上，然後拿著一個一個地對「降布」展示，並放在「降布」前面。首先祭司要獻上畫有象徵死者合適住處的「扎里」（一座巨大的宮殿）紙牌和一個代表受用的紙牌；然後是象徵聲、香、味、觸、飾、「本」和「寶」等受用的紙牌；最後，祭司還要獻上畫有犛牛、馬、羊、大鵬、龍獅等動物的「扎里」紙牌。這種獻供活動實際上繼承了吐蕃本教喪葬儀軌中牲祭、物祭的成分。

（四）對死者的灌頂（向「降布」灌頂）

向死者獻供後，本教認爲死者已走出「世俗」之界，並將進入解脫的超俗界了。這時需要進行一系列的灌頂。儘管有的人在先前已受過這些灌頂，但死後人人還可以受到灌頂。

具體儀式是：一名本教僧人手持「降布」，蹲在主持祭司的座前，當各種灌頂逐個進行時，祭司用相應的「扎里紙牌」碰一下「降布」。灌頂有「寶瓶灌頂」、「根本神灌頂」、「秘密灌頂」、「甘露灌頂」等。灌頂儀式結束後，在人們的觀念上，死者已不再是世俗衆生，不再捲入輪迴之中，而是個「雍仲森巴」，意義同佛教觀念中的菩薩相當。這時死者可以循著十三地向前邁進，而每一地都可達到徹底圓滿的功德。爲了使死者的邁進更形象化，在儀式進行過程中，本教祭司們讓每一地都由一個畫有雍仲的「扎里」紙牌來代表。十三張「扎里紙牌」從屍體附近排向供台。「降布」依次放在每一張紙牌上，以此表示死者循著十三地向前邁進。

在「扎里紙牌」的末端是畫有普賢的紙牌。當「降布」和普賢相結合時，死者便得到了最後解脫。本教祭司在進行這種結合之前，還要舉行一種焚燒象徵物的儀式來證明死者不可能投胎於六道輪迴之中。

儀式的作法是：主持祭司左手持「降布」，並用香炷將儀式開始時已寫在「降布」上面的六字，即「吐」、「支」、「蘇」、「那」、「卡」、「索」六字一個一個地點燃燒掉。當投生的每一道即一個字被燒掉時，祭司就要彈一次手指。

（五）最後的靈識合一法術

本教祭司用大披風蒙住頭，進入禪定狀態。在禪定過程中，他將「降布」的靈識與自己的靈識合爲一體，然後又將其與普賢合爲一體。幾分鐘後禪定結束，死者自此得到解脫，「降布」儀式的目的達到。「降布」及畫有死者像的紙片統統被燒掉。第二天早晨太陽升起之前，死者被火化。

神話中的招魂術

《取雪山水晶國》是藏族史詩《格薩爾王傳》中的一部，在它的第五章中，有一段很有價值的招魂儀式材料，對於我們研究藏族早期部落社會中的靈魂觀念極有幫助。

由於拉達克軍隊侵占了嶺國的領地，格薩爾的軍隊抵達了拉達克的邊境，準備進攻。拉達克人決心在這場戰爭中取勝，國王的密令傳遍了拉達克全國，各路大軍匆匆在邊境上集結，一場殘酷的戰爭就要發生。這時書中寫道：

「在嶺國的軍帳內，格薩爾悉心法事，潛心入定已第三天了。這時，忽然他神靈一驚，預感到拉達克的將軍昂堆崩仁又將前來侵擾嶺國。要想除去這個禍根，首先要把昂堆崩仁賴以生存的命根，即他的牛頭土地神這條命根鏟除，否則，便不能將昂堆崩仁降服。想到此，格薩爾立即傳出命令，傳來了鄧瑪、超同等大臣，向他們授過機宜之後吩咐道：『爲要降伏邪惡的護法神，必須先頌揚善業。明日，我要先領你們去洞宗曲莫山頂祭祀。今日你們先回去準備好祭祀所必需的一切用品吧！』……翌日，當東方剛露出熹微晨光，山間飄浮著乳白霧靄時，格薩爾便在眾權臣的護衛下，登上了洞宗曲莫山頂，格薩爾面帶微笑，對權臣們說：『你們在這裡熬茶休息，先將馬都牽到岩洞中隱藏起來。鄧瑪和唐則二人則需要張弓搭箭，專心在這裡等候，隨時準備配合。我現在去那邊做法事，先將拉達王命根招引出來』……格薩爾登上峰頂，誦經頂禮祈禱，祭祀完畢後，便開始了招引牛頭土地神的儀式。不一會，只聽到耳邊風聲呼呼作響，倏地狂風大作，飛沙走石，人馬在狂風中也趔趔趄趄，大有一下便會被捲起之勢……這時拉達克王的命根之一，名叫洞拉查通的吸血黑熊已被格薩爾的法力招引出來了！只見它張牙舞爪，血盆大口裡噴著團團黑煙，從尖利的獠牙上滴著一滴滴般紅的鮮血……它的兩眼緊逼著嶺國的將士們，一步步朝他們走來。超同這時已被嚇得全身哆嗦，不敢再多看一眼，扭轉身子逃走了……剎時間他的黃膘馬就被洞拉查通咬死在地上。這時，鄧瑪和唐則根據格薩爾剛才的囑咐，颼颼幾箭，就把拉達克王的命根洞拉查通黑熊射癱在地。嶺國將士們一齊上前，剝掉熊皮，開膛破肚，剜膽挖心忙個不停，最後將熊肉和熊骨付之一炬，火祭了四方諸神。」⑧

接下來，史詩又爲我們展示了另一篇招魂儀式的材料：

降服了拉達克王的命根黑熊洞拉查通後，格薩爾又著手安排了另一場招魂儀式。

他吩咐將士把超同的死馬拖到右邊的一塊草地上，然後搖身一變成了一隻蚊蠅和一個護法神。那隻蚊蠅鑽進了死馬的腦袋，那護法神則唱了一首歌後，化作一團紅焰，消失在岡底斯山頂。

那牛頭土地神（拉達克將軍昂堆崩仁的命根）聽到了護法神的歌後，以爲是喜事臨頭，心想：這下當然該用熱血好好祭祀一番，以表心中美意，我也要趁機飽餐一頓鮮肉。它越想越愜意，於是右手握著一把羊角鐮，左手提著一只牛皮口袋，一邊施展著那令人窒息的貪、嗔、痴三種毒氣，一邊騎在那法鼓似的風火輪上，飛也似地朝超同的死馬奔馳過來。當昂堆崩仁的命根吃了死馬的血肉後，幻化成小蟲的格薩爾就鑽進了他的肚子裡，殺死了牛頭土地神。

儀式完後，格薩爾對將士們說道：「我已將惡魔的命根，吃人的黑熊洞拉查通和牛頭土地神都降服了。征討雪山拉達克妖魔王臣，成就我嶺國偉大業績的機遇已指日可待。現在我們先到右邊那座山嶺，向慈善神焚香頂祀吧！」

《取雪山水晶國》中所提供的這兩份關於招魂儀式的材料，爲我們初步認識早期藏族部落社會的原始文化——巫術，提供了一定的依據。綜合這些材料，我們認爲，這種原始的招魂巫術具有以下一些特徵：

（一）招魂儀式的時間和地點

從第一份材料看，時間是黎明之際。第二份材料的時間儘管是中午（太陽當頂），但後一個招魂儀式實質是頭一個招魂儀式的繼續。招魂儀式的地點是山頂（洞宗曲莫山），兩份材料的地點一致。

（二）招魂儀式的程式、內容和結果

1.施術者（格薩爾）和嶺國將士上山。2.兩個嶺國人持箭配合招魂儀式。3.施術者隻身登上岩石峰頂，開始祭祀，內容包括誦經、頂禮和祈禱。4.山上刮起狂風，飛沙走石。5.拉達克命根吸血黑熊洞拉查通出現。6.兩個持箭者射死黑熊。7.參加儀式者用熊肉熊骨火祭諸神。

第一個招魂儀式結束，第二個招魂儀式開始：

1.施術者隻身離開衆人。2.變幻成蚊蠅和東方護法神。3.蚊蠅鑽進死馬頭中。4.東方護法神唱起「迷歌」。5.拉達克昂堆崩仁的命根牛頭土地神出現。6.牛頭土地神食死馬，被蚊蠅降服。7.參加儀式者向慈善神焚香頂禮。

第二個招魂儀式與前者有所不同，它不僅依靠經文、頂禮和神秘的祈禱，還依靠神靈的力量。這說明在西藏原始社會，施術者相信經文、頂祀和禱祈可以實現巫術的力量，達到招魂的目的。同時，人們也相信施術者本身就是神（史詩的施術者格薩爾本來就是天神下凡），他可以通過幻化來實現儀式的內容。

（三）招魂儀式與藏族原始的靈魂觀念

《格薩爾王傳》中的招魂儀式究竟與藏族的文化傳統有什麼聯繫呢？在敦煌古藏文文獻中，有一份文件是關於宗教和機王國神話的內容。英國的托馬斯教授指出，它們描繪的東西代表了生活在東藏和東北藏地區的人民。而《格薩爾王傳》所描寫的內容和流傳的地區也包括這一地區。因此，從文學地理的角度看，史詩與敦煌文獻《沒落的時代，機王國和它的宗教》所描寫的內容在地理上是相近的，甚至可以說就在一個地區。在這裡我們為什麼要提到這份文獻呢？這是因為史詩中的招魂儀式使我們想到了該文獻中有關靈魂的內容，我們有理由認為它們兩者存在著文化上的同源關係。請看下面一段引文：

「一位娘地的女神，管轄著娘地的黑林，鎮壓和馴服著娘妖拉吉庫。高地有地震時，娘國森林所在的高地沒有發生地震。娘妖拉吉庫從遠處來了，它趁娘地女神打盹時，偷去了她的靈魂，拿走了七塊靈魂湖底的松蕊石。」

這裡我們需要注意幾點，首先，這份敦煌古藏文文獻告訴我們，在藏族的古代神話中，就已經產生了靈魂的觀念，其中心內容是神靈或人（該文獻還提到過人）的靈魂是某種物質，它們是神或人生命的根基，也即命根子，這一點與格薩爾史詩中招魂儀式的命根觀念基本相同。但是史詩中的命根內涵已經有所變化了，即已出現了以動物或神靈為命根的現象，這說明《格薩爾王傳》更加豐富了藏族靈魂觀念的內容。其二，這份藏文文獻反映了藏族先民植於靈魂觀念之上的生死觀。在藏族先民看來，神靈或者人都是由兩個方面構成的，即作為人格概念的人或神和獨立於這兩者之外的具體的某個物質實體，後者才是生命的本源，它不存在了，人生也就走向了枯竭。必須承認，我們所討論的招魂儀式正是這種生死觀的產物。

藏族人的「拉乃」觀念

西藏的巫術並不是本教巫師和寧瑪派法師們獨創的，它有自己獨特的理論基礎，這就是古老的靈魂觀念。

在古代的青海和甘肅藏區，也流傳著一些反映靈魂觀念的神話傳說，其中一個神話說：

「一位女神，管轄著娘地的黑林，鎮壓和馴服著妖魔，鎮壓和馴服著娘妖拉吉庫……，一個妖魔從遠方來，娘妖拉吉庫從遠處來了。他趁娘地女神打盹時，偷去了她的靈魂，拿走了七塊靈魂湖底的松蕊石。於是娘地女神心不能想，神智不清；嘴不會說，口齒不清；眼看不見，模糊不清……

娘地的本教巫師廷納和江拉覺，來到火不熱水不涼的娘地，在娘妖拉吉庫前面丟了一個替身，每天晚上供著神靈，供養娘地女神，於是娘地女神復活了，比從前更漂亮了……」⑨

本教的觀念認爲，不同的人都有不同的命根，藏語稱爲「拉乃」（bla-gnas），這就是人的靈魂，它寄託在不同的自然物上。上面所說的娘地女神，她的靈魂寄託物就是松蕊石。靈魂除了寄藏於樹、岩石、湖泊、山川之外，還可寄託在動物身上。

另外據一些藏文古書上記載，某些系統掌握了這種觀念的喇嘛們還認爲，靈魂居住在人體內時，每月還有規律性的變化。令人奇怪是，西藏的《時輪》一書還認爲，靈魂在每月的三十和初一居於腳掌的中央，一般是男左女右，然後每天上升，最後在每月的十五或十六日，升到頭頂，接著再回到原來固有的位置上去。如此循環往復，直至壽終。

原始的本教還認爲，人在死亡的時候，靈魂在墓中或其他的地方還可繼續生存，在藏族古老的《朗氏家族史》中記載有這樣一個奇妙的傳說，有一個人死後，他的靈魂還可以去會見他那尚活著的女友。在古代吐蕃，一種與靈魂不死相聯繫的事件常常在戰場上出現，這就是活著的武士經常向死去的武士提問題，而由另一個人代死者回答。

不管靈魂怎麼變化，但它都必須有一個寄居的地點，它就是命根或者說「拉乃」（魂的寄居處），「拉乃」不僅可以作爲個人的靈魂的寄居處，同時也可以作爲家族靈魂或整個民族靈魂的寄居處，它就像血統一樣可叫代代相傳。

由此我們可以看出，在藏族古老的靈魂觀念中，人並不是一個獨立的主體，他是由三部分構成的，即軀體、靈魂和「拉乃」，靈魂是軀體的精神支柱，而「拉乃」則是靈魂的生命存在，它具有秘密和不可知性。當這三部分保持平衡的時候，人就會健康、吉祥、充滿朝氣，如果這種平衡被打破或遭到破壞，人就會患病、背運、直至死亡。

總之，藏族的靈魂觀認爲，「拉乃」是生命的核心，靈魂是生命的中介，而軀體僅僅是生命的載體，一旦「拉乃」不存在了，靈魂就像魚沒有了水，自然軀體也失去了存在的價値。

也許正是基於這樣的觀念，正是基於這種邏輯的推理，在藏族古老的神話傳說中，在古老的本教觀念裡，最初的黑巫術萌芽了：當人們以某種理由希望給仇敵以不吉甚至殺死仇敵時，首先去找到人的靈魂寄居的「拉乃」，即某種動物、植物或山川，然後將其擊毀，於是此「拉乃」所屬的人就會死期臨近或大難臨頭。

在藏族史詩《格薩爾王傳》中，有兩則神話故事就是最好的例子。

第一個神話：

格薩爾成爲嶺國國王後，降伏的第一個魔王是魯贊。

魯贊是一個十分凶猛的魔王，他的身體像山一樣高大，長著九個腦袋，九個腦袋上邊長著十八個犄角。他的身上爬滿了黑色毒蠍，腰上盤繞著九條黑色毒蛇。手和腳長有三十六個像鐵鉤一樣的鐵指甲。他高興的時候，面帶怒容和殺氣，生氣的時候嘴和鼻呼氣。他嘴內呼氣，像爆發的火山煙霧；鼻內呼氣，像刮起了毒氣狂風。

一天，他趁格薩爾閉關修行之際，駕著黑雲，帶著魔將，刮起一股狂風，席捲整個嶺國，搶走格薩爾的妃子梅薩。

格薩爾停止閉關修法，前往魔國救梅薩。但兩人相見卻又無法把她救出來。原來魯贊的魔力十分強。魁梧雄壯的格薩爾躺在魔王的床上像一個嬰兒，只占了床的小小一角；被稱之爲天神之子、具有神奇力量的格薩爾竟然端不動魔王的碗，拿不起他的鐵彈和鐵箭。格薩爾十分吃驚，問梅薩怎樣才能降伏魔王。

梅薩回答說，要降伏魔王，首先要搗毀他的寄魂物「拉乃」，否則永遠降伏不了他。

可是除了魯贊王本人外，誰也不知道他的「拉乃」是什麼。一天夜裡，魯贊王經不住梅薩的哄騙，講出了自己靈魂的寄居處。原來，魯贊的靈魂有九個，分別寄居在海洋、大樹和野牛身上。寄魂的海是魔王倉庫裡的一碗癩子血，只有把這碗打翻，寄魂海才會乾枯；寄魂樹在森林裡，只有用倉庫裡的金斧子砍三次，才會折斷。寄魂牛在遠山，只有用玉羽金箭去射，才會死去。

最後格薩爾運用智慧和勇氣，按照梅薩說的辦法，弄乾了寄魂海，砍斷了寄魂樹，射死了寄魂牛，魔王魯贊的妖氣一下子消了下去，身上的毒蠍和手腳上的毒蛇也變得無影無蹤，從此他一直昏迷不醒，半死不活。格薩爾終於達到降伏妖魔救回梅薩的目的。⑩

第二個神話：

霍爾國的黑帳王、白帳王和黃帳王三兄弟，武藝高強，凶狠殘暴，他們擁有雄兵百萬，趁格薩爾到北方降魔之機入侵嶺國，搶走了格薩爾的另一位妃子珠牡。格薩爾知道後，隻身前往霍爾國。但是格薩爾根本無望取勝。他只好向霍爾國的卦師吉尊益西請教，卦師告訴他：

霍爾王的寄魂物是一群無比雄壯高大的野牛，放牧在雪山的背後，黃野牛是黃帳王的寄魂物，白野牛是白帳王的寄魂物，黑野牛是黑帳王的寄魂物。要想降伏霍爾三王，先要把黃、白、三條野牛的頭砍掉，千萬不能回頭。

格薩爾來到雪山背後，果眞看見有幾條牛與卦師的說法一模一樣。寄魂牛樣子凶猛，個頭很大很難接近，格薩爾於是變成一隻大鵬金翅鳥，閃電般落在黃野牛身上，砍掉它的一隻角。接著他又砍掉了白野牛和黑野牛的一隻角。

寄魂牛被砍去一隻角以後，白帳王、黃帳王、黑帳王都得了重病。立即請來醫生診斷並向天神敬奉供品。病雖好了一些，但卻不能理朝政。於是格薩爾趁機進入王宮。

這時卦師吉尊益西又告訴格薩爾說，你現在再到雪山背後去，在霍爾三王的寄魂牛的頭上釘上鐵釘，這樣就可徹底降伏他們了。格薩爾又來到雪山背後，使用法術，在三頭寄魂牛的頭上釘上了又長又大的鐵釘。霍爾三王果然病情加重了。

在霍爾三王中，白帳王最爲凶悍，因爲他的靈魂不光寄託在野牛身上，還寄託在阿欽山上一株千年古樹上。格薩爾又設法砍倒了寄魂樹，搗毀了寄魂山。隨著寄魂樹轟隆一聲倒下，在王宮裡的白帳王也隨之從寶座上摔下來。站在一旁的寵兒阿吉也摔得腦漿迸裂。

殺死了寄魂牛，砍倒了寄魂樹，搗毀了寄魂山，霍爾三王很快被格薩爾降伏了。

也許是藏族神靈文化太賦有神秘、太賦有現實性和實用性，因此，許多的靈魂寄存物從神話和史詩中走進了現實，一天又一天，一年又一年，人們自覺或不自覺地將「拉乃」（靈魂寄居處）賦予給了自己身邊的湖泊或者大山。

有一份傳說材料講，拉薩西邊、去日喀則途中的羊卓雍湖是藏民族的魂湖。而歷代達賴的魂湖是「轉法大海」（chos-vkhor-rgy-mtsho），它就在位於塔布（thag-po）的東南方。

達磨贊普在九世紀製造了著名的毀佛事件，人們將他視爲藏傳佛教的天敵。相傳位於拉薩郊外、隔拉薩河與布達拉宮左側的藥王山相望的恰嘉嘎保日山就是達磨贊普的魂山，藏語稱爲「拉仁」（bla-ri）。相傳達磨贊普死後，恰嘉嘎保日山開始逐漸移向拉薩河邊，如果不採取措施，它將阻塞拉薩河道，導致河水毀滅拉薩。這個傳說的喻意在於，它想告訴人們，佛的敵人雖然死了，但他的「拉乃」或者說「拉仁」魂山仍然想繼續其黑業。但是爲了阻止這種威脅，拯救危難中的拉薩，在藥王山上奇蹟般地出現了一尊度母像，並奇蹟般地阻止了達磨贊普魂山的北移。雖然如此，在每年的傳大昭法會期間，喇嘛們還是要照例舉行一個阻止達磨魂山北移的施「幻網」儀式，並向拉薩河南岸的魂山鳴槍數次。

關於藏族的魂山，有人認爲是拉薩近郊的奔巴日（bum-po-ri）和格培日（dge-vphel-ri）兩座山。

宗教活動中的靈魂幻影

（一）壇城儀軌中的靈魂觀念

壇城藏語稱爲「金廓」（dkyil-vkhor），爲梵文mannd ala（曼陀羅）之意。在古代印度的宗教活動中就有法壇的形式，在佛教以及後來的藏傳佛教中都有利用法壇進行法事活動的傳統。

在藏傳佛教的密宗修持中，密宗修士一般把壇城作爲觀想的對象。在修習時，修持者要分別供奉不同的本尊神，而不同的本尊神又各有不同的壇城。

可是在西藏爲什麼會出現以壇城爲符咒的惡咒形式呢？確實，要我們一下就找到圓滿的答覆是很困難的。但有一點可以肯定，那就是壇城的所有表象都是以其畏怖外表出現這一點，可以使我們聯想到巫師們施咒時召請怒相護法神幫助毀滅敵人的情節。

我們知道，壇城上的形象都是在火焰、醜惡和裝飾以陰森可怕的飾物之光暈中於屍體之上跳舞。壇城以這種形式描述世界，即當五智被衆生的貪欲和幻變得昏暗不明時，這些令人畏怖的形象無疑與前佛教時代吐蕃的凶神惡煞具有了很大的相似性，但大家不可以錯誤地假設認爲它們代表的是忿怒。它們的作用實際上與基督教中世紀魔怪的作用相差甚遠。它的功能不是折磨罪孽者，而是戰勝惡魔。

也許正是這一點構成了壇城巫術的理論框架。當然實際的情況遠非這麼簡單。因爲從許多壇城符咒的形式看，其內容和形式已與密宗修持中正統的壇城有了很大區別，換句話說，就是說西藏巫師或法師的壇城已經符咒化了，巫術的成分成了它的主要特徵。

據說西藏的巫師或法師爲了達到致使敵人迅速發瘋的目的，要在一座山的山頂上畫一座白色的圓形壇城，然後在壇城上放置一個用毒樹的毒汁做成的仇敵俑像。並用旃檀木汁將仇敵的姓名和家族傳承譜寫在俑像上面，然後將俑像置於焚燒動物油燃放的煙霧中熏，與此同時，巫師或法師要誦相應的咒語，右手還要拿一把魔劍，不斷地刺俑像的頭。儀式結束後，巫師還必須將俑像扔在據說是瑪姆女魔居住的地方。

致使仇敵發瘋的壇城惡咒還有一種，那就是在一個大森林的中央，由巫師畫一個黃白兩色的四方形壇城，用樹葉和草扎成一個仇敵俑像，並置於燃燒的植物煙霧中，念誦一萬遍必須的咒語。在誦咒過程中，巫師必須手持婆羅門人骨製成的短劍不斷扎刺俑像的舌頭。最後將俑像埋在野獸經常聚集的地方。

致使仇敵成爲白痴的壇城惡咒除了要畫一個白色圓形壇城外，還要用呆傻死亡人的腦漿血，把仇敵的名字和家譜寫在一片紙或一塊樹皮上。然後做一個仇敵俑像，貼上紙片或樹皮，然後置於煙霧上熏，與此同時一邊念誦惡咒，一邊用旃檀木或名叫「夾」的茅草製成的魔劍刺俑像的舌頭，最後俑像和紙片等要放置在土地神居住的地方。

爲了致仇敵生病，西藏巫師要畫一座新月形的紅色壇城。同樣，巫師必須把仇敵的生辰八字寫在一塊從死於瘟疫的死屍上得到的布片上。所用的墨水是黑膚婆羅門少女的經血。隨後巫師將這塊布置於黑色的煙霧中，同時祈請怒相保護神。此後，巫師將布片鋪在壇城之上，然後揮舞著用死於瘟疫的人骨做成的短劍，他同時還要念誦一萬遍相應的咒語，並對布片施魔法加持，最後將它藏在被詛咒者睡覺的地方。

有時爲了使仇敵暴病，巫師除了要畫一個同樣的壇城符咒圖外，還要用白蘆薈汁製成的墨水把被詛咒者的名字和族系寫在一塊布或一片樹片上，然後將其掛在毒霧中，並念誦咒語，最後巫師還要用花椒木或姜黃木製成的短劍挑著布片，將其放在據說是窮保魔無形鬼居住的地方。

舉行致仇敵殘疾的黑壇城惡咒儀式時，巫師要選一處生有形如拐杖的樹的地方，先畫一座三角形的黑壇城，隨後在貓頭鷹的皮上寫上仇敵的名字或有關如何致殘仇敵的描述，寫字的汁要用禿鷹的血。巫師要念一萬遍相應的咒語，並揮舞一種名「戍陀羅上撅」的普巴短劍。最後，法師要將貓頭鷹皮和短劍等放入口袋繫好掛在墓地的樹上，如果當時恰好有強勁的風吹過，刮走了這個口袋，那就象徵著仇敵不會被致殘。

當然，要使仇家牲畜得病，也可使用類似的壇城惡咒符咒。巫師除了要畫相應的壇城符咒外，要用血把仇家的牲畜名字寫在死馬皮上，寫字的血是死於畜疫的綿羊或母牛的血。此後，巫師念咒文，揮舞短箭作法，最後把馬皮扔到仇敵的馬廄中去。上面這些壇城惡咒儀式的作法程序是極爲相似的，它們之間最明顯的區別除了壇城的形狀和色彩不一樣外，巫師製做的俑像替身的材料也不一樣，當然還有施法場所也不一樣。關於壇城的形狀與色彩也許與具體的惡咒目的有關，但俑像替身材料的選擇、巫術場所的選擇，實際上與巫師或被詛咒人生活的環境有很大關係。如果被詛咒的人生活在森林中，巫師當然只能在森林中施法，製作的俑像替身的材料自然只能是樹葉和草，而俑像自然會埋在野獸出沒的地方。

(二) 四臂大神儀軌中的靈魂觀念

在一本稱作《吉祥四面大黑護法大朵瑪施咒儀軌做法與朵瑪供奉法》的藏文書

籍中，談到了有關四臂大神密咒儀式。書中寫到，舉行這個巫術儀式的巫師或法師必須戴黑帽、穿黑衣，這可能與四臂大神屬黑身相有關。

巫師或法師先豎起一個用屍皮做成的俑像，在俑像的下方，放一張鋪有虎皮或其他動物皮的桌子。桌子上按三角形布置三塊石頭。然後，巫師在三角形的中央、桌子的四個角，都要寫上魔咒，寫字汁是血。最後巫師還要在三塊石頭上各放一口盛有血的五種黑穀的罐子。

隨後巫師要做一個三角形平台，並在上面畫上將要被殺死的仇敵的像，並在人像的頭部放一個鐵製鍋，此後，巫師還要做一個很大的朵瑪放入鐵鍋中。這個朵瑪是用火葬場取來的炭灰摻入麵粉後製成。在朵瑪的周圍要放上各種藥物、穀粒、鮮花、水果及各種動物的肉，最後用黑絲或新鮮腸子將鐵鍋纏繞。

這時，巫師還要挖一個坑，並放一個用仇敵腳印下取來的土塑成的俑像，在坑朝東的一面放一個紅公牛角，角內裝滿血液和毒藥的混合物……

一切準備停當後，巫師開始念祈願文，以便讓四臂大神降臨享受供品，並完成巫師或法師吩咐給他的殺死仇敵的任務。

（三）三頭黑神儀軌中的靈魂觀念

西藏寧瑪派的法師們有時爲祛退瘟病魔要舉行這種「三頭黑神符咒俑像儀式（nag-po-mgo-g sum）。三頭黑神是一位魔的名字，寧瑪派法師一般是用他來幫助舉行一種贖死儀式。儀式開始前，法師要用糌粑麵和蘆葦片做成三頭黑神的符咒偶像。它的上半身塗成黑色，下半身做成盤旋的蛇尾狀並塗成紅色。頭要做三個，中間是公牛狀紅頭，左邊是豬頭狀藍頭，右邊是虎頭狀黃頭。偶像的雙手向外伸開，手指作克敵手印。偶像左手持有毒木弓箭，背上有雙翅，肚臍爲「九宮」圖案。

三頭黑神符咒偶像做好後，法師在偶像的三個頭上分別放上一盞小酥油燈，在中央的頭後面插一個大「幻網」，兩邊則是一個小「幻網」，左邊爲黃色，右邊爲紅色。最後將帶有貓頭鷹和禿鷲羽毛的拘鬼牌插在偶像的後背。

接著，法師在一個大平底鐵罐內先撒一層土，然後將偶像放在中央，右邊放一支箭，左邊放一紡錘。偶像的周圍再插上紅色的小木劍，有時也用洗過的動物腸子吹氣後把鐵罐纏起來。最後，法師又把一個小包掛在偶像的脖子上，裡面裝有黑色的小蘿蔔、蔥、蒜、茶葉、酒麴等。

據說這種儀式的禦邪力很大，除了偶像的各部分可以禦邪外，聚在它身上或身邊的任何一個法器都可抵禦一種災難。

三頭黑神儀式結束後，法師要給乞丐幾個錢，讓他把符咒偶像搬到一個荒僻的地方。

西藏寧瑪派的法師還進行一種叫九宮祛病的儀式。

九宮祛病儀式的準備工作很特別。法師要先根據龜背圖案用糌粑粉撒出一隻巨大的烏龜圖形，並在龜肚的中央畫上九宮圖。九宮的中央方格，即第五格上放上六顆山羊頭骨和兩根綿羊肋骨，在第五格和第二格相鄰的地方放上一個置有病人俑像的木台。圍繞俑像替身還要放上一些「姜普」它能吸收病人體內的「邪氣」，並能驅除引起疾病的邪祟。在俑像的背後要插一個「幻網」，用紅、黃、黑、白四種彩線織成，旁邊放兩塊拘鬼牌。在九宮第七格要插一個黑色的「幻網」。

儀式開始時，巫師要先祈禱病人的保護神，然後供獻祭品。接著他開始念誦儀軌經文，病人體內的邪祟就會從病人身上轉移到符咒替身俑像上去。這時，患者的家人手拿棒子，穿著過肩的黑布衣，走到九宮中的第九格，然後將置有俑像的木板放在自己頭上，過一會，他便將俑像放在裝滿樹葉和穀粒的籃子裡，並喝一口水噴在上面。然後他開始按順時針方向一格一格地走，到第七格時，他脫掉身上的黑衣服，並用白「幻網」換下黑「幻網」，手裡的棒子要換成弓，並向病人身上噴灑青稞

圖1　姜普

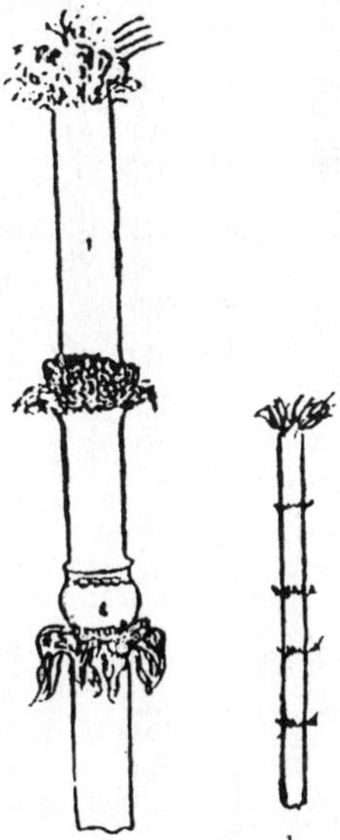

(a)一種經改進的形狀。(b)一種比較簡單的形狀（身體之精魂）。①普通木科。②鳥羽。③羊毛線。④白芥籽豆莢。

酒，最後他還要在所有出席儀式的人的頭頂上揮舞「姜普」（見圖1），以驅散他們在觀看儀式時吸附到身上的邪祟。

儀式結束後，法師要用糌粑麵撒出一條路，從龜圖開始至大門口。放在九宮中的所有物品要順著這條路搬到屋外去，並置於一個荒僻的地方，或將其扔到河裡。

俑像符咒與邪靈替身

西藏的俑像符咒是比較複雜的，它除了能像咒語符咒一樣使用外，更多的時候是作爲衆多巫術儀軌中的主角來登場的，當然咒語符咒在這一類儀式中也是必不可少的內容。從西藏的巫術種類看，驅邪的儀式要占絕對的優勢，這些儀式的一個共同特點就是法師要將邪力轉移到具有符咒特徵的各類俑像上面，按西藏傳統的說法就是將邪力轉移到「替罪羊」即替身「魯」（glud）的身上去。

在某種情況下，類似的驅魔儀式確定的目的是消滅敵人的神靈，甚至是消滅那些被懷疑懷有敵對意圖的人。在這種情況下，巫術活動的目的就在殺死此人或使他遭受致命疾病的打擊，就在於禳除給人類帶有各種災難的惡魔邪怪，而那些要消滅的敵人的形象和惡魔形象是用糌粑雕造的俑像符咒，當然在一些特殊情況下也可能是某種動物或動物的骨頭，它們被稱爲「身相」或者俑像符咒替身。

西藏的俑像符咒替身有施主贖身俑像符咒替身、病人贖身俑像符咒替身，男人俑像符咒替身、女人俑像符咒替身等。下面介紹幾個與俑像符咒有關的巫術儀式。

（一）「死替」（vchi-glud）儀式

在多數藏族地區，當一個人久病不起或重病纏身時，家人除了給他請藏醫治療外，作爲一種重要的民間宗教習俗，家人還會去請一位有名的法師或大德給病人占卜，當確定病人爲邪魔作祟所致時，法師會建議舉行一次施投俑像符咒替身的儀式，這個儀式藏語稱「齊類」，即「死替」儀式。

儀式進行之前，法師先爲本尊神做一個朵瑪供品，爲施主的護身神做一個朵瑪供品。接著他就用糌粑做一個代表病人的小俑像。俑像的頭髮要用病人的頭髮，而且還要用病人的指甲屑做俑像的指甲，俑像的衣服也要用病人穿過的衣服布片做成，然後將做好的俑像放在地上，讓它緊靠著放朵瑪的桌子。

此後，法師又用糌粑麵做一個代表主魔的俑像符咒替身。此替身爲黑色，手舞繩套和劍，座爲一頭野牛。此俑像也放在地上。

這時法師還會找來一名乞丐，讓他扮演活的替身角色。他必須完全按病人的樣子穿戴起來，要盡量使他的外表裝束打扮與病人一樣，最好就像病人本身。

一切準備好後，法師讓病人和病人的活替身在放有朵瑪的桌前坐下，然後開始作法。他先誦頌經文祈願各種神靈降臨協助作法，然後念誦一種專門的祈願文，讓其法力把病人身上的所有邪祟、惡運轉移到活人替身和病人俑像的符咒替身上，最後將惡力「投施」出去。

這時，扮作替身的乞丐揀起病人的替身俑像和主魔俑像，並把它們緊抱在胸前，然後讓他按星相書上確定的替身出走方向上驢。據說，舉行這種儀式時，所有在場的人還要用力擊掌，目的是趕走惡力，阻止惡運再回到家裡來。

儀式結束後，所有的符咒俑像都要扔在十字路口或村外的空地讓狗或鳥兒吃掉，假如替身俑像很快被吃掉，那就是好兆頭，相反，若是沒有動物問津或者是剩得很多，那可就是惡兆。符咒俑像處理完後，病人要換上一件新衣服，取一個新的名字，以表示他變為新人，沒有疾病，也沒有了惡運。如果臨時找不到新衣服，則要在舊衣服齊肩高的地方用布縫上一個吉祥的符咒圖案：上面是左旋或右旋的萬字符（雍仲），有一彎下弦月，上方是太陽。太陽和萬字符用紅布縫製，月亮用白布或黃布縫製。

（二）四百禳災儀式

在藏族地區，為了救度病患之人或者解脫人們即將來臨的危險，經常舉行一種叫「四百禳災的儀式」。相傳，四百禳災儀式最初與醫治患病的帝釋天王有關。為了擊敗引起帝釋患病的四百種魔，無量壽佛準備了四種物品：旨在驅除命主魔的一百個命俑替身，旨在擊潰煩惱魔的一百盞明亮酥油燈，旨在禳除神子魔（lha-buvi-bdud）邪祟的一百神饈，最後是驅除破敗鬼散播的所有惡力的一百佛塔。儀式舉行後，帝釋天王就病癒了。

現在，流行在藏族地區的四百禳災儀式已有多種，下面僅介紹幾種。

1.主持法師在一張桌子上鋪上一方塊布或一張畫有手形的紙，手的掌心位置畫有一壇城。在布或壇城位置放一裝有青稞等穀物器皿，在器皿頂上放一平盤，上置糌粑替身俑像。這個俑像代表病人，如果舉行此儀式是爲了造福整個家庭，這個俑像替身就代表家族長。

俑像替身必須用布包起來，包布的顏色應與病人出生年所屬之物的特徵色相吻合。例如，如果病人出生於藏曆的火年，包布就應該是紅的，水年則是藍布，土年是黃布，鐵年則是白布，木年則爲綠布。有時儀軌法師還會把俑像替身拴在一支箭上，再插入有穀物的器皿中。一般在俑像後要放一架垛，前面放一盞酥油燈。還要擺放眾多糌粑做的各種人物、動物的俑像。在主俑像的周圍還要放一些布匹、食品、硬幣，以及一些金粉、銀粉、銅粉等。

最後，法師要在主俑像一周放上一百小泥佛塔，佛塔外再放一圈酥油燈，數也是一百，在酥油燈外再放一圈朵瑪，數量也是一百，最外一圈是一百個「姜普」。

以上準備工作完成後，法師要祈請眾多護法神和他們的伴神，誦讀相應的四百禳災儀式經文，最後投出所有的邪祟惡力。接下來，法師要用糌粑撒一條從桌子到門口的路，然後將所有的「姜普」收入一器皿中，朵瑪、俑像、供品也分別裝入一器皿，然後讓四名乞丐拿著，按照星算儀軌文占卜的方位帶出家門。在儀式完成一段時間後，再將替身俑像放在地上，讓獸類將這些東西吃掉。

2.儀式開始前，法師在桌布上畫一朵八瓣蓮花，蓮花的中心爲白色，東、南、西、北分別藍、黃、紅、綠。其間置一器皿，周圍的供品、俑像與第一種方法相同。

在儀式開始時，法師祈請五部佛和它們的明妃、女僕、壇城四大門護法神和四大護方神。給各路神靈供奉各種供品，然後詳細安排各位神靈在壇城中的位置：中央白色爲大日如來，東爲金剛薩、南爲寶生佛、西爲無量光佛、北爲不空成就佛等。

在安排好各種各樣的「替身」俑像之後，法師就要吩咐神靈應該禳除的不同災難的內容。作爲壇城中的神靈，他要擊退相當數量的威脅施主生命安全的精怪和人類之敵；而法師祈請的女神們在享用了血肉青稞供品後，則要去阻止瑪姆女神對人類的襲擊，等等。

民間習俗中的不滅神靈

藏族人的神靈觀念非常強烈，因此在傳統的習俗中，人們習慣於把很多病與邪魔聯繫起來，這樣就出現了許多的驅邪儀式以及許多與此相關的風俗。當然魔繩儀式也屬於其中一種。

據藏文史料記載，魔繩驅邪儀式的目的是祛除由九條魔龍兄弟引起的傷痛，藏族人認爲，九條魔龍兄弟是引起各種病患的大厲鬼。因此，按照西藏驅邪儀式的程序，在舉行這樣的儀式時，首先必須準備九個魔龍兄弟的俑像，它們都長著蠍子頭、挎著一條黑蛇，在龍的手上還舉著一面黑龍頭旗。有時候人們也將九個魔龍兄弟中的五位分別做成公牛、黑蛇、青蛇、蠍子和犛牛的身形，而其他四條龍的身形則是熊、魚、蝌蚪等的樣子。

九條魔龍的顏色分別是白、黃、紅、藍、黑、雜色、灰色等，白龍引起的病是水腫病，黃龍引起的病是膽病，紅龍引起的病是血崩，藍龍引起的病是水腫病，黑龍引起的病是麻瘋病，雜色龍引起的是突發病，灰褐色龍引起的是瘋癲病等等。

九個魔龍俑像做好後，圍繞其俑像，還要放九個男面俑像和九個女面俑像，九個帶有中央爲藍色、外邊爲金色的黑天垛，九種不同類型的飛鳥俑像，九支帶有金飾的紡錘，九支帶有金邊的黑箭，九支用白芥籽裝飾的姜普等。

接下來所要進行的儀式與我們在前面已經講過的類似儀式是很近的，巫師先祈禱神靈降臨幫助進行魔繩儀式，並讓十八個人面俑像作爲替身，帶走患者的疾病，最後將俑像天「垛」等扔到荒野山嶺。

每年藏曆新年初一來臨的前兩天，即藏曆末月二十九的夜晚，西藏的中部一帶地區，包括拉薩城鄉在內的每一戶家庭，都要隆重進行一年中的驅鬼避邪民俗儀式——「古吐」。「古吐」儀式也許應該算西藏最純正的民間文化，儀式舉行過程中，不管是什麼樣的家庭，也不管貧富貴賤，都不邀請密宗上師等高僧上門，也不搞念經頌佛等宗教儀式，不向神靈和喇嘛祈禱求賜，一家老小齊心合力，一致抵禦驅趕鬼邪。

「古吐」儀式的內容程序大致包括下面一些內容：

藏曆末月二十九日白天，全家開始作儀式準備。這一天，每家都放下家務，打掃衛生，特別要重點清除廚房一年的煙垢。這種活動並不新奇。到了傍晚，全家人要先做兩件事：一是不論大小家庭，都要做與儀式相合的「帕吐」麵疙瘩。

「古吐」（dgu-thug）的「古」藏文為九，「吐」藏文為麵或麵疙瘩等，所以「古吐」儀式是一種與麵疙瘩有關的驅邪儀式。

藏族家庭平時也愛吃這種麵疙瘩湯麵，但今天做的麵疙瘩卻與往常不同，每家都要用麵做一些象徵人們思想行為好壞的形狀各異的麵疙瘩或包有其他東西的麵疙瘩，然後把它們輕燒加固後與肉丁、蘿蔔絲、奶渣、人參果、熟豆，以及蔬菜等九種「古吐」食品按順序放入大沙鍋中煮。

此外，還要用糌粑或麵粉做一個魔鬼俑像替身，放在沙鍋上，在俑像的周圍再放些茶渣、酒糟一類廢食或垃圾。然後全家老小都用雙手抓住和好的糌粑麵，從頭到腳往自個身上沾抹，與此同時嘴裡念道：「唉喲！疼疼！唉喲！病病，身上的疼病，心中的苦惱，一年十二月，三百六十日中的疾病四百六十類，邪魔八十萬種等一切災禍，都由你帶往外洋彼岸」。念畢，雙手用勁攥住糌粑，印上手印，吐上唾沫，扔到魔鬼俑像替身周圍，準備驅鬼。

天黑時，全家人按長幼坐定，盛「古吐」麵疙瘩的人先要用布蒙上眼睛，然後給全家人每人盛一碗，隨後一家人開始吃。這時，每個人都要將自己碗裡的具有象徵意義的麵疙瘩放在長輩面前的盤子中，一般是象徵意義好的放在右邊的盤子裡，象徵意義壞的放在左邊的盤子裡。每次亮出具有象徵意義的麵疙瘩時，全家人都會沉浸在笑聲和議論的熱鬧之中。多數情況下，每人至少要吃兩碗，最後一碗留少許，拿到驅鬼俑像上先滴幾滴，然後再倒掉，同時再將象徵意義壞的盤子裡的麵疙瘩也倒在裝俑像的沙鍋裡，而象徵意義好的盤子的東西則拿到屋頂，放在經幡台上。

天完全黑時，開始進行驅鬼儀式。由家中兩個年輕男人拿著荊棘或麥草捆成的火把，等火把熊熊燃燒起來後，然後慢步跑遍每一間房屋，並高喊：「出來」、「魔鬼出來」。這時，家裡一年輕婦女端著有俑像的沙鍋或平台跑出家門，兩個年輕男人則高舉火把緊追其後，家中的長者則使勁鼓掌。來到十字路口，年輕婦女將俑像等驅鬼物集中扔在路上。

這時，各家各戶驅鬼的人們都聚在一起，並燃起火堆，圍著火堆跳起鍋莊舞，以慶祝戰勝了鬼魔。

魂歸九天的天梯

在古代藏族人的傳統觀念裡，除了關心靈魂的存在和延續外，同樣也關心靈魂的歸屬，這一點與活佛圓寂後，靈魂升入兜率天，然後尋找投胎轉世的對象是很相似的。

從藏族的神話傳說看，吐蕃的首批贊普（君王）都是從天上下凡到人間的神子。他們下凡時，有時是通過攀天光繩，有時又是通過木神之梯來進行的。還有的神話說這一梯子是煙柱、光柱或者是高聳入雲的聖山。當他們下凡成為贊普以後，那根天繩再也不會離開這些贊普，並一直停留在他們的頭上，天繩成為聯結天、人、地的媒介。在他們生命的末日，身軀就化為一道寒光，融化在木神之繩中，到了天上。這裡所說的身軀實際上就是贊普死後的靈魂。

有一天突然發生了一件意想不到的事情，那根猶如彩虹一樣的攀天光繩被斬斷了。原來吐蕃第八代贊普支貢贊普與他的臣下進行決鬥時，一時疏忽，揮動刀劍斬斷了自己頭上木神之繩。從他以後，贊普的靈魂就再也回不到天上了，只能在地上的王陵中或其它地方繼續生存。儘管如此，藏族人並不認為人類從此以後就永遠失去了類似於上天的木繩。一些本教大師和傳說中善於咒術的外道君王以及上人都保留了通過木神之繩而攀天的本領，至於普通凡胎俗人，也並不排除這種可能性。

在古老的藏族史詩《格薩爾王傳》中，有一段神話正是上述觀念的文學反映，神話說：

「南部門巴族的新墀國王在某種程度上可能是喜瑪拉雅山的本教外道，他對拴在其宮殿中的『魔鬼之木神之繩』具有控制權。一天，當他受到格薩爾王的威脅，兵困城堡時，便使出絕招企圖溜之大吉。他盡力向神祈禱，於是新墀國王的木神之梯開始豎向天際。他令人轉動了自己身上的『三轉』（傳說中的精神中樞），這樣他就變得滿面春風、精神煥發了。他登著梯子上了天。但是，格薩爾王也乘自己的由一彩虹般天篷所圍繞的千里駒緊追不放。新墀天王從木神之梯的第十三層台階頻頻向他射箭。」

對於像格薩爾王和新墀王這樣神話傳說中的君王來說，他們擁有像天梯這樣的攀天工具是很正常的。可是一個普通的藏族人，渴望死後靈魂上天的欲望也是非常迫切的，它表現在諸多方面。

在藏族地區，一些民居的結構很有意思。其最主要的特點就是在房頂上留一個洞。據一些古老的傳說講，這是以備靈魂化作五色線的彩虹飛去。噶舉派大師米拉日巴的傳記在解釋這一現象時說，靈魂如同一隻鳥，從開口的屋頂上飛出去。而另外的一些藏族宗教著作則認爲，光明之靈魂通過天上的「房頂之洞」，像離弦之箭一樣飛向長空。可以想像，房頂上沒有這個洞，人死後靈魂怎能上升天際化成彩虹呢？

西藏的林芝有一座神山，當地人叫它「本」，很多虔誠的信徒都要去那兒轉山朝聖。一路上，信徒們懷著虔誠的心，去做每一件必須做的事情。他們走走停停，把一根一根小樹棒放在路上。樹棒上刻著一道一道的格痕，信徒們認爲這代表階梯。人死後靈魂可以走捷徑進入天堂，那些木棒就是上天的梯子。實際上每一個細心的人只要順著山徑朝上看，路旁的小樹棒彎彎扭扭地鋪向山腰，同登天的雲梯是很相像的。

朝聖者就這樣在感覺中踏著「上天」的雲梯，爬到山腰。這兒有一棵參天大樹擋在了面前，樹幹上掛著許多箱子，高高地懸在空中。來到大樹下，朝山的信徒都顯得格外虔誠，有的在樹上掛經幡風馬旗，有的在樹上塗酥油，還有的在樹下燒香磕頭。大樹下充滿了神秘的宗教氣氛。原來這是一棵神樹，在人們的傳統觀念裡，這棵樹和天相連。樹上掛的木箱，是林芝地區特有的小孩懸棺，據說把他們懸掛在通天的神樹上，小孩的靈魂就容易上天了。林芝人大多數生活在密林當中，他們往往把高大的古樹看成有靈性的天梯，只要把死者安葬在樹上，他的靈魂就能以樹爲天梯升入天際。據說生活在林芝的珞巴族人也有這種風俗，但不是用木箱做懸棺，而是用藤條編成的藤箱。

我們講了靈魂與天梯神話的藏族民間習俗，那麼，死者靈魂是怎樣注入天神之繩升騰上天的呢？據本教的一些著作說，最早期的吐蕃贊普，其頭上（具體地說是前頂）有根木神的光繩，這是一根很長伸開的繩子，為淡黃色。在他們逝世的時候，便自足部開始逐漸消失，融合在前頂的木神之繩中。此時，發光的木神之繩也隨之融化在長空當中。

這個類似前面已談到的木神之繩神話，其年代是很久遠的。但直到近代，有些傳說依然還是保持著原樣。蒙古族自從十三世紀與藏族發生聯繫後，其宗教和文化都深受其影響。蒙古族信奉藏傳佛教，在談靈魂一類的問題時，他們也認為：當轉世的時辰到來時，死者的身軀便自足部起消失在長空，而且是通過出自其頭頂的一條被稱作聖繩的光路而消失的，他們變作萬里長空中的一道彩虹離去。

著名的藏學家，法國人石泰安通過他的研究堅持認為，古代藏族贊普和聖人們的升天方式，同西藏佛教中，那些高僧聖者的做法是極為相似的，他們不在人間留下凡胎屍體，而化入彩虹高升天際，這就是西藏佛教密宗中那些類似於瑜伽修習的方法。由此可見，藏族人古老的靈魂觀念與後世的活佛轉世理論有多麼緊密的聯繫。

***

①魂像，指一種畫有象徵靈魂或屍體圖案的祭祀飄帘。

②溫洛，指獻給葬者的供品。

③寶馬，指良馬。

④魂主，指「屍魂相分儀式」中掌握代表靈魂和屍體的各種儀軌用品的本教祭司。

⑤⑥《西藏本教徒的喪葬儀式》〔挪威〕帕·克瓦爾耐著，褚俊傑譯，《國外藏學譯文集》（五集）第一四〇頁，西藏人民出版社。

⑦見《國外藏學譯文集》（五集）第一四一頁。

⑧《取雪山水晶國》四川民族出版社。第一四五頁。

⑨《東北藏古代民間文學》〔英〕托馬斯著。

⑩《魔嶺大戰》，西藏人民出版社。

第2章 轉世化身的史詩傳說

學術界普遍認爲，活佛轉世理論實質上就是藏傳佛教的化身理論。近年，我再次閱讀了藏族史詩《格薩爾王傳》中的《仙界遣使》（藏文，四川民族出版社根據德格林蔥木刻本整理出版）和《誕生》（藏文，甘肅人民出版社根據德格版整理出版）兩個分部本。我的目的是想從這兩部藏文原著中找到一些有用的東西。因爲近兩年我一直在思考一個問題：一部如此巨大的《格薩爾王傳》史詩，爲什麼要在一開頭安排在這兩個分部本呢？我感覺到這裡面一定存在著某種深奧的道理。近幾年，我花了一些時間詳細研究了藏傳佛教的化身理論後才明白，我要找的答案恰恰與這種化身理論有著緊密的聯繫。

天光中轉世的格薩爾王

《仙界遺使》和《誕生》這兩部分部本的內容是人所共知的，但其中一些情節在我們看來卻有著特殊的意義。因爲倘若我們用化身理論（活佛轉世理論）的基本知識以及比較的方法來觀照它們，我們就會發現上面兩部分部本的產生實質上是受到了化身理論（活佛轉世思想）的深刻影響，它們可以說是這種思想的文學化。

第一個情節——

因藏區惡魔猖獗，阿彌陀佛告訴觀音菩薩：在三十三天神界裡，父王梵天威丹噶爾和母王曼娜澤有一個王子叫德確昂雅。德確昂雅和天妃所生的兒子叫推巴噶瓦，將降生在南贍部洲人世間。他是人間的菩薩，只有他才能教化眾生，使藏區脫離惡道。

化身為白瑪佗稱王的蓮花生決定在（初十那天）讓神子降生。他在「法界遍及」的三昧裡坐定後，口中默誦著，頓時從他的頭頂發出一道綠色的光。這光又分作兩道，一道射進了法界普賢的胸口，另一道射進了聖母朗卡英秋瑪的胸口。從法界普賢的胸口裡，閃出一支五尖的青色金剛杵，杵一直飛到扎松噶維林園裡，鑽進了天神太子德卻昂雅的頭頂，天神太子頓時變成了「馬頭明王」，從聖母朗卡英秋瑪的胸口裡，閃出一朵十六瓣的紅蓮花，一直飄到天女居瑪德澤瑪的頭頂，天女變成了「金剛亥母」。化身為「馬頭明王」的神太子和化身為「金剛亥母」的天女，雙雙進入三昧之中，發出一種悅耳的聲音，這聲音震動著十方如來佛的心弦。十方如來佛將他們的各種事業化作一個金剛交叉的十字架，飛入神太子的頭頂中，被大樂之火熔化後，射入天女的胎中。頃刻間，一個威光閃耀、聞者歡喜、見者得到解脫的孩子，被八瓣蓮花托著，降生在天女的懷抱中。

怎樣看待這段有趣的故事呢？從一般的角度看，我們可以將它看成藏族的天光感生神話，但是從藏族傳統的轉世理論的角度看，我們又可以認爲它是一種天光轉世神話。在整部《格薩爾王傳》史詩當中，除了蓮花生大師外，格薩爾本人也承認自己是蓮花生大師的轉世，或者說化身。追究其根源，恰恰與這個天光轉世神話有關。因爲格薩爾的前世推巴噶瓦最初並不存在於三十三天裡，他是蓮花生大師通過天光轉世之法來造就的。首先，蓮花生化身（或者說神變）爲一道綠光，然後一分爲二，射進法界普賢和聖母朗卡英秋瑪的胸口，這樣，普賢和聖母朗卡英秋瑪實際上已成爲蓮花生的化身；隨後，普賢化身爲金剛杵鑽入天神德卻昂雅之頭，天神成爲普賢的化身，進而化身爲「馬頭明王」，而聖母朗卡英秋瑪則化作紅蓮花飄至天女居瑪德澤瑪的頭頂，天女成爲聖母的化身，進而化身爲「金剛亥母」；最後，十方如來將他們的業績化作金剛交叉的十字架飛入「馬頭明王」的頭頂中，被大樂之火

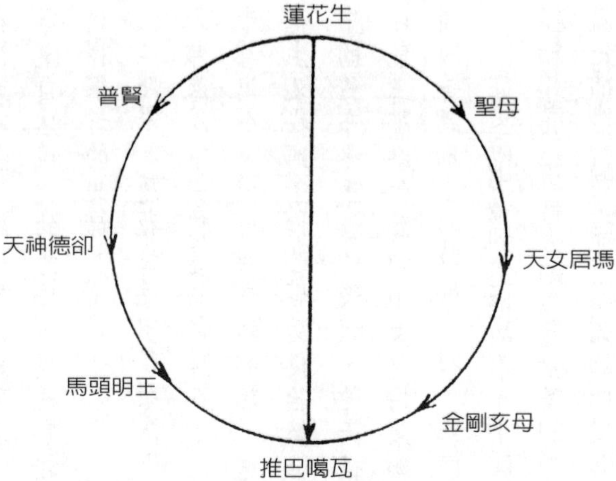

圖2　蓮花生轉世系譜

熔化後，射入了「金剛亥母」的胎宮，於是由蓮花生大師種下的因（種子）在經過幾次化身轉變（戒化身轉世）後，終於結了果，他就是將要投胎轉世爲格薩爾的三十三天神子推巴噶瓦（見圖2）。

如圖所示，蓮花生大師經過四次轉世，才化身爲推巴噶瓦。推巴噶瓦一方面是天神之子，另一方面也是蓮花生的化身。而這一點正是我們最需要的。

第二個情節——

化身爲白瑪陀稱王的蓮花生端坐在蓮花光宮殿裡，掐指計算教化眾生的時機已經到來，該是神子降生人世的時候了。於是教誨化身推巴噶瓦立即到藏區教化眾生。但推巴噶瓦卻提出條件：「要是父母不造血和肉，神子哪能投生在人間。慈悲的大師聽我言，降生人間要條件：生身父親要念類，凡有祈求皆能如願；生身母親要龍族，沒有親疏厚薄在世間……。」蓮花生大師聽了推巴噶瓦的要求，心想推巴噶瓦要去拯救眾生，當然需要那些事業自然成就的條件，我也應該爲他選擇一個土地肥沃、屬民善良的地方，選擇很好的父母、家族。

結果，蓮花生選中了朵康六崗中心的嶺地，即上嶺八大色巴、中嶺文布六部落、下嶺穆姜四部落。史詩中寫道：「在中嶺和下嶺的交界處，有一個十善俱全、權勢興盛的部落，這正是幸福太陽自己升起的地方。」隨後，蓮花生又找到了推巴噶瓦投胎轉世的父母。父親森倫爲藏族最著名的九個氏族中的穆布咚氏族的後代，他天性善良、器量寬宏、性情溫順。母親爲龍族，即龍王鄒納仁慶的小女兒梅朵娜澤。一切安排妥當後，推巴噶瓦知道降臨凡間、普渡眾生的時機已到，遂結束了在天界的壽命。

從史詩中讀到這些故事，不能不使我們想起活佛轉世的一些重要程序來。歷代達賴和歷代班禪大師以及衆多的高僧、活佛的傳記中，都普遍記載了一個事實，這就是活佛的轉世並不是隨隨便便的。從理論上講，每一位活佛圓寂後，他對自己將要投生轉世的區域及父母都有選擇。用史詩中的話來說，就是要有一個具善的地域和天性善良的父母，而這一點在尋訪每一個活佛靈童時都是很明確的。三世章嘉活佛若必多吉是清代著名的活佛，據土觀・洛桑卻吉尼瑪寫的《章嘉國師若必多吉傳》①記載，這位上師出生（轉世）的地方為「涼州四寺」之一的西蓮花寺地方，這裡「清靜美麗，柏木茂密，滿山遍野是各種芳草鮮花，後山是被稱為『白崖海螺七兄弟山』的山形秀麗但不太高的七座山崖，是一片草場、山崖、流水等具足各方吉兆的圓滿之地」。該書又說：「上師的家族為霍爾人（土族），屬於宗喀巴大師的出生地朵思麻宗喀地區的以前稱為祁家多爾達那波的後裔……他的父親是部落中的一名咒師，後來遷居到涼州，安家放牧……他為人秉性正直，好武敢為，口中常誦六字眞言，立誓修行金剛怖畏不壞瑜伽。他的母親名叫布吉，無婦人之缺點，具有誠信，經常努力行善」。書中還有一首詩寫道：「……在這吉祥具足的地點，父親母親家族都不低微，家境富裕具有各種功德，父親聰明尊貴為人稱道，母親誠信猶如神變天女，轉世靈童如同旭日升起……」

從這段引文中我們可以發現，史詩《格薩爾王傳》和《章嘉國師若必多吉傳》在轉世的問題上是相同的，它們都是藏傳佛教化身理論（活佛轉世理論）的產物。為了進一步證明我們的觀點，下面我們再引《六世班禪洛桑巴丹益希傳》②中的一段文字：「遍知洛桑益希生於後藏香地的扎西孜地方。父親塘拉，聰明勇敢，心地善良。母親是眾敬王後裔，正直善良，信奉三寶，聰穎賢惠。」根據這些藏文古籍的記載，我們應該看到西藏獨特的活佛轉世制度在方方面面實際已形成一套比較固定的模式，比如靈童的父母必須是正直善良、信奉三寶，而轉世的地域又必須是具備吉祥。這些特點幾乎都一成不變地反映到了史詩《格薩爾王傳》中，經過一定的文學誇張，更具有了典型性。

第三個情節——《誕生》之部在介紹推巴噶瓦投胎轉世、格薩爾出生的情況時講道：

龍女（Klu-mo）接受了龍王鄒納仁慶（gtsug-na-rin-chen）的如意寶之後，感到渾身溫暖舒適，心境清亮，在心地明亮的極樂中進入夢鄉。在夢境中，一朵白雲自西南而來，降落在自己跟前，烏仗那蓮花生大師將一根金質五叉金剛杵（gser-gyi-rdo-rje-inga-pa）置於龍女頭頂，姑娘從夢中醒來，覺得通體舒暢。待龍女與森格（seng-ge格薩爾之父）同居，又夢見金剛杵的紅光進入頭頂，非常愉快。即將分娩時，龍女覺得通體透亮，頭頂射出白光。隨後，現出一個白人，生鳥首，變作一道彩虹升到天空；又生出一個約三歲大的嬰孩，靈性非凡，誰見誰愛，蓮花生上師立刻給他灌了頂；之後，從母親的心窩裡生出一閃閃發光，人首蛇身的小人；又從肚臍中生出一道彩虹，彩虹的一端出現一位女孩，是格薩爾神馬的守舍神……這時蓮花生上師唱了一首吉祥祈願歌。③

由於此歌對本文非常重要，而此書現在又沒有完全對應的漢譯本，所以現轉寫如下：khyod-lha-phrug-mi-ru-skyes-pa-vdi/dpal-rigs-gsum-mgon-dang-dbyer-med-ste/mtshon-byed-nor-buvi-phreng-ba-dang/me-long-srid-pvi-vod-khim-dang/shel-dkar-rdo-rje-rtse-lnga-gsum/lhun-grub-sku-yi-rgyan-du-vdzom/vdzam-gling-bde-bvi-bkra-shis-shog/……//chu-khams-rlung-lha-gyu-vbrug-dang/yang-sprul-wer-ma-gser-gyi-nya/shing-khams-rlung-lha-bya-rgyal-khyung-yang-sprul-wer-ma-mkhal-dkar-glag/……//skyobs-byed-rlung-lha-wer-ma-brgyad/skyes-buvi-sku-la-vdzom-par-shog/……//

padma-nga-yi-sprul-pa-vdi/sus-kyang-vdi-dbyer-mi-rung/mar-vgro-bavi-sdug-bsngal-dang-len-pa/padma-nga-yi-sprul-pa-yin/ci-bsam-vgrub-pavi-smon-lam-vdebs

你這位神子化身，如同三種吉祥的依怙神，象徵寶物的念珠，具有光暈的寶鏡，還有水晶五叉金剛杵，都將匯集成你身上的美飾，來吧，世界的幸福吉祥。……

水界的風神玉龍，是金魚化身的戰神（sprul-wer-ma）；木界的風神鳥王大鵬，是白鷹化身的戰神（sprul-wer-ma）。……

八位護法風神即戰神，請匯聚在化身（skyes-buvi-sku）的身上。……

蓮花生我的化身（sprul-pa），誰也不能如此神威，快去人間解脫眾生；蓮花生我的化身（sprul-pa），祝願你萬事如意。

蓮花生的化身

從上面引文的幾個重要藏文詞彙中，我們認爲有三個問題值得注意。

(一)推巴噶瓦的轉世(格薩爾的誕生)

從引文中可以看到，這位神子的投胎轉世是通過一根五叉金剛杵的紅光射入母親的胎宮來實現的，而施光者又是蓮花生上師，這一點不奇怪。因爲上文我們已經說過，這位推巴噶瓦本來就是蓮花生的化身，所以蓮花生也罷，推巴噶瓦也罷，他們兩者間沒有區別，他們就是一個「神」。所以我們可以將史詩中的蓮花生看成推巴噶瓦，這樣我們就可以認爲是推巴噶瓦幻化爲一道五叉金剛杵的紅光射入了胎宮。另外這道紅光從何而來呢？史詩上說是乘一朵白雲自西南而來。從史詩中我們知道，神子推巴噶瓦一直生活在三十三天的天國中，直到他投胎時才下凡，因此實際的情況是推巴噶瓦(蓮花生的化身)踏著雲路自三十三天來到嶺地化爲一道光射入了母親的胎宮。

史詩中這種神秘奇特的天神轉世方式是不是它獨有的呢？下面我們看看五世達賴寫的《三世達賴喇嘛傳》④中的一段文字。該書寫道，「二世達賴圓寂後立刻趕赴兜率(意爲喜足天界，其天界內院，爲彌勒菩薩的住處)衆神居住的地方，這時他恰好與自己的守護神相遇，於是：「達賴與守護神一起踏著雲路，化成一道五色的光一下便離開了三十三天，來到了堆隆中部一戶叫康薩貢（三世達賴的家）的村舍。此時三世達賴的母親已有身孕，不能投胎，於是守護神便設法使那個邪魔東西離開了母胎，這樣，等母胎變得潔淨後，才投入了母胎轉世。」

這段引文使我們看到活佛轉世的方式與史詩《格薩爾王傳》中天神的轉世方式幾乎是如出一轍。

（二）格薩爾及其他護法神的轉世

正如引文所講，當蓮花生上師化身的五叉金剛杵的紅光進入了龍女的頭頂後，她不光生下了三歲的格薩爾，與此同時從她的頭頂、心窩和肚臍還先後射出光焰，隨後化身爲鳥首白人、人首蛇身的小人和一位女孩。這是怎麼回事呢？從藏文原著看，這些化身實際上都是格薩爾的護法神和戰神，他們是格薩爾轉世時，依據龍女的身體化身而來的。從史詩的前後文看，這些護法神和戰神應該說同格薩爾一樣，都是蓮花生的化身。一個投胎者同時可以依靠一個胎宮化爲幾個化身，這應該說是史詩《格薩爾王傳》的獨創之處。史詩中神子推巴噶瓦的投胎轉世方式儘管同達賴的投胎轉世方式相同，但它們兩者又有區別，前者作爲史詩，它盡可以極度誇張，而後者卻不能這樣。

（三）「我的化身」和「化身」（nga-yi-sprul-pa 和 skyes-bu-yi-sku）

藏文nga-yi-sprul-pa，譯成漢語就是「我的化身」。在我們的引文後面，蓮花生上師一連說了兩句這樣的話，無非是要強調龍女所生的三歲靈童是自己的化身，而這一點根據我們前面的介紹是順理成章的。既然神子推巴噶瓦是蓮花生的化身，那麼由推巴噶瓦投胎轉世的格薩爾自然也就是蓮花生的化身了。

sprul-pa爲名詞，張怡蓀主編的《藏漢大辭典》解釋爲：mang-chos-nas-vbyung-bavi-sangs-rgyas-kyi-skuvi-rnam-vphrul-te, mchog-gi-sprul-sku, skye-ba-sprul-sku, bzo-sprul-sku, sna-tshogs-sprul-lta-bu。漢語可譯爲「佛教謂由佛身幻變成的人、物和現象，如殊勝化身（指釋迦牟尼）、受生化身（指轉世活佛）、事業化身（指身語等活動）等。此外，該詞還可譯爲幻象、變化。我們知道，殊勝化身（mchog-gi-sprul-sku）、受生化身（skye-ba-sprul-sku）、事業化身（bzo-bo-sprul-sku）實際上就是我們所說的活佛轉世理論中的「三化身」或者說「三身說」。「三化身」藏文寫作sprul-sku-gsum。由此我們可以大膽地肯定，「sprul-pa」與「sprul-sku」一詞是相通的，它們在詞意上都可作「化身」解釋。

關於「sprul-sku」一詞，日本著名的藏學家山口瑞鳳在他的《西藏》⑤和論文《活佛研究》⑥中都有過專門的研究和論述，從詞源上考查，「sprul-sku」一詞是sprul-pavi-sku的簡稱。包含兩層意思：一是指化身或變化身，二是指活佛，即對轉世喇嘛所加的封號。

根據上面對「sprul-sku」一詞的分析，我們認爲《格薩爾王傳》史詩在《誕生》部中使用這個專有名詞是有一定講究的。正如我們在本章的開頭所說，當筆者最初閱讀《仙界遺使》和《誕生》兩部藏文原著時，就發現其中包含了一些深奧的東西。後來將這兩部史詩的一些情節與化身理論（活佛轉世）的一些理論和常識作了比較後（也就是本章對三個情節的比較研究），才明確感到這些深奧的東西就是來自化身理論（活佛轉世理論）的影響。儘管如此，我還是希望在兩部史詩原著中找到一些與活佛轉世有直接聯繫的詞彙。結果在推巴噶瓦投胎、格薩爾轉世後、蓮花生的祈願詞中，我發現了「sprul-sku」和skye-buvi-sku兩個詞。而剛才的分析也完全證實了「sprul-pa」與「sprul-sku」一詞的對等關係。這樣就可以放心地下一個結論：史詩《格薩爾王傳》之《仙界遺使》和《誕生》部的產生與化身理論（活佛轉世理論）有深刻的聯繫。

有的學者也許會反問：「sprul-sku」指的轉世活佛，格薩爾難道是蓮花生上師的轉世活佛嗎？這個問題正是我下面要談的。正如山口瑞鳳先生所說，「活佛」一詞在藏語中是沒有的，它是根據稱之爲「化身」的「sprul-sku」一詞意譯的。⑦通過上面對該詞的分析也很清楚，即它包含了兩層意思，一是指「化身」，二是指轉世活佛，但中心的意思只有「化身」一個。所謂轉世活佛只是後來的漢族人對喇嘛的轉世化身的稱謂。由此可見，單純地將「sprul-pa」或者「sprul-sku」看成是轉世活佛是不全面的。轉世活佛只屬於「三化身」中受生化身中的一種，「sprul-sku」不一定就是轉世活佛。

因此，蓮花生上師祈願詞中所說的「nga-yi-sprul-pa」指的是「我的化身」（或「我的轉世化身」），而不是「我的轉世活佛」。雖然說格薩爾不是轉世活佛，但他卻同轉世活佛一樣都屬於「三化身」中的受生化身（skye-ba-sprul-sku）。

爲什麼這樣說呢？因爲蓮花生上師在前面引文中提到的祈願詞中，明確地稱推巴噶瓦的轉世格薩爾爲「skyes-buvi-sku」。將這個詞與「skye-ba-jsprlu-sku」（受生化身）相比較，我發現它們有以下一些相同之處：

首先，「skyes」作動詞，與「skye-ba」完全相同，它們同是一個詞，只是在時態上不同，前者爲過去時態，後者爲未來時態，表示降生或者是出生等。「skye-ba」還可作名詞，表示「轉世的人」或「降生的人」，而「skyes-bu」才能作名詞，這時它的詞意與名詞「skye-ba」完全相同。

第二，由於在前文已證明格薩爾是蓮花生上師的轉世化身，所以「skyes-buvi-sku」中的「sku」字實際上是「skye-ba-sprul-sku」中的「sprul-sku」兩字的縮寫。

佛經中的轉世理論

在格薩爾的降生問題上，藏族史詩爲什麼會依據轉世理論的觀念呢？要回答這個問題，僅僅依靠《格薩爾王傳》史詩中的解釋是不夠的，我們還需要參考一些涉及轉世理論的經典和思想。史詩在一開頭展現的背景是：吐蕃福善因緣錯亂，四方大動干戈，遍地紛爭混亂，災禍慘烈。於是在觀世音的請求下，阿彌陀佛開出了一個拯救藏地衆生的「良方」：只有三十三天的神子推巴噶瓦下凡爲人身，才能把難以教化者化度，並將他們惡道中解救出來。於是一部史詩巨著便圍繞阿彌陀佛的旨意展開。僅從史詩講述的這個情節看，我們還看不出有什麼更深奧的東西，但是，如果將它與有關轉世理論的經典或者是思想比較，我們就可以發現，上面提到的情節實際上就是轉世理論的文學化。

《華嚴經》中說：「雖已證得菩提，爲教化衆生之故，引導彼等生起菩提心，時常向衆生示範無障淨行，此乃諸善逝之變化。」章嘉國師的親傳弟子土觀．洛桑卻吉尼瑪寫的《章嘉國師若必多吉傳》在提到章嘉活佛先世的歷次轉生時，就引用了這段經文。他的解釋是：具足圓滿、成熟、修持，已證得無上菩提的諸佛陀，其法身堅固不動，但由於對不淨塵界衆生以大悲看顧，故以各種化身在各處顯現。土觀大師進而引用了《寶性論》中的一段經文解釋道：「以大慈悲遍知世間，以智悲視全世間，其法身從不動搖，卻以幻化等神通，明顯降一於塵世，在諸不淨之下界，指明世間的道理。」他接著又說：「不僅如此，爲了諸種方便調伏有情衆生，佛、菩薩還化現爲大德及成就者、王、臣、百姓、俗人男女，甚至飛禽走獸等生靈……給應化眾生以臨時或久遠之利樂。」⑧

土觀大師的論述要點是：爲了教化衆生，佛或者菩薩可以通過化身等方法，降生塵世。這一佛學思想由於來源於藏傳佛教的經典，所以它實際上已成爲活佛轉世（或者說化身轉世）制度產生的理論基礎。

桑結嘉措（一六五三～一七〇五）作爲五世達賴的攝政王，除了在政治上有不凡的政績外，他對活佛轉世理論的研究也值得我們注意。他在自己寫的《六世達賴喇嘛傳》⑨的開頭部分，也曾引《華嚴經》來論證有關活佛轉世的理論問題。其經文如下：「居住於法雲的菩薩，儘管只有一世的時間，但是，從他在兜率天居住以後開始，就開始遷居，然後投入母胎、出生、出家、覺悟、發願、轉法輪，最後涅槃。在此期間，他思念過各種有事之事，他做的教化之事，恰如如來佛之事，一切都被加持。因此，他同樣可以在無限無數世間存在」。

桑結嘉措的思想與土觀大師是完全相同的，他們都想通過《華嚴經》來證明十地的薩菩爲教化塵世，可以轉世投胎，並且可以不斷地轉世。至於菩薩應該以何種形體轉世，桑結嘉措進而引用《央掘魔羅經》第三卷中的一段經文：「（菩薩）應以何種形體出現，來爲眾生的利益服務呢？應變爲家人、學生、村民、商人、侍從、國王、大臣、青年、村長及一切大眾（來爲眾生的利益服務）」。

根據上面的分析我們認爲，藏傳佛教經典中所闡述的化身轉世理論，爲西藏特有的活佛轉世制度的產生提供了理論依據，同時，也正是在這種思想和文化的背景下，藏族史詩《格薩爾王傳》的創作也受到了影響，並具體反映在開篇《仙界遣使》和《誕生》當中。作爲三十三天菩薩之化身的推巴噶瓦，爲利樂蕃土而轉世爲格薩爾的故事，從理論上講，與藏傳佛教的轉生理論是毫無區別的。既然經典中講菩薩可以化身爲各種人利樂衆生，那麼菩薩同樣也可以化身爲格薩爾這樣一個特定的史詩英雄去救度蕃土，這就是活佛轉世理論與《仙界遣使》和《誕生》一致的地方。

轉輪聖王

也許是藏文化的一個特點，無論是世俗、宗教階層，還是神話傳說世界，人們都喜歡把自己的家族的發端追溯到某位重要的歷史人物或者是菩薩，而活佛轉世制度的發展，更是將這種思想意識拓展到了高峰。像達賴，作爲西藏本地的菩薩，被認定爲觀世音菩薩的化身；班禪則被認爲是無量光佛的化身。按藏傳佛教的理論觀點來看，這種認定並不是隨意性的，而是有很深的意義。同樣，史詩《格薩爾王傳》中，將格薩爾的前身說成是蓮花生上師，也有它的道理。爲了弄清楚這個問題，我們有必要研究一下蓮花生上師的前身。

據《寶伏藏》、《伏藏師傳》、《寧瑪派歷代上師傳》統計，歷史上著名的伏藏師有二千五百多人。這些伏藏師每人至少發掘出一種《蓮花生大師傳》。這就是說，

《蓮花生大師傳》多達二千五百多種。大約在本世紀初，西康著名學者貢智雲丹嘉措活佛就曾發願要把所有的《蓮花生大師傳》版本收集起來，由德格土司出資刻印傳世，並且已經收集八十多個版本。但剛開始校訂時，活佛就圓寂了，致使這一宏偉工程中止。一九八七年，第一個正式出版的鉛版本《蓮花遺教》由四川民族出版社出版。該版本由爾金林巴伏藏師發掘，青海化隆的科巴木刻。該書曾經許多著名學者校勘訂正，第五世達賴阿旺．洛桑嘉措曾親自校訂，並寫有校後記，因此具有一定的權威性。

《蓮花遺教》正文爲一百零八章，此處還附有由爾金林巴發掘的《蓮花生傳略》。該《傳略》實際上是《蓮花遺教》的縮寫。它的開頭部分，詳細地提到了蓮花生上師的「八位生父和八位生母」，⑩這些「父母」實際上就是蓮花生上師的前世，或者說化身。《傳略》寫道：「此說八位生身父，深知法界智慧父，是那法身普賢佛；擯脱生死二事父，無量光佛是依怙；一切六道聖者父，無量壽佛是砥柱；法之根本菩提父，觀世音佛報身佛；佛教基礎僧伽父，釋迦牟尼化身佛；姓氏高貴國王父，乃是安札菩提王；入世所見之人父，佛教大臣爭那增；慈祥誠懇切磋父，契友嚴師金光聖。……再述八位生身母：第一達那敦夏海，翁郁海中寶蓮樹；安樂生母無形影，無漏無垢普賢母；頌揚化身的生母，則是金剛瑜伽母；供我養我的生母，持光天女貴妃嬪；墳墓形爲的生

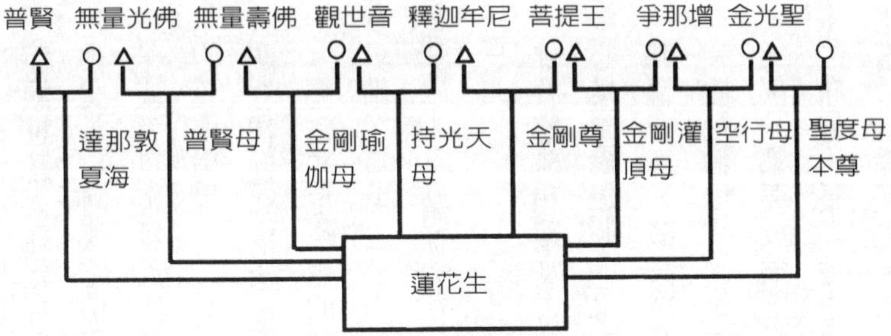

圖3　蓮花生上師本生譜系

母，偉大尊面金剛尊；圓滿金剛灌頂母，全喜祈禱比丘僧；贈送密宗伏藏母，乃是業主空行母；佛教主心木生母，則是聖度母本尊。……」（示意圖如圖3）

從蓮花生上師本生譜系看，幾乎佛教中最重要的佛都成了蓮花生的前世。按活佛轉世的理論看，這對提高蓮花生的佛教地位是十分重要的。在這裡，我們要特別指出的是蓮花生的第二、第四和第五世前世，即無量光佛、觀世音菩薩和釋迦牟尼。因爲從佛教經典上看，這幾位佛的身份是與轉輪王聯繫在一起的，從特定的意義上講，他們是一種王權思想的象徵。

首先讓我們來看看無量光佛，在前面提到的《蓮花生遺教》的第二章的開頭有這樣幾句話：「在這個佛土的無量光佛，爲征服世界上的暴君等傲慢者，以及被傲慢捆住的人，在那蓮花盛開的極樂世界裡，從頭頂發出紅光變成國王，稱做轉輪王桑苞譙，統治四洲，資財豐富，權勢顯赫……。」

而觀世音菩薩化身為轉輪聖王的情況，在《一世達賴喇嘛傳》中也有記載：阿彌陀佛父子（阿彌陀佛和觀音菩薩）來到不淨的諸世間，或者以轉輪聖王、或者以國王、或者以帝釋天或梵天的姿態出現，也即以菩薩、俗人或出家人等適合於教化眾生的姿態出現。

關於釋迦牟尼轉生為轉輪聖王的說法，在《方廣大莊嚴經》中有這麼一段文字：（釋迦牟尼誕生的時候，有一位善於相面的仙人看了他的面相後說）：「由於此身具備了無垢之三十二相，因此對他來說有兩種命運，而不會是三種。國王陛下（指淨飯王），請你記住，他將成為轉輪聖王，此外，還將作為佛而成為人間的君主。」⑪

佛教經典和藏文古籍上將無量光佛、觀世音菩薩、釋迦牟尼看成是轉輪聖王，其中心是圍繞這個「王」字。

轉輪聖王，藏文為vkhor-los-sgyur-bavi-rgyal-po。《俱舍論》中解釋說，「由輪寶力。能統治一切眾生，故名轉輪王」。《大方廣佛華嚴經》中說：在第一地的諸菩薩，大部分都要成為閻浮提王，並掌握大權，然後依據佛法廣做護持。諸菩薩依靠眾多的布施，長期地主宰有情，所以他們具有權力。⑫經中所說的閻浮提王，其內涵相當於轉輪聖王，而他們所具有的權力實際上就是法輪之力。《佛說法集經》中說：諸菩薩有十種大的變化……，而其中一點就是化身人間成爲轉輪聖王，認眞地護持戒律，當其主要奉行（俗人的）行爲時，菩薩摩訶薩化爲轉輪聖王的樣子，來利樂衆生。⑬

從這些經文中我們可以看出，轉輪聖王實質上就是菩薩的化身，他是以武力征服世界，以正法治理世界的理想的君王。⑭像達賴的前世松贊干布，他作爲觀世音的化身而成爲吐蕃的贊普（國王）。根據《漢藏史籍》等藏文古籍記載，他除了以武力征服了周邊部落外，還提倡佛法，以正法治國。而達賴和班禪（無量光佛的化身）同樣也屬於這種情況，他們一方面在西藏是宗教領袖，另一方面又具有世俗的權力。因此，根據上面的分析，作爲菩薩化身的松贊干布、達賴、班禪都可以被看成是轉輪聖王。

由於蓮花生上師也是觀世音、無量光佛和釋迦牟尼的化身，因此他也可以被認爲是理所當然的轉輪聖王。我認爲，正因爲從化身理論（活佛轉世理論）的角度看，蓮花生上師具有這個特徵，所以，藏族史詩《格薩爾王傳》要在開篇的《仙界遣使》和《誕生》中將格薩爾說成是蓮花生的化身，這樣，史詩的主人翁格薩爾自然也將成爲轉輪聖王。從這個意義上講，作爲蓮花生化身降生嶺國的覺如，從他來到人間的那天起，就注定要成爲嶺國的格薩爾王，而賽馬稱王只是他登基的一種手段。

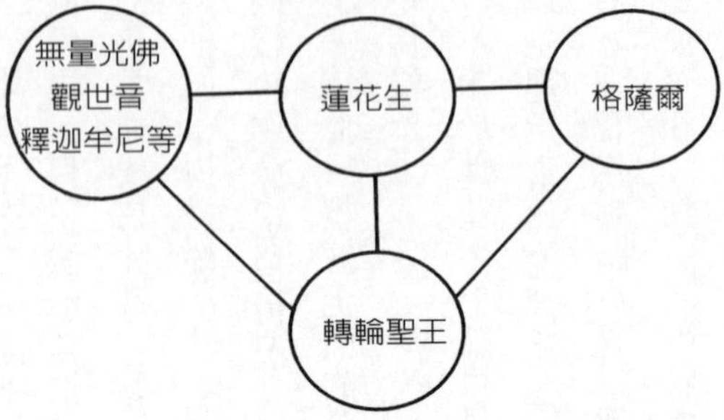

圖4　「格薩爾與轉輪聖王關係圖」

過去我曾經指出：《格薩爾王傳》的詩聖們站在宗教哲學的高度，爲藏族塑造了一個偉大的「光明之神」和「智慧之神」，它是用民族眼光審視客觀世界而創造的民族理想之神。格薩爾的思想觀念本身則充分體現了史詩作者的精神願望，從本質上說，它又是藏族的心聲。格薩爾努力要建立的國度，其哲學的內涵就是柏拉圖式的烏托邦。從《英雄誕生》，繼而《賽馬稱王》，格薩爾獲得了政權，這位偉大的君王騎上駿馬，高舉光明之火，踏上了征途。他的鐵拳一揮，混沌醜惡的世界被擊碎了。嶺國燃起了光明之火，舊的世界逐漸毀滅，一個全新的世界誕生了，勞苦的大衆一步跨進了天國。

儘管我最初的觀點由格薩爾身上的種種特徵得到證明，但卻不知道它們來源於何處。現在，將《格薩爾王傳》史詩與藏傳佛教哲學中深奧的化身理論（活佛轉世理論）聯繫在一起，並弄清了無量光佛、觀世音菩薩、釋迦牟尼、蓮花生、轉輪聖王、

格薩爾的相互關係後，可以說我才眞正找到了解讀《格薩爾王傳》這部偉大史詩的鑰匙。（見圖4）

結語

從本章的研究我們可以看出，《格薩爾王傳》的創作思想是以神學觀念爲基礎的，具體體現就是藏傳佛教化身理論（活佛轉世理論）在史詩創作中的運用。

＊＊＊

①《章嘉國師若必多吉傳》，土觀・洛桑卻吉尼瑪著，民族出版社。

②《六世班禪洛桑巴丹益希傳》，嘉木樣・晉美旺布著，許得存等譯，西藏人民出版社，第十四頁。

③《vkhrungs-skor》（誕生），甘肅人民出版社。

④《活佛研究》，山口瑞鳳著，筆者譯，載《西藏研究》一九九二—四。

⑤《チベット》（西藏），山口瑞鳳著，詳見該書第二章「チベットの文化」。

⑥山口瑞鳳《活佛研究》載《西藏研究》一九九二—四。

⑦山口瑞鳳《活佛研究》、《西藏研究》一九九二—四。

⑧《章嘉國師若必多吉傳》第一章。

⑨《化身についこ》，山口瑞鳳著，漢文見筆者譯的《活佛研究》載《西藏研究》一九九二年三～四期。

⑩《蓮花生大師本生傳》，青海人民出版社，第七六〇頁。

⑪⑫⑬⑭見《「攝政サンヴ・キャンツォの」著作にる—七世紀チペットの的王權論》，石濱裕美子著。

第3章 度亡還陽儀典

超度生死與《中陰度亡經》

蓮花生大師在西藏降魔，興建桑耶寺後，還擔負起了向藏人傳授神秘大法的歷史使命。相傳他入藏後，來到西藏中部的「干本山」（gam-po-hills）講解佛法，其中就有《中陰度亡經》等。蓮花生大師講完經後，便將這些經文埋藏起來，也許是他預料到了後世將出現達磨贊普滅佛的事件，所以提前將一些重要的藏密著作藏到了山野。儘管如此，他還是授權自己的二十五位弟子有尋找這些經文「伏藏」的權力，當然他們的弟子也同樣享有這個權力。

果然，在公元八四二年左右，吐蕃贊普達磨掀起了一股反對佛教的浪潮，使西藏佛教度過了一段黑暗時期，遭受了一些挫折。他力圖依靠摧毀寺廟、迫害僧人來消滅佛教。但此時，佛教的種子已深深扎根於西藏人民的心田之中，藏族人沒有讓這一破壞行徑持續多久，達磨贊普就被一位篤信佛教的僧人暗殺了。①而那些深埋在山洞或石窟中的一本本經典也經眾多掘藏師的努力得以重見天日。《中陰度亡經》就屬於其中的一本。

發現這部與死亡解脫有關的經典的掘藏師叫伽瑪林巴（kar-ma-lingpa）；他本人是寧瑪派的高僧，後來他把《中陰度亡經》傳給了噶舉派的高僧朵都多杰。朵都多杰是噶舉派第十三代上師。以後，朵都多杰將此經傳給了第八代達隆巴噶舉上師玉迷燈普黑，所以後來屬於達隆巴噶舉派的蘇門寺（surmang monastery）的僧人們都特別精通《中陰度亡經》。

到近代，《中陰度亡經》已爲西藏各教派信奉和使用，西藏各地區的人死後都要請喇嘛念誦該經文，甚至本教徒也要使用這個經典。

《中陰度亡經》原文爲《中陰救度經》（Bar-dovi-thos-grol），也有人翻譯爲《中陰度密法》或《西藏度亡經》。該經目前在西藏被信徒們當作一本每日禱告的書而廣爲運用，並在人死亡的時候由高僧對死者加以誦讀。對於尋求精神解脫的信徒而言，它又是開啓內心深處的一把鑰匙，是初入密門的一種指南針。

「中陰」藏文稱爲「帕爾脫」（Bardo），梵文稱爲「中有」（Antarrabhava），是佛教的專有名詞，即指人死後到轉生這段時間，因此可以說「中陰」或「中有」是時間名詞。佛教包括藏傳佛教認爲，衆生由於受業果的支配，在他們死後都將在六道中轉生輪迴。當然，作爲一名活佛在他圓寂後也會再次轉世（轉生）。但是從死亡至轉生有一定的時間限制，一般爲四十九天，這個時間就是「中陰」或「中有」。在這個時間內，人將獲得一個質的轉換，要麼轉生於地獄界、餓鬼界，要麼得到解脫轉生天神等。而一名活佛，在他圓寂後的四十九天內，也必須入胎轉世，只不過他已經脫離六道，到了佛的果位，今生是佛，轉生後還是佛。

按佛教的理論以及普通信徒的理解，即使有了「中陰」這個重新選擇轉生道路的機會，死者獲得圓滿涅槃的機會仍是很小的。但是按照藏傳佛教的理論，一個處於中陰階段或者說狀態的人，完全有機會超出六趣，不入六道輪迴之道，並獲得解脫。這個機會除了以他的善行善事的業作爲解脫的標準外，還有一個重要的條件，即取決於他對達磨的領悟以及一位或幾位大瑜伽師運用《西藏度亡經》或者說《中陰救度經》對他的必要的引導。這也許就是這本經書得以在西藏地區廣爲流傳的重要原因之一。

儘管在藏族信徒和部分密宗修持者中，有人認爲平時連續不斷地修習《中陰度亡經》，可以幫助他們在死後獲得圓滿的解脫，但是，這部經典的眞正要旨在於「以念誦的威力召引神靈從關鍵的時刻起化除罪惡，喚起死者的法性，使他頓悟而獲解脫。」②根據從事這種宗教傳統儀式的經驗，對死者念誦《中陰度亡經》的法師必須是一位擁有強大能量（氣、風）的瑜伽大師。他在爲死者念誦經文時，與死者亡靈進行聯通是相當必要的，因爲這種聯通的目的是以瑜伽師的智慧心靈指導死者亡靈，在中陰階段遇到各種幻象時，能分辨出其確切性質來，而不至於誤入歧途進入輪迴的圈子裡，達到使死者獲得解脫或者救度死者的目的。

然而每一位熟悉中陰救度儀軌的法師或者有這方面經驗的信徒都很清楚，不是任何一位法力無邊或者說有影響的瑜伽師都可以擔當此重任，只有那些具備了有關中陰知識和體驗的專門的瑜伽修持者才有此類殊榮。這些瑜伽師必須修習了與《中陰度亡經》經典理論密切相關的《中陰度亡瑜伽》後，才能成爲眞正的中陰救度儀軌法師。這些法師們在活著的時候必須修煉《中陰度亡瑜伽》中的全部知識，包括死亡時的諸種幻覺與體驗，以加強他在進行中陰救度儀軌時的能力。這樣他既可救助其他瀕死的人，同時也可在自己面臨死亡的時候獲得圓滿的解脫。

神秘的死亡體驗

據史料記載，在伽瑪林巴發現《西藏度亡經》以前，與其經典理論密切相關的《中陰度亡瑜伽》（也稱《中陰靜修瑜伽》）的修持實踐已由另一位求學於印度的密咒大師瑪爾巴（marpa）從那爛陀大學主持那若巴（Narowpa）手中學到並傳回西藏。瑪爾巴是噶舉派的創始人，他在那若巴那裡共學到了六種密咒大法，即後世所說的

「那若六法」。《中陰度亡瑜伽》屬於其中的第五種。

《中陰度亡瑜伽》是藏密瑜伽修持中的高級修持，因此不是任何人都可以修習的。修持《中陰度亡瑜伽》要分兩步走，即準備階段和實際修持階段。

（一）準備階段

首先是對佛法的全部身、語、意的皈依；尋求一位上師作自己的導師；進行必要的密宗灌頂，然後開始修持初級密咒即「生起次第」的內容，爲修持打下基礎。在此期間，他必須不間斷地念誦成千上萬次的咒語和眞言，如六字大明咒、金剛大力百字神咒等；要在佛教聖地磕長頭、朝聖、供奉曼荼羅、行善勸善等。當然還必須在上師的指導下進行必要的瑜伽修持，完成「生起次第」的課程。

接下來還要進入高級成就瑜伽即「圓滿次第」的修持。依噶舉派而論，主要是「那若六法」中的前四種密法。包括心熱瑜伽（拙火定）、幻身瑜伽、光明瑜伽等。有關這些瑜伽的內容我們在第四章有關部分將作介紹，這裡從略。

當修持者完成了上述修持後，他便具備了修持中陰瑜伽的條件。

（二）中陰度亡瑜伽的修持

根據有關材料，《中陰度亡瑜伽》的修煉要求在一個完全黑暗而僻靜的房屋或山洞岩窟進行。修持者要在裡面連續修持四十九天，除了他的上師可以與他聯繫外，不許任何人或物驚擾他。在四十九天裡，修持者完全要將自己想像成一位死者，由此他開始逐步體驗到中陰狀態時的各種幻象及其實質，並從中獲得啓示。實際上修持者在四十九天內修持的內容，正好也與修持者將來爲死者誦頌的《西藏度亡經》的內容有密切聯繫。

修持者在第一天和第二天所要修持的內容包括下面這些神秘的死亡體驗：

修持者首先在一片靜穆眩眼的光明中進入禪定狀態，也就是中陰狀態。緊接著他產生了各種複雜的情感變化，開始感到猜疑、驚懼，甚至不知所措等等。很快，修持者會覺得自己正在一個黑洞中穿行，接著就進入了一個明亮溫暖的境地。根據上師在修持前傳授給他的知識，修持者知道這是輪迴倒轉，是自己重返母親胎宮的中陰前奏曲。與此同時，修持者感覺到自己的心識也隨同光明進入了太空。頓時，修持者感到自己已身處藍色的光明之中。他知道這種光明就是毗盧遮那大佛本質的體現，他看見了大佛手持八輻輪，那是超越時空的能力標誌；他看見毗盧遮那無所不在，他有四個面孔，無論在哪他都面對著你。很快，藍光變得越來越深，越來越恐怖，像是要把他一下吞沒。他會像其他修持者一樣很想轉身逃離這種藍光。但是上師早就提醒過他：假如你有足夠的認識、能力和勇氣，你一定要朝深藍色中走去，去和毗盧遮那大佛溝通，如果你一旦成功，你將被大佛迷人的笑容吸引過去。但是你不能完全被這種祥和的微笑所迷惑，因爲大佛的面目在瞬間將變爲威猛恐怖的怒相，這時你必須經受住這場變化得太快的恐嚇。修持者試著這麼做，他朝大佛的笑容走去，並經受住了恐嚇，他感到那令人害怕的相貌實際上與佛的笑容一樣帶有正義的力量，能摧毀自己身上的業障，能使自己超越輪迴。

漸漸地藍光隱去，白光慢慢閃現。從東方走來了金剛薩埵（vajrasattva）和不動佛（Aksobhya）。不動佛手拿五光金剛杵，端坐在大象上，他的女性伴侶是佛眼菩薩（Buddhatocana），他們的後面跟著地藏菩薩（ksitigarbha）和他的伴侶慈氏菩薩（Maureya）等。修持者靜靜地面對著他們，他感到白色的光不斷地從他們的心中散發出來，然後照在自己身上。那白光充滿了誘惑力，他甚至想跟佛和菩薩走進白光之中，因爲他看見地獄灰白色的光與這白光是一樣的，他開始猶豫向前，但終於還是停住了，只要他再向前一步，他將跌入地獄之中。這時他重新牢固自己的信念，很快，不動佛的剛硬難動的品質傳給了他。

這時修持者的修煉已進入了第三天。

他感到白光漸漸退去，從南方出現一片黃色的光芒，他發現寶生佛（Rathasabhava）就在黃色的光芒之中。修持者很清楚，寶生佛的出現將引發占有欲望和自足感。在寶生佛及其隨從出現時，人們的任何意願都可以通過他們手中的寶王得到滿足，於是人們就有可能在一種心滿意足的歡樂中投生在人類世界中。因此，修持者必須經受住欲的考驗。

進入修持的第四天，修持者將看見象徵西方蓮花部的阿彌陀佛出現。他是無限光明的代表，手持一枝蓮花。當日月之光照耀蓮花，蓮花開放，象徵容納一切事物。阿彌陀佛的伴侶是白衣佛（pandaravasinl），他象徵火的本質，還有觀世音菩薩，他是憐慈的代表，以及文殊師利、光明佛等。蓮花部衆神散發無限的紅光，對於任何人都要詳細辨識，只接受可接受者，被拒絕者只有進入餓鬼界。

第五天，修持者在修持時將看見帶綠色之光的羯磨部（khermafimily）的衆神。爲首者爲不空成就佛（Amoghasiddhi），他手持十字金剛杵，隨從有金剛手（Vajrapani）等。在不空成就佛面前，修持者必須深刻檢點自己，否則，你的任何未除淨的業障都可能拖累你，使你難以走向下一階段。

第六天，修持者在禪定狀態中，將看見四十二位面容慈祥的神靈，還有前面提到過的五部佛及其隨從，宇宙曼荼羅的四方大門守衛者、四位金剛亥母以及六趣的相應感覺世界都一同出現。這裡已經沒有任何空餘的角落供你逃避或轉變，你已進入到無限的曼荼羅中，東方有勝利之神守衛，南方是死亡君主閻摩的對立面守衛，西方有馬頭明王，北方有甘露軍荼利明王（Amrtakundali），還有四方四位女神，她們隨時準備用套索抓住你，使你在面對六大感覺世界（即六趣的體驗）時不能逃跑，這六個世界自你的心中顯現出來，這時修持者將產生忿怒與愉快等情感。

第七天，修持者在中陰狀態中，將看見持明王們（Vidyadhavas）從咽喉放射出陽光束。這時，他所看到的所有慈祥神靈將與他的心臟建立聯繫，所有的忿怒神靈將與頭腦建立聯繫，而畜牲界的綠光也不時閃現，修持者的危險不斷加劇，這時，修持者的導師將對他進行必要的引導。

在各種神靈不斷出現的時刻，作爲中陰的虹光體開始在一瞬間打開或關閉，這時你在上師的引導下開始認識自身自性。大約在五周以後，這種心境和認識就可以穩定下來。此時，五部佛的慈祥面孔和忿怒面容修持者已基本了解，但同幻象一起出現的鮮明色彩與聲音開始干擾你，因此修持者必須加強定力，否則，在絕對平靜中，猛然爆發出的雷鳴可能驚嚇你，還有威猛神，他們製造的恐怖也會讓修持者東奔西走。

這時，只有堅持到最後，使那最初的光明體充分匯合了五部佛的五大光明，超越了六個感受世界，圓融爲一片美麗斑爛的光體，而修持者也融化在其中，這時修持者會感到暖熱愉快無比，至此，他便達到了證悟「三身」(佛的法身、報身、化身)，獲得大解脫。中陰瑜伽修持也就此結束。③

臨終前的度亡儀軌

《中陰度亡經》或者說《西藏度亡經》包括四個部分：

(一)臨終中陰——經歷死亡時的意識狀態

(二)實相中陰——體驗中陰實相時的意識狀態

（三）受生中陰——六道境相時的意識狀態

（四）投生中陰——再生時的意識狀態

這四個部分實際上就是按「中陰」的四十九天，將人從死亡到投生的過程劃分爲四個階段。正像我們在前面所說的那樣，《西藏度亡經》與《中陰度亡瑜伽》是兩個在理論和實踐上相輔相成的密咒經典，因此，《中陰度亡瑜伽》的修持者們在四十九天的修持中所觀見的內容正好包括在《西藏度亡經》的四個部分中，它們的區別在於，《中陰度亡瑜伽》的內容是修持者自己經過中陰修持而觀想的，而《西藏度亡經》四個階段的中陰意識卻是瑜伽師「照本宣科」授予的。

按《西藏度亡經》的分法，臨終中陰和實相中陰是死者去逝後十四天內應該向死者誦讀的內容，而受生中陰和投生中陰則是在此以後所要向死者誦讀的內容。下面分別簡單介紹。

（一）臨終中陰儀軌

1.施行臨終中陰儀軌的法師和時間

人臨終時，最好是將曾經指導過死者的上師，即我們上文所說的修持過《中陰度亡瑜伽》的密咒大師請來，當然如果沒有這樣的大師，可請同門師兄或讀誦正確、清晰的人代替。

至於施行儀軌的時間，《西藏度亡經》認爲，亡者呼出最後一口氣後，生命力或靈力就開始下降進入智慧脈輪之中，能知的神識即可體會到空性（sprosbral）的根本明光。而當此生命力或靈力向後竄去而躍過左右（靈、氣）兩條脈道（risagyas-gyon）之時，中陰境相則頓時顯現。所以，應該在生命力或靈力通過臍輪之後，沖入左脈之前開始中陰度亡儀軌。

2. 臨終中陰儀軌的內容

法師對死者說：

「尊貴的某某（稱呼其名），現在，你求道的時候到了。你的氣息就要停止了。你的上師已經助你入觀明光了；你就要在中陰境界中體驗它在實相之中的境相了：其中一切萬物皆如無雲的晴空，而無遮無瑕的智性，則如一種沒有周邊或中心的透明眞空。當此之時，你應趕快了知你自己，並安住此一境界之中。我此時也在助你證入其中。」

法師對著彌留者的耳際反覆讀誦這段文字，直到亡者呼氣或出息已停，以使誦文的音義印入亡靈之中。這時，法師見死者呼氣即將停止，就要讓他右側身子向下偃息。

這時法師開始對死者運用眞正的入觀密法。他以溫和的語調對死者的耳朵說：

「尊貴的某某（視死者地位及關係進行相應的稱呼），世間所謂的死亡，現在就要來到你的身上了，你要這樣決定：『哦，這是命終報盡之時，我決心趁此機會，為利樂無量世界有情眾生而證圓滿佛道，以我的魔力行使我的慈愛之心，以使所有一切眾生同證菩提，達到究竟圓滿之境。』

你既然如是想了，特別是在明光法身可於死後為利一切有情眾生而證之時，了知你已契入那個境界，定可獲得大手印境界之最大利益……」

法師誦讀時，應將嘴附於死者耳際，清楚而又明白地反覆叮嚀，以使這些話印入亡靈之心。待呼氣完全停止後，即以手緊壓死者睡眠之脈。如死者的地位或學識高於儀軌法師，法師就要這樣禱告：「敬愛的師長，您此刻正在體驗根本明光，應該安住您此刻正在體驗的此種境界之中。」

這樣反覆三至七遍，一則可使死者憶起從前上師所教法門，二則可使死者將此無遮淨識認作根本明光，三則可使如此認清自己本來面目的死者與法身永久契合而解脫得以確保。

（二）實相中陰儀軌

1. 誦讀實相中陰觀想大法

《西藏度亡經》認為，縱使不能認證初期中陰明光，只要證得續發中陰明光，仍可獲得解脫。即使不能以此獲得解脫，還有名為「實相中陰」的三期中陰境界出現。至此境界時，業影即行內現，此時最要緊的是讀誦實相中陰觀想大法。

因為在此期間，死者會看見供食被撤走，自己的衣服被剝掉，睡覺的地方被掃去，他還可以聽到親友的悲泣哀號⋯⋯這會使他感到可畏可怕。所以中陰救度法師此時要運用中陰觀想大法呼喚死者之名，向他作正確明白的解釋。

法師對他念誦道：

「⋯⋯

尊貴的某某，你將體驗這三種中陰：臨終中陰，實相中陰，以及投生中陰，在這三種中陰當中，直到昨日爲止，你已體驗了其中的臨終中陰境相。儘管實相明光曾在你的面前顯現，但你未能即時掌握，以致仍然滯留於此⋯⋯

尊貴的某某，所謂這件事情已經來臨，你已在脫離這個塵世之中，但你並不是唯一的一個；有生必有死；人人莫不如此。不要執著這個生命；縱令你執持不捨，你也無法長留人間；除了仍得在此輪迴之中流轉不息之外，毫無所得。不要依戀了！不要怯懦啊！還是憶念三寶吧！

尊貴的某某，在實相中陰境相之中，不論有何可怖可畏的景像出現在你的面前，你都不要忘了下面要說的幾句偈語，並謹記其中的要義，因爲認持的要訣就在其中：

而今實相中陰顯現在我眼前，

種種怖畏之念我都不管，

願我了知此皆神識反映，

願我了知此皆中陰幻影

……

尊貴的某某，你應複習此等偈語，明記其中的要領，並且勇往直前……

尊貴的某某，當你的肉體與心識分離之時，你將一瞥那光明晃耀、不可思議、令你畏敬的清淨法身，猶如在一條不斷震動的河流上面橫過陸地上空的幻景一般。那是你自己眞性的光焰，認證它吧！

……

尊貴的某某，如果你現在還不認清你自己的意識所現，如果你還不與此法相應，不論你在世時做過多麼虔誠的禪觀，悉皆枉然——那些光線會使你恐慌，那些聲音會使你畏懼，那些火焰會使你震驚。如果你現在還不認清這個萬分重要的關鍵——如果你不能看透這些聲音、這些光線、這些火焰，那你就只有在生死輪迴中流轉下去！」

2.儀軌法師向死者誦讀他在第「一七」中所必須面對和克服的幻景和險難。《西藏度亡經》將中陰景相的四十九天分爲「一七」、「二七」及以後的二十五天。

在第一個「一七」中，儀軌法師每天要向死者誦頌一段度亡經，每一段度亡經都要講述死者在這一天所要遇見的幻景。共七天，主要講述喜樂部聖尊的顯現或者說五部佛的出現。這些內容相當於我們在介紹《中陰度亡瑜伽》時所說的修持者在七天內所觀想到的內容，這裡不再重複。

3.儀軌法師向死者誦讀他在「二七」中所必須面對和克服的幻景和險難。

我們知道，「一七」出現的中陰景相，共有七個階段的險難情境，在每一個階段，讀《西藏度亡經》的入觀要領，都可以讓死者有所認證而得以解脫。但也有一些人因惡業深重，無明堅固，習氣久薰，致使愚妄之輪既不疲竭，也不加速，乃至照常運轉，因而雖已入觀但仍然未得解脫，迷失下墮，在這種情況下，「一七」當中所示的諸部尊聖不再顯現接引，而緊接著便有五十八位身住焰火輪中的忿怒飲血諸尊出來鉤召。這些忿怒諸尊，並非別的，只是前述喜樂部諸尊隨處換個面目顯示而已。

《西藏度亡經》認為，在忿怒諸神出現的中陰境相裡，由於恐怖、駭怕，以及敬畏的關係，亡者的入觀認識將顯得更加困難。未得獨立自主的心識，接二連三地陷入昏迷狀態之中。但是亡者只要聽到中陰救度儀軌法師在「二七」中所念誦的度亡經，在此階段得到解脫也並非難事。根據儀軌法師在「二七」中每天念誦的《西藏度亡經》看，七天中出現的忿怒諸尊如下：

第一天，念誦在中陰境相中入觀忿怒飲血諸尊的方法，顯現有大光榮赫怒加佛

（Dpal-chen-poBud-dhaHeruka）、大力忿怒佛母（Bud-dhakro-ti-shva-ri-ma），他們是毗盧遮那世尊的怒相。

第二天，念誦在中陰境相中入觀剛部飲血忿怒諸尊的方法，顯現有金剛部飲血主尊金剛嚇怒加世尊，他由金剛克咯鐵秀利瑪佛母擁護。

第三天，念誦寶生部飲血諸尊入觀法，顯現的有主尊寶赫怒加佛，他由佛母寶克鐵秀利瑪擁抱，他們是作爲父母的寶生佛世尊的怒相。

第四天，念誦在中陰境相中入觀蓮花部飲血諸尊的方法，顯現的有主尊蓮花赫怒加世尊，由蓮花克咯鐵秀利瑪佛母擁抱，他倆就是身爲父母的阿彌陀佛世尊。

第五天，念誦在中陰境相中入觀羯摩部飲血諸尊的方法，顯現的有主尊羯摩赫怒加，他由佛母克咯鐵秀利瑪擁抱，他們是作爲父母的不空成就如來世尊的怒相。

第六天，念誦在中陰境相中入觀八位忿怒諸尊凱莉瑪及八位獸首食屍女神戴鬘瑪的方法，她們是死者自己智能的意識形象。

第七天，念誦在中陰境相中入觀四位守門女神等諸女神的方法。

據《西藏度亡經》說，當「二七」中儀軌法師念誦了這些內容後，死者所有一切恐懼驚惶之情，即可消失而證報身佛果，決定無疑，儀軌法師要引導死者一心不亂，複誦三遍，乃至七遍。

（三）受身中陰儀軌

《西藏度亡經》認爲，「臨終中陰儀軌」和「實相中陰儀軌」爲聽聞得度心要的善首部分，也就是儀軌法師只要爲死者念誦此經，死者聞之就可以得到超度和解脫。而「受身中陰儀軌」講的是死後的境相，也就是我們通常所說的地獄等的情況。

受身中陰儀軌是死者過了「二七」以後，由儀軌法師向死者誦讀。包括五個部分：

1. 讀誦有關後生與超常官能的內容

儀軌法師先呼三至七遍死者的名字，然後讀誦道：「尊貴的某某，諦聽！諦聽，並謹記在心：生於地獄，生於天道，以及受此中陰之身，都屬超常之化身……」

《西藏度亡經》認爲，死者在「二七」以後，假如他將生爲天神，天道的景象就會向他顯示；同樣的，不論他將往生哪一道，那一道的景象就會向他顯現。但是，如有此等六道景象向死者顯現，死者不必追隨，別受引誘，不要軟弱；如果你因軟弱而愛上它們，就會在六道之間輪轉，難出苦海。現在，死者只要固持眞道，讓自己的心毫不散亂地安住於自己那無爲無著、無障無蔽的智性空明之境——這是死者在生前從上師那曾經學過的知識——死者就可以解脫自在。但是死者因惡業所牽而難以證入的話，儀軌法師就要向死者讀誦有關「感覺官能無不具，無所障礙任運行」

的道理，即生前耳聾、眼瞎，但可聽、可看的道理；並告訴死者「淨眼可見同類形」的道理，即自己若往生天道，即可見天道同類的道理，只是不要貪看他們，要觀想大悲世界。

2.向死者讀誦有關中陰境相特徵的經文

儀軌法師將告訴死者，他一旦有了中陰之身，就可以見到他的家室、僕從、親友以及自己的遺體，他就會想到自己已經死了，就會痛苦不堪而急於想找一個肉身。儀軌法師繼續讀誦道：

「縱然你進入你的遺體九次以上，亦屬枉然，因爲你在實相中陰境相中逝去。已經隔了很久一段時間——如在冬天，它已冷凍；如在夏天，它已腐爛；要不然，它不是被你的親屬燒了，就是埋了……再不然就是投入山野之中餵鳥餵獸了……縱使你尋找一個肉身，除了痛苦之外，你將會毫無所得。拋開求取肉身的欲望吧，讓你的心安住在無營無作的休息狀態之中，說到做到，趕快安住此種境界之中吧。

一個人只要如此入觀，即可擺脫中陰的險難情境而得到自在解脫。」

3.儀軌法師向死者讀誦有關冥界審判的經文內容。其中講到，在冥界，與你同時俱生的司善之神會用白石子計算你的善行；與你同時俱生的司惡之魔會用黑石子計算你的罪行。你如果撒謊，閻羅法王會用業鏡察看，然後用繩子套住你的脖子，砍下你的腦袋，舔你的腦髓，吃你的肌肉……因此你不要說謊，也不要緊張。《西藏度亡經》接著會講到：

「你這時的身體是一種意生之身，即便殺了頭，砍了四肢，也不會死掉。實在說來，你這時的身體因爲是一種空性之身，所以大可不必害怕……空性不能傷害空性，沒有實質的東西不能傷害沒有實質的東西。」

然後《度亡經》又講述了這種「空性」與法身、報身、化身等的關係，指出死者只要了知它們，就可以從其中的任何一身獲得圓滿的解脫。

4. 儀軌法師向死者讀誦有關心念方面的經文內容。

5. 儀軌法師向死者讀誦有關六道之光顯現的經文內容。

《西藏度亡經》認爲，如果因惡所牽而使認證難以達成的話，只要反覆讀誦六道之光顯現的入觀之法，仍可獲得不少法益。因此，這時法師要呼喚死者名字，讀誦道：

「尊貴的某某，如果還不能了知上述種種的話，那麼，從今以後，你前生的身體將會變得愈來愈晦暗，而來生的身體就會變得愈來愈顯明了……你將投生的那一道光，由於業力感應的關係，將照射得最爲顯眼……暗白色的光來自天道，暗綠色的光，來自阿修羅道；暗黃色光，來自人道；暗藍色的光，來自畜牲道；暗紅色的光，來自餓鬼道；霧煙色的光，來自地獄道……

無論怎麼樣的光向你照射，你都將它觀作大悲世尊；不論那光來自什麼地方，你都想那個地方就是在大悲世尊之中。這是一種超常的妙術，可以使你避免投生（六道）……安住在這不生不滅的法身境界之中吧。無生與圓覺之果，都可以在這個境界之中證得。」

（四）投生中陰儀軌

這一部分是《西藏度亡經》的最後部分，也就是中陰救度四十九天最後幾天的內容。《西藏度亡經》將投生中陰儀軌分爲三個部分，即胎門的關閉，胎門的選擇，化生或胎生。

1. 胎門關閉儀軌

《西藏度亡經》認爲，如果亡者生前修行不力，以致功夫欠熟而不能了悟，而被幻妄所制流落胎門時，入觀關閉胎門之法就變得十分重要。所以，儀軌法師要呼喚死者之名，向他讀誦有關胎門關閉的五種方法。

2. 胎門的選擇儀軌

《西藏度亡經》認爲，雖然法師已讀誦了有關關閉胎門的經文，並指導死者作了入觀之法，但是，人有多種，根器不等，或因重大惡業障蔽，加上無始以來業習邪行，不諳正路，以致仍然不得解脫，這種人是很多的。因此，至此時胎門若尚未關閉的話，則由法師讀誦有關選擇胎門之道的內容是非常必要的。

這時，法師要請諸佛菩薩加持，然後反覆呼喚死者之名並就胎門的選擇加以引導。分爲兩步：投生之處的前瞻和防護鬼的折磨。

關於投生之處的前瞻，《西藏度亡經》認爲，如果將生於無道而爲天神，則將看見種種金寶造成的快樂宮殿，羅列其間，若能生於那裡，不妨暫且往生。除此之外，死者所見到的任何處所都不能前去往生，否則將淪爲畜牲、餓鬼或將下地獄。

《西藏度亡經》最後認爲，假如死者因業力牽引而不得不入胎的話，那麼，將爲你解釋選擇胎門的教示。此經還指出：不要一見有胎可投就貿然進入其中，而不加選擇。如有行刑的惡鬼驅迫，那就觀想馬頭明王。

最後《西藏度亡經》爲死者選擇了兩種入胎的途徑：一個是轉生清淨的佛土，一個是選擇不淨的生死胎門，二者任擇其一。

《西藏度亡經》最後寫道：

「尊貴的某某，設使你自己不能去除愛憎之心，不知選擇胎門之法，那就在見到前述任何一種景象出現時，呼喚三寶，請求加持。祈禱大悲世界，挺胸抬頭而行。了知自己處身中陰境中。拋開你對身後子女或任何親屬的愛戀與柔弱之情，他們對你已無助益可言。進入天道之白色光之中，或入人道之黃色光晨裡面，進入金寶所成的大廈之中，進入優美的花園裡面。」

中陰救度儀軌至此全部結束。

＊＊＊

①見《成佛之路》周煒著，青海人民出版社，第二十四頁。

②《藏傳佛教對於死亡的偉大實踐——藏密瑜伽「中陰靜修法」簡介》孫林編譯，《西北民族學院學報》一九九一年第三期。

③《藏傳佛教對於死亡的偉大實踐》孫林編譯。

第4章 活佛轉世與往生密法

說到西藏的密宗，我們必須提到噶舉派所獨有的重要教法——「那饒六法」，而該法門中的「往生奪舍法」更是玄妙莫測，內涵深刻，以致對噶舉派和整個藏傳佛教的發展都產生過重大的影響，至今還風行於藏區各教派的活佛轉世制度，其理論基礎也與「往生奪舍法」有關。

借屍還魂

「往生奪舍法」藏文爲「破瓦重覺」（vpho-ba-grong-vjug）所以有的人又把「往生奪舍法」稱之爲「破瓦法」。「破瓦」意爲「轉移」，藏傳佛教中習慣譯爲「往生」；「重覺」按藏傳佛教習慣的譯法爲「奪舍」。因此，「破瓦重覺」可解釋爲：往生奪舍，即神識入於屍體而起行，或者說是指靈魂入於屍體而復活。按我們的理解，「重覺」（grong-vjug）是「往生奪舍法」中的一個重要的手段，它具有「靈魂」的意思，「往生奪舍法」的主要內容就是將「重覺」移入任何一個動物或人的屍體內，其身體或者軀殼仍屬於這個動物或屍體，而靈魂卻是別人的。該密法按俗人的眼光看有些類似於借屍還魂。

據西藏的高僧傳記載，「往生奪舍法」是通過塔波噶舉派的祖師瑪爾巴從印度傳入西藏的，在查同結布寫的《瑪爾巴譯師傳》中，較為詳細地介紹了這方面的情況，瑪爾巴（一〇一二～一〇九七）曾三次去印度留學，時間長達二十一年之久，他的主要上師有十三位，根本上師是那饒巴（Naropa）和彌勒巴（Maitripa）兩人。他從彌勒巴學習了「大手印」密法，又從那饒巴學習了「那饒六法」（歷時十六年），而其中的「往生奪舍法」就是在第三次去印度留學時學到的。瑪爾巴返回西藏後，定居於今西藏山南地區洛扎的卓窩隆，精修教誡，終於獲得了證悟。在《瑪爾巴譯師傳》中，有幾段講他修證「往生奪舍法」，得到證驗的傳說，這裡試引如下：

「有一次，在以降若祥敦為首的許多弟子參加的酬謝會供法會上，正好瑪爾巴大師的靜室附近有一鴿子窩，小鴿子跟隨鴿媽媽在空中飛翔，突然老鷹飛來追趕母鴿，母鴿逃回窩後就駭死了。成了鴿屍。於是瑪爾巴大師說：『今天我給你們表演一下奪舍法吧！』瑪爾巴說完拿一根細長繩拴在死鴿的腳上，將其扔到遠處後，就作起奪舍法來。忽然，那隻死鴿動了起來，撲撲地拍著翅膀，準備要飛，這時，小鴿子也飛過去圍著鴿媽媽轉，情境十分感人。而此時的瑪爾巴卻呈現屍樣，降若祥敦心中不忍，跑到大師尊前哭請道：『請不要這樣做！』但瑪爾巴毫無反應，於是更加害怕，又跑到鴿子跟前祈禱。鴿子突然一倒，瑪爾巴立刻又活了過來……」

「又有一次，瑪爾巴和弟子散步經過河邊時，正好碰到一條獵犬追趕一隻鹿，那鹿被趕入河中淹死了。瑪爾巴便說：『我給他施奪舍法……』言畢，就對鹿作起奪舍法來，一會那隻死鹿果然躍出水面，直奔瑪爾巴大師的靜室而來，到了靜室外的平壩上便倒了下來，瑪爾巴醒轉過來，同弟子等一起去看那隻死鹿，這時獵人們也趕到了……」

從《瑪爾巴大師傳》的記載來看，瑪爾巴最初只將「往生奪舍法」秘訣傳給了他的兒子達瑪多德。不幸的是，達瑪多德在一次騎馬旅行中，頭蓋骨被摔成八塊。而他臨死前就是用「往生奪舍法」使自己的靈魂遷入了一隻死鴿的體內，從而獲得了永生，得到了不經觀修即生成佛的境地。達瑪多德死後瑪爾巴又將「往生奪舍法」傳與其他弟子，從此該法開始在藏區廣爲弘揚。

許多研究藏傳佛教發展史的學者都認爲，西藏佛教之所以興盛不衰，很大程度上同它所獨有的活佛轉世制度是分不開的，而活佛轉世所依賴的佛教修持觀念又恰恰是以「往生奪舍法」爲基礎的，單從這一點講，瑪爾巴及其噶舉派對整個藏傳佛教的弘揚是有過重大貢獻的。

西藏最初並沒有活佛轉世的制度，只是到了十三世紀初葉，才由噶舉派最先採用，這一點並不奇怪，因爲只有這一派才有「往生奪舍法」弘傳。噶舉派分爲黑帽系和紅帽系，而黑帽系的活佛轉世則首先是從噶瑪拔希（一二〇四～一二八三）開始的，但是在西藏佛教史上一般是把噶舉派的創始人都松欽巴算作是黑帽系的第一世活佛，而把噶瑪拔希算作黑帽系的第二世活佛。

往生奪舍法

爲什麼說活佛轉世的理論與「往生奪舍法」有關呢？這裡我們只要看看西藏佛教史籍上有關噶瑪拔希圓寂和黑帽系第三世活佛攘迥多吉的轉世的記載，許多疑問就比較清楚了。

《青史》上記載了這樣一段傳說，當噶瑪拔希圓寂的時候，他用「往生奪舍法」將自己的「重覺」（grong-vjug）移入了堆龍地方一少年身上，依靠該密法，少年預示了轉世再生的徵兆，他的雙親感到很奇怪，少年的兩眼也壞了，因此，噶瑪拔希想用「往生奪舍法」進行轉世再生的想法沒有馬上成功。他只好改變了作法，在自己死後的四十九天內，親見了攘迥多吉母親的胎宮，使其轉世再生獲得了成功。在《賢者喜宴》中也有類似的記載（詳見「序章」部份）。

噶瑪拔希的轉世活佛就是第三世黑帽系活佛攘迥多吉（一二八四～一三三九）。儘管我們在這裡所看到的材料有很濃的神話傳說色彩，但它們所包含的活佛轉世觀念是比較清楚的，即西藏最早的活佛轉世是依賴於「往生奪舍法」來進行的。日本最著名的藏學家山口瑞鳳就是持這種觀點。

隨著「往生奪舍法」在西藏的弘傳，再加之活佛轉世制度的確立，與「往生奪舍法」相關的各種宗教活動和儀式也開始出現，如當人剛死時，要舉行「破瓦得巴（vpho-ba-vdebs-pa）」儀式，就是要讓死者的靈魂往生淨土。

死而復生的修煉法門

藏密的「往生奪舍法」有多種修法，而各宗各派又有不不同。大體歸納起來，他們的應用有五種成就。一爲得法身成就；二爲得報生成就；三爲得化身成就；四爲三種想；五是由別的有修持的人來幫助者，以大悲心及法力，鉤攝亡者靈魂，而得遷移往生，「破瓦得巴」儀式就屬此類。

前三者在無上密部中都有教授，而最後一種爲他人所作，只有第三種「三種想」才是眞正的「奪舍法」，它的要點是需得主宰自己的靈魂，隨意投生，即利用剛死的任何完整的屍體，便可復活轉世。從理論上看，「往生奪舍法」修習與藏密對人身觀念的認識有內在的聯繫。藏密認爲，人身的結構是二元的組合，即靈與肉的組合，換成藏密的說法即爲識（rnam-shes）與蘊（phung-po）的組合。它們兩者互爲因緣，相互作用。當人作爲俗人（凡夫）時，則由蘊（肉體）來主宰心靈（識），修「往生奪舍法」就是要打破這種常規，通過訓練心靈，使它成爲人的主宰，隨時以心來統率身，以心來御制身。另一方面，藏密認爲，作爲物質的蘊身是由「四大」（vbyung-bzhi）組成，即地、水、火、氣四種元素組成，而氣（rlung）又是「四大」的統攝者。藏密認爲，應用內觀法可以見到「氣」的作用，氣使人活著，此氣一斷人便死亡。

依藏密的說法，人死時，周身氣息漸漸收攝，所以手腳先冷，繼而心中的暖氣一斷，全身僵冷，人便死了。在氣息收攝時，地、水、火、氣四大元素也隨之分解，因此心中的那點暖氣就是人生存的風息所在。所以修「奪舍法」就是要把握這口氣，把心連同氣一起遷移走。

「往生奪舍法」認爲，心爲無常多變之物，爲了能夠把握它，需用「明點」（thig-le）的內觀法來將心攝於一點。藏密認爲，人體內由氣、脈、明點三者構成，而明點是大樂的精髓或者說種子，它存在於體內的脈道之中，與此同時，氣又是通過脈道來運行的，於是氣、脈、明點三者就構成了相互依賴和制約的關係。這種特殊的關係正好成了「往生奪舍法」三種想的精要所在，用最通俗的話來說，「往生奪舍法」所要遷移的東西是什麼呢？是心或者說明點與氣，它靠什麼來遷移呢？靠的是體內的脈道；心或者說明點與氣要遷移何處呢？即各個修習者所發願往生之處（見下圖）。

由於「往生奪舍法」的終結是發願往生處，也即氣和心（明點）遷移的歸宿有一個明確的目的，因此修「奪舍法」需要在心中樹立一個本尊，即某個特定的人格化的神或者是佛，以觀音爲本尊進行修習，其脈道就將其心（明點）和氣遷移往生到普陀洛伽；以瑜伽母爲本尊的，其脈道的終結點就是空行刹土。

據《瑪爾巴譯師傳》記載，瑪爾巴可以以不同的幾個本尊爲對象來修習「奪舍法」，並獲得了極好的證悟。下面請看該傳記中的一段記載：

「米拉日巴離開上師之時，瑪爾巴問道：

『上師我的身可顯現各種佛身，或者現四大種，或者什麼也不現，或者如彩虹相，或者如光明相，顯示種種神通變化，你看見了沒有？相信嗎？』

米拉日巴回答道：『看見了，不得不相信。我自己也想經過修習能夠達到如此境界。』

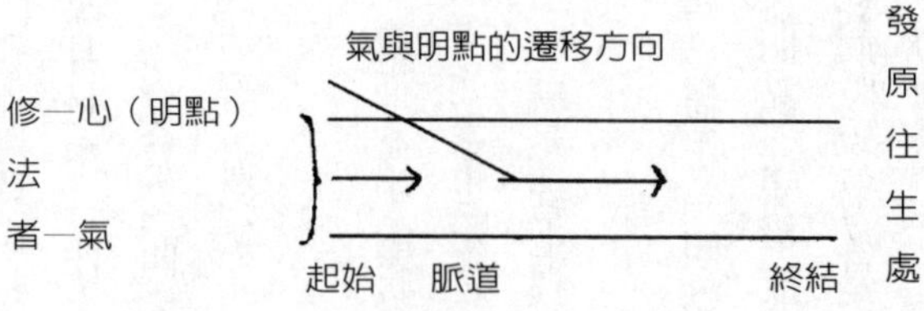

……此後，瑪巴敦勒等一些弟子，也見到了上師顯現出歡喜金剛、勝樂金剛、密集、金剛亥母等佛像。」

……一些人看瑪爾巴大師的臥室及其他住處，都沒見其眞身，只見亮錚錚一條金條。有人看到清水在盤旋；有些人看到烈火在燃燒；有些人看到彩虹；有些人什麼也沒看到……人們都來問道：「這是何故？」瑪爾巴說：「你們在夢中出現此情景，將問何人？」弟子們回答道：「當然要請教上師你本人，請上師解說！」「此乃是我身體之脈、風、明點轉爲精華，仍歸原處，與你們淨相同時所生的境界之緣故，」遂即唱道：「依止的脈與那動之風，還有莊嚴菩提心之馬，平等一味之鞭去抽打，光陰無往無復而奔馳，有緣能見種種境界相。」

瑪爾巴不愧爲藏傳佛教密宗的一代大師，最終他以「往生奪舍法」中的瑜伽母爲本尊，往生於空行淨土。

據劉立千先生所說，修習「往生奪舍法」以後，中間有一過程，叫做「開頂」。就是頭頂稍許裂開，並且可以插入一根小草，這不過是表示暖識已經有了去路，並不奇特。

另外從《瑪爾巴譯師傳》中看，在修習「往生奪舍法」期間，還必須學習修煉生起次第，它是藏密中修習本尊三身的瑜伽法門之一，其目的在於追求淨治四生習氣，解脫凡庸見聞、覺知之束縛，顯現本尊、眞言、智慧之本性。

「往生奪舍法」的另一個特點是必須在人壽剛盡之時才可應用，而大死前又要修生起次第，等到收攝圓滿次第後，才可施行「往生奪舍法」，進而往生淨土，若在修習生起次第中施行「奪舍法」則令犯殺害本尊之罪。瑪爾巴的兒子塔瑪多德在死之前，就是先修生起次第，等結束了圓滿次第後，才用「往生奪舍法」往生到死鴿的身上。

第5章 天上的太陽和月亮

古老的西藏宗教

藏傳佛教的活佛轉世制度是舉世僅有的，像這樣的制度除了在西藏和其他藏區以及信仰藏傳佛教的蒙古地區外，世界上任何地區都無處尋覓。儘管世界上出現第一位轉世活佛才七百多年，儘管在大約四一七和三五〇年前才開始有了達賴和班禪這兩個稱號，但這一奇特神秘的轉世傳統在藏族人的政治和精神生活中所產生的強有力的作用卻給人以這樣的感覺，好像在藏族人的歷史上，從來就不曾缺少過達賴和班禪大師，正像西藏一首民謠所說：天上有太陽月亮，人間有達賴班禪，這也許是藏族人最眞實的心理表現。

由於這一制度產生的根源是藏傳佛教本身，因此，在敘述達賴、班禪大師及其他一些派別的活佛轉世情況之前，我們簡要地回顧一下佛教進入西藏和其他藏區，並逐步使全體藏族人一心一意地皈依佛教的這一段西藏史是有益的。

在外界看來，西藏從來都是一塊神秘封閉的土地，一九五九年以後，當青藏、康藏兩條公路從它的東部和北部延伸到聖地拉薩後，它開始逐漸揭去自己的面紗，向世人敞開了另一塊有獨特文化傳統的世界。本世紀的六〇年代，在西藏南部雅魯藏布江的南岸，出現了一個飛機場，從此，拉薩與內地的空間縮短了二個小時，人們開始認識這片世界，開始了解它的過去和現在。

從地理位置上看，它高居地球之巔，周圍環繞著世界上最高的崑崙山脈和岡底斯山脈。西藏的北部是羌塘草原，西部是人煙稀少的乾燥高原，而南邊則是白雪皚皚、雄偉高峻的喜馬拉雅山脈。從地理上而言，西藏成了一塊無法進入的封閉地區。除拉薩河、年楚河和尼羊河等地區保持著傳統的農耕文化外，這裡的大多數人都是遊牧民，他們生活在最爲惡劣的自然條件下，因此，他們成了身體強健、吃苦耐勞的民族。

最初西藏人逐漸接受了本教，它基本上是以薩滿教作爲基礎的。這一宗教對於整天生活在繁忙沉重的勞動之中並要與最爲惡劣的自然環境持續搏鬥的簡樸人民來說，已經足以使他們感到心滿意足了。

一天，一位傳說中的天神之子對這裡的自然與人發生了興趣，順木神之繩從天而降成了古代藏族人的君王：贊普。

又有一日，從天降下一個寶篋，內裝金塔、經書、咒語等，此時正是松贊干布的高祖拉脫脫日年贊統治的時代，藏族人相信這一天就是藏傳佛教的開始。

接著，佛教的潮流猶如大江狂濤從黃河和恆河流入西藏，它似乎席捲了西藏境內的涓涓細流。藏族人張開雙臂全盤接受了佛教，就如同他們在等候著佛教的降臨一樣。當然，在七世紀中葉，第三十三代藏王松贊干布迎娶了兩位篤信佛教的公主（文成公主和尼泊爾的墀尊公主），諸如此類的歷史因素對佛教的傳播和發展也發揮了至關重要的作用。從八世紀開始一直到結束，佛教在西藏的蓬勃發展，主要是靠當時幾代藏王的遠見卓識，將一些赫赫有名的印度大師和哲學家請到了西藏，其中最重要的人物就是神聖的蓮花生大師，他如同燦爛的陽光，給藏族人的宗教生活帶來了脫胎換骨的徹底變化。蓮花生大師興建和盛贊了西藏的第一座寺院桑耶寺。從此以後，寺院拔地而起遍及全藏，成千上萬的西藏人加入了僧尼的行列，寺院僧眾與日俱增。也就在這段時間，大部分的梵文、巴利文和漢文的佛經被翻譯抄寫。許許多多的有關佛教的新理論也相繼問世，內容涉及佛教的哲學、邏輯學、倫理學、心理學、醫學、天文曆算以及藝術。藏族人可以理直氣壯地宣稱，梵文、巴利文和漢文中的一些最爲古老的經典儘管有的已經失傳，但在西藏卻有其寶貴的藏文譯本。

這一來自東方兩個文明古國的宗教滲透完全使藏族人的生活改變了。西藏人擯棄了他們那世代相傳的好戰的生活方式，這些藏族人也包括西藏北部和西部最邊遠地區的四處飄泊的遊牧部落。藏族人開始以令人難以置信的熱情篤信佛教。

在藏王達磨贊普居統治地位時，西藏佛教度過了一段黑暗時期，遭受了一些挫折。他力圖依靠摧毀寺廟、迫害僧人來消滅佛教。但此時，佛教的種子已深深扎根於西藏人民這塊肥田沃土之中，藏族人沒有讓這一破壞行徑持續多久，達磨贊普就被一位篤信佛教的僧人暗殺了。

接下來的三百年時間，也就是九、十、十一世紀間，藏族人政治上日趨衰落，因爲他們在頻繁的內戰中將自己的力量耗費殆盡，西藏被四分五裂成若干個小小的地方政權。値得慶幸的是，佛教的傳播在經過一段苦難的歷程後開始復蘇和發展。一時間，寧瑪派、噶舉派、薩迦派等衆多教派相繼崛起，西藏佛教又進入了鼎盛時期。

十三世紀，蒙古人建立元朝，從此，西藏地方的政治事務就完全受制於元朝中央了，忽必烈借助於當時勢力強盛的薩迦派，將西藏置於自己的控制下，西藏納入中國版圖。忽必烈遂將薩迦派的領袖八思巴請到大都，封其爲國師和帝師。八思巴憑藉自己的淵博知識和堅強個性，讓當時的蒙古領袖成了自己的佛教弟子。由於王室的支持，八思巴使成千上萬的蒙古人皈依了佛法，這是佛教首次光臨蒙古。

十四世紀，在西藏出現了另一位出類拔萃的佛教領袖，他的出現給西藏人的佛教生活帶來了新的光明和希望。他名叫宗喀巴，生於青海西寧附近的宗喀，他創立了新教派的格魯派，俗稱黃帽派，爲了將他的信徒與別的信徒區別開來，宗喀巴規定他們戴黃帽。

宗喀巴通過強化教規，強調虔誠，在這一占壓倒優勢的教派中喚起了巨大的信仰復興精神，他不僅堅持僧尼要嚴格禁欲守戒，還嚴格規定了學佛的次第。格魯派基本上是一種經改革後的思想流派。他在著手創建這一新教派之前，曾悉心研究並精通寧瑪派、薩迦派和噶舉派。繼宗喀巴之後，西藏創建了一些聞名於世的寺院，如甘丹寺、色拉寺、哲蚌寺和札什倫布寺等。住寺喇嘛都曾經在五千人以上。

宗喀巴創建甘丹寺後，自任第一任住持甘丹池巴，在他即將圓寂時，把衣帽傳給了弟子賈曹杰，由其繼任第二任甘丹池巴。後來，宗喀巴的另外一個重要弟子克珠杰又繼任了第三任甘丹池巴，此人就是被格魯派追認的第一世班禪。一五四二年，宗喀巴的另一個重要弟子根敦珠巴的繼承人根登嘉措圓寂後，根據宗喀巴的遺囑，根登嘉措得以轉世，形成了達賴的轉世系統。根敦珠巴被追認爲第一世達賴，從此，藏傳佛教格魯派產生了以達賴和班禪大師爲主的兩大活佛轉世系統。

無量光佛的化身

自古以來，藏族人就有尋根的傳統，在衆多的西藏史書中，都把自己的祖先追溯到傳說時代的天神之子，到了後來，西藏衆多的世襲領主和上層貴族也都千方百計地將自己的祖先同吐蕃時期的某個王室成員或著名大臣聯繫起來，以說明自己骨系的高貴。但對達賴和班禪大師這樣的宗教領袖來說，其根之高貴榮光又是王公貴族所望塵莫及的。

班禪大師是無量光佛的化身，他的前世很多，而且每個前世在印度佛教史上都占有重要的地位。傳說克珠杰（一世班禪）早在無量之壽年，就追隨至尊導師文殊師利。在釋迦牟尼時代，他降生爲沙彌白瑪吉，後轉世爲班智達·仁巴怙覺。另一些傳說又講，班禪大師曾是文殊菩薩的化身，以後才轉世爲克珠杰。

據說，在一世班禪克珠杰之前，他有過七次轉世。

第一世爲須菩提尊者，出生在舍衛城一個富裕的婆羅門家中。雖然早年家境富裕，但膝下無子，自從生下此子，更感到富上加富。據說須菩提尊者爲龍種，因尚有前世龍種習氣，就移居蛇蟒盤踞的旃檀林中。後來被一位已獲見道的天神發現送到釋迦牟尼佛祖前受近圓戒，依教修道，盡除一切煩惱，獲得阿羅漢果。

第四世爲晉美迴涅帕巴，生於東印度。相傳在雜爾森哈城有一位旃陀羅種姓國王，固執己見，以一百多人作爲祭祀供品。大師見如此慘景，心生憐憫，祈求三寶。當時一條大蛇跳起纏繞在晉美大師身上，國王驚駭不已，將衆人奉獻於大德。

藏族除了認爲班禪的前身是印度人外，還把一些西藏高僧與他的前世聯繫起來。相傳西藏薩迦派最有成就的高僧薩迦班智達．貢噶堅參也被說成是班禪的第六世前身，而宗喀巴的重要弟子克珠杰則被看成是第八世，他就是後來的第一世班禪。

班禪大師是藏傳佛教格魯派（黃教）中舉足輕重的重要人物，說到他的地位，人們常常喜歡拿他同達賴相比，實際上無論從宗教還是從政治上看，兩位活佛的地位不相上下，有些時候，在某些方面班禪大師還要超過達賴。

宗喀巴一生收了三個最重要的弟子：克珠杰、賈曹杰和根敦珠巴，三位弟子的排行根敦珠巴在最後，而克珠杰的地位幾乎與師傅和大師兄賈曹杰平等，所以藏族人稱他們三人爲「師徒三尊」，從這個意義上講，一世班禪克珠杰的地位要比一世達賴根敦珠巴高。儘管如此，在藏族人的信仰當中，達賴和班禪大師是完全平等的，藏族人一般不直呼兩位活佛的名字，而是稱「甲娃亞卜賽」，意爲「師徒三尊」。這是因爲達賴和班禪大師從第四世開始，經常是互爲師徒，像四世班禪羅桑曲結是四世達賴雲丹嘉措的師傅，同時又是五世達賴羅桑嘉措的師傅，所以四世班禪的地位就比四世達賴和五世達賴要高。

從歷史上看，四世班禪和五世達賴時期，正好是噶瑪噶舉派的僧人建立的噶瑪政權統治著全藏，黃教自宗喀巴後經過一百八十年發展，已經羽翼豐滿，再也不能容忍噶瑪派的排斥。一六四一年，四世班禪和五世達賴密派親信從新疆招來蒙古和碩特部首領固始汗和他的士兵，在一年之內一舉結束了噶瑪派二十四年的統治，建立了新的政權。由於歷史上達賴都住在拉薩哲蚌寺的噶丹頗章殿，所以就稱爲噶丹頗章政權。這個政權一直存在到本世紀的五〇年代末才結束。從這段歷史看，達賴和班禪的歷史地位也很難分出伯仲。

另一方面，正如著名藏學家和民族學家牙含章先生所說，「如從政治方面來說，當然達賴方面在西藏地區政治上居於主要地位，占絕對優勢。但是清朝中央政權把達賴和班禪置於平等地位，都歸皇帝直接領導，都受清朝政府的冊封，都歸駐藏大臣監督，重大問題都要請示皇帝批准，重要官員都由皇帝任命。所以在清朝統治時期，達賴和班禪，都是受中央政權管轄的，他們兩者之間，互無隸屬關係，是完全平等的」。

班禪這一稱呼的來歷有好幾種不同的說法。後藏日喀則的札什倫布寺是歷代班禪居住的大寺，相傳該寺的住持「池巴」就含有班禪這一意思。「班」是梵文班智達的縮寫，意爲學者，「禪」是藏語「大」的意思，藏族歷史上有幾位著名的學者的名字都叫過薩迦班欽（禪）、雅德班欽（禪），這是藏族人對那些精通梵語和藏語、學識淵博的學者的稱呼。另一種說法是，一六四五年，四世班禪和五世達賴請固始汗推翻噶瑪政權後，固始汗仿照俺答汗贈給三世達賴索南嘉措「達賴喇嘛」尊號的前例，給四世班禪贈送了「班禪博克多」的尊號。「博克多」是蒙語，是蒙古人對睿智英武人物的尊稱。至此，西藏才有了「班禪」這一稱呼。最後一種觀點認為，「班禪」的稱謂是從五世班禪羅桑益西開始的，這是因為五世班禪是遵照五世達賴的指示，經過降神、算卜、尋訪等手續後才認定的，並且在一七一三年由清聖祖康熙冊封他為「班禪額爾德尼」後，「班禪額爾德尼」一詞才在藏族歷史上出現。

從班禪轉世系統的形成過程看，一世至四世還只是過渡階段，從五世班禪開始才正式形成。

二世班禪索南確朗，生於一四三九年，年幼時在拉薩著名的甘丹寺出家，精通顯宗和密宗，在寺院有很高的聲譽。索南確朗自幼身體瘦弱，當他到甘丹寺出家時，當時的甘丹寺住持問他叫什麼名字時，他回答說：「小牛。小牛長大成大牛」。住持心想這是位有善緣的弟子，就取名叫索南確朗。由於他學識淵博，甘丹寺上下都認為他是一世班禪克珠杰的「轉世靈童」。二世班禪享年六十五歲，傳說他圓寂時，樂聲響徹天空，小雨綿綿。

三世班禪羅桑丹珠，一五〇五年生於後藏雅魯藏布江之濱的溫薩。出生時，即會說「可憐的衆生，唵嘛呢叭咪哞（六字眞言）」等語。他母親聽後驚奇不已，覺得不吉祥，就用一塊髒氈蓋在他的頭部上。後來三世班禪對人說：「就因爲母親的這種做法，使我一開始和同齡兒童講話時，就言鈍唇笨，談吐困難」。三世班禪自小喜歡幽靜，喜歡長時間地凝視釋迦牟尼和宗喀巴大師的佛像，相傳他八歲時曾夢見一輪明月從金山升起，自己身著白衣，佩帶珍寶飾品，手持鈴杵居於月中，鈴聲響遍世間。

三世班禪十一歲出家，苦修集密灌頂等密法。十七歲染上痘病。有一天正倚門誦經，突然看見一位貌似乞丐的僧人衣著襤褸，皓首銀鬚，和藹可親地朝他走來，就請他進屋，熱情款待。原來這是位有名高僧，就傳授給他一些著名的噶舉派密法。三世班禪一生雲遊藏區，晚年才返回故鄉在二世班禪創建的溫薩寺閉門靜修，被寺僧視爲班禪轉世。

從四世班禪起，開始有了簡單的記錄靈童轉世的內容。四世班禪生於一五六七年。一歲時，父親因瘋病殺人，回到家中用血手撫摸孩子，中邪死亡，一五七〇年再次由父母轉生。四世班禪幼年時相貌醜陋，體格瘦小，父母根據夢中的啓示，叫他曲結巴丹桑布。當時三世班禪已圓寂多年，溫薩寺的僧人正到各處尋找羅桑丹珠的「轉世靈童」。當他年滿五歲時，溫薩寺的僧人發現了他，並派三世班禪的大弟子克珠桑結益喜在村子住了一個多月，對他進行秘密觀察，結果發現這孩子喜歡和僧人接近，並在玩耍時，喜歡用衣服當袈裟。

十三歲時，父母把他送到溫薩寺出家，並拜三世班禪的大弟子爲師，取名羅桑曲結堅贊。幾年以後，一位來自江孜白居寺的高僧在溫薩寺傳法，並與寺僧進行辯論，他發現羅桑曲結人雖年輕，但精通佛法，很有口才，許多僧人都辯論不過他，於是大爲驚奇，就把羅桑曲結請到禪房，敬之以茶，並贈送黃色的僧人斗篷一件，要拜這位少年爲師。這件事轟動了全寺，僧衆紛紛議論，一致認爲羅桑曲結是三世班禪的轉世靈童。但他自己卻說無意作溫薩寺的三世活佛，只是一個普通的學法喇嘛而已。

溫薩寺的全體僧衆經過反覆討論後，於一五八三年，爲他舉行了坐床典禮，擁立羅桑曲結登上了溫薩寺曲結頗章宮的池巴法座。相傳坐床大典這天，天降綿綿細雨，此後一連七日，羅桑曲結精修妙音天女密法，終於目睹了天女尊容，看見妙音天女心窩中走出一位藍衣天女，雙手高擎盛滿如意妙果的器皿獻給主母。接著，又從妙音天女的右手走出一位天女，接過如意妙果交給他享用，就這樣，妙音天女打開了他的智慧之門。當時他才十四歲。這是班禪活佛轉世系統首次舉行的「坐床」典禮。但此時的羅桑曲結同二世班禪、三世班禪一樣，還不是班禪，而是作爲溫薩寺的活佛轉世的。

一六六二年二月十三日，四世班禪在札什倫布寺圓寂，享年九十二歲。四世班禪在病危之時，曾念過一段舍利子的祈禱詞：「不欲世極豪至貧之一家，旨在轉世中等之家，願出家者日益常增」。聽完禱詞，四世班禪身邊的近侍和高僧的心裡踏實多了。他們明白：羅桑曲結不但會轉世，而且還預示了今後將轉世在一個中產階級家庭裡。在西藏，由於受釋迦牟尼重要弟子舍利子的影響，從大到達賴和班禪大師，小到一般活佛，雖然有不少轉世在貴族富豪家，但轉世到中等家庭的活佛仍然居多。

四世班禪圓寂後，札什倫布寺選派了高僧四十人，誦經十四日，祈禱羅桑曲結早日轉世。同時，請求神靈降諭時，拉穆大護法神說：「實有尊之轉世，然不可早泄，當以善德爲懷，精修佛法，及至龍年鳴雷之時，可望其果矣。」此後，五世達賴也親自降神占卜，明確指出了靈童的轉世地點。終於找到了轉世靈童。

五世班禪羅桑益喜，一六六三年七月十五日出生，後藏托布加谿卡出倉村人，父親是當地的小貴族。羅桑益喜出生後，札什倫布寺就密派高僧來到出倉村暗訪，並派人前往拉薩報告五世達賴。一年以後，這位小孩子離開托布加谿卡，來到附近的南多頗章寺，隨後他又被迎請到札什倫布寺的班禪經室小住了四個月。因爲此時他還沒有被正式確認爲四世班禪的轉世靈童，只好重返南多頗章寺。不久札什倫布寺的兩位僧人住進了這座小寺，他們的一只行囊中裝滿了前世班禪用過的靈藥、骰子、拔鬍子的小鑷子、鈴杵等，而另一只行囊則全是些複製品，接著又有兩批僧人秘密地來到這裡，他們行囊中的物品也是眞假各一：一面小皮鼓、一面大皮鼓、兩串念珠，前世班禪的畫像一幀、宗喀巴畫像一幀。數日後，這些眞假品都擺在這位才二歲的孩童面前，這是一次決定命運的測驗，儘管接受這場考試的對象什麼都不知道，但幾天來住進這座小寺的客人們卻格外的緊張。顯然這位小童對這些「玩具」發生了興趣，他的兩隻小手不停地在物堆中翻找，沒過多久，他就對剩下的東西不感興趣了。來自札什倫布寺的高僧們堅信：這個正在擺弄「玩具」的小孩就是四世班禪羅桑曲結轉世的靈童，因爲他玩耍的東西本來就是他自己的東西。三年後，這位五歲靈童如衆星捧月般在幾百名僧人的護衛下，穿過數以萬計、浩浩蕩蕩的信徒人流，住進了後藏黃教第一寺札什倫布寺。

一六六八年，五世達賴親自推算藏曆擇定吉日，於正月初三在札什倫布寺舉行了五世班禪的坐床大典，五世達賴爲「靈童」授沙彌戒，取法名羅桑益喜。從此，六歲的羅桑益喜登上了四世班禪坐過的僧群益格穹殿內的法座，成爲第五世班禪大師。一七一三年四月，康熙帝冊封五世班禪爲班禪額爾德尼，並賜金冊一份、金印一顆。它標誌著班禪活佛轉世系統已在宗教和自治上取得了與達賴轉世系統相等的地位。

到目前爲止，班禪一共是十一世，除九世班禪在前藏的塔布、十世班禪在青海循化轉世、十一世班禪在藏北外，其他八世班禪活佛都是在後藏轉世。

觀世音菩薩的化身

一五七八年五月，青海湖畔的蒙古首領俺答汗將「達賴」這一尊號贈送給索南嘉措，但是根據藏族人自己的算法，索南嘉措是三世達賴，原因在於索南嘉措是根敦朱巴的第二位轉世活佛。根敦朱巴是格魯派（黃教）哲蚌寺的池巴，後來被追認爲第一世達賴。

根敦朱巴的祖籍在西藏的東部，這裡是宗喀巴生活和講經的地區。他的祖先是牧民，像其他牧民一樣，他們向西遊牧，來到了狂風大作、一片荒涼的西藏西部高原，根敦朱巴就出生在這裡，他家所在的霞堆牧場就在薩迦派主寺薩迦寺的附近。

根據藏文史料記載，根敦朱巴出生在牲口棚裡，他家境貧寒，並充滿了戲劇性。一天晚上，外面一片漆黑，風暴大作，一幫強盜來到了他們村，村民們個個嚇得四散奔逃。根敦朱巴的母親，在逃跑前將新生兒子藏在了一堆亂石叢中。村民們回來後，當他們看到這孩子居然在奇蹟般地快樂玩耍，而且他身邊還有一隻烏鴉在站崗放哨時，全村百姓都無一例外地向這位男孩鞠躬行禮。

根敦朱巴從孩提時代起，就表現出了偏愛宗教的傾向。他的全部時間都用來銘刻神聖的經書。他還只有七歲的時候，他的父親就去世了，他只好進了日喀則附近的一家寺院，開始當僕人，後來成了僧人。他生性聰穎，不同凡人，這一點在他還是少年的時候就已初露鋒芒。他還是孩子的時候就開始撰寫有關藏傳佛教哲學的著述。根敦朱巴遇到宗喀巴時才二十歲。當時年少氣盛，自持學問和才華可以與他後來的恩師宗喀巴相媲美，他走進經堂毫不客氣地坐到了宗喀巴講經的位置，對此宗喀巴裝做不知，坐到了學僧們中間。根敦朱巴在聽了一陣宗喀巴的講經課後，滿面羞愧地離開了師尊的高座，坐到了普通弟子的席位上。從此，他從這位大師那裡獲得了盡善盡美的教誨，成爲了這位大師最虔誠的追隨者。

根敦朱巴在世期間，西藏修建了兩座寺院，這兩寺院在以後的西藏歷史上發揮了重要作用。根敦朱巴的師兄絳央曲杰創建的哲蚌寺不僅在西藏位居榜首，而且在全世界恐怕也是獨占鰲頭的了。隨著時間的推移，哲蚌寺成爲西藏權力最大的機構，因爲它是格魯派的核心。另外一座寺院就是根敦朱巴創建的札什倫布寺，它也是最爲重要的政治中心之一，因爲在五世達賴期間，它就成了班禪的駐錫寺，沿襲至今。根敦朱巴親自督察了寺院的全部修建工程以及裝修工程。

據根敦朱巴的傳記記載，在他與世長辭時，他給他的弟子僅僅留下了這樣的遺言：「牢記佛祖教誨，虔誠盡力修行」。相傳在他的靈魂飄然離去時，他的軀體卻變成了純金色，光芒四射。今天他的屍骨仍安葬在哲蚌寺。根敦朱巴宣稱，他將會轉世再生、繼續他生前已開始進行的事業。他享年八十四歲，全部身、心、意都獻給了西藏的芸芸衆生弘揚佛法的事業。

西藏歷史上，在黃教和噶舉派以前居統治地位的宗教勢力是薩迦派，由於該派的喇嘛可以結婚，所以他們是靠父子或叔侄相傳來延續薩迦寺的統治的。但格魯派（黃教）是絕對不允許其喇嘛結婚的，那麼怎樣才能保證教派的統治不至於落入旁門之手呢？格魯派毅然選擇了噶瑪噶舉黑帽系的做法，用活佛轉世制度來維持他們的世系。

提出並完成格魯派這一重大選擇的人物，一位是札什倫布寺鐵桑林札倉的高僧公欽群覺，另一位則是一世達賴的親戚比丘卓瑪，這兩位具有先知先覺的高僧在經過周密的討論後，決定用活佛轉世來保持根敦朱巴已經獲得的神權。

這就是根敦朱巴能夠無窮無盡地再生轉世的背景，他就像一位眞正的菩薩那樣，降臨人世幫助和指導其信徒遵循善德、智慧和最終的解脫之道。這也就是藏人信奉爲西藏的保護神觀世音菩薩的第一代轉世活佛，到現在，在西藏和其他藏區已先後出現了十四代轉世活佛（達賴）。

根敦朱巴去逝後的第四年，哲蚌寺宣布，後藏地區一名小男孩是根敦朱巴的轉世靈童。這是格魯派第一次闡明菩薩的觀念，這就是《華嚴經》中所說的：居住於法雲的菩薩，儘管只有一世的時間，但是，從他在兜率天居住以後起，就開始遷居，投入母胎、出生、出家、覺悟、發願、轉法輪，最後涅槃。在此期間，他思念過各種有情之事，他所做的教化衆生之事，一切都被加持。因此，他同樣可以在無限無數世間存在。用現代人的話來說，就是菩薩甚至在成佛之後，仍要再次轉世人間，普渡衆生。可以說這種思想給藏族人的觀念帶來了巨大的變革，事實上這也就爲格魯派繼噶瑪噶舉黑帽系後建立活佛轉世制度鋪平了理論道路，而根敦嘉措就是這一理論的第一個產兒。

從認定根敦嘉措是根敦朱巴的轉世開始，達賴成了西藏人生活中永恆不變的一部分。

被認爲是二世達賴的根敦嘉措於一四七五年出生在後藏的達納。根據史料記載，根敦嘉措在他六十七年的生涯中，爲實現前世達賴的夢想，將自己身心的全部智慧都奉獻給了他的同胞。

有關根敦嘉措本人的藏文傳記記載，在他圓寂時，就表達了要轉世再生，爲衆生謀利的願望。這是再清楚不過的明示了。過了四年，也就是一五四六年，哲蚌寺的僧衆把一位七歲的男孩迎至寺內，並宣稱這位叫索南嘉措的僧人就是根敦嘉措的轉世，即根敦朱巴的第三代轉世。

這位來自前藏堆龍一家小貴族的兒子，在與蒙古人的幾次交往中，憑藉超凡脫俗的眞才實學，爲格魯派贏得了達賴的尊號，他就是三世達賴索南嘉措。

當時，蒙古的大權掌握在俺答汗手中，他對西藏僧侶的價值和權力十分清楚。俺答汗像他的前任一樣，也利用了這一點，爲的是要向西藏境內滲透。他盛情邀請三世達賴索南嘉措訪問蒙古。當他還在途中艱苦跋涉的時候，這位人間活佛的英名就先於他自己提前到達了蒙古。因爲達賴在蒙古旅行時，用各種各樣的超自然奇蹟，使那些酷愛薩滿教巫術的蒙古人敬畏萬分。俺答汗懷著崇敬的心情以隆重的蒙古族禮節接待了這位來自雪域的活佛。索南嘉措的個性、虔誠、談吐以及他在佛教界的崇高地位給俺答汗留下了很深的印象。當他把祖祖輩輩信仰的薩滿教與活佛給予他的知識對比後，率先改宗爲佛教。成千上萬的蒙古人也緊隨其後皈依了藏傳佛教，索南嘉措也就成功地在蒙古廣爲傳播了格魯派的教義，並在藏族和蒙古族之間拉起了永恆的宗教和政治紐帶。

在青海的仰華寺，索南嘉措對活佛理論進行了強有力的解釋，使得這位蒙古首領確信，在若干年以前，他自己也就是偉大的忽必烈本人。俺答汗爲了表達他對這位人間活佛的無比感激和尊敬之情，於一五七八年五月贈予索南嘉措「聖識一切瓦齊爾達賴」的尊號。翻譯過來就是「遍知一切金剛持智慧海洋的喇嘛」。從此，西藏才有了達賴的尊號，並一直沿用至今。而後人才依此尊號追認根敦朱巴爲第一世達賴，根敦嘉措爲第二世達賴。

爲了鼓勵這位極有根性的蒙古首領堅信新的觀念，三世達賴也回贈俺答汗「咱克喇瓦爾第徹辰汗」的尊號，譯成漢語就是「轉輪王聰睿之王」。一五七九年，俺答汗與三世達賴依依惜別。索南嘉措離開蒙古開始在昌都、青海等地繼續他的講經布道。五年後，又應蒙古王室的邀請，再次來到蒙古。很快三世達賴的名聲越過蒙古草原和華北平原傳到了京城，一五八八年，明神宗派遣官員到蒙古，邀請他到北京講經。索南嘉措愉快地接受了皇帝的邀請。當時他年事已高，長途跋涉的艱辛和疾病奪去了他的生命。就這樣，三世達賴不僅將自己的靈體留在了蒙古大草原，而且爲履行他圓寂時作出的要再生轉世爲衆生謀利的承諾，索南嘉措的下一代轉世活佛居然就誕生在蒙古包內，而且還不是出生於一個普普通通的蒙古人家庭，實際上他的再生轉世就是俺答汗的子孫。

格魯派（黃教）的達賴轉世制度就這樣以第二世達賴轉世、第三世達賴獲得「達賴」尊號並轉世爲標誌，開始了一代一代的活佛轉世流轉，但是系統闡述活佛轉世理論的卻是具有眞知灼見的五世達賴羅桑嘉措。正如我們今天所知道的那樣，這不僅使達賴得以不斷延續，而且使這一制度染上了絕無僅有的理論色彩。雖然達賴尊號是由蒙古首領所創，並由蒙古首領贈予三世達賴索南嘉措的，但最先宣布自己爲觀世音菩薩化身的卻是五世達賴本人。五世達賴還進而宣布，從一世達賴根敦朱巴開始的前面四位化身全都是觀世音菩薩的轉世。這一點不僅被全體藏族人接受，而且也得到蒙古境內全體信徒的認可。這樣，五世達賴不僅逐漸被人們接受爲西藏全境的宗教領袖，而且成了西藏全境的世俗領袖。

回顧藏傳佛教活佛轉世漫長道路的歷史，從噶瑪噶舉黑帽派的第二世以活佛轉世相承教派法權後，這種神秘的活佛轉世制度就像夏日融化於青藏高原之巔的涓涓雪水，流進了藏族人乃至蒙古人大大小小的寺院。

繼噶瑪噶舉黑帽派之後，噶舉派的另一個支系達隆噶舉也採取活佛轉世這一佛教徒最能理解和接受的方法，於是達隆寺和類烏齊寺的活佛開始「轉世」相承，以後格魯派和衆多的藏傳佛教派系都接受了這種活佛轉世體制。一時間，大大小小的活佛不斷湧現，並逐漸成爲藏傳佛教一種法權和政治權力的象徵。唯有曾經在藏族歷史上有過赫赫政教業績的薩迦派，仍然冷眼看待這一新生事物，繼續沿用他們的前輩傳下來的父子或叔侄相傳的方法來保持教派骨系純正的神權。

據漢文史料記載，在清代，除了達賴和班禪被推崇爲藏傳佛教兩個領袖外，還相繼形成了統管喀爾喀政教事務的哲布尊丹巴活佛世系和統管內蒙和甘青蒙藏宗教事務的章嘉活佛世系以及屬於某一局部地區宗教領袖的嘉木樣、帕巴拉等衆多活佛世系。清乾隆年間，在理藩院正式註冊得到承認的呼圖克圖一級大活佛就有一百四十八位，到清末又增至一百六十位。他們的分布是：西藏三十五位（含昌都）、內蒙五十七位、外蒙十九位、青甘三十五位，長駐北京在朝廷參班的十四位。

到了改革時期，光西藏自治區境內，大約有三千到四千位活佛。而主要的活佛除了達賴和班禪外，還有策墨林活佛、功德林活佛、丹杰林活佛、熱振活佛、第穆活佛、帕巴拉活佛、洛薩林活佛等。另外，在札什倫布寺和拉薩的哲蚌寺、甘丹寺、色拉寺，大大小小的活佛更難以枚舉。此外，在青海的塔爾寺、甘肅的拉卜楞寺，還各有一名大活佛，他們就是章嘉活佛和嘉木樣活佛，他們同屬於格魯派，其宗教地位在達賴和班禪之後。

佛與果位

西藏民間宗教中的靈魂觀念同藏傳佛教中的生死輪迴說在活佛轉世的理論和實踐上是相輔相成的。甚至可以說渾然一體。藏傳佛教主張善惡報應，三世輪迴，認爲衆生都是處在生死輪迴過程的三界六道之中，其輪迴的規律就是以生前善惡行爲的總和來確定自身的六種輪迴轉世趨向。衆生就是這樣生生死死，死死生生，如車輪迴轉，循環往復，永不終止。這本是古印度婆羅門教的主要教義，藏傳佛教只是沿襲而加以發展，注入了自己的教義之中。所不同的是，婆羅門教認爲人之高低貴賤在輪迴中永不改變，而藏傳佛教則主張在善惡報應的前提下，輪迴一律平等，來世的命運或處境完全取決於今世行爲的善惡。衆生今世中的貧富或壽夭、高低或貴賤，是前世行爲的善惡決定的，而今世行爲的善惡又要決定來世的命運，在封建農奴制度的藏族社會裡，這種觀點對於大多數生活在艱難竭蹶之中的衆生來說，無疑點燃了新的希望之火。

一旦衆生了解了善業有樂果，而惡業則有惡果的因果關係後，就要修習善業、堅信佛法、嚴守戒律、生起正見，這樣就可以獲得善果，來世即可轉生天界、人間，反之就變成畜牲，下地獄，這種輪迴規律是任何人都擺脫不了的。從藏傳佛教的輪迴轉世和因果報應的理論內涵看，它具有極強的功利性，這就是驅使人們從善袪惡，修行成佛。

藏傳佛教中的活佛轉世思想，竭力宣傳轉世是喇嘛積極認眞進行修行的結果。只有積極修行、入定、證覺的喇嘛才具備轉世的條件，一般的俗人，甚至修行功力不到家的普通僧人（扎巴）也不可能有轉世的能力。

按照藏傳佛教的理論，佛可以分爲三個層次，或者說三種佛：

1. 法身佛，是對佛法的人格化。它象徵無所不在的佛法的絕對眞理性，也包含人的先天佛，這就是人能成就佛身的內在原因和根據。

2. 報身佛，是指經過艱苦修習而獲得佛果之身的無漏功德者。

3. 應身佛，也稱化身佛，主要指佛爲利樂世間衆生，根據六道輪迴中的不同情況和需要顯現化身。像松贊干布、八思巴和達賴都被藏族人稱爲觀世音的化身，即應身佛。一般說來，凡是爲救渡世間的衆生而轉世人間，並從事教化的佛，都可以被視爲應身佛或化身佛。

藏傳佛教反覆宣稱，要普渡衆生，滿足衆生的一切願望，根除衆生的一切痛苦，把衆生從苦難中解脫出來，並把他們引向最終從根本上得以解脫的極樂世界。

衆生究竟能否成佛到極樂世界去呢？這是佛教所要解決的一個很大的理論問題。爲此，藏傳佛教認爲，一切衆生皆有佛性，在這個前提下，人人成佛是可能的，但首要的條件是要經過認眞反覆的艱苦修行，達到必要的修行果位（或者說階段），就可成佛了。

藏傳佛教修習的果位爲上下三級：

自覺果位；

覺他果位；

覺行果位。

這三者的統一則構成藏傳佛教修習的最高果位覺。

凡達到自覺果位者，一般被認爲已經消除了一切煩惱，得到了天界的供養，永遠進入涅槃，再也不受生死輪迴之苦。這種果位的佛稱爲自覺佛，其佛的地位屬第一層次，即最初的層次；達到自覺佛之果位後，只是自我成佛，還不具備轉生入世，教化衆生的本領和資格。因爲佛教以普渡衆生爲己任，不能只顧自身的涅槃和解脫，還要爲救渡衆生而入世，以種種化身普救衆生苦難，以達到覺他佛的果位，這是第二層次的佛，高於前者，並可以轉世；阿彌陀佛被藏傳佛教認爲是第三層次的佛，即覺行圓滿佛，他是極樂世界的怙主，能夠指導念佛人往生佛國淨土，因此藏族人一般稱阿彌陀佛爲無量光佛，也即最高層次的佛。

藏傳佛教一般都把班禪大師（活佛）視爲阿彌陀佛之化身加以崇敬，而把達賴（活佛）推崇爲覺他佛觀世音的化身。覺他佛的果位低於覺行圓滿佛，只達到了轉世覺他（使衆生覺悟）的中級果位。從這個意義上看，班禪大師的果位高於達賴。

但是在藏民族的信仰中，特別推崇觀世音菩薩。他是佛教所說的普陀山洲的怙主，是以大慈大悲爲根本德性，對衆生獨具慈悲之心，猶如牧童對畜群、艄公對船客那樣護衛和憐憫。爲了拯救衆生，他放棄遞進覺行圓滿果位的機會，佛教徒稱他爲觀世音，其內涵就是指他觀衆生的音聲，應機以種種化生普救衆生，所以觀世音菩薩的化身是很多的，自然他的名號也非常之多，眞可謂不計其數。

不斷轉世與權力延續

「活佛」一詞藏語稱「朱古」（sprul-sku），是「朱白古」（sprul-pavi-sku）的縮語，常用「崔白古」（rphrul-pavi-sku）來表示，是梵文mirmanakaya的譯語，意爲「幻化」或「化身」。早在九世紀初葉的《唐蕃會盟碑》上，就可以發現「幻化的神贊普」（vphrul-gyi-lha-btsan-po）與「聖神贊普」（lha-btsan-po）相對應，可見「朱古」一詞的初義與稱謂吐蕃贊普（藏王）爲「幻化」或「化身」贊普有關。元朝以後，「朱古」一詞開始特指「活佛」。藏傳佛教傳入蒙古地區後，「朱古」一詞在蒙古語中被稱爲「呼畢勒罕」。漢語中「活佛」一詞始見於元代①，是漢族對藏、蒙地區

「朱古」的習慣稱謂，大概取義於「活著的活佛」。從西藏佛教史上看，雖然西藏的第一位轉世活佛出現在十三世紀末，但活佛轉世的觀念並不是此時才形成的，追根溯源，它主要來源於古代藏族的靈魂不滅觀念和佛教的化身理論。

公元七世紀以前，西藏民間信仰的宗教是由辛饒米沃創立的原始本教。在吐蕃時期該宗教雖然是一種原始宗教，但影響卻非常大。從很多古藏文文獻和古老的神話傳說中，都可以發現本教的哲學觀念帶有明顯的萬物有靈論色彩，對自然和人的認識，是以萬物爲靈爲基礎的。這種觀念認爲，人的靈魂既可以離開肉體，又可以寄託於不同的自然物。在敦煌吐蕃古藏文文獻和藏族英雄史詩《格薩爾》中，都有女神或史詩人物的靈魂寄藏於樹木、岩石、湖泊、山川或寶石上的描寫。

西藏原始本教還認爲，人死後靈魂在墓中或其他地方可以繼續生存。藏文史著《朗氏家族史》中就有這種觀念的反映：有一個人死後，他的靈魂會見了他那尚在陽間的女友。在古代吐蕃，一種與靈魂不死相聯繫的情況常常在戰場上出現，這就是活著的武士經常向死去的武士提問題，而由另一個人代死者回答②。

在古代藏族人的觀念裡，除了關心靈魂的存在和延續外，同樣也關心靈魂的歸宿。從《西藏王臣記》、《拔協》、《漢藏史籍》等藏文史籍記載的神話傳說看，吐蕃的首批贊普都是從天上下凡到人間的神子。他們下凡時，有時是通過攀天光繩，有時又是通過木神之梯來進行的。還有的神話傳說說這一天梯是煙柱、光柱或者是高聳入雲的聖山。當他們下凡成爲贊普以後，那根天繩再也不會離開這些贊普，並一直停留在他們的頭上，天繩成爲聯結天、人、地的媒介。在他們生命的末日，其靈魂化爲一道光，融化在木神之繩中回到了天上。

在活佛轉世制度形成的過程中，佛教的化身理論與西藏原始本教的靈魂不滅觀念起了同樣的作用。按照佛教的教義，佛有三身：法身、報身和應身③。其中的應身，又稱爲化身。通常所說的「活佛」指的就是應身佛。它的實際含義是佛在人世間的化身，其使命是繼承、傳播和弘揚佛法，消除人間的苦難，幫助衆生行善積德脫離輪迴之苦。這些在藏漢經典，諸如《六度集經》、《華嚴經》、《寶性論》、《解深密經》、《央掘魔羅經》中都有論述。如《六度集經》講述釋迦牟尼前世化身的傳說稱：「昔有菩薩身爲鹿王，厥身高大，身毛五色。……佛告諸比丘，時鹿王者，是吾身也，國王者，舍利佛是。菩薩惠度無權行布施如是」。又如《華嚴經》所說：「居住於法雲的菩薩，儘管只有一世的時間，但是，從他在兜率天居住以後，就開始遷居，然後投入母胎、出生、出家、覺悟、發願、轉法輪，最後涅槃……他所做的教經之事，恰如如來佛之子……」④。再如《寶性論》也說，「以大慈悲遍知世間，以智悲看視全世間……以化身等神通，降生於塵世，在諸不淨之下界，指明世間的道理。」⑤藏傳佛教依據上述「化身理論」，把藏族的政教首領松贊干布、八思巴、達賴、班禪額爾德尼等視爲佛和菩薩的化身，即應身佛。可見，正是因爲藏族民間宗教的靈魂不滅觀念和藏傳佛教哲學觀念中的化身理論相結合，才使得藏傳佛教活佛轉世制度的產生成爲可能。

藏傳佛教活佛轉世制度的形成和發展，經歷了漫長的歷史時期。最早認選轉世活佛，是由噶瑪噶舉派的黑帽系開始的。之後，被藏傳佛教諸教派廣泛採用。「攘迥多吉（自然金剛）」⑥是藏傳佛教史上第一次確認一個幼童爲前輩的轉世。

黑帽派之所以要採用活佛轉世這一獨特的教權傳承方式，是由諸多原因促成的。從十世紀以後，西藏社會逐步向政教合一的封建農奴制社會過渡。在新興的封建領主的大力扶植下，佛教在藏區再次復興，各教派及新的寺院紛紛建立，教派與地方世俗封建貴族緊密結合，教派依政而行，政依教派而定。隨著西藏各寺院的建立和宗教勢力的擴張，開始形成獨立的寺院經濟，它擁有土地、牲畜、牧場和屬民。這一情況的出現，最終導致了各教派之間在政治和經濟上的激烈競爭和相互吞併。爲了在這種競爭中站穩腳跟，並使教派興旺發達，必須要有一個有號召力的、相對穩定的教派首領。但是，這樣的教派首領一旦圓寂，就會面臨一個繼承人選擇的問題。如果選擇不當，教派在政治和經濟的激烈鬥爭中就會處於不利的位置。有鑒於此，各教派便利用教民對佛的崇高信仰，賦予教派首領或高僧以佛的化身地位。噶舉派黑帽系正是在這樣的社會歷史背景下，爲解決宗教權力的傳承和延續問題，開創了教派首領轉世的先例。

但是，眞正使活佛轉世形成爲制度並影響整個藏蒙地區的卻是格魯派（黃教）。達賴和班禪額爾德尼的轉世制度則成爲格魯派兩個最大的活佛轉世系統。

西藏歷史上，在格魯派和噶舉派之前居於統治地位的宗教勢力是薩迦派。由於該教派的喇嘛可以結婚，所以他們是靠父子或叔侄相傳來延續薩迦派的統治的。但格魯派絕對不允許喇嘛結婚，那麼怎樣才能保持教派的統治和宗教、經濟權力呢？格魯派採用了噶瑪噶舉黑帽派的做法，用活佛轉世制度來繼續本教派的傳承。

提出並完成格魯派教權傳承和延續的關鍵人物，一位是札什倫布寺鐵桑林扎倉的高僧公欽群覺，另一位則是一世達賴根敦朱巴的親戚比丘卓瑪。他們商定用活佛轉世的方式來保持根敦朱巴已經獲得的權力。在根敦朱巴示寂後的第四年，他們宣稱後藏達納地方出生的一名男孩是根敦朱巴的轉世，他就是二世達賴根敦嘉措。根敦嘉措十一歲時被送到札什倫布寺學經，但是札什倫布寺堪布和部分僧人不承認其宗教地位，根敦嘉措就轉到哲蚌寺學經，並在前藏各地講經傳法。由於他的聲望不斷提高，札什倫布寺才又請他回寺主持寺務。但根敦嘉措仍以哲蚌寺爲其本寺，因此被稱爲哲蚌寺活佛，由此傳出達賴活佛轉世系統。明嘉靖二十一年（公元一五四二年），根敦嘉措圓寂，哲蚌寺正式開始尋訪他的轉世兒童。嘉靖二十五年（公元一五四六年），堆龍地方的一位貴族子弟被認定爲根敦嘉措的轉世靈童。這個靈童就是三世達賴索南嘉措，也就是《明神宗實錄》首次記載「師僧活佛」。從二世達賴到三世達賴，格魯派所採用的活佛轉世制度進一步完善，並以此鞏固了格魯派已經得到的宗教特權、政治勢力和經濟利益。清順治十年（公元一六五三年），順治帝冊封五世達賴爲「西天大善自在佛所領天下釋教普通瓦赤喇怛喇達賴」，這就使達賴的宗教地位和權力得以提高和穩定。在宗教上則根據「化身理論」把達賴說成是觀世音菩薩的化身。

與此同時，格魯派的另一轉世系統，即班禪傳世系統也逐漸形成。一世班禪是宗喀巴的大弟子克珠杰。一至四世班禪是向轉世系統過渡的階段，從五世班禪開始轉世系統才正式形成。清康熙元年（公元一六六二年），四世班禪羅桑曲結圓寂後，後藏托布加谿卡的一位幼童被認定爲他的轉世靈童。康熙七年（公元一六六八年）正月初三日，五世班禪坐床。康熙五十二年（公元一七一三年），康熙帝冊封五世班禪爲「班禪額爾德尼」，並賜金冊金印。這才是歷代班禪正式稱爲「班禪額爾德尼」的開始。它標誌著班禪額爾德尼活佛轉世系統在宗教上和政治、法律上取得了與達賴轉世世系平等的地位。在宗教上則根據「化身理論」把班禪額爾德尼說成是無量光佛的化身。

自噶瑪噶舉黑帽派和格魯派相繼建立起活佛轉世制度以後，這種神秘的活佛轉世制度開始在藏區和蒙古地區的藏傳佛教寺院中興盛起來，並且世代相繼，法統不絕。

綜上所述，活佛轉世制度的形成、確立與宗教首領的地位、政治特權和寺廟經濟勢力的發展鞏固是互爲因果的。爲了避免因宗教首領的圓寂而喪失本教派的政治特權和經濟勢力，並能保證其權力得到延續，藏傳佛教才出現了活佛轉世制度。從本質上看，活佛轉世制度是神秘的靈魂不滅觀念和佛教化身理論與世俗的世襲傳承制度相結合的產物。這種制度在藏蒙地區得到宗教界的普通承認，而且信徒們篤信不疑，這就進一步爲封建統治者和教派利用宗教來維護自己的統治提供了方便，有利於強化教派首領的地位和封建領主階級的統治。

據漢文和藏文史料記載，在清代，除了達賴和班禪額爾德尼兩大活佛轉世系統外，還相繼出現了統管喀爾喀政教事務的蒙古哲布尊丹巴活佛轉世系統和統管內蒙和甘青藏區宗教事務的章嘉活佛轉世系統。此外，還有第穆、帕巴拉、嘉木樣、熱振等全藏著名的活佛轉世系統。清乾隆年間，在理藩院正式註冊得到承認的呼圖克圖大活佛就有一百四十八位，到清末又增至一百六十位。而主要的活佛除達賴、班禪額爾德尼外，還有策墨林活佛、功德林活佛、丹杰林活佛、熱振活佛、第穆活佛等。

✻✻✻

①元韓邦靖《宮女行》：「更寵番僧取活佛，似欲清淨超西天」。見翟灝《通俗篇》二十釋

道活佛。

②〔法〕R·A·石泰安：《西藏的文明》，耿升譯，西藏社會科學院西藏學漢文文獻編輯室編印，第二三六頁。

③見《百法明門》《藏文版》，三身佛注。法身佛，即修行所成之究竟果位法身，具備諸多無漏功德者。報身佛，即法身中不動不起，但於化機菩薩聖衆之前示現身形，成為化身之所依處，為諸相好所莊嚴者。應身佛，即增上緣報身所起，現於淨於不淨之化機中，為利益諸他機而隨願受生之色身。

④山口瑞鳳：《活佛研究》周煒譯，《西藏研究》一九九二年第三期。

⑤《章嘉國師若必多吉傳》，陳慶英、馬連龍譯，民族出版社出版，第六頁。

⑥《土觀宗派源流》，西藏人民出版社一九八五年版，第六十四～六十五頁。

活佛的前世今生

六世班禪轉世時的時辰是日出東方之時，當時日光伴隨著彩雲射進屋裡，看到自己的兒子在這種奇觀中降生，六世班禪的父親塘拉高興地說到：「日出生子，家中糧滿倉；天氣溫暖，言語甜綿綿。」作為一個普通的農民，塘拉也覺得這孩子是在吉祥的時辰誕生的，它會預示家中豐衣足食，夫妻和睦，但他哪裡會想到這個伴隨著日輝來到人世的嬰兒竟是五世班禪的轉世靈童呢？

第6章 活佛的神秘圓寂

據許多活佛的藏文傳記記載，他們在生命的盡頭並不像常人那樣一無所知，模模糊糊，而是在彌留之際或者是更早的時候，就已預知圓寂的時辰，知曉往生轉世的去處，這就是常人所不能做到的。

預知生死的玄機

清代四大活佛之一的章嘉三世活佛是乾隆皇帝封冊的大國師。據他的親傳弟子土觀．洛桑卻吉尼瑪寫的《章嘉國師若必多吉傳》記載，深得雍正、乾隆兩位皇帝賞識的章嘉國師，在一七八四年圓滿結束了他的六十八歲慶壽喜筵後，就開始預感到自己壽命將盡。他時常說起一心歸西天的言語。一天他對傳記的作者說：「神和許多喇嘛曾預言我壽命不會太長，而智慧的班禪羅桑益喜卻說我的壽命較長，如今我已年近七旬，大概已到了壽數的終點。但是，人們還在向上師和三定（佛、法、僧）禱告，期望我能活得更長。」儘管這位弟子當時並不明白其中的奧妙，但後來仔細思索，才明白這位先知在七旬之後將去他界利益衆生。以後他又進一步向自己的弟子暗示了自己不久將圓寂並會轉世的心願。

每年的四月底是章嘉國師朝拜五台山的日子。據說從北京啓程前，他異乎往年特地到各個佛堂敬香祈願，在護法殿還認眞吩咐衆護法神。在途中，章嘉國師聽到一個侍從毆打幾個漢人的喧嚷聲，就說：「你們現在依仗我的勢力欺壓別人，再回北京時人家來打你們，恐怕你們也只能挨著」。這些俗人哪知在這普普通通的責備中，還帶有另外的玄機呢？

就在五台山參加完祈願誦經法會後，這位被視爲和乾隆是一雙日月的國師就開始覺得身體不適，此後他的身體就每況愈下，一位匆匆趕來的藏醫在診脈後神情沮喪，自知此病非尋常之醫術所能治療。章嘉國師雖然服了兩劑漢族名醫的湯藥，卻沒有做祈求長壽的法事。只是心情暢快，悠然安閒地將病情和生死不能自主的道理寫成詩詞，連同請求把他的骨灰裝進銅塔安放於鎭海寺的遺囑轉呈給了皇上。

藏曆火馬年（一七八六年）四月初二下午酉時，這位業績顯赫的朝廷僧官結跏趺坐，幾度伸直身子，幾度平伸雙手，作撥弄念珠的姿態。在有經驗的高僧們看來，這是示現金剛身的坐姿。約於亥時，他氣息停止。此時此刻，他神采奕奕，貌如皓月，棱角分明，面無皺紋，肌膚嬌嫩，忽而有濃郁芳香，充滿寢室。

據有關他的藏文傳記記載，自從章嘉國師從北京起身後，每日狂風大作，雨雪驟至，天氣凜冽，前所未見，出現了許多不祥之兆。相傳這是因爲這位大活佛將魂赴西天，那些愛好善事的鬼神忍不住悼念致哀的緣故。可是就從大師圓寂那天起，天空立即變得清澈，和風如絲。三天後，作守靈法事的近侍猛聽得他「嘿嘎」了一聲，作出似乎想復活的樣子。衆人走近靈體一看，只見他已呈現出入定結束的跡象。相傳章嘉國師圓寂後流出眼淚化現爲虹身，並受到佛教傳說中的須彌山多如塵土的空行母的熱烈歡迎，他的虹身在無數佛陀和菩薩的迎護之下，由救護抬起，沿著彩虹道路進入空行淨土的無量宮中。從這一天起，藍天如洗，清澈晶瑩，各方有白雲生起，狀如吉祥的傘蓋、飛幡、經幢，並有各色虹光照耀四方。佛徒認爲這是各方天神供養章嘉國師靈骨的瑞相。

六世達賴倉央嘉措的一生，既與他前面的幾位達賴大相逕庭，又與後面的幾位達賴根本不同。因爲他的所作所爲所掀起的軒然大波，幾乎動搖了達賴轉世制度的基礎。而有關他圓寂於何時何地的說法也像他獨樹一幟的奇特生活一樣充滿了不解之謎。

五世達賴圓寂後，攝政王桑結嘉措向清朝和西藏人民封鎖了這道消息，十四年後，人們才得知這位偉大的活佛早已離開塵世。新達賴靈童在上一世達賴圓寂約兩年後即告出世。這些年他一直同父母一起生活在西藏南部的門隅，像其他普通小孩一樣度過了自己的童年。在他之前的歷代達賴必須接受嚴格的教育，遵守嚴格的佛門戒律，而六世達賴卻沒有經歷過這一切。在他十五歲登上達賴的寶座後，他已形成了愛好和性格已不是輕而易舉就可以擯棄。他甚至背棄了剛入佛門就立下的若干誓言。更爲不幸的是，倉央嘉措居然開始尋芳獵豔，爲此目的，他特意在布達拉宮外面蓋了一棟裝飾華麗、單門獨院的房子。這位活佛還有一大特點，就是用情歌來表達自己的愛情和感受。從文學的角度看，他的詩作是絕無僅有的，而且得到了他的信徒的珍愛，在今天的藏族人中間，只要提到六世達賴，人們都會唱道：

在那東山頂上，
升起皎潔月亮；
少女嬌美臉蛋，
浮現在我心上。

所有這一切實在太離譜了。但儘管出現了這一情況，藏族人仍拒絕因爲他們的政教領神有這些缺點而去對他橫加指責。他們的虔誠信仰無可挑剔。藏族人普遍確信，六世達賴以他的虛幻之相出現，是在檢驗他的臣民信念深不深，他在人間實際上不止以一種身相出現，在另一個人身上，這位達賴也像其他所有的達賴一樣，篤信佛教，萬分眞切。

可是隨著一場政治鬥爭的失敗，倉央嘉措的支持者攝政王桑結嘉措被仇敵的妃子殺後，他也遭到「廢立」，「解送」北京。接下來這位活佛的命運就成了難解的歷史之謎。有人說他在北上途中死於青海湖畔，而另一種流行說法是他根本就沒有死，而像旋風一樣消失得無影無蹤，最後在蒙古度過了他的餘生。這個觀點就出自六世達賴的關門弟子阿旺倫珠達吉寫的《倉央嘉措情歌及秘傳》。

翻開此書，我們很容易就找到了有關倉央嘉措圓寂前的記載，事實上這位獨樹一幟的活佛在圓寂前也像章嘉活佛和別的活佛一樣預知天命，從容不迫。

從一七六三年的藏曆豬年開始，倉央嘉措的言談中就流露出另有所思的跡象。第二年，他在巡視寺院時，對那些前來祈福的老人們說道：「這次要仔細看看我，好好記在心裡。人壽無定，以後難相會啊！」當時傳記的作者只當是指那些前來朝見的老人們壽命不長，而不知活佛是在說自己。不久，他又再三堅持，把大同寺法主的職務交給了別的高僧，緊接著他又要辭去嘉格隆寺主持的職位，並說：「我任主持已二十五年了，如今年事已高，無能爲力，若繼續此任，很是不好。」這時衆僧心裡只想六世達賴不願再任，而沒想到他已自知壽限將至。

一七六四年的冬天，倉央嘉措開始稍露病容，很快病邪轉盛，時而昏迷，時而寒熱交加。下面是秘傳中一段關於六世達賴圓寂前的詳細記載：

四月的最後一日，土曜與牛宿交會。在這天爲一些新安放的佛像舉行了中等規模的開光儀式。尊者（六世達賴）令我（秘傳作者）將他自己親自用過的金剛杵法器和長耳帽等送與夏魯倉大師，請他要按先前許諾的那樣爲教法和眾生造福。又把另外一根金剛杵獻與上師甘丹池巴。尊者道：「吉事一畢，我今生的事業也就功德圓滿了」。

初七日，病情稍緩，與昨日無甚差異。大家一起爲他祈禱長壽。做過法事後，尊者面露笑容。

那夜我獨自在大師跟前陪住。病情略安。尊者伸出腿來命我按摩。按摩時尊者吻我並撫摸我的頭，講道：「先前我對你的恩深，如今你對我的恩重，眞捨不得你啊！」言罷悲戚不已。

過後，醫生曲吉和次成桑布來了。黎明時他自己說感受很安適。爲他洗了手和頭，覺得涼爽。兩眼頻視空中，似乎有什麼人到了尊者跟前一樣。少頃，他對曲吉醫生說：「天上降下哈達來了！」又問：「他剛才說什麼？」道：「我說下雨了吧！」然後他默默不語了。

等我到了屋內，尊者又對我說：「今天到日子了！」我心中疑懼，故意答道：「是，今天是六日了。」尊者輾然一笑。其實是預示八日即將圓寂，諸天神都來接引了。

我爲祝尊者得無量壽，奮力念起了長生咒，尊者也跟著念誦。念得比我更響亮，更流暢。

正當唪誦長生咒時，尊者的身軀忽然伸直散開，變做菩薩跏趺（半盤腿打坐姿勢）。右手放在左髖，左手執杵鈴於右髀上。一代達賴就這樣圓寂了。

轉世祈禱的誦經儀式

活佛圓寂後，隨之而來的是要舉行一系列的佛事活動。而像達賴、班禪這樣的大活佛，圓寂後的各種儀式就更爲複雜多樣。但儀式的中心應該說都是圍繞祈禱轉世來進行的。

據藏文史料記載，一七五七年，七世達賴圓寂，這在藏族人看來，就如同利樂一切佛教衆生的太陽落入了西山。當時以第穆活佛爲首的衆侍從如同失去方向之盲人、喪失慈母之獨子，一下墜入了苦難的深淵，他們壓抑不住悲哀之情，對天疾呼：「哎呀呀，佛日掉落，失去了一切世間的主宰，」但很快人們就控制住心中無限的哀苦，井井有條地依照傳統在一片痛苦的氣氛中作出一件又一件重大的決定，舉行一次又一次傳統的儀式。

當七世達賴圓寂的噩耗傳出後，西藏地方政府的各位噶倫和達賴的弟弟首先趕到了布達拉宮，衆人商議，當即決定：立即稟報駐藏大臣並上奏乾隆皇帝，同時速報班禪，追荐持金剛喇嘛；撰寫七世達賴早日轉世的祈願文；向大、小昭寺的覺娃佛像（釋迦牟尼像）、大悲觀音像、宗喀巴、彌勒佛等衆佛敬獻哈達或供品；向衆僧立即布施齋茶等等。

就這樣，達賴法身作修持狀一日後，到晚上，他的左右鼻孔自流出紅白菩提水，據說這種瑞相足以證明達賴的幻化之身已成正覺並升入法界，因爲第二天清晨，人們都看見布達拉宮頂上出現一道五色奇異彩虹。當夜，在存放遺體的如意寶篋前廣獻祭品，並由第穆活佛主持祈禱轉世的誦經儀式。第二天，當第穆活佛揭開衣服披氅瞻仰時，遺體仍然如舊。第穆活佛再次敬奉哈達等，以大悲力祈禱達賴無漏意趣圓滿，早日轉世，再做藏傳佛教的領袖。

在布達拉宮，以上首弟子第穆活佛爲首的衆近侍以及部分僧人向達賴的遺體舉行了七七四十九天的法事。當班禪在札什倫布寺聽到噩耗後，無限悲哀，虔心祈願達賴一切無漏意樂圓滿，早日轉世人間，並從內庫拿出銀兩向札什倫布寺等後藏各大寺院分發布施，大做佛事，祈禱達賴靈童早日轉世。

六世班禪大師巴丹益喜於清乾隆四十五年（一七八〇年）十一月初二下午，在北京黃寺病故。據大師的傳記記載，六世班禪圓寂時，足成金剛跏趺，身體挺直，兩手下垂，猶如溶化於甚深思維之中。由於患病，面部稍有光澤。當時還不到十五，但月亮如十五圓而明亮。此外，大師身體的每一部分好像日光照耀，全身具有無限的芳香，隨風四處飄蕩。

翌日，鵝毛大雪開始紛紛飄揚，跟隨大師多年的司膳堪布等人於大師靈前陳供祭品，同時派人進藏向達賴、拉毛護法神、攝政赤欽諾門汗、札什倫布寺的兩位經師等要員和高僧報喪，並請求達賴和拉薩三大寺、札什倫布寺誦經祈禱班禪靈童早日轉世。司膳堪布還寫信給札什倫布寺的德瓊巴格勒窘乃大師，要求他廣修靈童早日轉世的法事，並著手興建供放靈塔。三世章嘉活佛也開始撰寫有關靈童轉世及選認的秘信，派人送往西藏。

五天以後，六世班禪身上的一切水分已逐漸消失，看上去已顯得非常小。大師的靈柩旁堆放著各種塔、珍寶和藥物。靈柩上面覆蓋著黃緞。當時，天突然下起了雨，三世章嘉活佛和其他參加百日供祭祈禱的各方僧人都認爲這是好預兆。章嘉活佛在法事上宣讀了《靈童早日轉世祈禱文》。供祭結束後，所有參加祈禱轉世儀式的僧人和其他官員都一起向大師靈柩獻供，然後大聲祈禱靈童早日轉世。一七八一年，班禪的全體侍從人員，護送六世班禪的靈塔自北京黃寺啓程，經過半年多的跋涉，於八月抵達札什倫布寺，並放入札寺修建的大銀塔中安葬。

乾隆皇帝爲紀念六世班禪，在他圓寂後的第四年，特在他生前居住過的黃寺西側，建立了一座宏偉的「清淨化城塔」，人們把它稱爲西黃寺，而把五世達賴和六世班禪住過的黃寺，稱爲東黃寺。現在東黃寺早已不存在了。惟有西黃寺還存在，十世班禪額爾德尼．確吉堅贊創建的中國藏語系高級佛學院的校址就在這裡。

一九八九年一月二十八日，是藏族人民和整個佛教界難以忘卻的悲痛日子。就在這天晚上的二十時十六分，當代一位最偉大的活佛示寂於西藏日喀則他本人的新宮德慶格桑頗章宮的「夏珠培杰林」淨室內。十世班禪這次前往札什倫布寺，是爲了主持五世至九世班禪遺體合葬儀式和「班禪東陵札什南捷」重建開光大典的。不幸的是，班禪大師因大典前後操勞過度，積勞成疾，在這裡圓寂。

十世班禪圓寂後，國務院作出決定，將修建第十世班禪額爾德尼．確吉堅贊靈塔祀殿，並由札什倫布寺負責班禪轉世靈童的尋訪認定。爲祈禱班禪轉世靈童早日降世，札什倫布寺按照傳統將十世班禪大師示寂的噩耗通報了十四世達賴並請求祈禱靈童早日轉世。

三有生一寶聖識一切的怙主達賴尊鑒：

對我們有三世恩典的班禪額爾德尼．洛桑赤列倫珠確吉堅贊，緣於一切有爲皆屬無常而於藏曆十七饒迥土龍年十二月二十一日北京時間晚八時十六分示寂於日喀則德慶格桑頗章宮的「夏珠培杰林」淨室內。

敬請爲第十世大師靈童盡早轉世而祈禱。

隨後敬獻：「朗措」哈達一條，五十兩重銀元寶五個，各色彩緞七匹。

日喀則札什倫布寺敬上

緊接著，札什倫布寺又在本寺的祈願法會上宣讀了祈禱班禪大師示寂禱文，其內容也與祈禱靈童轉世有關：

藏曆十二月二十二日

我們沉痛宣布：智慧壇城的球圓之主，稱持金剛無與倫比的第十世班禪額爾德尼．洛桑赤列倫珠確吉堅贊，一切有爲，皆是無常，於藏曆第十七饒迥土龍年十二月二十一日公曆一九八九年一月二十八日二十時十六分圓寂。

班禪大師不僅是我們佛教界的領袖，也是全國人民代表大會常務委員會副委員長，是中國佛教協會名譽會長。他始終堅持愛國立場，維護祖國統一，維護人民的利益，在政治上、宗教上都做出了重大貢獻，得到廣大僧侶群眾的無比愛戴和敬仰，我們札什倫布寺全體僧眾衷心祈禱大師靈童早日轉世。

札什倫布寺民主管理委員會

一九八九年一月二十九日

從藏族傳統文化的角度看活佛圓寂後的種種儀式和祈禱轉世儀軌，我們認爲它與藏族古老的本教喪葬儀軌是有一定聯繫的。當然，熟悉藏傳佛教的人都知道，直到今天還在整個藏區占主導地位的藏傳佛教實質上是在吸收了傳統本教的許多優秀成分後才形成的，而後來的本教反過來又吸收了佛教的一些經典和儀軌。因此，要明確地指出在喪葬儀式問題上，誰吸收了誰的東西是很困難的。儘管如此，我們還是想簡單地介紹一下本教的喪葬祈禱儀軌，以便幫助我們的讀者理解藏族喪葬古老的祈禱習俗，而且這方面的內容也非常神奇有趣，甚至可以說是任何一個外族人所不能想像的。

本教喪葬法事通常由兩三個僧人在靈堂裡進行，包括三個各自獨立的部分。

一、當人剛死，靈識遷移時，要由一個僧人來主持，這一儀式的目的是將死者的靈識（可以說靈魂）轉移到脫離世俗輪迴超凡入聖的天國去，因此要念《中陰救度經》一類的經文，從這類經裡，死者可以得到導引和教示。本教傳說認爲，人的靈魂在轉移時會受到許多威猛之神的阻攔，因此，這樣的念經儀式要持續三天三夜，僧人們在一定的時間要互相換班。這些經的內容和藏傳佛教的觀念非常相像。

二、經過三天法事後，死者的靈魂被一步步地引向解脫。這時要在叫做「降布」（靈牌）的死者畫像前展示一套紙牌，本教徒相信此時死者的靈魂已被召喚到紙牌裡了。

一般來說，前四天的法事都在於使死者得到最後的解脫，按理說，只要舉行了其中一個儀式就夠了，但是，由於誰都覺得死是一個「危急關心」，並因此而總懷疑儀式對死者能否起作用，所以要舉行多次法事。

三、喪葬法事的第三部分是從第五天清晨火化屍體開始的。由於死者被認爲已經得到了最後的解脫，所以火化以及隨後的法事不是爲他舉行的，而是表示虔誠的舉動，主要是給所有活著的人（衆生）積功德，因而通過利他主義的精神動機，請僧人來做法事的那些俗人也能受益。因此，火化後，要進行所謂「隆杰」法事，目的是要召喚來一千個佛陀。

本教徒傳統的喪葬習俗直到今天依然還存於各個藏區。下面我們想再介紹一下藏族民間的一些葬俗，從本質上看，它與活佛圓寂後所進行的種種法事是有緊密聯繫的，因爲它們的目的都是爲了使死者有個好的去處，而活佛的去向在於繼續轉世，普通人的想法則是投生在六道輪迴中一個理想的位置，而不願下地獄、變畜牲。

像藏區其他地方一樣，甘肅夏河藏族人的喪葬法事也是很有特點的。在人即將咽氣時，就得安放好其位置：頭向西、腳朝東。如果死者爲婦女，將頭髮全部剪掉，以利於天葬時進行剖割。當時即把睡炕收拾乾淨，清除穢物。再準備酥油燈，通常至少要兩盞。人斷氣後，屍體就不允許再移動，隨即開始點酥油燈。若死者有睜眼張口狀者，用手撫摸使之閉上。於死者頭後置一小凳，放燈一盞，其旁陳列藏文經卷，並揭開數頁。酥油燈要連續七晝夜長明，富裕人家有長達四十九天的。當地藏族相信，點酥油燈是以光芒指導靈魂盡快投向西天。

死者去世的當天，要邀請一位喇嘛來家念經，內容是一些祈禱經、超度經，祝願早升西天，祈求來生再回到人間等等。如果能請到一位活佛來念超度經等，那就更好了。另外還得請幾名略有威信的僧人來念經，並去寺院向活佛稟報寫有死者名字、屬相、生辰及死亡時間的庚帖等，再奉獻數十元錢。至於在死後的幾天內還需念什麼經，一般要請僧人卜算來定。隨後請黃教僧人或紅教僧人（寧瑪派）在家中圍成一圈念經，也有同時邀請上述兩派僧人都來的。如此每日都得來念一陣，直到出殯爲止。

念經時僧人手持寶瓶，一邊灑「聖水」，一邊念經，然後再在死者頭部繞幾圈，這樣反覆多次。在出殯的前一天需要將死者捆成一團，使身軀彎到緊貼膝蓋骨，外面用一布單或長袍裹住。一切飾物及護身符匣在咽氣前已全部取下。送葬的日期也需要請僧人卜算，多數人只在家裡停放兩三天的遺體，最長也不超過四天。定下出殯的日期後則雨雪無阻，必須進行。送葬的前夕，要用棍棒支扎好裝屍體的筐架，還要準備第二天要用的聖水等。

一般必須在黎明之前上路出殯。將已綁成蜷曲狀的遺體置於筐架內，送出大門後，又將遺體平放端正。死者如爲男性，則使其臉部略偏右朝下，若爲女性則相反。出殯之時，親友及鄰居幾乎全村男女都群集送殯，以示悼念。至親好友都來向家屬慰問，即使同死者生前有怨恨者也必到場送殯。死者家屬中除男性小輩外是不去天葬場的，誦經的僧人也不去，只由同村男子們護送。

該天清晨，至親及鄰里中的婦女們去清掃寺院旁轉「古拉」（大轉經筒）的道路，他們認爲這樣做能爲死者消罪去孽，積德揚善，在陰間少受痛苦。

出殯之前，再由喇嘛來念一次經，爲死者祈禱超度。然後由家屬中小輩一人手執柏樹枝的藏香，再點燃三根貝子香（用貝母做的香），先在門口守候，隨著送殯的人走上大路後就將香遞給他人。持藏香的人走在最前面引路，本村男子抬著裝遺體的筐架。送殯的人將帶著的糖果隨手送給路上遇到的行人，還要送上一個穿上線的針，對方就會爲死者念數遍六字眞言。

天葬場一般是在一個固定的地點，通常多選在一個深溝旁較高的平台上，約有十尺見方的面積。送殯人抵達後，取出遺體，鬆解繩子。將死者的頭緊繫在天葬場的一根木樁上（也有不繫的），然後用刀子一邊剖割身軀或用石塊、木棍剁碎骨骼，一邊撒上糌粑。此時，鷲鳥就紛紛飛近啄食。不用多久，一具死屍就被吃得乾乾淨淨。在當地人的心目中，屍骨被鷲鳥食淨是祥兆，若食而未淨，則被認爲不祥。送葬完後，裝遺體的筐架在現場燒掉。送殯的人們就用冷水洗手，動手操作的人則用加牛奶的水洗手，除淨血跡。最後還要用柏樹枝往身上拍打或熏香，再清掃天葬場。至此天葬儀式就告結束。

出殯時包裹遺體用的衣袍可以埋掉，也有轉送給他人的。遮蓋屍體的衣服可帶回家，當日在自家晾一個晚上，第二天方可拿進屋裡。按照當地的習俗，如因疾病、爭戰或凶殺在外地非正常死亡者，不得將遺體送回家裡，只在家門口支起帳篷用以停放遺體，一兩天後即可出殯進行天葬。孩童死亡後，投入大河或扔到天葬場即可，不進行任何法事活動。

在拉薩地區，喪葬習俗除了與上面所說的大同小異外，有兩點應該提及，這就是在遺體抬到天葬台後，首先要點燃祭煙以引來鷲鷹，另外有專門的天葬師負責解割遺體餵鷹，這些天葬師在改革開放前地位是非常低下的。

肉身靈塔與活佛的葬禮

藏族人的喪葬不光形式多樣，而且淵源流長。翻開藏族古老的本教文獻，早在九世紀前的吐蕃時代，那些在支貢贊普後，再不能用木神之梯在他們死後重返天國的贊普們，就開始瘋狂地在他們的王陵上下功夫，這些王陵就建在傳說中贊普世系起源的山南瓊結，它位於雅魯藏布江南岸，陵墓依山而建。據古老的傳說講，這座山與天際相接，它或者是一架天梯，或者是一根天繩。吐蕃的第一批贊普從來就不曾有過墳墓，或者只是在天堂擁有自己的王陵，因爲他們死後通過木神的攀天光繩如同彩虹一般消失在萬里長空了。以後的幾任贊普的墳墓相繼建立在沿著山麓而直通天堂的自然階梯中，由下到上依次埋葬，目的還是想埋在這裡好魂歸西天。這種葬法一直延續到九世紀中葉吐蕃王朝崩潰。

據藏文史料記載，這些贊普的王陵實際上只是一些大墓室，他們的遺體就安葬在裡面。從外形上看，墳墓屬於方形，附近有用石塊砌成的平頂建築，種植各種樹以作祭壇用。另外一座王陵中還有三位陪葬的「臣民」，他們都是活著時與贊普的塑像一起被埋葬的。

在吐蕃的每一位普通藏族人看來，修建大型的墳墓似乎只是贊普的事，作為常人，他們的墓葬則顯得很小。只要我們今天在雅魯藏布江沿岸或別的一些地方徒步旅行，都能見到這些古代普通藏族人的方形石墳墓。

然而到了近代西藏，藏族人已不採用土葬的方式，而是廣泛地採用天葬，只有罪犯死後使用水葬。所有這一切在西藏和其他藏區幾乎都是對普通百姓而言的。對於西藏的另一個獨特的階層——喇嘛、聖人或者是高僧大德、大小活佛來說，卻多使用火葬或者是塔葬。

從表面上看，火葬和塔葬只是形式不同，但是每一位熟悉自己民族古老文化的藏族人心裡都非常清楚：這是權力、地位乃至名望的區別，同時這也是出自弘佛的需要。

要嚴格地區分哪一類活佛使用火葬，哪一類活佛使用塔葬是非常困難的。所以人們只能依據傳統或者是圓寂者所駐錫的寺院的財力來定。一般來說，除了宗喀巴、達賴、班禪大師、章嘉活佛、嘉木樣活佛等在圓寂後使用塔葬外，其他的活佛或者是高僧一般都只能是火葬。

據西藏本教著作《色爾米》記載，最初本教的高僧去世後就是採用火化的方式來處理遺體的。不光如此，按照傳統火葬後還要用一部分骨灰與泥土相拌，當然有時還要摻合一些撕碎的經典紙片等，製成小佛塔，藏族人稱爲察察，這些小塔就放在「察察層」裡，即寺院後面沒有窗戶的小屋裡，供信徒朝拜供養。後來的佛教徒所採用的火葬方式幾乎與本教徒相差無幾，今天我們在藏區各處，隨時都可以請到用傳統的方法和工藝做成的小佛塔（察察），不同的只是佛塔上的佛像都是藏傳佛教的神靈或者是某位高僧大德。

說起西藏和其他藏區的靈塔葬，或者說塔葬，人們首先想到的是布達拉宮的達賴靈塔和札什倫布寺的班禪大師靈塔。達賴和班禪大師是西藏黃教的領袖，同時又是藏傳佛教最大的活佛，使用靈塔安葬遺體是當之無愧的。

從佛教徒的角度看，使用靈塔葬還有更深一層的考慮。西藏人深信，達賴、班禪大師都是功德甚高的活佛，若將他們的遺體完整地保存起，衆生則可獲得極大的利益。正如《大悲白蓮華經》中說，如來佛的遺體長期存放於塔中，經歷無數劫後由導師釋迦牟尼開啓此塔，乾燥遺體仍然完好，而《彌勒佛授記經》中也說，釋迦牟尼的聲聞大弟子迦葉的遺體完整地存放在靈鷲山的一個封閉的山崖之中，怙主龍樹和宗喀巴大師的遺體也在後來廣做利益教法和眾生的功業。

正是出於這種弘揚佛法利益眾生的考慮，像達賴這樣的觀世音的化身都是在圓寂後以肉身完整地塔葬的。當然具體到某一位達賴或別的重要活佛時，是塔葬還是火葬有時也要討論一番才能確定。

據《七世達賴傳》記載，這位活佛在他圓寂後，攝政王特請來幾個護法神在他的遺體前降神占卜，結果是：佛陀第二宗喀巴大師等之遺體皆全屍存放，這次也應效法，存於靈塔，人於永祭。再卜靈塔存放何處，卦示：布達拉宮主供佛像帕巴洛格夏惹觀音像右方新建札西奇哇寢宮內建造靈塔合宜。六世達賴倉央嘉措身在異土他鄉，他的情況當然不能與七世達賴相比，儘管如此，在他圓寂後，他的藏族弟子和蒙古族弟子仍然出於利樂眾生的想法，以肉身完整地安葬在塔內，這座靈塔直到本世紀六〇年代，還完好地保存在內蒙古阿拉善旗的廣宗寺內。

當然在藏族歷史上，也出現過個別大活佛不願靈塔葬的情況。我們前面提到的三世章嘉活佛就屬這一類。一七八六年圓寂前，這位清代著名的四大活佛在遺囑中說：「我已通過巴忠上奏皇上，你等不要提出完整保存我的遺體和建立金銀靈塔的要求，骨骸火化後，把骨灰及身像裝在一個不大的銅塔裡，安放在此地（五台山）

的鎮海寺中。」

據《章嘉國師若必多吉傳》記載，當時與章嘉活佛同時代的一些侍從如雲、施主衆多的富有喇嘛，大都想與宗喀巴大師及其弟子相比擬，保存完整遺體和建造金銀靈塔之風在各處盛行，而章嘉國師向來對此不以爲然，他之所以這樣做正是爲了抵制此風。章嘉國師認爲，對於像宗喀巴大師及其弟子那樣的無可爭辯的聖賢，將他們的遺體完整地保存下來是爲了利益衆生的暫時和永久的需要，凡夫俗子如果隨心所欲，與此比擬，那就是《懲罰犯戒經》中所說的：「未曾得道說得道，死亡說成是涅槃，信者爲此建靈塔，此乃墮入惡趣之根源。」

然而乾隆皇帝出於兩代皇帝與這位藏族高僧的友誼以及他對國家和藏傳佛教所做的巨大貢獻考慮，在看完巴忠送來的國師遺囑後說：朕對國師言聽計從，此回卻要違背遺言了。怎能想像三界惟一至寶一般的上師遺體非要火化不可，對於這樣的天神和一切衆生的殊勝福田，即使供於金銀寶塔中尚覺不夠崇敬，怎麼可置於一般材料的塔中呢？章嘉國師之所以這樣說，肯定是怕人們把他與班禪大師相提並論。倘若如此，造金塔時只要用幾種顏色標出其地位低於班禪大師就行。現在即可以開始建金塔和迎請遺體至鎮海寺。

就這樣乾隆皇帝用七千兩純金製造了一座鑲嵌無數珍寶的大塔，並派大臣送去，將如意寶一般的章嘉國師的遺體放到了塔瓶內，遺體周圍的空間裡擺滿了四種舍利、奇珍異寶和各種異香。出於完好保存遺體的考慮，乾隆還下令在章嘉國師所說的鎮海寺，深挖至岩層，然後在岩石上掘了一個十分寬敞的四方石窟，並將章嘉國師的靈塔安放在石窟中央的寶座上，周圍陳設了無數供品，最後在石窟上面建造了供一切貴賤人等瞻仰的寺院和用鹽等靈物裝藏的大石塔。

章嘉活佛的靈塔可以說是最奇特的了，它的構想幾乎受到了中國傳統的王陵文化的影響。我們知道達賴和班禪大師的靈塔都是建在寺院或宮殿之內，而且都是在地上，也許這正是它們的區別。

從我們現在所了解的情況來看，西藏最大的靈塔要算五世達賴和十三世達賴的靈塔。五世達賴的靈塔位於布達拉宮紅宮第四層西側，塔殿有五層樓高，據測量有十四．八五米，在保存有五世達賴遺體的巨大靈塔兩旁，還陪襯有八座銀質佛塔。五世達賴靈塔的塔身用十一萬兩金皮包裹，嵌有無數珠玉瑪瑙，極其輝煌眩目。可與五世達賴靈塔比美的當然只有十三世達賴土登嘉措的靈塔。該塔高十四米，珠玉寶石嵌滿塔身，十分精美。塔的前面，還保存有一座用二十萬顆珍珠串成的珍珠塔。

爲了完好地保存活佛的遺體，其處理方法也是獨特而且複雜的。一般說來，像達賴、班禪大師還有章嘉活佛等的遺體都是經過特殊處理的，其方法大致是：先用鹽塗抹遺體後，使水分消失，然後塗上特製的藥香，再用上好的緞子裹包起來放入塔內。當然有時要給遺體穿衣服。據《七世達賴傳》記載，這位人間怙主的遺體在放入靈塔瓶內用檀香木雕成的寶篋前，給遺體穿戴了五祖頭飾祖衣等。

第7章 活佛的投胎轉世

藏傳佛教活佛轉世制度中，最富有神話和傳奇色彩的莫過於投胎轉世。從一些藏文史料的記載來看，當一位知名的活佛圓寂後，他並不是隨便在一個地方轉世，而是要選擇一個吉祥的地方，同時還要對投胎的父母進行選擇，並不是任何一個藏族家庭都可以作爲投胎轉世的對象；另一方面，從理論上講，像達賴、班禪、章嘉活佛、嘉木樣活佛這樣的大活佛，無論他們轉世投胎多少次，他們始終都是一個人，誰能說五世班禪和十世班禪，六世達賴和十三世達賴不是一個人呢？

但是根據藏文的資料來看，在上述這些大活佛的轉世制度還沒有完全形成以前，一世達賴或一世班禪的前世是很多的，也就是說是某些高僧或菩薩經過多次投胎轉世後，才有了達賴和班禪。他們可能曾經是這位高僧的轉世，同時也可能曾是那位高僧的轉世，由此可知，在某一派系某一活佛轉世體系沒有形成和固定以前，西藏的活佛轉世還是比較自由的，當然有一點我們也要想到，那就是後來的人們爲了使某一活佛轉世系統具有非同一般的政治或宗教地位，而有意抬高其身價，把他們與某些高僧大德或歷史上某些著名家族聯繫起來。按照藏族古老的習慣，這種在名門望族和高僧大德中尋根的做法是人們普遍可以接受的，這也是弘揚佛教的手段之一。下面我們就從兩個方面介紹一下活佛轉世的尋根問題以及充滿神話色彩的轉世投胎。

前世化身

我們在前面已經講過，達賴是觀世音的化身，也就是說是觀世音的轉世活佛，那麼在七世達賴以前，觀世音菩薩在雪域西藏曾投胎轉世爲哪些著名人物呢？

據《七世達賴傳》記，觀世音菩薩在他的教化地首先轉世爲西藏的第一位贊普（君王）聶赤贊普，後來又轉世爲松贊干布，當藏傳佛教形成了活佛轉世制度後，他又分別轉世爲各教派的一些高僧。

相傳拉薩北面著名的熱振寺，有一棵奇異的柏樹，該樹長有七層樹皮，一位高僧解釋說，這樹是觀世音菩薩所爲，它表示這位菩薩要在兜率天轉世七次，變爲七代高僧弘揚佛教。一份叫《噶當書》的藏傳佛教史書進一步解釋說，這七代名僧就是一至七世達賴。

在《六世班禪洛桑巴丹益喜》傳中記載，在一世班禪克珠杰以前，這位無量光佛的化身（轉世）就已轉世過多次，據傳說克珠杰的前世光在印度就有五位，第六代以後才開始在西藏轉世。這位無量光佛的第六代轉世就是西藏著名的薩迦派高僧薩迦班智達．貢噶堅參（一一八二～一二五一）。他生於後藏薩迦地方的昆氏家族，幼年爬行時便會梵語，未投師而懂多種文字。年輕時跟從當時的高僧扎巴堅贊受灌頂學習顯密經論，成為學者。二十七歲以後，他精通西藏的密宗和顯宗，成為全藏最著名的學者。一次扎巴堅贊對貢噶堅參說，「有一位口操異族語言，頭戴飛鳥網帽，足登豬鼻靴的人從北方前來請你，此時，務必清除疑慮前往會晤，這會給佛法帶來很大的利益。」後來，薩迦班智達．貢噶堅參按此遺囑答應了蒙古人闊端王的邀請，六十三歲時從薩迦啟程，途行三年，六十五歲會見於涼州，從此西藏歸入中國版圖，貢噶堅參也為薩迦派取得了他在西藏的政治、宗教領袖地位。

無量光佛在西藏的第七代轉世是雍頓多杰巴，他於一二八四年在夏魯寺（後藏日喀則）附近的一個貧寒咒師家轉世，取名多杰本。成年後開始傳授密法，其咒術超群，能使萬物服從。後來他應蒙古王室的邀請，在內地傳授佛法。享年八十二歲。

無量光佛第八代轉世才是一世班禪克珠杰。據史料記載，像西藏最著名的佛教大師蓮花生、阿底峽、塔布拉杰（噶舉派創始人）等眾多高僧也被認為是班禪的前世，蓮花生和塔布拉杰在西藏佛教史上都占有相當重要的位置，他們的情況在有關章節已作過介紹，這裡從略。

阿底峽又稱覺頤杰，生於公元九八二年。出身於孟加拉的王族。他幼年學佛，二十九歲出家，當了超戒寺的大住持，後受阿里古格王的邀請，於一〇四五年到達西藏，在藏傳法十多年，對西藏佛教的復興有重大影響，一〇四五年在拉薩西邊的聶塘圓寂。後被噶舉派尊爲祖師。在噶當派的主寺熱振寺以及聶塘等寺院中都建有阿底峽的佛像。

我們認爲，像達賴和班禪這樣的西藏宗教領袖，其地位是無人比擬的，所以一些藏文著作要把他們的前世說成是西藏最著名的高僧，並尋根到觀世音菩薩和無量光佛是完全符合僧俗心願的。另外，像章嘉活佛這樣的藏族大活佛，由於其地位不如達賴和班禪，所以其前世前生的影響也相對達賴、班禪的前世前生要小一些。

當然，在西藏，每一個不同宗教地位的活佛，他們都有自己的前世（或轉世），但這些前世的地位與他們本身的地位是基本一致的。

據藏文史料記載，章嘉活佛的根被追溯到釋迦牟尼的弟子祖達尊者。拉卜楞寺第二世嘉木樣活佛晉美旺波在他的《奇異誠信寶樹》中讚揚祖達尊者說：

佛陀在世上聚起教法祥雲，

又以三乘法從容擂響春雷，
建立擔任解脱重任的僧伽，
你是摧毀愚昧的祖達尊者，
猶如天空群星中的金星，
猶如地上樹木中的旃檀，
你是佛陀弟子中的上座，
你是調伏煩惱的尊者勇士。

接下來的轉世是：印度的大成就者釋迦喜年、龍王達巴拉、吐蕃高僧噶哇貝則、寧瑪派高僧濯浦巴、嘛呢師斯斯日巴、噶舉派高僧多吉僧格、元代帝師，薩迦派教主八思巴、高僧索南堅贊、明朝大慈法王釋迦也失、高僧卻吉堅贊、高僧班覺桑布。自釋迦牟尼的弟子祖達尊者開始，經過十二次轉世才是第一世章嘉活佛扎巴俄色。

這裡有兩個人物需要簡單介紹一下。

章嘉活佛的第八代前世八思巴，生於一二三五年，出身於薩迦昆氏家族，爲薩迦派的第五祖。他十歲時隨伯父薩迦班智達去涼州，會見蒙古皇子闊端，後來就在元世祖跟前作近侍，很受信用。一二六〇年忽必烈即帝位後，封他爲國師，領總制院事，統領天下佛教。一二六五年回薩迦，主持西藏政教事務，一二六八年到大都，奉命創制蒙古新字（八思巴字），加封爲帝師。藏文史料說，忽必烈將藏族地區作爲傳授灌頂的供養奉獻給他，就是元朝冊封他爲藏族地區的宗教領袖和政治領袖的標誌。八思巴時開始的政教合一地方政權形式對後來藏族地區的歷史影響很大，所以他受到各派僧人的崇敬。一二八〇年，八思巴在薩迦圓寂，元朝追封他爲「大寶法王」。

從這些記載我們可以看出，藏文史書把八思巴作爲章嘉活佛的前世轉生是很有道理的，無論是宗教地位，還是政治地位都與章嘉活佛相差無幾，正如二世嘉木樣活佛晉美旺波在《奇異誠信寶樹》中所讚揚的那樣：

出自光淨天的昆氏家族，
像佛法明月升上東山頂，
在這雪山般潔白的地區，
用利樂光芒使它分外素淨，
你以智慧和慈悲的力量，
教化漢地西藏以及蒙古，
釋迦牟尼之教弘遍各方，

尊你為法王八思巴名實相符。

我們再看看章嘉活佛的第十代前世轉生。

大慈法王釋迦也失（一三五二～一四三五）是宗喀巴大師的主要弟子之一，對格魯派的興起和發展起過重要的作用。一四一三年，明永樂帝遣使召請宗喀巴進京，宗喀巴因病辭謝，派釋迦也失代替前往北京朝見。一四一四年釋迦也失再次進京，第二年被封為大國師。一四一八年他在明朝的資助下，在拉薩興建了色拉寺，並使之成為格魯派在拉薩的三大寺之一。一四三四年另一位明朝皇帝冊封他為大慈法王。釋迦也失在京時一直在嵩祝寺的東寺，一四三五年圓寂於返藏途中。

據史料記載，三世章嘉活佛也曾於一七五一年被乾隆皇帝封為振興黃教的大國師，並在京城負責管理各寺廟的喇嘛，從各方面的經歷和生前的宗教地位及政治地位上看，章嘉活佛都與八思巴和釋迦也失相近，人們有意將他們作為一個轉世系統是說得過去的。

由於章嘉活佛屬於清代四大活佛之一，名氣極大，所以在藏族民間，有關他的前世的傳說是很多的。噶舉派創始人瑪爾巴大師在一些高僧眼裡也被認為是章嘉活佛的前世轉生。《章嘉國師若必多吉傳》中就有這樣一段文字：

「上師（指三世章嘉活佛）最後一次去西藏時，有一天，他吩咐一位畫師爲他繪一幅吉祥勝樂金剛的佛土莊嚴圖。當時，我（傳記的作者土觀・洛桑卻吉尼瑪）在他的身邊，親耳聽見他說：『畫面上諸天神中一定要現出瑪爾巴譯師來，這是有緣故的。』另一天，我去拜見他。在我行禮時，他開玩笑說：『你向我行禮是出於敬仰，還是恭維奉承？』我說：『當然是出於敬仰。』上師說：『你懂得用敬仰的目光觀看嗎？如果懂得，就會看到我頭上日月座上坐著狀如清淨佛身的瑪爾巴譯師。』關於此事，上師僅對我說過這一些。但是上師確實對嘉木樣協白多吉活佛、扎薩克活佛格列南喀等說過：『我可能是瑪爾巴譯師的轉世，此事不可對別人講起。』」

由於章嘉活佛曾說過這些話，所以在《章嘉國師若必多吉傳》看來，章嘉活佛肯定是瑪爾巴譯師的轉世。這種推斷有無道理不得而知。

在西藏，或者是其他藏區，有關活佛前世的民間傳說或藏文史料記載是很多的，這裡就不再舉例。

轉世之旅

我們在談到西藏的第一位活佛的轉世情況時曾說過，按照藏傳佛教的轉世理論，人死後，必須在四十九天內，投入母胎才能轉世成功，所以照此看來，西藏的活佛在圓寂後，都有四十九天的時間（藏文稱為「中有」）來選擇他們各自的母胎，這說起來實在是太玄了，但對一個不信藏傳佛教的俗人來說，活佛轉世本身就不是常人的知識所能認識的，所以我們不能用理性的思維來分析它，我們認為，這種選擇投胎地點的做法是活佛轉世理論中的一個環節，其合理性是相對這一理論來說的。

從藏文史料上看，多數活佛轉世的地點都有兩個明顯的特點，一是地理環境吉祥如意，二是投胎的父母善良信佛。據《六世班禪洛桑巴丹益喜傳》的記載，六世班禪的父親塘拉，聰明勇敢，心地善良。母親是貴族的後裔，正直善良，信奉佛教，聰穎賢慧。桑耶寺的護法神曾對藏王頗羅鼐說：「此孩之父將作有益於我的善事。」一日塘拉夢見自己主僕十三人同往北方巡視，見前面有座五峰大山，他視最高峰為自己的孩子。又一次夢見一尊金、銀、水晶製成的佛塔光彩奕奕。母親夢見前五世班禪洛桑益喜賜一長壽瓶，當她接到手時變成三粒長壽丸。正式投胎時，南木林札西則谿卡四周彩雲環繞，每逢宗教節日，天空布滿彩虹，每一菩提樹分長五枝，結五瓣花蕾。禾苗生長三穗，當地群衆興高采烈，視為難見之吉祥。

在《七世達賴傳》中，也有一些關於六世達賴投胎地點及父母的記載。六世達賴投胎的地方是理塘，他父母居住的村子正好在著名的理塘圖欽強巴林寺的山腳下，從外形上看，這座村莊具有吉祥的善相，環境優雅，而村民也虔誠地信仰佛教，善施忍辱，勇敢聰穎，風俗純良，族性也非常圓滿。相傳六世達賴投胎的家庭屬於藏區十八大族中的「仲族」，是噶當派祖師仲敦杰維迥尼的子孫，該家族是當地所有密咒師中最為高貴的族姓。

七世達賴的父親叫索南達吉，自幼出家，曾擔任哲蚌寺大僧官的助手副僧官，在巡視廟宇，檢查僧人遵守寺規時，十分盡職，而且不貪財物，秉性溫良，忠實無欺，很受僧衆擁戴。同時，他體態威武，風采奕奕，比起他人，皆高一籌。後來他因管理俗人事務，就退戒還俗，但他更勤於供奉三寶（佛、法、僧），廣施財物，供養僧侶，不做惡事，從不做殺生狩獵之類的凡夫事。後來當七世達賴坐床以後，他仍然大做善事，相傳他還在日若代欽寺塑立了大小彌勒佛像，由於他一生大積善德，去世後火化遺體，心、舌、目和頭蓋骨自成海螺，舍利也很多。對此，當時七世達賴的經師曾大加讚頌其德行。

七世達賴的母親羅桑群措，生於理塘一戶普通農民家庭，自小善良，敬信佛教，很有慈悲心，樂於施捨，沒有一般婦人之惡習，經常誦讀經文，她去世火葬時，也曾有各種殊異徵兆，後來被人稱為智慧空行女化身。

七世達賴就是在這樣一個善良正直的佛教徒家投生的。

下面我們再看看二世章嘉活佛投胎的地方和父母的情況。二世章嘉活佛圓寂後，他把自己投胎的地方選擇在甘肅涼州四寺之一的西蓮花寺附近，這裡清淨優美，柏木茂密，滿山遍野是各種芳草鮮花。在蓮花寺的後山，是被稱爲「白崖海螺七兄弟山」的山形秀麗、但不太高的七座山崖，這裡有一片草場，山崖和流水相襯，充滿了和諧和吉祥。

三世章嘉活佛的家族是霍爾人（土族），他的父親是一位咒師，後來遷居到涼州成爲牧民。他爲人秉性正直，口中常念六字眞言，立誓修煉金剛怖畏不壞瑜伽。他的母親叫布吉，無婦人之缺點，具有誠信，經常努力行善。一首詩歌曾這樣讚美過達三世章嘉活佛的家鄉和他的父母：

此處的草原如潔淨的雲裳，
此處的溪水發出悅耳聲響，
此處的鮮花如盛妝的少女，
此處的各種樹木枝葉挺拔，
成群蜜蜂在這裡輕聲歌唱，
羽毛美麗的飛鳥婉囀啼鳴，
悠閒的野獸互相追逐嘻鬧。

海螺白崖正符合七寶之數，
像排列著演奏仙樂的樂隊，
籠罩四邊原野的濃密森林，
像帝釋天陳列的排排供品。

在這吉祥瑞兆的地點，
父親母親家族都不低微，
家境富裕具有各種功德，
父親聰明尊貴爲人稱道，
母親虔誠猶如神變天女……

類似的例子還很多，但大致的情況都基本相同，可以說不論是大活佛還是小活佛，他們在選擇投胎的處所和家庭時，都有一個基本的標準：在地理環境上，追求的是一種象徵吉兆的意境；在投胎的家庭選擇上，則是完全遵循藏傳佛教文化圈中根深蒂固的宗教倫理道德規範，也就是說活佛投胎時選擇的父母都必須是虔誠的信徒，必須是以藏傳佛教倫理論道德爲行爲準則的教民。這一點與西藏或其他藏區獨特的歷史、宗教和文化背景是極爲和諧的，對於任何一個活佛來說，他都不會違背這一準則。從尋訪活佛靈童的角度看，任何一個活佛轉世世系都必須以此爲標準去尋找本派的轉世靈童，像十三、十四世達賴，九世和十世班禪等活佛，在尋找他們時，都秘密私訪過他們父母的德行等。

我們應該承認，在藏族民間，有關活佛轉世的思想相對要靈活一些，人們盡可以把活佛轉世的理論與現實中某個活生生的人物聯繫起來，像年羮堯曾攻打了藏族的寺院，殺過一些僧人，人們就認爲他是某位凶神的轉世，並且與一些歷史傳說附會起來，使活佛轉世這種神聖的文化延伸到了民間的文化當中，成了傳說的素材。

從藏文史料上看，活佛誕生轉世的前後，往往伴隨著一連串的奇夢和瑞兆出現，這種現象無疑給神秘的活佛轉世蒙上更加玄不可揭的神秘色彩，可以說每一個活佛誕生的前後，都有這種奇異情況出現，不同的只是夢和瑞兆的奇異程序不同而已。

六世班禪轉世時的時辰是日出東方之時，當時日光伴隨著彩雲射進屋裡，就在這一瞬間，五世班禪轉世來到了人間，成了第六世班禪。看到自己的兒子在這種奇觀中降生，六世班禪的父親塘拉高興地說到：「日出生子，家中糧滿倉；天氣溫暖，言語甜綿綿。」作爲一個普通的農民，塘拉也覺得這孩子是在吉祥的時辰誕生的，它會預示家中豐衣足食，夫妻和睦，但他哪裡會想到這個伴隨著日輝來到人世的嬰兒竟是五世班禪的轉世靈童呢？

烏鴉在不同的民族中代表不同的徵兆，像我們漢族，就把烏鴉看成凶光，或者是不吉祥，尤其是烏鴉降臨屋頂或在樹上棲息，都認爲不吉利。在西藏烏鴉的地位就不同了，它成了吉祥的象徵。

據我們在西藏各地生活多年的經驗，烏鴉並不是隨處都有的，在西藏東部的昌都縣，烏鴉的數量很多，它們有時就像麻雀一樣生活在縣委和其他機關的房屋上，人稍少的時候，他們就可飛到地上找食。可是在拉薩市區，我們就很難看到這種鳥，也許是大都市的繁華嚇跑了它們。

根據六世班禪傳看，他降生的南木林札西側一帶的烏鴉也不是很多，而且從不在此地作巢，可就在他投胎後快要出生時，人們突然看見一對黝黑的烏鴉飛臨了塘拉家，並且開始在他妻子居住的屋檐上作起巢來，這在當地人看來可算一大奇觀，被認爲是吉祥無比的。

六世達賴倉史嘉措投入母胎後，未來的七世達賴的母親和父親就開始作一連串的奇夢。臨產前，這位父親夢見約在黎明時分，一位體相莊嚴，留有鬍鬚，膚色發紫的僧人手持三枚金剛向他叫賣，他回答說不要，僧人說：「要買」，只見是一枚金製九尖金剛。又有一天夜裡，他夢見第六世達賴移駕理塘，設座於一青色布帳中，兩側分列衆多華麗佳人，他疑爲主婦（妻子）。爾後，六世班禪去寺院的路上，與一位叫做拉旺勒的人並轡飛奔，行至寢舍東側下馬，正要入內，他迎上去說：「仁布且（對高僧或活佛的尊稱）來家了，請坐。」說著擺好了座位，六世達賴在佛堂西側就坐，喝了半碗茶，半碗留放在那裡，說這是緣份，然後要走，他想獻拜見活佛的見面禮，一時又找不到哈達，就獻上了一些茶葉。這時，理塘寺僧衆吹起了螺號，由儀仗隊迎請六世達賴去寺院了。不久，塘拉又夢見顏洪台吉（固始汗的子孫）主僕三百多人來到理塘，顏洪台吉將一碗聖水獻給理塘寺的堪布，堪布以頭碰碗，祈願誦經後轉交給塘拉，全部喝下。還有一次他又夢見了日蝕，衆人都去房頂觀看，他說道：「從天窗看即可，」有的人在碗裡盛水觀看，他又說道：「不必如此，手心即有日輪。」

七世達賴的父親到底還做了多少奇特的夢也許只有他本人才清楚，但這些夢在尋訪人員看來，都可能是靈童轉世的吉兆。

七世達賴的母親做的夢與塘拉相比則另有特點。她曾夢見理塘寺一位活佛向她獻上用菩提樹做的念珠；她還夢見一位額布怒紋，紅色面龐，自稱是乃窮護法神的怪人。在夢裡她還看見房屋上空兩次升起日月星辰。自從六世達賴投入她的胎宮後，她除了每夜夢見一位髮辮長到腳跟的女子使她深感恐懼外，每日心境安適，身體輕捷。在降生的前夜，她夢見在拉欽達地方有一泉，泉眼向東，大如理塘寺的煮茶鍋口，她取了一瓢泉水，帶回家中，這時她看見房屋四周天人膜拜，現出許多殊異的吉兆。

藏曆第十二饒迴土陽鼠年（一七〇八年），在百花結果的七月十九日，火星遇合婁宿，就在這一圓滿的時刻，七世達賴平安降生，這時天空細雨濛濛，夏雷輕鳴，無數的白雲圍繞著兩道彩虹。

二世章嘉活佛圓寂後，立刻投入三世章嘉活佛的娘胎，從此她多次夢見自己的身體變化成金身，腹中懷著一座金山。相傳，三世章嘉活佛的父親的舅舅是一位精通經文的格西（藏傳佛教學位中的博士），當他住在一位蒙古施主的家裡時，一夜夢見章嘉活佛誕生地白崖溝南面一個叫朗多的山谷上彤雲密布，雷聲大作，這時，在那座巍峨的白崖附近出現了一道彩虹，當彩虹在石崖上消失時，石崖上出現了一座門，有聲音說彌勒佛將從這座門裡出來。於是，他與自己的叔叔格隆阿庫干布一起竭誠頂禮膜拜。

第二天，他向當地一位名叫那舒喇嘛的素食苦行僧請教，那舒喇嘛告訴他：此夢甚佳，它可能預兆叫做白崖的地方有一位很有名的偉人出世，或者有一個偉大的活佛在那裡轉世誕生。後來這位苦行僧夢見祁家倉巴家有一隻母獅給一隻小獅哺乳，他想自己曾聽說獅子的奶頭在蹄掌心，應去看看是不是這樣。他去以後，母獅逃跑，遂失其形。第二天這位喇嘛覺得此夢奇怪，就問別人有沒有一個名叫祁家倉巴的人，認識的人回答說，「有。」於是他就找到祁家倉巴家，並見到了那個嬰兒，他對三世章嘉活佛的父親說：「照我的夢兆看，這幼子是個不同尋常的人，希望保持潔淨，爲他多做法事。」說罷，布施了茶葉等物才離去。

拉卜楞寺坐落在今天的甘肅夏河縣，是藏傳佛教格魯派（黃教）六大寺院之一。該寺的寺主一直由歷代嘉木樣活佛擔任。三世嘉木樣活佛羅桑圖旦季美嘉措，是青海同仁縣保安鎮托乎人，其父仁欽嘉措，是當地的世襲土把總。母親名卡毛吉。第二世嘉木樣活佛圓寂後，經著名的土觀活佛尋訪後，由達賴、班禪主持，清嘉慶皇帝派員參加，在拉薩大昭寺掣簽認定爲第二世嘉木樣活佛的轉世靈童。第三世嘉木樣活佛曾被道光皇帝頒賜敕印，封「扶法禪師」稱號。他對自己的生活要求極爲嚴格，一生從不穿新衣，不用金銀器皿，不坐繡墊，所以相傳他那清靜戒行的體香，經常充滿經室。

從一些藏文史料上看，有關三世嘉木樣活佛降生前後的記載，也是奇異獨特的。二世嘉木樣活佛圓寂以前，對他所要轉世投生的地點是非常關心的，他常向內侍們說：「我下輩子轉世到何處好呢？」有一次，二世嘉木樣活佛的司膳僧官開玩笑說：「就像頭上的帽子腳上的鞋，當然應該是昂拉。」這位僧官爲什麼要這麼說呢？原來三世嘉木樣活佛早就看中了昂拉這塊地方。相傳他有一次外出，坐騎正巧在半途死了。這本來是很平常的事，但一些曾跟隨過二世嘉木樣活佛的內侍立刻看出，這匹馬死的樣子同上一世嘉木樣的坐騎臥在昂拉的姿勢一模一樣。當二世嘉木樣活佛來到隆務寺前山的山崗時，他下了馬向四方觀望後，覺得這裡的地理環境很合自己的想法，口中念念有詞，大加讚美。按當地人的說法這裡是巴雲十三峰之一的牛秀直朵爾神山。二世嘉木樣活佛選擇的投胎轉世家庭就在神山的腳下。

這一家的主人是皇帝敕封的高級官員，種姓聖潔，妻子行爲高尚，性情善良，相傳她還是佛的化身。二世嘉木樣活佛投胎前，這位婦女在夢中夢見：一位香燈師呼喊著她的名字，說道：「您家裡來了一位喇嘛。」她走上前去觀看，只見有一位年長的老喇嘛上前拜見。老喇嘛用手撫摸著她的頭和身子，然後進入帳篷。又有一次她夢見：一輪紅日升在天空，一朵烏雲遮住陽光，她走到烏雲的前面時，陽光照射到她的身上，頓時覺得身心舒暢。

據《安多政教史》記載，二世嘉木樣活佛圓寂後，一位叫曲吉尼瑪的高僧在他的靈塔前寫早日轉世的祈禱文時，曾做過一夢：一座東向的石山的平坦坡地上有一座房子，房中坐著一位身著和尚衣飾的白鬍鬚喇嘛，這位喇嘛說：「屋子後面是嘉木樣協巴（一世嘉木樣活佛）的寶座。」據說這個夢兆與其母夢見香燈師呼喚的夢兆完全吻合。而另一位叫赤仁布且的活佛說得更玄：「佛有千千萬萬，我不知道這些，但是，我不但知道會出現一位毫無疑問的轉世靈童，而且還知道他（三世嘉木樣活佛）將於十一月二十三日投胎。」果然從此日至次年降生之時，包括閏月，共爲九個月又十日，恰和他所說的相符合。

在《安多政教史》中，我們還發現另外一些關於活佛投生轉世的材料，從其吉兆和夢境看，有些內容我們還沒有介紹過。

噶桑土丹旺曲白桑布是拉卜楞寺的一位轉世活佛，他於一八五六年出生在四川的德格藏區。他降生前，父母等人的夢境中出現了一些好夢兆。當他降生時，大地動搖，房頂上出現瑞氣彩虹，房子附近開出了前所未有的各種鮮花，一生下來，經堂裡能點一夜的供燈卻一連亮了三夜。

我們前面所介紹的一些活佛，在轉世前或轉世當中（誕生時）出現的吉兆大多是彩虹或者是日出等，而這位活佛轉世時卻出現了大地動搖、鮮花爭艷的奇兆。根據這些記載，我們可以看出，不同的寺院在尋訪不同的轉世靈童時，無論什麼樣的自然現象，諸如地震等，只要出現在靈童降生的時辰或前後，都可能被聯繫起來，成爲考查靈童的內容。

第8章 活佛轉世去處的預言

四百年前的轉世預兆

尋訪達賴、班禪或其他各類活佛，其過程和方法是相當複雜繁瑣的，按照傳統的習慣，首先要尋查前一世活佛圓寂前發生過哪些奇事，有無暗示下一世活佛轉世方向的言詞等，以便從中獲得寶貴的啓示，幫助尋訪人員確定活佛轉世的方向。這是秘密尋訪轉世活佛的必要手段之一。

藏文史料上記載，六世達賴倉央嘉措被廢除解送北京時，無數信徒流淚相送，聲聲祈禱達賴慈悲護佑衆生。這時有一條長哈達從他身前隨風飄到空中，然後飄向色拉寺上空。少頃又飄了回來。有人說落於布達拉宮，有人說落在了大昭寺的中央，誰也說不清楚。傳說這是六世達賴暫去內地，不久將轉世重返西藏的預兆。

在北上去北京的途中，一天倉央嘉措對他的隨從曲本阿旺班巴說：「不要散失我未寫完的手稿，來日要交與我。」以後他又告誡他的隨從說：「要是我離去，來世將盡快降生爲一名善緣者，不要失散內供神等貴重之物，日後定要交回。」一般來說，當尋訪人員了解到這些奇事和活佛生前的留言時，都會認爲是預示達賴靈童不久將在藏區轉世的吉祥預兆。

六世達賴作爲詩人，他的情歌在藏族中非常受歡迎，人們不光會背，也會唱，但要認眞研究這位詩人的每一首詩，其作品的內涵又是一般的俗人難以認識的，因爲一些學者堅持認爲他的詩都與藏密有關，屬於修煉密宗後的體驗。然而對那些承擔尋訪六世達賴轉世靈童重任的高僧們來說，他的有些詩作很明顯又是留給尋訪者的。「請求白色大雁，借我凌空雙翼，並不遠走高飛，理塘一轉就回。」這首情歌無疑是倉央嘉措情歌中最優美的一首，它表現詩人終日被關在布達拉宮的經室裡學習，身不由己，渴望像布達拉宮前飛過的大雁，翱翔藍天，遠走高飛的苦悶心理。但就是從這首情歌中，人們發現了它隱藏的天機，即預示倉央嘉措的靈童將在理塘轉世。而事實也是如此，後來的第七世達賴噶桑嘉措就是在理塘出生的。

另外，根據一些藏文著作的記載，某些大活佛在圓寂前，一些著名的密宗大師和先聖就在他們的著作中預言了這些活佛的轉世方向和轉世地點。據《倉央嘉措秘傳》記載，倉央嘉措在圓寂前，著名的密宗大師仁增・單達林巴就在他的著作《霹靂岩無上甚深精義》中作過這樣的預言：

「秉此殊業者，
將於香巴拉雪山西南隅，
降生成爲眾生主，
執掌聖教護蒼生。」

仁增．單達林巴大師所說的香巴拉雪山西南隅，就是喜馬拉雅山東南坡的門隅，是門巴族和珞巴族生活的地方，今天它的地名叫墨脫，但在藏族人的心目中，它又被稱爲白瑪崗。「白瑪」是藏語蓮花之意，「崗」是刻畫的意思。全意是刻畫的蓮花。「香巴拉」是藏傳佛教傳說中的理想天國。藏族人爲什麼會稱墨脫是理想的天國呢？相傳，白瑪崗是金剛女神多吉帕姆的化身。女神面對蒼穹，仰臥在一朵盛開的蓮花中。她的頭是東北方向的貢日甲布山，那是一座終年積雪不化的高山。她的脖子是多吉英支山，這座山正好在墨脫和林芝的交界處。著名的神山仁青崩是女神的肚臍，有「德瓦仁青崩」的美譽。意思是說，這個地方是聖地的中心，掌握權力的地方。白瑪崗的門巴人相信，金剛女神多吉帕姆的化身還承擔著延續生靈的神聖使命。他們說，某一天，天體爆炸時，地球上的生靈就會遭到毀滅之災，這時，只有靠女神金剛軀體的庇護，這兒的生靈才能倖免於難，白瑪崗將成為未來生靈延續興旺的理想聖地。

相傳墨脫的公堆拉措神湖，流淌著稀世聖水「曲卓瓦巴」，任何人只要飲一口，就會感到身心舒暢，死後就能免受靈魂的磨難和痛苦。若在湖中沐浴，就會除去污垢和邪念，寧靜地生活在世上。在西藏佛教徒中流傳著這樣一句話：

只要聽到墨脫南部一座叫公堆頗章的神山聖名，就能逢凶化吉；只要看見公堆頗章山的聖容，就能勾消醜惡，乘著彩虹進入天堂。

多少年來，有過許許多多虔誠的信徒，千里迢迢來到這裡轉山朝聖，即使終生不還，也認為是在佛地歸天，是一件幸事。相傳現在墨脫縣境內的門巴族人的祖先，就是為了尋找「蓮花」聖地留在那裡的。

從藏傳佛教的轉世理論看，藏族人把白瑪崗（墨脫）看成多吉帕姆女神的化身是順理成章的，在藏族人看來，佛教的神靈或活佛不光可以化身（轉世）為人來利益眾生，也可化身（轉世）為自然界中的某一物質來利益眾生，白瑪崗是藏族人心目中的理想聖地，而偉大的五世達賴的轉世靈童將出生在這裡，其吉祥的程度是難以比擬的，這從另一方面反映了廣大藏族人民的一種心理：誕生在理想聖地的六世達賴一定會像金剛女神多吉帕姆一樣，救護眾生，因為他的一身都吸收了這塊聖地的靈氣，他必將是眾生的瑞祥救主。

有關六世達賴轉世的時辰，在《神鬼遺教》（《五部遺教》中的第一部，這部從地下發掘出的伏藏著作中也有預言。該書的第二十四章說：

「驕慢所生戰亂日，
心生厭離皈教法。
蓮花大師幻化身，
有緣生於水界癸亥年，
教主烏金嶺巴（指六世達賴）將臨世。」

預言中的癸亥年，即康熙二十二年（一六八三年），這正是六世達賴出生的時辰。當我們看到《倉央嘉措秘傳》的作者把這段文字看成是倉央嘉措轉世日期的預言時，感到非常吃驚，因爲這實在太離奇了。

人們都知道，《神鬼遺教》的作者是十二世紀的人，他是西藏寧瑪派的著名僧人，這位僧人以在雅魯藏布江南岸的雅隆水晶岩洞中發現了衆多的西藏宗教歷史著作而聞名於世。從時間上看，他與五世達賴相差了近四百餘年，但這位自以爲是蓮花生大師轉世化身的高僧卻預言了四百年後，他自己的轉世化身的出生時間，這聽起來眞的像是天方夜譚，但我們時刻不能忘記，在一個全民信仰藏傳佛教的民族地區，這一切都是合情合理的，因爲這些觀念都是由活佛轉世的理論發展而來的。

接下來，《倉央嘉措秘傳》的作者又向我們介紹了另一位寧瑪派僧人卻吉堅贊在一份密籍箴言中所說的預言：

「又至亥年及子年，
亥年生者將鈞臨，
烏金蓮花大師子，
爲護聖教顯化身。
亥年子年未到時，
埋名隱姓爲眾生。」

這段預言說，蓮花生和烏金嶺巴的轉世六世達賴從癸亥年出生到子丑的十二年裡，只能是一個埋名隱姓的人，而事實上倉央嘉措在南方門隅出生後，也確實像其他普通人家的孩子生活了十四年，才被認定爲五世達賴的轉世靈童，並因此而一舉聞名於世。儘管這位寧瑪派僧人的預言比實際的情況少了兩年，但人們依然相信他是一位了不起的預言家。

法體移動與轉世方向的判斷

藏族人的信仰使他們相信，像達賴、班禪等大活佛，在他們圓寂後都會出現種種奇特之事，而這些事情並不是簡單的奇，而是奇在其背後可以預知這些活佛將要轉世的方向。也許正是有這種觀念存在，在衆多的達賴、班禪和其他知名的大活佛的傳記中，都有這方面的記載，而且形形色色，具有神話傳說色彩。

據藏文史料《六世班禪洛桑巴丹益希傳》記載，六世班禪圓寂後的第六日，也就是在他圓寂的時辰，人們突然聽見一種響聲，當時六世班禪的近侍大強佐聽到響聲後以爲是什麼東西落地，經另一近侍司膳堪存仔細查看後，才知是六世班禪遺體向西傾斜時，兩尊小菩薩從鼻孔落下而發出的聲音。這種非常吉祥的奇事表明，六世班禪的修福祈願已經結束，同時他的遺體向西傾斜，說明其轉世靈童的出生方向將在西方。

果然，就在六世班禪圓寂後的第二年，負責尋訪的僧人們在日喀則白郎宗（縣）的吉雄莊園找到了六世班禪的轉世靈童，他就是七世班禪丹白尼瑪，他的家鄉正好在西藏的西部。

在西藏歷史上，自九世達賴隆朵嘉措到十二世達賴成烈嘉措，都在少年和青年就短命而亡。九世達賴只活了短短的十年時間，也許他的死並無不正常原因，但當十世達賴楚臣嘉措也於二十歲夭折時，人們就開始覺得其中有鬼。而當十一世達賴凱珠嘉措和十二世達賴也都於十八至十九歲早夭時，人們的懷疑也就得到了證實。

西藏史學家一般認為，這幾位達賴的早夭確切地證明，這時西藏還沒有出現像五世達賴那樣的偉大人物。關於這些達賴被謀殺的方法，在西藏衆說紛紜，沒有定論，但可能性最大的是在食物中放毒。因此，從十三世達賴開始，達賴的食物首先要由其親信僧官先品嘗，因而十三世達賴也就得以倖存。這一做法一直沿襲下來。然而，另一說法認為，這四位達賴其中有一兩個也許是因為服用「藥丸」而導致喪生。這種藥丸是在達賴親政掌握全權時讓他們吃的，以便使他們增加活力與生氣。有一些人還認為，他們四人當中至少有一人激怒了位於著名聖湖拉姆拉錯湖畔廟內的女神，這一聖神的湖泊能顯出未來達賴靈童的誕生地的幻景。

清朝政府也認為達賴死得可疑，所以每逢達賴暴亡，駐藏大臣下令不准移動達賴的遺體，不准移動達賴宮內的一切東西，並將達賴的侍從官員們一律隔離起來，然後由駐藏大臣進行驗屍，即使這樣，在十二世達賴圓寂後卻發生了一件怪事：十二世達賴是在布達拉宮尼沃噶丹郎色東寢宮內面向東南圓寂的，該夜達賴的靈體被面向南打坐停放，可是第二天靈體卻斜向於圓寂時相同的東南方向，正如前面所說十二世達賴圓寂後，駐藏大臣已將近侍隨員隔離，達賴的靈體是沒人能夠動的，因此這奇怪現象在藏族人看來完全是天意，它意味著十二世達賴的轉世靈童將轉世在東南方向。

更有趣的是，以後達賴的靈體被移至尼沃參斯康寢宮之驗屍亭內，在圍起的鹽中面向南作打坐狀，可是很快人們發現，十二世達賴的靈體又斜向東南方，這使負責尋訪轉世靈童的人員更堅信他的轉世靈童將誕生在東南方。而事實正是如此，在四位不幸夭折的達賴之後，一位偉大的活佛轉世靈童誕生在拉薩東南部的達布地區，而且逃脫了他前面四位不幸的前世的厄運。

但事實上這位活佛在他親政後的早些年間，仍出現過好些企圖謀害他的陰謀詭計，藏文傳記稱，十三世達賴曾經屢患重病，西藏著名的達賴護法神宣布這是惡魔所致。情形確實如此，過了不久，人們即發現，一雙鞋底內縫有一張紙，這張紙上畫有一幅魔怪圖，這就是原因所在。人們還發現，這雙鞋是攝政王親自贈送給達賴的。達賴奇蹟般地逃脫了這一災難性命運，攝政王及其同夥也因此而完蛋。

十三世達賴土登嘉措圓寂後，也沒有忘記給人們留下一些轉世靈童誕生方向的神秘啓示。

據藏文史料記載，十三世達賴圓寂後，在拉薩的東北方呈現許多形態極不尋常的雲彩。就在拉薩西邊拉薩河北岸的羅布林卡寶座上，面朝南方放置著十三世達賴的靈體，很快人們發現他的靈體也像十二世達賴的靈體自己移動方向一樣，由南變成了面向東方的坐狀。當十三世達賴的遺體以塔葬形式安葬後，不久人們就發現在靈塔東北部的長柱上長出一朵像星辰一樣的蘑菇。

根據十二世達賴自移遺體改變方向的情況，人們相信未來的十四世達賴將誕生在東北方向。

第9章 預示轉世方位的西藏占卜

真假達賴謎團

根據活佛圓寂前後的種種徵兆以及有關奇文的預言確定了靈童轉世的方向後，秘密尋訪達賴或班禪等活佛的工作才剛剛拉開序幕。自從西藏形成了神秘的活佛轉世制度後，各個教派，各個有活佛轉世系統存在的寺院都在尋找活佛轉世靈童的問題上，格外地小心和仔細，對像達賴和班禪這樣的西藏宗教領袖來說，其轉世靈童的尋訪工作更要加倍周密和謹慎，決不允許出現弄錯靈童轉世方向或遺漏掉前世眞身的情況。

正如我們在前面向讀者介紹的六世達賴倉央嘉措，當他被選爲五世達賴的轉世靈童，於一六九七年被迎至布達拉宮坐床以後，這位西藏最大的活佛所表現的一些做法卻與他的前世大不一樣。他追求只有俗人獨有的愛情，並用自己熟悉的文學體裁盡情表現這些情感。下面是他的幾首名詩：

心中愛慕的人兒，
若能夠百年偕老，
不亞於從大海裡面，
採來珍奇的異寶。

凜凜草上霜，
颼颼寒風起。
鮮花與蜜蜂，
怎能不分離？

爲愛人祈福的幡兒，
豎在柳樹旁邊。
看守柳樹的阿哥，
請別用石頭打它。

繁茂的錦葵花兒，
若能做祭神的供品，
請把我年輕的玉蜂，
也請帶進佛殿裡面。

這一切對西藏的僧俗來說實在是太離奇了，自然人們也就憂慮橫生，各種謠傳和閒言穢語也不脛而走，攝政王桑杰嘉措和其他一些地方政府的高級官員也企圖糾正倉央嘉措這種與佛道相悖的傾向，可是一切努力都無濟於事。

一七〇一年，認定倉央嘉措爲六世達賴的桑杰嘉措與另一派政治勢力拉藏汗的關係日益惡化。四年後，這位攝政王派人在拉薩汗的食物中下毒，被拉藏汗發現，桑杰嘉措倉促集合藏軍與拉藏汗的騎兵發生了激戰，結果藏軍失敗，桑杰嘉措被殺，拉藏汗另立隆素爲新的攝政王，並派人赴京向康熙報告桑杰嘉措謀反經過，同時在奏報中聲稱：桑杰嘉措所立的倉央嘉措不是眞達賴的靈童，平日耽於酒色，不守清規，請予「廢立」。

就這樣，這位聞名於世的藏族詩人在他坐床後的第九年，因「耽於酒色，不守清規」而被視爲假達賴遭到「廢立」解送北京。以後，拉藏汗和新攝政王經商議於一七〇七年另立巴噶曾巴・伊喜嘉措爲六世達賴，迎至布達拉宮坐床，前後達十一年之久。但西藏人民認爲伊喜嘉措是假達賴，始終未予承認。這又是爲什麼呢？在藏族人的信仰裡，六世達賴倉央嘉措是西藏的保護神十四個化身組成的整個鏈條中的一環，因此如果要讓任何一個藏人認爲他們的救星並非人類至高無上的完人，即使這種想法是一時片刻，也是不可思議的。無論倉央嘉措的敵人拉藏汗怎樣能言善辯，無論民間有多少關於他的艷遇傳說故事，無論他的詩作怎樣表現了每一個普通人的情感，都無法使藏族人動搖他們對六世達賴倉央嘉措的神聖信念。

十一年以後，蒙古衆首領中產生了不和，應藏族人的要求，另一位蒙古首領策旺那布坦來到西藏處死了拉藏汗，充當傀儡的伊喜嘉措也被拉下了六世達賴的寶座。康熙帝看見西藏人民如此崇拜六世達賴倉央嘉措的事實，就於一七二〇年封當時住在塔爾寺的一名青年活佛噶桑嘉措爲倉央嘉措的轉世靈童，他就是七世達賴。一場眞假達賴的爭論終於宣告結束。

事情雖然成爲了歷史，但一場圍繞眞假達賴之爭的政治鬥爭卻使西藏人民付出了慘痛的代價。早在五世達賴生前，權力在手的攝政王桑杰嘉措在治理西藏地方時，就表現出才能和一絲不苟的認眞態度。在五世達賴圓寂後，他依然大權在手，並編撰書籍，且數量衆多，題材廣泛，如醫學、星相學、佛學等。有些蒙古首領確信六世達賴不是眞正的達賴，陰謀推翻他，桑杰嘉措卻忠實地站在自己的主人一邊，竭盡全力粉碎了這些陰謀。但最後他還是死在蒙古人的手裡。

對藏族人來說，這是一段痛苦的歷史，人們再不願意看到達賴或班禪等大活佛的轉世靈童出現什麼問題，因此，他們在這些活佛圓寂後，總是盡可能搜集圓寂前後的種種徵兆和預言，然後再借助於傳統的手段來最後確定靈童轉世的正確方向，而古老的西藏占卜就是其中的方法之一。藏族人認爲，只有這樣做才能找到無可挑剔的活佛眞身。

西藏的占卜是由古代的本教徒們發展起來的，相傳在藏王松贊干布以前，吐蕃的歷代君王都是靠本教徒來維持他們的統治的，而這些本教徒統治各部落的方法之一就是靠占卜術，可以說他們在政治上或者是軍事上都必須通過占卜來決定每一件重大的事情，這種古老的文化直到本世紀我們也依然可以在藏區各地看到。

西藏的占卜術的發展經歷了大致三個不同的發展時期：即民間時期，吐蕃本教時期和藏傳佛教時期。民間時期的占卜僅僅是在藏族民間，這時的占卜術還未形成系統；吐蕃本教時期，其占卜術已形成系統，並在高度哲學和理論的基礎上成爲本教巫術中必不可少的成分，且在絕大多數時間裡是一統天下；藏傳佛教時期，這一時期西藏的占卜術是民間宗教、本教、藏傳佛教三分天下，三者兼而有之，但藏傳佛教的占卜術要略顯正宗一些。

鳥諦吉凶占卜圖

在敦煌藏文寫本中，有一份短短的藏文卷子非常受藏學家們的歡迎，這就是P.T.一〇四五號藏文卷子，它後來被人們稱之爲「以烏鴉叫聲來判斷吉凶」的文書。全文分爲二個部分，第一部分是詩歌體的序言；第二部分是把時間、方位縱橫交錯用以檢查吉凶的占卜表格，性質相當於一張鳥鳴吉凶圖。

序文實際的意義並不大，它除了表現吐蕃人對烏鴉的崇拜外，對占卜並沒有什麼實際的幫助。在吐蕃人的觀念裡，烏鴉是人類的主宰，是通靈的神鳥，它不同的叫聲可以表示吉祥、無恙、事急和財旺。但這些僅僅是吐蕃人對烏鴉鳴叫的一種經驗的認識。然而對吐蕃東部地區女國部族的巫師來講，他們在認識鳥與吉凶的關係時，又有另一種視角。在《舊唐書．女國傳》中就有一段這方面的記載：

「其俗每至十月，令巫者賫楮詣山中，散糟麥於空，大咒呼鳥，俄而有鳥如雞，飛入巫者之杯，因剖腹而視之，每有一穀，來歲必登，若有霜雪，必多災異，其俗信之，名爲鳥卜。」

吐蕃人最初對鳥卜的認識僅僅還停留在以鳴聲和腹中之物來判斷吉凶的地步。但隨著吐蕃巫師對鳥卜的不斷實踐，終於將鳥鳴的時間、方位與吉凶、禳災手段融爲一體，形成了完整的鳥鳴吉凶圖，巫師、術士用起來都很方便。

由於敦煌藏文寫本中的這份鳥鳴占凶吉文書非常的系統化和完整化，最初有些學者曾懷疑它與印度的鳥卜有關係。因爲在藏文《丹珠爾》中有一篇在九世紀由釋檀那尸羅（Danasila）譯自梵文的鳥卜論著，題爲《鳥卜書》。這本梵文《鳥卜書》共分爲三個部分：1.一組以鳥鳴的時辰和方向爲基礎的鴉鳴占卜徵兆；2.根據鳥鳴而爲旅行家們進行的占卜；3.與鳥築巢的地點有關的徵兆①。

但經過深入的研究，學者們認爲吐蕃鳥卜中的思想與印度的鳥卜關係不大，相反它更多的是受到了中原鳥卜的影響。因爲人們最近在伯希和敦煌漢文寫本中發現了兩個根據鳥鳴占吉凶的寫本（即P.三九八八或三四七九號），通過對比研究多數學者都肯定了這一點②。不過學者們也指出，藏文的鳥卜文書中，烏鴉是一尊強大神祇的替身。它以其鳴叫聲傳達神靈的意志。肉體凡胎的人是無法了解這些鳴叫之聲的意義的，因此，必須請教一名巫師以了解其意義。在遇到不祥之兆的情況下，卦師可以向卜者提示爲飛鳥奉獻一種供物。供物的種類與鳥聲的方向有關，供品供在哪個方向之上要明確指出。如果烏鴉接受了供物，那末惡運將會被驅除避免。

這些宗教內容使吐蕃的占卜方法形成了一種結構嚴密的整體，但敦煌漢文鳥卜寫卷的方法卻缺乏這一點，這是兩者的差別③。

爲了讓讀者更好地了解漢藏文化的關係，我們在下面簡單介紹一下敦煌漢文寫卷P.三九八八號鳥鳴占吉凶書。這份文件同藏文文獻一樣，除了幾段文字外，也有一

鳥鳴吉凶圖④

施多瑪儀規	東方凶，施牛奶	東南方凶，施芥籽	南方凶，施淨水	西南方凶，施白芥子	西方凶，施鮮肉	西北方凶，施花朵	北方凶，施黑白安息香（松香）	東北方凶，施大米	天空凶，施粟米
方位／時間	東	東南	南	西南	西	西北	北	東北	天空
雞雞	大德光臨	須遠行	有請	來賊	云而事不成	吃官司	事能成	殺野牛	敵詐
平旦（破曉）	死人	遭讒言	覓坐騎	狩貓	來尚論	來使者	可以去山頂	來文牘	事急
日出	遇急事	降王詔	尚論傳令	戰神、福祿齊臨	來猛獸	使經者喜悅	來賊	來野人	父方捎口信來
食時	吉祥如意	敵詐	凶神傷害男人	起風	有雨雪	有可怕之事	鬥毆	病逝	來陌生婆羅門
隅中	遇雨	狩獵	為女人鬥毆	能成親	遭王隨從害	大雨不雪不能出門	來壞人	須警惕	敵降
正南（日中）	自財遺員	對他人保密	有風雨	來賊與暴風雨	為女人未鬥毆	與尊者家人結親	來衆人之喜訊	來白鵞女人	聞不悅之言
日映	王侯衰頹	聞喪報	遇恐懼	降大雪	有人送食品來	發大財	發生自己未察之事	慶幸仇敵喪命	覓得食物
甫時	恐懼	病癒	出遠門	東方來人	有人領女人來	覓得食物	使聖者喜悅	使衆人喜悅	有衆人歡慶之酒宴
日入	鬼魔來	覓失財	發大財	時刻警惕	過河需謹慎	尋宿處	兄、子同來	聞喜訊	交好運
黃昏	妹婿來	東方來人	野獸傷人	南方來人	任尚論之職	西方來人	得幫手	遭絕嗣	來催債

張鳥鳴占卜圖（見下圖「鳥鳴占凶吉書徵兆表」）

第一段文獻：根據鳥鳴地而占喪死：

「占孤鳴喪死，鳴子地不出三十日，南家有死。見血光子地，獻之吉。鳴丑地不出吾十日，南家死者，又十女亡。埋虎（？）形吉。鳴寅地下出十三日，東地家女人凶，虎（？）懸寅地，鳴卯地不出三十日，東家長子死。鐵十斤懸五尺杆（？）頭卯地吉。鳴辰地不出十五日西家及北家□死。以（？）皮丈杆頭向辰地吉。鳴巳地不出三十日，西南家有死。豬頭著（？）己地。鳴午地不出家，三十日東家死。大獻之吉。鳴未地不出十日東北家亡。□吉見□血，以羊頭一收懸午地。」

（第七行原文殘缺）

「鳴喪者萬器之憒（？）祀之骸骨，或精明見血光大狀之格其狀好此。」

第二段文獻：根據聽到鳥鳴日子而占卜：

「子日合鳴憂見血盜賊至門，丑日鳴者屋上，女婦口舌事。寅日鳴南合上憂嫁娶事。辰日鳴樹上必有遠客來。巳時日鳴場上，女婦口舌事。午日鳴存大（？）門戶，上必有官事。未日鳴於屋上憂淨財有口舌。申日鳴合西樹上憂官事。酉日鳴在磕（？）上憂官事來。戌日鳴北東屋上孤鬼索酒食吉。亥日鳴圓上有分財事，六畜之。」

鳥鳴占凶吉書徵兆表

	黃昏	日入	晡時	日時	時中日	時中偶	食時	日出時	平旦時	〔時〕方署	〔東〕
1	姊妹極？至	鬼崇來	大驚恐事	王事恐歡	財自傷	暴雨至	所思得	急書來	人死	〔親〕？〔神〕〔及〕家來？	〔東〕方
2	北方人來	人將賊來	遠行事	恐歡息消	無人相見	游獵得	賊發動	敕詔來	人被傷	〔遠〕？行事	〔東〕南方
3	〔聞〕人死	得爵祿	東方人來	大恐歡事	暴風雨至	因女婦相爭	親□□攪擾	官事來	得畜馬	必屈未	南方
4	南方有人來	驚備吉	自身犯罪	吉祥善事至	至及□雹賊	親？神來至	〔暴〕風至	神祇□□	游獵猥	去處〔算〕？事不成	西南方
5	自身干？官事	愼水則吉	酒吉慶事	因女婦吉慶	被官填責事	聞及獵猥	野獸來	官使來	〔被〕？人〔謀〕？	西方	
6	所思得	西方人來	家有捉猥事	訴訟得理？	貴客至	暴風雨至	鬥爭被傷	官有急書表至	家使來	所求皆得	西北方
7	自得武官	史弟親因至	書旨善悅	有人來	善消息至	弱人來至	大爭算？事	盜賊來	吉急	出獵得	北方
8	犯後到〔罰〕	事〔聞〕善	病者善	亡賊人死	女人衣服至	令人防愼	病者亡	逢劫賊	書信來	賊發動	東北方
9	證索債負	得弓箭事	得酒食善事	酒食來至	不善消息至	足下邦謁	善人相迎	邊烽？消息至	事急忙	自身〔干〕？算？	北方

第三段文獻：根據鳥飛方向的占卜：

「鳥從東來鳴有使事。從南鳴有酒食。從西來憂。四角季上鳴者，有不安事。」

第四段文獻：根據鳥集聚地的占卜：

「鳥無故群隊集人舍上鳴者，而不去，大吉。住（？）熟不止長，來（？）凶。鳥從北方來，鳴者，有人來歡善相見。鳥來近人家合上鳴，必有死亡，在下鳴憂長了長婦。」

第五段文獻：根據聽到的鳥鳴聲時辰的占卜：

「日出鳴大吉。旦鳴君子惡（？）人得食。食子鳴有遠書信來。日中鳴憂盜起。日映鳴憂病起。晡時鳴有酒宴（？）事。黃昏鳴憂遠行事。入定鳴賊入界，夜半鳴郡賊入界。」

第六段文獻：根據鳥所處地方的其他占卜：

「鳥鳴丧子地酒宴事，丑地官事。寅地遠人來。卯地買賣事。申地酒宴事。酉地有憂事愼之?戌地病患事。亥地盜賊事。」

「鳥占臨決所人，鳴者從來處形候吉凶。法若看八方上下，看時傍通占。⑤」

羊骨占卜術

羊肩胛骨占卜法（sog-dmar）不僅在藏族人中盛行，其他民族也使用這種占卜法。特別是在中亞和北美的游牧民族中盛行，肩胛骨占卜法是把剔盡肉的羊肩胛骨放入火中，根據肩胛骨燒後的裂紋和聲音來判斷是吉是凶、健康與否、能否出行、生意如何等等。羊胛骨占卜法是藏族人古老的占卜方法之一。本教巫師過去一直使用這種占卜方法。在某種特殊的情況下，本教巫師還用人的肩胛骨來代替羊的肩胛骨進行占卜⑥。

從敦煌古藏文寫卷提供的羊肩胛骨占卜材料⑦看，在松贊干布時代，這種占卜方法就已非常流行。尤其是松贊干布身邊的要員，更喜歡請巫師用這種占卜方法來回答一些重大的政治問題，當然也包括日常生活中的一些問題。

邦色蘇孜是一位著名的吐蕃大相，此人出身於瓊保家族，爲後藏地方首領，起兵響應西藏山南雅隆部落興起的悉補野族的征戰行動，他與松贊干布的父親倫贊贊普聯盟，曾將後藏兩萬戶獻於贊普，他也曾告發那些陰謀奪權的權貴，因此深受贊普的信任。後來，這位大相也參與了謀殺藏王松贊干布的未遂政變，自殺身亡。

邦色蘇孜任大相期間，曾記錄了很多與羊肩胛骨占卜有關的宮廷卜辭，這些卜辭涉及的時間大約是公元六世紀末至公元七世紀初，內容涉及吐蕃的政治、社稷的安危等；也有的牽涉到家庭、個人、生產、生活上的問題，如：婚姻、疾病等；再如犛牛傷人、瘟疫蔓延等都是人們十分害怕的凶事，人們都希望從羊肩胛骨占卜中獲得預兆，以便趨吉避凶，逃過災難。

下面介紹幾段敦煌藏文文獻中的吐蕃羊肩胛骨占卜記錄。這些記錄大多是占卜後的卦辭或者說結果。

「邦色蘇孜問社稷，二十次皆爲『則木巴約檔』，吉，三代之久國王社稷興旺；其後，社稷衰敗。或，大本命神不悅，引來魔怪、妖精、瘟疫、厲鬼等。國王與尚論生命危險，大凶。」

「邦色蘇孜與當聶問忠心耿耿於贊普駕前，卜問：如向李迷聶征討，能否獲勝？得此卦卜。以後，屬地將擴增一倍，途中遇大財運，大吉。問個人、親屬生命安危否？問敵是否來犯？均吉。惟求事緩成。」

「國王行於途中，本命神失敗，國王福德衰頹。」

「國王爲社稷出征，大功告成，凱旋而歸。本命神不棄，其後有吉皆吉，逢凶化吉。」

「婦人參與國王政事，國王社稷不保；國王臉色如寒鴉；婦人當權，社稷敗亡。」

「水沖跋布川。國王社稷滅亡。百事皆凶。」

由吐蕃大相邦色蘇孜記錄的這些卜辭，反映出了這樣一些歷史事實：在吐蕃時期，確切地說在松贊干布的時代，巫師的政治地位是非常高的，他們就像後來的乃窮護法參與或者說影響噶廈地方政府的許多政治事務一樣，參與和影響著吐蕃的軍事、政治、贊普的生活。衆所周知，在松贊干布執政的時代，正是松贊干布以戰爭爲主要手段四方征戰，使青藏高原諸多藏族部落從割據走向統一的年代，在這期間，每一次出征的成敗與否都關係著一個民族未來的命運走向。另外一點，在松贊干布建立吐蕃王朝之前，西藏還正處在一個從部落制走向統一的君王制大變革時期，人們隨時需要提前了解國王和國家的安危。也許正是這些政治和文化的背景，具有占卜法術的巫師成了吐蕃王室從及大相府邸的座上賓，與贊普、大相等要臣一道舉行羊肩胛骨占卜儀式，預卜戰爭、社稷、民族的未來命運。

藏族占卜術

在西藏，骰子也是占卜的工具之一，這種占卜被稱爲骰子占卜術（co-mo）。「co」（雄）在藏文中指的就是骰子，但在今天它更多的是作爲一種遊戲風行於藏族民間。

骰子占卜術由兩部分組成：一是骰子，一般是三枚，點數是1、2、3、4；另一部分就是卦書，詳細說明有關點數的吉凶禍福。一般情況下，巫師先將骰子擲出，然後根據三枚骰子不同的點數或累計數與卦書上所列的點數參照後定吉凶。

從敦煌藏文寫本看，骰子占卜術在吐蕃時代就已經風行，並成系統。在我國的新疆也有所發現。關於藏族骰子占卜術的文獻主要收集在兩本書裡：一是《吉祥天女所依骰子占卜寶鏡》，另一本就是《倫敦印度事務部圖書館所藏敦煌占卜書》，這本書中的材料國內學者通常稱爲《敦煌古藏文文獻的卜辭》。

關於骰子占卜儀式，《吉祥天女所依骰子占卜寶鏡》以及其他占卜書都提到過；一種是在瑪索杰姆女神的佑護下進行，有時則是在一幅畫有地方保護神像的前面來進行，這種儀式一般用三枚骰子，根據擲的點數的累計數來確定吉凶。點數和吉凶的關係如下表：

17	大吉
5 7 9 11 13 15	吉
8 18	趨吉
3 10	中
14	中，趨吉
4 6	凶
12 16	大凶

還有一種是在文殊菩薩的佑護下進行骰子占卜術。這種方法只用一枚骰子，骰子必須用祈請神靈的靈魂木（bla-cing）、檀木、玫瑰花木、貝殼或水晶製成。骰子的每一面都寫有供給文殊菩薩的曼陀羅的一個字母，每個字母在相應的占卜書中都有一定的解釋。

下面我們要介紹的是敦煌古藏文寫卷中的另一種骰子占卜術。

首先這些卦術文獻已經殘缺不全，僅有三十卦還比較完整。從全貌上看，它們同後來的骰卜方法並沒有多大的差別：三枚骰子，骰子的數碼從1—4，占卜的結果參看相應的卦文等。不同的是這本卦書的編排形式和內容與其他骰子卦書很不相同，它由三部分組成：

第一部分：

骰子的點數。如，敦煌原卷為，表示三枚骰

子點數分別是：4　3　4；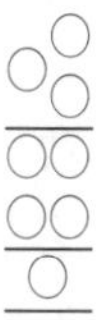，則表示骰子點數分別是3　4　1。由於骰子最大的點數是4，所以骰點數的變化只限於1至4之間三枚骰子的變化。

第二部分：

是韻文，六個音節爲一句，內容非常玄妙深奧。除了語言方面的困難外，簡潔的文體更加使人難以理解。卦書中的三十個完整卦，每卦的第二部分都是這種韻文，內容涉及馬、猴、獅、犛牛、雄鹿等動物，而自然涉及湖、天空、太陽、月亮、星星等。

關於這些韻文與占卜的結果有什麼關係，僅從文字上是難判斷的，所以合理的解釋是把它們作爲骰卜儀式中本教巫師的誦唱咒文更合適一些。實際上這種六言體是節奏非常明快的詩歌，在當時的西藏民間是非常盛行的。

第三部分：

占卜的結果。相當於其他骰子占卜術中與骰子點數相對應的卦底。需要指出的是，敦煌文獻的骰卜卦底的內容不僅僅是一個，而是同時涉及好幾個方面的問卜內容。如第四卦的卦底這樣寫道：

「此卦爲馬哈妖卦。如問家運與身運，上有妖魔下有地公爲害，須獻一大替身，很好禳除，如問怨敵，定會遇害。須小心做事虔誠禱祝。如問婚姻，婚姻不適。如問行人，行人不至。如問病者，魔障大；如不禳除，病者不吉。如有所求，所求不得。此卦占均不吉。」⑧

再看第十三卦的卦底：

「此卦若爲家運和身運而卜，好像善神在保佑所有的人。你也猶如依憩於大樹蔭下，獲得清涼的利益。站在高山視野開闊。依附有勢力的主人，不會有惡語相傷。你若供奉善神，將有無窮富貴。所謀均得成就，失物可以找回。若問行人，平安而行；如問婚姻，婚姻如意。此卦所占均吉。」⑨

從所有三十卦的卦底的內容看，問卜的內容儘管較多，但絕大多數都屬家運、身運、財運、出行、婚姻等方面的內容。若將其與吐蕃時期的羊肩胛骨占卜相比較，就可看出兩者的相同點和不同點。羊骨占卜除具有骰子占卜特點外，占卜的內容還涉及吐蕃的政治、軍事等，因此，我們可以說羊肩胛骨占卜術既屬於民間，又屬於王室宮廷，而骰子占卜術則完全屬於民間。另外一點，邦色蘇孜在記錄羊肩胛骨占卜的卦底時，並沒有提到有關如何禳災避邪的方法，而骰子占卜術中卻有這方面的內容，這一點也許對古代藏族人來說更爲重要。

西藏的銅幣卦術

把銅幣作貨幣來使用在西藏已是本世紀以後的事情了，但是在以前，藏族人卻把銅幣作爲占卜的工具，並由此形成了一套銅幣占卜術。然而很有意思的是，西藏這種古老的銅幣占卜術卻來源於中原。著名藏學家山口瑞鳳在他的名著《西藏》一書中說，在藏文史料中有一本叫做《孔子聖人十二銅錢占卜術》的卦書，從該書的名字看，它暗示此卦書是中原的東西。山口瑞鳳教授還說，孔子的名字除了在這本卦書中出現外，在後來的本教文獻中也曾出現過⑩（關於西藏占卜術與中原卦術的關係，我們將在本節的最後一節談到）。

山口瑞鳳教授所說的《孔子聖人十二銅錢占卜術》，實際上就是敦煌古藏寫卷中的《吐蕃金錢神課判詞》，它的編號爲P.T.一〇五五。該藏文寫卷已殘破，僅存九十二行，大致包括九個卦。

西藏銅幣占卜術的方法是奇特的，它首先需要下面幾種卦具：七十枚銅幣、香、兩個寶石供品、一隻射鷲的箭、少許米、一個陶皿等。如果卦具樣樣齊全，占卜的結果就極準。

銅弊儀式開始時，首先要焚香，並向神靈供獻上面提到的寶石、箭、米和陶皿。然後巫師開始擲十二枚銅幣，並根據銅幣的正面朝上和朝下的具體情況來預卜吉凶，與銅幣正面朝上的數相對，有相應的卦底，巫師只要根據問卜者提的問題照本宣科即可。

敦煌古藏文寫本中的《吐蕃金錢神課判詞》就屬於這種性質的卦書。由於西藏的銅幣占卜用十二枚銅幣，因此銅幣正面朝上的機會是十二次，換句話說全部應該有十二卦，但現在僅有九卦。下面僅舉其中幾卦以見一斑。

第二卦——

四枚銅幣正面朝上，八枚正面朝下，此卦謂之水卦。

（卦底）身無病魔，家人、自己生命平安，吉；心有畏懼但無危險；百事有成。婚姻，主生子息；造房，吉祥。病者能癒；問魑魅，與女鬼大鬥。百事能成。無敵人，丟失（財物）能覽；搬遷，吉；病人能癒否？能癒。外出者，火速能歸；此卦所詢一切皆大吉。

第三卦——

五枚銅幣正面朝上，七枚正面朝下，此卦謂之金卦。

（卦底）如問家人福禍與生命安危，財物殆盡，遭凶煞。百事不成；生命危殆，病人如不火速搬遷，死。求事，訴訟不成；官司輸；婚媾成家，死。問敵，與敵遇。官司一時不能贏。親族絕嗣。出行者，遇險，一時不歸。失物，覲覓。此卦問事皆大凶。

第四卦——

六枚銅錢正面朝上，六枚正面朝下，此卦爲土卦。

（卦底）問家人禍福，生命安危，吉；求大事，打官司皆能成，獲勝。成係能合心意，生貴子；蓋房、有權勢、能致巨富；辦事能成；病人能癒；丟失財物能覓；搬遷相宜，吉；出行者迅速能歸，此卦百事大吉。

第五卦——

七枚銅錢正面朝上，五枚正面朝下，此卦爲青銅合金卦。

（卦底）問生命安危、家人禍福，凶。訓斥否？訓斥。病人，若不爲他行祭祀，死。若問是否要出遠門？若要出遠門，將遇危險。問敵，將遇敵。所求，不得。魔劫：愈益增多，且有凶鬥。財運，無。出行者，一時難回。此卦所卜者皆大凶。

第六卦——

八枚銅錢正面朝上，其餘朝下，此卦爲「土水卦」。

（卦底）生命平安，大吉。問家人和親屬禍福，有驚恐，但無危險，吉。問敵，敵不能害。求見、求事不能成，辦事不成，婚事能成；病人迅速能癒；丟失財物，一時難覓，將有人來還。搬遷，無危險。蓋房無鬼魔相擾。出行者無危險，一時難回；財福，以後會有。問魑魅，有神（相助），有魔（來擾）。將外出否？不出，此卦爲中卦。

第七卦——

九個銅錢正面朝上，其餘正面朝下，此卦爲孔子卦。問家人和親屬之福祿，如月日之數，逐日上增，大吉。病人能癒。出行者歸不歸？無危險，很快能歸。有無財福？將得大財。求事、訟訴皆能獲勝，心喜悅。問親屬平安，吉。問病人，立即能癒。問自己生命，吉。出行者在路途中平安，有上師保佑，此卦所問何事皆大吉。

九宮八卦圖

漢藏文化的交流，為兩個民族的文化發展提供了一定幫助，這一點是大家都承認的。儘管從歷史上看，西藏的占卜有其自己產生、發展的軌跡，但我們還是想從「鳥鳴占卜術」等資料切入，談一談中原占卜術對西藏占卜術的影響。

從歷史的記載看，多數史書都指出中原類似於卦書一類的東西是七世紀由文成公主帶到吐蕃的。《賢者喜宴》記載說文成公主帶有八十部筮曆算法⑪。而《漢藏史籍》中，不光記載了文成公主入藏時帶有占卜曆算書籍六十種的歷史事實，同時還記載了松贊干布派人前往中原學習占卜曆法的情況。該書說：拉薩大昭寺建成三年後，松贊干布考慮到蕃人不會計算歲時四季、不會區分吉凶禍福的情況，決定派一批吐蕃有識之士去長安學習。他在歡送這些人時說：「你們到漢地去，學習對我們吐蕃有益的學問。以前只有文成公主帶來了占卜曆算書籍六十種，還有從印度翻譯的十二緣起、六日輪轉等，占卜曆算未能發達。要學習測算生死、推算四季歲時，須與漢人接觸，你們要努力成為學者，我們一定給以重賞。」這批西藏人到長安後分別拜見了四位學者，並跟隨其中一位精於推算四季歲時的嘉赤魔訶衍那學習一年零七個月。他們學習了《明燈書》、《卦書》、《天地尋跡》、《紙繩卦術》等。返藏後他們將學會的占卜曆算之法全部譯成了藏文。⑫

藏文史書中的這些記載是確定無疑的，因爲國內和國外的學者都相繼從藏文文獻中發現了與此有關的卦書材料。敦煌藏文寫卷中的P.T.一〇四五號就是這樣一卷占凶吉書，全稱是《鳥鳴占凶吉書》。

我們知道，根據鳥鳴聲進行占卜的方法在隋代就已經爲人所知。從《後漢書》開始，根據鳥和其它動物占卜的國家卜師都在歷朝斷代史有關五行的各卷書中作了介紹。學者們甚至還發現，這些鳥卜預兆被編纂成典，因爲大家在唐代發現的同樣的鳥在同樣的形勢下所作出的與漢代同樣的預兆。

儘管如此，學者們還是迫切希望能夠找到與藏文《鳥鳴占凶吉書》有關的漢文鳥鳴占卜書，最終學者們在敦煌漢文寫卷中發現了兩份重要文獻，它們就是P.三九八八和三四七九號，即漢文《鳥鳴占凶吉書》。通過漢藏兩文的對比研究，人們普遍認爲鳥鳴占卜的原型起源於漢地。

鳥鳴占卜術的情況是如此，西藏的銅幣占卜術也是這種情況，因爲有關這種占卜形式的卦書的名字就是《孔子聖人十二枚銅幣占卜術》，根據山口瑞鳳的看法，他也承認此書的標題本身就暗示它來源於中原地區⑬。

下面我們再來看看西藏所謂的「拉澤」（nag-rtsit）占卜術。「拉澤」是藏文Nag-rtsit一詞的譯音，意思是指「中原占卜」。從西藏後來的情況看，藏族人是非常重視文成公主帶到西藏的「中原占卜術」的。據說這與文成公主有很大關係。

關於藏文《中原占卜術》的體系，在藏文《白琉璃瓔珞》中有許多記載。但在後來比較普及的東西卻只有三種。一個是根據《五行說》發展而來的占卜術，第二個是《九宮七色》方面的占卜，第三個是《八卦》。但不管哪一個，在西藏經過多年的實踐和補充已經有了變化。而且一些與十二宮、二十八宿有關的印度曆學內容也摻雜其間。

根據《五行說》發展而來的占卜術《五行占卜術》（phyung-rtsit），其占卜方法如下：對可以卜卦的年、月、日、時，在時間上要按「五行」來區分，對求卦人的生誕年月也要以「五行」來分開，隨後使用各種方法來查對這些五行。問卜者的「五行」要與當年的「五行」相對，然後按照其五行相生的「木火土金水」順序，成爲上位者名曰「遇『子』」，成爲下位者名曰「遇『母』」，成爲相同者則謂之「遇『內』」，最後看它們分別屬於「九宮七色」（在西藏是六色）中的那一個，由此獲得卦底。

「五行」的區分在月、日、時的場合是簡單的，按漢族習慣，年初的頭一個月是作爲寅月，對於構成這一年的「干支」的五元，按五行相生的順序，找出成爲下位者，按男女編爲寅卯，每兩個月一次向下位移動。例如，在「火之支卯」年的場合，由於是取「火」的下位「土」，所以正月的「土之干寅」和二月的「土之支卯」的月要相續，並與屬「金之干辰」的三月相續。

在日的場合，一月的「五行」的下位要成爲固定日期的「五行」的開始。「土之干寅」的一月一日要變成「金之干寅」。但是，第二日就變成了「水之支卯」日，「五行」不用重複。如果要使用曆法的日期的話，每個月必須是三十天，日與「五行」的關係在一年之間，每月都是相同的。關於時間的「五行」，是子時、丑時，一天的開始被定爲「卯時」（六點鐘），這一天是「金之干寅」的場合，其黎明的時間變爲「水之干卯」。因此按我們的理解，一天的開始是六點鐘，而不是零點。

藏族的「中原占卜術」把十二支分爲四組，各組的最後一個作爲「土」，四組開頭的三個分別按「木火金水」順序搭配，這種做法被稱爲「生命之本質」（srog-khams）；與它們的「母」相遇的「五行」，換句話說就是屬於五行相生之上位者，取名爲十二支之「靈之本質」（bla-khama），此外還被作爲「體之本質」（lus-khama）。有時也把十二支分爲三組，即爲「木水金」。相隨於十二支的五行，與分爲十二支的「木水金」中的一個相對，看其屬於「母、子、敵、友」中的哪一個，並把它們分別取名爲「木水土火金」（而在西藏卻相反，被變爲火水土木金）。這裡出現的敵和友是按「五行相剋」的原理，把「火水木金」之上位者作爲「友」，下位者作爲「敵」。

總之，藏文中的「中原占卜術」，就是根據生年的十二支、五行。年齡等，按一定的方式劃分的十二支、五行所對應的「質的五行」的情況，然後根據「母、子、友、敵」的變化原則，作相應的卦底說明。

在西藏，「九宮七色」占卜術多被人稱爲「九個痣」占卜術。它將「九紫」中的「紫」變爲「紅」，七色變爲六色，此外五行的搭配也多少有些不同。在進行這種占卜時，人們喜歡使用一種數字表。縱三橫、橫三列（如圖A）。正中的數爲基點，其他的數同樣是從1～9變化，因此數表的種類全部都只有九種。使用上面的數之後，5爲南，6爲北，8爲東，3爲西，9爲東南，4爲東北，2爲西北，7爲西南。

圖A

9	5	7
8	1	3
4	6	2

各數字間關係是9進位制，從中心的數開始，同數相對進行加減。南爲（+4），北爲（-4），東爲（-2），西爲（+2），北西（+1），東南（-1），東北（+3），南西（-3），在這個表中，縱橫、斜三個數相加的數每次都是一樣。不包括中心四邊的加數。

另一個數碼表（見圖B），在西藏的八卦占卜中也被使用，可見其用途是很廣的。在西藏，我們在龜甲上也能看到。基本的、也是古老的使用方法有下面這些：

首先，看確定的與當年干支名相對應的九宮數表，接著，用自己的年齡數去除以9，在有餘數的場合，就看這個餘數是幾，從中心開始數，如果是1，就在中心。在其他場合，如果求卦者是男人，向東，左手向內側按本教之左旋方向轉；若是女人，同樣，向東，按佛教的右旋方向。例如，男人的年齡是六十一歲的時候，看到的數是減去了五十四後剩下的「七」這個數。該年如果是「火之干寅」。

那麼就是「二黑」，所以，在使用以「2」爲中心的表時，旋轉的情況應該是從中間的「2」開始。

依次是9、5、7、3、4、8，也就是變爲「八白」。這個「八白」就成爲此人此年的「體的本質」。下一年，則使用以「1」爲中心的表，年是一年一年增加的，所以此人的「體的本質」就變爲「五黃」。現在使用的「二黑」之「火之干寅」可以在一六八六年中被使用，這個「九宮」是一百八十年輪迴一次，可用二〇四六年。

「八白」的「8」這個數字按上面的算法得到後，依據以它（指8）爲中心做的數表（見圖C），抽出改變了的「生命

圖B

1	6	8
9	2	4
5	7	3

圖C

7	3	5
6	8	1
2	4	5

之本質」——5，自己的「五行」——2，或其他，然後再按照不同的「九宮」說明來製作。最初的數表往往會由與自己生年相對應的「九宮」來決定，類似這樣的說法是很多的。這種占卜術就這樣不需要筮竹，只要看龜甲上的數表就能進行占卜，這樣這種方法便成了西藏占卜的主流。

最後我們再看西藏的「八卦」占卜。藏族稱「八卦」占卜爲spar-kha-brgyad。八卦一般是畫在龜甲上。在男人的場合，方向是從「離」向「坤」開始，女人的場合，是從「坎」向「乾」開始轉圈（見圖D）。

圖D

巽	離	坤
震		兌
艮	坎	乾

有時是以自己的年齡數爲該年「卦」的開始點；有時則是以十位數以下的數爲卦的開始點，得到卦的起始數後，再在母親的年齡上加一，然後減去自己的歲數，再用8去除，所得的餘數，從卦的起始數開始照相同方向數，所得的數即爲「卦」。總之這種方法僅僅是通過數的遊戲來探求人的命運等問題。比如西藏的攝政桑杰嘉措，當他在決定不向清朝政府報告有關五世達賴圓寂的消息時，就曾通過「八卦」占卜來決定自己該做何種選擇。

上面提到了三種西藏占卜術，從繼承上看，都與中原的占卜屬於一家，但是它們流傳到西藏後，又有了獨自的變化和風格，也許這就是西藏占卜術與中原占卜術的關係。

藏族史詩中的占卜術

（一）圓光占卜術

藏族著名的史詩《格薩爾王傳》，在文化人類學上的價值確實是無與倫比的。它在創造一個世界的同時，也創造了一種文化。它在再現藏族古老文明中的薩滿情節時，自己也具有了某種薩滿的力量，於是，我們在西藏的巫咒占卜文化中，發現了格薩爾王圓光占卜術（ge-sar-rgyal-povi-pra-mo）。經過研究我們不得不承認，它既來源於史詩《格薩爾王傳》的薩滿情節，也是格薩爾本人薩滿力量的文化延伸。

格薩爾圓光占卜術的準備工作比較複雜，此外，除了法師本人以外，他還需要一名少年男子。首先法師要將一幅畫有格薩爾大王的唐卡畫掛在牆上，在唐卡畫下面擺上一張桌子。唐卡畫上的格薩爾穿著白胸甲、水晶盔甲，披著白披風。他腳蹬高筒皮靴；腰纏弓箭袋並佩有寶劍；一手握藤枝，一手持有白邊的戰旗。如果法師一時找不到這樣的唐卡畫，就必須用供給格薩爾的供品——朵瑪、切瑪化替。他將這些占卜用品放在供桌上，每件用品前都放上裝有青稞酒、牛奶和酥油茶的杯子，共三只。隨後法師又在桌子的右邊放一個裝滿青稞或小麥的容器，用來放箭，放箭時要讓箭頭朝下插入青稞中。與此相對，在左邊也放上一個同樣的容器，在青稞頂端放一面明亮的銅鏡或銀鏡，並用紅、白、綠、黃、藍五種顏色的絲綢包起來。絕對不能用黑色絲綢來代替，據說黑色往往與女魔有聯繫，會使占卜儀式不吉而失敗。最後還要將三至五盞酥油燈放在三只杯子面前。

會格薩爾圓光占卜術的法師，大多是藏傳佛教各派精通瑜珈並得到了法力的男性法師。一切準備就緒後，法師便坐到供桌前，焚香、供奉酒、奶等，隨後他開始高聲吟誦讚美格薩爾王的祈願文。法師們相信，這樣做後，格薩爾王就可以滿足求卦者的意願，得到一個滿意吉祥的卦。

這時，法師的助手把一個七八歲左右的男孩領到供桌邊，坐在占卜鏡前面的白色卡墊上，法師也隨之揭去鏡子外面的五色絲綢，讓男孩凝視圓鏡。據說如果卦象吉祥，男孩就會說他從鏡子裡看見了各種神奇變幻的景色，這時法師就可根據男孩的描述，得到格薩爾圓光占卜的卦象。

但是觀看圓光鏡子的男孩不一定一下就能看到幻景，因爲他們除看到自己的臉和熟悉的景色外，並沒有什麼令他驚奇的東西。在這種情況下，法師會再次焚香、供獻、念誦祈念文，請求格薩爾降下神諭。如果一連幾次都不行，那也只好作罷，就另換一種方法。

相傳在藏族地方，法師在舉行多吉玉仲瑪圓光占卜和長壽五姊妹女神圓光占卜儀式時，也採用格薩爾圓光法，不同的是這兩個占卜術在占卜物品的數量及安排次序上與格薩爾王圓光占卜有所區別。

女神多吉玉仲瑪圓光占卜術首先要選擇一個乾淨而吉祥的占卜地點，然後鋪上一塊白布，上面放一個裝有穀物的容器，然後將鏡子插在穀物之上。鏡子一般是響銅製成，上面雕刻有五個呈十字排列的圓點。在容器的前面應放置一塊水晶石，最好是水晶石做的小塔。一般在鏡子的後面要插一支占卜箭，箭的尾翼要繫五種不同顏色的絲帶。還要將酥油製成的神犛牛俑像放在水晶或水晶佛塔的前面，在神犛牛像的左邊供奉一個用「三甜」做成的朵瑪，在右邊供奉一個紅色的護法朵瑪。而其他的供品如切瑪等都被放在白布上。隨後法師開始焚香、供朵瑪和念祈文，但已不再是向格薩爾祈願，而是向女神多吉玉仲瑪祈願。

據說長壽五姊妹女神圓光占卜法，其儀式前的準備工作與女神多吉玉仲瑪圓光占卜術是一樣的，但祈願的對象是長壽五姊妹。施此占卜法的法師從鏡子裡看到的幻像，如：佛塔、湖泊、水塘、水源、繁茂的大樹等等，則被視爲吉兆，相反，看到的是雪瀑或大霧瀰漫的同時，還有朦朧可辨的房屋或樹被砍伐等等，則被視爲凶兆。

（二）箭卜

在《西藏的神靈和鬼怪》一書中，奧地利學者內貝斯基曾提到了格薩爾王箭卜，但他因爲缺少資料而只能三言兩語，直到近年來，隨著《格薩爾王傳》史詩整理和翻譯工作的順利進行，學者們開始注意到史詩中的箭卜材料。最近我的老師降邊嘉措教授出版了他的另一部專著《格薩爾與藏族文化》，其中有兩份有關格薩爾王箭卜的神話⑭值得一提。

第一個格薩爾王箭卜神話材料——

在史詩開篇的第一部《天界篇》裡這樣寫道：

天神爲了消除黑髮藏民的痛苦，決定派神之子推巴噶瓦（格薩爾在天界的名字）到雪域藏區去。爲了成就不同尋常的偉業，格薩爾來到人間時，他的生母必須是龍王的女兒。於是蓮花生大師來到龍宮。爲了得到龍王的女兒，他施放咒術，讓龍族患了重病。

爲了消除疾病，龍王鄒納仁慶派人請著名的卦師瑪姆多吉昂雅占卜。卦師帶上了「三百六十根卦繩、五百個卦板、一百五十個卦石、三十二支卦箭、三百六十件算卦圖表、連同卦書，馱在五十頭騾子上」。卦師到了龍宮，龍王鄒納仁慶虔誠地說：「龍族世界遭受了災難，不知有效的祈禱是什麼，請求卦神你算一算。請你拉開卜卦繩，請將卜卦的圖掛起來，請將骰子擲一擲，請將神箭供案頭。」

卦師說：「爲了占龍王貴體健康的卦，占龍族疾病原因的卦，占重大政事的卦，如不準備好應用的物品，修行的東西和供奉的祭品，那就等於輕視神靈。」隨後卦師說道：「請準備一條清淨潔白的卦單子，十三支金色箭尾的神箭，五十種不同的珠寶以及白鷺鳥的翅膀骨、白綿羊的右前腿、無污垢的水晶寶鏡。」

占卜法器準備齊全後，巫師多吉昂雅把卦單鋪在面前，用綢子把十三支金尾箭裝飾起來，把白鷲鳥的翎毛插在白綿羊的右前腿上，掛上無污垢的水晶寶鏡，又把五十種寶物擺在氈毯上，掛起三百六十種占卦圖表，把卦板排列起來，將卦繩打了三百六十個結。隨後，卦師開始祈禱神靈：

喂！上方吉祥的色喀檀，
神聖的占卜首領，
班色、托色、達色三位天神之子！
喂！有占卜傳統的大戰神！
喂，瑪桑念族的主人貢恩！
喂，予知世間一切的湯布！
請你們爲占卜作指引，
保佑占卜靈驗如神。
煙霧迷漫是占卜的遮蓋，
隱晦紊亂是占卜的障礙，
請把不同不明的迷霧掃開。
掃去上面如雲的遮障，
掃去下面如霧的籠罩，

掃去中間如塵的障氣。
使得水晶鏡明亮潔淨，
使它比白色玉石還要美

……

卦師向卦神祈禱幫助水晶寶鏡明亮清潔後，不多時，忽然刮起一陣清風，白綿羊腿上的鷲鳥翎毛輕輕抖動著，神箭上的繩子也飄了起來，占卜用的圖表嘩嘩作響……卦師便根據這些徵兆作出判斷，得到卦底。

這次占卜後，龍族的病全好了，作爲報酬龍王把自己的女兒梅朵那澤派到人間，成了格薩爾的王母。

第二個格薩爾王箭卜神話材料——

嶺國和霍爾國的一場戰爭已持續了九年。戰爭的起因就是因爲霍爾國的白帳王搶了格薩爾王的王妃珠牡。當時霍爾王想進攻嶺國、搶奪美女，遭到反對，爲了說明出征的理由，他命令卦師東廊占卜。根據史詩的介紹，卦師東廊是白帳王的侄女，年輕貌美，賢淑聰慧，占卜靈驗，在霍爾國有很高的地位。史詩寫道：

卦女東廊來到白帳王的大帳，立即將虎皮卦毯鋪在地上，把白螺卦箭、紅色卦綢、綠松耳石骰子放在毯子上，在案頭插上白、黑、黃三色彩箭，然後誦經祈禱：

我用六紋虎皮毯，
算個四爪齊全的卦；
我用閃光的螺箭，
算個無比靈驗的卦；
我用耀眼的彩綢，
算個柔軟如絲的卦；
我用綠色的骰子，
算個四四方方的卦；
先算叔叔白帳王的命，
再卜霍爾眾將官的命。

祈禱完畢，她覺得有點昏昏沉沉，雙目微閉，小睡了一會兒。不久，又突然驚醒，恰在這時，黑色和黃色彩箭倒下來，白色彩箭卻直立不動。卦師於是根據這些卦象和夢兆，勸說白帳王不宜興兵作戰，因爲她從卦象看到了霍嶺之戰的全過程，看到了戰爭的結局將使霍爾王遭受禍殃：「夢見十八大灘成血海。十八大谷屍體成堆；血把鷲鳥肚皮脹破，肉把豹狼胃腸撐壞。」「夢見獸王蹲踞霍爾灘，十萬黑熊繞身邊……獸王忽地騰空起，舉爪捶擊雅司城垣，猶如倒翻紅施食白帳王頭上扣馬鞍。」

白帳王不聽卦師和勸說，最後兵敗，證實了卦師的占卜。

史詩中的這些占卜神話，特點是占卜的主要法器必須有箭，至於巫師作法時祈求的對象則有所不同，有的祈求的是卦神，有的則直接祈禱卦箭。為什麼巫師占卜時要使用箭呢？史詩認為箭是祈請神靈幫助占卜的必備法器。另外一點我們也應該注意到，這就是施行格薩爾箭卜的巫師有男巫也有女巫。

另外根據史料記載，在吐蕃時期，本教巫師參與政治時，箭乃是各種本教法師的法器。在為病人禳災招魂、向精靈奉獻祭禮以求贖身的儀式當中，除人形圖板等外，必有箭和紡錘。而一些有先見之明的本教神奇巫師，則往往騎著羊、手執一支裹著白帶的神箭，充當神靈的使者，有時充當神魔之間的和平使者。當神魔和平相處時，生命之樹就繁茂生長，神奇的使者恰單嘎就騎羊持箭來到生命樹下，為世界和平祈禱。

西藏的箭還成為本教法師或民間巫師用來預示吉凶的手段。而箭卜的方法也各有差別。有的巫師用一根稱為海螺繩的占卜繩，把六根白羽神箭捆在一起，占卜時，除彩線、卦木、卜石等外，還要備三到三十二支各色神箭，然後把箭插在彩線打的三百六十個結子上，視箭的豎直、傾斜或跌倒來卜吉凶。

另一種箭卜方法是，首先將有數字的一把箭插在一個容器內，接著搖蕩箭容器，直到一支或數支箭從瓶裡蹦出來，然後根據蹦出的箭所標示的數字，查閱箭卜卦書得出相應的占卜結果。

繩卜民間占卜術

西藏民間還流行著許多簡單可行的占卜方法，這些方法看上去雖然似乎簡單，但千百年來藏族人並沒有放棄它們，無論是巫師、法師或一位普通的藏族人，他們在需要的時候，都有可能作一些簡單易行的占卜。

牌占無疑就是其中一種。一個人只要任意從一疊占卜牌中抽出一張來，就能得到巫師相應的回答。這些占卜牌用硬紙做成。每張上面都繪有一幅圖畫，通常還配有一些文字說明，指明凶吉。有時，當求卦者抽出一張占卜牌後，占卜師還要查閱相應的卦書。卦書上不但明確地指出每張占卜牌所有預示的吉凶，還有法師消除災凶的相應法術。

在瓦德爾的《佛教或西藏喇嘛教》中，還提到一種本教法師所使用的占卜術，這就是念珠占卜術（vphreng-mo）。占卜時，先念誦一段經文，然後把念珠放在兩手心，求卦者任意抓住兩手拇指和四指之間的那一段念珠，然後從這段念珠的兩端開始，三個一組往後數，占卜結果取決於最後所剩的念珠數目是幾，以便作相應的解釋。

相比起來，也許稱之爲「棋格」的占卜術相對要複雜一點。卦師先要在棋盤上擺一些果核或卵石，並把它們分爲幾堆。棋盤的格數多爲十、十五、二十一、二十八格，有時可能更多。根據果核或卵石在這些格中的具體位置來查明問卜者的問題，比如患病的原因、婚姻的前景、或日後的前程，甚至還能預言死後下世投胎變成何物。

石卜（rdo-mo）也許要算藏族最古老的占卜術之一。因爲在本教古老的神話傳說中，就提到了石卜。這些神話說，小石子最初是本教徒用來計時的，後來在此基礎上發展起了星相學，以及使用小石子作爲簽來問卜未來的辦法和以骰子進行占卜等方面的藝術。⑮

石卜又稱爲「黑白石子占卜」。這種占卜用七個白石子和七個黑石子作占卜用具，有時也用十三個黑石子和十三個白石子。占卜時，把兩種顏色的石子混裝進一杯狀容器中搖晃，然後卦師念誦語或經文，閉上眼睛把杯子中的石子倒在桌子上，並從石堆中選出五個石子排成一行。根據石頭顏色的排列在相應的卦書中找出對應的吉凶卦底。

繩卜（dzu-tig-gi-mo）是預示未來、占算疾病的占卜方法。關於繩卜的記載，在早期敘述巫術修習的起源或由巫師們使用的器皿時，就提到了繩卜術⑯。這段文字講：

一位王后因病而問卜於術士。術士像那些常被贊普召見的恰辛（本教徒中的一派）一樣，做了一個白氈片的曼荼羅，並在上面放上所需要的物品：箭矢及彩帶、淨水、香料、炒青稞。接著他召請神靈，並向三百六十尊魔神奉獻祭物。他三次向白氈片上的曼荼羅拋占卜繩。這些占卜繩爲白色，還捆著一支箭。如果神諭表現出否定的態度，巫師就建議贊普去請教主宰繞米沃，惟有他才知道疾病的原因和藏在其身後的鬼，並能獲得藥。

這則傳說故事還說占卜用的繩是世界靈魂的寄存處。是從事占卜和巫術活動時的一種必不可少的手段。它是用長在大頭羊肩上的羊毛捻成的，人們賦予它一種宇宙起源論的特徵。所以稱這種大頭羊爲「長毛神羊」。是神把它肩上的毛編成了六條細繩，做成了占卜繩。把它放在曼荼羅之上（四大天王），巫師就可以用它來對過去、現在、將來、凶吉、病死和埋葬方式等進行占卜。此外，它還可以用來預言有關贊普、大相、臣民的所有問題。

從這些傳說中我們可以看出，繩卜不光發源早，而且在吐蕃還是很重要的占卜術之一。繩卜還被稱爲「象雄占卜」，原因就在於它是本教徒的主要卜術。後來，一些佛教派別的法師也開始用繩卜，而寧瑪派最爲突出。相傳在西藏有關繩卜的著作不下十三卷，因此具體的繩卜方法是千差萬別的。下面是內貝斯基在《西藏的神靈鬼怪》中提到的一個例子：

繩卜巫師使用的毛線是從沒有閹過的公羊肩胛上剪下來的，然後織成由五股線組成的五色粗毛線。占卜之前，要給占卜師依次祈請的護法神供奉朵瑪，祈請護法神應驗占卜。祈請完畢，占卜師坐在占卜桌前，將五股擰緊的毛線一圈圈放鬆，用右手抓住毛線較粗的一端，抬起胳膊將五根細線慢慢拋到背後，以便使毛線搭在占卜師的肩上，然後巫師用手迅速將毛線打在占卜師面前的桌子上，然後仔細觀察毛線由於和桌面撞擊所自然形成的曲線情況。最後，巫師開始查閱繩卜卦書，從中找到相應的卦底。

轉世與占卜術的烙印

在這裡我們當然不能把藏族幾千年來積累的占卜術都向讀者一一介紹，但我們認為至少通過上面蜻蜓點水似的介紹，讀者可以看到西藏古代的占卜術是非常豐富多彩的，這當然要歸結於它存在的特殊土壤，正是在這種特殊的文化背景下，西藏的活佛轉世制度才自然而然地打上了傳統的占卜烙印。而事實上，占卜在西藏活佛轉世制度中所充當的角色是難以取代的，而且起著很大的作用，有時在某些達賴或班禪及其他大活佛的轉世問題上還起決定的作用。

十二世達賴成烈嘉措圓寂後，雖然噶廈地方政府根據其遺體自己移動方向的徵兆，認為轉世靈童將出生在布達拉宮的東南方向，但並不敢就此而下斷言，按照傳統的做法，當時的攝政王達扎活佛特請桑耶寺的護法神降神占卜。桑耶寺是西藏的第一座寺院，它於七七九年由蓮花生大師所建。相傳他是烏仗那國人（今巴基斯坦瓦特河谷一帶，這一地方的人自古以擅長咒術著名），以咒術聞名於世，後來藏王墀松德贊派一些人去請蓮花生，相傳他一路降服西藏的各種魔鬼來到今西藏山南地區的桑耶附近，並修建了藏傳佛教史上這座著名的寺院，它的地位是後來的許多寺院所不能代替的。攝政王請求這座寺院的護法神進行占卜，也說明了這一問題。根據藏文史料的記載，這位護法神在占卜時是以一種特殊的方式來告訴十二世達賴轉世的方向：向東方拋獻哈達。桑耶寺護法神的意思很清楚，未來的達賴靈童將轉世在東方。

緊隨其後，八世班禪丹白旺修也應噶廈地方政府和拉薩三大寺的請求，在札什倫布寺爲十二世達賴轉世的方向進行打卦，占卜的結果是：靈童如果轉世出生在東南方向，將大有益於佛教衆生。此外，其他大活佛及各護法神也先後打卦卜示，均稱：轉世靈童將出現在東和東南方。從這些卦的結果看，都傾向出生在東方或東南方向。

另據《七世達賴傳》記載，六世達賴倉央嘉措圓寂後，多數侍從在夢境中，見西寧城南門外，衆多天神天女，華服美飾，高奏仙樂，迎接喇嘛遺體而去。在遺體火化前後，天空出現奇異的彩虹雲塊，喇嘛遺體漸漸變小，直到一尺左右。清朝官員和當地群衆見之，莫不生起無限敬心。火化時，遺體上方升起一朵美麗白雲，飄往南方，西寧附近的不少人也親眼目睹。這些奇異現象都說明倉央嘉措的轉世靈童將降生在西寧的南方。後來，青海著名的黃教寺院塔爾寺的護法神在占卜中進一步預言：南方將升起太陽，意思正好與人們所見靈異現象的徵兆啓示相同。

當六世班禪的衆侍從返回西藏後，其中有位叫額巴羅桑滾曲的高僧因對六世達賴信仰尤深，曾秘密地請乃窮護法神、桑耶護法神、絨拉護法神等著名神諭專家占卜授記，結果他們都說將轉世在東方。以後，尋訪到的七世達賴噶桑嘉措正是西康理塘人。從地理位置上看，理塘正好在西寧的南部，在西藏的東部。

十三世達賴土登嘉措圓寂後，噶廈地方政府和拉薩三大寺的尋訪人員根據他圓寂時，面向東方暗示將轉世東方的情況確定了轉世方向後，又奉噶夏之命，特派人前往青海的玉樹，請當時準備進藏的九世班禪曲結尼瑪指示達賴轉世靈童的地點與靈童的姓名等。班禪大師立即占卜明示，並開給噶廈尋訪十三世達賴之轉世靈童的代表紀倉活佛和凱墨色二人一張清單，上面明確寫著青海三名兒童的姓名和地點，並派策覺林活佛，恩久活佛二人幫助尋找靈童。據《班禪大師全集》記載，當時九世班禪還寫信給馬步芳，請他大力協助，早日訪得十三世達賴的轉世靈童。

在《拉卜楞寺概況》中。有一份記載尋訪安多地區（青海、甘肅藏區）大活佛六世嘉木樣靈童經過的材料，我們可以看到占卜術在靈童尋訪中的決定性作用。

據這份珍貴的材料記載，五世嘉木樣活佛圓寂後，拉卜楞地區（今甘肅夏河縣）

和拉卜楞寺一些有權有勢的人物意欲讓河南新王之子或四川茶科紅布（土官）的兒子當五世嘉木樣活佛的靈童，還提出了許多有關這兩位小孩的種種吉兆，在社會上大造輿論，這時寺院多數活佛，如火日藏倉、薩木察倉等活佛等堅決要按舊規辦事。一九四九年二月十一日，在黃正清的主持下，拉卜楞寺各活佛、僧侶及所屬寺院、部落的代表，以及特邀的青海佑寧寺的大活佛土觀倉等召開會議，最後決定，先卜算轉世方向。於是將東、西、南、北分別寫於四張紙條上，藏於麵丸當中，然後置於瓶內密封，供奉於歷世嘉木樣舍利塔前，並由寺僧在大經堂誦經祈禱。第二天當衆搖瓶啓封，一顆麵丸躍出，落在黃緞上，啓丸一看，是「北」字，由此決定在北部地區尋找。

根據卜算方向，拉卜楞寺派出雍曾倉、索札倉等活佛及隨員三十餘人，於一九四九年四月啓程，赴夏河的甘加、青海的循化、化隆、湟中、西寧、共和及甘肅省的永登等地區秘密尋訪。爲慎重起見，在東、南、西三方也派人尋訪。東方由阿卻木多倉、塞里倉兩活佛率隨員十餘人，前往今甘南的東方尋訪。西方由措卡哇倉、夏日秀倉兩活佛率隨員十餘人，前往青海的果洛、康薩、康干、四川的雜大吉寺、西康的葆綠堂、雜扎拉等地尋訪。南方由郭莽倉、麥秀木多倉兩活佛率隨員十餘人，前往瑪曲歐拉、四川的毛兒蓋、青海的美哇等地尋訪。結果是四方的尋訪人員共覓得子、亥相（鼠年生和豬年生）兒童二千餘名。

一九五〇年元月，拉卜楞寺將這些兒童名單供在五世喜嘉木樣靈前，在范明和黃正清、達吉襄佐主持下，以「有」和「無」進行占卜。「無」就表示沒有轉世靈童，則需要繼續尋找。占卜的結果爲「無」，並卜出靈童應屬豬年生。這樣，拉卜楞寺又派嘉夏讓倉、火爾藏倉、官卻桑蓋倉、雍曾倉等八位活佛分四路向北方尋找。途經青海同仁、貴德、共和、達至、阿采、湟源、湟中、互助、循化等地以及甘肅的永登、古浪等地，尋得兒童八百六十七名。

同年七月十三日仍依原方式進行占卜，仍爲「無」，即八百六十七名兒童中沒有一人是轉世靈童。

一九五一年元月上旬，拉卜楞寺的活佛及僧衆以及部落代表再次集會決定，祈請班禪大師占卜。二月十九日，由達吉襄佐和貢唐倉率領活佛和屬寺、部落的代表七十餘人啓程。三月一日到達班禪大師的臨時駐地甘肅著名的黃教大寺塔爾寺。六天後，九世班禪額爾德尼·確吉堅贊在宗喀巴大師佛像前誦經卜卦，結果仍爲北方，鼠年生。拉卜楞寺代表覺得北方的範圍太大，難以尋訪，請求班禪大師再次占卜，縮小範圍。最後班禪大師卜定爲青海共和縣的郭密、恰卜加、瞎牙、瞎過日、千若寧勝木、舍那海、鐵卜加、汪大海下部、剛察上下、都秀上下等地。於是尋訪人員又按四路分頭尋找，共尋得鼠年所生的孩童二百四十餘名。

一九五一年六月一日，尋訪人員將名單呈送班禪大師。大師在釋迦牟尼轉法輪的日子——六月四日又進行了卜算。卜算的結果是這二百名兒童中有嘉木樣六世活佛靈童。這時著名的土觀活佛也來到塔爾寺。經商討，尋訪人員決定懇請班禪大師親臨拉卜楞寺主持卜算六世嘉木樣靈童的儀式。徵得班禪大師的同意後，尋訪人員返回拉卜楞寺。八月，拉卜楞寺派琅倉、扎油丹倉、久格倉等活佛赴塔爾寺迎接班禪大師。八月二十日，班禪大師抵達拉卜楞寺，受到各族各界僧俗數萬人的歡迎。二十一日，拉卜楞寺的活佛和僧衆以及所屬部落的代表舉行集會，班禪大師到會。大家一致要求班禪大師全權主持卜算。

九月二十九日，在班禪大師的主持下，先從二百四十餘名兒童中卜選出二名兒童，然後由嘉夏讓倉活佛書寫人名紙條，雍曾倉活佛做麵丸。麵丸重三錢，由拉卜楞寺的最高負責人及大小活佛監視，將麵丸置於金瓶密藏加封，然後供奉於歷世嘉木樣舍利塔前，全體活佛和僧人誦經五晝夜。十月一日上午八時，班禪大師首先在拉卜楞寺大經堂內念經祈禱，活佛雍曾倉吉美啓封，下放有一塊黃緞。這時班禪搖落一丸，打開一看，佛名爲周本塔爾。當即由班禪堪布會議廳秘書長在特製的專用於書寫重要文件、蓋有班禪大師教印的黃紙上寫道：「經班禪額爾德尼大師卜算決定，六世嘉木樣靈童生於青海崗察縣崗察上部，父名多拉海，母名才旦卓瑪，佛名周本塔爾，」並當衆展示宣布。與會僧俗無不敬服，然後裝封存檔。

十月十九日，拉卜楞寺派昂佐、雍曾倉等活佛前往崗察。十一月五日尋訪人員首先向嘉木樣轉世靈童敬獻哈達，十月七日，轉世靈童更換佛衣。

一九五二年二月十一日，六世嘉木樣活佛被迎至拉卜楞寺舉行坐床大典。六世嘉木樣靈童的尋訪工作，從一九四九年二月十一日開始，至一九五二年十一月止，歷經二年零十個月的時間，始告結束。

＊＊＊

①《敦煌漢藏文寫本中鳥鳴占凶吉書》〔法〕矛甘著，金昌文譯。《國外藏文學譯文集》（八集）第二六二頁。

②《敦煌漢藏文寫本中鳥鳴占凶吉書》，見《國外藏文學譯文集》（八集）第二六二頁。

③④時間分段，根據伯希和劫經漢文卷子《十二時》十種譯成。參看《敦煌綴王寶》三五。除去夜半、入定二時辰爲夜間，停止活動，不計，共十時與藏文相符。《敦煌吐蕃文書論文集》王堯、陳踐編著。

⑤《國外藏文學譯文集》（八），西藏人民出版社，第二七六頁。

⑥《國外藏文學譯文集》（五），西藏人民出版社，第一九二頁。

⑦P.T.一〇四七號卷子。

⑧《東北藏古代民間文學》〔英〕托馬斯著，李有義、王青山譯，四川民族出版社第一二四頁。

⑨《東北藏古代民間文學》，第一三三頁。
⑩《西藏》山口瑞鳳著，東京大學出版社，第一七四頁。
⑪見《賢者喜宴》藏文dz函，第二十九頁。
⑫見《漢藏史籍》陳慶英譯，西藏人民出版社，第九十九頁。
⑬《西藏》〔日〕山口瑞鳳著，第一七四頁。
⑭《格薩爾與藏族文化》，內蒙古大學出版社，降邊嘉措著。
⑮⑯參見《西藏的宗教》最後一章《西藏的本教》圖齊著，金文昌譯。

第10章 西藏神巫的魔法傳奇

白哈爾神

在西藏地區，像達賴和班禪這樣的活佛，他們的轉世靈童的尋訪過程比起六世嘉木樣活佛的尋訪還要複雜得多，它不可能自始至終主要依靠某一位知名度很高的活佛的卜算來決定靈童轉世的方向和姓名，它還必須經過西藏的主護法神乃窮活佛的卜算才能算數。

從藏傳佛教實際的情況看，達賴和班禪都是黃教的主要領袖，而該派所屬的黃教寺院又遍布整個藏區和蒙古地區，也就是說他們二者的轉世靈童可以出生在蒙藏地區的任何一個地方，如果不能最精確地確定活佛轉世的方向，我們可以肯定就是派再多的尋訪人員往一個方向走，也只能像螞蟻置身於無邊的雪域之中。前面我們談到的六世嘉木樣活佛的尋訪，它還只是在青海、甘肅、四川的一部分藏區，結果第一次就找到了二千多名出生同歲的小孩，而第二次也是八六七名，就是在班禪大師縮小了尋訪範圍後，也還找到鼠年生的二四〇名孩童。由此我們可以想像，如果西藏的噶廈地方政府要想在一個籠統的方向，諸如布達拉宮的東南方、東方或札什倫布寺的北方、西方等等，那麼，噶廈地方政府或札什倫布寺的每一隊尋訪人員都可帶回上千名同歲兒童的名單，這必然要增加尋訪工作的難度，而且工作量實在太大。

也許正是出於這些方面的考慮，對噶廈地方政府、拉薩三大寺和後藏的札什倫布寺來說，根據達賴或班禪圓寂前後的徵兆、某些奇文的預示以及班禪、達賴等衆多活佛和護法神的卜算後，對轉世靈童出生的方向還要多次請西藏最著名的「神諭所」的護法神來降神占卜，這個「神諭所」就是聞名全藏的乃窮寺，而那位護法神就是西藏護法神中的最高神乃窮活佛。

乃窮寺就坐落在離拉薩約四公里的哲蚌寺山腳下。筆者在拉薩任《西藏日報》記者的時候，曾出於對藏族文化的狂熱感情，多次來到這裡，當時並沒有想到幾年後自己會離開拉薩，在北京中國藏學研究中心做起藏學研究的學問來，那時我們還太年輕，即使置身於這座山間小寺的莊嚴大殿或者是神秘的密宗神靈畫像之前，也想像不到它在藏傳佛教文化中的地位，更不知它曾是神秘的活佛轉世制度中的一個部分。今天，當我們查閱了一些藏漢文史料後，我們才知道了一點點有關它的知識，正像活佛轉世對衆人來說是一個謎一樣，乃窮寺還有乃窮活佛也同樣是一個難解的謎。儘管如此，我們還是想盡最大的努力先介紹一下這位活佛，以便讓我們的讀者更好地理解他在活佛轉世制度中的眞正地位以及他的人類學價值。

據說乃窮活佛的來歷與白哈爾神有關。相傳桑耶寺建成後，蓮花生大師決定給桑耶寺請兩位鎭懾諸神的護法神，他對藏王和寂護大師說，「藏王陛下，在你以後的若干代，魔鬼化身又將出現，他們名叫雲丹和吾松，兩人會尋釁惹起戰端。再過一一〇代，霍爾國王會一氣呑併整個吐蕃，如果請來白哈爾這個非人的木鳥鬼和載烏瑪保神魔，就能忠心地守護桑耶寺。」藏王和寂護都同意這種看法。於是蓮花生大師在白哈爾神殿，設置了拜神之物，即一隻白色動物和一根竹子。竹子上纏著動物的尾巴和彩緞，經過施行巫術，蓮花生大師順利地制服了白哈爾神。接著大師又如法炮製，制服了載烏瑪保神魔，使二神前後成爲桑耶寺的保護神。

在藏文文獻中，有關白哈爾神從巴達霍爾到衛藏最古老的寺院桑耶寺擔任護法神一事，其記載是不相同的。有一份文獻說，桑耶寺建成後，蓮花生決定找一位護法神，他先找到了龍王蘇普阿巴，此神往往被認爲是念青唐古拉山神。但龍王拒絕這份差事，他建議蓮花生大師去霍爾請白哈爾神。但在圖齊的《西藏畫卷》中卻說，蓮花生爲了使白哈爾神離開其住地到西藏，他用各種巫術和法力制服了白哈爾神。白哈爾神被降後，騎了一隻鑲有珍珠的木鳥，在衆多天神的陪伴下來到了雪域。當白哈爾神到達桑耶寺擔任護法神一職時，蓮花生大師在他的頭頂的冠蓋上放了一把金剛杵，從而使他成了佛教的護法神。

還有一段有趣的傳說也談到了白哈爾神的來源和他在桑耶寺的情況。傳說白哈爾神最初叫比哈爾神，出生在一個蛋中，這個蛋是居住在瑪旁雍措湖的一位白色龍女所生的十三個蛋中的一個。當時白哈爾神已取得了人身，但仍是大鵬的腦袋，後來他來到巴達霍爾住下，以後又到桑耶，成爲桑耶寺及寺院財產的守護神。相傳，白哈爾神被蓮花生降服，從巴達霍爾來桑耶寺時，還帶來了綠松石像、小晶獅、木鳥和犀牛面具。它們被作爲桑耶寺的財產一直保存在一間叫白哈爾嶺或白嘎嶺的密室內，而白哈爾神就住在這裡履行他的職責。藏族人相信，白哈爾神在桑耶寺度過了七百年，到五世達賴時，他才移居到哲蚌寺附近的乃窮寺，即他現在的住處。還有的藏族人說他在桑耶寺度過了七百年後搬到了蔡公堂寺。此寺位於拉薩以東約十公里的拉薩河岸，相傳該寺的寺主相喇嘛對白哈爾神有很深的成見，於是就發生了這樣的傳說故事：

在相喇嘛主持下興建一個佛堂時，相喇嘛命令在牆壁上設計壁畫的畫師不要畫白哈爾神的畫像。對此，白哈爾神感到非常惱火，就決定報復。他變成一個小男孩，以樂於助人的姿態在畫師們繪壁畫時作他們的助手，工匠們非常喜歡這個小幫手，在壁畫快完成時，他們問小孩希望用什麼方式報答他的幫助，孩子說他只有一個希望，就是要工匠們在殿壁上任何一處畫一隻手持香爐的猴子。工匠們很快滿足了他這個古怪請求。在新殿堂工程完成之後的一天深夜，白哈爾神自己變成了壁畫中的猴子，用燃燒的香爐將整個寺院付之一炬。

由於寺院被毀，相喇嘛被激怒了。他舉行了一個特別的降魔儀式，收服了白哈爾神，又迫使白哈爾神進入專門捕捉邪魔的「垛」之中。這時相喇嘛將「垛」鎖入一個小箱並扔進了寺院旁邊的拉薩河裡。當箱子漂至哲蚌寺附近的河岸時，寺院裡的一位堪布發現了水中的箱子，他依憑高深的法力，知道白哈爾神就囚禁在裡面。於是他命令一位僧人撈起木箱並立刻給他送來。這位僧人由於好奇打開了木蓋，白哈爾神立刻逃了出來，變成了一隻漂亮的白鴿子飛到附近一棵樺樹上消失了。後來，圍繞這棵樹建立了乃窮寺。從那以後，白哈爾神就一直證明自己住在乃窮寺，並有自己的代言神巫，這位神巫後來被五世達賴指派為西藏地方政府的宣諭神。

乃窮護法神巫的魔力

白哈爾神最初被蓮花生大師降服，成為桑耶寺的護法神，後來它又來到了乃窮寺，成為該寺的護法神。也許是因為白哈爾神在西藏萬神殿中的特殊地位，有一天，當乃窮寺的一位活佛降神時，宣稱他是白哈爾神附體，並代表白哈爾神諭未來、占卜吉凶，於是，白哈爾神從此與乃窮寺的護法神巫聯繫在了一起，而乃窮寺也因有乃窮護法神巫而一躍成爲全藏最有名的寺院。

乃窮寺大約是十五世紀興建的，佔地很少，地處拉薩三大寺之哲蚌寺的山腳下。從現在的情況看，全寺分爲前院、主殿和側院三部分。前院爲一個四周有迴廊的院子，環繞院落的牆上繪滿了彩色的壁畫，內容是白哈爾神化身和他的隨從小神靈，此外還有一些密宗方面的神靈，在四方院的正中，立有一根石柱，約有十多米高，柱端有一個內地風格的頂飾。據說這根柱是爲了頌贊乃窮寺的統治神而豎立的。從前院上北面的台階，通過主門就可進入寺院的正殿了。正門兩側的外牆上是兩幅巨大的壁畫，一幅描繪的是白哈爾神，另一幅是多吉查丹神。在屋簷之橫樑上掛滿了乃窮寺初建時，人們奉獻給主持的劍、矛、箭、火槍和其它古代兵器，據說這些兵器都曾在許多次戰役中使用過，它們能極大地增加寺院的魔力。

乃窮寺的正殿有祭台和神殿拉康，在正殿的後面，就是乃窮護法神巫的寢宮。乃窮寺的側院在東門和南門之外，主要作僧舍用，現在東門外的側院已作爲西藏高級佛學院的一部分。

乃窮寺的主神巫在西藏的政治事務中具有相當大的作用。也許正是因爲這個原因，從事乃窮寺主神巫一職的危險性也是相當大的。儘管如此，白哈爾神的主神巫仍然還是西藏政治鬥爭中的一個砝碼而已。儘管神巫是世間護法神之主和他的化身的代言人，可是，在所有的情況下，他都必須對自己在降神後所做的神諭絕對負責。從西藏歷史看，確有很多的法王神巫因爲他的神諭得不到證實而受到了噶廈的懲罰或被解職。

幾乎很多寺院都有自己的神巫，但是後來，這些神巫因其居住的寺院的名望等原因，而無形中有了等級的區別，而他們中的佼佼者們則是被噶廈地方政府認可的爲數不多的幾位代言神巫，乃窮代言神巫就有幸算其中一位，且排名第一。相傳，乃窮寺代言神巫所獲得的這個顯赫位置是在五世達賴期間得到的。一個傳說講道：有一位乃窮寺的神巫把拉薩全城的人從死亡的威脅中拯救了出來。當時，這位神巫用他那神奇的觀察力發現拉薩八角街的尼泊爾人社區中有人試圖以井中投毒的方法來殺死城區的居民，於是這位乃窮神巫及時阻止了這項陰謀的實施。就這樣，噶廈地方政府鑑於乃窮神巫的過人法力，委任該寺白哈爾的主神巫爲噶廈首席神巫，並授予官職。從此以後，乃窮神巫開始走上西藏的政治舞台，並成爲很多重要舉措中的關鍵人物。

在六世達賴倉央嘉措（一六八一～一七〇二）時期，乃窮神巫再一次證明了他的能力。六世達賴在西藏一場激烈的政治鬥爭中作爲犧牲品退位後，拉藏汗和新攝政王在一七〇七年另立巴噶曾巴．伊喜嘉措爲六世達賴，迎至布達拉宮坐床，前後達十一年之久。但西藏人民認爲伊喜嘉措是假達賴，始終沒有承認。

十一年後，蒙古衆首領中產生了不和，應藏族人的要求，另一位蒙古首領第旺那布坦來到西藏，處死了拉藏汗，並將充當傀儡的伊喜嘉措拉下了六世達賴的寶座。同時人們宣稱已經找到了達賴的轉世靈童，這位靈童就出生在西藏東部的理塘鎮。就在這個關鍵時刻，乃窮神巫站了出來，他經過降神後宣諭說，理塘的轉世靈童是眞正的達賴。於是，這位靈童就在宗教上獲得了承認。最後經康熙皇帝冊封批准，這位靈童終於走上了達賴的法寶，他就是後來的七世達賴噶桑嘉措。

也許是因爲乃窮神巫在這次尋訪達賴轉世靈童上的重要功績，從此以後，他參予了歷代達賴轉世靈童的秘密尋訪工作，且充當重要的角色。

關於早期的乃窮神巫的情況，有關資料中已很難見到，只有十三世達賴時期的幾位乃窮神巫有一些材料①。據這些材料介紹，在十三世達賴執政時期，乃窮寺的白哈爾著名神巫是釋迦亞培，他同時還是乃窮寺寺產最主要的慷慨施主之一。據說西藏的大部分神巫都是短壽的，而神巫釋迦亞培從二十歲成爲乃窮神巫起一直活到了七十歲。因爲他在西藏尤其是在拉薩地區的影響，在很多寺院甚至個人手裡都收藏有許多釋迦亞培神巫的塑像，這些塑像一類表現神巫的平常情態，穿著普通的僧人袈裟，另一種表現的是他在高度幻迷時的情態，穿戴著神巫在降神場合應穿戴的所有服飾和飾品。由於釋迦亞培是乃窮寺著名的神巫，因此寺院或個人能擁有他的塑像被認爲是一件無比幸運的事，驅邪治病自不必說，更重要的是它們還能保佑寺院和家宅年年平安，代代平安。

釋迦亞培在他七十歲生日後的某一天去世了，而另一位擁有釋迦亞培超級神巫法力的年輕人坐上了他的乃窮神巫法座，他被世人稱為「闊窩法尊」（go-bo-chos-rje），漢文意思就是「狗頭雕神巫法尊」，這位神巫儘管具備了釋迦亞培的所有能力，但他所處的時代又預示他不會是一位令噶廈滿意的預言神巫，因為他所降神宣諭的內容已不同於他的前輩們所經歷過的每一件事，他必須預言英國侵略者的刺刀是否會指向拉薩。雖然「狗頭雕神巫」在自己的降神宣諭中還從未遇到過如此棘手的問題，但他還是帶著一種複雜的民族情感，在衆多噶廈要員以及百姓的圍觀下，在乃窮寺的前院開始作法降神。

這一年正好是一九〇四年，英國侵略者侵入中國西藏的西部邊境，並向拉薩挺進。為阻止侵略軍向聖城拉薩進發，西藏人開始採取措施加以防範，藏軍根據乃窮神巫降神宣諭的內容，在日喀則至拉薩的一座山頭上，布置了防禦部隊，因為乃窮神巫宣稱從這座山上散發出來的法力足以擊潰試圖進入西藏腹地的英軍所有進攻，然而這座山頭並沒有抵擋住現代化的英軍，最終失守了。

隨後的時間，英國人的刺刀指向拉薩，乃窮神巫又降神預言侵略軍不會成功地進入聖地拉薩，此外，他還錯誤地認為最後的勝利屬於藏軍。但事實並非如此，於是噶廈當局解除了他的神巫職務。

「狗頭雕神巫」的繼承人是堅參他青。關於堅參他青神巫的資料基本上就像幾段有趣的神話故事：

相傳堅參他青出生的那一天起，他就與噶廈神巫的職位聯繫在一起。因爲在他出生的時候，正好著名的乃窮神巫釋迦亞培進入降神後的幻迷狀態中，他宣稱這個男孩就是他未來的繼承人。到了堅參他青懂事的年齡，白哈爾神又通過乃窮神巫之口，說從今以後自己在降神作法時必須有堅參他青在場。事實上在後來的每次降神儀軌中，乃窮神巫釋迦亞培都要向自己未來的繼承人獻一條哈達。②

在釋迦亞培去世，「狗頭雕」神巫任職期間，甘丹寺的神巫在降神宣諭儀軌中，也曾宣諭說這位年輕人將要被立爲噶廈新的神巫，這時他大約二十歲。堅參他青繼任噶廈神巫一職後還不到兩年，就因爲涉嫌參與了一場與金錢有關的爭論而被噶廈政府解除了乃窮神巫的職務。儘管堅參他青不再是乃窮神巫了，但白哈爾神依然如故地在他身上附體，於是在毫無預兆的情況下他就進入了幻迷狀態，這使他的身體遭到了很大傷害，他開始變得暴躁不安，遇事則大動肝火。

看到這種情況，噶廈地方政府打算在這一段時間之後重新任命堅參他青爲乃窮神巫，據說達賴本人也曾勸告他要苦修密宗禪定以準備再次出山官復原職。然而堅參他青已經厭倦這種神巫的生活，他拒絕了噶廈的委任，甘心情願結婚成了一名普通的藏族人。

就因爲涉嫌參與一場與金錢有關的爭論而遭到撤職，對此乃窮寺的白哈爾神一直耿耿於懷，儘管與堅參他青爭論的對手也被噶廈投入了大牢，白哈爾神還是沒有忘記報復他們。很快這些對手們就在極度痛苦之中死去，而其中一位名叫洛本的僧人則吐出自己的五臟六腑後身亡，他的精魂找不到轉世之處，最後只好變成了一個游盪的被人驅逐的精怪。

堅參他青退職後，噶廈政府又重新任命「狗頭雕」神巫爲乃窮寺神巫，但是這位神巫注定一生就是倒霉鬼，由於他在後來的降神宣諭中，其占卜預言都沒有得到證實，於是他再次被噶廈政府從乃窮神巫這個神聖的位置上拉下來，然後在拉薩郊外的一處住所度過了不太光彩的餘生。他的繼承人是一位名叫洛桑南杰的僧人，再後來是一位叫窮達的僧人。

預卜達賴班禪轉世的方向

時代在更續，乃窮神巫也在一代代地更換，但自從發生一九〇四年藏英之戰事件錯誤的預言之後，乃窮神巫的聲譽受到了很大影響，儘管如此，乃窮神在西藏政治舞台上的特殊地位依然還是得到了維持。在達賴轉世靈童的尋訪過程中，依然少不了乃窮神巫這個特殊的角色。

我們知道，在西藏地區，像達賴、班禪額爾德尼這樣的大活佛，他們的轉世靈童的尋訪是相當複雜的。西藏的噶瑪派尋訪轉世靈童只需要依據上師的遺囑，就可以尋訪到遺囑中的靈童，而黃教的做法卻沒有這麼簡單。

也許正是出於這些方面的考慮，對噶廈地方政府、拉薩三大寺和後藏的札什倫布寺來說，根據達賴或班禪圓寂前後的徵兆、某些奇特的預示以及達賴和班禪等衆多活佛和護法神的卜算後，對轉世靈童出生的方向還要多次請乃窮神巫來占卜降神加以確定。

據藏文史料記載，在本世紀五〇年代以前，西藏地方政府曾供奉過幾位大護法神，這些護法神是保衛西藏佛教的神，也是預卜吉凶的神，有時他們還是西藏政治生活和宗教生活中最高決策的參與者。而乃窮神巫自然名立第一。所以在西藏人信仰中，他就是所有護法神中的主要護法神，所以人們還稱他爲乃窮法王。一本有關乃窮活佛的史書說，七世乃窮活佛猶如雪域的怙主，他名叫曲杰貢覺榜，他幻化於烏堅空行母女神之地，見過衆多的上師和空行母女神。他因爲預卜過西藏兩代達賴轉世的事情，所以，從此如同檀香不離香氣一樣守護著達賴。

從藏傳佛教的神靈系統看，護法神的種類非常之多，諸如「貢布」、「曲杰」、「吉祥天母」、「怖畏金剛」、「馬頭明王」、「十二丹瑪女神」等等。這些護法大多是被塑造在寺院裡享受香火，供人敬奉，當然還有一些護法神只有名稱而無塑像。他們有的是人間的救主，有的可以保佑寺院、僧人平安無恙，鎮懾八方邪魔，有的掌握著衆生之生命等，但惟有乃窮神巫這樣的保護神與衆不同。他不光以塑像或者是佛教的傳說形式存在於人們的信仰中，而且還是曾幻化於空行母天地，隨後降世保衛佛教的白哈爾神的代言神巫，一位實實在在的活佛。他保護佛教的方法是預示達賴或者是班禪的轉世，使藏族人可以準確地找到他們教主的轉世靈童；他也擔負著來自宗教和政治方面的占卜任務，總之他是西藏眞正的先知，只要遇到重大的事情，無論哪方面，人們都需要聽聽他的神諭。在尋訪十二世達賴的轉世靈童時，噶廈地方政府也是這麼做的。

據藏文史書記載，乃窮神巫曾在一八七六年六月，在噶廈政府的辦事機構森窮亞索處，每逢吉日都要在達賴靈塔前後東南方向拋獻哈達，並降神示卜說：希望之果將出現在東方不動剎土。靈童出生地，後山似藏傳佛教之吉神圖案華蓋的形狀，前面有淨水常流。根據當時的藏文史料記載，雖然在靈童轉世方位的問題上，已請桑耶寺護法神和班禪大師等活佛打卦，但按照慣例還是要請乃窮神巫多次問卜驗證。在十四世達賴丹增嘉措的尋訪問題上，其做法也完全相同。據一些史料記載，在十三世達賴土登嘉措圓寂時，是面向東方，按傳統的解釋是暗示將在東方轉世，在經過班禪大師和西藏一些護法神占卜確定了轉世方位後，仍然要請乃窮活佛來降神占卜，結果是達賴轉世靈童將轉生在東北方向漢族藏族等民族的雜居區。

通常情況下，當乃窮神巫占卜驗證了靈童轉世的方向後，隨之而來的是要卦卜降生地具體的地貌特徵。這也是尋訪轉世靈童必須履行的程序。

乃窮護法神的占卜異象

一八七六年的一天，布達拉宮熱鬧非常，這裡正在舉行傳統的哲蚌寺雲遊僧人朝拜會，到會的有當時的攝政王功德林活佛，哲蚌寺的各大活佛、堪布、僧眾以及西藏地方政府的重要官員。這些要員都提前接到通知，著名的乃窮神巫將在這裡舉行降神占卜儀軌。最後這位先知卜示：十二世達賴的轉世靈童在此地之東方，父名貢嘎，母名卓瑪，應派一學識淵博的高僧大德前去查找。遵照乃窮神巫的卜示，西藏地方政府向四川盧定以上凡屬東方和東南方各遠近地方，派出了尋訪人員。當向護法神請示派誰去觀看聖湖顯影最適合時，乃窮神巫再次卜示，可派上密院堪蘇洛桑達杰前往拉薩東南曲科杰的拉姆拉措聖湖，念十萬頌經，並前往觀看聖湖後自然明白一切。隨後，噶廈地方政府派堪蘇洛桑達杰在拉姆拉措聖湖觀看了顯影，並將湖中所見的情景，命畫匠詳細繪出，然後，將圖交給尋訪人員。據藏文史料記載，當十三世達賴圓寂後，同樣也是由乃窮神巫降神卜示後，派專人去聖湖看的幻景，而獲得這次殊榮的卻是西藏著名的熱振活佛，他當時正好擔任西藏的攝政王。

到這裡很多讀者都會關心一個問題，這就是乃窮活佛是怎麼降神占卜的。說到這個問題，當然我們不能迴避，儘管這種奇異神秘的占卜方式是很多人所不能理解的，但它畢竟是藏族佛教文化中的一部分，不管我們抱什麼樣的心理來對待它，也不管我們站在什麼樣的角度來評判它，但我們必須承認它是西藏活佛轉世制度的一個環節，是西藏巫術與占卜文化中的一個重要的組成部分，一個不容忽視的文化結晶。

要系統地敘述有關藏傳佛教降神占卜的問題，是一件比較困難的事，因爲它除了牽涉到藏族古老的靈魂觀念外，還與藏族傳統的民間宗教有緊密的聯繫，甚至於藏傳佛教中最爲獨特的密宗修習也與它發生著聯繫，沒有這方面的一定知識是難以理解的，所以我們只能撿最生動最容易被理解認識的內容來進行介紹。

在前面的章節中我們已經談到過，西藏密宗修持中的「往生瑜伽」可以使自己的精神和靈魂往生淨土，可以使靈魂依附於任何一種動物的屍體，當然也可以依附於另一人的身上，正是這種常人所不能理解的修習，使一些實施這種密法的人爲凡胎衆生的利益製造了一種奇蹟，而這種奇蹟足以證明他們自己修煉的眞實性和所用方法的有效性。對一般的宗教信徒來說，這種有效性可以確保信仰者們間接地參與神界。不光如此，這些傑出人物通過長期修煉「那若六法」等密法後，他們可以在靜修中獲得一種「加持」，也就是說可以獲得一種超自然的神力。

這些人還可以被當作神像來供奉：在神像的裡側寫有三個單音節的神咒：「嗡」、「阿」、「吽」有的時候畫像則是喇嘛或活佛的手印或腳印記；人們在塑像內還要放一根叫做「生命之樹」的軸，或者是一些有六字大明咒「唵」、「嘛」、「呢」、「叭」、「咪」、「吽」的經卷。在西藏的民間宗教看來，這些都是神的「身體依附物」，信徒們只要對它們進行崇拜，就能夠看到崇仰的最高神釋迦牟尼或者其他的菩薩。

正因爲在藏族人的觀念裡面，有一些東西可以成爲神的依附物，所以西藏的民間宗教進一步將這種理論發展，認爲有一部分人可以成爲某種神靈的依附物，這些人物就是所謂的能與神靈相通的通靈者，而那些神靈則都是佛教的保護神，也就是通常說的護法神，這些護法神一般都是戰神或帶有恐懼性的神，他們經常降臨到一些通靈者的身上，使他們失去知覺並進入一種中魔般的失神狀態，他們那種作爲人的自我已經消失，他們的身體成了神的附著物，神靈佔據了他們的全身並通過他們的口來說道或者是占卜。所以這些通靈人和神本身一樣被稱爲護法神，乃窮神巫正是其中的佼佼者。

據藏文史料的記載，這些護法神最初都是經過嚴格挑選，然後在一些特定的寺院經過數年特殊的修煉後培養出來的，他們每個人都專門精修一種特定的本尊神。培養這類護法神的目的在於從不同的「神口」中得到神示或神諭，所以西藏地方政府也常常使用這種方法來預卜吉凶或者卜卦達賴以及班禪轉世的方向等。

有關這些護法神降神時的情景的記載是不太多的，但偶而也可以在一些藏文著作中看到這方面的記載：他們頭部充血而變紅，兩眼布滿血絲，舌頭變厚而垂下等，並且這些護法神還具有超人的力氣，可以頭戴一頂特別重的頭盔，手提刀劍等。在這種狀態下，護法神口辭念混不清，結結巴巴地念有詞，然而他們所說的神諭又被其信仰者加以注釋。當然有時候他們所說的神諭內容是非常清楚的。

乃窮神巫的降神儀式大致包括這樣一些內容：

降神儀式前，乃窮神巫被悄悄地領進乃窮寺的大殿。但由於他有非凡「通神」的本領，一入場立刻就會吸引所有人的注意。為了充當傳遞神諭的媒介，他必須使自己的「靈魂」與「凡體」脫離，以便使寺院裡的神靈附到他的肉體上，然後利用他的嘴來傳遞神的旨意。只有在這段時間之內神靈才會顯示出來。

這時大殿上香火繚繞，濃煙嗆鼻。乃窮神巫從他的神房裡被專人領了進來，他的胸前掛著一面閃閃發光的大銅像。侍從們給他穿上緞袍，然後領他登上神壇。此時只有鼓樂在大殿裡縈繞迴盪。按儀式的程序他開始「顯靈」。他兩眼一合，身子往旁邊一歪，一動也不動地躺在軟墊上。面部失去了血色，生命好似已經從肉體上飛離。突然間，就像遭到電擊一樣，他全身彎曲，四肢抽搐，身子痙攣得成了弓形。據說這時神靈已經附著了「凡體」。不一會兒乃窮神巫又開始顫抖，臉上布滿豆大的汗珠。侍從們從大殿一側抬出一頂巨大而古怪的法冠給他戴上。法冠非常的重，必須兩個人才能抬起它。戴上法冠，乃窮神巫幾乎被壓倒在地，動彈不得。

這以後，乃窮神巫顫抖得越來越凶猛，沉重的法冠也開始左右搖擺起來，他的面容變得越來越恐怖：眼珠被壓出了眼窩。兩腮腫脹往往還會出現塊塊紅斑，牙縫裡還發出「咯咯」的咬牙聲。猛然間，好似僵屍復活，乃窮神巫突然會變得力大無比，竟然能頂著法冠搖搖晃晃地站起來，在鼓樂的伴奏聲中手舞足蹈地旋轉起來。如果沒有毛骨悚然的鼓聲，他的呻吟聲與咬牙聲將是大殿中惟一的聲音。他一面蹦跳著，一面用拇指上的大拇指猛擊胸前的銅鏡，叮噹聲幾乎把鼓聲淹沒。雖然頭頂兩個人才能抬起的法冠，他仍然能以芭蕾舞般的敏捷動作在神壇上打轉，而且只用一隻腳。旁邊的侍從不斷地往他的手裡放青稞，他再把青稞投向那些彎腰佇立，目瞪口呆的文武官員。據說這些青稞有相當的聖力，有驅邪吉祥之用。在場的人吐舌屈膝，敬畏萬分。這時，按照降神儀軌的程序，一位噶倫會走向前去把一條哈達圍在他的脖子上。隨後，這位噶倫就把噶廈會議將要討論的一些問題，如對一位重要官員的任免，某位活佛轉世靈童的尋找等問題，一一提出來請求作出啓示，有些問題需要重覆數遍，這位活佛才會發出神諭。

西藏其他的著名神巫

(一)卓代康薩杰康神巫

金剛具力神像白哈爾神一樣，也在寺院裡有自己的代言神巫，他就是居住在拉薩一處叫做卓代康薩杰康（spro-bde-khang-gsar-rgyal-khang）或卓康德慶角神殿的神巫，他是西藏少數幾位可以允許結婚的噶廈代言神巫之一。

卓代康薩杰康神巫降神問卜時，附在他身上的神靈就是金剛具力神。關於這位神靈的形成西藏民間有一則非常精彩的傳說：③

在五世達賴（一六一七～一六八二）執政時期，哲蚌寺一位名叫索南扎巴的活佛因其學識和智慧贏得了很高的聲望，並逐漸被他的同鄉和弟子所推崇。但是另一些活佛，甚至是噶廈政府對他日益增大的影響卻非常嫉妒，於是，他們想結束索南扎巴的生命。然而這位活佛挫敗了威脅他生命的種種企圖和陰謀。但他最後還是厭倦了這種無休止的爭鬥，決定自己離開塵世。

他召來大弟子，告訴他自己的決定，並要弟子在他死後燒掉自己的身體，他還預言說，如果他的敵手對他的種種指責被證明是沒有根據的，就會從火葬的柴堆中冒出一股圓柱形的煙霧衝向天空，形成一塊巨大的、張開手掌形的黑色煙霧。說完，這位活佛就用一根禪杖插入口中窒息而死。活佛圓寂後，大弟子把他的屍體放在柴堆上，然後用手指點燃了柴堆，果然一股煙柱如活佛所說衝向天空。看到這個徵兆，大弟子雙膝跪下，祈請師傅的靈魂不要離開塵世，留在這兒報仇。

這件事情發生後不久，拉薩一帶腹心地區遇到大災難。城鎮和鄉間開始流行惡疾。噶廈政府屢遭不幸之事。就是達賴也不能倖免：一些不知名的邪惡之力在正午就開始顯現，打翻了達賴裝食物的盤子，損壞了他的私人財物。為了驅除精怪，布達拉宮不得不在正午吹響巨大的法號以致達賴不能安靜地就餐。

隨後不久，占卜師和宣諭神巫就發現了是一位尋找仇敵復仇的精魂導致了這些麻煩。許多大德喇嘛和巫師們試圖摧毀這種惡力或者至少禳除其邪祟，但是所有的努力都失敗了，噶廈政府要求敏珠林寺的一位大德巫師抓住並毀掉這個飄盪的精魂。這位大德喇嘛在布達拉宮前落座，舉行火供護摩儀式，用魔咒之力吸引精魂到他手中準備好的長把勺中。在大德喇嘛正要焚燒他的捕獲之物時，梵天之怒相身形犀甲護法神決定幫助這位囚禁的精魂。他在大德喇嘛的眼前霎那間變出一座巨大寺院的幻影，但是大德喇嘛立刻識破了這個騙局，沒有鬆開捕獲之物。接著，犀甲護法顯形，將他的長予戳到布達拉宮的紅山腳下，好像要把達賴的住處掀翻。就在這一刻，大德喇嘛的注意力從長勺移開，被囚禁的精魂立刻跳了出來。因為所有的企圖都被證明是徒勞的，噶廈政府和黃教的高僧大德這時才發現所有不幸的根源是他們過去曾經不公平對待索南扎巴活佛，於是決定祈請他的靈魂友善地對待他們，不要再引起進一步的傷害，成為黃教的護法神。最後精魂答應了這個請求，以金剛具力金吉秀丹的名字成了黃教一位主護法神，並最終在拉薩的卓代康薩杰康神殿有了自己的代言神巫。

據一份藏文材料上講，金剛具力神住在一個令人極度恐懼的用骷髏頭骨建成四角宮殿內。在猛烈燃燒的火雨的中央，一束光射出黑紅色的字母hum，從中生出毀滅所有魔敵、佛法之敵和衆生障魔的威猛可怖的金剛具力神。他一身黑紅色。如同兇猛羅刹，他的嘴巴如同天空般的無底，露出四根如同冰尖般鋒利的牙齒。他口中念誦著「瑪勢雅拍」（ma ra ya phadmantira）將叛誓仇敵、邪魔囚禁在一座巨大的圍牆堡壘之中。他的眉宇怒皺，三隻血的眼睛怒視生障魔。從他的眉毛和面毛裡生起的黃紅色火焰徹底燒死了四魔。

金剛具力神是一位主要由黃教崇敬的神靈，黃教將他看作寺院的專職守護神，特別是著名的甘丹寺守護神。正因爲這些原因，甘丹寺有了與金剛具力神相聯繫的代言神巫，並得了噶廈的承認，最終成爲噶廈的專職神職人員，爲噶廈的政務、農事、氣候等方方面面進行預言。儘管他的地位不及乃窮神巫，但他同樣是噶廈最著名的數位神巫中的一位，從這一點說，他與乃窮神巫是旗鼓相當。

（二）甘丹卻果林神巫

相傳在靠近彭域（拉薩以北vphan的地區）的地方有一處小小的山間修習地，這兒曾經是大德杰喬卻杰和他一〇八位弟子的居地。弟子中最不引人注目的是一位叫做甲頓瓦（brhya-thung-ba）的瑜伽師。他是一位生有大頭的醜矮子，被同伴們看作是一位相當愚蠢的男人。實際上甲頓瓦是一位具有很高法行的瑜伽師，他通過集中觀修一位叫遮那代阿（bre-nag-lnga）的金剛威德神本尊而獲得超常法力。而他的這一切成就竟然瞞過了他的同伴和上師。一天，他們的上師杰喬卻杰開始身患重病。他告訴弟子說只有印度一種叫「如熱」（ru-ra）的藥用果實種子才能使自己康復。儘管這是根本就辦不到的事情，但弟子們還出於孝道聚在一起商量空談，因爲誰都知道無人能夠做到。這時甲頓瓦站起來說他就是不挪動地方也能救師傅，於是他請所有的喇嘛第二天早晨來觀看他前往印度。大家覺得又可笑又驚奇，沒有人相信他的話。但天剛破曉時大家還是忍不住聚集在甲頓瓦的靜修室旁邊，看看這位從不引人注意的師兄怎麼使自己的大話收場。

當太陽升起的時候，甲頓瓦離開靜室，三次吹響了他手中的脛骨法號。霎時間，令圍觀者驚奇的是，甲頓瓦的雙臂變成了一雙巨大的翅膀，有力地搧動著，迅速地消失在前往印度的天邊。

儘管飛行得很快，甲頓瓦在到達印度以後還是發現，要在中午以前回到他瀕臨死亡的上師身邊是不可能的。根據宗教的傳統，上師要在那一天吃一生最後的一餐，因此，甲頓瓦拿了一些「如熱」種籽，盡全身的法力往西藏方向猛力一擲，種子在人們毫無覺察的情況下落入上師正在吃飯的缽內。吃完飯後，上師立刻覺得好多了。在太陽落山時，甲頓瓦回到修持的靜室，又三次吹響脛骨法號，讓人們知道他已經回來了。他隨身帶來七顆「如熱」種籽，在回來的路上壞了四顆，但剩下的三顆足以醫好上師的病。

此後，杰喬卻杰當眾宣布甲頓瓦是他最有學識的弟子，使得其他弟子非常羨慕。從那以後，甲頓瓦可以到他選擇的任何地方去。一天他去朝拜了熱振寺，小住一陣後他又去達隆寺。此寺位於熱振寺到拉薩之間的路上。當他前往達隆寺時，決定在一個十字路口休息一會兒。他躺在行囊上，還準備了一些茶。

此時，達隆寺的法主達隆大居士（stag-lung-dge-bsrpev-chen-po）從遠處看見了這位行乞的托鉢僧，就決定跟他開個玩笑。大居士變成了一隻大黑耗子，悄悄地爬到了甲頓瓦的行囊內，開始咬背行囊的扁擔。甲頓瓦喝完茶後想背起行囊，但讓他吃驚的是，他剛一碰扁擔，整個扁擔就成了碎塊，所有的東西散了一地。就在這時他看見達隆居士正滿意地瞧著自己，然後消失在附近的洞窯中。托鉢僧立刻拿起一塊平板，在上面寫了一個具有魔力的字母Sa，並用咒語進行了加持，然後用這塊石頭蓋住了洞口，從而把此神囚禁在了裡面。他沒有再去朝拜達隆寺，逕直回到了彭域的山洞修習地。

可是，達隆寺僧人卻沒有注意到自己寺院的法主已經失蹤了很長一段時間，直到該達隆大居士降神的日子，人們在寺院裡白白等了他一整天後才知道達隆大居士已失蹤多日。達隆寺中有一位據說是蓮花生化身的活佛用占卜的方法知道了事情的嚴重性，他立刻派幾位僧人到附近的十字路口，在那兒找到了寫有字母Sa的石板。他們忙搬掉石塊，讓這位居士白氈神的化身獲得了自由。在當天的降神儀式上，他再次附著在達隆神巫的身上，但由於囚禁的時間太長，且非常虛弱，這次降神問卜的結果非常的差。因此，達隆寺的活佛和僧人們請求這位護法神去找那位羞辱過他的托缽僧報仇，這樣或許可以使他本人強壯起來。達隆居士痛苦地接受了這個建議，立刻出發去找他的對手。當他來到一條叫做「恰拉」（phya-la）的路上時，正好看見甲頓瓦在下面的一條山谷裡乘牛皮船過河。他飛快地拋出繩索將船拽翻。激流帶走了牛皮船和甲頓瓦。此後不久甘丹卻果林寺（dgav-ldan-chos-vkhor-gling）的僧人從水中找到了甲頓瓦的屍體。

甘丹卻果林寺的世間護法神卻倫禪卡貝（chos-blan-brn-kha-dpal）知道了這件事，想把甲頓瓦的精魂收做自己的伴神，但該寺的僧人們發現要馴服這個兇猛的精魂是非常困難的，於是他們將甲頓瓦的精魂收爲護法神的想法破滅了。他們決定舉行一個火供儀式來徹底消滅這個凶魂，然而一切還是徒勞。人們只得去乞請熱振寺的大德喇嘛止欽丹巴繞杰本人來施行火供儀軌。在準備儀式的物品時，止欽丹巴繞杰忽然想起金剛威德是死去的甲頓瓦修密時的本尊，接著他又想起甲頓瓦的聰慧以及他對自己上師的尊奉，他不覺爲甲頓瓦的悲慘結局惋惜。當他想起自己甚至要燒死他的靈魂時，止欽丹巴繞杰不覺有些不知所措。正當他這麼胡思亂想的時候，甲頓瓦的精魂大爲感動，於是呈善相的甲頓瓦的靈魂忽然出現在這位熱振寺大德的面前。證實了這個難得的機會後，他用神咒降服了精魂，使之成爲一位佛教護法神，同時，爲了確保甲頓瓦不再引發進一步的傷害，這位大德還給他戴上沉重的鐵腳鐐，在頭上放了一個金剛杵。在大德止欽丹巴繞杰祈請了熱振寺的法主、居士白氈神後，他們願意接受甲頓瓦的精魂爲自己的伴神，並給他取了一個新的名字佐熱巾（gtsod-raw-can，具羚羊角者）。

相傳熱振寺的保護神白氈神在一九四七年的著名的熱振事件後，離開了這座被污損的寺院返回了香巴拉的天宮，④而佐熱巾護法神的位置也就接近了白氈神。因佐熱巾護法神的特殊背景、特殊的地位、特殊的神力，他找到了自己的代言神巫。這位代言神巫就居住在甘丹卻果林寺內。

關於甘丹卻果林寺神巫的具體地位，現有的材料幾乎沒有談到過。但可以肯定他不是噶廈委任的代言神巫，他只屬於甘丹卻果林寺本身。他的職責除了降神宣諭有關西藏宗教方面的預言外，有時也要預言西藏政務或民事方面的內容。

（三）桑耶寺神巫

載烏瑪保神（tsevu-dmar-po）是西藏最重要的世間護法神之一。據《蓮花遺教》記載，這位神靈是繼白哈爾神之後作了桑耶寺的護法神，後來白哈爾神移居乃窮寺，而載烏瑪保神卻一直沒有離開過桑耶護法神的位置。

人們一般認爲這位神靈是魔神的首領，是夜叉、戰神之王。他凶惡可怖，常常發出凄慘幽絕的喊聲。他的眉宇因激怒緊鎖，上齒咬住下唇，右手持紅絲旗幟，左手持贊魔繩套，繩套如陽光般閃爍。他騎一匹四蹄雪白的黑馬。他的伴神當中有五百咒師，嘴裡念著咒語，揮舞著魔劍；他的後邊還有五百黑女，一邊拌動衣裙，一邊念頌咒語：

「你，夜叉戴烏瑪保，住在火山之中的眾贊神之王，睜開你血紅的雙眼，張開你恐怖的火嘴，和你的伴神一道，快衝向前去鎮服惡敵。施出能致敵身上部疼痛的惡疾；施放出能致敵腹部絞痛的急症。待天空聚起濃重的黑雲之後，你，戴烏瑪保，放出雷電、天界雷石、大塊冰雹，讓鬼施放出癲癇瘋病，讓女魔施出使敵人衰弱的絕疾。你用紅魔繩套細緊敵人，用大木棒狠狠抽打；用閃光的劍，把敵人剁成肉塊，用閃亮的鐵鉤撕爛敵人的心臟血管……」

戴烏瑪保神最主要的代言神巫就住在桑耶寺的戴烏瑪覺烏康（tsevu-dmar-ocog-dbug-khang）。人們一般稱桑耶神巫為桑耶護法，因為在西藏多數的寺院都有神巫，這些神巫往往都被看成是某位護法神的化身，所以人們容易將護法神和神巫混為一談，人們一般不關心也不清楚這些神巫是哪個神靈的化身，只根據他們所在的寺院名稱，籠統地來稱呼這些神巫。比如稱桑耶護法神或乃窮護法神，僅僅因為這些神巫居在桑耶寺或乃窮寺，但嚴格地說起來這種稱謂有時還會帶來歧義，比如說桑耶護法神，可能指的是桑耶寺的護法神，也可能指的桑耶寺的神巫。所以我們最好還是區分開來好一些。

桑耶神巫無疑是西藏衆多神巫中的佼佼者，因爲我們從很多藏文文獻中都發現，在尋訪達賴、班禪或其他一些重要的活佛轉世靈童時，噶廈地方政府除了要請乃窮神巫降神問卜宣諭外，有時還要派人專程去山南的桑耶寺或邀請桑耶神巫來拉薩舉行降神儀軌，諮詢有關活佛轉世方位、靈童姓名等方面的重要問題，由此可見他在西藏的宗教地位、在噶廈地方政府心目中的位置。

乃窮神巫是一位有傳奇色彩的人物。同樣載烏瑪保的代言神巫及其住處也充滿了傳奇色彩。相傳桑耶神巫居室的外牆是用紅布遮掩著的，在其上面最高一層的樓頂是桑耶神巫或巫師禮祀的地方。在樓頂的下面靠近護法神殿，有一間房子一年只開一次，開門時間是所謂「魯貢」(glud-vgon，即拉薩傳小昭法令時，扮演替死鬼送神儀式中替身角色的人物）從澤當鎮經過桑耶寺的時候。人們相信這間房子是載烏瑪保神宣判鬼魂的地方。人們傳說這間房子有一個非常窄小的窗口，死鬼要到載烏瑪保神那裡去，就必須在晚上從窗縫中溜進去。但是從窗縫裡擠進擠出並不是一件很容易的事，所以，當地的民間傳說裡講如果你到這個窗子跟前去看看，還會發現窗子周圍的牆上到處布滿了這種不幸的冤鬼用指甲摳抓的痕跡，因爲載烏瑪保宣判鬼魂後，由他手下人把這些鬼魂跺成碎塊，人們傳說能從這窗口聞到熏人的血腥氣味。人們還傳說這間房子裡保留了一架專門軋人的木砧板。整個晚上都聽得見裡面傳出的「咔嚓」「咔嚓」的聲音。而桑耶寺的僧人們也演義說每年那塊舊砧板都要被扔掉，然後換一個新的，因爲上面到處是刀砍的印痕，不能再用了。

據說載烏瑪保神曾經被一個叫匝薩瑪保的神靈擊敗過。並使他丟掉了自己在桑耶寺的住處。據一個民間傳說講，幾個世紀以前，拉薩有很多蒙古人家，他們都供奉匝薩瑪保神。當時，根據巫師的占卜，這些蒙古人將遭受惡病的襲擊，而這些惡疾就是由載烏瑪保神放出來的。有一天，匝薩瑪保命令人們把繪有載烏瑪保神的圖畫，掛到匝薩瑪保神自己臥室的牆上，當匝薩瑪保神受到惡性病折磨感到痛苦時，他就跳到了床上向掛在牆上的載烏瑪保神像射出一箭。最後，匝薩瑪保神覺得自己快不行了，就命令自己的七位僕從備好七匹戰馬，搭上自己的全部戰袍盔甲等物，就在匝薩瑪保死去的那一瞬間，七位僕從和七匹戰馬也突然倒地死去了。此後，匝薩瑪保的精魂和僕從、馬匹的精魂聚合在一起向桑耶寺奔去，去找載烏瑪保復仇。一場激戰之後，載烏瑪保被擊敗，落荒而逃。匝薩瑪保神佔據了載烏瑪保的住處和藏在那的所有財寶，可是匝薩瑪保無法戴上載烏瑪保那沉重的頭盔，因爲要戴上那頭盔只有在桑耶寺大護法神的代言神巫處在幻迷狀態中時才能戴上。

過了一段時間，匝薩瑪保離開了載烏瑪保的住處，載烏瑪保神又回到了自己的神殿，兩位神靈也和好如初。有關匝薩瑪保與載烏瑪保的那場惡鬥，我們可以從桑耶代言神巫的降神儀軌中找到一些痕跡，因爲當神巫進入幻迷狀態時，總要用自己的法劍刺向匝薩瑪保的熱丹神殿所在的方向。

在西藏除了有衆多的男性神巫外，還有爲數不少的女性神巫。這個道理實際上非常簡單，因爲除了男性神靈外，還有很多的女性神靈。比如長壽五姐妹女神，十二丹瑪女神等等。而我們現在所要介紹的西藏丹瑪森康女巫就與十二丹瑪女神有一定的關係。

(四)丹瑪神巫

丹瑪森康神殿在拉薩西郊哲蚌寺的東面，丹瑪森康神巫爲噶廈政府的專職代言女巫，同時丹瑪森康女神也是哲蚌寺的保護神。相傳，在本世紀的五〇年代以前，丹瑪森康是拉薩最有名的女巫師。儘管西藏有很多的神巫由於歷史或其他種種原因早已放棄了他們的職業，從神變爲了普通的人，但是當人們今天還有幸訪問到丹瑪森康最後一位女巫丹瑪·洛桑子珍時，無論是訪問者還是被訪問者，可能在內心深處都有一種無以名狀的感受。

一九九一年的秋天，西藏的兩位記者有幸在哲蚌寺山下的一個大村子裡拜訪了昔日無限風光的丹瑪森康女巫丹瑪·洛桑子珍。在他們事後寫的一份新聞專訪中，⑤我們看到了這位女巫今昔的一些眞實情況。

據丹瑪女巫介紹，她降的神叫做丹瑪女神。她的祖籍在娘熱鄉，就在拉薩的北郊。她的祖輩們最初就在當地降神，後來哲蚌寺、色拉寺每年也要邀請一次去降神問卜。到了丹瑪洛桑子珍生活的年代，⑥丹瑪家族有兩個女兒，為此哲蚌寺提出，應該讓一個在哲蚌寺降神，一個在色拉寺降神，噶廈政府同意了這個建議，於是洛桑子珍的同胞姐妹被領來到甘頗烏孜山下，住進了甘頗熱珠寺，而她本人則成了哲蚌寺的神巫，居住在哲蚌東邊的「丹瑪森康」裡。後來噶廈還給了她一個小莊園，一年三百斤青稞。據丹瑪．洛桑子珍本人講，她的影響越來越大，於是噶廈又規定她所需的一切均由哲蚌寺全部負擔。

據老人回憶，她的祖母和祖父都是神巫，法名是十三世達賴取的，而她本人的法名是十四世達賴取的。她二十二歲那一年，擔任哲蚌神巫的母親年僅四十四歲就去世了，哲蚌寺沒有了神巫是不行的，就讓洛桑子珍接替了母親的職位。於是她開始修煉，靜室是個小房。有一位師傅帶她念經頌咒。後來經過法師的打卦，認為她該修習馬頭明王本尊，她便修習了三個月，於是洛桑子珍成為一名眞正的丹瑪森康神巫，她開始正式降神。哲蚌寺為此舉行了隆重的儀式。這一天，馬頭明王殿裡，擠滿了大大小小的活佛。很幸運，她頭一次降神就成功了。從此，洛桑子珍開始了自己近十年的降神生活。

據丹瑪．洛桑子珍本人講：她在噶廈管的四名神巫即乃窮、嘎東、則瑪熱和丹瑪中，其地位是很高很獨特的。她可以和達賴平起平坐，她的寶座就在達賴對面，稍微低一些。在拉薩許多地方，像功德林寺，一年四季都留有她的寶座。達賴的住處，有兩個女人可以去，一個是她的母親，一個就她本人。哲蚌寺有一個密殿，除了她以外，別的女人都不准進。她去色拉寺，必須專門有燒香的在前邊開路。她騎的馬可以繫兩個穗穗，別人只能繫一個。

西藏每年最大的降神活動是在藏曆五月十日，這天，當然也是丹瑪・洛桑子珍最神聖的日子。因爲噶廈地方政府的仲譯欽布，即秘書長要親自到丹瑪森康，請她降神，並讓一位級別很高的官員把她的宣諭內容記錄下來，上報噶廈。每逢猴年，洛桑子珍也要在自己的神殿舉行一次降神儀式。

在談到自己降神時的情景時，丹瑪神巫說，她只要一心一意念馬頭明王經，馬頭明王就鑽進了她的心裡，她就是馬頭明王了，自己於是什麼都不知道了。這時她就可以預測豐歉，就可以爲達賴將要決定的大事預卜吉凶。爲噶廈尋找轉世靈童預卜轉世方向等等。

一九五九年以後，丹瑪女巫成爲一個普普通通、實實在在的人。平叛後，她曾住在澎波一個活佛家，據說後來阿沛・阿旺晉美副主席非常關心這位女巫的生活，政府便把她安置在當時的拉薩西城區，後來她又搬到了城關區。現在她住在大女兒家，她有七個兒女，今年七十四歲。

神巫的資格考試

西藏的神巫充滿了神奇色彩，同樣神巫的出現或者說神巫的產生更是普通的常識所無法解釋的。所有熟悉藏族史詩《格薩爾王傳》說唱的學者們都知道，那些能一氣背頌數千行、數萬行史詩的藝人們，在演唱史詩時，大多是在一種所謂的迷幻狀態時，由格薩爾神靈附體後才滔滔不絕地演唱的。按照他們的說法，他們是格薩爾王的代言者。同樣，西藏的神巫們也是在幻迷的狀態時才能進入神靈附體的境界，由此我們不難看出神靈附體的前提條件是幻迷。

據說，大多數的西藏神巫似乎都是在青春期的某一階段經歷了第一次的幻迷。第一次是出於本能的發作，它使經歷這種幻迷的人驚恐萬狀。儘管說擔任一名神巫會獲得很多的好處，但神巫在降神所要承受的痛苦又是很多人所不願經歷的，所以西藏只有很少一些人能夠成爲專職的神巫。幻迷雖然很容易被誤認爲是癲癇病的發作，但西藏這種特殊文化背景下形成的一些傳統，使西藏人能很好地區別是癲癇病，還是因神靈附體而出現的迷幻。

在前面提到過的拉薩墨竹工卡縣的咱塘村⑦，改革開放前有一位女神巫，據說至今咱塘村的村民們還津津樂道談論這位故於一九五七年的神巫。相傳那一年墨竹工卡地區有不少人聲稱自己爲某某神的附體者，於是爲了區別這些人是眞正的神靈附體者還是普通的癲癇病患者，墨竹工卡宗政府召集了全縣境內所有的神巫，先將寫好的「神」、「鬼」字樣的紙條裹入糌粑丸內，然後讓那些所謂的神靈附體者降神進入「幻迷」狀態後每人抓一丸，結果咱塘村的女附魂者抓的是「神」，於是被宗政府正式認可，賞地一塊，成爲咱塘村一位名符其實的女神巫。咱塘村女巫降神的日子主要是一年一度莊稼黃熟時的望果節。

一九五七年咱塘女巫去逝後，同時有一男一女聲稱是她的繼承人。於是村裡最有名望的努巴活佛被請來鑑別眞僞。他將加持過的魔繩分別捆住二人的中指，在他們的背上各鞭撻一百次。檢驗結果，男人是眞女人是假，因爲男人不覺痛而女人呼痛不止。這位神巫在六〇年代病故。

到了一九九二年左右，一九五七年去世的咱塘村女巫的兒子也出現了癲癇病狀態，據說就在神靈欲降未降時，努巴活佛及時爲他關閉了神靈進入之門。因爲降神者必須具備一定的條件，並且得到活佛加持，遵從一定的禁忌後，才能從事這項職業，否則貿然行動，會對身體有害。據說自從努巴活佛爲他施法後，他的「癲癇病」消失了，與正常人完全一樣。

在西藏，要確定一位代言神巫身上所依附的神靈或精怪的特徵，一般採用這種方法：由一名助手把要求檢驗的俗人或僧人的拇指和其他四指拴住。普通繩子即可。再用另一根繩子拴住雙腳的拇指，頭頂的頭髮要換成一個髮髻。據說這麼做以後，可以強迫精怪留在發作病人的體內，並能回答有關精怪自身特徵的所有問題，諸如他附在此病人身上的原因等等。

藏族神靈觀念認爲，越是高級的精魂或神魔附體，其代言神巫越能更好地預測未來、占卜吉凶，其地位越高，相反，若是附體的只是極爲普通的遊魂或一位低級的魔神，那就沒有什麼價值，所以我們在前面介紹的所有神巫，其附體的神靈都是西藏萬神殿中的最佼佼者。鑑於這樣一種事實，當鑑別的結果表明那些得病的病人僅僅是被一位遊魂野鬼附體時，就要爲患者驅除這些討厭的精靈，並阻止它們再次光顧病人。如果它們願意歸順就收其爲著名護法神的伴神，如果拒絕起誓歸降，那只好用火供儀式將它們燒死。

當然，人們還可以用其他方法來判定依附於新神巫身上的護法神的特徵。比如人們可以根據神巫降神時的歇斯底里程度，判定出他依附的神靈是怒相神還是善相神。而很多的神巫在降神幻迷狀態過程中，都要表現出依附於他們的神靈的特徵。比如多吉秀丹的一位代言神巫會發出一種人因窒息而極度痛苦的喉嚨的咯咯聲，相傳這是依附於他的神靈被人用禪杖塞在嗓子後因痛苦時而發出的聲音。

從不少材料上都可以看到，並不是說一位神巫因爲有神靈附體就可以降神作法。就可以捧起自己的神巫飯碗了。實際上當一位受到神靈召喚，並有志於成爲或被各級政府委以神巫之職的人，都必須進行一個階段的修持，像前面提到的丹瑪森康女巫，她被哲蚌寺指定爲神巫後，專門進行了一段時間的特殊修持，由一位普通僧帶著修習瑜伽密法和馬頭明王本尊，這幾乎可以說是每一位神巫從事神巫職業的必修課程。他們修習的處所因其當時的地位和影響而定，可能是一個山間小屋，也可能是某座寺院；修持的時間也各有長短，如果是一位著名的護法神光顧的代言神巫，他就必須在一所特定的寺院修持好幾年，以便使他獲得充分的瑜伽法力，以保證他未來的降神占卜能與他的特殊神巫身份相符。據說西藏的神巫都專門選修馬頭明王本尊，那是因爲它被認爲是所有魔法最有力的降服者，他甚至能控制更高級的護法神，還能保護神巫免除在怒相神靈附體時可能遭受的傷害。

西藏最高級的神巫要得到噶廈的承認必須通過一次特殊的考試。正像地方宗縣的神巫必須經過宗縣一級的官員和神巫考試確定一樣。西藏最高級神巫的資格考試一般由乃窮神巫擔任。一般是擇吉日將候選神巫召到了乃窮寺，乃窮神巫坐在他的寶座上，候選神巫則坐他對面一把低矮的椅子上。隨後，兩人同時進入降神的幻迷狀態，等乃窮神巫完全認爲時機成熟後，他從旁邊一位助手的手裡拿過幾粒種籽，然後對種籽念誦咒語，並向種籽吹一口氣後撒向候選神巫的方向。如果這位候選神巫確實是被某位護法神所依附，在此時此刻，他會自然進入一種絕對的幻迷狀態，並在乃窮神巫拋撒種籽的那一瞬間，起身向乃窮神巫敬獻禪杖，如果他不是被高級的護法神所依附，此時就會恢復神智，自然也就沒有資格充任高級神巫。當乃窮神巫確信他面前的應試者是眞正的神巫後，就要諮問他依附的神靈的大名、住處及地位等。

爲了避免考試時有弄虛作假的情況發生，爲了讓考試更公正，不致於讓乃窮神巫一人定奪，噶廈地方政府還要不間斷對候選者進行測驗或複試。比如，在某一天，候選人（此時他已通過了乃窮神巫的考試）會收到噶廈一封來信，其中有一段落會寫到：「有位生於羊年的人病得很重，是什麼原因致病的？請給一個明確的答案。」這位神巫當然很清楚這是噶廈的又一次考試，於是他會在一次降神儀軌後給這封信一個回答，在一張紙條上，一位噶廈官員可能會看到一個莫名其妙的降神卦示：「如果可能，就買新的。如果不行，那就送去修理，不過你還可以用一段時間。」⑧

在許多不知情的人的眼裡，這完全是驢唇不對馬嘴，但這位噶廈官員卻知道這位神巫的確法力不凡，因爲他在信中所說的「有位生於羊年的人」實際上指的是噶廈某機構內一副用綿羊皮製成的鼓風皮囊，最近磨損得快破了。

乃窮神巫可以主考許多高級的神巫。但要想成爲一名乃窮神巫，或者說想考乃窮神巫的職位時，對其候選神巫又該如何考試呢？這自然就要看候選神巫的法力如何了。比如當乃窮神巫職位空缺後，同時有幾名候選人同時聲稱是白哈爾神的附體者，那就要對每位候選者進行一種非常嚴格的考試。

＊＊＊

①《西藏的神靈鬼怪》，第五三三頁。
②《西藏的神靈和鬼怪》第五三四頁。
③《西藏的神靈鬼怪》第一五三頁。
④見《西藏的神靈鬼怪》，第一八二頁。
⑤《西藏的神靈鬼怪》第五〇一頁。
⑥《中國西藏》一九九二春季號。《丹瑪森康女巫的今昔》。
⑦見《雪域文化》一九九二年冬季號。《如意火供》，馬麗華著。
⑧《西藏的神靈鬼怪》第四九六頁。

第11章 聖湖上的幻象魔影

拉姆拉措聖湖的倒影

前面我們已經介紹過，在甘肅等藏區，由於活佛尋訪制度不如西藏那麼完善系統化，所以在確定轉世靈童的方向上往往不能精確到某方向中一個具體的地方，因此，在六世嘉木樣活佛的尋訪過程中，耗時費力，並且一訪就是上千個兒童，很難準確地有目標地尋訪。而西藏地方政府和三大寺的僧衆在達賴轉世靈童的尋訪上卻不這麼做，其最有效的辦法就是觀看聖湖，它既神聖又神秘，並且由西藏最具權威的乃窮活佛在降神問卜後確定專人觀看，所以一下就把尋訪的地點形象化，尋訪人員只要照此尋找到類似的地貌，達賴轉世靈童自然就在此地了。從實際的效果看這種方法實際上使西藏的活佛轉世制度更爲周全。

從藏文史料上看，十二世達賴圓寂後，乃窮活佛經過占卜，指派上密院堪蘇洛桑達杰前去觀看聖湖顯影。隨後，堪蘇帶著做佛事的一班人馬，秘密地離開拉薩，直奔拉薩南面的拉姆拉措聖湖。幾天以後，上密院的僧人們開始在聖湖邊舉行十萬頌經佛事。

在全藏境內，藏族人朝拜的此類聖湖數量頗多，他們相信一切問題都可以從聖湖中獲得答案，所以多少年來，來自藏區全境的信徒們，在朝拜了聖城拉薩後，往往都要到這裡焚香祈禱，以解開他們心中的疑惑。

拉姆拉措湖像雪域所有的湖泊一樣湛藍湛藍，在風和日麗的季節，湖面平靜，周圍地區一片寂靜、安詳的氣氛。天空總是沒有一絲雲彩，空氣極爲純淨。透明的湖水中有漂亮的藍天倒影。每當一個藏族人懷著純潔、虔誠的心境來到湖邊，尋求對自己的一些特殊問題的答案時，這座聖湖是不會讓人失望的。就像一股神秘的魔力似的，湖水流動，在聖湖正中會出現一幅清晰的倒影，隨即出現一些幻影，據說這些幻影給善男信女的問題提供了充足的線索。即使是湖面上蓋了一床雪被，忠實虔誠的信徒也絕不會一無所獲。

聖湖顯影奇觀

一八七六年的九月底，當堪蘇來到拉姆拉措湖畔時，他的面前就是這樣一種情景：往常湖面早已結上薄冰，而這次的凍冰卻很快在他的面前散去，藍藍的天際下，藍藍的湖水依然異常清澈。這時，湖面上顯出一個東西相距較長的地方，東部上方田地重疊，東北面有一座較大的古塔，東南面圍著較大的四方圍牆，離此不遠好像有一座三四層樓的房子。後來堪蘇又在樓房和古塔之間看到連成一片的村莊。不久，湖面上大部分冰又開始自然合攏。堪蘇又看到南面一角有不少騎馬的人往東面走著，似乎又像是往西走。而後湖冰合攏，但上面看到的佛塔、方圍牆以及房舍等依然清清楚楚地展現在冰上，再後來，冰開始變得像玻璃一般清亮，山之間顯得狹窄，有幾個村莊和許多像草場的地方，堪蘇又看見一個有草壩、石山和柳樹的地方。

由於乃窮活佛在降神問卜時，明確指定只能讓堪蘇一人在拉姆拉措湖觀看顯影，所以，其他隨行人員只能在湖畔做佛事，看到這一切的，只有堪蘇一人。

觀看聖湖顯影，這對一個外族人來說幾乎完全是天方夜譚。但在西藏，類似的情況卻非常之多。

當然如果我們要從科學的角度來解釋聖湖顯影的現象，那只能與沙漠中或者是大海上出現的海市蜃樓相比較，也許我們可以從它們之間找到某些相似的地方，我們同樣可以認爲聖湖中所出現的種種幻景，都是「海市蜃樓」，是一種實際存在，同時又是虛無飄渺的，它們之間的不同只是海市蜃樓是常人可以看見的，而聖湖中的某些顯影卻非凡人的眼力所能觀見，只有那些被乃窮活佛指名道姓的高僧大德才有此殊榮。正像十二世達賴圓寂後，擔任觀看聖湖顯影的是哲蚌寺的高僧堪蘇洛桑達杰，而十三世達賴圓寂後，獲此殊榮的卻是西藏著名的熱振活佛，他當時正好擔任西藏的攝政王。

據史料記載，熱振活佛在拉姆拉措聖湖觀看顯影時，湖面顯現一戶農家，它位於馬路將盡處，門前有一棵巨大的柳樹，旁邊繫有一匹白馬，一位藏族婦女抱一小孩立在樹下。熱振活佛迅速將湖中所見的情景，命畫匠詳細繪出，返回拉薩。並將圖畫交給了尋訪人員。

一般說來，觀看完聖湖顯影後，尋訪工作就進入了另外一個階段。

第12章 祕密尋訪靈童

認識達賴念珠的四歲靈童

通常情況下，觀看聖湖顯影的人員返回拉薩後，經過噶廈政府和三大寺代表秘密討論，一些高級喇嘛和顯要人員開始被分別派往西藏各地，當然主要是靈體移動的方向和各大護法神、達賴或班禪及乃窮活佛等卜卦的統一方向，他們的心中將牢記聖湖中幻影的秘密，然後在沒有邊際的雪域高山和河谷中尋訪觀湖者在湖水中見到過的那塊地方。

據史料記載，尋訪十四世達賴轉世靈童的僧俗官員們被派往西藏東部以後，於冬季來到了達尕讓地區，他們遠遠地看見了青海著名的寺院塔爾寺周圍的綠色，還有它高高的金色屋頂。在扎色村，他們當即發現了一座青綠色瓦房。這一尋訪組向人們打聽住在這家屋子裡的人家是否有孩子，回答是這家正好有一個差不多四歲的男孩。

得知這一重要情況後，尋訪隊的兩名成員帶著一個僕人稍做僞裝來到了這戶人家，隨行的還有兩位當地寺院的喇嘛，他們在前面領路。尋訪隊中有一名低級僧官叫洛桑才旺，他假裝成帶隊人，而眞正的帶隊人是色拉寺的活佛格桑仁布且。他穿得破破爛爛，並以僕人的身份一直走在前面。從外表上看，他們只是藏地經常都可以看見的雲遊僧，或者是前往聖地朝佛的僧人。

在這戶人家的門口，這些陌生人像所有經過這裡，並希望得到布施的喇嘛一樣，受到了男孩父母的熱情歡迎。這已是他們的習慣，他們從來沒有拒絕過任何一個希望獲得幫助的外鄉喇嘛或者是外鄉人。尋訪隊被請進了屋裡，洛桑才旺被客氣地讓在了主子的座位上，因爲他穿的是緞袍袈裟，而色拉寺的活佛格桑仁布且和其他的人卻被安排在僕人就坐的地方。在屋裡，尋訪人員默不做聲，帶著外人難以覺察的心理搜索著這間房子裡每一塊昏暗的角落，衆人的眼光很快集中到了一處，他們在驚喜中發現了那個小孩。這時那小孩也正在注視這些不速之客，他的眼睛盯住了一身爛衣的色拉寺活佛並走了上去，要坐在他的大腿上。

格桑仁布且用以僞裝的破爛衣服是一件大長袍，在長袍的邊緣上綴了一塊羔羊皮。他的頸上戴一串屬於十三世達賴的念珠。小男孩的眼光落在了他的脖子上，他似乎認識這串念珠，張口就要。格桑仁布且感到非常吃驚，這可是一種吉祥的預兆，他預感到接下來將發生什麼事情，但他還是把握住自己此刻的心情，沒有立刻摘下念珠，只是答應將念珠送給他，但條件是要先猜出他是誰。小男孩沒有半點猶豫，張口說出了四個音節：「色拉阿嘎」。這四個音節，如同夏日裡的一陣清風，讓那些早已在長途跋涉中累得筋疲力盡的尋訪人員們一下恢復了精神，他們開始預感到這男孩必將給他們帶來希望，也許從這一時刻開始，他們就不需要再繼續往東走了，因爲所有的人都心裡明白，「色拉阿嘎」是安多方言，翻譯成拉薩話就是「色拉寺的喇嘛」。

格桑仁布且儘管也像衆人一樣知道這四個語音意味著什麼，但他的臉上卻仍然毫無變化，他必須謹愼小心。他繼續問男孩誰是這些雲遊僧人的頭領，男孩說頭領叫格桑，眞僕人的名字叫洛桑。

格桑仁布且留了下來，整天觀看這位小男孩的活動，越看越覺得有趣。直到最後父母要讓小男孩上床睡覺時他才罷休。這一行人在這戶人家過了夜。翌日清晨，當他們正準備離去時，小男孩也醒了，他爬起來堅持要跟他們一塊走。經過好一陣哄勸，他們才離開這一戶人家匆匆上路了。

男孩的父母到這時並不清楚他們所布施招待的這一行人的眞實身份，還有他們此行的眞實目的。但是幾天以後，一支由高級喇嘛和顯要人物組成的尋訪隊再次光臨扎色村的這戶人家時，他們開始大感不解，他們不明白這些曾經使他們的小男孩依依不捨的普通僧人們，怎麼突然都變成了達官貴人和活佛，但很快他們就知道了這是一支訪尋活佛靈童的隊伍，他們頓時恍然大悟，知道他們的兒子也許是一位靈童。因爲藏區的活佛數量很多，他們的大兒子就已經成爲了其中的一員。他們曾聽說過，前不久塔爾寺有一位活佛圓寂了，根據他們的知識，男孩子的父母知道來訪者也許就是在他們的家找到了那位活佛的轉世靈童。但他們從來未曾想過，他們的兒子在後來居然會成爲全體藏族人的主宰。這一年那男孩正好是四歲。

有關尋訪十三世達賴的轉世靈童的說法頗多，據一位親自參加了十四世達賴靈童尋訪的藏族人講，由大活佛格桑仁布且帶領的尋訪隊伍經過長途跋涉之後，有一天他們來到了青海湖畔的安多地區。這一帶寺院很多，藏傳佛教的大改革家宗喀巴就誕生在這裡。這裡是蒙、藏、漢三個民族雜居的地區，他們世世代代和睦相處，親如手足。這批喇嘛們在沿途遇到了不少的男孩，但沒有一個擁有十三世達賴圓寂時所提示的外貌特徵。他們懷疑是否又走錯了方向，白跑一趟，經過一段徘徊之後，他們突然看到遠處出現了一座三層金瓦寺院，這不正是攝政王熱振活佛曾經在聖湖中所看到的那座寺院嗎？他們把目光一轉，在寺院的旁邊果然又看到了一座捲簷的農舍。整個尋訪隊伍欣喜若狂。急忙下馬朝著農舍的方向叩拜。接著就脫下袈裟與官服，換上佣人穿的布衣，這樣做的目的是爲了避人耳目，便於窺察。農舍的主人把緞袍袈裟的佣人迎到了正堂，而把衣著襤褸的活佛安排在廚房。這正合活佛的心意，因爲在廚房裡他們能更容易接觸小孩。

一進廚房，他們的心中猶如燃起了一盞明燈，立即產生了一股自信感，總覺得神童就在身邊。他們一面烤火，一面靜靜地注意觀察周圍的動靜，覺得好像有什麼事就要發生。果然，一個大約兩歲的男孩蹦蹦跳跳地從院子裡朝著廚房跑來。小孩一進屋就朝著一位喇嘛撲去，順手抓住了他的衣角。恰恰就在這位喇嘛的脖子上掛著一串十三世達賴留下來的佛珠。這位小孩在這位喇嘛面前毫不怯生，甚至一見如故。他高聲喊道：「色拉喇嘛！色拉喇嘛！」小孩一眼認出這位「佣人」是位喇嘛，這使得在場的活佛們十分愕然；他竟然又道出這位喇嘛的來歷，又使得他們萬分驚詫。這位喇嘛果然是來自色拉寺的高僧！這個男孩又去牽動他脖子上掛著的佛珠，於是他把這串佛珠解下來遞到小孩的手裡，小孩竟毫不遲疑地把佛珠戴到了自己的脖子上。在場的活佛們全都驚呆了，趕忙跪倒在地，朝著這個小孩叩起頭來。他們再也不用懷疑了；這就是達賴轉世靈童！不過他們還要依照既定的規程對小孩做進一步的驗證。

這群喬裝打扮的喇嘛悄然告別了這一戶人家。過了數天，他們又返回到這裡，現在他們已經脫掉了僞裝，而是僧袍袈裟，衣冠楚楚。他們首先參拜了這一家的主人，說明了來意。這一家的大兒子已經被附近的一座寺院認定爲轉世活佛，早就領走了。經過主人的同意，這個小孩從睡夢中被輕輕喚起，然後被四位活佛領進了一座佛堂。他們要在這裡對小孩作進一步的驗證。他們在小孩面前擺下了四串佛珠（其中最舊的一串是十三世達賴生前戴過的。）要他來挑選。小孩毫不猶豫地把那串舊的佛珠戴在脖子上，就像是他自己的一樣。戴上了佛珠，他高興地在房裡跳來跳去，猶如失物復得。接著喇嘛們又在地上擺下了四面小鼓，其中一面是十三世達賴用來呼喚佣人用的。小孩正好選中了這一面。最後又在他面前擺上了兩根手杖，供他挑選，一根是鑲金嵌銀的珠寶龍頭手杖，另一根是達賴用過多年的漬滿油垢的木頭棍子。這位小孩恰恰又是抱起了後者，對於那根寶光四射的拐杖連看都不看。這四位喇嘛又觀察了小孩的身體特徵；肥大而翻翹的耳朵，身上還有兩塊黑痣。這黑痣被認爲是佛的另外兩只胳膊的痕跡。

經過反覆驗證以後，這批喇嘛終於認定了這個小孩便是他們所要尋找的達賴的轉世靈童。他們通過印度向拉薩拍了密電，把這一發現匯報了攝政王。攝政王立即向他們作了「嚴守機密以防意外」的指示。這四個活佛在一幅「舍利子」神的唐卡前默默地宣了誓，隨後就到別處去觀察另外的小孩了。

在彩虹飛跨的帳篷裡出生的孩子

十三世達賴的尋訪過程大致是這樣的：

就在堪蘇洛桑達杰和他率領的人馬在拉姆拉措聖湖作十萬頌佛儀式快要完成時，拉薩東南部達布地區的一位官員急匆匆地趕到了拉薩，向噶廈地方政府密報了該處發現靈異孩童的情況。他聲稱：在頃科杰地區的塔布朗頓家，當家的叫貢噶仁青，女主人叫洛桑卓瑪，於火鼠年（一八七六）五月初五，山頂日出時，生一嬰兒，據說事前也有種種吉兆：木豬年（一八七五）七月三日，一個酥油包突然脹裂酥油四溢，這象徵著吉祥。另外，該年的九月間，門前幾株梨樹中的一棵大樹開滿了鮮花。該地男女百姓可能都看到了。這家人的房頂上，彩虹像支起的帳篷。同時還報告了其它的徵兆，如靈童母親的夢兆等。

當堪蘇洛桑達杰看完聖湖幻影回到拉薩就在噶廈聽到了有關頃科杰地方發現靈童的消息。堪蘇立刻會見了這位官員進一步了解了有關的細節。數日以後，堪蘇領著他的尋訪人馬秘密地從拉薩古渡口渡過拉薩河，然後順著河谷直奔頃科杰官員所說的地方。

等他們進入頃科杰官員管轄的地區後，沿途景物證實了堪蘇洛桑達杰在聖湖中所看到的顯影圖像。從地理位置上看，這裡屬於拉薩東南部的塔布地區，它的四周被群山環繞，山青水秀。要是稍微留心觀察，就會發現在許多山梁裡面，有條山形狀如大象鼻子，所以當地人就把這條山梁和山腳下的村莊命名為朗敦，意思就是「象山之前」。再仔細觀察山形，堪蘇和他的尋訪人員都意識到它像華蓋的形狀，但除了堪蘇以外，別的人並不知道其中的意義。當尋訪人員跟隨堪蘇來到山腳下時，堪蘇看到了一條河流，他停下來仔細觀察後，知道這就是他在聖湖裡見到的那條河。

堪蘇來到朗敦村頭，轉身環視早已收割的青稞地時，他開始喜歡起這地方來。臨行前他打聽過這裡的情況，他知道這是塊氣候溫和、物產豐富的地方，他甚至還知道這兒盛產蜂蜜。進到村子，他又看到了一座山間小寺院的佛塔，他毫不猶豫地確定了這是他在聖湖裡見到過的古塔。堪蘇滿懷希望穿過村裡一幢幢普通藏族人家的農舍時，他覺得這裡的一切與湖中所見太相似了。這裡難道就是十三世達賴轉世的地方？

一對青年夫婦在土木結構的小屋裡接待了這些不速之客，他們只是像所有善良而樂於布施的信徒一樣，真誠而熱情地為這些不認識的僧俗過客熬茶，準備食品。從他們的裝束和言談可以知道，這間小屋主人的骨系既不是高貴的貴族，但也不是所謂「殺生作惡」的下等人，他們只是村子裡幾十戶普通農家中的一戶。

堪蘇看到了當時才五個月的嬰兒，當這家主人請求這位光臨寒舍的喇嘛為他的孩子祝福時，堪蘇抱起了這個小孩。嬰兒用手指摸著堪蘇的額頭和臉，好像是聖者在給這位喇嘛摸頂。當堪蘇問嬰孩：「您上拉薩去嗎？」嬰兒立刻露出喜悅的神色。後來，堪蘇告訴嬰兒說：「我要走了，不久再見。」聽完這話嬰兒露出了喜悅和要跟過來的樣子。數日後，當堪蘇離開這家農舍返回拉薩時，他的心情顯得輕鬆而舒暢，他知道此行的收穫太大了，因爲從這次初見靈童的情況來看，許多預兆與以前的卜示完全一樣。

堪蘇洛桑達杰返回拉薩後，迅速向噶廈和有關方面匯報了尋訪的詳細情況。攝政王功德活佛、各大噶倫、基巧堪布等僧俗官員認爲：爲尋訪十二世達賴的轉世靈童，各大活佛及四大護法神均打卦卜示，尤其是主要護法神乃窮活佛明確卜示指出的靈童轉世方向、父母的名字、出生地景物等與實際尋訪的情況完全符合，找到了令人滿意的靈童。更爲重要的是出生日期又逢良辰吉日，均極爲圓滿。衆人一致認爲，塔布朗堆出生的嬰兒極其靈異，符合僧俗一致的意願。

能識別真假班禪遺物的靈異男孩

比起十三世達賴和十四世達賴來，有關尋訪班禪轉世靈童的記載就相對要少一些。

據《六世班禪洛桑巴丹益希傳》的記載，五世班禪羅桑益喜圓寂後，他的司膳師饒旦巴和醫師格敦頓珠請求七世達賴祈禱班禪靈童早日轉世。不久，藏王索朗多吉迎請拉毛護法神到釋迦牟尼佛祖像前稟告化身轉世情況時，護法神預言：「不久於酉年（一七四一年）之前，……登上獅子寶座。」根據這位護法神的卜示，六世班禪將於藏曆鐵雞年（一七四一年）登上札什倫布寺的無畏獅子寶座。

當時一位叫王啓的青海將軍也啓稟達賴，「班禪化身是否盡快來世請明言告知」，達賴預言說：「還須虔誠禱告，不久會有謁見班禪化身之福運。」以後札什倫布寺的高僧也向達賴問到此類問題，結果回答都一樣。這樣，札什倫布寺一面派人前往拉薩一帶寺院發放布施，向各佛殿廣行供養，同時派人前往各地秘密查訪。這時，札什倫布寺得知南木林宗扎西則谿卡唐拉家生了一個神奇男孩的消息後，當即派卓尼薩貴巴、羅桑宗周前往拉薩，並向當時主持西藏政教事務的頗羅鼐請示。頗羅鼐得知這一情況後，指示卓尼說，可以由札什倫布寺派遣可靠的僧官，攜帶五世班禪用過的和沒有用過的器物，讓這個小孩分辨。

高僧洛桑尊哲奉命離開札什倫布寺後，假裝去夏嘉溫泉淋浴，然後悄悄趕到了南木林宗。爲了愼重起見，洛桑尊哲沒有先去札西則谿卡，而是在宗（相當於縣）駐地秘密了解奇異男孩家的歷史、社會關係、平日爲人等情況。同時還對這個小孩的出生經過及目前的表現進行調查，沒有發現什麼不吉祥的地方。隨後，這位密訪的高僧到達札西則谿卡，然後馬不停蹄地來到了唐拉家。會見時，靈異小孩不停地呼喚洛桑的名字。當另一個高僧將班禪大師前世的白度母像、鈴杵、念珠、餐具等拿出來請他辨認時，他看後確認無誤，而且還直呼他的法名。見到這種情況，兩位僧人深信這位男孩就是五世班禪的轉世靈童。於是帶著輕鬆的心情旋風般地趕回了札什倫布寺，當天，這一吉祥如意的消息就在寺院上下傳開了。幾日後，一位叫班覺堅贊的密使在布達拉宮向七世達賴和頗羅鼐報告了秘訪扎西則谿卡小靈童的情況。秘密尋訪六世班禪轉世靈童的工作也基本告一段落，當然最後還要經過一些最嚴格的測試和有關護法神的確定，這些內容我們以後將另述。

十三、十四世達賴和六世班禪轉世靈童的尋訪，基本上都有一個明確的尋訪目標，所以一般來說只要找到這個靈童，往往就會是前世的眞身。但是有的時候並不都是這樣，假如說各地呈報的靈童有好幾位，或者更多，而且他們之間的差異最初並不明顯，那麼，尋訪時，可能就會出現幾個達賴和班禪的轉世「靈童」，在這種情況下，尋訪的工作就會更複雜。像七世班禪丹白尼瑪，並不是一下就被選中的。據記載，六世班禪圓寂後，當時尋訪到的班禪轉世「靈童」共有四個，札什倫布寺派出六世班禪的近侍蘇本堪布前往四個「靈童」的家庭進行明察暗訪，並拿出六世班禪曾經用過的茶杯、鈴杵、念珠等，讓「靈童」自己挑選，結果只有日喀則白朗宗吉雄谿卡的「靈童」拿的東西全是六世班禪的，於是蘇本堪布肯定這個小孩是六世班禪的轉世靈童，而其他三位「靈童」自然也就被放棄，至於他們是哪位活佛的轉世則是其他寺院關心的問題了。

當然，採取這種方法來進行擇「優」錄取是再簡便不過了，但這只有憑藉尋訪者的良知和德行才能確保其中沒有私情或弄虛作假，為此，清廷在西藏活佛轉世靈童的尋訪問題上，不得不採取「金瓶掣簽」的方法，它對每一位「靈童」都是公正的，機會相等，只是看誰最有機緣。像八世班禪、十二世達賴等都是這樣選中的。有關這方面的情況，我們將在後面專章介紹。

達賴和班禪轉世靈童的尋訪程序除了非常嚴密以外，其難度也是非常大的。這也難怪，這兩位活佛都是藏傳佛教格魯派的領袖，而且在政教合一的西藏政治體制中又是身兼政教大權的人物。要尋訪這兩大活佛轉世世系的靈童，就不能不設置道道「險」關，只有那些闖過了最後關口的「靈童」才能走上西藏的政治和佛教舞台。與達賴和班禪比較起來，藏傳佛教所弘傳的區域內還有許許多多大小不等的活佛，儘管這些活佛轉世靈童的尋訪同樣少不了道道周密的程序，但政治對他們的束縛要相對少些，因此，在尋訪這些活佛的轉世靈童時，其制度則相對自由，也更具傳奇色彩。三世章嘉活佛若必多吉的尋訪也許就算一例。

佑寧寺後山升起的太陽

據史料記載，章嘉活佛滿兩歲時，由於吃了不潔的食物，渾身出泡，非常痛苦。他的父母就請來了一位叫馬喇嘛的瑜伽師診治，喇嘛說：「出了污斑，要盡量多給小孩洗浴，要請僧人誦經祈福」。言完而別。父母準備翌日帶小孩到夏日楚（山廟）的喇嘛丹瑪曲杰那裡擦洗治療。那天晚上，丹瑪喇嘛夢見日蝕，他帶頭和所有的僧人淋浴，不久，又重見天日。第二天，他見有人領來一個小孩請求洗禮，心想：從我的夢境看，這個小孩絕非等閒之人，給他洗浴，必有效益。於是這個有預見的喇嘛用「摧破」密法爲小孩做了上百遍洗禮，另外還傳授了一些密法，並祈告神靈保護這個小孩，果然，不久這位小孩就康復了。後來這位喇嘛心想：自己有一位重要的上師，看來已經轉世，可能就是這個小孩。於是，他做法事，又請求馬喇嘛查看這孩子是否是自己的上師喇嘛的轉世。馬喇嘛回答這位僧人說：「這孩子長到四歲時，就會像太陽一樣分明，現在不能清楚辨認。」

此後，有一次丹瑪喇嘛做了一個奇怪的夢：「一條碧綠清澈的溪水流滿了一條叫扎西塘的山溝，而且水勢越來越大。他想，如果這溪水繼續增漲，溝裡肯定容不下，應往別處疏導才是，就用錫杖柄敲打石岩，想使河水流向佑寧寺。果然錫杖落處，山岩開裂出一個窟窿，整個溪水都向那裡流去。」丹瑪喇嘛和孩子的父母議論道：這水將成爲養育衆生的依靠，這不同尋常的孩子是不是我們喇嘛的轉世，只要從佑寧寺請來一位識別者就能見分曉。

這些奇聞漸漸傳到了佑寧寺僧人們的耳朵裡，他們都認爲這孩子八成是章嘉活佛的轉世，但是還有一些別的疑問確定不下來。此時，佑寧寺有一位受人敬仰的喇嘛在山間靜修時，一天晚上，他夢見佑寧寺後山上升起一座太陽壇城，比太陽明亮，這壇城的大小約爲三四寸，光色特別。第二天他與一起修行的僧人議論說，「涼州地方的那個幼童是活佛的眞正轉世，應當設法把他接來」。

據《章嘉國師若必多吉傳》記載，二世章嘉活佛圓寂時，他並沒有明確向弟子表明要轉世的意願。但他的弟子們都認爲他該轉世。一七一五年正月，他的弟子將佑寧寺的護法神請到佛塔內，請他卜示章嘉活佛是否轉世。護法神在一條長幅的「有寂安樂」哈達上面放了一條黃色「吉祥八瑞相」哈達，又在它的上面放了一條潔白的「鎭日吉祥」哈達，長短寬窄疊放得均衡整齊，然後交給了噶欽喜饒達杰，說：「請鑑查吧！」衆人一起觀察後，議論說：「活佛的轉世不久就會降生，新降生的活佛在壽數、功業上都很廣大，由於他的善業，將會得到有寂安樂。」

以後，人們又請求佑寧寺的大活佛卻藏活佛祈禱章嘉活佛早日轉世，他爲此撰文寫道：「祈願吉祥瑞兆放射白光，使得教法睡蓮開放」。這時，正好佑寧寺吹響集會的螺號，他想，這是活佛一定會轉世的好徵兆，因而十分歡樂。這一年，五世班禪也向拉毛護法神和乃窮活佛等護法神求示有關章嘉活佛會不會轉世的預言，他們都說將會轉世。由此人們都確信一個眞正的章嘉活佛將會出世，但不知將在什麼地方轉世。一些護法神說他將在青海、甘肅藏區轉世，至於轉世在安多的什麼地方，乃窮護法說：「按他的駐錫寺院算，當在西北方向，以後會逐漸顯明。」另一位叫珠旺賽化仁布且的活佛卜示說：「將在寺院的北面出世，」人們問：「指的是哪一座寺院，」答：「好像是佑寧寺。」佑寧寺的護法神在一七一七年正月二日指著佑寧寺西北方向說：「這位活佛將從這個方向來。」這樣，所得卦示和預言相同，僧徒們肯定章嘉活佛轉世在佑寧寺的北面或西北方向的某個地方。但這還不夠，還必須知道轉世地方的特徵和父母的姓名，人們又去請求嘉木樣協白多吉活佛明示，他說：「活佛轉世在一個北面高，河溝北向的狹谷附近。」夏瑪札德寺的噶棟護法預言說：「北面似座帳幔，邊沿指向南邊，巨石像兇惡的岩妖，一眼間歇泉水緩緩冒出，名字族姓中有噶、達、哇、那、阿等字母。」

　　史料上說，依照這些授記，僧徒們尋訪活佛的疑問基本上解決了。儘管在地望上還有一些問題，但是衆護法神和喇嘛對於轉世在涼州以及父母的名字等說法都是一致的，因此衆人都興高采烈，十分歡喜。

　　不久，佑寧寺準備派幾個僧人去尋找活佛，臨行前他們又去向卻藏活佛請示，卻藏活佛點起神燈，吹奏長號，然後說：「因緣甚善，徵兆亦佳，盡快前去尋認。」嘉木樣大活佛也說：「活佛轉世的地方如預言所示，卜卦所得的結果亦很可喜，請帶上衣物用品等前去尋認吧！」佑寧寺的護法神卜卦後也說了相同的預言。隨後，佑寧寺的僧人羅桑山珠、噶居倫珠嘉措、格隆楚程嘉措等，攜帶前世章嘉活佛的經卷、念珠、修證佛像以及與這些遺物形狀相同的東西，前征尋找，讓靈童辨認。到了涼州，祁家倉巴的孩童，也就是我們前面提到的小男孩見了前世章嘉活佛的經卷、念珠等物後，立即拿起說：「這是我的東西，」對其他相似的東西並不理會。請他給衆僧人當中他認識的人摸頂時，他把大家細看一遍，最後將手放在前世章嘉活佛的索本倫珠（負責管理活佛飲食的主要執事）的頭上，又將前世活佛賜給倫珠的一串念珠和樣式相同的一串念珠放在一起獻給他，讓他把其中認識的一串念珠戴在父親的脖子上，而將另一串念珠還給原主，小靈童也都準確無誤地完成了。尋訪人員返回後，向拉卜楞寺大活佛嘉木樣活佛稟報了這些情況，經過反覆考察所有的疑點後，最後認爲祈家倉巴古茹單增的小兒子扎巴索朗確結爲章嘉活佛的轉世。

據同一本傳記記載，在三世章嘉活佛生活的時代，活佛的尋找並不是都這麼嚴格地恪守某些傳統的規定，而是眞眞假假叫人難辨，正如土觀・洛桑卻吉尼瑪在《章嘉國師若必多吉傳》中所說，「現今多數尋認活佛轉世者，總是努力在前輩活佛去世後不久出生的有錢有勢的家族的孩子中尋求，一經找到，就不顧護法神和活佛圓寂時的授記，眞僞莫辨，互相串通，即行認定。另外在舉行問卜認佛等儀軌時，有的以重金賄賂活佛左右侍從和護法神，讓他們按自己的意願作出預言，甚至僞造蓋了印的假文書等，種種弊端如妓女的舞步，花樣翻新，不勝枚舉。由此可見，現在不要說尋認一個眞正的活佛，就是像尋訪章嘉活佛那樣仔細認眞一絲不苟的正直僧人也是比青蓮花還稀少。此外，現在某個地方出了一個地位較高的活佛，其他大小活佛就像鹿聚草山那樣都在那裡轉世，安多（青、甘藏區），衛藏（今西藏自治區除阿里和昌都以外的地區）都盛行這種風氣，這到底是一種凡夫俗子所難以理解的大德聖賢的特點，還是一種濁世的明顯跡象呢？」

土觀・洛桑卻吉尼瑪六歲被認定爲今青海省互助土族自治縣佑寧寺土觀活佛阿旺卻吉嘉措的轉世靈童，迎請到佑寧寺坐床，成爲三世土觀活佛。他曾任該寺法台，乾隆二十八年（一七六三年）奉詔進京，在北京任掌印喇嘛，御前常侍禪師等職，頗得乾隆賞識。他與章嘉國師有師徒之恩，交往甚密。土觀大師在這裡敢於公開藏傳佛教中活佛轉世制度的一些問題是很大膽的，儘管他沒有進一步分析這些問題的原因，但留給人們的思考卻很多。我們認爲，自從活佛轉世制度形成以來，它一方面隨著各教派活佛轉世世系的不斷實踐而逐漸完善和系統化，但另一方面這種制度又成了地位和權力的象徵，這樣，隨之而來的是活佛轉世靈童的尋訪、認定必然要受到某種功利觀念的影響，這是不奇怪的。

雪域轉世靈童

七世達賴出生後三個月，就開始向人做摸頂姿勢，從右牙床依次生出牙來，並開始說話。問他是誰，回答說：「我是佛的化身」。很快他的父母和鄉親就發現這位嬰兒的生理特徵非同一般，可以說有些不同於凡人。他的頭如圓傘，天庭飽滿，秀眉細長，鼻梁挺立，右臂有蓮花印跡，左耳輪呈白法螺狀，左手心有法輪圖形，肩頭手腕上釧鐲形狀明顯，下身虎裙形象突出。上面這些奇異特徵按佛教徒的解釋完全就是大悲觀音菩薩的體態。據說凡見過他的人都是這麼認為的。

第13章 神童中的神童

藏傳佛教的活佛，一般來說都是從神童中挑神童，靈童中又選靈童，最後又經過一系列的考察、密訪後才被認定的，所以每一位活佛，在他們的童年時代所表現出的靈氣、奇才都是普通人無法比擬的，甚至可以說是望塵莫及的，也許這就是活佛轉世靈童不同於常人的佛性所在。

手心長有法輪的靈童

七世達賴噶桑嘉措轉世降生後不久，就顯出喜歡出家當僧人的徵兆。他與一般凡夫的孩子完全不同，不喜歡在母親懷抱中入睡，只有把他放在枕頭上，才顯出快樂舒適的樣子。據記載，七世達賴降生後第七天，他父親讓舅父阿格札西帶一條潔淨的哈達到一位叫喇欽然堅巴的喇嘛那裡去。這位喇嘛是當地著名的觀相家，他對阿格札西說，如果這孩子能講說「噶哇桑布」一遍，就可以取名噶桑嘉措，若不能，就取名薩達旺秋。沒想到這嬰兒很流利地就讀出了「噶哇桑布」四個字，於是取名噶桑嘉措。藏族高僧一般認爲，這件事與佛祖淨飯王子降生後，婆羅門觀相家預言他出家則爲清淨圓滿佛，而在家則爲轉輪王的情況相一致。在常人看來，請觀相家取名，這不是極普通的事情嗎？但此事出在一個靈童的身上，再被人一渲染，自然就有了奇特的象徵意義了。

據《七世達賴傳》載，這位靈童降生後，一位叫拉欽維丹噶布的大護法神附體於理塘寺僧人扎巴班覺身上，說這位嬰兒是童瓦頓丹大師的眞正轉世，衆人不可放逸不尊，他不能住在俗人家裡，必須請到寺院。於是理塘寺的僧人將這位嬰孩迎請到了寺院。大護法神拉欽維丹噶布畢恭畢敬將他請入懷中，問他要法衣嗎？嬰兒點頭。又問我是白哈王（寧瑪派和格魯派的護法神）嗎？嬰兒又點了一下頭。

就這樣，有關這位嬰兒的奇異傳說開始在信仰善法的人中傳揚。不久，傳到駐牧青海湖濱的格魯派大施主親王巴圖爾台吉、郡王噶丹額爾德尼濟隆等人的耳裡。這些人十分敬仰六世達賴，如飢似渴地盼望他早日轉世降生。當他們聽到這些奇聞後，都非常地激動。尤其是這位濟隆，他曾多次得到過五世達賴的指點和幫助，對六世達賴又極有敬心，算得上是位忠實的施主。當他聽到有關靈童的傳聞後，十分擔心嬰兒被他人控制，就派人到四川德格附近探聽，不作聲張，秘密防護，同時審查是否是眞達賴。

七世達賴出生後三個月，就開始向人做摸頂姿勢，從右牙床依次生出牙來，並開始說話。問他是誰，回答說：「我是佛的化身」；問他要不要剃髮，回答說「你們不能剃，有位上師要剃」；問他去那，回答說「去寺院」，問他寺院在何處，回答說「在西方（意指拉薩）」。當他看見五世達賴像時，說「這是阿闍梨」（意爲傳授知識的導師）。同時，他還用敬語稱呼長者，經常問讀文字，講說佛法，作奏法樂和坐高座的姿態。他一旦見到僧人，就顯得興奮和高興，無論父母怎麼強求，絕不向任何僧人請求摸頂，因爲他將成爲至高無上的達賴，任何一位活佛或者是高僧都沒有資格給他摸頂，相反只能由他給別人摸頂。七世達賴一生下來就聰慧過人，而且天生就是神童，人們從未教過他讀誦經文，但他卻能自己背誦吉祥天女七字本咒等，與一般孩子迥然不同，儼然是智者氣度。

很快他的父母和鄉親就發現這位嬰兒的生理特徵非同一般，可以說有些不同於凡人。他的頭如圓傘，天庭飽滿，秀眉細長，鼻梁挺立，右臂有蓮花印跡，左耳輪呈白法螺狀，左手心有法輪圖形，肩頭手腕上釧鐲形狀明顯，下身虎裙形象突出。上面這些奇異特徵按佛教徒的解釋完全就是大悲觀音菩薩的體態。據說凡見過他的人都是這麼認爲的。

鐵兔年（一七一一年）十一月初六日落時，這位靈童正在入睡，忽然站起開門，說佛陀來了，並用手指著天空觀看。聽說了他的這種舉動，人們都想那一定就是某位菩薩光臨。這一年，他的母親夢見月蝕後落地，以為是惡兆，擔心自己的孩子會有惡運降臨，心情久久不能平復，哪知這位靈童竟將一切看在眼裡，安慰他母親說：「沒有關係，不必發愁」。一個還不到四歲的小孩就能如此體貼父母，在鄰居們看來實在是難以相信。

很快，這位靈童的名聲就傳到了拉薩，當時噶廈地方政府和三大寺的高僧們正在四處尋訪達賴的轉世靈童，拉藏汗就派代本（藏軍的官銜，可帶五百人）諾布俄智、維孜比鐵式、蒙古人加諾顏等趕到了理塘，當這些不速之客突然推開小靈童的家門，要求看看人們傳說中的小靈童時，他的父母因不知這些人的底細婉言拒絕了。這些拉薩來的官員們立刻找到了附近理塘寺的寺主，請他出面介紹。理塘寺的寺主索木堅贊堪布在當地是極有名望的高僧，靈童的父母也非常信任他。最後經過小靈童本人的同意，來自拉薩的遠方客人終於如願以償，他們向靈童提了許多問題，靈童都泰然自若，對答如流，最後他們又問靈童的父親這是誰的化身。回答說，理塘寺的護法神說他是六世達賴倉央嘉措的轉世。當時代本諾布俄智已在拉薩聽說六世達賴倉央嘉措不是真正的轉世靈童的消息，所以當他聽說這位靈童是倉央嘉措的轉世時，心裡也沒有多少把握，只好不加褒揚離開了靈童。但他私下仍然暗派理塘寺的管家哲雄頃則帶禮物到靈童家，說此化身非尋常人，應送寺院。小靈童的父親哪裡會放心呢，他怕其中有詐，連夜背著小靈童，全家人秘密地到深山躲避去了。一直到那些來自拉薩的官員們離開本地後，他們才回到家裡。

五歲時，這位靈童已經在家鄉的普通農舍待不住了，在藏曆水龍年（一七一二年）七月二十三日這天，他不思飲食，匆匆忙忙剪了一張黃紙，說是在爲去拉薩製作行裝。嘴裡說：「法王宗喀巴也很快要去西藏，措卡（青海湖地區）的一百多人已去西藏爲我舖座」。這些話在當時，只被當成了小孩的戲言，但當他成爲七世達賴後，人們才解開了其中之謎，原來這是今後他將被擁立爲佛陀聖教教主，以格魯派顯密雙修教法普渡衆生的吉祥徵兆。

就在水龍年，巴圖爾台吉派遣然堅巴和達顏台吉的侄子額齊率一百人來理塘拜見小靈童。因然堅巴爲萬戶王的人員，靈童的父母就專爲他設一高座，而小靈童則坐在下方一塊方布上。沒有想到這位客人竟然一下就從高座上跌落下來，原因是一位普通的俗人，怎麼能經受得起六世達賴轉世靈童的威嚴呢。

在藏族地區，一般說來只要有人傳說某地出了一個小靈童，人們都會感到興奮和吉祥，並有意無意的要設法去證明這種傳聞，這也許是普通人的心理，人們當然也想從這些靈童的身上獲得某種信仰上的滿足。理塘附近一位叫臥姆娃卻旺的部落頭人也許就抱有這種心理，他聽說了有靈童出現的傳聞後，也來到了七世達賴家，並拿出十個護身結讓他見到的小靈童辨認，小靈童毫不猶豫地就認出六世達賴賜給頭人的那根護身結。這位頭人一陣驚喜，立刻倒地頂禮膜拜，請求靈童賜福。

看見自己的小孩如此靈氣，七世達賴的父母當然是無比欣慰，但他們也擔心這孩子給他們帶來的美好曙光會像流星一樣一閃即逝，他們開始爲孩子的今後擔驚受怕。一天，七世達賴的父親找到一位據說有神靈附身的觀相家，請他爲孩子的未來指點迷津，這位喇嘛告訴他說，「你那位能滿足人們需要和願望的如意寶貝（指靈童），生平多有坎坷，很讓父母不安。歷代轉世由吉祥天女摩索瑪和乃窮兩位護法神保護，應經常向他們作滿足心願的供養和懺悔。你們應住在霍爾或其他地方，但無論何地都很安穩。要記住懶惰會使珍寶失落，要對三寶勤作供養。我的這些話比世間的金子還要貴重，以後便會見分曉。此次請帶好這條護身結，爲不遺忘我的預言請作記錄」。這位天才的預言家再一次向靈童的父親暗示，他的兒子就是六世達賴轉世，因爲只有達賴才是由摩索瑪和乃窮兩位護法神保護。儘管我們不知道這位靈童的父親是否領悟到這些眞諦，但預言家的卜算還有那根護身結總算使他的心安寧下來。

木馬年春節（一七一四年），七世達賴轉世靈童因邪氣，喉嚨痛疼。當時，他的父母聽說拉藏汗派遣格敦和達吉加來此地的傳言，就問靈童是眞是假，靈童回答是眞的。他父母考慮到西藏來人善惡難測，決定暫時外出躲避。藏曆正月初四，父親扶小靈童上馬，向四川的藏族重鎮德格出發。當時山谷一片白雪，人們認爲這是非同尋常的吉兆，它預示憑藉七世達賴的法力，佛教會像柔軟潔白的絲絹鋪蓋大地。一路上，有兩隻烏鴉一直緊緊跟隨。

據藏文史料記載，靈童一家離開理塘後，當地一位僧人傳言說靈童被五百名身披鎧甲的德格兵請去了。這應該說是隨意猜測，但是西藏的佛教徒卻認爲這件事可以從另外一個角度來進行解釋。相傳二世達賴根敦嘉措時，在曲科杰（今西藏山南地區桑日縣境內，二世達賴於明正德四年在此建寺，寺下有湖，名吉祥天女湖，又稱拉姆拉措湖，就是我們前面介紹過的觀看聖湖顯影的他方。）出現了工布兵，人們都稱這是大護法神乃窮活佛的幻化兵。佛教徒們認爲，上面兩件事都說明一個問題，即達賴的各位大護法神時刻都不離開這位靈童。於是這又從另外一個角度暗示這位孩童的佛性和靈氣。

四月以後，靈童一家來到了一處叫達宗薩的地方，由於小靈童的名聲早已在外，當地的僧人和信徒蜂擁而至，前來參拜。小靈童對一位來自麻蘇倉的僧人說：「你的手痊癒了嗎？」這位僧人聽完此話，心裡湧起一股熱流，連連叩頭。原來他曾在哲蚌寺學習過，一次噶丹頗章發生兵亂，他的手被槍打傷，現在已經癒合。這不是前世達賴的轉世靈童，還會是誰呢？當人們從這位僧人的口中得知這一情況時，無不頂禮膜拜，請求摸頂賜福。藏文史書上說，這位靈童能回憶起前世所說過的話，乃是佛力所致，不足爲怪，再說前世活佛和轉世活佛都是一個人，前世說的話，後世當然可以回憶起來。

數日後，這一家人動身前往德格龔埡的姜拉寺。當時寺內正在舉行焚香儀式。往日香煙升起後，很快就在寺院上空散去，可今日卻奇了，那股香煙騰空而去，然後飄向靈童的馬前，好像是在歡迎這位佛教至尊的光臨，隨後，這些香煙又飄回寺院在經堂內外曼舞繚繞。當這位小靈童來到姜拉寺前時，天空突然架起了彩虹，白雲也開始在寺院的上空雲集。有數萬名來自四面八方的信徒親眼目睹了這些吉祥氣象後，更加堅信這位來自理塘的靈童就是他們的精神領袖。他們都是專門趕到此地想一睹民間傳說中的靈童尊容信徒，此刻這位觀音菩薩的轉世靈童正從他們身邊走過，人們群情高漲，頂禮膜拜的人群潮水般湧向靈童的腳下，一條一條的哈達不斷飛向他們心目中的太陽。

就這樣，這位人間的小活佛在德格土司丹巴才仁派來的衆多僧俗迎接者的簇擁下，來到了姜拉寺的拉隆佛殿。有一位叫珠臥霍爾倉曲結的僧人曾朝見過五世達賴，這天他也來拜見小靈童。靈童對他說道：「今天眞像在布達拉宮和哲蚌寺，你有天女和怙主護法像，請給我，我的天女像給你」。這位僧人確有五世達賴所賜的這兩尊唐卡（卷軸畫）畫像。靈童的話使他喜悅萬分，他流著信仰和崇敬的淚水立即取來畫像獻給了靈童。

很快，這位神奇靈童來到德格的消息就傳到了各地。當青海的萬戶長巴圖爾台吉從一些高人的口中得知這一消息時，他感到自己以前所種的善根到了成熟的時候，高興之至，命令手下立刻插上吉祥的彩旗，高奏白海螺。這時青海的另一位郡王噶丹額爾德尼濟隆也得到了這個消息，他立刻在青海湖王族大小頭人的集會上宣布了這一消息，衆頭人都覺得這是一樁重大事情，應派心腹使者前去審查慶賀。於是巴圖爾台吉和郡主濟隆等人派親信很快拜見了小靈童。虔誠敬禮後，這些人又獻上了巴圖爾台吉所寫的六世達賴對他慈悲看護，現在希望盡快見面的信件和大批財物。一位親信問靈童說：「巴圖爾台吉有無五世達賴的賜物？」靈童回答說：「有。」親信又問：「是供物呢還是衣飾？」回答說：「是供物。」郡主濟隆的親信接著問道：「濟隆有無六世達賴所賜神物？」，「有。」「何物？」「衣飾」。

就這樣，這位理塘靈童記憶起了前世先後兩代的業績。流利的回答，使衆親信驚奇不已，喜悅和信仰之心油然而生，他們確信這位靈童是眞正的蓮花手（即觀音菩薩）。據藏文史料的記載，這些親信們拜會靈童之時，天空也同樣升起了彩虹和白雲等吉兆，就在他們來到此處的頭一天晚上，靈童夢見自己向一塊磐石射去了手箭三支，其中一支落地。拜會時，這位未來的七世達賴也將此事告訴了大家。相傳這支落地的箭成了巴圖爾台吉年邁去逝的預兆。

在青海王族、各頭人及數十萬信徒的盛情邀請下，靈童一家決定起程去青海。幾日後，一支由德格喇嘛爲主的千餘名僧俗隊伍護擁著靈童踏上了北去的山道。有一天，小靈童吩咐一位叫喀爾克達爾罕的僧人去抓一隻地老鼠來。喀爾克在外面抓了一隻送到了小靈童面前，可他又把地老鼠放了。在靈童的身邊有許多鼠洞，但地老鼠仍然待在原處不往洞裡鑽。這時，小靈童指著自己小便的一個窟窿說，「到這邊來，」地老鼠乖乖鑽進了那個窟窿。

當小靈童一行來到察曲卡（今青海省海南藏族自治州興海縣溫泉）時，一日，小靈童在水邊全神貫注地凝望天際，他父親見他久久沒有低頭，就問他看什麼，靈童指著天空說，「上面那塊雲層間有許多各種形態的老幼比丘，我在看他們。」據說這是天神在慶賀他成爲佛陀聖教的教主。此後，有近萬名來自阿力克的僧俗來朝見。朝見時，衆人信仰心切，紛紛擁入靈童的帳篷。

從史料上看，靈童在去青海的途中，一路都受到了衆多僧俗群衆的歡迎和擁戴。據說青海著名黃教寺院塔爾寺的護法神曾預言這位靈童是前世達賴的眞正轉世，並聲稱僧衆應去隆重迎接，拜見禮要獻白法螺。可是個別人卻不願作這樣隆重的歡迎。對這種人，塔爾寺護法神都給以了懲罰，令其生病懺悔。

一七一六年，九歲的理塘靈童噶桑嘉措終於被青海蒙古僧衆迎到塔爾寺供養，十二歲時，被康熙皇帝冊封爲七世達賴。

每一位達賴轉世靈童都有他們各自的靈氣所在，這種靈氣在許多時候是超自然的，甚至可以說每一位靈童都是一個難以解說的謎，這是藏傳佛教文化的產物，是神秘的活佛轉世制度孕育的人間精靈。七世達賴轉世靈童是這樣，十三世、十四世達賴轉世靈童也是如此。

熟知班禪遺物的後藏少年

六世班禪洛桑巴丹益喜的童年，與其他孩童是大不相同的。他出生以後，最高興的事情是見著札什倫布寺的僧人，此事儘管被他父親看在眼裡，但這位父親也許是考慮的問題太深遠，依舊假裝不知，沒有對外張揚。兩個月以後，這位小靈童就開始合掌沉思，七個月後就可以誦頌六字眞言，八個月後就能誦說《長壽經》。這時，小靈童的父親還意外地發現自己的兒子能識別札什倫布寺的藏藥七生丸及靈物丸的顏色、大小，能辨認格魯派與其他教派的僧衣，世系圖中的閻羅像他也能分辨出來。

這時，六世班禪的父母開始眞正意識到自己孩子的身上有著不同於普通孩童的奇特靈氣。有一次當小孩偶然看見了班禪的畫像，竟然對他們說這是自己時，兩位大人不由得大吃一驚。作爲一對虔誠的佛教徒，在加上他們土生土長在後藏，在他們的心靈深處，除了神聖的達賴外，他們最信奉的就是班禪，他們依然還清楚地記得五世班禪羅桑益喜圓寂時，他們同衆鄉親一起呼天喊地的情景。五世班禪在他們的眼裡實在是太偉大了，他們在自家的小經堂前，千遍、萬遍地祈禱過這位人間怙主再來人世作他們的主人。但他們想不到自己的兒子竟會說他是班禪，他們不敢相信那位無量光佛的化身會轉世到自己家來。不管怎麼說，他們也是最善良的佛教徒，五世班禪爲什麼就不會選擇他們家投胎呢？這對年輕的夫婦開始更加仔細地注意兒子的言行。

他們發現，當他看見度母佛像時，就會門誦「度母，度母。」看見印度僧人的畫像時，就會說「巴拉，巴拉」。在以後的日子裡，他們進而發現，自己的孩子也經常像別人家的孩子一樣哭泣，不愛側身臥息，常常合掌於胸前趺坐。後藏人喜歡喝青稞酒，但他見酒就不高興。相反他酷愛音樂，還能搖鈴擊鼓。見書和紙時，他會自然地誦讀藏文字母。有時還手持書本作出宣講經文的樣子。

儘管六世班禪的父母不願讓人知道這孩子身上的靈氣，但慢慢地鄉親們也看出了這一點。一些人還有意要考考他，就指著被遮蓋的佛母像問他在哪，他用小手指著佛像說在那裡。人們感覺到了他的靈氣。

六世班禪的家離扎西則佛殿很近，他平時不是像其他幼童在家裡或農舍的四周玩，而是跑到佛殿裡，同喇嘛一起作酬神的儀軌（一種酬謝恩澤以娛神佛，從而彌補祭祀虧缺以消罪過的宗教儀式。），要麼就是在佛殿跟著喇嘛們修習禪定，擊鼓奏樂，在他的身上見不到多少幼童的稚氣。

一次六世班禪的哥哥拉達王子海莫活佛有事要去拉薩，父母也同往。啓程前的一天，他叫喊「馬、馬」，母親聽說後說：「此子具有神通，昨日叫馬，是爲了去拉薩的預兆。」爲了去拉薩朝拜佛殿，臨行前給他戴新做的綠袍豹帽，但他就是不戴，父母一再堅持，他就開始流淚哭喊。鄉鄰見著這種情況，都議論說，要去拉薩遠行，不穿暖和點怎麼行呢，一位叫益希的尼姑知道其中的原因，就對靈童的父母說：「這個小孩子不愛穿其它衣飾，惟獨喜歡比丘的短頂帽」。但是，六世班禪當時還只是一個小孩，鄰居們都說穿僧人的衣飾顯得過於顯赫，與孩童的身份不相配，父母又去勸小孩，但仍然不穿，沒有辦法，只好給他趕做了黃氆氌帽和黃緞衣，這才高興地穿上。啓程那天，薄天蔽空，五色花雨飄落不停。祥瑞之兆令扎西則人難以相信。

六世班禪稍大一點後，表現在佛教方面的靈氣越來越明顯。據記載，一次偶然機遇，他從扎西則魯當九欲神殿的牆頂上得到一尊無量壽佛像。從此，他每時每刻都要佩戴佛像。

一天，小靈童和姐姐卓瑪等在佛殿附近一棵大樹下的水邊玩，他們突然發現有三隻從未見過的紅、白、黃顏色的蛤蟆。再仔細一看，那隻白蛤蟆兩腿直立，前面兩足作出講經的姿勢。看見這些奇異的小靈物，小孩子們都想去抓，姐姐卓瑪急忙攔住說：「這些蛤蟆不屬於我們，是我弟弟的。」據後來尋訪六世班禪靈童的知賓等的解釋，說那隻白蛤蟆是護法龍王，其餘的蛤蟆都是他的隨從。

六世班禪如此年少卻超出了一般孩童的言談舉止，信奉三寶，正直善良，供養祈禱，誦讀密咒，完全就是一派小活佛的風度。

六世班禪被認定爲轉世靈童後，札什倫布寺及其屬寺，後藏大小寺院，西藏地方政府以及全藏的僧衆群衆都沉浸在一片熱烈歡慶的氣氛當中。有權有勢的人也派人或親自前往後藏南木林的扎西則莊園，向靈童和他的家人敬獻厚禮。這時藏王頗羅鼐也不願落後，秘密地派艾勒琪前去敬獻祝賀信、無量壽佛像、僧衣、金輪、海螺、金剛杵等物。當艾勒琪獻上這些禮品時，六世班禪轉世靈童突然三呼：「頗羅鼐台吉」，令在場的人驚奇不已。因爲小靈童當時還不知是誰送的大禮，卻能張口說出送禮人的大名，這在凡人看來實在是太神奇了。

在六世班禪傳中，還記載了一段傳奇的故事。藏曆鐵雞年（一七四一年）的六月二日，太陽剛剛從東方升起，剛被認定爲轉世靈童的六世班禪離開了南木林的頓珠通墨卡，開始啓程去日喀則。乘馬送行的有日吾格佩寺、達杰禪院等近二十所寺院的儀仗隊和附近的僧俗。此時，數萬信徒人聲鼎沸，載歌載舞，以各種傳統的方式來表達他們的喜悅心情。當送行的長隊出發後，天空的白雲開始飄移，它們有的形如雄獅，也有的狀如猛虎，形狀各異，更有許多人形顯現。它們順著人流的方向，也徐徐相隨。如此奇觀，目睹之人無不頂禮稱道。

當靈童一行途宿托曼雄時，清政府使者喀欽差知賓大喇嘛、加果琪、筆貼式和攝政王索郎多杰等進帳獻禮，靈童熱情地接待了來使，登座後漢藏高僧和各位官員敬獻哈達，請求摸頂。當靈童爲藏王頗羅鼐摸頂時，藏王問道：「認識我嗎？」靈童回答說：「認識。」並拿起藏王頸頂上的念珠。藏王說，「要是喜歡，我願意奉獻給您。」哪知小靈童回答說：「不是，這本來就是我的念珠」。原來這串念珠是前世班禪贈送給藏王頗羅鼐的。轉世靈童再次顯現了宿住隨念的智力（佛經中說，能詳細知道他前生的出生地、父母、業、命、資財等一切情況的智慧）。此時，藏王崇敬之心油然而生。事後他將這件事告訴清朝欽差、父母和諸高僧時，聞者張口結舌，感嘆不已。

六世班禪轉世靈童雖年幼體小，但在僧俗大衆之中猶如猛虎躍入衆獸之中毫無懼色。清朝欽差和諸位高僧見後，都說：「眞有福德」。

第二天，在托曼雄，小靈童爲札什倫布寺的高僧等迎接者摸頂。他的氣度和神韻給在場的人留下了深刻的印象。一首藏文詩歌是這樣贊頌當時的盛況的：

從吉祥聖地東方山頂，
迎來了再世靈童明月，
無數群星的大賢僧衆，
聞聽佛法而圍繞其旁。

猶如覺悟的僧伽集團，
聚集彌勒座前聽教誡，
手捧供品的儀仗隊伍，
使大地著黃色的僧裝。

班禪轉世靈童蒞臨札什倫布寺，足登寶座，就開始環視四周的畫像。衆僧人不明其意，默默地跟著他的視線轉。一會兒小靈童突然發問道：「其餘的畫像都供在何處？」五世班禪的隨從急忙回稟說：「大師所喜愛的佛陀十二業績等幾幅畫卷已收藏。」靈童聽後要他去取無量壽佛像。因爲有好幾種這樣的畫，隨從不知這位靈童指的是哪一幅，就問道：「是臥室中供奉的那幅無量壽佛像呈？」靈童回答說：「不是，是小的那幅。」隨從聽後取來佛像呈到六世班禪靈童的手上，靈童端詳後高興地說：「就是這幅」，並吩咐侍從用奶茶供養。

就這一件小事，札什倫布寺的僧人們頓生敬仰，他們相信班禪又回到了他們中間，他們用自己的眼睛和耳朵親自證實了高座上的那位小孩就是他們寺主的眞正轉世，對他們來說，這是多麼難忘的時刻啊！這一年，這位轉世靈童還不到三歲。

很快，又到天降節的日子，這是藏傳佛教最爲隆重而莊嚴的節日。相傳每年的藏曆九月二十三日，是佛祖釋迦牟尼在三十三天爲生母說法以後，回轉人間的日子，這一天，無論是僧人還是俗人，都要朝佛供神。這天，才兩歲多一點的班禪小靈童用五種供品敬奉了諸神和佛像，並給每個寺僧發放了白銀兩錢二分半。事隔不久，札什倫布寺上下又傳頌起靈童的另一件奇事來。

據六世班禪傳的記載，天降節過後，班禪轉世靈童返回了故鄉，一直居住在扎西則的納拉崗。就在此處，他看見了宗喀巴大師穩坐在山崗之上與他對視。幾天以後，靈童移居西藏地方政府賜給他家的園林，這時，他又看見吉祥天母降臨扎西則城頭俯視他。禮贊贊神是西藏傳統的儀式，在扎西則居住期間，小靈童也參加了這種儀式，那天，所有參加儀式的人都在叩頭祈禱，惟有他仰望天空微笑，他對侍從益希曲宗說道：「請看吧，益希曲宗！乃色娃護法神手捧鮮花在向我頂禮膜拜。」過一會兒又說：「照此徵兆，從此將要返回札什倫布寺。」

很快，六世班禪又移住歇魯東莊園。一日小靈童未用早點，近侍益希曲宗再三勸說請求，他才說：「今天早晨我已喝過乃色娃護法神奉供的酸奶，現在不想吃了。我的念珠也送給了護法神。」當時益希曲宗發現念珠真的不見了。他四處尋找了幾日還是不見蹤影。後來在靈童手摸不到的高大嘛呢輪（一種大轉經筒）上發現了那串念珠，衆僧驚嘆不已。

班禪靈童移往札什倫布寺後，一日大管家很快要來侍奉他，這時，他對尼姑益希曲宗說：「管家到來時，乃色娃護法神也要來獻帽，你可能在臥室門口出現。」

一次，小靈童環視臥室噶丹宮門後，告訴益希曲宗等近侍說：「此處有時天女蒞臨，有時姊妹護法神光臨，有時拉毛護法神駕臨，不要居住此殿。」小小靈童竟能未卜先知並能看見天界的神靈，益希曲宗等近侍誰不大驚。這以後，類似的奇事又出現過好幾次。一次，近侍發現他在內庫向什麼東西頂禮叩頭，覺得很新奇，就問他是怎麼回事，小靈童說：「在內庫居住有救度佛母，你們找到我時我正在頂禮。」此事沒隔多久，近侍又看見他走到臥室時，到大寶座前頂禮叩拜了多次，然後合掌祈禱。管家洛桑次旺問：「座上無人，您在向誰敬禮嗎？」小靈童回答說：「寶座中有宗喀巴大師，兩邊是文殊菩薩和金剛手菩薩，我正在向他們禮禱。」

這就是一位班禪靈童的靈氣，慧眼能識天神，哪一個凡胎俗子能做到其中一點呢？請聽二世嘉木樣活佛是怎樣贊美這位非凡靈童的：

遠離庸俗污垢的沾染，
如明鏡晴朗的心空中，
布滿諸佛菩薩群星斗，
在心海中如皓日明顯，
欲見釋迦牟尼的尊容，
擁有謹謁瞻仰的神能，

慧眼睹視諸天神形體，
對此眾人皆生驚奇感。

在藏文史料中，我們還可以看到一些有關六世班禪靈童的材料，如：五世班禪在世時，天氣乾旱，雨水稀少，而自從小靈童住進札什倫布寺後，靈童的思慧使各地普降大雨，晝夜雨水流淌，大江小河水位高漲。

能熟讀空中經文的小靈童

三世嘉木樣轉世靈童出生以後，不知是從何處跑來了一條狗和一匹馬，後來，當來自拉卜楞寺的尋訪人員看到了它們後，三世嘉木樣活佛洛桑圖丹吉美嘉措的父母才知道它們是拉卜楞寺的神馬和神狗，都是拉卜楞寺的護法神幻變的化身。據有關三世嘉本樣活佛的秘傳記載，當這位靈童降生轉世後，觀音菩薩、黑天等神靈都每時每刻守護在他的身邊；那匹寶馬負責守護他家的財物，而那條神通多變的神狗則守望著他的家。

小靈童出生三個月後就到了冬天。一天他的叔叔諾門汗的寢宮裡，一枝夏天供奉的枯花，忽然開了三朵鮮花，房間的一盞小酥油燈，一連長明了七天。諾門汗在夢中夢見：一個人送來一隻大鈴。那人說是拉卜楞派他送來的。諾門汗心想這樣的大鈴眞罕見。只聽那人又說：「眞是罕見，它能發出整個世界都能聽見的響聲」。諾門汗心想，這是預見未來的夢兆。於是他對靈童的父母說道：「你們對小孩要精心撫育，注意乾淨，這是你們出頭的希望」。

轉眼到了三歲。這年的夏天，三世嘉木樣活佛的家鄉暴雨很多。一次房屋漏水，小靈童對父母親說：「你們的這座帳房不好，我住的是房子，」完了他又笑著說：「我不是你們家的人」。聽見孩子說這種話，父母也不生氣，只當是他在說著玩，才三歲的孩子能知道什麼呢？可是有些時候小孩說的話卻讓他們吃驚：「我要去寺院，」「我向東方去。」雖說鄉鄰有把小孩送到寺院去當小喇嘛的習慣，但那都是些懂事的孩子，一個三歲的孩子，怎麼會想到去寺院呢？這對年輕的夫婦百思不得其解，他們哪裡知道這是小靈童生來就有佛性，熱衷教法的行爲舉止呢？就像有關這位活佛的秘傳所說，三世嘉木樣活佛雖然是寒冬降生的，可是奇特的鮮花卻競相開放，這都是神靈獻給他的供品。他是降臨人間的佛子，是金剛勇士幻變的化身。他不像別的村童身帶惡習，他的所做所爲，都是圍繞佛法。

藏曆木兔年（一七九五年）六月二十日，讓小靈童認定上世遺物時，負責考察的人將兩個相同的法鈴和一個眞的法鈴混在一起擺在他面前。他先取了一個相像的給了自己的父親，這時，霍爾倉賽赤仁波日問道：

「那個鈴是不是您的？」

「不是，我的鈴是這個。」

說著將上世嘉木樣活佛用過的法鈴揣到懷裡。據藏文史料上記載，當時參加認定的還有其他幾位孩子。昂拉百戶長和尼瑪兩人的兒子，雖然也摸了摸上一世嘉木樣活佛的每一件用品，但只是像普通小孩一樣隨便摸摸就算了。而另一位是安·都拉加的小兒子，他雖然摸了上一世用過的三件物品，但還要仔細辨認，因此有懷疑者說：「他是拉卜楞寺密宗上院堪布松州·阿旺扎西轉世的靈童。」

三世嘉木樣活佛被認定爲轉世靈童後，他拜著名的拉然巴格西洛桑丹增爲經師開始學習讀寫等。所有學業，不需督促，毫不困難。學習《法王贊》繁簡經時，另一位叫阿莽道扎的上師爲了瞭解他對課文的掌握情況，進行了一次測試，結果小靈童除能熟記文字，還能作出正確的講解。記述他一生經歷的秘傳說，他開始學習時，還顯出不熟悉的樣子，但很快就知道讀寫，並能深刻理解儀軌的要領。在他學習的時候，不光詞語，就是老師所講的事情，也能準確無誤地覆述。

一天晚上，具德大威德金剛（一種護法神）顯現了聖容，小靈童驚恐地站在寢室裡說道：「噢，是大威德金剛麼！」

有一天，小靈童久久凝望天空，近侍問他在看什麼，他回答說看見空中有許多文字，接著流利地讀出《佛說文殊師利一百零八名梵贊》中的一些詞句。一位叫克珠丹增的苦行僧，一天對拉卜楞寺的僧衆說，他在三世嘉木樣小活佛的身上發現了一個奇蹟，衆僧一再請他講一講，他才說出這一天剛發生的一件奇事。原來他在三世嘉木樣活佛座前進行祈禱時，看見小靈童的胸前清楚地出現了「吽」字，但是還不像二世嘉木樣活佛胸前的「吽」字那樣熠熠發光。

拉卜楞寺的貢塘．嘉貝樣活佛一生愛好著述，是藏傳佛教格魯派學貫三藏、精於中觀的著名高僧，也是嘉木樣活佛之下的四大賽赤（法座）之一。他幼年在拉卜楞寺出家，七歲時被認定爲貢唐倉二世轉世，並拜二世嘉木樣活佛爲師。貢塘活佛儘管著述頗豐，但詞句生硬，爲此他的恩師二世嘉木樣活佛曾再三告誡他說：「著作需詞藻流利而內容易懂。您的著作內容難懂，詞句生硬。」三世嘉木樣活佛開始學經後，貢塘活佛送給他一本書看，不久這位活佛問小靈童說：

「這是什麼書？」

「是我上一世的《秘傳》。」

「寫得怎麼樣？」

「看起來似乎生硬一點。」

聽到此語，賈塘活佛立刻回憶起了恩師二世嘉木樣活佛的教導，心中對這位小靈童頓然起敬。

一天，拉然巴格西洛桑丹增等學者在一起談論著述方面的問題，小靈童突然插入一話：「著述是怎麼樣的？」格西回答說：「新編偈頌散文就叫著述。」隨後衆人請求道：「請您賜撰一篇。」小靈童拿起竹筆，一氣呵成：

「敬奉菩提道野獸，敬奉聖菩提薩埵，頂禮無上之菩薩，頂禮不動佛陀尊」。

衆學者爭著看後，瞠目結舌，大爲震驚。他們看不出來這位小靈童竟然可以把《大乘經莊嚴論》所述的全部內容融爲菩提道體，概括爲四句偈文。這與二世嘉木樣活佛過去所說的「若要把一切經論歸結爲一句話來講述，是可以做到的」說法完全相同。以後貢塘活佛在他寫的三世嘉木樣活佛秘傳中，還專門贊頌三世嘉木樣活佛說，雖然他的文中沒有華麗之詞，但是義理深刻就如同佛陀的聖旨，他那簡明扼要的奇文善言，就如右旋白螺，被僧衆稱道。

小小靈童，四句詩行，就使得拉卜楞寺的大學者們五體投地，這眞是世上罕見的事情。

下面是拉卡楞寺另一位小靈童的故事。

貢卻嘉措瓦活佛是拉卜楞寺的第四十一任堪布，他於一七九〇年出生在翁則夏吾那爾地方的塔秀家族之中。四年後，一位叫繞丹覺巴的拉卜楞寺大學者突然來到塔秀家族，因爲有人告訴他這裡的一戶人家誕生了一位轉世靈童。繞丹覺巴的脖項上戴著一串桃核念珠，腰間插著一把脛骨號筒。他剛在靈童家坐下，一位小男孩就從背後走過來，指著他那把脛骨號筒說：「這是我的，我需要他。」說著強行拿走，交給了阿尼塔秀才丹的妻子和阿莽・洛桑堅參的侄女阿玉。兩人將脛骨號筒放在一個小箱中關上了蓋子。繞丹覺巴並不生氣，他一眼就能感覺到這孩子就是人們傳說中的小靈童，他心想看來自己這次會不虛此行。晚上，靈童的母親給他餵奶，然後哄他睡覺，最後從阿玉的手中拿過脛骨號筒還給了繞丹覺巴。靈童睡醒後，看見脛骨號筒不見了，哭了好一陣。後來，小靈童被迎請到拉卜楞寺坐床後，繞丹覺巴將那把脛骨號筒還給了靈童，因爲它本來就是小靈童的上一世暫藉給他的。

關於這把脛骨號筒，據說還有這樣一段神秘的來歷。前一世尊者到一個靜處進行七日閉關修行後，將一片帳篷布纏在腰間，把褡粑口袋挎在肩上，拄著用帳篷桿做的手杖上路後，一連幾日，天降大雪，靴子也爛了，腳上凍裂了口子，裂口裡凝著血珠。一天夜裡，他躺在雪地上夢見一個人說：「明天，對面的那條山溝裡，將有一位得道者背著一具死屍前來。若能得到這具死屍的兩條脛骨，這生就可修得殊勝成就；若能得到一條脛骨，這一生就可以修得較高的成就；若一條也得不到，這一生就修不到任何成就。」第二天早晨，這位僧人在去對面山溝的途中，眞的看見了一位得道者背著一具死屍走來。可是到了跟前一看，那兩根脛骨早已被兩個修道者買走了。據說還是用一塊紅綢包著拿走的。他心裡非常懊悔，心想自己的一生也許就是這個樣子了。過了幾天，他在途中揀到了一個紅綢包，打開一看，竟是那兩條被人買走的脛骨，心中充滿了喜悅。後來他用此骨做成了兩把脛骨號筒。一把送給了他的弟子，另一把交給了繞丹覺巴保存。現在這位小靈童既已認出了舊物，他正好可以奉還了。

據其他藏文史料記載，當拉卜楞寺的僧人讓這位靈童認定前世用過的東西時，他看見一塊舊包袱包著《知識虛空論》、《佛號贊》等經書和一件用布縫成花斑的紅氈雨衣，這兩件物品依然還散發著往日戒香的氣味，他認出了這些舊物，內心非常悵惘，哭泣了好一陣。最後，這位小靈童經貢塘活佛用糌粑團占卜後，認定為活佛，五歲時被迎請到拉卜楞寺坐床。相傳這位活佛從八歲開始進學經，他學習勤奮，經常十天或二十天不食一口糌粑。這也許也是靈童的一大特徵。

雍正皇帝喜歡的青海靈童

三世章嘉活佛被認定為轉世靈童後，噶欽喜饒達杰和德木齊等主僕一行於一七二〇年的五月趕到了這位轉世靈童的誕生地，準備迎請他去塔爾寺。六月初一日出之時，噶欽喜饒達杰一行開始在寢帳為靈童舉行盛大的宴會。這一天，天際碧藍，風和日麗，幾道彩虹飛跨山谷。宴會結束後，衆人走到帳外，坐在馬蘭草叢中，開始享受高原夏日的風光。這時，小靈童在一簇馬蘭草上鋪上一條白綾新手巾說：「這是傘蓋、法幢和旗幡。」然後玩起遊戲。一會兒他又對這些遠方的客人說：「以前，皇帝帶著滿山遍野的侍從前來，擊鼓吹號，法螺喧天。皇上進屋後，立即獻茶。」這是二世章嘉活佛圓寂的前一年，康熙皇帝御駕光臨多倫諾爾章嘉活佛寢宮用茶時的情景，靈童身邊的人無不堅信他是前世章嘉活佛的眞正轉世，不覺虔誠頂禮，熱淚盈眶。著名的藏族學者土觀・洛桑卻吉尼瑪活佛曾寫過這樣一首詩來記述當時的情況：

前世的經歷像一幅圖畫，
清楚地映現在靈童心中。
人說洛桑卻丹已經圓寂，
由此看來所說全是假的。
靈童講說往事猶如驚雷，
震動弟子信徒們的心靈。
歡喜和信仰像聚集濃雲，
淚水如雨絲不斷地滴落。
不要說是回憶前世經歷，
那些智力平凡的小童子，
今生所學也很難不忘記，
卻喧嚷自己生來有知識。

兩天以後，塔爾寺的僧人們帶著小靈童離開甘肅涼州（今武威），前往青海省互助縣的著名黃教寺院佑寧寺。一路上，所經村舍、牧場和大小寺院，都受到衆多僧俗的熱烈迎送。一天，主僕們議論說：「明天是吉祥日子，應去禪房做頂禮和供養法事。」此時，小靈童也顯得很高興，他認眞地對身邊的僧人說：「六月初四是佛陀轉動法輪的日子。」僧人們大吃一驚，無言以對，從心眼裡敬佩他們未來的寺主。這一日，迎請活佛的隊伍來到了霍爾寺，全寺僧衆列隊歡迎，隆重迎請靈童到大經堂，舉行僧人獨特的歡宴儀式。宴會中間，小靈童看著右排一尊釋迦牟尼塑像的帽子說：「我要那尊佛像的帽子！」霍爾寺的卸任主持丹炯聞言，立刻取下帽子，口中贊道：「吉祥瑞光普照十方。」小靈童得到帽子後，顯得異常高興，馬上用多種樣式戴在頭上玩起來。據說這是吉祥圓滿的因緣，在場的僧俗都驚嘆靈童的佛性。

小住一夜，迎請隊伍又騎馬上路了。高原的六月要算最美的時刻，那些五月前後才發出的新芽，現在已把山谷連成了一片綠色；周圍的山腰上，纏繞著巨大的雲龍，一切都神秘而又新鮮。小靈童今天的興致也很高，凝望著山峰的雲海，他好像又想起今天是佛陀轉動法輪的日子，口中高聲念誦起觀音菩薩陀羅尼咒來。噶欽喜饒達杰騎馬上前請示靈童說：「我們去嘉雅寺吧！」靈童問道：「我們要去嘉雅寺，那嘉雅寺的名字叫什麼呢？」左右的僧人都不知寺名，不知如何回答。靈童說：「嘉雅寺的寺名有噶丹兩字。」過了一會，嘉雅寺的僧俗歡迎隊伍同他們相遇了。一些僧人還沒有忘記剛才的事情，他們向嘉雅寺的僧人打聽後，對方回答說：「叫噶丹德欽林」（直譯為具喜大樂洲），果然寺名中有「噶丹」兩字，眾人都很驚愕。

在嘉雅寺經堂舉行的盛大宴會上，靈童看見法座右面的三世佛像造得不太精美，便仔細詢問道：「這些是什麼佛像，手執什麼法器？」寺僧回答後，他說塑像的工藝粗劣，隨後又仔細看了一遍壁畫，說：「這些是漢族繪製的。」小靈童的聰明精細和天才般的佛像鑑賞能力頓時在嘉雅寺一帶傳為佳話，當地的僧俗百姓都爭先恐後來拜見這位靈童，小靈童一時高興，張口為眾人念誦了贊頌宗喀巴大師的「穆則瑪」和觀音菩薩陀羅尼咒，令廣大信徒心滿意足。

六月初七，迎請靈童的隊伍來到了仙米寺，受到了仙米活佛丹增赤列嘉措及寺僧的盛情款待。仙米寺的夏茸仁布且大師與小靈童一見如故，心心相印，十分融洽。當一名僧人敬上一盤冰糖時，靈童先拿起幾塊放在口裡，然後也給了夏茸大師幾塊。當時，仙米夏茸仁布且向僧俗解釋此事時說：「小靈童的這種做法表明，他雖然沒有直接說是我們的上師，但實際上他是我們的上師的真正轉世。」說完合掌向靈童深深地致敬。宴會時在座的還有一位僧人叫熱堅巴，從前他有緣曾與二世章嘉活佛交往過，小靈童一眼就認出他來，並當眾叫他熱堅巴，這使仙米活佛、夏茸仁布且爲首的所有參加集會的喇嘛和信徒更加敬信。

離開仙米寺前，靈童的母親來見他，小靈童說：「我們去佑寧寺以後，您同索南、才讓卓瑪一起回家去吧，我和父親在佑寧寺小住一時然後就回家來。」一個年僅四歲的小孩，說起話來完全就像一個成熟的青年，對此人們紛紛議論，說他必將成爲一個聰明睿智的大活佛。

這一天，他們將在甘欽寺小息。早有準備的甘欽寺僧俗打著傘蓋法幢，敲鑼擊鼓，把小靈童迎至甘欽寺的大經堂法座上盛情款待。宴會期間，三世章嘉靈童擂鼓擊鈸，玩得饒有興趣。甘欽寺的老僧高興地對衆人說：「二世章嘉活佛生前從西藏一回到安多（藏族稱青海、甘肅一帶藏區爲安多），就在甘欽寺創立了曼卻法會，親自爲我們教授敲鼓擊鈸的方法。現在眞是舊景重視。」全寺的上下喇嘛和當地的貴族百姓代表聽說此話，誰人不驚！誰人不信！

離開甘欽寺後，途中下起暴雨，近侍們收起了傘蓋，披上雨衣，緩慢地往前走。章嘉靈童有好幾次提醒到：「佑寧寺的人迎接來啦，把傘蓋撐起來吧！」喇嘛們只好將表示身份和地位的黃色傘蓋撐開。沒行多遠，他們就在雨霧中與佑寧寺卻藏學院的管家噶居洛孜達杰帶領的歡迎隊伍相遇，章嘉靈童的隨行人員都爲之一驚。第二天，小靈童爲佑寧寺來的活佛和喇嘛摸頂祝福後，兩路人馬重新上路。途中經過一條小河，靈童說：「我要洗浴，但這裡不行，那邊山背後有一條大河，我要在那洗澡。」走過這條路的喇嘛都很清楚，靈童說的那座山叫香達，香達山的背後有一條叫喀利其的大河。小靈童是頭一次出遠門，也從未有人給他講過路途的山水地名，他怎麼會知道這麼詳細呢？只有二世章嘉活佛的轉世眞身才有如此神通，因爲這條山道，他生前不知路過多少次。那些頭一次見到靈童的佑寧寺喇嘛一下就被他的靈氣震得目瞪口呆。

據三世章嘉活佛的傳記記載，他被認定坐床後，一直住在佑寧寺的章嘉拉章佛殿。此時他才四歲。一次章嘉拉章的管家在章嘉靈童的身邊說：「想把二世章嘉活佛修持的釋迦牟尼佛銅像捐獻給寺院，可我就是不知放到哪個佛像箱子裡了。」小靈童看到管家的滿臉愁雲，沒有說話，拉著管家走進佛堂，指著一個箱子說，「在這個箱子裡。」管家打開一看，那尊銅佛像果然在裡面。

章嘉靈童的生活圈子很多時間都是被限制在佑寧寺的章嘉拉章佛殿，所以他只能對身邊的事物感興趣，而且人小心細。一七二一年六月的一天，他看見經堂上二世章嘉活佛捐獻的銅鑼時，問近侍楚臣達杰：「那是什麼？」楚臣達杰回答說：「是銅鑼。」靈童說：「這個銅鑼是我獻給佑寧寺的。」另一位叫噶舉阿旺倫珠的喇嘛半開玩笑地說：「您可不要說假話。」靈童很認眞地說：「天神可以作證，這是我從皇宮裡帶來獻給寺院的。」儘管這是二世章嘉活佛所做的善事，但這位轉世靈童依然還是記得清楚。

一七二二年七月十七日，佑寧寺一帶下了一場大雨。靈童望著深深的泥水對他的近侍們說：「我去皇宮時也下了這樣的一場大雨，走路艱難。」噶居喜饒達杰喇嘛問道：「當時您說了什麼？還記得嗎？」小靈童說：「當時我說：『天降大雨，我們是走好，還是停留下來好？』」噶舉喜饒達杰沒有再說什麼，當初二世章嘉活佛去皇宮時，他也是隨行人員，途中遇到的那場大雨和當時的情景他都記憶猶新。

在佑寧寺期間，三世章嘉活佛有時也喜歡在寺院裡到處轉轉，從神情上看好像是在尋找他以前的什麼東西。一天，他同近侍們在寺內巡視，他指著佑寧寺的一些喇嘛房舍對侍從們說：「這中間修了些我沒見過的房子。」便走過去，站在以前居住過的一間房屋前說：「這房子我認識，我在這裡住過好長時間。」認出了自己的故居，小靈童顯得很高興，他侃侃而談，向身邊的喇嘛講述了許多當時的情景，一些曾跟隨過二世章嘉活佛的喇嘛無不驚嘆靈童的記憶，而那些新來的侍衛們則不敢言聲，靜聽他們聞所未聞的古老故事。

土觀．洛桑卻吉尼瑪曾在十三世章嘉活佛的傳中引用了一些經文來贊頌這位小靈童的超凡記憶。他說：「《無盡智慧佛經》中說：『彼憶故居，雖過百世，亦不忘記。』《大方廣經》中說：『彼今世無迷而去，來世又無迷而生。』其他典籍也多處說明了轉世活佛的菩薩特徵。但是如今一些自稱爲活佛轉世的人，這方面的特徵連一點也看不到。」由此可見，在藏族信教群衆和衆多僧人的眼裡，三世章嘉靈童可以說也算名符其實的活佛轉世眞身。

從藏文史料上看，三世章嘉靈童在佑寧寺住下以後，不久，他就開始跟隨二世章嘉活佛的弟子阿則曲杰羅桑卻增巴學習。爲了更方便靈童的學習，這位前世章嘉活佛的弟子就住在靈童的身邊，教他學習藏文楷體的讀寫，靈童就是靈童，他稍學即會，老師毫不費勁。很快，他又學會了《法行祈禱》、《勝樂集密金剛畏怖三密修習法》和《護法神酬供儀軌》等急需的常識。小靈童天資職慧，才智過人，在溫習課文時就能講出詞意，並說出學後的體會。

因爲常在靈童身邊，羅桑卻增巴發現他說法時的神態同二世章嘉活佛一模一樣，這使羅桑卻增巴有些不相信自己的眼睛，可小靈童講習課文的樣子，分明就是恩師的再現！

據土觀．洛桑卻吉尼瑪本人的回憶，三世章嘉活佛曾親口對他和其他弟子說過，他年幼時，在夢幻中見過印度的一位大成就者說：「我派人保護您。」以後，他常在睡夢中感到有兩位瑜伽咒師每天夜裡輪流守護他，一直到他成年後方才消失。後來土觀大師推想，才知那兩位咒師可能是怙主和天女的化身。土觀大師曾有一詩是這樣贊頌小靈童的：

童年佛子話語的濃雲中，

對先世的記憶猶如春雷，
在弟子們耳邊一再震響，
顯現出生來智慧的美妙。

如芳香從無數代旃檀樹的枝幹，
不斷散發出無窮奇妙，
今生從幼時即顯出法力。

如果不是護持這佛陀幼苗，
我們呼喚護法應感到羞愧。
護法主尊依怙兄妹倆，
日日夜夜都將您守護。

歷代轉世都未曾離卻，
尊勝功德如不舊金飾，

文字讀寫和修法儀軌，
自然是早已熟記心中。
……

我們知道，土觀·洛桑卻吉尼瑪在藏族群衆中是極有影響的大活佛和大學者。他一七三七年出生在今甘肅省天祝藏族自治縣松林鄉，六歲被認定爲佑寧寺土觀呼圖克圖阿旺卻吉嘉措的轉世靈童，被迎請到佑寧寺坐床，成爲第三世土觀活佛。他年輕時在佑寧寺學習佛教典籍多年。十九歲時前往拉薩，入哲蚌寺郭莽扎倉經院學經，主要在二世嘉木樣活佛門下學習。他曾爲佑寧寺第三十六任法台，清乾隆年間在京城還任過掌印喇嘛、御前常侍禪師等職，以後又任塔爾寺法台。像他這樣有名望的高僧都不惜筆墨贊頌三世章嘉靈童的靈氣和佛性，一個普普通通的信徒或者是僧人，他們的信仰當然更不會游移。

十世班禪額爾德尼·確吉堅贊在他圓寂前曾說過，一個僧人或一個活佛，要講眞話，這才不違背釋迦牟尼的教義。在藏族群衆看來，活佛，尤其是那些著名的大活佛，他們就是聖潔或者是眞理的化身，他們所說的一切都像佛的聖言，是不容懷疑的。所以，像土觀·洛桑卻吉尼瑪活佛所寫的《章嘉國師若必多吉傳》，或者是由其他高僧大德活佛所寫的有關某位活佛轉世靈童的記載，都像是神聖的眞言，藏族群眾是深信不疑的，這是數百年來，藏傳佛教文化所積澱的心理特徵之一。

據《章嘉國師若必多吉傳》記載，一七二三年，青海首領丹津親王反叛清朝，年羹堯和岳鍾琪率部平定青海蒙古。當時有色科寺的色欽然絳巴等人協助蒙古軍隊，致使清朝雍正皇帝下令懲治色科寺，隨後其惡運累及佑寧寺等眾多大小無辜寺院。此時是雍正帝即位的第二年。以前，雍正帝曾從二世章嘉活佛阿旺羅桑卻丹聽受過佛法。作爲祈願即位執政的因緣，他曾賜給章嘉活佛一副珍奇的座具。後來他果然夙願實現，由此對章嘉活佛極爲崇拜信服。這時雍正皇帝突然想到章嘉活佛的轉世靈童正處在兵荒馬亂之地，大爲不安，立刻諭令年羹堯和岳鍾琪兩將軍：朕之上師章嘉大國師之轉世尚在彼處，應火速送來京師，不得有分毫傷害。

青海兵亂時，三世章嘉靈童被喇嘛們藏到了離佑寧寺有兩日路程的山窪裡。這裡森林稠密，無邊無際，山崖與激流相接，地勢極爲險峻。此處一座叫恰斯的山頂上，暗藏有一石洞，小靈童就躲在這裡。另有兩名隨從守護在身旁。爲了不被人發現，他們白天不敢做飯，只有到深夜才匆匆燒水煮飯。兩位隨從整天提心吊膽，而小靈童卻毫不在意：「我們不必這樣藏起來，還是到一個寬闊的地方坐下來，舒舒服服地吃一頓飯。」

年羹堯和岳鍾琪得到聖令後，下令十五歲以下兒童一律不準傷害，並勒令小靈童藏身的附近部落和寺院交出靈童，否則將村落寺院夷爲平地。在此關頭，佑寧寺只得派管家前去迎接小章嘉佛。

管家來到恰斯山的前一個晚上，小章嘉佛夢見一個人對他說：「明天有人來接您，還是大膽地跟他們回去好。」翌日，他給侍從們說後，堅巴古仁巴不高興地說：「依您的夢看，我們還是把頭送去爲好。」小靈童爬到一面山崖上往遠處眺望，突然，他看見幾匹馬從遠處奔來。小靈童高興地把這個消息告訴了侍從。堅巴古仁巴說：「像您夢見的那樣，取我們頭的人來了。」說完倒地大哭。

轉眼間，這群人馬來到了洞裡，堅巴古仁巴破涕爲笑。管家來到靈童跟前說道：「現在不但隱藏不住，若不馬上回去，地方和寺院還要遭殃，最後還是得回去。」章嘉靈童說：「我看回去不會有大難，就是遇到災難，也只是我一個人，沒有什麼可後悔的。我若不去，爲我一人累及無數生命，卻典塘寺也將搗毀，最後我也保不住，還是馬上回去爲好。」衆侍從和喇嘛既敬仰又悲傷，泣不成聲。其後，兩三個侍從輪流背著小靈童，沿著崎嶇山路來到一個比較開闊的峽谷時，佑寧寺的人早已在那裡支起帳房，等候小活佛的到來。

三天以後，章嘉靈童一行來到了清軍的軍營附近。章嘉拉章的管家巴燕昂索哀叫道：「現在小活佛被迫去軍營，僧人中若有願隨行服侍者太好了。這是去赴殺場，如果答應也難勉強……」阿則曲杰說：「我從靈童四歲就跟隨到現在，在此緊要關頭，不忍相棄，死則同死，生則同生，沒有什麼不能去的」。於是主僕十一人來到營房前。

士兵將其他九位僧人擋在帳外，只讓阿則曲杰領著小靈童去參見岳鍾琪將軍。士兵們讓小活佛跪在地上，岳將軍高聲喝問：「活佛，你是章嘉呼圖克圖的轉世嗎？」小靈童答道：「神佛和可信賴的上師們說我是章嘉活佛的轉世，所以居於此位。」將軍又問：「你的前輩極受大皇帝的眷顧，賜給無數賞賜，你為何要反叛大皇帝？」靈童說：「凡有心腸之人，誰會控告一個八歲小孩會反叛大皇帝？」岳將軍看了看其他將軍，微微一笑，說：「你既然沒有反叛，為何不待在自己的住處，卻逃匿到深山老林？」小靈童說：「誰不愛惜生命，聽說來了一支殺人的大軍，感到害怕就逃走了。」那些軍官們聽了此話，都忍不住笑出聲來。

當小靈童一行被岳鍾琪帶到西寧後，年羹堯宣示了雍正皇帝的諭旨，佑寧寺的喇嘛們才放下心來。到西寧不久，小靈童得了天花病。這以前阿則曲杰曾對小章嘉靈童說過，「漢地的城市容易染上天花，早晚要念誦葉衣佛母咒和各種佛母的咒語。」小靈童卻說：「何必費力去念咒！我今生大概要在漢地度過，這次要是出了天花，從此就放心了，難道不好嗎？」小靈童的這些話，實際上是預示了他今後一生的道路。從歷史記載看，三世章嘉活佛一生的大多數時間確實都是在北京度過的。

章嘉靈童到達北京後，當時的掌印喇嘛土觀活佛派管家遠道相迎，北京的僧侶等各方代表也親往或派人前來巡接。據記載，當章嘉靈童離開西寧的奏章呈給雍正皇帝時，他對土觀活佛說：「章嘉轉世靈童到北京後，暫居你處，待學會禮儀，朕再召見。」當時土觀活佛是北京的掌印喇嘛，極受清帝寵信，政教地位都很顯赫。但是，二世章嘉活佛曾是土觀活佛的恩師，所以轉世靈童前往旃檀覺臥寺（弘仁寺）的土觀拉章佛殿時，土觀活佛親自到寺院大門迎接。兩人相見，猶如多年離散的母子相見，十分興奮。

在這裡，土觀活佛每日教給他覲見皇上時，如何以敬語稱呼，甚至如何站跪，如何邁步等禮儀。一日，雍正皇帝傳諭將駕臨旃檀覺臥寺，屆時要召見章嘉靈童。章嘉小活佛站在佛殿院外的僧衆隊伍前頭，當皇帝駕臨時，章嘉活佛便跪在地上，呈獻一尊無量壽佛銅像和一條長哈達。皇帝下轎，拉著小靈童的手扶他起來，說：「活佛先進屋！」章嘉靈童又跪下，熟練地按照禮儀說：「請大皇帝先進！」雍正皇帝將小靈童抱在懷裡走進房內，讓章嘉活佛坐到座墊的中間，皇帝自己坐在座墊邊上，拉著靈童的手，想起二世章嘉活佛，不覺流下了眼淚，一時說不出話來。此後，雍正帝把年羹堯召到跟前，說：「你將青海、蒙古全部收歸治下，朕並不怎麼高興，而你把朕之喇嘛的真正轉世靈童迎請至京，與朕會面，卻使朕高興之至。」以後雍正帝還下令，這位小活佛享受前世章嘉活佛一切尊貴的生活待遇，可按前輩所授封賜乘皇帝御用的黃幃馬車，坐黃龍金座。從此，章嘉靈童開始了他一生的京城生活。

第14章 文殊菩薩的轉世

文殊菩薩的首要弟子

十四世紀期間，在西藏出現了另一個出類拔萃的佛教人物，他的誕生給藏族人，乃至蒙古人的佛教生活都帶來了光明和希望。

他名叫宗喀巴，生於藏區的東北部。他創建了新教派「格魯派」，俗稱黃教。爲了將他的信徒與別的信徒區別開來，宗喀巴規定他們戴黃帽，而噶瑪派和噶舉派的僧人戴的卻是紅帽。

宗喀巴通過強化寺規，強調虔誠，在這一占壓倒優勢的教派中喚起了巨大的信仰復興精神。他不僅堅持僧尼要嚴格禁欲，不許喝酒，而且使佛教消除了一些本教中的薩滿教影響和其他一些迷信作法。

達賴、班禪額爾德尼就屬於格魯派。

宗喀巴（一三五七～一四一九）原名羅桑札巴，出生在今天的青海省湟中縣塔爾寺地方。包括西寧、湟中在內的青海東部湟水流域，在吐蕃時期就被稱為宗喀，宗喀巴成名以後，藏族人民為表達對他的尊崇，不願直呼他的名字羅桑札巴，而尊稱他為宗喀巴，還有的人尊稱他為杰仁波且，意為寶貝佛爺。

很自然，像宗喀巴這樣的偉大人物，民間有關他的傳說是很多的，尤其在西藏佛教的許多著述中，關於他的前世以及轉世降生的傳說更是具有相當的傳奇色彩。

宗喀巴的弟子克珠杰，也就是一世班禪在他寫的《清淨雪山篇》中說道：

大師在往昔的轉世中，
已成為文殊的首要弟子，
擁有咒、辯、定的神通，
慧眼能觀諸法的真容。

對這首小詩的解釋是一個神奇的傳說：

在往昔的無量劫以前，如來出現在世間，在海一般寬廣的弟子聚會中，如來轉動成為金剛乘的法輪。

這時，至尊宗喀巴大師已是文殊菩薩的首要弟子，是一位具備了陀羅尼咒、辯才、神通三摩址（即定）、真實照見真諦和俗諦的清淨智慧的大師。他同師尊文殊菩薩等一同來到如來的金剛乘法會上。

如來佛發出梵音妙語說道：「所有的菩薩，誰能在無數不淨的世界中，不顧身命弘揚中觀與金剛乘相結合的妙道，這位菩薩就會成為所有菩薩中最卓越、最殊勝的佛。」

如來佛如同獅子般吼叫的聲音，在宗喀巴大師的心中引起了極大的振盪。他從浩繁的人海中迅速站起，以毫不畏懼的聲調當眾宣誓：「從現在開始，我願不顧身命，在無數不淨的世界中，弘揚甚深中觀與金剛乘相結合的妙道。」

宗喀巴的勇氣感動了衆人，如來佛等各方佛子都為他作證立誓，同時也像他那樣紛紛發誓，並同聲贊頌道：「善哉！你是大志菩薩。」

這時，如來佛從身體中放出無限光明，面帶微笑地說道：「正如你所立誓的那樣，從現在開始，你在無數不淨的世界中，弘揚顯密正法，最後在『稀有殊勝莊嚴刹土』中成佛，名『獅子吼如來』。」

這則傳說要講的是，至尊宗喀巴大師在很多劫以前，早已證得了『無上菩提』而成佛，至於他在如來佛面前的誓言，則為宗喀巴在藏地弘揚佛教作了伏筆。

在一世班禪的《宗喀巴大師密傳》①中，他提到了有關宗喀巴大師前世的傳說：

喇嘛鄔瑪巴童年時代，在壩康地方作牧童時，他的胸間常常發出「阿惹巴扎那」

（文殊心咒）的嗡嗡之聲。這種聲音使他全身毛孔豎起，似乎到了心不能持的地步。由於他常與至尊文殊見面，就向他問起宗喀巴大師的前世情況，文殊菩薩說：「釋迦牟尼在世時，宗喀巴在印度轉世爲婆羅門之子。那時，他與一位穿比丘裝，名叫牟比洛卓的菩薩相遇，這位菩薩非常的高興，就讓宗喀巴跟隨他當了隨從，聽受了許多教法。」

「有一天這位菩薩領他來到釋迦牟尼座前，謁見時，宗喀巴發菩提心。他把一串純潔無瑕的有一百粒水晶珠子的項鍊供獻給了佛祖，並在釋迦牟尼的面前發願。由此，他播下了通達全無顚倒的眞實空見的種子。」

宗喀巴大師的前世究竟有多少，藏文史籍上的說法是不統一的。從《至尊宗喀巴大師傳》的統計，如來、至尊文殊、大志菩薩、寶賢菩薩、蓮花生、龍樹、卓彌大師、阿底峽、瑪爾巴、塔波拉杰等，都被認爲是宗喀巴大師的前世。該書還認爲，在宗喀巴於青海出生以前，共轉世了十七次，其中有七次是轉世爲班智達（智者）。

在《宗喀巴大師傳稀有懸記之音樂》一書中還說，在宗喀巴的十七次轉世中，在印度三次轉世爲大班智達，二次轉世爲小班智達。在西藏三次轉世爲善知識者，一次轉世爲班智達。他還有一次是轉世爲天神，而剩下的則轉世爲普通凡夫。

對於像宗喀巴這樣的偉人來說，在後來被人們牽強附會地加上一些神奇般的傳說是非常正常和可以理解的。正如釋迦牟尼的傳記一樣，它作為人們內心的渴望和信仰的結果，不論在過去還是未來，都可以廣求偉大事業的建立和成功。

同樣，對於宗喀巴大師來說，人們也將那些相同的美飾之辭加在他的身上。他儘管被看作觀世音菩薩或者是文殊菩薩的化身，但到他（宗喀巴）此身時，他應該是觀世音菩薩或者是文殊菩薩的第六十二轉世化身。②

在此以前，古印度的諸王紛紛在西藏轉世，而且都與佛教有緣，這些人和西藏佛教舊派僧人中的傑出者們，幾乎都成為宗喀巴的前世轉世化身。此外，相傳他圓寂以後還要在兜率天再生成為文殊心佛，更有甚者，他在未來還會轉世成為獅子吼佛。

黑暗中的閃電

我們在前面已經提起過，在活佛投生轉世的前後，其相關的傳說是非常精彩的。在宗喀巴大師出生的年代，活佛轉世的制度已開始在噶瑪噶舉派中實行，儘管說後世的人們並不把宗喀巴看成活佛，但在他的出生問題上，我們仍然可以看出，有些傳說故事與後世的活佛轉世理論是一脈相承的。

我們先來看有關預言宗喀巴轉世的傳說。

一本叫做《瑪吉「厥」法廣釋》的預言著作這樣寫道：

一位叫瑪吉的聖者對他的弟子說：「與爾時間相同的時間中，將有一位能使佛教戒規較現在略顯昌明的聖者出現，就如同黑暗中一道閃電發出的光明。」

弟子問道：「到那時還有多少年？在濁世當中，國法和教法都將衰頹，那如同閃電般一度使佛法昌盛的光明，是否因瑪吉您的慈悲加持而來的？」

瑪吉答道：「女兒！你善為諦聽！那時的濁世中，能使佛教昌盛者，不是我瑪吉。那位能使佛教昌盛的大德，現在住在印度『布達』山的東南交界處。那位為利益有情而行苦行的菩薩，他是具足殊勝正念、殊勝正知和殊勝志氣的菩薩。有時他在觀世音菩薩座前求法，有時在彌勒佛座前求法，有時在無量壽佛座前求法，有時在文殊菩薩前求法。這位菩薩在未來的濁世中，將去西藏著比丘裝，他能使佛教昌明。」

這位瑪吉還說：「這位比丘就是現在所說的名叫扎巴的僧人，他將肅清佛教中發生的許多錯亂，創建佛教的清淨戒規。這位在西藏出現的比丘，他所做的事同釋迦牟尼在贍部洲大轉法輪是相同的。」

這則傳說不僅講了宗喀巴的前世將在西藏轉世，更有甚者，它還預示了轉世後宗喀巴所要完成的事業。

還有一個傳說講，一世班禪克珠杰轉世為「大理鵲」（古印度一大德）時，月稱大師也預言了宗喀巴轉世的情景。他說：

未業濁世末，
邊遠雪域中，
一位善慧士，
能使佛教宏，
昌我善妙理。
赤面具緣眾，
解脫還成功。

按西藏高僧的解釋，「善慧」就是宗喀巴的名字，而「赤面」則是指西藏人。所以月稱的這首詩歌也預言了宗喀巴的轉世。

關於宗喀巴的前世具體投胎的情景，《至尊宗喀巴大師傳》是這樣描述的：

在佛意無漏的法界中，宗喀巴的前世以無垢眼觀察了美滿的地方、時間、父母、種姓、母系血統後，他才投入母胎的。

地點是具足十種妙吉祥的地方，也就是東方多康的「宗喀」，這裡是前代西藏諸藏王統治的地方，此地的優越功德，在傳說中被人們贊揚。

父親是權勢極大的魯繃格，是美滿的瑪氏家族的後裔。他勇敢而機警，異常堅毅，賢明銳敏。對上師三寶極具敬信，對貧窮百姓極爲慈愛，喜愛布施，常誦《聖文殊眞實名稱經》，他是一位精勤於善法的上流賢人。

母親叫辛姆阿卻，她遠離婦女的過失，誠實而本性善良，對衆直言，尤其悲憫貧弱和無依無靠人，常作禮拜，喜歡口誦文字大明咒，繞寺轉經。她是一位身、語、意都完全精勤於善業以度過日子的善女人。

宗喀巴的父母一共有六子，宗喀巴是第四子。

關於佛進住胎宮的情況，《俱舍論》中說：

其一如知而進入，

其他知往知生起，

此外一切皆不知。

這句話是說，轉輪王等只知道入胎，而住胎和生起（出生）則不知道；聲聞和獨覺只知道入胎和住胎，而生起卻不知道；佛世尊則是生起、入胎、住胎三者一切皆知；惟有一般凡夫，全不考慮入胎、住胎和生起，對一切都昏昧無知。

宗喀巴的前世是與佛相同的正知正念者，所以有關自己投胎、住胎、出生的情況都是一清二楚的。這些當然是後來，他的弟子從他的口中得知的。

藏曆火猴年末，也即公元一三五六年底宗喀巴的前世投胎住入母親辛姆阿卻的胎宮以前，他的丈夫做了一個夢：

一位漢地五台山的僧人來到他家，他雙手捧著綴滿花蔓的法衣，以及說是三十三天界的樹葉實際類似黃綢的僧裙和一部經函。僧人說：我向你借一住處。說完他就往樓上的佛堂中去了。宗喀巴的父親想：自己專一念誦《文殊眞實名稱經》，或許是文殊的化身來了。

後來，他又夢見：金剛手菩薩從金剛手剎土拋擲下一根光焰熾熱的黃金金剛杵，飛入妻子的懷中。

宗喀巴的母親也夢見：

在鮮花盛開的草原上，出現了一支有千人左右的婦女行列，自己也在其中。這時，從東方來了一位白淨的童子，他手捧淨瓶；接著從西方來了一位紅色的少女，她的右手握著一把孔雀羽毛，左手拿著一面鏡子。

童子和少女相商後，然後童子指著那些婦女一一詢問，少女都指出了她們各自曾犯過的一種過失。童子最後指著宗喀巴的母親問少女說：「這位可以嗎？」少女微笑著說：「可以！」於是童子對宗喀巴的母親說：「請你沐浴吧！」說完就把瓶中的淨水倒在她的頭上。這時，她感覺到身垢全淨，樂意盎然。

宗喀巴的母親醒來後，仍然感到全身輕快，心中安樂。她不由得產生疑問，心想：這是什麼徵兆？

藏曆火雞年（公元一三五七年）陰曆正月初十日晚間，宗喀巴的母親在夢中又夢見：

許多僧俗男女，手持幢、大鼓和其他不同的樂器，說是來宗喀迎接觀世音菩薩。然而他們向四方觀望也未看見有菩薩就來。過了一會，他們仰望天空，看見雲縫中有巍然如山的金身，放出太陽般的光芒，普照四方。在悠揚的法音中，衆多的天子和天女身著美妙的服裝，冉冉地從天而降。他們的周身都圍繞著金身。

天子天女越降越低，金身也越來越小，當他們降到宗喀巴母親的頭頂時，都變成了僅有五寸之高的極其美麗的金身，很快，這些金身都進入了她的身體中，那些侍眷和迎接的僧俗男女們也隨之溶入她的身體中。

從第二天起，宗喀巴的母親即感到神志清明，心身歡樂。從那以後，她開始自然而然地愛護和潔淨自己的身體。

相傳宗喀巴的母親做夢的這天，就是宗喀巴的前世入胎的時間，即火雞年陰曆正月初十日。

在藏族人看來，宗喀巴的前世入胎的時辰是非常吉祥的，而且具有象徵的意義。《至尊宗喀巴大師傳》解釋說：陰曆正月是釋迦牟尼在「舍衛城」（古印度一城市名）示現各種神變降伏了外道六師祖的著名的神變殊勝大節時期。其中的初十日又是四大天王供養釋迦牟尼和侍眷的時刻。宗喀巴的前世在這一神變大節日入胎，標誌著末劫中釋迦牟尼的教治將近衰頽的時刻，未來的宗喀巴將再次豎起教法永不衰落的幢幡，做出使教法如白日煖明朗照的事業。

③《至尊宗喀巴大師傳》還解釋說，夢見金剛手拋擲金剛杵落入母身，夢見觀世音到來等情節說明：宗喀巴大師不僅是文殊菩薩轉世而來的，而且也是三怙主的聚合而轉世投生的。

宗喀巴誕生的日子是非常奇特的，正像往昔釋迦牟尼誕生、成佛、涅槃的時間，都在四月十五日那樣，宗喀巴大師的誕生和圓寂時間，也都是陰曆十月二十五日。這一天正好是空行聚會的殊勝大節日。

宗喀巴誕生的日子，正好是元順帝統治國政時期的藏曆第六繞迴的火雞年十月二十五日（元順帝至正十七年丁酉，公元一三五七年）。相傳這一天，宗喀巴的母親夢見：

排列整齊的僧眾，手捧各種美好的供品，說是來朝拜佛堂。他們問佛堂在何處？這時，那位給宗喀巴母親沐浴的白淨童子出現了，他的手中拿著一把水晶鑰匙，他說道：「佛堂在這裡。」當即用鑰匙開啓宗喀巴母親胸間的一扇黃色小門，取出這之前進入她體內的那一尊金像。金像略有一點染污，以前在夢中出現過的那位紅色少女就用淨瓶中的水沐浴金像，並用孔雀毛除去穢氣。這時梵唄輕吹，僧眾向金像頂禮膜拜，敬獻供品。

這時，宗喀巴的母親從夢中醒來，正值啓明星燦然出現的時分。

文殊菩薩的轉世宗喀巴誕生了！

他誕生時，不是從胎門而出，而是開啓母親胸間的黃色小門出生的。

從歷史記載看，宗喀巴出生在安多的宗喀，現在爲青海西寧市西南的湟中縣，因此，大部分的人都稱他爲宗喀巴，即宗喀之人，這只不過是一種普通的稱呼而已。以後在宗喀巴的出生地，修建了一所用以紀念他的大寺廟，這就是在後世頗具影響的塔爾寺。

該寺又稱「古崩」寺，「古崩」意爲十萬體，因爲寺內有一棵有名的大樹，據說樹上的十萬樹葉，每片都以一個佛尊的姿態出現，這顯然是一個奇特的民間傳說故事，但正因爲如此，人們就將這個寺廟以及這個地方稱之爲「古崩」（十萬體）。

有關宗喀巴誕生地的「十萬樹」的神奇傳說，在一個叫岩次庫的旅行家寫的旅行記中也有記載，而且非常有名。④但有關這個傳說的內容卻很多，而且差別很大。一種傳說講，宗喀巴剃度出家後，他的頭髮上長出了一棵大樹，它的每一片葉子都有不可思議的印跡，這些印跡都是宗喀巴尊者的佛像，而且在這些樹葉上還有一些藏文，其內容無人知曉，可以說這些傳說故事內容的變化是很有意思的。

在另一個宗喀巴的傳說中講，當他出生時，剪斷的臍帶流了很多血，一棵大白檀香樹從血中長出，而且很快就枝繁葉茂，就在這裸大白檀香樹的每一片葉子上都刻有宗喀巴在未來要變成的獅子吼佛像。

一些藏文著作還認爲，呑服這棵白檀香樹的樹葉少許，還有除穢障、消魔疾、祛不淨等效用。直到現在，人們仍相信這種說法。⑤

關於宗喀巴出生時樣子，一世班禪在他的《宗喀巴大師傳誠倍之岸》中是這樣描繪的：

「大師從母體誕生後，其德相是：頭顱如傘蓋，額寬廣，眉修長而貼近，鼻高豐隆，耳長下垂，肢節和小肢節長大鬆展，軟腰平勻，天資聰穎，膚色如睡蓮般潔白。所有的世人只要見著他，無不驚嘆宗喀出生了一位相好莊嚴，美妙顏容的聖童。同時感覺比孩子擁有接受大地轉輪王寶冠那樣的榮威。」

少年佛學天才

宗喀巴大師的童年也像後世的著名活佛們的童年一樣，是充滿佛性的。

一世班禪曾說：

「大師在童年時代，就知道遠離孩童所有的惡劣行爲，而且天性厭離一切放逸戲玩之事。他的所有行爲，秉性嚴愼。對衆人和言悅耳，沒有忿恨，平易近人。對乞求者，不吝布施。對無依怙者，心懷悲憫，誠意忠言⋯⋯」

由於宗喀巴天生所具有的佛性，所以在他出生不久，就入了佛門。大約在他三歲的時候，著名的噶舉派大師噶瑪巴．若比多杰就給他授了居士戒，並預言說他將成爲第二佛陀再現於今世。不久，法王頓珠仁欽就將宗喀巴接到了自己家裡，直到後來他去衛藏之前，都一直與法王頓珠仁欽在一起。

大約在六歲時，宗喀巴開始跟隨頓珠仁欽學習有關秘密金剛乘的內容，這時他密教名是頓月多吉，即不空金剛。若必多杰和頓珠仁欽二人都承認宗喀巴的神秘天才，並爲他的奇異佛性所驚嘆。應該說宗喀巴後來的生活與他們是有關係的。特別是後者頓珠仁欽，他的雙親收養了宗喀巴，並撫養過他很長一段時間，而他以後的路也是靠頓珠仁欽來選定的。因此，對宗喀巴來說，頓珠仁欽算得上是他最重要的恩師。在以後的多年裡，宗喀巴只要提及他的名字，就會立刻合掌，流下虔誠敬信的熱淚。頓珠仁欽圓寂後，他還定期供祀，從不中斷。在他寫作自己的許多著作時，都要寫上向頓珠仁欽敬禮的字句。

十六歲的時候，宗喀巴離開了這位上師，隨後就告別家鄉父老到衛藏遊學。他曾去過止貢寺，並跟隨法座學習了那饒六法、發心和大手印等教義。但宗喀巴當時的想法是準備入拉薩西面的極樂學院（德瓦堅寺），當他如願後，就在那裡學習了聲明以外的性相顯教課程，特別是學習了《般若經》和《現觀莊嚴論》。

然而對於宗喀巴後來的重要研究起決定作用的卻是十九歲時到達「年堆」地方後發生的事情。年堆就是年楚河的上游以江孜爲中心的地區。在這裡的則慶寺，宗喀巴遇到了對他的一生有過重大影響的高僧仁達娃．勛努洛追。

宗喀巴開始跟隨仁達娃學習《俱舍論》和《入中論》的知識。可以說仁達娃算得上是宗喀巴青年時代最重要的師尊。

這以後，宗喀巴對學問的追求更加努力，在這一階段，他幾乎沒有離開過仁達娃，並獲得了因明、中觀、俱舍論和律方面的教授。師徒二人眞可謂形影不離。他們有時在極樂學院和薩迦寺駐錫，有時在達木林寺駐錫，有時他們還在那塘寺研究大藏經。

公元一三七二年的秋季，宗喀巴的家人託進藏的商人給他帶來了各種生活用品和一封家信，他的母親從安多再三請求他還鄉一晤。於是他打算返回遙遠的安多故多，但是考慮到自己的學業和急於復興宗教的決心，最後還是放棄了回鄉的念頭。據說他母親的來信中，還有一縷如同海螺般雪白的頭髮，宗喀巴含著眼淚回信說明了許多不宜回鄉的理由，同時附帶了一幅自己的畫像，以便使母親有所安慰。

公元一三八五年，宗喀巴已二十九歲。這一年他在南結拉康受比丘戒。隨後，他前往丹薩替寺，跟隨堅阿巴．紮巴降曲學習那饒六法等密法。丹薩是宗喀巴受比丘戒的地方，這裡也是教授和修習密宗的中心。

丹薩在雅隆河谷的一隅，雅隆河谷是拉薩東南雅魯藏布江南岸一帶、包括澤當鎮在內的廣闊的河谷地區，是西藏土質最肥沃、氣候最溫和的地方，並且以寺院衆多而聞名全藏。相傳此時，宗喀巴的師尊堅阿巴·扎巴降曲開始簡稱他為宗喀巴，而在這以前還沒有人這樣稱呼他。

三十一歲以後（公元一三八七年），宗喀巴的思想開始逐漸傾向於中觀學說的研究。這種轉折大致是這樣的：據宗喀巴的傳記記載，他曾多次在修習時與文殊菩薩會面，並受其勸告而作了這種選擇。但眞正與這種轉折有關係的事件是宗喀巴在三十三歲時，在沃卡山中與「中觀喇嘛」布瑪娃相遇，並跟隨他學習教法。布瑪娃的特點是精通文殊五字咒，給人的感覺他就是文殊菩薩的化身，所以，他充當了文殊菩薩和宗喀巴之間的聯繫者，宗喀巴與這位喇嘛一起，可以觀見文殊菩薩的顯觀，進而達到理解中觀深奧意義的境界。

在宗喀巴三十六歲以後，他依然多次看見文殊菩薩。後來，宗喀巴從文殊菩薩那裡獲得了秘密的眞傳。從這以後，宗喀巴開始了對中觀思想的眞正理解和認識，並在他的內心深處紮了根。

另一方面，宗喀巴深知，密教是不能放棄的，兼修顯密才是佛教的本質，所以他選擇了兩者間的中道，也即顯教裡面的龍樹和無著。

對宗喀巴來說，不知是什麼原因，他從一開始就沒有給密教一個重要的位置。

從幼年開始，宗喀巴就開始追隨衆多的大師學習和修煉密宗儀軌，然而他眞正認識密教價值的時間卻是在他潛心研習顯教多年以後。當他對顯教中的中觀思想日益迷戀的時候，他開始注意密教的學問。在他三十六歲立教開宗的前幾年，宗喀巴就開始認眞地跟隨師尊研究和修習時輪金剛以外的密法。而他最重要的密宗上師就是法吉祥和居布黑娃。

當然南喀堅參和曲究桑布兩位大師也是宗喀巴重要的密宗師尊，但這已是宗喀巴三十七歲左右的事情了。他們兩位都是噶當派的一代師尊，宗喀巴在《菩提道次第廣論》的最後還特意提到了這兩位恩師對他的培育。

宗喀巴一方面進行著書和說法的活動，一方面又跟隨一些大師聽聞教法，或自己研究大藏經，並且還開始逐步涉足噶當派的深奧教義。更爲重要的是，在此以前宗喀巴就開始熱衷於講授佛法。宗喀巴爲舊佛教的腐敗而嘆息，同時又熱心於恢復噶當派正確的佛教觀，關於這一點是有口皆碑的。

據有關他的傳記所載，早在宗喀巴十九歲的時候，他就在聽聞般若諸經和修習密法的同時，還積極參加立宗答辯和說法的活動。當時他儘管遭到了衆多人的反對，著述也沒能成功，並且險遭迫害，但他更多的還是爲衆生的事業而努力。

在他三十二歲的那一年，他開始在扎西棟寺講授佛典，而這次講法可以說是他講授佛典活動中最優秀的一次。據記載，他在扎西棟寺講授了《智慧獅子傳》以及米拉日巴和瑪爾巴的教法，更有意義的是，他應衆僧要求，在限定的三個月內，一鼓作氣講授了十七部經典，可以說不具備淵博的佛學知識是做不到這一點的。因此，宗喀巴就像聖者一樣得到了人們的尊敬，他的名聲也日漸擴大。

由於宗喀巴又要聽聞佛法，又要爲信徒和僧衆講授佛典，所以他的足跡遍布西藏的中部各地，甚至連一個長住的住所也不曾有過。他經常訪求名師，不斷地從一個學林移居到另一個學林。

四十歲以後，宗喀巴的密宗修習活動開始逐漸深入。這時他依靠內觀達到了觀見「神」的境地。他甚至可以在長達數月的時間裡，進入禪定、冥想的密宗世界。據有關的傳記記載，除了文殊菩薩外，宗喀巴還能觀見彌勒並向他祈願。另有一次，當他前往寒風呼嘯的雪山路口，因勞累而靠在岩石邊休息的時候，做了一個夢，夢見自己與佛和菩薩相會，並得到了一種暗示和祥瑞的啓示。就這樣，宗喀巴用幾年的時間專心修習了密宗的種種成就法和加持法。這些傳記記載說，由於他自己的護法神祈願發誓，因而得到了加持，從而升起了「大無分別心」。

宗喀巴的兩大著作也是這以後才完成的。正如我們剛才所說，宗喀巴此時還在修習禪定和苦行，尚未得到諸佛的加持力，所以要在這時完成其偉大的著作是不可能的。經過數年的瑜伽修行後，特別是觀見了阿底峽和其他一些大師並獲得加持後，他的內心得到了一種自持力，這樣，他才首先完成了《菩提道次第廣論》這部著作，時間是四十六歲那年的夏天，地點是「北方拉勤寺之精舍，獅子岩下面的石窟中」。四十七歲時，他又在強巴林寺完成了《密宗道次第廣論》。

宗喀巴的這兩部著作完成了他用阿底峽以來的經和咒的結合來統一佛教的大業，這當中當然也深深地打上了宗喀巴作爲學者勤奮修習的印跡。

微笑的宗喀巴

在宗喀巴進行宗教改革以前，西藏的佛教似乎已經開始墮落和腐敗，尤其是西藏自古就有的本教，其勢力依然存在，並且與佛教混淆一處。當時所謂的西藏佛教舊派實際上就是人們後來所說的密教或者密乘，他們公然推行來源於印度的調和主義以及對肉欲給與肯定的思想，僧侶可以攜帶妻室，而且有的還有幾位妻子，更不幸的是這一切在佛教界竟被普遍認爲是理所當然的。

對此，宗喀巴所採取的態度是主張嚴格的戒律主義和獨身主義思想，把回歸釋迦牟尼在當時所推行的教團戒規作爲一種理想的目標，對僧侶而言，修習佛法的法規必須極爲嚴厲，尤其是禁止一切接近婦女的行爲。

對宗喀巴大師本人而言，他對自己的要求是非常嚴厲的。在他的一生中，不僅是戒行潔淨的大德，而且是任何時候、任何地點、任何方面都不犯染罪過的垢穢的聖超大德。

宗喀巴早在家鄉，由噶瑪巴・若必多杰授居士戒後，就謹守四根本罪（殺、盜、淫、誑）和戒酒等五戒。跟隨法王頓珠仁欽受沙彌戒三十六條，對於一切應取捨之處，經常守護，從未犯過。

在前藏，宗喀巴跟隨堪欽巴受比丘戒後，不必說對於他勝、墮等垢穢從未犯染，就連細微的惡作罪以內的過失也從未犯過。由於時間和地點的關係，萬一發生一些細微的惡作罪時，也於當日或當天晚上，立即進行懺悔。在聞、思、修的時候，他也像保護眼珠一樣嚴守戒律。

由於宗喀巴在戒律的遵守方面堪稱典範，因此由他來整頓戒律是得人心的。

宗喀巴的宗教改革，所依據是約三五〇年前阿底峽和他的弟子仲敦所始創的噶當派的教義，但是對宗喀巴來說，他並不是要完全否定和排除密教，而是要依靠自己來弘揚密集佛的教義。阿底峽可以說是將新密教之時輪教義轉入西藏的聖者。另外，對喜愛魔術般內容的藏族群眾來說，要想全面否定怛特羅（密宗或續）是不可能的。

宗喀巴心裡很清楚，制定戒律並不意味著要簡單地恢復過去的教派，根據當時的形勢，當時的人的素質來看，想徹底禁止咒術是不可能的。因此，對宗喀巴來說最重要的是嚴格地遵守戒律，預防因修習密咒怛特羅而陷入墮落的境地。

在宗喀巴四十五歲的時候，他與仁達娃和究曲白桑相會，並一起研究規定了新的戒律經文，這可以說是一件很大的事情，它預示著雪域響起了宗教改革的驚雷。

當然宗喀巴的改革遇到了各種各樣的障礙。他首先遭到了噶舉派、薩迦派等半改革派和寧瑪派等舊派的有力反對。這些舊派的喇嘛們開始加入到與宗喀巴論戰的行列中，但卻紛紛敗北。爲此，還出現了加害於宗喀巴的陰謀行徑。但是，西藏的宗教改革運動並沒有因爲這種反對和障礙而停滯不前，而是獲得了巨大成功。宗喀巴的響應者和支持者不斷增加。

就這樣，在西藏出現了以宗喀巴爲首的新的教派格魯派。該派爲了同舊派的紅帽有所區別，而選用了黃帽，正是由於這個緣故，此派被稱爲黃帽派。

格魯派不外乎是繼承了阿底峽以來的噶當派，並使之發揚光大。然而這種發揚光大，正是一種偉大的宗教改革。因爲宗喀巴所倡導的教義被普遍地承認是一種最正宗的佛教，它的客觀效果是有力地約束了當時風靡社會的貪欲好樂之心，使人們眞正認識到有關禁欲的戒律和禪定的睿智等才是屬於佛教的眞諦，並贊同擁護宗喀巴的改革。

當然，宗喀巴作爲一名改革者，他的執著努力才是使得這次改革成功的原動力。他身體強健，頭腦明晰，而且意志也十分堅定剛毅。特別是極善於與人辯論，具有完全說服對手的能力。他的講演和辯論很容易被大衆理解，他說法時的聲調沒有抑揚頓挫的變化，而是平緩猶如流水般的調子。

從宗喀巴的長相看，鼻子大可能要算一大特徵，而他的眼睛並非銳利而是溫和。各地寺廟見到的大大小小的宗喀巴塑像，都是戴著所謂「喇嘛」形式的尖帽，而普遍的特徵都是鼻子很大，而且嘴和眼都浮現出笑意，堪稱「微笑的宗喀巴」。所有這些特徵都顯示出這位宗教領袖的謙遜和平和，這對於宗喀巴會聚僧俗群衆是有利的。

宗喀巴進行改革的根據地甘丹寺是公元一四〇九年興建的，當時他的歲數在五十三歲左右。此寺依「卓仁布且」大山而建，寺名爲「具善尊勝院」。這是他生前興建的最重要的寺院。宗喀巴的晚年一直居住在這裡，他後來在許多重要著作都是在這裡完成的。他後來在此圓寂，其靈塔也在甘丹寺內。

正因爲這個原因，甘丹寺具有非常特殊和顯赫的地位。該寺的住持甘丹池巴的地位是最受尊敬也是最高的榮譽象徵，其原因就在於甘丹寺是黃教的中心。它是活佛和喇嘛依靠學識品德才能登上的最高法位，他是僅次於達賴和班禪的最高佛教人物。

在興建甘丹寺的同時，宗喀巴又在拉薩創辦了祈願大法會（傳大召），這在宗喀巴的一生中也是一件非常重要的事情。祈願大法會可以理解爲祈禱、祝願藏土昌隆、佛教盛榮之意。宗喀巴所創建的這個祭祀儀軌，不光是格魯派的最高法會，而且也是西藏最大的慶典活動。

從藏曆正月十五日開始，最後要經過二十天的時間。三大寺和其他寺院的僧人要聚集在大昭寺進行這個活動。此時，拉薩要群集二至三萬俗人和四至五萬喇嘛。眞有佛城或聖城的感覺。特別是十五日的半夜，在寒冷的氣候中，達賴將在一萬盞燈火中，供養許多色彩華麗的佛像，其盛況在很多旅行記和報告中都有記載。

宗喀巴五十二歲的時候，明成祖永樂帝曾遣使請他去北京駐錫，所以他的名聲在當時就非常大了。但是他卻以「這會給人以迷惑不解的印象」和「自己的身體經受不住長途旅行的艱苦」爲理由婉言謝絕了邀請，最後他派了比自己略年長的弟子降欽曲杰去了北京。公元一四一九年，降欽曲杰根據宗喀巴的聖命興建了色拉寺，此後，他再次前往北京，並在那裡度過了他的晚年。

公元一四一九年（明永樂十七年），宗喀巴在他駐錫的甘丹寺圓寂，時年六十三歲，隨後升人甘丹宮（兜率天），化身爲文殊心。

關於宗喀巴圓寂時的情況，《至尊宗喀巴大師傳》記載說：

宗喀巴有一次在修習時，覲見了文殊菩薩，他問道：「我在世間，能活多久？」文殊說：「你逝世之期是現在」。文殊菩薩又說：「在卻隆地方，你將掉落一顆牙齒，把它交給克珠杰，最後，你將在豬年十月圓寂……」

事隔不久，宗喀巴到卻隆修習。有一天日光極強，眾弟子看見他的口中發出一道金光，瞬間遍於天空。這時賈曹杰見大師口中掉落一顆牙齒。宗喀巴揀起牙齒說：「無與倫比的克珠杰，這顆牙齒給你。」克珠杰將牙齒捧到自己的寢室中，然後虔誠地頂禮膜拜，頓時光明滿室。七日之後，宗喀巴按文殊菩薩的授記讓克珠杰把牙齒取來，當克珠杰去取時，整顆牙齒，已變為一尊文殊像，在像的頭部和手臂上長滿了舍利。克珠杰將文殊像獻給了宗喀巴，大師於是將那些舍利分賜給了那裡的大眾。

豬年十月下旬的一天，宗喀巴大師略顯病象，到了第二天中午，宗喀巴大師僅說全身各部位疼痛。這以後，他開始處於昏迷的狀態，這樣經過兩日，僧眾勤修祝福佛事。一天，宗喀巴對夏巴・仁欽堅贊說道：「你和克珠杰等善撫此寺。」並指示了管理甘丹寺的法規。第二天賈曹杰等來大師跟前住守時，大師說：「關於教法之事，以前已指示完畢，可以不必重述。」說完，宗喀巴將自己的尖頂扁帽和毛皮外套給了賈曹杰。

這種做法實際上表示把格魯派的教權授於賈曹杰，讓他承襲自己的法位。

豬年十月二十五日，宗喀巴圓寂。相傳他圓寂後，身色光彩，身軀縮小，猶如孩童。

✻✻✻

①《至尊宗喀巴大師傳》，法王周加巷著，郭和卿譯。青海人民出版社，第三十四頁。

②《關於宗喀巴傳記的考察和研究》，〔日〕長尾雅人著，周煒譯。見《國外藏學研究譯文集》（十一），西藏人民出版社，第二八八頁。

③《至尊宗喀巴大師傳》第八十九頁。

④《關於宗喀巴傳記的考察和研究》，《國外藏學研究譯文集》，第二八九頁。

⑤《至尊宗喀巴大師傳》，第九十五頁。

活佛認定和坐床大典

噶廈政府和三大寺又派遣居堆堪蘇洛桑達杰及近侍堪布等活佛和喇嘛，攜帶十二世達賴的遺物秘密來到朗敦村。他們首先代表噶廈地方政府和三大寺向嬰兒獻了一條長哈達、一尊佛像、七大包乾果，還有兩小袋「丹對」和「麻尼日布」藏藥丸。

獻禮完畢，這些活佛和喇嘛們取出了十二世達賴生前用過的遺物，放在嬰兒面前，看嬰兒取什麼東西……

第15章 靈童真身驗明

一個靈童雖然有滿身的靈氣，但並不是說他就可以當然地成爲活佛，他必須經過一些必不可少的環節以後，才能被僧俗接受和承認，這個環節就是轉世靈童的認定。從西藏和其他藏區的情況看，不同級別的活佛，其認定手續也是大不相同的，可以說越是大活佛，其認定手續越複雜，而一般寺院的轉世活佛，其認定手續就相對要簡單得多。

在西藏，或者說在整個藏傳佛教傳播的區域，達賴和班禪無疑是至高無尚的宗教領袖，是蒙藏僧俗崇信的最大活佛，同時又是集政教大權於一身的顯赫人物，所以認定這樣的活佛，不僅要有複雜的宗教手續，同時還要有嚴格的政治法律手續，只有兩種手續都完成後，一個眞正的達賴或班禪轉世靈童才能得到承認。

十三世達賴靈童真身確認奇聞

十二世達賴圓寂後，雖然經過占卜、觀看聖湖顯影和密訪找到了拉薩東南的塔布朗敦靈童，但認定手續並沒有結束。據史料記載，從五世達賴開始，以後的每一世達賴都是由中央政府認可或冊封的。這就是說達賴轉世靈童的最後確認權在清朝皇帝，這是清朝政府的明確規定，誰也不能違背。正是依照這一傳統，西藏地方政府將十三世達賴靈童尋訪的進展情況報告了駐藏大臣。當時的駐藏大臣叫松溎，他立即將此事轉奏了光緒皇帝，光緒帝要求西藏地方政府考察審核。據記載，清乾隆皇帝時，曾多次諭示說，達賴是宗喀巴大師的大弟子，他執掌藏傳佛教，是西藏的政教領袖，深受蒙藏人民等的尊崇，所以達賴的轉世靈童必須眞實，才能傾服衆心，興隆黃教。正是根據乾隆帝的這些思想，光緒帝才諭示噶廈地方政府要從嚴查核。

接到中央政府的批示後，噶廈地方政府、拉薩三大寺都認爲事關重大，於是由當時的攝政王功德林呼圖克圖出面，再次邀請西藏各大活佛和一些著名護法神打卦卜示。

攝政王功德林呼圖克圖打卦卜示：塔布朗敦所發現的靈童極佳。

溫杰色呼圖克圖卦示：塔布朗敦出生之子的卜卦結果最佳。甘丹寺寺主甘丹池巴卦示：第二靈童的卦最好（指朗敦靈童）。

昌珠寺昌珠倉巴護法神卜示：眞身怙主至寶蓮，降生東方喜妙界，自當釋疑棄二端。意思也是指朗頓靈童爲活佛眞身。

噶洞寺護法神卜示：吾等尋訪慈悲導師之轉世靈童，各護法神所示一致，再沒比這更可信的了。

桑耶寺護法神裡靖哈熱也作了卦示，結果也相同。

根據上面諸位大活佛和護法神的卦示，噶廈政府和三大寺又派遣居堆堪蘇洛桑達杰及近侍堪布等活佛和喇嘛，攜帶十三世達賴的遺物秘密來到朗敦村。他們首先代表噶廈地方政府和三大寺向嬰兒獻了一條長哈達、一尊佛像、七大包乾果，還有兩小袋「丹對」和「麻尼日布」藏藥丸。

獻禮完畢，這些活佛和喇嘛們取出了十三世達賴生前用過的遺物，放在嬰兒面前，看嬰兒取什麼東西。

這些遺物有手鈴、小鼓，兩者都是經常放在達賴面前小桌上供禮拜念經用的物品；還有念珠、茶杯、手絹和其他物品。另一些則是前者維妙維肖的複製品。

十三世達賴轉世靈童經受住了這次檢驗，他在洛桑達杰擺的衆多物品中，隨手拿了一個小瓶，於是居堆堪蘇洛桑達杰告訴嬰兒的父母，對嬰兒要很好的保養，尤其要注意他的清潔，禁止外人與嬰兒接觸。

洛桑達杰在朗敦村中停留了四日，仔細詢問了嬰兒降生時的情況，又仔細觀察了嬰兒的動作。他還爲靈童洗禮並做了長壽儀軌等佛事，在他安排好人在附近借房長住觀察和保護嬰兒後，他滿意地回到了拉薩。

在藏文史料中有一份關於靈童的複查報告寫道：

靈童現在長得更加靈異。去年燃燈節時，兩條彩虹從南山上降落在靈童家樓上，兩條彩虹之間顯出白緞子似的幢幡，出現的時間較長，這些瑞兆衆人皆知。今年正月二十五日，靈童長出了兩顆珍珠般的下門牙。經詳細查看，靈童身上沒有一絲毛病。雙腳心有不同的紋路，頗似法輪，手腳的二十根指紋突出發亮，頭髮烏黑，頂端有一根白髮豎立。近來，靈童已會發出「阿達」、「阿達」的聲音。還能站立拉著別人的手走來走去，有時大人從背後扶著他，兩隻小腳還會跺著學跳舞的樣子。靈童常笑，一般不哭。對前來朝拜他的人，會用小手去摸頭。這一帶的老人和孩子都說，在塔拉崗布山頂，新出現了一顆星星。

這份報告還寫道：十二世達賴頭頂也有一根白髮，無論從哪一方面察看，確實找到了眞正的達賴，絕無出入和虛假。

居堆堪蘇洛桑達杰返回拉薩後，向噶廈地方政府和三大寺的代表作了詳細的匯報，攝政通善呼圖克圖、四大噶倫、三大寺代表等人，又到拉薩西郊的乃窮寺，請乃窮活佛降神問卜。降神時，乃窮護法神向東南方向叩頭，獻哈達。看到這種情況，各位僧俗官員都知道這是表示東南方向尋到的這個靈童是達賴眞正的轉世靈童。

達賴轉世靈童的尋訪日趨明朗化。爲此，噶廈地方政府按照慣例把朗敦靈童的詳細情況報告了八世班禪，班禪回信說朗敦村的靈童確爲達賴的轉世眞身，朗敦靈童得到了班禪的認可。同時，噶廈地方政府又向清政府報告了靈童尋訪的全部過程。

十二世達賴圓寂後，噶廈地方政府曾向全藏發過尋訪靈童的通告，此時，各地尋訪到的靈童報告也陸續到達拉薩。據藏文史料上記載，大部分的小孩都是父母按照各自的「夢兆」或瑞相上報的，並沒有經過尋訪人員的證實，不可相信。但是也有一些小孩的徵兆比較好。據遠離拉薩一千多里的東部達宗官員的報告：該地區邊巴拉章管轄的地方，有一戶人家，父名拉旺達杰，母名平措白吉，於藏曆十二月二十七日生一子。另外，在離拉薩以西二四五〇里的普蘭宗，也有官員呈報說：普蘭地區科恰乃曾地方，父名倉巴江白丹增、母名次仁貢宗一家，於藏曆火鼠年八月七日生一子。對上報的這兩個靈童經打卦問卜後認爲：這兩個童身語意尚虛，不宜認定入瓶（指金瓶掣簽），均被否定。另外，在史料中還提到兩位靈童，一個是拉木曲杰家的靈童，一個是塔布拉綏地區的靈童，這兩個也未被選上。

爲了確保不遺漏靈童眞身，噶廈地方政府又請乃窮活佛打卦問卜，護法神降神後又面向東南朝天拋獻五彩哈達，並祈禱願善神得勝！最後乃窮活佛降神卜示：考察與卜卦相符的是第一個靈童（指朗敦靈童）。

經過反覆的篩選查驗，這時剩下的靈童只有朗敦靈童一人，餘下的手續還剩下金瓶掣簽最後一項。但十三世達賴靈童最後是免予金瓶掣簽的，有關這方面的詳細情況，我們在後面將集中作專節介紹。

十四世達賴靈童真身確認奇聞

十三世達賴轉世靈童的尋訪認定是最爲複雜的，而十四世達賴的尋訪認定則要簡單得多，這其中的原因很多，但主要是因爲十四世達賴轉世靈童是遠在青海省湟中縣南二十公里的祁家川尋訪到的，十三世達賴靈童卻是在西藏本土轉世，而且又在拉薩附近，噶廈地方政府，三大寺隨時可以派人暗訪或多次審核，但尋訪十四世達賴時要這麼做恐怕就困難得多。

十三世達賴土登嘉措圓寂後，藏族群衆對他的哀悼就開始了。在哀悼期間，男男女女沒有一個穿新衣服的。男人們把左耳上表明身份地位的長耳墜取了下來。婦女們卸掉了她們的裝飾品，如頭飾、帶在胸前的噶烏（護身盒）等等。傳統的藏戲演出被禁止了，男女歌舞也禁止了，甚至幹活時也不許唱歌。人們只穿各種顏色的舊衣服。

拉薩的房屋都是平頂的平房或樓房，這時每家都要在各自的房頂上點起一排酥油燈，至於拉薩的大喇嘛們則在十三世達賴的遺體前不停地進行祭祀。撰寫靈童盡快轉世的祈禱文，並把它巧加裝飾，分發給各個寺廟。

十三世達賴的遺體先用香料塗過，然後不時地用鹽水塗抹。來遺體前獻祭品的不僅有喇嘛和官員，還有許多平民百姓。他們獻祭品時，眼睛裡充滿了眼淚，心中充滿了痛苦，人人都哭喊著請他盡快轉世，回轉人間。

對達賴的哀悼一般要延續七個星期，但藏族群衆對十三世達賴的哀悼，只進行了四個星期就結束了。據說這樣倉促地終止哀悼是個好兆頭，有利於轉世眞神盡快到來。

達賴圓寂後兩個月，噶廈地方政府任命熱振寺的堪布熱振活佛擔任了攝政王。這位年輕的攝政王此時才二十三歲。

據《十三世達賴傳》記載，噶廈地方政府和三大寺的代表開了一次重要的會議，商議爲十三世達賴修建一座靈塔。因十三世達賴的政教業績和聲望都可與五世達賴相媲美。

按照習慣，每個達賴都要爲建造自己的靈塔籌備資金。十三世達賴幾乎比以前所有的達賴都活得長，也比他們任何一位統治的時間長。因此，他所聚集的財富相當可觀。據藏文史料記載，他的寶庫中放滿了取之不盡的金銀、絲綢和各色珠寶，像天宮的寶庫一樣，其中有藏族群衆大量的捐贈。因此，所有的官員一致同意用金子來爲他建造一座靈塔，而且要和五世達賴的靈塔一樣大。

布達拉宮的頂上，是一些寶塔式金光閃閃的殿堂，殿堂裡設有靈塔，靈塔內放置著香料處理過的歷代達賴們的遺體。十三世達賴的靈塔在北面，純銀結構，表面上覆蓋著一層精工細做的金箔，裝飾著瑪瑙鼻煙盒，一串串的琥珀和珍珠、綠松石頭飾、護身符盒、石英、珊瑚和其他貴重的寶石。靈塔的台座四周是階梯形的，上面放置著更爲貴重的東西：蒙古和漢地一些大寺院以及拉薩顯貴世家送的禮物。其中有金器皿、很多銀碗和酥油燈，一些巧奪天工的景泰藍製品，罕見的瓷器和花瓶，精心編製的金屬製品和玻璃框裡栽著的奇形怪狀的植物。靈塔的一面牆上是各式各樣的佛像，神龕中放滿了經書，而靈塔的前面許許多多的大小酥油幾乎長明不滅，以紀念這位政教領袖。

達賴喜愛的動物，還像以前一樣養在布達拉宮西面拉薩河北岸的羅布林卡林園裡，其中有牡鹿、雉、斑文雁、婆羅門鴨、黑而兇猛的藏狗等等。它們好像都在等待著這位活佛的歸來。羅布林卡的各個殿堂，都保持著清潔。他的轉經筒、手鈴和金剛杵等法器，仍放在一張小桌上。桌上還依舊放著十三世達賴的茶杯和一缽水果，好像他隨時都可能歸來。

一個活佛已經圓寂升天，而另一個活佛班禪又遠在青海。人們一個勁地進行禱告，因爲他們眞心實意地相信禱告的效力，相信達賴轉世靈童很快就會被找見並回到他們中間。

實際上就在十三世達賴圓寂後的第一年，噶廈地方政府就派三路人馬按乃窮活佛降神時，把一條白哈達朝著太陽升起的方向投去的神示，在藏東的方向一連奔波了兩年，但尋訪毫無結果。後來經過攝政王熱振活佛觀看聖湖顯影，另外三個尋訪小組中的一組，才在青海湟中找到轉世靈童。小靈童乳名拉木登珠，出生在一戶農民家庭。父親叫祁卻才仁，母親叫德吉才讓，大哥叫土登居美諾布，二哥叫嘉樂頓珠，三哥叫羅桑三木旦，小靈童是老四，他有一個弟弟是阿里活佛，一個姐姐叫才仁卓瑪。他另外還有一個妹妹。小靈童被最後認定爲達賴轉世靈童後，他讓全家都跟隨他到了西藏，噶廈地方政府按照舊規也撥給他家許多封建莊園和農奴，於是小靈童一家也成了西藏的大貴族，民間一般稱爲「達拉」。

當格桑大活佛率領的尋訪隊伍對小靈童進行反覆驗證之後，這批喇嘛終於認定這個小孩便是他們要尋找的達賴轉世靈童。隨後他們向西藏噶廈政府發了一封密報。大約在一九三八年的夏天，西藏地方政府給了格桑活佛答覆，叫他把那個小孩帶到拉薩，以進一步察驗。

找到靈童以後，格桑活佛等人向青海省政府要求，迎回西藏「供養」，但遭到了馬步芳的拒絕。從中國第二歷史檔案館的檔案記載看，在靈童確定之後，西藏最初是想秘密地將這位靈童迎回西藏。這份檔案說：

「新達賴行將秘密返藏。西藏拉薩當局於上年派高僧喇嘛格桑、克邁賽、索安旺德寄來青尋訪達賴，歷時半載，於塔爾寺附近漢族趙某家中找出。據拉（護法神）占卜及去歲班禪太（大）師之探訪，確證係再生之達賴。故來青之高僧等，即負責供給一切。惟恐將來迎返時發生阻礙，故至今嚴守秘密，以便今夏秘密迎請返藏……」

但是青海省主席馬步芳終於獲得了這一消息，格桑活佛只得向青海政府公開提出了迎請靈童的要求。但馬步芳仍然遲遲不給答覆。這位青海省主席爲什麼要這樣做呢？據目前所知的材料，說法是很不相同的。

從《十三世達賴圓寂致祭和十四世達賴轉世坐床檔案選編》提供的許多鮮爲人知的檔案看，當時的情況是比較複雜的。當馬步芳獲得尋訪人員將密迎靈童回西藏的情報後，於一九三八年六月五日，給當時的行政院院長孔祥熙去了一封密函，內稱：「近聞新達賴將有秘密返藏事情，殊屬不合，亟應嚴密注意，並婉勸尋訪人員將經過情形呈報政府，聽候核辦。在未經呈報辦理各項手續以前，嚴防其秘密迎往西藏，以免意外。」

國民黨政府得知這一消息後，根據清政府的傳統，命令蒙藏委員會迅速與西藏地方政府取得聯繫，商談靈童掣簽的有關事宜。一九三八年十二月十八日，經噶廈地方政府同意，西藏駐南京辦事處向蒙藏委員會委員長吳忠信發出了噶廈接受中央所定達賴轉世掣簽辦法的電文。但是馬步芳仍然一再拖延靈童啓程的時期。攝政王熱振活佛只好親自出面給吳忠信去了一封急電，電文如下：

吳委員長勛鑑：

祭密。關於西寧靈兒，前承中央電令馬主席催促紀倉佛立即送藏；並奉鈞會電令，該靈兒今年内定可啓程入藏，此事絕能辦到，無庸注念各節，欣感奚如。惟近據馬主席轉來塔爾寺僧民妄稱欲將未簽定之靈兒先要就地定妥，又稱要照七輩達賴，行種種支離荒誕措詞推諉；馬亦藉故遷延，至今尚未啓程。現藏曆新年已過，若再如此，則對各護法所示達賴本身大有災殃之讖語，尚不知出何不祥之爭，則誰負其咎？事關重大，請中央派員立即飛青，速將靈童督促送藏，至感至禱。特此電陳，敬候示覆。

西藏攝政、司倫、噶廈公叩。

正是在這一重要的關頭，當時任中央政府首腦的蔣介石開始出面干預此事，他親自電令馬步芳速護送靈童入藏，至此，這場迎請靈童糾紛案才得以解決。

一九三七年六月，國民政府再次致電馬步芳，令其派兵護送靈童入藏，並撥給靈童護送費十萬元，馬步芳這才派了一營騎兵，由師長馬源海率領，護送靈童啓程。這一年正好是一九三七年的七月。

三個月以後，四位尋訪活佛，偕同他們的佣人、商隊、靈童以及他的全家，浩浩蕩蕩地抵達了離拉薩還有十天路程的那曲藏北草原。在那裡，他們受到一個噶倫和一些官員的迎接，他們還帶來了達賴的轎子。在那曲鎮一個精心搭起的大帳篷裡，這個小孩被引上了一個臨時的金座，那位噶倫在他面前磕了三個長頭，呈上了攝政王熱振活佛的一封信。

十月初的一天，靈童和隨行人員到達拉薩，西藏僧俗歡喜如狂，入城之日，遠道來此朝佛的人遠遠超過萬人。當他們來到西郊的羅布林卡林園時，小靈童受到了拉薩僧俗的公開朝拜，儼然像一位小達賴。

但此時，這位青海靈童的命運還沒有完全確定，他現在還不能算一名正式的十三世達賴轉世靈童，按照傳統的慣例，還需要完成金瓶掣簽這一政治手續。

第16章 金瓶裡的最後簽牌

金瓶選靈童的由來

佛教自公元七世紀從中原和印度傳到吐蕃，經過幾個世紀與當地民間宗教本教的鬥爭和相互融合吸收，逐漸形成和發展爲獨具特色的藏傳佛教。活佛轉世制度，是藏傳佛教有別於其他宗教和佛教其它流派的特有的傳承方式。這種傳承方式把佛教的基本教義、儀軌和政教上層錯綜複雜的政治因素、宗教因素協調起來，解決了宗教首領的地位和政治、經濟權力的傳承和延續問題。活佛轉世制度相沿既久，到清朝康雍乾時期已流弊叢生，需要由朝廷制定頒布相應的法規加以整飭。金瓶掣簽制度，則是乾隆皇帝爲進一步完善活佛轉世制度而採取的一項重要措施。

我們知道，西藏自形成活佛轉世制度以來，到乾隆年間已有五百多年的歷史，並且已形成了比較完善和系統的體制，可是乾隆爲什麼會在一七九二年要實行這一改革呢？此事還得從沙瑪爾巴活佛叛國一案說起。

早在一七八八年，居住在西藏日喀則聶拉木邊境南端的廓爾喀人就開始侵擾西藏邊境。一七八八年以後，一個自稱爲是廓爾喀國的國王拉特納巴都爾，派兵二千餘人突然侵入西藏，他的理由是聶拉木邊境的西藏稅務官增加了對廓爾喀商人的稅收數目。很快這支來自喜瑪拉雅南麓的異族人攻佔了濟嚨、聶拉木等三個宗，並圍困脅噶宗。

八世達賴強白嘉措和駐藏大臣慶麟向乾隆皇帝上奏告急，很快一支由三千人組成的滿漢部隊踏著高原的冰雪到達了拉薩。然而這支遠道而來的清軍隊伍的首領理藩院侍郎巴忠卻沒有再命令他的軍隊西進，而是只派噶倫丹津班珠爾前往聶拉木議和，秘密答應每年由西藏賠償廓爾喀人元寶三百錠，合銀倆九千六百兩，並私下給了對方一張字據，廓爾喀人才心滿意足地離開了他們占領的土地。儘管八世達賴和噶廈政府都不同意這樣做，但巴忠和他的另外兩名軍官卻爲了將就了事，貪功邀賞，向乾隆報告說已將失地收復，準備凱旋。

一年以後，廓爾喀人拿著那張字據討取賠償來了。達賴和噶廈地方政府無意支付。一七九一年七月，廓爾喀人重新占領了聶拉木和濟嚨宗，抓走了噶倫丹津班珠爾，並一直打到日喀則和札什倫布寺。要不是駐藏大臣保泰在慌忙之中提前把七世班禪移到拉薩，這場災難的後果就不堪設想了。

當時八世達賴的弟弟正好在北京，經軍機大臣詢問，才將巴忠等人調停賄和的情況告訴了乾隆皇帝。此時巴忠隨皇帝正在避暑山莊承德。聽到這個消息，畏罪跳湖自殺。

巴忠雖然死了，但促使這次廓爾喀人侵西藏的眞正幫兇卻是噶舉派噶瑪巴第十世紅帽法王沙瑪爾巴。據藏文史料記載，六世班禪有弟兄三人，一個是當時札什倫布寺的札薩喇嘛仲巴呼圖克圖（活佛），掌管札什倫布寺的政教大權。而另一個就是沙瑪爾巴，法名確珠嘉措。

一七七七年，六世班禪由西藏到達青海，第二年又由內蒙到達熱河承德避暑山莊，爲乾隆帝七十大壽祝壽，沿途獲得蒙藏僧俗群衆供奉的金銀財寶和牛羊馬匹不可勝數。當六世班禪在北京圓寂後，這些財產都由仲巴活佛運回西藏，除將一部分牛羊馬匹交給札什倫布寺外，其他珍寶全部佔爲己有。沙瑪爾巴因屬不同教派，沒有得到分文。爲此十分憤怒，遂萌發了投靠廓爾喀人的念頭。一七八四年，沙瑪爾巴到達加德滿都後，將西藏防務空虛，札什倫布寺財富甚多等情況告訴了廓爾喀王，竭力慫恿他出兵西藏，搶奪札什倫布寺財寶。

一七九一年，廓爾喀人直撲札什倫布寺時，事先仲巴活佛已得到消息，攜帶貴重之物棄寺逃之夭夭。這時七世班禪也已移駐拉薩，全寺無首人心慌慌，只好降神占卜，卜曰：十日不可與賊拒戰。於是寺僧四散。

這時駐藏大臣保泰和雅滿泰在驚慌中竟奏乾隆帝要將達賴和班禪移到泰寧。清高宗見兩位駐藏大臣竟是無能之輩，如此心慌膽落，一怒之下，將他們革職。一七九二年，嘉勇公福康安爲大將軍，超勇公海蘭察爲參贊大臣，率兵一萬七千餘名收復了所有的失地，廓爾喀人投降，沙瑪爾巴服毒自殺。戰爭結束後，遵照乾隆皇帝的命令查抄了沙瑪爾巴主持的寺院並不准其轉世。

就在這一年，福康安遵照乾隆皇帝的旨意，與達賴和班禪兩方面的重要僧俗官員，共同研究，議定了《二十九條欽定章程》，並得到了乾隆帝的批准。就在這個章程的第一條中，乾隆帝提出了金瓶掣簽認定達賴、班禪及其他活佛之轉世靈童的制度：

「關於尋找活佛和呼圖克圖的靈童問題，依照藏人例俗，確認靈童必須問卜於四大護法，這樣就難免發生弊端。大皇帝爲求黃教得到興隆，特賜一金瓶，今後遇到尋認靈童時，邀集四大護法，將靈童的名字及出生年月，用滿、漢、藏三種文字寫於簽牌上，放進瓶內，選派眞正有學問的活佛，祈禱七日，然後由各呼圖克圖和駐藏大臣在大昭寺釋迦牟尼佛像前正式確認，假如找到的靈童僅只一名，亦須將一個有靈童名字的簽牌，和一個沒有名字的籤牌，共同放進瓶內，假若抽出沒有名字的籤牌，就不能認定已尋得的兒童，而要另外尋找。達賴和班禪額爾德尼像父子一樣，認定他們的靈童時，亦須將他們的名字用滿、漢、藏三種文字寫在籤牌上，同樣進行，這些都是大皇帝爲了黃教的興隆，和不使護法弄假作弊。這個金瓶常放在宗喀巴佛像前，需要保護淨法，並進行供養。」

根據一些學者的研究，乾隆皇帝當時之所以要這樣做，其原因主要是看到六世班禪、札什倫布寺的札薩喇嘛仲巴呼圖克圖、噶舉派噶瑪巴第十世紅帽活佛沙瑪爾巴都出自一家，而且都是通過「降神問卜」尋訪認定的，其中必有串通作弊的事情，所以才制定了金瓶掣籤制度。

據漢文史料記載，一七九二年，乾隆皇帝諭軍機大臣：

「……向來藏內出呼畢勒罕（轉世靈童），俱令拉穆吹忠降神附體，指明地方，人家尋訪，其所指呼畢勒罕不止一人，找尋之人各將所出呼畢勒罕生年及伊父母姓名一一記明，復令拉穆吹忠降神禱問，指定眞呼畢勒罕，積習相沿，由來已久。朕思其事，近乎荒唐，不足憑信。拉穆吹忠往往受人囑託，假託神言任意妄指，而藏中人等因其事涉神異，多爲所愚，殊屬可笑。

此等拉穆吹忠即係內地巫師，多以邪術惑人耳目。而拉穆吹忠降神時，舞刀自扎，身體無害，是以人皆信之。此等幻術，原屬常有。但即使其法果眞，在佛教中已最下乘。若使虛假，則更不值一噱。其妄誕不經，豈可仍前信奉？福康安等現在整飭藏務，正應趁此破其積弊，莫若在藏即令拉穆吹忠各將其法試演，如用刀自扎等項果能有驗，則藏中相沿日久，亦姑聽之。若福康安親加面試，其法不靈，即當將吹忠降神荒唐不可信之處對衆曉諭，俾僧俗人等共知其妄，勿爲所愚。嗣後出呼畢勒罕，竟可禁止吹忠降神，將所生年月相仿數人之名，專用金奔巴瓶，令達賴掣簽指定，以昭公允」。

乾隆皇帝的想法很清楚，拉穆降神一不可信，二易被人操縱，必須改革。但他並不是急於行事，而是先禮後兵，讓福康安親自面試拉穆護法神的法力，然後再視其結果具體處理，從這些方面看，乾隆帝的考慮是很有道理的，西藏自佛教傳入以後，到乾隆帝執政時，已有一千多年的歷史，而獨特的活佛轉世制度就是產生於這塊獨特的佛教文化土壤，並且經過五百多年發展，已經系統化、固定化和理論化，人們基於自己的信仰從來沒有懷疑過他們的護法神和活佛轉世制度本身。現在一下要完全衝破這個傳統是不現實的，再說乾隆帝也沒有親眼見過拉穆護法的降神，眞僞如何他也把握不準，只能根據福康安進行面試再酌情沿襲舊制或實行金瓶掣簽。

一年以後，乾隆帝得到了福康安的消息，他於乾隆五十八年三月辛丑，指示軍機大臣說：

「至藏內拉穆吹忠一事，前據福康安等續奏，親加試驗，俱不能用刀自扎，以舌舐刀。但若竟革去吹忠，勢不能將前後藏略具聰明之幼孩遍加試驗等語。所奏尚屬未當。吹忠等所習幻術尚不及內地之師巫，積習相沿，最爲可笑。若仍由該吹忠等降神指認、伊等皆可聽受囑託，假託神言，任意妄指，雖由金奔巴瓶內簽掣，而所掣之人仍不能無徇情等弊，不過繫一二權勢之人主謀，而吹忠四人內大約即拉穆一人主持，其弊亦也概見。」

基於福康安面試的結果以及拉穆吹忠四大護法存在假託神話，弄虛作假的實際情況，乾隆皇帝在諭示中明確指示，今後指定轉世靈童，不准拉穆吹忠等人插手，完全由金瓶掣簽最後決定。於是，他決定製造兩個金瓶，一個放置在北京雍和宮，供蒙古藏傳佛教活佛「轉世」認定使用，另一個放在拉薩的大昭寺，供西藏及青海、西康等地認定轉世靈童時使用。金瓶製好以後，乾隆皇帝又專門諭示福康安等說：

「今朕送去一金瓶，供奉前藏大昭寺內，嗣後達賴、班禪額爾德尼、哲卜尊丹巴、噶勒丹錫勒圖、第穆、濟隆等，並在京掌印大呼圖克圖及藏中大呼圖克圖圓寂，出有呼畢勒罕時，禁止拉穆吹忠看驗龍單（占卜一類的預言）著駐藏大臣會同達賴、班禪額爾德尼將所出呼畢勒罕有幾人，令將伊等乳名各書簽放入瓶內，供於佛前虔誠祝禱念經，共同由瓶內掣取一簽，定爲呼畢勒罕（轉世靈童），如此佛之默佑，必得聰慧有福相之眞正呼畢勒罕。能保持佛教，朕尚且不能自主，拉穆吹忠更不得從中舞弊，恣意指出，衆心始可以服。」

一七九二年（乾隆五十七年）九月，乾隆帝特派御前侍衛惠倫等人把金奔巴瓶送往拉薩。據福康安的奏摺看，御前侍衛惠倫、乾清門侍衛阿爾塔錫等，經過三個多月的長途跋涉，於十一月二十日護送金奔巴瓶到達拉薩，福康安率領清官及濟隆呼圖克圖、各寺的活佛和大喇嘛、噶倫等前往迎接，這一天，八世達賴強白嘉措爲感謝乾隆帝的聖恩，也提前離開布達拉宮，在大昭寺恭候。當迎接金瓶的隊伍來到大昭寺後，達賴特派喇嘛等執香花幡幢在前引路，福康安與惠倫等恭送金奔巴瓶在大昭寺佛樓上的宗喀巴佛像前，敬謹供奉，隨後，達賴率領僧衆頂禮贊頌，極爲虔誠嚴肅。

我們應該怎樣看待乾隆皇帝制定的「金瓶掣簽」制度呢？著名的民族學家、藏學家牙含章先生在他的《班禪額爾德尼傳》中是這樣說的：

「……從世界觀的角度來看，『金瓶掣簽』與『吹忠降神』（護法降神）並無本質上的區別。因爲清高宗並不是無神論者，他也承認人死以後『靈魂』繼續存在，而且還可以『投胎轉世』，在這個佛教的『神不滅論』的基本觀點上，清高宗與拉穆吹忠是一致的，並無分歧。

但是從政治的角度看，就有重大的不同。拉穆吹忠『降神』，特別是在決定達賴繼任人選時，『降神』一般都是事先由西藏的大貴族暗中決定的，哪位貴族權大，錢多，拉穆吹忠就會被哪位收買，就會指定這個大貴族，或與這個大貴族有親密關係的家庭中出生的孩子，成爲達賴的繼承人。但往往發生下述情況，即幾大大貴族勢均力敵，各不相讓，在這種情況下，爭奪達賴的大貴族之間採取妥協的辦法，即讓達賴『轉世』到西藏以外的地方，十世達賴楚臣嘉措『轉世』在西康理塘地方，十一世達賴凱珠嘉措『轉世』在西康康定地方。只有十二世達賴『轉世』在西藏。但是以上四世達賴的壽命都不長，九世達賴只活了十一歲，十世達賴只活了二十二歲，十一世達賴只活了十八歲，十二世達賴也只活了二十歲。班禪的情況與達賴的情況有所不同。在宗教上，達賴、班禪雖然平等，但實際上，正如作者在本書『序言』中指出的，西藏地區的政教大權主要在達賴世系，所以班禪一般都較長壽。對於這些情況，歷任駐藏大臣都是清楚的，清高宗也是清楚的。

『金瓶掣簽』的政治意義在於，它把指定由誰繼任達賴和班禪的大權，由拉穆吹忠『降神』決定轉移到清高宗制定的『金瓶掣簽』決定，實質上講，就是把決定達賴、班禪繼任人選的大權，由西藏地方集中到清朝中央。這是清朝對西藏行使主權，使西藏的宗教和政治上的最高領袖——達賴和班禪的任免大權，完全集中到清朝中央政權，從而更加明確了西藏地方與清朝中央的從屬關係。」

由於「金瓶掣簽」的制度得到了像八世達賴等西藏廣大僧俗的擁護和支持，很快就開始在西藏和其他藏區及蒙古地區實行。但是，從靈童轉世方向的確認，到觀看聖湖顯影等方面，護法神仍然起著重要的作用，這是執行「金瓶掣簽」制度過程中還存在的一個重要問題。但是，不管怎麼說，「金瓶掣簽」制度畢竟成了藏傳佛教活佛轉世制度中的一個至關重要的環節，儘管西藏歷史上，也有一些達賴或者班禪「轉世靈童」的認定，是免予掣簽的。但免與不免的決定權，仍在清朝中央，仍在清朝皇帝，到了民國時期，也依然如此，決定權仍在中央政府。

第一個用金瓶認定的活佛

西藏歷史上，第一個被免予金瓶掣簽的是九世達賴；第一個經金瓶掣簽認定的是十世達賴。

一八〇四年八月十八日，曾親自在大昭寺迎接金奔巴瓶的八世達賴在布達拉宮圓寂，而他的轉世靈童也將首次用金瓶來決定。但是，七世班禪、攝政濟隆呼圖克圖、三大寺代表、全體噶倫等領銜，請駐藏大臣玉寧寫了一道奏摺轉呈嘉慶皇帝。內容是鄧柯靈童，確係第八世達賴的轉世，請求免予「金瓶掣簽」。駐藏大臣也向嘉慶帝奏稱，經過種種核驗，實係第八世達賴復出無疑，請求「俯允所請，免其入瓶掣定」。嘉慶帝批准了這一請求。但是，爲了不讓西藏和其他藏區以此爲例，事後，他又下了一道諭旨說：

「從前指稱呼畢勒罕出世，率多牽強附會，或僅小著靈驗，不足憑信。仰蒙高宗純皇帝特賞金奔巴瓶，飭令書名封貯，誦經簽掣，以防弊混。今達賴甫逾二歲，異常聰慧，早悟前生，似此信而有證，洵爲從來所未有。設當高宗純皇帝時，亦必立沛恩施，無須復令貯瓶簽掣。但此係僅見之事，且徵驗確鑿，毫無疑義，嗣後自應仍照舊章，不得援以爲例」。

嘉慶帝的意思很清楚，金瓶掣簽是先帝所立，這個規章是不能違背的，否則各地都如法炮製，請示免予掣簽，這項重大的活佛制度改革就會遇到困難。果然，九世達賴圓寂後，類似的情況又發生了。

「一八一五年二月十一日，年僅十一歲的九世達賴隆朵嘉措突然在布達拉宮暴亡。嘉慶帝下令一面尋訪轉世靈童，一面由掌辦商上事務的第穆呼圖克圖任攝政。

對九世達賴的去逝，嘉慶感到非常意外和懊悔。當時因爲駐藏大臣奏稱九世達賴經過種種「徵驗」，確爲第八世達賴「轉世」，嘉慶帶才免予掣簽的，可是「如果所稱徵驗，俱屬確實，自應長久住世，宣揚黃教，何以不能永年？可見前次玉寧所奏，多有不實，朕一時輕信，至今猶以爲悔」。由於西藏在十世達賴轉世的問題上又請「免予掣簽」，嘉慶帝立刻諭示駐藏大臣玉寧、珂實克二人「不先加駁回，實屬錯誤，均著傳旨中飭」。指示十世達賴轉世靈童的認定必須經過「金瓶掣簽」的手續，才能認定。

據藏文史料記載，噶廈和三大寺的代表在今天的四川藏區找到了三個「靈童」。這時嘉慶皇帝已經去逝，道光皇帝繼位。這位皇帝比起嘉慶帝來，更加堅定地執行了乾隆皇帝制定的金瓶掣簽制度，他於一八二一年，諭示軍機大臣說：

「……前據玉寧等奏理塘幼孩有靈異之蹟。今察木多所屬復出有幼孩二人，均有吉祥佳兆。前後共得三名，令其親丁師傅等攜至前藏，文幹等會同噶勒丹錫呼圖克圖薩瑪第巴克什等確加試驗。如均有靈異之性，即照例寫簽入瓶，對衆諷經掣定，核實奏聞。若試驗未確，仍令另行訪查，俟靈異幼孩數足三人再行照例辦理可也。將此諭令知之」。

一八二二年一月十五日，根據道光皇帝的命令，七世班禪專程從札什倫布寺趕到拉薩主持十世達賴轉世靈童的「金瓶掣簽」儀式。掣簽儀式在布達拉宮的皇帝牌位前舉行。此前，三名「靈童」都住在聶塘寺，駐藏大臣文幹和幫辦大臣保昌與七世班禪共同決定，由攝政、七世班禪、駐藏大臣等親赴聶塘寺，將三名「靈童」帶到布達拉宮。掣簽儀式由駐藏大臣文幹和幫辦大臣保昌親自主持。結果抽出西康理塘生的小孩爲十世達賴，他就是西藏第一位通過金瓶掣簽認定的達賴楚臣嘉措。此外，經金瓶掣簽認定的還有十一世和十二世達賴。

金瓶掣簽儀式大觀

金瓶掣簽儀式是如何進行的呢？一般情況下，駐藏大臣、幫辦大臣、達賴或班禪、攝政等進門後，先要按職位或者是傳統的習慣依次入座，隨後是近侍獻清茶和酥油茶。當這項傳統的禮節結束後，開始當衆核對入掣象牙簽上用滿文、蒙文和藏文寫的「靈童」的名字、生年，然後送給達賴或班禪復看後，又讓每位「靈童」的家人跪看牙簽的名字、年歲有無錯誤。當一切都準確無誤後，用黃紙包好，供在瓶前。這時，喇嘛們開始念經，等誦經儀式結束後，幫辦大臣來到金瓶前，跪下叩首三次，然後，用雙手將牙簽舉過頭頂放入金瓶內，再用手旋轉兩圈，蓋好金瓶蓋，起立重新回到自己的位置。這時，喇嘛們又開始念經。念經儀式結束後，駐藏大臣走到金瓶前，也跪下叩首三次，然後跪著打開金瓶蓋，用手旋轉多次，掣出象牙簽一支。此時在左邊侍立的幫辦大臣，打開黃紙，當衆宣看。被認定爲轉世靈童的家庭人員在跪聽掣簽結果後，一般還要觀看象牙簽，然後再送給達賴或班禪審看，再將簽供在金瓶前。剩下的沒有掣中的象牙簽此時也要從瓶中抽出，給在坐的官員和高僧觀看，最後這些「靈童」的家庭成員也要被召進觀看，除去疑義，並用紙擦去。金瓶掣簽儀式就此全部結束。

綜上所述，自乾隆帝制定金瓶掣簽制度直至辛亥革命的推翻清王朝的一百多年中，除九世和十三世達賴是作爲特例免予掣簽外，十世、十一世、十二世達賴和八世、九世班禪額爾德尼都是經過金瓶掣簽認定的。據清理藩院秘檔，到光緒三十年（公元一九〇四年），據統計，僅西藏地區就有三十九位主要活佛轉世系統（含達賴、班禪系統）的靈童舉行過金瓶掣簽。這些靈童涉及格魯派、噶舉派、寧瑪派等。

確定達賴、班禪轉世呼畢勒罕的金瓶掣簽的程序和儀軌有以下幾點共同之處：

1. 在清朝皇帝任命的攝政活佛或總管札什倫布寺事務的扎薩克喇嘛主持尋訪靈童後，由攝政召集僧俗官員會議，確定三名（或兩名、四名）呼畢勒罕候選人，將詳細情形向駐藏大臣稟報，請示轉奏皇帝批准舉行金瓶掣簽。

2. 在皇帝御批同意後，將確定的呼畢勒罕候選人及其親屬和師傅等接到拉薩，並經駐藏大臣和攝政、各大呼圖克圖看驗，認爲確有靈異後，方能舉行掣簽。

3. 在掣簽前將金本巴瓶從大昭寺迎到布達拉宮供有乾隆皇帝的僧裝畫像（聖容）

和皇帝萬歲牌位的薩松南杰殿，由大呼圖克圖率三大寺及布達拉宮南杰扎倉僧衆（確定班禪轉世呼畢勒罕時還有札什倫布寺僧人）誦經祈禱七天或九天。

4.掣簽之日，駐藏大臣和各大呼圖克圖、僧俗官員集會，用滿文和藏文書寫名簽，核對無誤後，由一名駐藏大臣封簽（用黃紙包裹），放入金瓶中。

5.由在場的呼圖克圖及高僧等誦咒祈禱，由另一名駐藏大臣搖動金瓶，然後掣出一簽，當衆宣讀掣中者名字，並交給在場藏漢官員傳閱，然後還要取出未掣中的名簽傳閱，以示書寫掣出的名簽眞實無欺。掣簽後即派人去呼畢勒罕住處報信祝賀。

6.掣簽的情形和結果由駐藏大臣上奏皇帝，得到皇帝批准後，向呼畢勒罕宣讀聖旨，才算完成金瓶掣簽的全部程序。

7.在皇帝批准和派大員主持下舉行坐床典禮（達賴在布達拉宮、班禪額爾德尼在札什倫布寺），活佛轉世靈童的尋訪、認定、繼位事務才最後結束。

最後的認定大權

是否對十三世達賴轉世靈童實行金瓶掣簽，西藏僧俗的意見是比較一致的，那就是朗敦的靈童已經各方複查篩選，確實是十三世達賴的轉世靈童，希望清政府免予金瓶掣簽。爲了實現這些意願，當時的攝政功德林活佛給八世班禪去了一封信，希望他出面，請求清帝免予金瓶掣籤。信中說道：從各方面再三考慮，朗敦之子確比上報的其他靈童更爲靈異。從一世達賴根敦朱巴至八世達賴強白嘉措，均未入金瓶掣籤，其中除四世達賴雲丹嘉措和六世達賴倉央嘉措之外，其他幾位達賴壽命都較長。乾隆帝賜金瓶掣籤，是爲確認活佛之意，而濁世衆生福淺，近代幾位達賴均年幼夭折，極爲不幸。此次靈童若不能符合衆意，僧俗人等將更加痛心。況且達賴素爲蒙藏所崇敬，皇帝也極重視，達賴係佛教之根本，黃教之教主，其轉世靈童，更應極其優異，爲衆望所歸者。朗敦之靈童年齡雖最小，但相貌舉止等各方面都完全是勝王金剛持之化身。倘若金瓶掣籤掣不出衆所公認的朗敦靈童，則悔恨莫及，貽誤大事。特請班禪大師祈求皇帝諒解，務使漢藏臣民均能滿意，絕不能草率從事。

與此同時，攝政功德林活佛又給駐藏大臣松溎遞交了一份呈文，再次詳述了轉世方向、父母名稱、打卦問卜、觀湖顯影、上報查驗等重要情況，指出，有關靈童出生前後之夢兆、徵兆等均極祥瑞。朗敦之子，異常聰慧，容貌端莊，舉止大方，經反覆查驗，全藏僧俗皆傾心悅服，一致認爲朗敦之子爲十二世達賴之轉世靈童，請免予金瓶掣籤予以認定並准予坐床。

爲愼重起見，功德林活佛在向駐藏大臣遞交了呈文後，又下令再次查驗。各大活佛再次卜卦，結果僧俗仍然一致認爲朗敦之子爲十二世達賴之轉世靈童，並請駐藏大臣將西藏全體僧衆官員的公稟轉奏皇帝予以認定並批准坐床。

一八七七年六月，光緒皇帝得到了駐藏大臣松溎的奏摺後，批准了西藏僧俗的一致要求，十三世達賴成了又一名免予金瓶掣簽的大活佛。

十四世達賴出生和認定的時間是二〇世紀三〇和四〇年代的事情。此時，清朝封建統治早已不復存在。儘管如此，在十四世達賴的最後認定權上，國民政府依然還是沿襲乾隆皇帝的舊制。

據藏漢文史料上記載，當十三世達賴圓寂後，國民政府就特派參謀本部次長黃慕松爲致祭專使前往拉薩，追贈十三世達賴爲「護國弘化普慈圓覺大師」，在達賴座前獻了中央所頒賜的玉冊玉印；不久又在布達拉宮達賴靈堂舉行了致祭儀式。

一九三五年，當熱振活佛就任西藏攝政後，國民政府冊封他爲「輔國普化禪師」，熱振活佛愉快地接受了冊封。

上述兩件事，一方面說明國民政府在西藏問題上的積極態度，另一方面也說明中央政府對西藏的主權，同時也爲國民政府主持達賴靈童掣簽坐床創造了有利條件。

據中國第二歷史檔案館提供的檔案看，十三世達賴圓寂以前，國民政府就曾制定過有關活佛轉世的規定。當國民黨中央政府得知西藏已在青海尋獲三名「靈童」後，就開始著手積極準備有關金瓶掣簽的事宜。

一九三八年八月十八日，蒙藏委員會委員長吳忠信在給行政院院長孔祥熙的信中說，活佛轉世非同一般小事，處理時稍有不當就會引起爭執，所以，蒙藏委員會成立以後，曾參考清代乾隆皇帝制定的達賴、班禪轉世辦法，結合當時的情況，制定了專門的《喇嘛轉世辦法》。至今，在內蒙古、青海已有多名轉世活佛照此辦法辦理了認定手續。現在，既然已在青海境內找到了三名靈異神童，就應該依照乾隆定制，舉行掣簽手續，最終確定誰是十三世達賴的轉世靈童。

吳忠信所說的《喇嘛轉世辦法》有十三條內容，其中第三條說，達賴、班禪大師等活佛圓寂後，應向當地最高行政機關報告，轉報蒙藏委員會備案；並由其高足負責尋訪靈異同齡幼童二人以上，作爲轉世靈童候補人，報當地最高行政機關，轉報蒙藏委員會查核後，進行掣簽認定。第六條進一步強調指出，達賴、班禪大師之轉世靈童掣定以後，由當地最高行政機關呈請中央批准後派大員前往照料坐床。

從《喇嘛轉世辦法》的內容看，國民政府對蒙藏活佛轉世制度的管理是有章可循的，它除了涉及達賴、班禪大師轉世靈童的認定制度外，其他活佛的轉世認定辦法也包括其中。是一份非常珍貴的歷史文獻。

吳忠信給孔祥熙去信後不久，蒙藏委員會就根據國民黨中央的指示，擬定了《十四世達賴轉世掣簽徵認辦法》，並呈報行政院院長孔祥熙。

蒙藏委員會在《十四世達賴轉世掣簽徵認辦法》中首先指出，自從清朝乾隆皇帝制定金瓶掣簽制度後，從八世達賴開始，除九世和十三世達賴奉聖旨免於金瓶掣簽外，其餘各世均遵照定制掣簽認定。這是中央對西藏的固有主權，也是統治西藏的重要方法，絕不能放棄。最後，蒙藏委員會提出了三點具體的掣簽徵認辦法：

1.國民政府特派大員前往拉薩，會同熱振活佛主持十四世達賴轉世靈童掣簽事宜。

2.國民政府特派大員會同熱振活佛主持十四世達賴轉世靈童掣簽儀式，並由該大員指派代表就近辦理有關事項。

3.國民政府特派蒙藏委員會委員長吳忠信會同熱振活佛主持掣簽儀式。一九三八年十月二十日，行政院秘書長魏道明通知蒙藏委員會：行政院第三八五次會議認眞討論了《十四世達賴轉世掣簽徵認辦法》，一致認爲，事關重大，先由蒙藏委員會與西藏會商，再呈報行政院核定。

很快，蒙藏委員會通過國民政府駐藏長官張咨議與噶廈和熱振活佛取得了聯繫。一九三八年十二月十二日，熱振活佛致電重慶，接受中央派員主持掣簽儀式。

一九三八年十二月三十一日，行政院院長孔祥熙通知蒙藏委員會，國民政府同意特派蒙藏委員會委員長吳忠信會同熱振呼圖克圖主持第十四世達賴轉世事宜。從事態的發展來看，一切都在順利地進行，可是在護送青海靈童入藏的事情上又出現問題。西藏此時雖然接受中央派員會同熱振活佛主持達賴認定掣簽儀式，但另一方面又只准中央和青海各派委員一人護送靈童至西藏邊境。

在此緊要關頭，班禪駐京辦事處於一九三九年二月十一日向蒙藏委員會遞交了一份呈文，堅決支持中央派員入藏，主持金瓶掣簽。

當蔣介石得知這一消息後，也知事態的嚴重性，親自電示蒙藏委員會委員長吳忠信說：「恩久活佛從青海來電報告說，西藏擬請中央及青海各派一人護送青海靈童至西藏地界，再由西藏自行與其他兩名靈童一起舉行掣簽儀式。據查，達賴轉世，事關中央與西藏的前途，並且掣簽儀式歷來必須由中央駐藏大員監督主持，現在西藏只許中央派人護送靈童至西藏地界，公然藐視祖國，破壞教規，使達賴與祖國斷絕關係。查此轉世靈童經九世班禪親自認定，蒙藏僧俗，遠近咸欽，若經中央冊立，既使不入藏掣簽，也爲世人所公認。」

由於中央政府的一再堅持，西藏地方政府於一九三九年四月七日在布達拉宮召開了由僧俗官員參加的緊急會議。第二天早晨，當國民黨駐藏長官張威白前往熱振活佛住處時，熱振活佛告訴張威白說：「中央愛護西藏無微不至，吳委員長親自來臨，均表歡迎；務懇迅速飛青，與靈兒一同入藏，……」

至此事情才圓滿解決。

一九四○年一月十五日，吳忠信委員長、秘書長羅良鑒、顧問曹經沅等一行十餘人抵達拉薩，受到熱烈歡迎。據隨行秘書周崑田當日發給中央通訊社的電訊所載，熱振活佛的代表噶倫丹巴嘉樣、彭休、彭康以及西藏其他高級僧俗官員七十餘人，在拉薩西郊約四公里的哲蚌寺山腳下設帳歡迎，儀式隆重。旅藏的甘、青、川、滇、北平、新疆的商民以及尼泊爾的代表都分別前往哲蚌寺遠迎。此外，駐拉薩的藏軍七百餘人，也全體出城列隊在路旁歡迎。下午四點左右，由藏軍和各歡迎人員在前引路，吳委員長乘大轎相繼入城。當浩浩蕩蕩的歡迎隊伍來到城內時，開始鳴禮砲二十七響。周崑田在電訊中還說，當時隊形整肅，衣冠濟濟，極一時之盛。沿途民衆觀者如潮，熱烈景況爲藏漢歷史上所罕見。

吳忠信委員長當日下榻於預先布置好的行轅內，並先後接見丹巴嘉樣、彭休、彭康三位噶倫及其他高級官員。

可是就在吳忠信到達拉薩以後，在靈童的問題上又發生了變化，原先的三個靈童現在只剩下一個靈童了。原來西藏僧俗認爲青海靈童靈異顯著，經民衆大會決議，公認爲十三世達賴的轉世眞身，不再舉行掣簽儀式。吳忠信得知這消息後，當即表示此事須呈報中央最後審定，本人只能負責轉呈，不能馬上作出決定。經雙方一再磋商後決定：由吳忠信事先查看靈童是否靈異；由熱振活佛正式呈請中央，辦理免除掣簽手續。

一九四〇年一月二十六日，熱振攝政向國民政府提交了一份長達數頁的文件，請求中央免除青海靈童的掣簽手續。文件寫道：

……木豬年，一女神在布達拉宮達賴的臥室以神丸占卜明示：十四世達賴靈童已經轉世；轉世情景、父母、房屋等明見於曲科吉神湖之中。爲使僧俗深信不疑，身爲攝政的熱振活佛在布達拉宮的釋迦牟尼像前親自占卜，詢問觀看聖湖的時機到否，卦示已到。於是，在十三世達賴靈塔完工後不久，熱振活佛主僕一行不辭勞苦，前往曲科吉聖湖觀看顯影。尋訪人員在康汪母女神像前供奉無數盞祭燈，虔誠禱告，隨後熱振活佛開始凝視神湖，果然看見「阿」、「噶」、「麻」三字（藏文的三個字母）；靈童誕生的房屋、山野的形狀等都非常清晰。觀完聖湖，熱振活佛一行前往南部各寺祭神朝佛。在著名的桑耶寺，敬請降仔烏馬布神降神占卜，當神靈附體時，桑耶護法神將哈達拋向東方。此前，噶東神（噶東護法神）也先後占卜明示靈童將在東方轉世，乃窮護法神在達賴臥室初次降神占卜時，也將哈達拋向東方。

……十三世達賴在臥室面向東北圓寂，當移靈柩去俄察白期宮殿時，在石路上，達扎活佛看見達賴面向東北天空微笑。另外，當達賴靈體移放俄察白期宮和布達拉宮各寶座時，靈體都是向南，但無人移動竟自動轉向東方。這些異常現象，均被當時的辦事人員普覺榮尊活佛和其他在場的念經活佛看見。

根據以上這些奇兆，十四世達賴轉世靈童必誕生於拉薩以東地區。於是乃窮護法神從西藏各大小寺院中挑選了三名有緣的活佛前往東部尋訪。臨行前，熱振活佛經過占卜確定了三路尋訪人員：北方及達布一帶，由普覺活佛尋訪；安多、阿里、安多下部、宗喀等地由紀倉活佛負責尋訪；昌都、察雅、工布一帶，由色拉吉巴康薩活佛負責尋訪。

十三世達賴非常喜歡紀倉活佛，水雞年達賴生病，讓紀倉活佛用經水洗濯頭頂。紀倉活佛不敢用手，以銅鏡代替，達賴准許他用手拂洗自己的頭頂。去曲科吉觀看神湖顯影時，紀倉活佛與熱振活佛同行。觀湖時，紀倉活佛曾見一座山和山頂小石堆上所豎的經旗，還有曠野上漫漫的長路。噶廈爲尋訪達賴眞身，請降仔烏馬布神降神占卜時，降仔神手拿佩戴的護身盒和阿西哈達作投向東方之狀，然後交給紀倉活佛，因此，人們斷定紀倉活佛有尋訪和迎請轉世靈童的緣份⋯⋯

果然紀倉活佛一行訪得靈異孩童十四名。根據噶廈之命，紀倉活佛讓所有靈童辨認了十三世達賴的遺物，都能認出眞假，所有奇兆也證實無疑。但是事關重大，噶廈又再次把乃窮活佛迎至達賴的經堂舉行降神占卜儀式。乃窮活佛沒有詳看卜文，就將它插入帽中，然後明示稱：要問本神上師轉世何方，預示已得到驗證，青海大澤祁家之靈兒爲十三世達賴眞身。說完又向東投獻哈達。

熱振活佛在文件的末尾進一步強調說，他在聖湖中所看見的顯影以及乃窮活佛等諸多護法神的卦示等與實際尋訪的青海祁家靈童十分吻合，因此，西藏僧俗大衆都深信他爲十三世達賴之眞身。不須掣簽，照例剃度受戒。此事已呈報中央在案……

雖然熱振活佛已正式呈請中央，免除青海靈童的掣簽手續，但是在「察看」靈童的問題上，又節外生枝發生了波折。當吳忠信派人赴羅布林卡和古覺大堪布交涉時，古覺大堪布提出要吳忠信在達賴靈童登座時，「上殿參拜」。並說：「靈童坐殿，係經西藏民衆大會決議，殿見也係西藏之慣例。」又說：「經民衆大會決定者，不能變動。」其含義在不承認吳忠信有「察看靈兒」之權。

隨行人員向吳忠信報告了此事後，吳忠信頗感不快，立即派人叫來貢覺仲尼，語氣非常嚴厲地令他馬上向熱振活佛轉告，必須照舊議辦理，否則中央人員不惜全體離藏。據《拉薩見聞記》一書載，熱振活佛經此轉折後，態度頓趨軟化，翌日即派人來道歉，說明古覺大堪布不明情況造成誤會，請吳忠信指定察看時間和地點。最後吳忠信決定二月一日在羅布林卡荷亭內查看。據史料上記載，察看的時候，吳忠信給靈童送了四種禮品，表示了承認。

就在吳忠信去羅布林卡查看青海靈童的頭一天，也即一九四〇年一月三十一日，行政院第四五〇次會議通過了特准青海靈童拉木登珠繼任第十四世達賴，並發給坐床大典經費四十萬元的決定。二月五日，國民政府頒布府字第八九八號令：

「青海靈童拉木登珠，慧性湛深，靈異特著，查係第十三輩達賴轉世，應即免予抽簽，特准繼任爲第十四輩達賴。此令。

拉木登珠業經明令特準繼任爲第十四輩達賴，其坐床大典所需經費，著由行政轉飭財政部撥發四十萬元，以示優異。此令」

至此，青海靈童拉木登珠才眞正成了十三世達賴的轉世靈童，完成了宗教和政治法律方面的認定手續。

第17章 高高在上的寶座

不論是大活佛還是小活佛，當他們被正式認定爲轉世靈童後，迎接他們的將是最隆重的大典——坐床。對每一個轉世靈童來說，這一天是來之不易的，儘管此時他們都還是些孩子，儘管這突如其來的變化從此將改變他們一生的生活，但他們都是千千萬萬藏族兒童中的幸運兒，他們中有些甚至還是蒙古人的佼佼者，但他們都是從故鄉的田野或者是草原上走來，然後在各自的法座上紮根，隨後才沿著他們各自的前輩開拓的路走向他們自己的輝煌。這是一條漫長的路，他們必須像自己的每一位前世那樣從零開始，由一位德高望重的高僧或者活佛剪去黑髮，取一個吉祥如意的法名，受戒出家，然後才在僧俗們的簇擁下，像衆星捧月似的走向神壇，榮登法座。

靈童的剃度

一八七七年十月二十日，一隊人馬匆匆離開拉薩，沿著奔騰的拉薩河逆水而上，很快就消失在東去的山谷中。十天以後，他們來到了拉薩東南部達布地區的郎敦村。這些人是來迎請達賴靈童前往拉薩供養的。他們的頭領是布達拉宮的三名大堪布森本、蘇孝和卻本，他們都是十二世達賴的近侍，迎請靈童早已是他們盼望已久的事情。

「這是一支陣容複雜的隊伍，除了三名堪蘇外，布達拉宮還有堪窮、僧官等三十餘人參加了這支迎請靈童的隊伍，噶廈也派了宇妥台吉、代本等二十餘人，餘下的都是些馬官、轎官、打傘的、搭帳篷的和儀仗隊。這些人還帶來了前世達賴用過的日用器具，他們希望小靈童一開始就享受跟前世達賴一樣的生活。

十一月一日，達賴靈童穿上了法衣，坐進了轎子，迎請隊伍在儀仗隊和樂隊的帶領下，離開了象山之前的郎敦村。噶廈早已在沿途各站口布置了歡迎的帳篷，基巧堪布、彭康，全體噶倫、大喇嘛、廓克札薩、丹吉林呼圖克圖、霍康札康、代本等人在途中歡迎，向靈童敬獻哈達。

十一月十四日，這支越來越龐大的迎請隊伍抵達了拉薩河南岸的公堂寺，森本堪布懷著無比崇敬的心情把小靈童抱在懷裡，然後穿過潮湧般頂禮膜拜的人群，來到聶畏殿上，依照傳統的做法，被認定爲達賴轉世靈童的小孩要在這裡接受聖旨。

此時，達賴靈童面向東方跪下，駐藏大臣松溎站在他面前，宣讀了光緒皇帝批准靈童繼任十三世達賴免予掣簽的聖旨。隨後靈童向東方行了三跪九叩禮，兩位駐藏大臣首先向他敬獻哈達，達賴靈童也向兩位駐藏大臣還敬了哈達，並贈送了佛像、香和氆氌等禮品。

儀式結束後，噶廈和三大寺的代表以及活佛、貴族、僧侶百姓參加了盛大的噶卓慶祝活動。首先是由攝政通善呼圖克圖代表噶廈，向靈童獻哈達、曼札、七珍八寶、法輪、法螺、金子、元寶、綢緞、茶葉、酥油、乾果、白青稞等。接著是札什倫布寺代表卓尼向靈童獻哈達和各種貴重禮品。然後才是各呼圖克圖、佛師普覺、噶倫、公、札薩、台吉、三大寺的代表、上下密院的僧官依次一一向靈童獻了哈達。慶祝活動結束後，達賴靈童繼續住在公堂寺，等候八世班禪從札什倫布來給他剃度。

據藏文史料上記載，一八七七年十二月十七日，噶廈特派噶覺布娃前往後藏札什倫布寺，邀請八世班禪前往拉薩，給十三世達賴的轉世靈童剃度。八世班禪愉快地接受了邀請，並於五月初四抵達拉薩，住在羅布林卡的噶桑頗章內。正月十一日，八世班禪在攝政、駐藏大臣、全體噶倫、三大寺代表等的陪同下，到達公堂寺，在大經堂給十三世達賴剪了髮，換上了僧衣並取法名爲阿旺羅桑土登嘉措鳩差旺覺卻勒南巴甲娃巴桑布，後人簡稱爲土登嘉措。儀式結束後，按照慣例，噶廈又在公堂寺大經堂內舉行了盛大的噶卓歡慶活動。

達賴和班禪都是宗喀巴的高足，但由於兩位活佛圓寂轉世的時間不同，所以相互剃度、取法名、授戒的情況是比較多的，並形成了定制，當然，在特殊情況下也有例外。

六世達賴靈童一六九七年被第巴桑結嘉措認定爲五世達賴的轉世靈童後，於九月從藏南門隅迎往拉薩，途經浪卡子宗時，第巴事先約好五世班禪羅桑益喜在此會晤，並爲六世達賴剃度受戒，取法名爲羅桑仁欽倉央嘉措。

五世班禪圓寂以後，在七世達賴的關心下，六世班禪靈童很快得到了乾隆皇帝的批准。完成了認定手續。一七四〇年九月九日，七世達賴給六世班禪巴丹益喜取法名爲羅桑巴丹益喜，後人一般簡稱爲巴丹益喜，並正式通知了札什倫布寺。於是札什倫布寺派仲科爾等前往南木林宗札西則莊園，告訴唐拉夫婦，他們的孩子是五世班禪轉世的靈童，是六世班禪額爾德尼，並在莊園裡舉行了隆重的噶卓歡慶儀式。當時的藏王頗羅鼐還從拉薩派來了一名醫生，對靈童的身體進行了檢查，同時還帶來了頗羅鼐送給六世班禪的一封賀信，以及法衣、小佛像、法輪、角號、鈴、杵等禮物。

舉行噶卓儀式後，札什倫布寺的僧衆們就用轎子將六世班禪靈童抬到札西則莊園對面綠東谿卡的團柱明康宮內居住，由札寺的許多喇嘛精心看護。

一七四一年五月九日，因札什倫布寺的大總管洛桑根敦在倫珠林寺圓寂，札什倫布寺一致推舉拉仁崗巴·吉仲羅桑才旺爲大總管，即札什倫布寺的札薩喇嘛。爲迎請班禪靈童入寺，大總管札薩喇嘛、司膳師、侍衛官、香燈師等侍從，以及攝政王的代表、札雅班智達活佛等一百餘人，身著禮服，乘馬趕到了綠東谿卡。六月一日，人們開始向靈童敬獻吉祥哈達，請求摸頂賜福。班禪靈童頭留小黑髮，身著僧衣，更顯得英俊無比。大總管同其他高僧顯貴將靈童扶上五世班禪曾坐過的寶座上，設宴慶祝。宴會後，靈童開始爲攝政王代表、札雅班智達等迎請人者摸頂。第二天，這位班禪靈童就被抬回了札什倫布寺，住進了五世班禪的噶當頗章宮內。從六世班禪靈童的情況看，七世達賴只是給他取了法名，並沒有給他剃度，翻看《七世達賴傳》，也沒有找到這方面的解釋。

七世達賴噶桑嘉措圓寂後，後藏託布加一家貴族的小孩，由乾隆派來的三世章嘉呼圖克圖認定爲八世達賴靈童。經駐藏大臣奏請乾隆皇帝批准後，正式繼任爲八世達賴。隨後，駐藏大臣通知攝政第穆呼圖克圖，命令噶廈和三大寺派遣大批僧侶官員前往託布加莊園的拉日崗村，將靈童暫時迎請到札什倫布寺。當達賴靈童見到六世班禪時，向班禪磕了頭。

一七六一年正月（乾隆二十六年），噶廈派前世達賴的卻本堪布第珠前往札什倫布寺，代表噶廈向八世達賴表示祝賀，同時還帶來了攝政第穆呼圖克圖和四大噶倫給六世班禪的親筆信，請六世班禪給八世達賴剃度取法名。

正月十一日，在札什倫布寺的益格穹曾殿上，六世班禪給八世達賴剪了髮，並取法名爲吉總羅桑丹白旺覺強白嘉措巴桑布，後人簡稱爲強白嘉措。並由噶廈出資，在大殿上舉行了隆重的噶卓歡慶儀式。

一七六一年三月五日，攝政第穆呼圖克圖、駐藏大臣集福、噶倫公班第達、噶倫札薩大喇嘛等二百餘人從拉薩趕到日喀則迎請八世達賴靈童。第二天，在札什倫布寺的大經堂上舉行了隆重的歡慶活動，六世班禪和八世達賴兩位黃教至尊都同時登上了法座，接受攝政、駐藏大臣、噶倫等人敬獻的哈達、貴重的禮品和朝拜。這是輝煌的一日，就是今後的歷史長河中，像今日達賴和班禪同登法座，接受朝拜的場面也是不多見的。

三月十八日，八世達賴靈童啓程前往拉薩，札什倫布寺的全體僧俗官員和僧衆，在札寺的大門外熱烈歡送。札什倫布寺專門搭了歡送帳篷，給達賴靈童和攝政等人送行。六世班禪派卓尼二人，陪同前往拉薩。

據記載，六世班禪巴丹益喜在北京圓寂後，經過札什倫布寺六世班禪的近侍蘇本堪布前往四個「靈童」家明察暗訪，並拿出六世班禪曾經使用過的茶杯、鈴杵、念珠等讓「靈童」挑選，結果只有後藏白朗宗吉雄谿卡的靈童挑選的東西都是六世班禪用過的，所以蘇本堪布首先肯定這個「靈童」是六世班禪的轉世化身。

一七八二年十二月二十日，乾隆皇帝批准這位靈童爲七世班禪，並賜哈達一條、寶石念珠一串，並命令駐藏大臣博清額親自送去。博清額接旨後，從拉薩趕到札什倫布寺宣讀了聖旨，轉變了乾隆皇帝賞賜的物品。這樣，七世班禪就完成了政治上的認定手續。

一七八三年八月十五日，札什倫布寺派一百多名喇嘛向東來到了白朗宗的吉雄谿卡，把七世班禪靈童接到了離札什倫布寺約十五公里的甘丹勒謝曲林寺暫時居住，以便擇定吉日，再迎請到札什倫布寺舉行坐床大典。靈童住下以後，噶廈和各地就開始派代表來札什倫布寺參加坐床大典，八世達賴也派達爾汗夏蘇堪蘇爲代表趕到了後藏。

一七八四年八月十一日，札什倫布寺和後藏的僧侶群衆終於盼到了他們幾年來苦苦等待的良辰吉日。八月的後藏，正是風光最美的時刻，藍藍的雅魯藏布江就像無雲的高原藍天鋪蓋在寬闊的山谷裡，年楚河依舊歡快地流過日喀則城。一隊由札什倫布寺的重要僧侶官員組成的迎請隊伍來到甘丹勒謝曲林寺，將他們未來的寺主迎回了札什倫布寺，居住在益格穹曾宮殿內。

八月二十日，札什倫布寺在日光殿上舉行了七世班禪坐床大典，慶典由駐藏大臣博清額親自主持。乾隆皇帝特派札薩喇嘛郭莽呼圖克圖、夷大興阿里二人爲欽差大臣，趕到了札什倫布寺看視班禪靈童坐床，並賞給哈達一條、寶石念珠一串，此外還有各種法器、法衣、玻璃用品、綢緞等許多禮品。八世達賴的代表札薩噶倫公團色旺堆也向七世班禪獻了哈達、曼札、法衣、法物、法器一套。西藏攝政和噶倫等噶廈官員和札什倫布寺的僧侶官員，均向七世班禪獻了禮品，接著侍從喇嘛們開始在日光殿上獻上酥油茶、人參果酥油飯、油炸「卡賽」點心等，舉行隆重的噶卓慶賀活動。

八月二十一日，八世達賴處理好緊要政教事務後，專程親臨札什倫布寺為七世班禪剃度，受到札什倫布寺全體僧侶的隆重歡迎。兩位黃教領袖相見在日光殿，按照傳統的禮節七世班禪先向八世達賴磕了頭，拜為師尊，當晚，兩位活佛同住在札什倫布寺的大拉讓殿。

九月七日，在札什倫布寺的益格穹曾宮殿內，舉行了八世達賴給七世班禪剃度的儀式，八世達賴在誦經祈禱後，用剪刀剪去了七世班禪的頭髮，換上了僧衣，取法名為吉總羅桑巴丹丹白尼瑪確來南加巴桑布，簡稱為丹白尼瑪。接著八世達賴又給七世班禪授近事戒。

達賴、班禪的關係雖然情同手足，但他們之間有時也會出現陰影，當他們失和時，其中的任何一個在轉世後，就只能請別的活佛剃度授戒和取法名。而這種情況就發生在本世紀轉世的十四世達賴和十世班禪身上。

一九〇二年，九世班禪曲結尼瑪已年滿二十，到了受比丘戒的時候，按照傳統應該是由十三世達賴來傳授。

四月十五日，二十歲的九世班禪喇嘛來到了拉薩，十三世達賴舉行了最高的宗教儀式，爲其授比丘戒。可是就在這件事不久，卻發生了一件意想不到的事情。據史料記載，一九〇二年春天，九世班禪去拜見達賴，歡迎他的儀仗隊擊鼓經過布達拉宮，十三世達賴非常生氣，說班禪在師尊的門前擊鼓是妄自尊大，就罰了班禪一千五百兩銀子，從此，兩位活佛身邊的人就開始讒言挑撥，致使他們之間的隔閡越來越深。

從歷史看，班禪系統在後藏地區擁有廣大的土地、人民和寺院，自清朝雍正、乾隆以來，一直歸駐藏大臣直接領導，和噶廈處於平行地位。可是一場新的歷史變革以後，清王朝結束了它的封建統治，駐藏大臣也被趕走了，西藏噶廈地方政府開始強迫札什倫布寺服從達賴的統治，並向班禪管轄區派糧派款，徵兵徵稅，而札什倫布寺則堅持過去的舊例，不願有任何負擔，於是雙方的矛盾開始激化。

從一九一五年開始，十三世達賴在後藏日喀則設立了基宗（相當於內地行政公署）任命僧官羅桑團柱、俗官木霞二人爲基宗。基宗的職權很大，他們除了管轄達賴在後藏的所有的宗和谿卡之外，也管轄班禪所屬的四個宗和所有的谿卡，這就侵犯了班禪固有的權利。這是班禪不能接受的。更爲嚴重的是，隨著基宗的建立，噶廈開始向當地攤派各種雜稅，致使兩位活佛的關係更加緊張。

一九一六年，九世班禪給十三世達賴去了一封信，除了申述札什倫布寺的困難外，要求到拉薩與其見面。十三世達賴在信中同意他來拉薩面談，但又說政教事務很忙，提議延遲到第二年會晤。班禪只好服從。可是一年過去了，十三世達賴又突然宣布：要「閉關靜坐」三年，在此期間，謝絕一切來訪的客人，班禪也不例外。

班禪只好又等了三年，才經十三世達賴的同意，到拉薩會晤。但這位黃教領袖的拉薩之行卻遭到了前所未有的冷遇，達賴只派了一個代表去歡迎他，噶廈也只派了一些次要的官員去參加歡迎儀式，而噶倫等重要官員卻只在羅布林卡的門口歡迎他。九世班禪與十三世達賴會晤後，很快離開了這個不歡迎他的城市。

一九二三年十一月，十三世達賴命令札什倫布寺的幾個負責官員前往拉薩，沒想到這些人剛到拉薩，就被投進了監獄。他們的侍從好不容易才逃回札什倫布寺，向九世班禪作了匯報。九世班禪異常恐懼，他預感到這是大禍臨頭的惡兆，如不出走，勢必危及他的生命，於是當即決定向青海方向出走。為了不走漏風聲，他和自己的重要侍從作了周密地安排。

一九二三年十一月十五日夜，九世班禪先在十五名近侍親信的保護下，秘密向北出走，無人知曉。三天之後，另一批由九世班禪的蘇本堪布羅桑堅贊等率領的一百多人的隊伍，也乘著月色離開札什倫布寺，去追趕他們的主人。疾行五天五夜，兩支隊伍才會合在一起。隨後，他們開始穿越藏北草原，並從那裡翻過唐古拉山脈，進入了青海藏區。

班禪一行出走數日後，噶廈才通過英國人辦的郵電局，電悉了班禪出走的情報。十三世達賴立即命令仔本龍廈和代本崔科率一千騎兵直奔藏北，可是他們與班禪所走的路完全不相同，這些追兵一直追到唐古拉山也沒有見到逃難者的蹤影。這時正遇到大雪封山，只好空手而歸。

九世班禪一行進入青海後，很快就陷入了絕境。他們帶有足夠的金銀，但四野遇不到一個牧民，與他們爲伴的只有野牛、野馬和野羊。可是他們都是些受了戒的喇嘛，誰敢去殺生呢！走過這條道的喇嘛心裡都清楚，要走出這片無人區，大約還要一個月的時間，糧食顯然不夠。他們只好宰馬充飢，可是沒有馬，又怎麼穿越眼前茫茫的大草原呢？看來他們的路已走到了盡頭。

就在他們幾乎完全絕望的時候，終於發現一支駱駝隊朝他們走來，這是一支從西藏返回外蒙的蒙古喇嘛隊伍，他們帶有充足的食物，兩支喇嘛隊伍合在了一起。

一九二四年三月二十日，班禪一行到達甘肅最西部的安西縣，至此，他們已走了四個月零五天的路。安西縣長熱情地接待這些遠道而來的客人，並電告蘭州督軍陸洪濤。很快北京北洋政府大總統曹錕就得到了陸洪濤的報告。

從此，九世班禪開始了他在祖國內地十三年不平凡的生活。

一九三三年十月三十日六點三十分，十三世達賴在布達拉宮圓寂，一九四〇年青海靈童拉木登珠被認定爲十三世達賴的轉世靈童，儘管班禪大師曾經爲這位靈童的尋找作過卜示，但至死也沒有緣份像他的前輩那樣，給十四世達賴剃度和授戒。而當他回藏受阻，身心不適，過早圓寂後，他自己的轉世靈童也同樣無緣拜十四世達賴爲師，請他剃度和授戒。這是藏傳佛教史上，達賴和班禪之間過去的一段歷史，還好，這一切已經過去，當一九五二年四月二十八日下午，十世班禪和十四達賴在布達拉宮的日光殿會見，雙方互相交換哈達、行磕頭禮後，兩位大活佛的關係又和好如初，恢復了正常。

坐床大典

每一位轉世靈童，都有他們各自的坐床大典，但不同的活佛，其坐床大典的規格也有所不同。在整個藏區莫過於達賴和班禪的坐床大典最爲隆重和複雜。

十三世達賴剃度以後，從公堂寺移到了日加三丹林寺居住，要等到舉行完坐床典禮後，他才能住進布達拉宮。

按照慣例，坐床大典前，攝政王功德林向駐藏大臣報告說：「擬於藏曆土兔年（一八七九年）舉行達賴坐床大典，請轉奏皇上，照過去舊例予以照准，並准許新達賴在坐床時乘坐黃轎，使用黃色馬鞍。

一八七九年五月，欽差送來了光緒皇帝的聖旨：「達賴轉世已經確定，今年六月十三良辰吉時舉行坐床，甚佳，朕深喜之！現賜達賴黃哈達一條，佛像一尊，念珠一串，鈴杵一套。達賴坐床之後，可啓用前世達賴之金印，並將用印時日上奏。前請乘用黃轎及黃色鞍轡均予使用。佛父貢噶仁青封爲公爵，賞戴寶石頂子，著孔雀翎，依旨遵行，欽此。」

至此，噶廈等籌備達賴靈童坐床事宜就緒。

六月九日，駐藏大臣衙門派人將皇帝賜給十三世達賴的金印金冊送交攝政王功德林。

六月十日，攝政王功德林和噶倫等從布達拉宮出發，前往日加三丹林寺。兩日後，十三世達賴在攝政等的陪同下前往拉薩。這天早晨，噶廈早已派人在拉薩東部的崗堆堆谷塘搭好了有各種吉祥圖案的大帳篷。小靈童在大小官員、貴族、活佛及僧俗百姓的夾道迎接下，來到大帳篷內就坐，在此等候的駐藏大臣同達賴彼此交換哈達。在這裡迎接靈童的還有班禪的代表、第穆等各大呼圖克圖、公、噶倫、代本、孜本及貴族世襲子弟，還有以甘丹寺夏、絳二法王爲首的三大寺和上下密院的執事等。

六月十三日良辰吉時，按照舊例開始舉行盛大的出行儀式。爲了使這一天更加具有喜慶日子的氣氛，拉薩市的官員事先向市民和城市附近的村民宣布了命令：拉薩各街道一律打掃乾淨，路邊灑白色石灰兩條，從大昭寺一直灑到布達拉宮門口。拉薩全市的房頂上要插掛傘、蓋、幢、五彩旗幟。當達賴進入市區時，各房頂上要吹嗩吶、大號、敲鼓、擊銅鈸。家家戶戶門口要焚燒加有香料的松柏樹子。

這天早晨，達賴靈童換上黃色法衣，乘坐黃色大轎前往拉薩。迎請隊伍的前面有高執經幡寶蓋和香爐的儀仗隊、音樂隊，緊跟著是攝政、普覺佛師、甘丹池巴（法座）、各大呼圖克圖、公、噶倫、札薩喇嘛、貴族、大小僧俗官員、伊斯蘭教徒、尼泊爾信徒等。整個迎請隊伍長達數里。

從崗堆堆谷塘到城中心的布達拉宮紅山腳下，長約十多里的道路上，站滿了僧俗群眾。很有意思的是，在路的左右兩邊分別由不同身份的人流組成。左邊，是市民和近郊的農民，他們身穿傳統節日禮服載歌載舞，還有的村民打著腰鼓，跳起各種喜慶的舞蹈，他們代表了拉薩典型的民間文化。在他們的對面，卻是另一支完全不同的歡慶隊伍，他們是來自拉薩三大寺、上下密院、拉薩木鹿寺、喜德寺、藥望山的喇嘛，手上高舉著象徵吉祥如意的傘、蓋、幢和鮮花，也有的端著供品和禮物，還有的吹著大號，擊著皮鼓。這是另一種風格的文化，但它們畢竟交織著，形成了這條十里大道上最賦有高原色彩的交響樂章，而十三世達賴靈童就是這樣在他未來的臣屬們的簇擁下，從這種交響樂中來到了八角街中心的大昭寺。

當他在「當今皇帝萬歲萬萬歲」的牌位上敬獻了哈達後，這位西藏未來的主宰才走進大昭寺的大殿，向釋迦牟尼佛像敬獻哈達。這時，小靈童才注意到四周佛光四射的景象：一千盞酥油燈交相輝映著一千個糌粑做成的精美的供品和一尊尊他還叫不出名字的佛像。

小靈童驚奇地目睹著眼前的盛況，在高僧們的引導下登上了大昭寺的二樓，在那裡，他把人們遞給他的一條條潔白而名貴的哈達獻給了贊普松贊干布、文成公主、蓮花生大師以及白郎木女神等塑像，然後念《成就四業經》。

隨後，靈童離開大昭寺，重新回到人聲鼎沸的人流中，很快，人們又衆星捧月似的把他抬進了布達拉宮。在日光殿，小靈童登上了無畏大自在天寶座。駐藏大臣同他互獻哈達，按照禮節，他送給駐藏大臣一條長哈達和一尊佛像。

六月十四日，噶廈在有寂圓滿大殿隆重舉行十三世達賴坐床大典。爲慶祝達賴坐床，在布達拉宮前的廣場上，由西藏各地特地趕來參加慶典的民間熱巴舞隊和藏戲班子，演出了許多精彩的節目。無數的青年男女穿著節日盛裝，在六月陽光明媚的藍天下，唱著民歌，跳起各種舞蹈。在哲蚌寺至布達拉宮約四公里路大道上，七十五名來自西藏各地的最好騎手還舉行了長途賽馬。

從六月十五日開始，札什倫布寺、功德林拉章、噶廈、基巧堪布、達賴處及攝政處、噶廈所屬官員及三大寺、四大林、衛藏各大寺、各世達賴家族、各部落首領等開始陸續前去慶賀。與此同時各種歡慶活動（噶卓）也連續不斷。首先是札什倫布寺舉辦歡慶大會，十三世達賴、攝政、駐藏大臣都參加了這次盛會。規模宏大的盛會上，札什倫布寺的札薩努巴娃代表班禪大師和札什倫布寺向達賴獻禮，並念誦贊辭。其後，丹吉林、乃窮札倉（學院）、阿里頭人、三十九族頭人、前後藏各地頭人等都舉行了規模不同的歡慶會。

十三世達賴坐床後，正式啓用前世達賴的金印，並向清朝皇帝「上表謝恩」。據藏文史料記載，這種「謝恩」奏摺的文字是按照五世達賴羅桑嘉措遺留下來的規格寫的，裡面還有一首七言帶韻的詩歌：

我們生在貧苦地，
您賜我們得安寧，
今後只有託靠您，
不靠皇上靠何人?!

坐床大典後不久，一名喇嘛背著奏摺，離開拉薩，直奔北京。

十四世達賴的坐床大典已是本世紀四〇年代的事情，無論從內容還是形式上看，除具有與十三世達賴相同的儀式外，還具有一定的現代氣息，同時國民黨政府在十四世達賴坐床前後也做過一些鮮爲人知的事情。

還在一九四〇年二月五日，國民黨政府批准拉木登珠爲十四世達賴，並撥給四十萬元坐床大典經費的政府令頒布前，國民黨政府和蒙藏委員會就開始著手籌備有關達賴坐床大典的事情。

據載，馬步芳部下護送十四世達賴靈童從青海啓程前往拉薩後，蒙藏委員會就派藏事處處長孔慶宗先行離開重慶，取道西康，在靈童之前趕到了拉薩，開始部署有關坐床事宜。而蒙藏委員會委員長則同時在貴州、香港等地籌辦禮品，並就此次入藏的任務、組織、經費等重大問題擬文呈報國民政府。蒙藏委員會在呈文中說：

這次入藏，主要任務是主持十四世達賴坐床儀式，同時冊封熱振，爲司倫、噶廈授勳。……民國十年，中央派貢覺仲尼入藏慰問，西藏逐漸明瞭中央的用意。民國二十三年，第十三世達賴圓寂，第二年中央特派黃慕松爲致祭專使，前往拉薩致祭，視察民情，聯絡感情，西藏與中央關係日益親密。此次，達賴剛剛圓寂，西藏失去重心，一心傾向中央，意至殷切，是解決西藏問題的最好時機……這次十四世達賴坐床儀式，證明西藏與中央的關係已出現轉機，因此，中央應藉此良機，重新調整中央與西藏地方的關係，從而增進中華民族的大團結……

呈文很清楚，這次進藏就是要通過十四世達賴坐床典禮，來行使中央的主權，增進民族團結，維護祖國統一。

爲了確保吳忠信一行到藏後，能更好地掌握談話的分寸，行政院院長孔祥熙還密令隨行人員遵守有關談話要旨，如：中央在保護中華民國之完整的惟一條件之下，只求增進西藏地方人民之福利。西藏爲中國領土之一部分，但中央不將西藏劃分爲省區，可按照特種地方自治，允許西藏維持其政教制度。中央應在拉薩設駐藏辦事大員，代表中央宣達意旨。西藏應擁護國民政府等。

國民政府在政治和輿論上做了充分準備後，又擬定了詳細的授勳名單，其中對熱振呼圖克圖、博敦貢噶汪卻（西藏司倫）授以二等采玉勳章；四大噶倫郎瓊白瑪敦珠、彭休澤登奪吉、彭康扎西多吉、鏘清土登霞嘉授以三等玉勳章。

一切準備基本就緒。一九三九年三月，蒙藏委員會委員長吳忠信隨身攜帶國民政府特派熱振呼圖克圖主持典禮的特派狀、蔣介石致熱振呼圖克圖的手函、中央冊封熱振呼圖克圖的冊文和金印、中央頒發熱振呼圖克圖等采玉勳章等四份重要文件，與隨行人員離開重慶，經印度到達拉薩。

可是等吳忠信實地了解情況後，才知這裡的情況發生了一些變化。首先是靈童只有一個，並且在他到達拉薩的前幾天（十一月二十五日）舉行了出家典禮，攝政熱振呼圖克圖成了十四世達賴的剃度師，並給他授了沙彌戒。

從清朝的情況看，達賴或班禪在剃度時，一般都是由駐藏大臣主持或在場時才能進行。所以當蒙藏委員會得到先行抵達拉薩的藏事處處長孔慶宗傳來的這一消息後，當即指示他說：現剃髮既成過去，自可不提，惟坐床登位大典，至關重要，必須俟委員長到後舉行。

由於局勢發生了這些微妙變化，國民政府、行政院、蒙藏委員會都在焦急地等待著吳忠信到達拉薩的電文，而此時，這位委員長還在去加爾各答的路上。

十二月八日，噶廈向蔣介石呈報了十四世達賴已剃度取法名的電報，扎慶宗的消息得到了證實，蔣介石也不免有些著急起來。從中國第二歷史檔案館的檔案看，自從十四世達賴靈童在青海發現以後，蔣介石就一直親自過問其認定、掣簽、坐床等方面的事情。當吳忠信離開重慶後，他們之間始終保持著密切的聯繫。十二月二十三日，當吳忠信抵達西藏邊境城鎮亞東的第二天，就向蔣介石報告了這一好消息。一九四〇年一月十五日，吳忠信一到拉薩，又給蔣介石發了一封電報，目的當然是想讓委員長放心。電報說：

「信於本日安抵拉薩。沿途經過喜馬拉雅山，平均每日高度均在一萬四五千英尺左右，空氣稀薄，氣候嚴寒，賤軀雖感不適，尚能力疾遄征。刻已託庇痊癒，堪慰廑懷。此間地方寧謐，民眾歡欣。大典舉行，正事籌洽。餘俟續陳，……。」

蔣介石這才放下心來，於一月三十日給吳忠信去了一封慰問電，並與他稱兄道弟：

「冊電誦悉……隆冬跋涉，辛勞至念。各情希續報……」

到達拉薩後，從大局考慮，吳忠信並沒有把遇到的一件件不順心事情，全部告訴蔣介石，而是盡可能把一些令人激動的消息電告國民政府和新聞媒介。

二月十七日，吳忠信的隨行秘書周崑田電告重慶說：

委員長到藏，瞬已匝月，所有困難均已圓滿解決，各方感情，也極爲融洽。另外，此次在上海所辦禮品之精美，數量之豐富，以及到藏後贈送之普遍，均爲首次。對三大寺的喇嘛布施兩次。每人得藏銀十多兩。如此厚賜，打破了過去布施之紀錄，故僧俗輿論莫不深表感戴。以目前情形觀察，委員長在重慶時所訂樹立信用、收拾人心兩目標，似已如願完成。

第二天，周崑田又發給中央通訊社和各報社一份電訊說：

中央政府批准青海靈童拉木登珠繼任第十四世達賴，同時撥發給四十萬元坐床費，並冊封熱振，授給勳章，全藏聞之，感激萬分。昨日熱振活佛已電謝林主席及蔣委員長，並祝國泰民安，政躬康健，可見西藏與中央之關係已更加親切。

從這些電文中我們可以看到，吳忠信一行儘管到達拉薩才一月有餘，但因爲出發前作好了種種準備，所以經過他們的努力，已經疏遠了二十多年的漢藏關係以及中央政權與西藏地方的關係都有了明顯的改善。

一九四〇年二月十九日，離十四世達賴坐床大典的日子僅剩三天了，此時拉薩已經開始有了濃烈的大慶氣氛。當日，吳忠信的隨行秘書周崑田向中央通訊社發回一份電訊稿：

西藏得到中央政府准以拉木登珠繼任達賴之明令後，消息傳開，僧俗歡騰。現距坐床日期已近，各項準備工作已經完成，布達拉宮內外修飾一新。坐床之日，還將舉行賽馬，摔跤等遊藝活動，以示慶祝。新達賴拉木登珠訂於二十一日午由羅布林長移至布達拉宮，於次日早晨六時舉行坐床典禮，吳忠信委員長將親蒞主持，屆時必有一番盛況……

就在十九日這一天，蒙藏委員會爲十四世達賴坐床致電熱振活佛：

本月二十二日爲第十四輩達賴坐床大典之慶，繼承法統，闡揚宗風，慰藏胞喁望之殷，舒中央西顧之念。神師寅恭居攝，卓著勳勤，翹企靈山，無任馳賀……

與此同時，雲南、四川兩省政府也致電蒙藏委員會，宣布本省屆時將開會慶祝、懸旗慶賀。

二月二十二日早晨四時左右，十四世達賴坐在他那用金緞包裹的轎子裡，從羅布林卡啓程去布達拉宮。當時，傾城出動，萬民沸騰，扶老攜幼紛紛出來迎接這位小活佛，在西藏人的心目中，自從十三世達賴圓寂以後，他們整整熬過了六個年頭的孤兒般的歲月。現在，達賴終於重返布達拉宮，他們的愁眉苦臉一掃而盡。早晨六時，十四世達賴坐床大典在布達拉宮正殿舉行。可是在坐床儀式之前卻發生了「座位」的爭執。據史料記載，此時，在吳忠信的座位問題上，出現了不同的意見，噶廈原打算把吳忠信的座位放在攝政熱振活佛的對面，高低則與司倫座位相同。這時，吳忠信提出，自己代表國民政府，負責主持達賴坐床事宜，再加之又是主管蒙藏事務的長官，這與中央政府的權力有關，不能遷就，至少應該照清代駐藏大臣的慣例設立座位，那就是在與十四世達賴平行的左方面南設座。經噶廈會同有關方面的詳細磋商，噶廈最後同意了吳忠信的意見。

無論從政治還是從國家主權來看，吳忠信的做法都是正確的，這已不是一個簡單的座位問題，它涉及到國民黨中央政府對西藏的主權問題，代表了國家的利益，是沿襲清以來中央政府在達賴或班禪認定坐床時的舊制，是中央政府對西藏擁有主權的具體表現之一，這一點必須肯定，這是符合整個中華民族的利益的，同樣也是全國人民最關心的事情。

坐床大典結束後，吳忠信立刻將當時的盛況電告國民政府主席和行政院院長：「……第十四輩達賴坐床典禮今晨六時在布達拉宮舉行，忠信親往主持，儀式極為整肅……」

隨行工作人員奚倫和周崑田也在同日向中央通訊社社長發出電訊專稿，報導典禮過程：

十四世達賴坐床大典，在吳忠信委員長的主持下，於本日晨六時在布達拉宮正殿舉行，中央及西藏官員共五百餘人參加慶典。吳委員長座位在達賴之左，面南平坐，其餘的中央官員坐東面西，熱振活佛率各僧官坐西面東，三噶倫及俗官則坐南面北。典禮於九時許完成，極爲隆重嚴肅。同時，拉薩市內表演賽馬、跳神及摔跤各項遊藝，空氣異常熱烈……

這位年僅五歲的幼童在長達四個小時的儀式上表現得一本正經，充分體現了「神」的魔力。所有在場的人都竊竊私語，驚愕不止，前世達賴的所有近侍通通佇立在他的左右，開始服侍他、照料他。對於這批佣人他也召喚自如，就像早先就認識一樣。

從這一天開始，這位小活佛就開始向大家賜福，並受到成千上萬的僧俗祈禱。他神態自若，毫無驚慌恐懼的表情，猶如一位事先經過訓練的小演員。

就在西藏和各藏區隆重舉行慶祝十四世達賴坐床活動的同時，祖國內地也與之緊密配合，舉行了種種慶祝活動和儀式。早在坐床大典之前，蒙藏委員會就奉國民政府之令開始籌備重慶市各界慶祝十四世達賴坐床典禮大會，並於二月十四日在蒙藏委員會會議室舉行了籌備會議，決定二月二十二日下午三時，在重慶舉行典禮大會，推舉考試院院長爲大會主席，各報出版特刊，廣爲宣傳。

二月二十日，蒙藏委員會將此決定通知國民黨中央所屬五院院長，並擬請十四世達賴坐床大典時，致電拉薩表示祝賀，以表示尊重佛教的盛意。行政院院長蔣介石也在這天通知國民政府，希望國民黨黨政軍各機關在二月二十二日達賴坐床典禮時，一律升旗表示慶祝。他在通知中說：

本月二十二日為西藏第十四世達賴舉行坐床典禮之期，全國應懸旗慶祝。除電令本院所屬各部會及各省市政府執行外，黨政軍各機關也應遵照執行⋯⋯

二月二十一日達賴坐床的前夜，全國各地都接到了這道命令。

二月二十二日下午三時，重慶各界慶祝十四世達賴坐床典禮大會在長安寺舉行，大會向輔國普化禪師熱振活佛致電說：

「本日為第十四輩達賴坐床慶典，本市各界在長安寺舉行慶祝大會，日麗風和，人天輯睦。値茲抗戰將近三年，捷音頻傳之際，令典觀成，群情歡暢，特電申賀⋯⋯」

二月二十三日，蔣介石也致電攝政熱振活佛說，十四世達賴二十二日舉行坐床大典，喜教宗之有託，實全藏之福星，吉音所播，舉國歡騰⋯⋯

蔣介石在致電中希望熱振活佛忠心輔佐達賴，使西藏政教穩固發展。

由於中央政府的精心準備和組織，從二月二十二日開始，全國掀起了舉國同慶達賴坐床的熱潮。可以說正是中央政府和全國上下的一片至誠，感動了以攝政熱振活佛為首的噶廈地方政府和西藏僧俗，達到了維護民族團結、祖國統一的目的。

一九四〇年三月七日，熱振活佛致電國民政府主席林森說，二月二十二日遵令舉行十四世達賴坐床典禮，地址在布達拉宮大殿。蒙藏委員會吳忠信委員長親臨主持，甚稱吉慶，藏中僧俗官民一致歡騰。電文的末尾，熱振活佛還對吳忠信代表中央贈送達賴多件珍貴禮品一事表示感謝。

三月八日，西藏地方政府噶廈也致電林森和蔣介石，感謝中央特派吳忠信主持十四世達賴坐床大典和贈賜禮品。

一九四〇年四月十四日，吳忠信一行圓滿結束在西藏的各種特殊任務，由拉薩啓程，經印度回國。

達賴班禪的受戒大會

根據藏文史料和漢文史料的記載，達賴和班禪轉世靈童在坐床大典後，就要舉行受戒儀式，當然有的達賴或班禪是在坐床大典以前就受了戒。

一八八一年，十三世達賴已經六歲，按照藏傳佛教的規矩，第二年就應該受沙彌戒了。從歷史的傳統看，十三世達賴的受戒儀式必須由八世班禪親自主持，但當時八世班禪有病在身，難以經受長途跋涉的磨難，不能去拉薩擔此重任。在這種情況下，噶廈建議由十三世達賴的經師通善呼圖克圖主持受戒儀式。經駐藏大臣轉奏清朝皇帝，光緒皇帝於一八八一年九月批准了給十三世達賴授沙彌戒的人選。並派蒙古喀爾喀益喜蘇巴前來拉薩，看視達賴受沙彌戒的儀式。噶廈派人占卜後，選定了藏曆水馬年正月十三日（一八八二年），在拉薩大昭寺釋迦牟尼佛像前，由通善呼圖克圖給十三世達賴授沙彌戒。

正月初六，十三世達賴離開布達拉宮住進大昭寺。正月十三日，大昭寺開始繁忙起來，在寺院四周的轉經道上，無數僧侶信徒手搖轉經筒，口誦六字眞言，虔誠地爲自己、爲達賴祈禱；大昭寺門前著名的唐柳四周，信徒一大早就點燃了香艾，股股神秘的香煙彌漫著擁擠的過道；大昭寺門前的石板上，磕長頭頂禮膜拜的信徒走了一批，又來一批，只聽見信徒著地時藏袍「噗噗」的沉悶聲。

受戒儀式在大昭寺的大殿上舉行，攝政通善呼圖克圖令人把在大昭寺內的《顯宗龍喜立邦經》請出來，放在殿上，十三世達賴向經書磕頭，並獻掛一條五彩哈達。隨後，通善呼圖克圖翻開經文，將不偷盜、不殺生、不謊騙、不姦淫等三十六條沙彌戒律，一一向達賴作講解。聽完經文，十三世達賴面對《顯宗龍喜立邦經》宣誓：

「遵守經上規定的一切律條，爲衆生之事，身體力行。」

宣誓結束後，十三世達賴將經文包好，然後退到自己的座位上。最後，十三世達賴又把幾包一錢重的金子以及一個右旋法螺和法輪放在純金盤上，送給通善呼圖克圖，作爲授沙彌戒的酬禮。至此，受戒儀式結束。

按照傳統，達賴或班禪轉世靈童受過沙彌戒後，在二十歲還要受比丘戒。比丘戒有二五三條，主要內容是不殺生、不偷盜、不姦淫、不謊騙以及其它言語、行爲、起居、穿戴、飲食、念經、禮佛等方面的詳細規定。作爲一個喇嘛，這些戒律均應嚴格遵守。

一八九五年，十三世達賴已年滿二十歲，按過去的舊例，應由班禪給十三世達賴受比丘戒。但九世班禪曲結尼瑪此時才十二歲，剛受過沙彌戒，尚未受比丘戒，不具備受戒資格。於是噶廈決定由十三世達賴的經師普覺羅桑楚臣強巴嘉措來傳授。從受戒儀式的形式上看，受比丘戒的儀式與受沙彌戒的儀式大致相同。

十三世達賴受比丘戒的儀式定在藏曆木羊年（一八九五年，清光緒二十一年）正月十一日，在大昭寺釋迦牟尼佛像前舉行。從正月初五開始，十三世達賴又照例從布達拉宮搬到大昭寺居住，並在釋迦牟尼佛像及其他顯宗四大部佛經前上了酥油燈和供品。初六起，來自布達拉宮南木甲札倉（經院）的念經喇嘛開始舉行念預備經的儀式。

十一日，受戒儀式開始舉行，十三世達賴和普覺活佛來到釋迦牟尼像前，由普覺活佛擔任授戒堪布；由十三世達賴的副經師多吉強．林佛羅桑隆多丹增巴桑布擔任「勒羅」，負責給達賴補充講解戒文；活佛羅桑阿旺丹增嘉措擔任「桑敦」，負責詢問達賴是否明白了戒義；由甘丹寺的夏仔曲結、強仔曲結兩位高僧擔任「巴保」，負責端捧食具，需要時獻給達賴；擔任「堆敦娃」的是甘丹池巴羅桑楚臣，他的職責是負責主持受戒儀式的程序。此外。參加儀式的還有十一名念經喇嘛，負責授戒時念經。當授戒堪布普覺佛師給達賴一一講解完二五三條比丘戒後，授戒儀式就暫告一段落，隨後，十三世達賴土登嘉措、普覺活佛，甘丹池巴等人一同前往日欽昌殿，在這裡，十三世達賴將接受人們的慶賀。

受戒儀式後，達賴依舊按慣例返回布達拉宮，並派一名堪布背著奏摺前往北京向清朝皇帝報告授戒的經過。

輪到九世班禪曲吉尼瑪受比丘戒的時候，十三世達賴已二十六歲，具備了給班禪授比丘戒的資格。一九〇二年，札什倫布寺向十三世達賴、攝政第穆呼圖克圖和駐藏大臣提出請示，經同意，九世班禪在札什倫布寺僧官的護送下，來到拉薩，於四月十五日在大昭寺釋迦牟尼佛像前，由十三世達賴擔任授戒堪布，給九世班禪授了比丘戒。

轉世活佛的流金歲月

按照傳統，每一世達賴在他們親政前都必須去朝拜拉薩東南的聖湖拉姆拉錯。他將在那裡看到他未來的禍福和臨終時的情景。他還必須參見該湖的女神兼西藏政府的護法神帕登拉姆，與女神面對面的講話。

從聖湖返回拉薩途中，人們要給年輕的達賴吃一粒神丸，以使他恢復精力，容光煥發。關於前面四位達賴，很多西藏人認為他們之所以喪命，是因為缺乏經驗，不知如何說話而觸怒了女神。而另一些人則認為神丸有毒是主要原因。

第18章 走向智慧之門

無論是哪一位活佛，也不管他是大活佛還是小活佛，當他被認定為轉世靈童，登上自己的寶座後，他的生活就相對穩定下來，一直到他執政或主持寺院教權之前，他都是跟隨特定的經師學習藏傳佛教知識。達賴和班禪的特殊地位使他們在漫長的學習年月裡，可以有別於所有的活佛而受到最好的教育，他們的經師是西藏甚至整個藏區最著名的學者，而其他的活佛卻沒有這麼好的條件，他們的經師儘管也是由當地或者西藏著名的高僧擔任，但寺院仍然要想方設法把他們送到拉薩，在三大寺中任何一座寺院裡深造數年，並獲得佛學格西學位，這也許就是培養教育活佛的傳統方法。

考取佛學最高的格西學位

十三世達賴土登嘉措自從坐床受戒以後，他的生活就發生了變化。這時他才是六歲的孩童，除了他的兄弟們外，他再沒有別的小夥伴。為了讓他的生活多一些樂趣，他的侍從們也常常跟他一起玩玩具，做藏族幼童喜愛的傳統遊戲，盡量讓他開心和高興。據十三世達賴的傳記記載，他的玩具大多是木頭的，有騾、馬等。他也擁有其他藏族小孩從來不曾見過的進口玩具，像小火車和其他各種各樣的機械玩具。他生活的天地很小，偶而遇到外出遊玩的機會，也有衆多的僕人陪同著，這些近侍出於種種考慮，不是限制他這樣，就是限制他那樣。他是藏族人的偶像，雖然僅僅是一位小孩，但僕人們總是把他當成成人來對待，他看到的都是一張張成人的臉。他一年的大部分時間是在八角街西南的布達拉宮裡度過的，只有到了夏季春光明媚的時候，他才可能在僕人們簇擁下，到布達拉宮西邊的夏宮羅布林卡小住一陣子。這裡的環境在他的眼裡完全是另外一個世界。他的童心在羅布林卡茂密的樹叢中飛馳，可是當他剛剛把布達拉宮的經堂淡忘時，近侍們又把他抬回了宮殿。

他的生活除了早已熟悉的寢宮外，每天見到的就是他的近侍們：一名森本堪布負責管理他的臥室；而另一位森本堪布卻是他的膳食總管，他負責每天把食品擺在達賴的面前，並親口嚐嚐，以便保證達賴的安全；第三個堪布是卻本堪布，他的職位相當於宮廷祭師，負責代表十三世達賴向神靈和佛像進獻供品。這些喇嘛並不是普通的僕人，他們都是地位和名望極高的僧官。此外，十三世達賴還有自己的醫生和「基巧堪布」，這位「基巧堪布」實質上就是十三世達賴身邊所有僧官的頭目。這些人員負責管理達賴的教育，照料他的日常生活。

當他住進布達拉宮以後，噶廈和攝政就給他指定了兩位佛學知識極為淵博的經師指導他的學習。按照西藏佛教的觀點，他雖然是活佛，但具有人的體形，所以必須像凡人一樣學習。

他從藏文的三十個字母學起，然後才是閱讀、抄寫、背誦經書和學習書法。除此以外，他的課程還有打坐參禪、呈獻祭品，他必須經常在文殊菩薩像前完成這一課程，因為以後他還要學習密宗經典和其中的一些瑜伽精要。藏文史料上記載，他在兩位經師的指導下，第一次打坐參禪時，還只是一個小孩，據說這次打坐的時間是八十五天，在此期間，他隱居靜室，除了他的經師外，任何人都不准見他。

十三世達賴的課程表中還有算術，教師是他的基巧堪布。他還時常同這位算術老師一起閱讀《西藏王臣史》。此外，他的學習計劃中還有最重要的一課，那就是要盡可能地灌輸給他一些有關政、教事務方面的知識，因為數年以後他就要掌管前世留給他的宗教和世俗方面的權力，據藏文史料記載，在達賴的身邊有專職的經師負責這方面的培養和訓練。

像達賴這樣的至尊活佛，從他們的童年時就表現出了與衆不同的慧根和靈氣，再加之隨時都有名師教授指導，所以他所獲得的知識是非常寬泛的，掌握的程度與一般的孩童也迥然不同。

當他具備了一定的閱讀和理解能力後，他的學習開始集中在佛學範圍內，沒過幾年，他那幼小的心靈中就已銘刻了西藏佛教五花八門的神秘學問。他除了要學習種種密宗著作深奥玄秘的教義外，許多早已公之於世的西藏佛教著作也是他必不可少的課程，據記載他還學完了一百零八捲《甘珠爾》和二百二十五捲《丹珠爾》大藏經。

在西藏和其他藏區，檢驗一個喇嘛或者活佛學習成績的好壞，往往不採用人所共知的考試辦法，而是通過辯經來反映。一般情況下，十三世達賴的身邊經常有八名著名的格西（佛學博士）同他一道進行辯經訓練，當他十三歲左右的時候，他先後去過哲蚌寺、甘丹寺和色拉寺，同一些頗有名望的高僧進行了辯經，結果人們發現他們的領袖年紀雖輕，但知道的學問和能說會道的口才都是一流的。

辯經，用最通俗的話說就是辯論，但內容只是圍繞藏傳佛教經典來進行。辯經是藏傳佛教寺院最爲普遍的一種學習方式，不論在拉薩的三大寺，還是在後藏的札什倫布寺以及甘、青藏區的拉卜楞寺和塔爾寺，每年都有各種各樣的辯經大法會。

甘肅的拉卜楞寺建於清初，距今僅有二百多年的歷史，但由於寺主歷代嘉木樣活佛的努力，該寺後來終於成為藏傳佛教六大寺院中的一個，它擁有六個學院，而其中的聞思學院就有十三個年級二千多名學經僧人。每年的冬季和夏季，聞思學院都要舉行盛大的辯經大會。辯論者以年級為單位，高年級與低年級相互問答，辯經內容是低年級的課程，地點在該寺夏季辯經院，時間是每天十二點開始，下午五點結束。

一般上午十點左右，低年級的喇嘛們首先來到辯經院，解下外氅和袈裟，開始拍手吼叫，這時高年級的僧人也隨著他們的掌聲和吼叫聲，陸續進入辯經院。當各年級僧徒大致到齊後，主持辯經儀軌的領經喇嘛翁則和維持秩序的喇嘛格貴也先後到場，此時，不同年級的僧徒紛紛站起，拍手吼叫，聲大如雷。

辯經大會開始前半小時，寺主嘉木樣活佛入場，各年級僧衆起立脫帽致敬。這時會場一下變得莊嚴肅穆，聽到的只是和諧幽雅的笙簫管笛聲。

辯經開始後，高年級和低年級各出一名優秀者一問一答。一般來說，他們提的問題在一個月以前已準備好，因此，每個問題又長又難，如果看的經書不多，自然莫名其妙難以回答。至於辯論的方式，相當於形式邏輯中的歸納和演繹。問答雙方誰好誰壞，不懂藏語的人是分不清楚的，而懂藏語卻不懂經典的人，也會不知所云，當然只要注意他們的動作和表情，也可知道一二。如果是問者佔了上風，答的人就不能馬上回答，而問方的啦啦隊就會做出各種表情或發出感嘆聲，如「咦」（長呼），每長呼一聲拍一次掌，一連三次；「哦」（短呼），每呼一聲拍掌三次；連呼「差」、「差」；手轉念珠，口呼「嘉唐巴」，表示答方錯誤之多已達一百等等。如果問的一方問題簡單，不値一辯，答方的啦啦隊也會有種種反應，而答辯者也會立起反駁，並卸去袈裟，將念珠套在頸上，雙手平伸，右手豎起大拇指表示自己獲勝，左手豎起小拇指表示對方敗，這些動作，對辯經者是很難堪的。由此可知，十三世達賴在十三歲時就敢在西藏最高學府三大寺參加辯經大會，沒有平時的勤學苦練爲基礎是難以做到的。

十三世達賴的前面四位達賴都是在短期內先後夭折的，因此人們希望把十三世達賴培養成一位像五世達賴似的偉大人物，而十三世達賴在以後確實多少相同於五世達賴。

當十三世達賴十一歲的時候，他開始學習因明學。一八九〇年，十三世達賴已滿十五歲，這時他的佛學知識已經大有長進，就在這一年的一月十五日，他在松覺熱講經場給僧俗百姓講授了《釋迦牟尼傳》。此時，他的佛學知識已經使他可以與七位侍讀經師共同研究教理。

十七歲，十三世達賴開始聆聽普覺經師講授《現觀莊嚴論》、《中論》、《釋量論》和《律經根本律》等典籍，爲了學習五世達賴的著作，他下令重新刻印了五世達賴的《現觀莊嚴論善慧思飾》、《中論大乘船》、《俱舍倫釋運寶庫》等著作，並補充刻印了尚未出版的一世達賴有關法相方面的著作。

一八九三年，十三世達賴十八歲，開始跟隨普覺活佛學習《菩提道次第廣論》。這一年的八月十五日，普覺經師為他授密乘灌頂，從此以後，十三世達賴開始學習密宗知識。一八九三年十月，上密院卸任堪布林倉活佛羅桑龍多、旦增赤列．白桑布等開始擔任他的經師，主要講授《菩提道次第教捷經》及因明學辯論法等課程。

一八九四年後，十三世達賴的密宗課程越來越多，這也是藏傳佛教培養高僧大德的途徑，先學習顯宗著作，等具備一定基礎後，再轉入密宗的學習，因為像達賴這樣的特殊人物，必須是顯密雙通。這一年的春天，他聆聽了普覺經師傳授密乘灌頂，並接受了其他兩位經師所授的長壽灌頂和相關知識。一八九六年，當十三世達賴二十一歲的時候，他又跟隨經師林倉活佛學習了金剛橛灌頂的傳承。

一八九八年，是十三世達賴的學業走向金秋收穫的季節。這一年他將參加拉薩三大寺舉行的遊學誓願辯經大法會，屆時，他將經受各寺高僧和著名學者的考試。

四月十一日，達賴為參加遊學誓願辯經大法會儀式，從布達拉宮移往哲蚌寺著名的甘丹頗章大殿。六天以後，他在大殿門庭下的寶座上接受僧俗官員的祝賀，隨後，第一場辯經開始。首先是著名的智者哲蚌寺洛色林扎倉卸任軌範師欽熱丹增倫珠與達賴辯論佛法。接著是在場的軌範師、經師、活佛以及學識淵博的格西們先後輪番引用《五部大論》的正文和釋文提出一些極其尖銳、疑難的問題，達賴胸有成竹，依據各教派的典籍和教義，一一回答。之後，三大寺的學者們開始上場，如同打擂台似的輪番與達賴進行辯論。然而這位年僅二十三歲的達賴極為沉著冷靜，引用的經典原文和講述的道理都十分精確，學者們口服心服，多次稱頌他是陳那和法稱的再現，再沒有提別的問題。第一場辯經就這樣在諸位大師的祝福和贊美聲中結束。

一八九八年四月三十日，十三世達賴提前住進色拉寺準備參加第二場遊學辯經。五月三日，辯經儀式開始，達賴在色拉寺色拉基大殿前的廣場首端升座，首先接受噶廈地方政府和經師的敬禮，然後辯經開始。色拉寺杰扎倉的軌範師慶熱塔堆等堪布、活佛、格西根據《五部大論》要義，逐一向達賴提出問題，達賴舌戰群雄，對答如流。隨後開始由達賴向各位學者提問，結果問題疑難深奧，許多學者難以對答。辯經結束後，達賴返回布達拉宮。很快達賴在哲蚌寺、色拉寺舌戰群雄、大獲全勝的消息不脛而走，人們終於看到了十三世達賴的才華。

十三世達賴辯經的最後一站是拉薩東邊的甘丹寺。四月十六日，他離開布達拉宮，在密宗德慶寺小住一夜後，於第二天到達甘丹寺。四月二十日，甘丹寺在強孜扎倉舉行了慶祝達賴初入佛門的儀式，然後達賴來到辯經場，接受甘丹寺法台代表扎倉的獻禮。禮畢，達賴開始領誦《菩提道次第禱祝經》，然後講《緣起贊經》。最後與強孜扎倉的軌範師以及因明學者辯論了《五部大論》中的疑難問題。經過對教理經義長時間的辯論，達賴以其尖銳的言辭回答了對方的提問。四月二十四日，十三世達賴在甘丹寺第二次辯經，由強孜扎倉卸任堪布巴蘇洛桑旦白堅贊活佛作爲評判與軌範師、活佛、格西等廣通經義的學者們進行了辯論。對方不斷從《五部大論》中提出問題，達賴對答如流。

至此，十三世達賴在三大寺的遊學誓願辯經全部結束，大獲全勝。看到這樣的好成績，達賴的經師們都無比欣慰。一八九九年，普覺經師和拉薩功德林寺請求十三世達賴參加拉薩祈禱大法會。該法會由宗喀巴大師創立，其法會上有一重要內容，這就是通過辯經，考取藏傳佛教最高佛學學位格西。普覺活佛正是出於這種考慮。他曾多次對達賴說：「五世達賴曾參加三大寺的嶺色格西答辯，七世達賴也參加過哲蚌寺的多讓巴格西答辯，均獲得了學位。達賴您具備了各方面的才能，爲給後輩做出榜樣，懇請參加拉讓巴格西答辯。」達賴接受了請求，於一八九九年一月七日住進了大昭寺，準備參加拉薩祈願大法會上的格西學位答辯。

一月十一日，在僧衆誦經法會上，十三世達賴接受了功德林寺敬獻的祈禱文。兩天以後，達賴開始在大昭寺佛像前頂禮上供，給參加法會的僧衆發放布施，並供養了一天的茶飯。拉讓巴格西學位答辯儀式上，達賴首先接受了噶廈地方政府、團體以及個人奉獻的禮物，然後由普覺經師擔任主考官，開始答辯。十三世達賴答辯時，針對學者們提出的疑問，引經據典，口若懸河，對答如流。在答辯的間隙，他還與三大寺、紮堆寺等寺的普通僧衆就《中論》和《現觀莊嚴論》等經典進行辯論；此外還與各活佛和噶讓格西們就《律經》和《俱舍論》中的數百條要義進行辯論，對提出的難度很大的疑問，都逐一解答。在一邊觀看答辯持中立態度的學者們無不心服口服。一些德高望衆、出類拔萃的格西們一致贊嘆說：「至尊全知佛主如此通曉五部大論，尤其精通於《現觀莊嚴論》、《中論》，在目前三大寺的活佛和格西當中也是屈指可數的。」

毫無疑問，十三世達賴當之無愧地考取了一等拉讓巴格西學位，成爲西藏的佛學「狀元」。他終於沒有辜負經師們十多年的辛勞，更沒有讓西藏人民失望，他靠自己不懈的努力，成了一名擁有眞才實學、學問高深的達賴。

培養成為佛學大師

對於每一世班禪的轉世靈童，札什倫布寺都會按照傳統的方法來培養，以使他們都能像四世班禪羅桑曲杰那樣成爲一名聞名全藏的思想家和佛教學者，通往這條智者之門的道路是非常漫長而又艱辛的，正像十三和十四世達賴最終將成爲一等拉讓巴格西一樣，每一世班禪都將通過他們的努力，進入智者的殿堂，而六世班禪洛桑巴丹益喜正是他們當中的一位佼佼者。

才三歲的時候，這位來自後藏南木林札西則莊園的班禪靈童就開始跟著他的經師學習經典。毫無疑問，這位靈童像所有的達賴和班禪轉世靈童一樣天賦極高，只要一經教授，他就能毫不困難地讀誦《皈依頌》、《智慧虛空母頌》、《東方雪山母頌》等菩薩和護法頌，並能根據學到的知識作天女施食和土地神施食儀式。

六世班禪的學習課程並沒有按照傳統的先顯宗後密宗的教學方法來安排，而是兼而修之。五歲以後，六世班禪在倉巴頓托建的勸說下，開始跟隨阿旺強巴學習《菩提道炬論》、《摧破金剛陀羅尼經》、《馬頭明王秘密念誦儀軌》、《白度母陀羅尼經》、《六臂護法儀軌》等顯密經典。傳記上記載，每次聆聽教法時，阿旺強巴高居寶座，而六世班禪大師則坐在阿旺強巴座前的坐墊上。身居平地，不望顯赫，學習時態度謙恭，念誦流利，使導師折服。

從歷史記載來看，清朝皇帝歷來對達賴和班禪轉世靈童的學習很關心。一七四七年十月三日，札什倫布寺派往北京向清高宗乾隆帝報告六世班禪坐床經過的特使郭聶、然將巴等返回札什倫布寺，並帶來乾隆帝的一道「敕書」，囑咐六世班禪要用心學習佛經，博問佛理，發揚光大黃教。七天以後，六世班禪就正式拜札什倫布寺的普覺阿旺強巴爲師，受了格年戒。一年以後，班禪大師又拜精通一切顯密經論的密宗大師安欽．洛桑索巴爲經師，每日定時學習四世班禪洛桑確吉堅贊著的《宗喀巴大師之上師瑜伽》、《妙音天女贊》、《妙音天女修行法》、（宗喀巴著）等論著。這時，六世班禪還不到七歲。

一七四四年，六世班禪由經師受沙彌戒後，密宗方面的課程不斷增加，一下多了二十二門密法課。如《集密不動金剛火壇祭祀法》、《曼荼羅儀軌念誦法》、《大佛頂陀羅尼禳解法實施心要》、《壽命自在儀軌長壽如意寶》等。小小的六世班禪就這樣學習，學習，再學習。在學習勤奮上面，十三世達賴同他是很相像的。從傳記上看，我們幾乎見不到有關描寫這位班禪小靈童遊戲和玩耍的文字，可以說除了學習外，他的其他生活就是沒完沒了的宗教儀式和接見拜訪他的僧俗官員和群衆。他的成長之路完完全全就是一條學習之路。

八歲以後，班禪的經師更多的是教他學習前世班禪大師們留下來的著作，他用了三個月的時間學完了《四世班禪全集》和《五世班禪洛桑益喜全集》，在這期間，他的課程表上還有《宗喀巴全集》和《集量倫》。這一年，六世班禪又得到了乾隆的聖諭：「班禪額爾德尼爲衆生上師，須勤奮上進，不可懈怠。」在他九歲那年，經師洛桑蘇巴教授給他近二十三部密宗法要，這位經師不知道他的學生掌握得如何，就讓他自己重新講解了一次，經師聽後，大加贊揚，並獻哈達鼓勵他多誦經典。六世班禪的傳記上有這樣一首詩贊揚他說：

年少聰慧如意樹，
大智香氣充滿鼻。

絕世寶樹智慧樹，
運用良法創奇蹟。

一七四九年，六世班禪已經十一歲了。此時的他在普覺阿旺強巴和洛桑索巴兩位經師的教導下，已是滿腹經綸、兼通顯密二宗，但是小班禪還是像許多的活佛和喇嘛要去拉薩學經一樣，應七世達賴的邀請啓程前往拉薩。金秋十月的一天，六世班禪和七世達賴相會於布達拉宮的舊經堂。因爲七世達賴年長，六世班禪年幼，班禪向達賴磕頭，兩位活佛交換哈達後，又行碰頭禮。然後達賴和班禪各就各位，座位的高低完全平等。

六世班禪傳中記載，這一日，達賴舉行了盛大筵宴招待六世班禪。宴會後七世達賴非常高興，出於前世達賴與班禪之間的特殊關係，他對班禪說，這次我們能夠相聚眞是萬幸，你要多住幾日，我要把從各位高僧賢德和智者經師那裡學到的一切教理都奉獻給你。會談時在坐的大強佐覺得七世達賴的想法實屬恩澤深重，但拉毛護法神卻認爲班禪還年幼，不可學習更多的密宗灌頂和經典。由此看來，六世班禪勤奮學經的傳聞連拉毛護法神也有所耳聞。從這次談會後，七世達賴和六世班禪建立了師徒關係。

六世班禪首先在七世達賴的膝前學習了《文殊阿拉巴雜隨許法》、《菩提道次第略論》、《兜率上師瑜伽論》等著述，以後，七世達賴又傳授了《白度母如意輪隨許法》。據六世班禪的傳記說，六世班禪這次在布達拉宮共住半年時間，每日由七世達賴給他教授經典。

從十二歲開始，班禪開始學習《甘珠爾》大藏經。這一年達賴和駐藏大臣同意任命杰康洛桑群佩爲六世班禪的大經師，這時他的身邊已有三位經師和其他一些老師。從這些材料我們都可以看出，有關班禪的培養問題，並不是完全由札什倫布寺來決定，在什麼時候選任經師，選任什麼樣的經師都需要駐藏大臣和達賴的同意，就像我們在前面所說，班禪的學習就連皇上也要親自過問，由此可見各方面對他的學習是非常關心和重視的。對六世班禪而言，他比七世達賴要年少，又拜七世達賴爲老師，所以他的學習安排自然應該得到七世達賴的同意，同樣，如果達賴是班禪的學生，那麼達賴在學習上也會盡可能地徵求班禪的意見。

早在六世班禪十一歲的時候，他就派人到拉薩呈書七世達賴，請求授教灌頂，達賴同意了請求。並定於第二年的五月會晤。因爲六世班禪此次是第二次去拉薩從師達賴學習經典，爲此，乾隆皇帝還專門下諭、要班禪在具體事情上多與達賴和西藏地方政府聯繫。

六世班禪傳上記載當時的情況說：「當六世班禪於一七五二年六月六日到布達拉宮時，儀仗隊和身著禮服的群眾在路旁載歌載舞，布達拉宮頂彩旗飄揚，海螺鳴奏。班禪大師蒞臨日光寢宮時，達賴恭禮獻上哈達一對。然後師徒升座，敘述往事。等一連數日的盛大宴會儀式結束後，七世達賴開始在尊勝三界寢殿為六世班禪、第穆活佛等三十餘人傳授《金剛鬘灌頂預備儀軌》。以後，又專門為六世班禪傳授了《文殊金剛壇城十七神灌頂》、《十七尊文殊金剛圓滿頂》、《金剛鬘四十二壇城及外事善行三壇城》等共四十五壇城灌頂法。

由於上述這些灌頂均屬於密宗灌頂，所以灌頂儀式是十分神秘的，有時其裝束還給人一種恐怖的感覺。六世班禪傳中有一段這樣的記載，六世班禪在受勝樂輪六轉變時輪灌頂時，灌頂師七世達賴高坐在獅子寶座上，一身骨飾法衣，那是一件用骨頭串製而成的衣服，每一塊骨飾都雕刻怪異，形象駭人，一個普通的俗人只要看上一眼，定會膽顫心寒。然而這卻是時輪灌頂必不可少的法器，在裊裊的香雲和酥油供燈朦朧光線的襯托下，它神秘而又有神的力量。果然，當七世達賴為六世班禪灌頂時，空中開始飄下吉祥花雨，大地呈現殊勝的威嚴。

從時間上看，六世班禪此次在拉薩前後共住了半年，跟隨七世達賴學習各種密法和顯宗經典，著名的《達賴全集》就是這次在拉薩學完的。雖然這次是來向達賴學習，但七世達賴並不是一直以師長自居，而是經常與六世班禪共同研討佛學。七世達賴曾對六世班禪說：「班禪肩負佛法重任，應如先世，通觀顯密教法。」也許正是出於這種想法，七世達賴才在短短的半年時間之內，不辭勞苦，為報前世班禪教授之恩，將無數灌頂、誦傳、隨許法、秘訣授與班禪。難怪六世班禪傳中感嘆道：「在此具樂之土，無量光佛與觀世音菩薩作爲師徒，在此不淨之土喇嘛赤木邁爾巴與王子貢卻、阿底峽尊者與仲敦巴嘉哇窘乃亦爲師徒，一切的一切皆爲緣起……一切置身局外的賢者亦看見師徒二人的所作，信仰之月光使手中蓮花合閉開放，宣揚贊頌……」

六世班禪就是這樣經過自己的不斷努力和衆多經師的精心教授，最後在導師七世達賴的培養和指導下，成爲一名學貫顯密、全藏智者仰慕的佛教大師。從藏文史料上看，經六世班禪教授、灌頂過的高僧幾乎遍布蒙藏，而最著名的學生就有第穆活佛、三世章嘉活佛和八世達賴等。在六世班禪傳中，有一首詩歌專門贊譽了他學成以後，大轉法輪，弘揚佛教的情景：

十方諸佛會聚在一起，
怙主功德如白銀流水，
一切孽運的劣鐵觸之，
即成昂貴利樂的寶物，
您的名聲之珍寶項鍊，

裝飾著四方天女脖頸；
再三贊美聲響遍大地，
豈有談論他事的時辰？
在您所到之處的足跡，
一切塵土也被人恭奉，
您的三密（智慧之見）所建之業蹟。
世間眾生永不可思議。

《六世班禪傳》的作者是全藏聞名的拉卜楞寺寺主一世嘉木樣活佛嘉木樣．久麥旺波，他把六世班禪學成之後弘揚佛法的事跡與釋迦牟尼在鹿野苑（佛教聖地，指仙人住處。位於中印度波羅奈國，在今瓦臘納西城北約十公里處。傳說是釋迦牟尼成佛後最初說法的地方）傳法的事情相提並論，可以看出嘉木樣活佛對六世班禪的推崇。傳記中有一個很形象的比喻，他認為全藏的賢者大德無處不有，而六世班禪給予他們的知識和教誨彷佛是如意寶瓶中流出的甘露，使那些學者猶如萬物茁壯成長。

登上最高學府

在蒙藏人民的心目中，拉薩的哲蚌寺、甘丹寺、色拉寺無疑是藏傳佛教的最高學府，它們的地位就相當於我們今天的北京大學和清華大學等。這些寺院除了培養普通的喇嘛外，各地的活佛也是培養的主要對象。

在一般人的認識當中，往往只是簡單地把西藏的寺院看成是喇嘛念經、信徒朝拜的宗教場所。但是，人們忽略了一點，那就是寺院本身還是培養佛教人才的重要場所。自從宗喀巴改革藏傳佛教建立格魯派後，相繼在拉薩建立了三大寺，目的之一就是要以此來培養佛教人才，通過廣收僧徒來擴大格魯派（黃教）的社會影響和宗教影響。為此三大寺建立了一套不同於其他教派的寺院教育制度，它經過二百餘年的探索、補充和修改，到五世達賴建立甘丹頗章政權以後，就基本形成了一套完整的教育制度。

三大寺培養出來的最高佛教人才，當推繼承黃教宗師宗喀巴法座的甘丹赤巴。甘丹赤巴所走過的學經道路也就是高級佛教人才培養的全過程。宗喀巴在生前就曾規定，要成為一名甘丹赤巴，首先必須在大寺院裡按順序學完顯教五部大論，取得拉讓巴格西學位（頭等格西學位），然後進入上密院或下密院修習密宗，取得密宗學位，而後才次第升為密院格貴、喇嘛翁則、堪布、堪蘇，而後才可成為甘丹赤巴的後選人。甘丹赤巴雖然在政治上不及達賴和班禪，但在宗教地位上卻比他們都高，因達賴只是考取了拉讓巴格西學位，並沒有到上下密院繼續學習獲得密宗學位。

甘丹赤巴的產生，與三大寺和上密院、下密院有著直接的關係。因爲三大寺的學經制度最完備，學經時間最長，所學的內容最多，最有權威性，另外三大寺又是黃教的發祥地，故規定惟有三大寺的僧人才有資格登上甘丹赤巴這一佛學智者首座。若有志出任甘丹赤巴者，就必須入三大寺中的任何一寺學習。甘丹赤巴因屬於純佛學的法座，所以登此法座者不分民族。西藏有句俗語說，「孩子若有才，甘丹赤巴寶座沒有主。」

正是出於這些方面的考慮，蒙藏各地的有志喇嘛都要想方設法千里迢迢來到拉薩，進入三大寺學習；而作爲一名活佛，當他被認定爲某個寺院的活佛轉世靈童後，在他的成長道路上，往往也少不了去拉薩三大寺學習深造這一課。從宗教地位和學習條件來看，任何一個活佛都無法與達賴和班禪相比，就是黃教六大寺院中的拉卜楞寺寺主嘉木樣活佛和塔爾塔寺寺主章嘉活佛，他們儘管身邊也有不少著名的經師充任老師，但他們往往也不會就此滿足。因爲他們與其他的活佛轉世靈童一樣，不可能受到像達賴和班禪那麼好的教育，惟有這兩位活佛的培養是專人負責的，並且往往不需要進三大寺學習就能獲得同樣高或者更高的學問，因爲他們的經師都是當時最有名望的佛學大家。也許正是這個原因，多數寺院都設法把本寺的轉世靈童送到三大寺去學習或繼續深造，以使他們成爲一名受過三大寺系統教育的活佛，更好地執掌教務，提高寺院的聲望。

當然，每一位去三大寺受教育的活佛並不都是爲了當甘丹赤巴法座，這只是藏族寺院教育培養活佛或喇嘛的途徑，人們更多的是爲了接受三大寺的系統教育，而部分活佛則把學習的目標瞄準在格西學位上，因爲這是他們成才的標誌之一，就像今天的學者攻讀碩士或博士學位一樣，格西學位體現了一名喇嘛或者是一個活佛的學歷，而在三大寺中，經過不斷努力，獲得這一殊榮的活佛的確非常之多。

從藏文史料上看，在三大寺接受過系統教育的活佛是舉不勝舉的，像《六世班禪傳》的作者一世嘉木樣活佛就曾在三大寺學習了八年，然後才返回拉卜楞寺主持教務。而另一位藏族高僧土觀，洛桑卻吉尼瑪被認定爲三世土觀活佛後，經過數年的學習，也來到了哲蚌寺著名的敦莽扎倉學習，前後拜二世嘉木樣活佛學習因明時間長達七年之久。後來終於成爲著名的大學者，並深得乾隆皇帝的賞識，授職掌印喇嘛、御前常侍禪師等，著作有聞名全藏的《土觀宗派源流》和《章嘉國師若必多吉傳》等。在當代，著名的高僧格達活佛、措康活佛、東嘎·洛桑赤列等活佛都曾在三大寺接受教育，並成爲當代藏族最著名的學者。

措康活佛（一九一三～一九八四），又稱堅白赤烈，是當代藏傳佛教中一位博學多聞，精通經、律、論三藏，以辯經著稱，在各教派中享有很高威望的黃教高僧。

措康活佛三歲時被西藏昌都芒康絲烏寺認定爲東倉活佛的轉世靈童，接入寺廟撫養，八歲坐床後拜阿西阿乃爲經師學習佛經。他從小聰慧過人，有過目不忘之稱，十三歲時已能熟讀《五部大論》，以後得到邦達家族兄弟的資助，於一九二六年到拉薩哲蚌寺學習經論，並被追認爲羅色林扎倉的措康活佛。他先後跟隨以辯論著稱，顯、密、學、修精湛的德嘛和東培格西學習。學習的內容主要是《釋量論》、《集量論》及宗喀巴大師的兩大弟子賈曹杰和克珠杰對《集量論》的注釋。在此基礎上，他開始系統地學習《現觀莊嚴論》等經論，最後又學習了《俱舍論》及一世達賴對該論的注釋。由於他學習刻苦勤奮，措康喇嘛在青年時代對顯教的各種經典及注疏，都能口誦心悟，得其精要，每次立宗辯經，無往而不勝。二十七歲時，他在全藏的格西學位答辯考試中智壓群賢，獲得了一等拉讓巴格西學位。二十八歲時（一九四一年）在藏傳佛教各教派學者雲集的拉薩祈願大法上立宗答辯，再次大獲全勝譽滿全藏。

當措康活佛獲得了顯教格西學位後，便進入上密院（居堆扎倉學院）修習密宗。拜宗喀巴密部第二十八代康薩喇嘛爲主要老師，研習《密宗道次第》，從事密、行密入手，學習瑜伽、無上瑜伽第四部密法及各種儀軌、灌頂、壇城等密宗要法。同時還學修了《大威德怖畏金剛》、《集密金剛》、《大樂金剛》等密法。三十一歲時，他在上密院考取了密宗學位昂仁巴。第二年被推任爲哲蚌寺的結巴堪布。

根據《青史》和《黃琉璃》等藏文佛教典籍記載，從宗喀巴就擔一任甘丹赤巴法座開始，到一九五八年，共有九十六任甘丹赤巴，特別令人感興趣的是，除了一世班禪出任過甘丹赤巴外，西藏的大活佛世系的第一世大多出任過甘丹赤巴，如一世熱振活佛、一世第穆活佛、一世阿里活佛、一世濟隆活佛、一世策墨林活佛等。據記載在活佛轉世制度最盛行的年代，大多數並非活佛的甘丹赤巴圓寂後都可轉世，所以從甘丹赤巴衍生出來的活佛世系就多達幾十支，這些世系如分枝蔓葉，伸展到衛藏、青、甘，甚至北京。

第19章 執掌西藏政教事務

至高無上的政教領袖

五世達賴以前，黃教還沒有取得至尊的地位。但是當年輕的五世達賴和四世班禪與勢力十分強大的和碩特部落的固始汗聯合，並由他率領一支強大的軍隊，擊敗了西藏東部所有的頭人，又殺掉了當時統治西藏的噶瑪派首領後，五世達賴阿旺·羅桑嘉措才成了西藏至高無上的宗教領袖和政治領袖，這時他年僅二十五歲。

五世達賴憑藉自己的巨大影響，在建立噶丹頗章政權並取得了西藏地方政權後，成功地在政府機構方面進行了重大改革。事實上，在五世達賴時期形成的地方政府模式和其他各種組織機構一直沿襲到二十世紀的五〇年代末，只是在七世達賴和十三世達賴期間才進行了爲數不多的變動。五世達賴不僅在佛教方面的建樹是無與倫比的，而且他還具備從政天才，由於羅桑嘉措生來固有的這些優越條件，因此他能夠建立起在他統治下的統一民族，這一輝煌卓越的成就使他贏得了偉大的五世達賴的稱號。實際上，一直到十三世達賴統治時期，沒有任何一位達賴享有過他那樣的僧俗權威。

從五世達賴以後，西藏就逐步形成了這樣一個傳統，當一個靈童被認定爲達賴轉世靈童後，經過坐床、剃度、受戒和十多年的佛門教育後，到十八歲時，他就可以親政獨攬政教大權了。可是在西藏歷史上，能夠登上政治舞台的達賴在五世達賴以後只有六位，而其他三位達賴中的六世達賴早早就被廢立，餘下的九世達賴雲丹嘉措和十世達賴楚巨嘉措也過早地夭亡。

根據記載，七世達賴是一七二〇年坐床的，但等到他親政時已經四十四歲了。在他執政的十年間，他更多地是讓其噶倫去管理西藏的政務，而他自己則把更多的時間用於經書的學習和研究上。儘管如此，七世達賴本人還是作出了兩大傑出的貢獻。一是他創造了以噶廈爲領導機構的新的西藏地方政府機構，這種機構一直沿襲到二十世紀的五〇年代。他的另一貢獻就是興建了羅布林卡夏宮。從七世達賴以後，歷代達賴每年的夏天都要從布達拉宮遷居這裡，其遷居儀式盛況空前。這時，來自西藏各地的成千上萬的信徒雲集聖城拉薩，都想看看他們的活佛。這一喜慶日子逐漸成爲拉薩人生活中最重要的事情。每到夏季人們都要盡情享受野餐，在郊外的樹林中開懷暢飲青稞酒，縱情歌唱跳舞。

八世達賴親政時，已經二十一歲了，他執政的時間僅比十三世達賴要短一些，這是後來的幾位達賴不能相比的。十一世達賴僅僅活了十八歲就在執政的當年暴亡了，而十二世達賴成烈嘉措在他親政後的第二年也在布達拉宮夭亡。

從政治的角度看，儘管說達賴是統治西藏的政治領袖，但實際的情況是在他之外還有另外一個人物在分享著他的權力，這就是攝政王。一般情況下，當執政的達賴圓寂後，西藏一時就失去了他們的政治領袖，在這種群龍無首的特殊背景下，中央政權都要選派在西藏有很大影響的高僧擔任攝政，統領西藏的大權。這些攝政一方面要代行達賴的權力，另一方面又要負責達賴靈童的尋訪事宜，只有當下世達賴在十八歲親政時，他們才會退出西藏的政治舞台，如果中途不出意外另換攝政的話，他們少則幾年，多則十多年一直身居這一顯赫位置。

據史料記載，七世達賴圓寂後，西藏的政教事務一時無人主持，乾隆皇帝才命令第穆諾門汗爲攝政，在達賴新靈童未找尋到之前，及靈童坐床後尚未到法定的執政年齡（十八歲）以前，代理達賴的職權，從此便形成了西藏特有的攝政制度。

由於攝政王具有這麼多的特權，所以有一些攝政從內心來說是不情願把大權交給親政的達賴的，因爲一旦達賴親政，他們的大權就會失去，因此，一些攝政總是要千方百計地阻止達賴親政或者是在親政後加害於達賴，而九至十二世達賴的夭折在一些藏族人看來就是如此。

十三世達賴的近侍們也很清楚，他們必須預防靈童身邊存在著的種種威脅，尤其是在達賴十八歲快要接管全部大權的時候。他們必須嚴防發生一點意外。

按照傳統，每一世達賴在他們親政前都必須去朝拜拉薩東南的聖湖拉姆拉錯。他將在那裡看到他未來的禍福和臨終時的情景。他還必須參見該湖的女神兼西藏政府的護法神帕登拉姆，與女神面對面的講話。

從聖湖返回拉薩途中，人們要給年輕的達賴吃一粒神丸，以使他恢復精力，容光煥發。關於前面四位達賴，很多西藏人認爲他們之所以喪命，是因爲缺乏經驗，不知如何說話而觸怒了女神。而另一些人則認爲神丸有毒是主要原因。十三世達賴卻沒有遇到這些麻煩。但將來會怎麼樣呢？

在十三世達賴坐床後的第八年，攝政通善濟隆呼圖克圖逝世。按照慣例，駐藏大臣色楞額查看了攝政王的遺體，然後封存了他的印章，又照舊例來到布達拉宮吊唁。

攝政逝世後，噶廈的四位噶倫召集三大寺、上下密宗學院的代表以及其他重要的僧俗官員商討了攝政的繼任人選，會上一致推選第穆呼圖克圖繼任攝政。會後，四大噶倫等向駐藏大臣和達賴作了匯報，並請求駐藏大臣向清朝皇帝轉奏。光緒帝批准了奏摺。

第穆呼圖克圖來自拉薩著名的四大林（功德林寺、丹吉林寺、策默門林寺、羅色林寺）的丹吉林寺，宗教職務是堪布。四大林並不大，但卻神聖不可侵犯，因爲它們的堪布都是有名的活佛。按照傳統，在達賴未成年間（未執政以前），通常是從這些寺院的堪布中選出一名在任堪布，因此這些寺具有極高的政治地位，甚至連哲蚌寺、甘丹寺、色拉寺也未被賦予過這樣的殊榮。

按照舊例，十三世達賴十八歲時就應該親政接管政務，光緒帝也曾下令要他親政，但十三世達賴考慮到自己年齡還小，同時正在學經，恐怕親政以後政教兩誤，就只把歷代達賴的三顆印璽接了過來。

一八九五年（清光緒二十一年）十三世達賴受比丘戒後，他的功課差不多已經結束。這時，西藏的政局正處在動盪的時代，英國的刺刀開始指向拉薩，西藏的統治集團都急切地希望十三世達賴親政。當他受過比丘戒後，三大寺和噶廈的僧俗官員們藉口「神意」逼迫攝政第穆呼圖克圖辭職。

攝政王儘管很不情願，還是向十三世達賴提出了辭呈。達賴將辭呈提交了三大寺和全體僧俗官員會議討論，結果多數與會者都認爲：

至尊達賴現已精通浩如煙海的顯密二宗教義，習修完畢全部經文，按例，時到十八壽年，應開始親政。現壽年已超過雙十，政教的明鑑力等各方面均已具備他人所無法比擬的能力，已獲得所有僧俗衆生的共同贊頌，故應祈請至尊達賴執掌西藏政教大業。

十三世達賴又回覆說：「西藏涉外條約的事宜關係重大，至今尚未了解。政務繁重，我辨析智能低微，如掌管政教事務，尚難知曉對衆生是否有益？故不宜親政，如定要親政，需詢問乃窮護法神。」而乃窮護法神問卜的結果是「執掌政教宏業時機已成熟。」一八九五年八月，光緒皇帝就達賴親政一事下諭說：

「金剛持達賴，爾已成年，深諳顯密二宗諸法，爲利樂之大根。爾深明釋迦牟尼佛主所創教義，對一切衆生一視同仁；爲社稷平安，對惡者治罪，爾與歷世達賴一樣，以副朕爲天下君主，衆生父母之願，仰體朕爲天下君主，注定爾將爲西天衆生謀利樂，朕特遣人員與爾授權爲贊化政主之主，並與爾豐厚賞賜，願爾留心經卷，爲佛教的興隆和衆生造福。」

十三世達賴接旨後，接受了西藏政教大業的重任，西藏所有僧俗庶民都異常高興。據藏文《十三世達賴傳》記載，許多僧俗官員爲表示他們的虔誠信仰和崇敬擁戴之情，還立了一份保證書，上寫：今後任何佛法、世俗事務，均按照達賴的旨意辦理。十三世達賴在閱讀了蓋有很多紅黑印記的保證書後，於九月八日在布達拉宮司西彭措大殿舉行了盛大隆重的親政大典。這天，布達拉宮和拉薩全市僧舍民房的屋頂上，都插上了五彩旗幟，各處的香爐薰燃著松枝，表示慶賀。身穿節日禮服的青年男女，在大昭寺周圍的八角街和布達拉宮前的廣場上，從早到晚唱歌跳舞狂歡。十三世達賴在參加完噶廈舉辦的噶卓歡慶會後，也登上布達拉宮的大丹巴側殿上，俯瞰拉薩和布達拉宮前的歡樂景象。

達賴親政後，噶廈爲卸任攝政第穆呼圖克圖主僕舉行了歡送宴會，隨後第穆到布達拉宮向十三世達賴辭行，表示回寺參禪、達賴派尼卓一人，陪送第穆回丹吉林寺。

根據藏文史料記載，凡達賴執政後的第一個藏曆新年，都要舉行「措派」歡慶大典。從正月初八，達賴就要離開布達拉宮住到大昭寺，並在愛王丹殿上舉行噶卓慶祝儀式，接受僧俗高官的哈達。十三世達賴也不例外。正月十五日，十三世達賴依照傳統來到大昭寺西邊的松曲熱噶講經場，第一次給參加拉薩祈願大法會的三大寺兩萬多僧人講經，內容是「顯宗教律」和「釋迦牟尼傳」。這天夜裡，十三世達賴也照例在八角街觀燈，由東向西繞一周。據記載，這一年的酥油燈製作非常精巧，所塑的人物及龍蛇鳥獸等都非常動人。十三世達賴走到每一座酥油燈前時，都要停留一下，用少許青稞灑向油燈，藏語叫青勒，意爲加持。當達賴觀燈時，除少數侍從、堪布及重要官員之外，其他人都不准在街上走動，屋頂上也不准探頭張望，等達賴賞畢，百姓才能上街觀燈。

隱藏的政治陰謀

十三世達賴到了法定的親政年齡後，他的近侍們發現他經常生病，弄不清是什麼原因，人們只好請求乃窮護法神降神問卜，看十三世達賴是否被魔鬼所纏，要眞是這樣則要舉行驅鬼儀式。在藏族人的心目中，乃窮寺的乃窮護法神毫無疑問是這方面的絕對權威，對他來說驅邪逐鬼易如以指掐蝨。結果乃窮活佛在降神後宣布說這是惡魔所致。十三世達賴和他的近侍都清楚這惡魔並非那些兇惡的神祇，而是指一些能夠接近他的活生生的人。人們不知道這可怕的惡魔將來自何方，更不清楚那雙罪惡的毒手什麼時候在布達拉宮出現。近侍們緊張地度過一天又一天，最後終於在十三世達賴穿的皮靴中發現了陰謀加害於主人的秘密，這件事就發生在十三世達賴親政後不久。一天，首席噶倫送給十三世達賴一雙皮靴，達賴穿了皮靴後，感到心神不安，不思飲食，就請乃窮活佛降神看是什麼原因，結果乃窮活佛發現達賴腳上的靴底有可疑之處，拆開一看，發現一張紙條，繪有帶咒文的妖法圖，形如轉經筒，該圖屬於西藏一種最可怕的黑咒，它求助於惡魔加害於穿皮靴的人。

伸向達賴的毒手被抓住了，因爲這雙皮靴是原達賴的攝政第積呼圖克圖的弟弟洛布次仁送給達賴的。根據這一線索，噶廈逮捕了噶倫洛布次仁，這位平時依仗家兄勢力，施行暴政，甚至處死無辜，四處樹敵的噶倫在鐵證面前，無可詭辯，只好全部供認不諱。

據藏文十三世達賴傳記載，卸任的攝政第穆呼圖克圖向來很受清朝皇帝的器重，被認爲是有貢獻的攝政。但是攝政卸任後不久，執掌丹吉林寺扎倉事務的正直的長者們都相繼去逝，大權落在了第穆之弟洛布次仁和頓珠等人的手中。這兩個人對十三世達賴親政十分不滿，根本不承認達賴執掌西藏政教大權的顯赫偉績，企圖將十三世達賴謀害殺死，然後擁立第穆呼圖克圖再爲攝政。出於這種動機，他們買通了瓊結地方的白熱活佛和雅隆活佛，把達賴的生辰八字和名字等寫在紙條上放入「督粑人」中，使十三世達賴的神魂、壽命、生命進入「督粑人」像，然後加以詛咒。爲了使西藏衆生背離和詆毀十三世達賴，他們還把祈願魔鬼給西藏降來水患、火災、瘟疫等不吉利的咒經筒和印有咒文的圖案埋在布達拉宮四周、桑耶地方的赫布山和供有凶神的地方，當然他們也沒有忘記在爲十三世達賴新做的皮靴底中放一張這樣的詛咒圖。

卸任攝政第穆及其親眷用咒術加害於十三世達賴貴體的陰謀被揭穿後，噶廈當即進行了追查，主犯和同夥以及知情人都寫了供文，承認了全部犯罪事實。

事件發生後，西藏群情激憤。噶廈很快召集了三大寺及全體僧俗官員大會，會議經過討論決定嚴厲懲處所有的同謀者，其中包括前攝政本人，他們認爲他施展這樣陰謀，是爲了保持自己的權力。會議還向十三世達賴呈送了一份沒收罪犯和丹吉林寺一切財產的意見書。

十三世達賴從一開始就反對死刑，他沒有對卸任攝政採取危及生命的任何措施，只罰他在丹吉林寺經堂閉門修行。但其他同謀者及其家屬卻受到了懲處，其中就有洛布次仁的妻子，她是貴族仁多之女，但是儘管她出身高門，仍然受鞭笞，她戴上手銬和沉重的枷板，接連一個星期，每天坐在拉薩的主要街道上示衆，最後被發配流放。

根據目前的材料，有關對第穆處置的說法是不相同的，牙含章先生的《達賴喇嘛傳》中說，噶廈在審訊主犯洛布次仁時，第穆呼圖克圖正在丹吉林寺靜坐，聽到破案的消息後，於當晚暴病而死。而劉家駒的《西藏政教史略》則說：藏政府假護法神口，誣藏王第穆呼圖克圖陰謀不軌，詛咒達賴，旋將第穆佛禁斃獄中，查抄闔宗寺財產。同時加罪於丹吉林之巨僚羅布頓珠等，先後抄殺，達賴於是威服全藏，莫敢有違。

第穆活佛是否被殺？眞實的內幕究竟怎樣？現在已很難弄清，但有關查抄一事確有記載：事件發生後，十三世達賴下令將第穆所屬乃東，江孜、墨竹工卡等地的莊田、寺院的名號予以革除，禁止以後轉世。

十三世達賴在第穆事件後，既取得了神權，也取得了世俗權力，成了實實在在的西藏政教領袖，執政時間長達四十年之久。十三世達賴在世俗方面的事務是非常繁雜的，所以他必須有以自己爲中心的權力機構，然後才是主要的噶倫。當時他的手下有四位噶倫。噶倫以下是噶廈和譯倉，而主掌噶廈的實質上就是幾位噶倫。

西藏地方政府通稱爲噶廈，由一僧三俗組成，噶廈成員一般被稱爲「夏丕」，有時也用兩個藏文字「薩旺」，含義是掌握西藏大權的人。西藏的事務不管是政治還是司法，噶廈地方政府都有權控制。噶廈還負責審理有關法官及地方長官判決的上訴案件。當然，在牽涉到貴族或高級僧俗官員時，地方官員往往無權判決，須由噶廈親自過問處理。在西藏，貴族和世家有很大的特權，有些大貴族本身就是達賴或班禪的家族，不少的貴族家庭成員中還產生過噶倫或其他高級僧俗官員；另一方面，長期以來貴族間的相互通婚，已使貴族與貴族連成一個繁雜的貴族網，在這樣一個複雜的社會環境中，只要涉及貴族案，噶廈和譯倉都必須將事關重要的報告，通過首席噶倫呈送給達賴，由他裁決。

噶廈的工作方式很特別，四位噶倫一般不會輕易發號施令，如有分歧，誰也不相讓，遇到大事，總是通過一種會商的辦法來解決。其方法就是由噶廈出面，召集有噶倫、三大寺代表及其他高級僧俗官員參加的會議討論決定，再呈報達賴、駐藏大臣轉奏清朝皇帝批准，當然屬於這種情況的一般都是極爲重要的大事，諸如達賴或班禪的靈童認定、坐床、執政等重大問題，或者說凡按慣例應上報達賴或駐藏大臣轉奏皇上的事都必須照例行事。

西藏人把噶廈的種種小黑方印稱之爲「黃灰官印」，因爲黃教戴黃帽，而灰色代表俗人，因爲他們習慣穿灰色的藏袍。噶廈官員使用的印章其顏色是有嚴格規定的，一般來說，達賴、班禪和首席噶倫使用紅印。而其他官員，則根據等級使用其他顏色的官印。

一切重要的報告由噶倫直送或通過他們送交首席噶倫，必要時再由他轉呈達賴和駐藏大臣。噶廈議事廳裡設有一個神龕，神龕上有宗喀巴大師的一尊塑像。神龕的左面據說就是達賴的寶座。如果噶廈請他來給噶倫或在拉薩任職的下屬官員摸頂祈福時，他就坐在這個位置上。

十三世達賴的個性

在十三世達賴以前，噶廈的工作人員並沒有一個相對固定的工作時間。多少年來，西藏地方政府就這樣工作，誰也沒有想到過要改變這種做法。但是，當達賴看了印度是怎麼工作的情況之後，便在拉薩的官員中採用了定時工作制，這在西藏歷史上是從來沒有過的。儘管如此，十三世達賴並沒有讓他的噶廈官員們工作很長的時間，只是從早上九點到中午二點，然後吃一頓由噶廈提供的免費午飯，一天的工作就算結束了。也許是這種定時的工作制給西藏地方政府的官員們帶來了一種新奇的東西，有些人在午後也不願離去，而是一直待到下午四點。

正像今天的人都留戀都市生活而不願去邊遠地區一樣，幾乎所有的西藏官員都把拉薩看做人間的天堂，因爲這裡有豐富多彩的社交活動，而上流社會的生活也同樣具有很大的吸引力，所以一般的鄉村牧區則被當成令人沮喪的荒野。那些被任命去邊遠地區任職的官員，總是派他們的親戚，甚至一個僕人，代他們去那裡工作，然後再把各種收益送交給他們。這種習慣已經由來已久，誰都可以這麼幹。但是十三世達賴親政後，他堅決禁止這種做法。從此以後，那些被任命爲地方官的官員們，都得親自到他們的轄區去工作，誰也不敢公然違抗。關於十三世達賴的命令，西藏民間有一首很形象的格言：

他要你去撞石頭，
你就得去撞！
他要你滾蛋，
你就得滾蛋！

十三世達賴無疑領導著噶廈地方政府，可他卻從來不在大昭寺的噶廈中辦公，而是在他那郊區的宮殿裡辦公。儘管如此，他除了要處理噶倫或者是首席噶倫送來的重要呈文外，許多無足輕重的瑣事也會從拉薩送到他的手上，而他在處理完重要的政教大事後，也很樂於過問這些小事。當年輕人要結婚的時候，他們的父母便可能去請教十三世達賴、班禪或其他大活佛，看看提親的姑娘是否適合做新娘。任何一個大喇嘛所給予的啓示都要給新娘的父母看，以證明萬事具備。而拉薩周圍的莊稼（主要是青稞）每年在收穫之前，都要把樣穗三次獻給達賴看，得到他的許可，方能開鐮收割。

對於達賴來說，他除了要領導噶廈處理許多世俗事務外，又要管理更爲繁雜的宗教事務，而且因爲他身爲黃教領袖，在他一年的宗教生活中，各種不可缺席的宗教儀式更是使他應接不暇。因爲這一切早已成爲傳統，包括他在內，歷代達賴都是沿襲這種制度進行活動的。

每年的藏曆正月，是西藏的新年，同時又是拉薩舉行數萬僧人參加的祈願大法會（傳大召法會）的日子。在這一個月之內，十三世達賴恐怕要算最忙的人了。正月初一，他照例要在布達拉宮舉行盛大的慶祝大會，會上，駐藏大臣要向達賴獻哈達賀新年，達賴也要向駐藏大臣還贈哈達致謝。然後才是噶倫、三大寺僧官等各方代表一一向達賴獻哈達，並送年禮。達賴給每一個人摸頂祝福。禮畢，依次有鉞斧舞、辯經表演，其間還要散發油炸麵粉糕點。

正月初三夜間，達賴照例要在布達拉宮的吉祥天母神像前打卦問卜，內容是卜問來年的吉凶禍福，主要包括四個方面：大皇帝來年是否一切平安？達賴和班禪來年是否一切平安？噶廈的一切工作是否順利？全藏僧俗人在來年是否平安？

正月初四傳大召法會開始。達賴在未親政以前，不能參加法會，親政後則可以，並在正月十五白天，要親自在松曲會上向與會僧人講經說法。正月二十三日，傳大召法會結束，照例要舉行送屍神儀式，僧俗抬著屍神到郊外去焚燒，據說這樣做可以免除一年的災難。

三月初七，達賴要召集布達拉宮南木加札倉的全體喇嘛念經，裝聚寶瓶（瓶內裝有各種穀物、緞子小條子、珊瑚等），念經儀式後，再派人把小瓶帶到全藏各宗、各谿卡去埋在田裡，藏族人相信這樣做會保養地氣，使來年的莊稼收成好。

八月初一，達賴要在羅布林卡舉行沐浴儀式，一共七天，三大寺及噶廈官員要向達賴獻哈達致賀。班禪和後藏薩迦寺的法王也要專門派人來送沐浴禮品。沐浴儀式後，駐藏大臣又要親自去看望達賴。現在沐浴節已成了藏族的傳統節日。

從每年的藏曆十一月二十九日到十二月的二十八日止，是歷代達賴每年閉關靜坐的日子。在此期間，他不會見任何人，所有噶廈呈請批閱的公文和請示的報告，都由大卓尼傳達。

達賴除了必須參加上面所說的一些傳統儀式外，還有許多的事情要做，他像歷代的達賴和班禪一樣，要收不少的弟子，不管他們的出身貴賤如何，也不管他們是班禪還是來自拉卜楞和塔爾寺的轉世大活佛，他都得給他們灌頂，或者是授戒，而一些特殊的弟子他還必須抽出寶貴的時間為他們傳授顯宗和密宗方面的知識。

對於十三世達賴來說，為每一位請求他摸頂的人祝福，可能要算他生活中最多也是最辛勞的宗教儀式了。

十三世達賴是藏族人至高無上的精神領袖，是藏族人心目中最大的活佛之一，誰的一生中若能得到達賴的摸頂祝福，那可是一件了不起的事情，它可以使你的心靈淨化，使你不再擔心未來生活中將要遇到的任何麻煩，因為達賴每時每刻都在保佑著你。可是，當那些得到了滿足的信徒、僧人和拉薩的顯貴們帶著無限的慰藉離開他們的宗教領袖時，他們可能從來沒有想過十三世達賴將為此付出多大的體力。比如在傳大召法會或者是更多的宗教儀式、宗教節日上，光從三大寺集中到拉薩的僧人就達二三萬人，假如再加上其他遠道而來的信徒和喇嘛，人數則會更多，所以往往請求摸頂的人群會排得很長很長，而十三世達賴則要給他們每一個人摸頂，有時還要給信徒抱來的小孩取名。假如說他可以為一個寺院或一個群體集體祝福，那他將會省去很大的體力，但西藏從來沒有這樣的先例。

接受達賴的摸頂並不是隨隨便便的，必須按照一定的規矩來辦。十三世達賴傳在記述有關他摸頂的情況時說：在舉行這些儀式的時候，達賴盤腿坐在高台上的寶座裡，就像一尊菩薩。如果這種儀式是公開的，寶座就高一些；如果是私下舉行，寶座就低一些。但在一些特殊的時候，他便站在室外的地上，與在他面前排成行的接受摸頂的人一樣高。摸頂時，每個人都必須脫帽低頭上前，向達賴的侍從獻上一條白綢哈達，並至少磕三個響頭，然後把頭低得更低，上前兩步，接受他的摸頂。

對那些總數不到二百的達官貴人，十三世達賴是以雙手來摸頂的。除了對僧俗官員中的顯貴外，達賴都用一隻手來爲每個僧俗官員、每個喇嘛（哪怕他年齡最小，地位最低）摸頂。至於俗民百姓，他只是用一根短棍頭上的纓穗來碰一下他們的頭。所有的婦女也享受這種待遇，但只有西藏僅有的兩個女活佛當中的多吉帕姆（駐錫洋卓雍湖的桑頂寺）可以例外。此外首席噶倫和噶倫們的夫人，也只能受纓穗摸頂。

在十三世達賴的宗教事務中，認定轉世活佛也是他必不可少的工作。五〇年代以前，在西藏就有幾千座寺院，而各種轉世活佛也非常之多。一般情況下，每個有活佛轉世世系存在的寺院都會按我們前面已經介紹過的程序認定活佛，但是如果要尋找認定地位很高的活佛，有時就要請十三世達賴來占卜，他還可能用擲骰子、數念珠、或者是用顯聖的辦法來確定靈童的轉世方向、出生地方等。在十三世達賴傳中，就提到他在一九一五年指點熱振寺尋找新的轉世活佛的事情。當熱振寺請求他給予指示時，他說：「熱振活佛的轉世眞身，你們最好是到熱振寺以南和拉薩大昭寺正南方向的鄉間去找，那是一個富饒的地方，又有聖賢智者賜福。那裡有三片森林，一塊青青的草場，河水圍繞著草場緩緩流過。在那附近，你們可以去尋找一個水鼠年（一九一二年）出生的孩子，他父親是兔年生的，這孩子可能相當好。如果你們照這話去細心查訪，便會找到眞活佛，他將爲佛教和人民做很多好事。」事實上十三世達賴指點認定的這位熱振轉世活佛後來果眞成了西藏一名著名的大活佛，而且在十三世達賴圓寂後，成了替十三世達賴代行職權的攝政，他就是西藏近代史上很有影響的熱振活佛，而且更爲有趣的是在二十年後，這位活佛也親自主持了十三世達賴的轉世靈童的尋訪認定事宜，用藏族人的話來說，這就是他們倆人之間的緣份。

十三世達賴在他的晚年所做的大事莫過於整頓黃教。這一點除了當年的宗喀巴大師外，有如此膽略的黃教領袖還不是很多。據藏文十三世達賴傳中記載，一九二八年冬天，十三世達賴聽說在各大寺院的堪布中，有些人貪污受賄，而在經典的修習上卻不求上進，就讓拉薩上密院堪布羅桑雲丹來布達拉宮，然後由十三世達賴親自出題考問，結果羅桑雲丹堪布不能對答，達賴一怒之下，立即革除了他的堪布職務。隨後，十三世達賴又派了三位僧官前往三大寺，了解寺院僧衆是否遵守教規、堪布等人是否稱職及寺內經濟收支有無貪污等情況，由此，各寺的不正之風才有所收斂。

可是一年以後，在拉薩傳大召法會以前，有人向達賴揭發說，三大寺提交的拉讓巴頭等格西候選人名單中，有人向三大寺堪布行賄。爲此，十三世達賴親自參加了傳大召法會，並主持拉讓巴格西學位的考試，果然又發現一些才疏學淺、完全不夠考拉讓巴格西學位資格的僧人，就不留情面地將那些候選人斥逐出考場，並重重處罰了各大寺的受賄堪布。

在這件事發生的前後，十三世達賴就已注意到自己眼皮底下的三大寺內，竟有一些僧衆不守戒律，胡作非爲，於是頒布命令禁止三大寺僧衆喝酒、吸煙、下棋等違反寺規的行爲，可是事情並沒有因此而結束，相反是更加惡化。一九三一年，十三世達賴又向全藏黃教寺院下了一道進行整頓戒律的命令，再次強調僧人不能有喝酒、賭博、跳舞等惡習，不准僧人參加一切世俗活動，只准在寺院內靜坐參禪、誦經學法，如有違犯，即以破壞教徒教義治罪。

無量光佛的兩世化身

一月十四日清晨，三萬多名僧俗群眾早已在城外等候大師的到來。中午時分，班禪大師乘敞篷車緩緩駛進日喀則市區，頃刻間，道路兩旁的歡呼聲、祈禱聲、傳統的「色瑪卓」鼓聲、喇嘛儀仗隊的法號聲響徹了日喀則城。人們手提香爐，揮動花束向班禪大師致意，無數條哈達像飄帶似的飛向大師乘坐的敞篷車……

第20章 五十年後公開的秘密檔案

蔣介石的六八四六密令

九世班禪圓寂後，西藏地方、班禪堪布會議廳、國民黨中央都非常關心九世班禪的轉世問題。各方面都在秘密地進行有關靈童尋訪的前期準備工作。

一九四〇年，十三世達賴、熱振活佛、乃窮護法神等在拉薩秘密降神占卜，一致認爲班禪轉世靈童已在東方轉世，他們還聲稱：按照舊例，班禪轉世靈童應由班禪屬下自行尋訪。話雖然這麼說，但不久，西藏地方就責成有關人員開始在拉薩以東方向尋訪轉世靈童。

面對這種情況，班禪堪布會議廳非常焦急和擔心，這是因爲自十三世達賴和九世班禪失和，班禪逃離後藏，返藏受阻圓寂於青海玉樹後，與班禪堪布、西藏地方與班禪堪布會議廳之間的矛盾更加尖銳。另者，按照歷史慣例，班禪轉世靈童向來由札什倫布寺堪布會議廳負責，現在堪布會議廳隨班禪流落西康，如果西藏地方政府插手此事，勢必會佔據主動，甚至控制班禪轉世靈童的尋訪，所以班禪堪布會議廳是決不會將班禪轉世靈童的尋認大權隨便讓給嘎廈的。

一九四一年四月，班禪駐南京辦事處向當時的國民黨中央轉呈了一份班禪堪布會議廳的緊急密電。很快，這封電文就轉到了蔣介石的手裡。電文稱，班禪堪布會議廳全體同人一致敦請中央批准羅桑堅贊委員到青海主持班禪靈童的尋訪，並請中央酌發旅費五千元等。

一九四一年五月二日，在行政院第五一二次會議上，蔣介石拿出了這封電文，經過討論，通過了班禪堪布會議廳的請求，正式批准羅桑堅贊委員主持班禪靈童的尋訪，並發給路費五千元。最後蔣介石在編號爲勇貳字六八四六號的指令上簽了字。

七月，身兼國民黨中央委員的札薩喇嘛羅桑堅贊肩負中央的秘密使命抵達青海西寧。

羅桑堅贊到西寧後，立刻分派人員赴各地正式尋訪，以期早日尋得轉世靈童。

茲堅贊赴貴德尋訪。

策覺林活佛赴湟源、都蘭尋訪。

恩久活佛赴共和一帶尋訪。

卓尼赴旺赴循化、化隆尋訪。

巴楞堪布和香日德堪布赴果洛和二十九旗尋訪。

卓尼旺堆赴玉樹一帶尋訪。

在西康方面，由諾雲堪布等在北路尋訪；馬索堪布等在南路尋訪；丁杰活佛在西康各地復尋。

一九四一年九月，前往西寧、貴德、共和、同仁等縣的尋訪人員報告尋訪到三四名幼童。羅桑堅贊立刻親自前往一一訪查，果然舉止態度，迥然不凡。這些靈童的家人都聲稱，幼童出生前後，均發現奇異徵兆，播傳鄰里，人皆稱奇。最靈異者，還能自然誦經。羅桑堅贊當即把九世班禪的法器與其他同樣的法器雜然陳列，這些靈童都能準確的認出眞假，累試不爽。

然而在西康方面，雖然尋訪人員報告該處有一二名聰明幼童，但不符合九世班禪的特徵。另外其他尋訪人員也毫無尋獲聰慧兒童的消息。

九世班禪圓寂後，國民黨中央將靈童尋訪的大權交給了蒙藏委員會，由該委員會具體與羅桑堅贊聯絡。

一九四一年十月十二日，羅桑堅贊和班禪堪布會議廳派出的另一名尋訪人員丁杰活佛給蒙藏委員會發來了一封尋訪密函。丁杰活佛稱：尋訪人員來到康區以後，經過九個多月的尋訪，找到了一些小孩，但最靈異的是理化縣（理塘）的一個孩童。這位靈童出生時，一道白虹降臨在他家，並有兩隻烏鴉飛臨房屋鳴叫，宛若在慶祝靈童誕生。以前九世班禪大師的靈柩停放甘孜時，堪布會議廳的執事在靈前祈禱請求顯示轉世地的遠近時，說是在近不在遠。當時這位靈童的父母就住在甘孜。四月十五日夜十二時誕生時，一道白虹從九世班禪的殯宮騰起，一直飛跨到他父母家的屋頂。在靈童的兩目之間有時會出現藏文「阿熱」等字。據說靈童剛會說話時，用手指著遠處說：「我在前方遠處有大寺和群馬」。喜歡嬉遊，神態奇異玄妙。當班禪行轅的秘書巴登去探訪他時，靈童說：「將我的馬僧格卓瑪牽來」。僧格卓瑪是九世班禪大師經常坐騎的馬。當我（丁杰）來察訪他時，靈童馬上認出我是丁杰，非常高興。我問他：「你是誰？」回答說：「我是班禪。」我故意說：「你是昌都的帕巴拉活佛。」他聽後立即不高興起來。平時，這位靈童還時常一人自誦《無緣悲藏頌》等經文。經常拿著淨瓶和鈴杵，做開光的樣子，神情異常眞切。我還將九世班禪大師佩帶過的木製佛匣和我的銀質佛匣給他挑選，他不要銀的只要木匣，還說：「這是我的。」另外靈童前牙的尖上，色如碧綠，不像他的父母，很像九世班禪大師。

丁杰在信函中還說，九世班禪圓寂之時，理化一帶，忽然天降花雨。據說還有很多的瑞兆。

當羅桑堅贊和丁杰兩人尋訪到這些靈異孩童後，羅桑堅贊和班禪行轅堪布會議廳給國民政府駐西藏辦事處處長孔慶宗去了一份電報說，尋訪工作就要結束，在青海尋訪到二三名孩童，靈異昭著，班禪轉世活佛肯定出自裡面，現在準備派員攜帶靈童名冊去西藏報告。

得到這份情報後，西藏辦事處處長孔慶宗立刻意識到，班禪靈童的尋訪工作似乎已經結束，班禪行轅看來要派人赴藏，報請占卜作最後的認定。孔慶宗感到事關重大，就將此事以及理化（理塘）找到靈童的消息電告了蒙藏委員會。

蒙藏委員會在一連得到幾份重要電文和信函的情況下，感到班禪靈童轉世關係重大，就致電通知負責主持尋訪工作的羅桑堅贊迅速呈報有關靈童的年庚、姓名和家世的情況，並電覆丁杰迅速將理化靈童的情況告訴羅桑堅贊。

班禪大師轉世靈童證明書

儘管羅桑堅贊和丁杰尋訪到了多名靈童，但他們都認爲只有理化（理塘）靈童最爲靈異，所以傾向於把這位靈童作爲最後的認定對象。爲了使他們的做法更符合藏傳佛教活佛轉世制度的認定程序，以確保理化靈童被認定爲轉世眞身，一九四一年十一月十五日，羅桑堅贊將一份各大喇嘛預先卜算及護法神降神卜示班禪大師轉世的方向、地域和孩童之姓名的《各方推算班禪大師轉世靈童證明書》呈交了蒙藏委員會。

《證明書》寫道：

「竊查辦理班佛轉世事宜，關係甚大，所有關於各方推算及降神等所示之預兆……依藏例宗教成規，在靈童未決定以前，誠恐發生魔力阻礙，允宜保守秘密，不敢輕示於人。惟鈞座（指吳忠信）督導靈童轉世事宜，具有權衡，且係蒙藏最高長官，不得不將上項等情形預爲陳述，以冀大師正身早日決定……」

從羅桑堅贊呈遞的這份證明文件看，在九世班禪圓寂後，轉世靈童的尋訪工作就開始在藏區各地悄無聲息地秘密進行著。

《證明書》中說：

達賴曾在卜卦時說，班禪已轉生在朵康一帶（指甘、康、青、滇等藏區）。熱振活佛也占卜說，班禪大師已轉生於西藏東部的朵康地區。拉毛護法神也曾三次降神卜卦。第一和第二次只是虔誠祈禱誦經，希望大師早日轉世。第三次降神時，他只說道：「次林美稞力」（長壽女神手下的一位女神祇），後經一些大活佛和高僧解釋，說是九世班禪將轉生在長壽女神手下的一位女神所在的地區內。而在青海的果密卻滇克地方，有一位女神祇，名曰阿瑪索古，是管轄全果密地方的神祇，並且歸屬於次林女神。

《證明書》還提到，在二十八年前，曾有一位大喇嘛名曰色嘉，在寶鏡內推看（藏族占卜的一種）班禪轉世的預兆，當時鏡中現出一個小卍字，在此字上面，有一個藍寶貝，下面寫有班禪轉世之地方的數字。卍字是確定、穩固之意思，寶貝是佛之意思，藏語稱藍色為「恩布」，稱青海為「措恩布」，推算以上意思和預兆，九世班禪確有在青海轉世的意思。

據羅桑堅贊所說，在青海玉樹的拉卜寺，隆主活佛在一塊石岩內取出一卷經書，上面說，十世班禪將出生在西藏東北，有「阿」字之地方。按語音看，青海也稱為阿多（安多），而地理位置正好在西藏的東北部。

西藏的另一位護法神多吉常丹降神占卜後說，上邊大雪山以東方向，宗喀嘉熱以上地方，生長出五色艷花等。按傳統的解釋，上邊大雪山指的就是青海的瑪積雪山，而塔爾寺所在地也叫宗喀。如此理解護法神的意思，十世班禪必然誕生在塔爾寺與瑪積雪山之間。

《證明書》接著說，一位叫策覺林的活佛在青海共和縣尋訪九世班禪轉世靈童時，不知從何方來了一位孩童，把一函呈奉給了他，他打開看是一段藏文，上面說道，一個如意寶貝，在有幸福的海裡藏著。要獲得一隻雄壯的虎，可以向卻滇克地方去訪問。策覺林活佛不明其意，後經高明的大喇嘛解釋才知：如意寶貝指的是九世班禪的轉世靈童，轉世靈童母親的名字必然有「洋措」兩字（幸福之海的意思），靈童的屬相必然是虎相，而且還要比其他虎相的孩子更奇特。要想知道原因，可到卻滇克探詢。果然尋訪人員在尕夏卻滇克找到了一位叫隆熱嘉措的靈童，其母名就叫「洋措」，並且這個靈童面貌魁梧，體格雄壯，與其他同齡兒童相比迥然不同。

據說在藏區有一本書叫《格旦珠拜來盤》，是專門用來卜算歷代班禪大師未來情形及降生、姓名等情況的。此書有關九世班禪未來一條中有：「卻端日拜巔美曾」幾個字，從字面上解釋，「卻端」即法師，「日拜」爲智慧之意，而尋訪到的靈童隆熱嘉措，其名與上述文字的意義大致相同，按高僧們的解釋，「隆」字就是「法」字的意思，「熱」字則是智慧的意思。

羅桑堅贊在《靈童證明書》還提到：前藏有一高明的術士，他的職務是管理醫學和術士的頭領。經他推算後說：班禪轉世靈童的方向，與達賴轉世的方向相同。他還寫了ku、ka、ha、cha、tsha、nga、gha、ke、ki九個藏文字，後經高僧解釋才知，ku字是貴德和共和之意；ka字是貴德尕夏之意；ha字是共和和字之意；cha字是藏文卻滇克之卻字，或是共和恰果地方之恰字；tsha字是措溫之措字，青海藏語日措溫；nga字是措溫之溫字；gha字是果密之果字；ke字是恰果之果字；ki字是卻滇克之克字。將以上字聯成一句，就是：青海貴德、果密、尕夏、卻滇克。此句之意義確合乎隆熱嘉措所生之區域；這些字還解釋爲：青海共和和恰果，也合於索南旺堆所生之區域。

羅桑堅贊在《各方推算班禪大師轉世靈童證明書》除了提到以上有關靈童轉世方向的占卜推算外，還提到了其它一些轉世方向的預兆。

例如九世班禪生前於民國二十五年從塔爾寺返藏時，塔爾寺的德扎等喇嘛，爲祈求大師遍施法雨，普渡衆生起見，殷勤挽留，詞意懇摯，九世班禪大師也依依難別，此時他安慰喇嘛們說：「三年後我會再來此地，那時我們再相聚。」從大師離開青海算起，至虎年，時間正好是三年，由此可見九世班禪三年後與青海僧衆相見的話已預示他圓寂後將轉世青海。

蘑菇藏語稱爲「尕夏」（安多方言），第八世班禪圓寂後，佛寺內長出蘑菇，最後九世班禪果然在西康的達布尕夏地方轉世。據札什倫布寺來青海的人稱，當修建班禪大師靈塔時，在塔柱之上，忽然長出一朵大如帽子的蘑菇。現在尋到的靈童隆熱嘉措就生於貴德縣尕讓地方，「尕讓」藏語就稱爲「日尕夏」。可見此兆是對隆熱嘉措的反映。

在《證明書》的最後，羅桑堅贊還報告了請拉卜楞的拉古活佛根據上面的卜示和徵兆核查尋獲靈童的情況。

拉古活佛德高望衆，在藏族僧俗中有很大影響，九世班禪在世時，他曾跟隨大師學習經要。爲此，羅桑堅贊派人將青康尋獲的靈童名單送給拉古活佛核審。拉古活佛說，各大活佛占卜所說的情形，大多是對靈童隆熱嘉措而言的。但拉古活佛親自卜算後認爲，隆熱嘉措與索南旺堆兩孩童，均屬不凡之童。而其他孩童拉古活佛並沒有多說。

一九四一年十一月二十五日，班禪堪布會議廳官員羅桑堅贊向蒙藏委員會呈報了一份辦理靈童尋訪經過的報告。報告說，班禪堪布會議廳自玉樹到達西寧後，立即開始在各寺廟誦經，祈禱班禪早日轉世，並開始在青海及其他地區派員秘密尋訪調查聰慧孩童。羅桑堅贊在報告中一再重申，自己承奉中央命令，擔任尋訪靈童之責，所以自奉命以來，一直審愼辦理靈童尋訪事宜，以期上不辜負中央之重託，下符合藏族僧俗的殷切期望。先後派遣可信人員分赴青海區域，及西康、川邊、甘肅的夏河、臨洮等處積極正式普遍尋訪，自己本人也到青海貴德、共和等縣積極尋訪。

在這份報告中，羅桑堅贊提到，在青、康兩省共尋獲孩童十一名，其中九名係青海人，均具有慧性。一九四一年九月，各路尋訪人員分別將其中的九名孩童接到塔爾寺，復行甄別試驗。試驗的結果是，其中的五名甚爲靈異。而青海貴德、共和二縣尋獲的兩名孩童尤其慧性湛深，靈異昭著，且能認識九世班禪大師的法器，舉止、態度、言語、面容各方面，也確實有九世班禪再世的徵象。他們二人降生的地址與地方降神及高明卜筮者所推算的情形也極爲吻合。

據十世班禪的經師嘉雅活佛的回憶，這十一名幼童集合到塔爾寺後，分派到各個活佛的寓所噶爾哇暫住。碰巧後來的十世班禪正好分到嘉雅活佛的寓所住。因爲尋訪轉世靈童的事在當時是保密的，所以嘉雅活佛並不清楚這是在尋訪九世班禪的轉世靈童。小靈童在嘉雅活佛的寓所只住了一天就回去了。事後嘉雅活佛才聽說，當時曾將九世班禪用過的念珠，書籍等混在相似的物品中，讓十一個小孩子選，後來的十世班禪靈童拿了一個戒指，正是九世班禪的物品。

從事態的發展看，尋訪工作已基本結束。班禪堪布會議廳初步擬定在農曆十月間，選派幹練人員攜帶靈童名單赴藏，與札什倫布寺札薩喇嘛覆命會商後，一並將訪獲靈童靈異情形一一轉陳達賴等鑑核，並請誦經祈禱，然後就所開靈童名單內以藏例降神等辦法証實九世班禪轉世眞身。

靈童尋訪經過報告書

事隔不久，蒙藏委員會收到了羅桑堅贊的辦理靈童尋訪經過的報告，在這份報告的後面還附了一份極爲保密的《尋訪靈童經過報告書》。《報告書》中詳細報告了青、甘十一名靈童的尋訪經過，尤其用大量篇幅報告了其中最爲靈異的貴德靈童隆熱嘉措和共和靈童索南旺堆等的情況。

隆熱嘉措出生在貴德縣尕讓（亦名尕夏）的卻滇克，頗具慧性。當地人都傳說他是班禪大師的轉世靈童。一九四一年三月，森吉堪布見到這個小孩，並低頭向這位傳說中的靈童致敬。小靈童儼然以佛的姿態用雙手摸著他的頭頂。當堪布與孩子的父母寒喧時，小孩指著九世班禪的狗說：「尕呀尕呀！」這隻狗的原名叫尕沙。另一位同行的堪布抓著狗問他要不要，小孩說要，同時用右手拍著左肩說：「放在這裡。」而九世班禪就常把這隻小狗放在肩上玩。隨後這位堪布指著森吉堪布對小孩說：「這個你認識嗎？」小孩子答道：「知道。」「是誰？」「阿格傳巴。」而森吉堪布原名就是傳巴堪布。堪布又把九世班禪和森吉堪布的念珠交給小孩，讓他挑選，小孩就把兩個念珠都拿到門口，把森吉的念珠給了母親說：「這是阿格傳巴的牟尼牟尼。」可是把九世班禪的念珠卻緊抓在手上。堪布問道：「你拿的念珠是誰的？」小孩答道：「且吉嘉寶，且吉嘉寶」（安多方言為法王之意）。這時候大家要要回那串念珠，但小孩誰也不給。後來堪布命人從小孩手中奪取念珠，因用力太大，把小孩拉倒，但他還是不鬆手。後來森吉堪布一行要離開時，經他父親嚴厲強迫，小孩才很不情願地把念珠擱在了桌子上面。

尋訪人員在貴德仔細地觀察了一天，發現隆熱嘉措態度莊重、可愛，與尋訪人員沒有一點兒生疏不習慣的表現。這一天，小孩童說了許多話，但是因為年紀小的關係，講得不大清楚，其中最清楚的話就是「且吉嘉寶，且吉嘉寶多瑪喜」兩句經文，同時雙手作供佛和送魔的姿式，樣子極為自然，毫無矯飾做作。他的面貌很豐滿，儀容很秀麗，還帶有一種慈悲的模樣兒。

靈童的父親說：「這孩子出生時，西方天上現出一道白色光芒，直射到他們的家。就在那年的八月初，他們家園裡的桃樹，好像春天一般忽然開了美麗的桃花。出生前，他和孩子的母親都夢見獲得了許多的菩薩寶劍和法螺，他的母親還拾出了三個螺貝，抱在懷裡。」

一九四一年的七月，羅桑堅贊和另一名堪布爲了徹底甄別這位小孩的靈異情況，第二次密訪了貴德縣的尕讓卻滇克。在孩童隆熱嘉措的家，羅桑堅贊把歷代班禪佩帶的護身佛偈和一個搬指（玉質的，不知何物）、一個念珠三件法器同其他不是九世班禪的遺物共六件法器錯綜擺列起來，叫小孩子撿認。這位幼童首先注視羅桑堅贊的護身佛像和念珠（九世班禪在世時就很喜歡這兩件法器）。這時，羅桑堅贊的隨從喇嘛在一旁對小孩說：「且吉嘉寶的法器，你撿出來。」這時小孩很從容地把歷代班禪佩帶的佛像舉在頭頂，表示敬意，並且在大家的頭上輪著舉一次，然後奉安到佛閣裡。同時，他又把九世班禪的念珠和搬指一一撿取出來，其餘不是班禪遺物的東西就不注意了。

共和縣的靈童索南旺堆，出生在業隆恰果的一戶百戶長家。一九四一年三月，根據民間的傳說策覺林活佛一行首先趕到這裡尋訪。當他們剛到這小孩住的幕帳前時，大家都看見一條白蛇，纏繞在幕帳天棚上邊的脊樑上面，蛇頭仰望著塔爾寺方向。衆人都非常驚奇。策覺林的管家問小孩子道：「你家在那裡？」小孩說：「我的家很遠，我要回家去。」靈童的父母親說：「這小孩子虎年農曆七月七日東方將明時生於獅龍多。當時恰逢阿柔活佛開始舉行法會，在法螺和法號的悠揚聲中，小孩出生了。法會結束後，他們請阿柔活佛到幕帳裡去，剛進帳時，撲鼻香味充滿了帳房，同時天空射出五色祥雲映照在帳房的上面，當時衆人都看見了。」

一九四一年七月份，當羅桑堅贊和另一名堪布到共和縣查驗索南旺堆時，他們在他家的帳篷裡見到這位孩子，他顯得有些愁眉不展。在談話的時候，他的母親說：「昨天這孩子說，明天有客人要來。說了好幾次。」羅桑堅贊坐了一會兒，問道：「你從哪裡來？」小孩答道：「從札什倫布來。」又問：「札什倫布寺大不大？」「很大」。「你去不去？」「去。」後來羅桑堅贊把歷代班禪的法器和同樣優美的法器混擺在他的面前，小靈童一面注意羅桑堅贊的護身佛偈，一面望著羅桑堅贊的臉。羅桑堅贊的近侍在一旁對小孩說：「你的東西你撿出來，假如不是就交給你的哥哥阿貴。」小孩聽了這話後，把九世班禪佩帶的佛像和念珠都懸掛在自己的脖子上，其餘不是九世班禪的東西就交給了他的哥哥。

羅桑堅贊問他：「你認識我嗎？」小孩說：「認識。」又問：「我是誰？」再沒有答覆。隨行的另一位堪布又問：「你認識我嗎？」小孩說：「不知道。」最後羅桑堅贊又問了一些人的名字，他連一句話也不說，望著他母親的臉，幾乎要哭。

這份《尋訪靈童經過報告書》還談到了共和阿左、共和達隆、同仁、民和、西寧、西康、互助、循化等地尋訪到的聰慧幼童情況，但介紹得都很簡單。從中可以看出，班禪堪布會議廳實際上在心目中已經有所傾向，那就是這兩個靈童最佳，而尤以隆熱嘉措爲上。相反我們衆所周知的十世班禪額爾德尼，在這份報告中只是輕描淡寫地有一段文字：

循化縣屬完得千戶的孩子名叫官保慈丹，生於虎年正月初三日。當生這個孩子的時候，五色霞光籠罩了他們的住房，但是恩久佛前往該處查訪的時候，看見這孩子並沒有任何奇異的情形。

照這種情況推斷，最初十世班禪大師被認作靈童時，其靈性和佛性並沒有馬上顯露出現，儘管他的名字也在羅桑堅贊呈報給蒙藏委員會的十一名靈童名單中，但是其位置只是排在第七位，再加之札薩喇嘛羅桑堅贊及班禪行轅堪布會議廳在塔爾寺的複查試驗，他的名字也沒列入五名甚爲靈異的靈童名單當中，所以根本不能與靈童隆熱嘉措、索南旺堆相比。不得不承認，十世班禪額爾德尼，在一開始並沒有被尋訪人員看中。此時，他被認定爲班禪轉世靈童的機會是很小的。但他畢竟是九世班禪的轉世眞身，而以後所發生的一連串事情最終也證明了這一點。

一九四一年十二月九日，西藏班禪駐南京辦事處向蒙藏委員會轉交了羅桑堅贊代班禪堪廳提交的一份尋訪到的靈童名冊。

一九四二年一月三日，羅桑堅贊和班禪堪廳派遣恩久活佛、卓尼巴、羅友仁等四十餘人啓程前往拉薩，準備與前藏當局（噶廈）商量班禪靈童的尋訪坐床問題。

靈童靈異附身報告

一九四二年二月十八日，蒙藏委員會在獲悉了十一名靈童的名單後，初步擬定了一個《徵認班禪呼畢勒罕辦法》呈報了行政院。行政院院長蔣介石特別指示在行政院第五五五次會議討論通過。

一九四二年三月十六日，蒙藏委員會收到了札薩喇嘛羅桑嘉措的密電，內稱，十一名靈童當中最爲靈異的青海貴德靈童隆熱嘉措因病夭殤。原來所謂的最靈異者隆熱嘉措並非九世班禪大師的眞身，要不他怎麼會在如此重要的關頭離開人世呢？如此看來，靈童隆熱嘉措的靈異只是給人造成了一種錯覺：似乎只有他更具備十世班禪轉世靈童的靈性，事實證明並非如此，而眞正的轉世實質上是另一個靈童。

一九四二年三月二十六日，行政院第五五五次會議通過蒙藏委員會《徵認班禪呼畢勒罕（轉世靈童）辦法》：

一、班禪轉世靈童由班禪徒屬尋訪。

二、班禪轉世靈童候選人，准許西藏宗教首領從班禪徒屬所報靈童中認定三名。

三、三名轉世靈童候選人決定後，由西藏政府呈報中央派員在拉薩大昭寺舉行掣簽，簽定一名爲轉世靈童。

一九四二年四月二十九日，蒙藏委員會委員長吳忠信就選定班禪呼畢勒罕（轉世靈童）候選人辦法一事致電十四世達賴：

奉行政院令：第十輩班禪佛呼畢勒罕之候選人，准先由西藏宗教首領負責選定身、口、意化身三名後，呈報中央核辦⋯⋯

由於國民黨中央正式允許西藏尋找三名班禪轉世靈童候選人，這就進一步造成了後來噶廈與班禪堪廳在班禪轉世靈童問題上的爭執。儘管如此，當時的國民黨中央也不得不這樣做。因爲九世班禪圓寂後，按照傳統，噶廈地方政府已責成後藏札什倫布寺在西藏尋訪轉世靈童，此事已是公開的秘密。國民黨中央如果放任不管，必然就會造成某種不良的政治影響，因此在這種情況下，國民黨中央根據清代中央王朝在達賴和班禪轉世問題上的一貫政策，出於維護祖國統一和國家主權的考慮，毅然將西藏噶廈尋訪九世班禪轉世靈童的權力歸由國民黨中央統一管理，這種做法是符合國家利益、符合各民族人民利益的。

一九四二年五月，攜帶靈童名冊的恩久活佛一行四十人到達拉薩，但噶夏政府的一些要員卻表示，班禪行轅依附中央，有何好處？須及早回頭。前後藏之事，應自商妥善解決。班禪轉世，勿任他人干預。

五月十七日，國民黨駐西藏處處長孔慶宗緊急致電國民黨中央和蒙藏委員會，報告了恩久活佛一行抵拉薩後噶廈的這種分裂祖國態度，指出，「由此推知，兩藏當局意見，似在規避中央。」

一九四二年六月二十九日，恩久活佛隨行進藏要員羅友仁在拉薩西藏處緊急會見孔慶宗處長，他報告說：班禪轉世靈童名冊呈報噶夏後，六月二十八日得到藏政府的批示，青海靈兒較爲近情，西康靈兒報告未詳，亦不相似。班禪轉世，事關重大，務須在西康細訪。特定：羅友仁、王樂階留拉薩，恩久活佛赴金沙江西岸尋訪；東岸電請班禪堪廳或委派丁杰，或加派人員前往尋訪……

一九四二年九月二十三日，羅桑堅贊也得到了恩久活佛的正式報告，只得將上述情況如實向國民黨中央報告。

十月八日，行政院院長蔣介石正式指示班禪堪廳再度派員前往金沙江兩岸尋訪班禪轉世靈童。

恩久活佛等得到中央的指令後，於當年八月在金沙江兩岸開始秘密尋訪，但毫無所獲，於一九四三年六月返回拉薩。

八月，恩久活佛和比倫活佛給羅桑堅贊來了一封信，信中說，噶廈希望班禪堪廳按西藏雪聰格西的卜示在青海再度尋訪靈童。羅桑堅贊非常清楚前藏在班禪轉世靈童的問題一拖再拖的目的，那就是陰謀讓班禪在西藏本土轉世，藉此避免中央在西藏行使主權。因此，前藏才這樣不顧班禪正身的眞僞與否，希望在西藏範圍內自行決定一名靈童，以遂企圖。

雖然羅桑堅贊清楚地看到了這一點，但此時班禪堪廳和前藏在班禪轉世靈童認定上的矛盾尚未激化。因此，他只得派森吉堪布等分赴青海各地再度尋訪。結果是，雖有屬兔、屬虎的幼童多名，但除第一份靈童名冊上的靈童外，再未獲得特殊靈童。在這種情況下，班禪行轅堪布會議廳根據《認定班禪呼畢勒罕辦法》，於一九四三年八月對尋訪到的靈童只得再次進行了詳細的考察。結果認爲，共和靈童索南旺堆，循化靈童官保慈丹以及共和阿左的噶桑等三人「氣宇軒昂，慧性昭著，更有甚於前次之靈異」。

從這次複查的情況看，自從札薩喇嘛羅桑堅贊於一九四一年十一月二十五日向蒙藏委員會呈報了第一份靈童名單後，一切都發生了很大的變化，先是最靈異的靈童隆熱嘉措夭亡，接著又連續不斷地多次複查，最終又確定了三名最爲靈異的靈童名單，而後來的十世班禪大師就在這份候選靈童名單中。

一九四三年八月二十八日，札薩喇嘛羅桑嘉措將這一結果再次密電蒙藏委員會，並隨電附了一份《靈童靈異益著情形報告》，在報告中我們看到了有關十世班禪靈童官保慈丹的靈異材料：

「本廳的索得巴這一次到循化、貴德一帶地方尋訪靈童。去的時候，也到完德千戶的家中去看前次已獲之靈童官保慈丹。當索得巴見到這孩童時，他正在玩耍，他的態度和一切舉動，好像是先佛之樣子。最奇異的是，他們一見面，這孩子拿一個羊皮帶，將炒麵和酥油裝在裡面，叫索得巴拌成糌粑（即炒麵），並且說：『你拌好後，我要吃啦！』因爲先大師在生時，索得巴是管理飯食的人，拌炒麵是他的任務，可見這情形的奇異了！

第二天，這孩子在樓上喚索得巴上去說：『你現在打算到那裡去』。他說：『我明天要到同仁去。』小孩說：『用不著去。』索得巴說：『我要到同仁訪佛去，如你是班禪的轉生，請你與我說明，我絕不與別人傳說，我也不再到別處去。』小孩說：『是佛爺的轉生。』索得巴說：『那麼，我們一同到塔爾寺去吧！』小孩沉思半晌說道：『現在還沒有到去的時候，等到莊稼收穫後，你們帶上很多的騾馬和東西來迎接我，那時我才去吧！』

這位靈童言語流利，情意繾綣，儼如大師生前之狀態，使索得巴不禁生依戀難捨之感。」

我們在前面已經說過，蒙藏委員會收到的第一份《尋訪靈童經過報告書》中，對官保慈丹只有三言兩語，而且尋訪人員沒有看到他有任何靈異表現，但是現在他已大不一樣，充分表現了自己將作爲十世班禪靈童眞身的靈性，這就是他不同於其他靈童後來居上的原因。

官保慈丹於一九三八年二月十九日在青海省循化縣溫都鄉瑪日村降生。他的父親叫堯西．古公才旦，是溫都的千戶，母親叫繞西．索南卓瑪。堯西家族是薩迦款氏家族的後裔，與元代的薩迦法王八思巴同姓。關於官保慈丹家族的來歷，在《溫都寺志》上有這樣的記載：西藏薩迦款氏家族有一個名叫阿丹的人，從西藏來到安多，經過隆務到達溫都地方，遇到一位打柴的人，那人見阿丹相貌非凡，舉止超群，就用枝條舖地為氈，請求阿丹在溫都長住，阿丹答應，就定居下來。因阿丹聰明慈祥，為人公正，被眾人奉為一方之主。阿丹有七個兒子，後來分別管轄一個部落，於是形成溫都千戶和千戶管轄下的溫都七寨。

官保慈丹的家鄉溫都在循化縣城西南三十里，包括中庫、毛玉、相玉三條山溝，因境內有一座「又拉」山（牛犢山）而得名為溫都。此地位於黃河南岸，氣候溫和，土地廣闊，還有原始森林和草山，當地藏族主要從事農業和牧業，屬於半農半牧區。他們信仰佛教，與甘、青佛教大寺院塔爾寺、拉卜楞寺、隆務寺、夏瓊寺都有聯繫。

相傳官保慈丹降生的那天早晨，瑪日村的人都到溫都千戶家的後山日沃且山上去煨桑祭神。當天天降瑞雪，還出現了彩虹。當人們看到這種奇異景象時，都議論說：「今天千戶家裡一定有什麼喜事，千戶的妻子要是今天生孩子，一定會是男孩。」官保慈丹的舅舅也做了一個夢，夢見千戶家的後山日沃且山被黃緞子包裹起來。因此，官保慈丹降生後，大家都相信他是一個不同尋常的孩子。

官保慈丹出生後，從一歲到三歲常常生病，請醫生治療也不見效，特別是三歲那年病得很重，幾乎夭折。溫都千戶家有一個親戚在拉卜楞寺出家，是一個很有學問和名望的高僧，曾經當過九世班禪的經師，名叫拉科倉・久美赤列嘉措。於是官保慈丹的家人就請拉科倉想個辦法，拉科倉說：「這個孩子應該到寺院去當喇嘛，病就會好。」可官保慈丹的家人與村裡的人商量時，大家都說，千戶家現在只有官保慈丹這一個兒子，他出生時又有吉兆，應該是千戶職位的繼承人，不可出家當喇嘛，但是為了治好他的病，請佛爺護佑，可以送他到寺院裡去住，因此，官保慈丹在三歲時就被送到溫都寺，不學經，不穿僧人袈裟，只是在寺院裡居住。

官保慈丹進溫都寺後，病自然就好了，就一直在寺院裡住了三年。他有時在寺內玩耍，有時喜歡聽寺內僧人念經，有時他還自己走回家去，家裡人只好又把他送回寺院。由於前世的宿願，他從小就聰明靈異，不願穿新衣服，愛穿破舊的衣服。沒有人教過他，他自己就會放布施，扎吉祥繩等。

在溫都寺還流傳著許多他幼年的故事。他四歲時，有一次到一名僧人的屋裡，對僧人說我不久要去當活佛。又有一次他到一位格西的房子裡，看見格西有許多佛經，就把其中的一部分拿出來，說我以後要好好學這本佛經。僧人一看，這本經書正是《釋量論大疏》，藏文稱為《安哲扎哇》，是札什倫布寺僧人必修的一部主要經典。

據十世班禪大師的經師嘉雅活佛的回憶，一九四一年，羅桑堅贊等派歐曲活佛在循化、化隆一帶尋訪轉世靈童，他聽說溫都千戶家生了一個奇特靈異的兒子，就到溫都寺去查看，記下了寺名和官保慈丹的名字，但沒有去他家，就回去了。一九四三年，官保慈丹已滿六歲。經過反覆辨認，靈童只剩下三個，班禪堪布會議廳又把他們召集到塔爾寺，寺院決定靈童還是到去年居住的活佛寓所噶爾哇去住，所以官保慈丹又住在了他後來的經師嘉雅活佛的寓所裡，這一次住了七個月。

九世班禪的轉世真身

一九四四年元月，班禪行轅堪布會議廳和扎薩喇嘛羅桑堅贊考慮到西藏也在尋訪班禪轉世靈童，而且很快有決定靈童眞身的趨勢，所以他們認爲這是「以宗教之掩護手段將藏內之孩童決定爲正身。陰謀益著，定可斷言。若不加緊辦理，勢必墮入前藏之詭計，將來僞佛捷足先登，噬臍曷及」。於是請塔爾寺的阿嘉活佛、嘉木樣活佛等出面問卜，結果他們都稱青海的三名靈童中有班禪大師的眞身。事後，羅桑堅贊又請卜筮夙負盛名的特雪多吉羌卜卦。卦稱：索南旺堆、噶桑、官保慈丹三位靈童靈異不凡，而靈童官保慈丹必爲眞身無疑。在青海最受僧俗尊信的塔爾寺護法神唐木欽活佛也應邀降神卜卦，當神靈附於活佛體上後，羅桑堅贊對護法神說：「靈童化身究竟降生何處？」護法答曰：「生於青海。」又問：「青海尋獲之靈童內有無眞身？」護法答曰：「靈童官保慈丹、索南旺堆、噶桑等三名均屬靈異。」又問：「此三名中何童是眞身護法？」護法神用手指著名單上官保慈丹的名字，很久不動。又問：「眞確否？」護法曰：「眞確。」

當時，班禪堪布會議廳已將尋訪的最新情況報告了國民黨中央政府，同時通報西藏拉薩的達賴和噶廈政府，由達賴在大昭寺打卦卜算，官保慈丹也排在三位靈童之首。但噶廈地方政府在電告國民黨中央政府有關達賴打卦卜算的結果時，提出將三名靈童齊集拉薩，在布達拉宮抽簽決定。而不是中央派人進藏主持抽簽和坐床儀式，因此遭到堪廳反對。在這種情況下，國民黨中央就將認定轉世靈童的事拖延下來，遲遲不作正式決定。

在這種複雜情況下，設在西寧塔爾寺嘉木樣活佛寓所的班禪堪布會議廳與拉卜楞寺高僧拉科倉·久美赤列嘉措商量，認爲堪廳在塔爾寺辨認中，官保慈丹是第一名，達賴的打卦卜算也是官保慈丹第一名。再加之以前在拉薩北面的拉姆拉措聖湖查看湖中景象時，除顯現的房子等景象與官保慈丹家相符外，最後還在湖中看到一隻老虎，後面跟著幾隻兔子，而最後剩下的三名靈童中，正好官保慈丹屬虎，另外兩名靈童都是兔年所生。根據這些徵兆，官保慈丹爲班禪轉世眞身是確定無疑的。

但是，儘管如此，堪廳和羅桑堅贊還是不敢草率決定。但他們又考慮到了國民黨中央遲遲不作正式決定，如果不能盡快確定眞身，就會影響大師以後的學經等事業，因此決定在塔爾寺舉行認定九世班禪的轉世眞身。

一九四四年一月十二日，班禪行轅堪布會議廳及扎薩喇嘛特邀阿嘉活佛、拉古活佛、格西普美等在塔爾寺大金塔舉進行法事，確定十世班禪轉世靈童眞身。衆活佛和高僧誦經祈禱後，將三名靈童的名號分別放入糌粑麵丸中，然後放入碟內搖動，這時有一麵丸落在緞帕上，於是當衆啓封，果然就是衆口一致的循化靈童官保慈丹，一時皆大歡喜，群情激盪。第二天，這一消息就以班禪行轅堪布會議廳札薩喇嘛羅桑堅贊的名義密電蒙藏委員會。幾日後，羅桑堅贊又向國民政府行政院院長蔣介石寫了一份報告：

「竊查農曆正月十五日在塔爾寺舉行決定班佛正身慶典一案，前已東電呈請吳委員長鑑核轉呈在案。茲於十五日上午十一時，依照宗教儀式，由僧眾等執持儀仗奏樂整隊，恭迎靈童官保慈丹到金瓦寺，叩拜寶貝佛後，即舉行決定正身慶典，是日參加者有青海省政府代表及青海各大活佛，蒙藏王公千百户，並各方僧（俗）代表等約十萬餘人。……此雖係蒙藏民族信仰宗教領袖之眞誠，實亦係得獲班佛眞正化身，故有此圓滿之結果也。茲謹將舉行決定班佛正身日期及詳情，理合來電呈報，伏乞電鑑核准爲禱。」

蔣介石接到報告後，沒有馬上表態。因爲當時西藏也正在找尋九世班禪轉世的靈童，按清朝制度規定，達賴、班禪轉世靈童的決定，要經過「金瓶掣簽」的手續，並由中央政府派員主持。

一九四四年一月十二日舉行了班禪靈童決定慶典後，各方蒙藏僧俗聞風響應，每日絡繹不絕，紛紛前往塔爾寺朝拜靈童。尤以離西寧較遠之地，如甘肅、川邊一帶及青海同仁、同德的各大活佛、蒙藏領袖、都先後到塔爾寺竭誠頂禮。僧俗群衆一睹佛顏，都不覺肅然起敬，一致擁護。

一九四四年五月十五日，班禪堪廳將大師迎請到塔爾寺的大金瓦授。在至尊宗喀巴大師的大銀塔前升上法座。由拉科倉·久美赤列嘉措爲首的十位活佛和兩三名格西，爲班禪靈童舉行出家儀式，同時傳授了居士戒、近事戒和沙彌戒。由拉科倉爲靈童剪髮，起法名爲洛桑赤列倫珠確吉堅贊貝桑布。在以後的十多天中，拉科倉爲班禪靈童傳授了密法之言修習的隨許法。班禪堪廳還決定，班禪靈童拜拉科倉和嘉雅活佛爲師，由嘉雅活佛經常在班禪靈童身邊守護，照管他的吃、穿、住和論經等事務。

關於尋訪轉世靈童的秘密情報

國民黨中央委員羅桑堅贊和班禪堪布會議廳儘管在西寧決定了班禪轉世靈童眞身，但西藏地方政府卻沒有承認，更爲重要的是，按清代以來的歷史慣例，達賴或班禪靈童決定後，必須經中央政府批准後，才能被正式確認。

所以，班禪靈童決定以後，羅桑堅贊，班禪堪布會議廳，西藏地區國大代表拉敏益西楚臣、滇增堅贊、計晉美、何巴敦、蔡仁團珠、宋之樞，青藏參政委員喜饒嘉措大師等七人，都先後呈文蒙藏委員會和國民黨中央政府，請求中央正式指定官保慈丹為班禪轉世正身，但一直沒有答覆。

由於班禪堪廳已正式決定官保慈丹為班禪轉世眞身，所以，西藏地方政府也加快了靈童尋訪的步伐。

一九四六年十月，西藏攝政達扎呼圖克圖代表西藏地方政府電告蒙藏委員會，內稱：

關於班禪轉世，經札什倫布寺及拉薩三大寺全體執事審查商議，並根據祈神問佛的結果，揀選靈童五人報請達賴及達扎活佛占卜，以官保慈丹、恪窮札西、布拉瑪三童良好。因此，三靈童必須迎至拉薩，在世尊釋迦牟尼像前，當札什倫布寺拉章、扎薩喇嘛及內外執事到齊時，虔誠祈禱，選定眞正班禪。

一九四六年十一月六日，達賴致電蔣介石說，將特派有關人員前往安多迎請青海靈童官保慈丹、布拉瑪至拉薩「金瓶掣簽」。

一九四七年，噶廈通知札什倫布寺，說他們也找到了兩個班禪轉世靈童。要札寺派人去青海塔爾寺，將青海找到的靈童送來拉薩，以便舉行「金瓶掣簽」儀式，決定那個靈童是眞身。札什倫布只好派九世班禪的秘書長王樂階到塔爾寺，轉達了噶廈的通知。

西藏噶廈政府尋訪到的兩位靈童，一位叫恪窮扎西，是從西康省理塘縣（今四川省甘孜藏族自治州理塘縣）找到的，供養在札什倫布寺的「甲康村」（寺院中按地區劃分的僧團組織），後立爲「列當活佛」。另一位是功德林拉章在昌都地區八宿縣找到的，叫察瓦巴雪（又稱布拉瑪），後來供養在哲蚌寺，被立爲「措欽活佛」。功德林是西藏的八大活佛之一，在達賴圓寂後，有資格出任攝政王，拉章是他的辦事機構，他們認選的靈童自然有很大的權威性。

班禪堪布會議廳在西寧塔爾寺接到王樂階送來的噶廈通知後，當即舉行會議，一致決定：

一、在青海省循化縣找到的靈童，經過多種宗教手續的審查，確係九世班禪轉世的靈童，無庸舉行「金瓶掣簽」儀式，已呈報國民政府行政院。

二、在西藏地方與中央的從屬關係未恢復前，堪布會議廳決定暫不護送班禪「靈童」回藏。

一方堅持要認定官保慈丹爲九世班禪的轉世靈童，而另一方卻硬要把靈童送往拉薩，進行掣簽，雙方就這麼相持不下，各執一端。

在班禪靈童正身的問題上，爲什麼會出現如此爭執不下的局面呢，其內幕又是什麼呢？

一九四八年九月十日，總統府第二局局長陳方在給蒙藏委員會的一份秘密情報抄件中，詳細介紹了班禪正身之爭執及各方所持態度。這份抄件在談到班禪正身爭執的內幕說：

一、班禪堪布會議廳強調在青海靈童中決定正身。

班禪靈童原有十一位，均係堪廳卜卦所得，並將十一位靈童名單送請藏政府預選三位，然後再將此三位靈童護送入藏。於大昭寺內抽簽決定。嗣班禪堪廳謊報藏政府謂所選定三位靈童官保慈丹、恪窮扎西、布拉瑪，其中一位業已死亡，另一位則生辰與九世班禪不符，而以官保慈丹爲正身，因前後矛盾，引起噶廈政府對堪廳有所不滿。其次，噶廈以爲中央忽視班禪之轉世而附和堪廳之行動，認爲這是引起西藏誤會的原因之一，現噶廈政府已接到迎請班禪靈童代表王樂階報告，謂恪窮扎西確已死亡。第三，藏政府由此決定：若官保慈丹仍逗留青海不入藏，則將迎請在西康的布拉瑪爲班禪正身。

二、班禪堪布會議廳要求予以各種特權後才允許班禪靈童入藏。

班禪堪布會議廳要求西藏地方政府須先允許給予札什倫布寺各種特權，如免除差稅、兵役，並退還以前沒收的莊園田地等後，才能將靈童護送入藏。否則不願入藏。

三、噶廈主張抽簽來決定班禪正身。

一九四八年八月十七日，噶廈接到駐南京辦事處的密電，內稱：班禪堪布會議代表曾晉謁蔣大總統，請求護送靈童入藏，總統已面允於明年（一九四九年）護送靈童入藏。

噶廈地方政府得到這份電報後，立即召開會議討論，一致聲稱並非不歡迎班禪入藏，主要是礙難承認未經合法手續所產生的班禪靈童。認為在清代，在雍和宮和拉薩均設有金瓶，凡遇爭執，必須抽簽定。

為此，噶廈地方政府為求僥倖成功，堅決主張抽簽，如果在八宿的布拉瑪被掣定為班禪靈童，則可傳中央勢力不能入藏。假如不幸掣中官保慈丹為班禪靈童，則擬要求國民黨中央由藏人自行迎接入藏，如果必須由中央派軍隊護送，則送至西藏邊境為止，絕不允許中央軍隊藉機護送班禪入藏。

為了阻撓國民黨軍隊進藏，噶廈地方政府在由青海入藏的各個要塞，如德格、黑河等地方均派駐了軍隊。此外，駐紮後藏的藏軍第六團，還奉令加緊訓練，每兵發子彈十發，以作實際射擊練習。該團團長還向人密談說，馬步芳的軍隊有護送班禪入藏的可能，所以藏政府下令加強訓練軍隊，目的在準備抵抗青軍入藏。

從這份有關班禪靈童正身爭執的內幕情報看，噶廈地方政府在班禪靈童轉世問題上所做的一切，目的都是想破壞西藏與祖國的關係，搞西藏獨立。

一九四八年，王樂階返回西藏，將堪布會議廳的兩項決定轉告了噶廈地方政府。噶廈隨之做出決議，如果官保慈丹仍留青海而不入藏的話，就要迎請昌都八宿的靈童布拉瑪至拉薩，作爲九世班禪轉世的眞身。與此同時，噶廈又作出拘捕班禪所屬各官員並廢除班禪職務的決議，但遭到了三大寺的反對，才沒有執行。

一九四八年十一月二十三日，札什倫布寺原九世班禪大師的秘書長王樂階再次抵達南京，並與蒙藏委員會擬定了「完成班禪轉世的三條辦法」：

一、在西寧靈童未啓行前，中央先行頒布特派蒙藏委員會委員許會同西藏攝政達扎主持第十世班禪額爾德尼轉世事宜……

二、西寧靈童入藏，中央絕不派遣軍隊，僅由青海省政府派員一人代表本會護送，以壯行色……

三、靈童抵藏徵認時，如照前輩班禪舊例辦理，則於大昭寺釋迦佛前誦經後，由中央派人員掣簽決定……

遺憾的是，這三條辦法也遭到了噶廈的反對。一九四八年十二月二十五日，噶廈致電蒙藏委員會提出另外三條班禪轉世認定辦法：

一、班禪轉世，現將靈童官保慈丹及擦瓦巴許之布拉瑪二位靈童，同迎到拉薩……

二、靈童官保慈丹入藏，中央絕不派遣護送軍隊……

三、班禪轉世徵認時，由中央照舊例金瓶掣簽決定辦法不合西藏人衆之意，故難使其堅定信仰。照以上第一條，由攝政打卦決定後，將其正身由藏政府在札什倫布本寺依例吉慶，照料坐床……

這三條辦法實質上就是要否認中央政府對西藏的主權，所以當即遭到了蒙藏委員會的拒絕。

班禪堪布會議廳與噶廈地方政府在班禪轉世靈童問題上的所有協商和談判全部陷入破裂的境地。最後的結果必然是：要麼噶廈地方政府在拉薩認定昌都八宿的布拉瑪爲班禪轉世靈童，要麼國民黨中央承認青海靈童官保慈丹的合法地位。鬥爭已到了最關鍵的時刻。

國民黨的五十萬銀幣

一九四八年底，班禪堪布會議廳通過設在南京的班禪辦事處，向國民黨政府的行政院再次呈交了關於認選靈童的報告，請求批准官保慈丹爲班禪正身。辦事處處長計晉美等人，四處活動，先後會見了當時的行政院院長孫科、考試院院長王雲五、國民黨元老、監察院院長于右任、立法院院長戴傳賢、蒙藏委員會委員長許世英、白雲梯等黨政要員，並贈送了大量從西藏帶去的黃金、文物、藥材等貴重物品。

但是國民黨政府極力想處理好堪廳和噶廈之間的關係，不願激化國民黨中央政府和西藏地方當局的矛盾。他們一再表示：確定靈童一事，如不符合傳統慣例也不行。我們不擬派代表入藏，但可由駐藏辦事處代行辦理。確定靈童，係西藏宗教之大事，因此，應取得西藏宗教團體的承認才行，目前不宜立即作出決定。先給拉薩的攝政王達扎活佛發一電報，待回電後再行研究。

結果攝政王達扎活佛回電表示：要把西寧的靈童接到拉薩後才能確定，如果就地確認，是不符合慣例的。

就這樣，批准九世班禪轉世靈童的事又擱了下來。

一九四九年初，蔣介石下野，李宗仁任代總統，國民黨政府遷都廣州。堪布會議廳再次派計晉美前往廣州，向國民黨政府代總統李宗仁請求批准班禪靈童，並請明令免於掣簽。

與此同時，計晉美等找到新任蒙藏委員會委員長白雲梯，向他遞交了靈童轉世報告，請他按程序報請中央批准。

一九四九年五月二十四日，著名的章嘉活佛代表蒙藏各大活佛向蒙藏委員會委員長白雲梯遞交了一份急函，請求國民黨中央依照七世達賴的例子辦理十世班禪的認定和坐床事宜。章嘉活佛說：

「查前輩班禪圓寂，事隔於玆，已有十二年之久。依照原有禮節，最遲不超過七年即將轉世一切事宜辦理妥當。今事已如此，在佛教方面最爲惕痛，前途實不堪設想。因此，特請吾公主張早日籌劃，奉舊例規定之辦法選出，實關大要也……」

六月二日，白雲梯就班禪靈童轉世的最新事態給章嘉活佛回了信，他在信中說道：

「查西寧靈童官保慈丹慧性深湛，靈異卓著，蒙藏地方諸大德一致公認爲班禪正身，送請中央援照特例予以徵認前來，業經本會呈奉行政院會議決議轉請總統明令公布爲第十輩班禪額爾德尼在案。俟府令公布，批准先在西寧塔爾寺坐床，俟時局平靜，再行籌劃護送回藏，與尊示第七輩達賴轉世辦法正復相同……」

六月三日，代總統李宗仁簽署了承認青海靈童並免予金瓶掣簽的命令：

「……青海靈童官保慈丹慧性澄圓，靈異夙著，查係第九世班禪額爾德尼轉世，應即免予掣簽，特準繼任爲第十世班禪額爾德尼……」

當日，青海省主席馬步芳得到了蒙藏委員會的密電，知道了這一消息。

一九四九年六月十一日，行政院院長何應欽向蒙藏委員會發布行政院指令：

……呈件均悉。案經提出本院第六十次會議，決議：呈請總統明令公布官保慈丹爲第十輩班禪額爾德尼呼畢勒罕，並准在青海塔爾寺先行坐床，由中央派員前往主持辦理……

六月十六日，蒙藏委員會致電國民黨駐西藏辦事處代處長陳錫章，希望他就中央批准官保慈丹爲班禪靈童一事向噶廈地方政府善爲解說。

六月二十七日，幾位噶倫和其他噶廈要員匆匆登上布達拉宮，向達賴呈交了一封電報，簽名是西北軍政長官公署代長官馬步芳，內容是代總統李宗仁於六月三日正式批准官保慈丹爲班禪額爾德尼，免予掣簽。

一九四九年八月十日，國民黨政府特派蒙藏委員會委員長關吉玉爲專使，青海省政府主席馬步芳爲副專使，在塔爾寺舉行十世班禪坐床典禮。馬步芳因事未能參加，委派馬繼融爲代表。

坐床典禮於上午十一時在塔爾寺普觀文殊殿前的大院隆重舉行，大會由關吉玉、馬繼融主持。關吉玉代表國民政府代總統李宗仁宣讀了承認青海靈童官保慈丹並免予金瓶掣簽的「總統令」，自此十世班禪轉世靈童完成了政治上的手續，正式繼任十世班禪額爾德尼。

自此，十世班禪轉世始告結束，耗時十一年，耗費國民黨中央政府經費約五十萬銀幣。

第21章 生命的終點

班禪大師幾十年如一日，始終旗幟鮮明堅持愛國主義立場，他圓寂前，達賴的親屬和國外藏胞回國參觀和探親時，都要拜見班禪大師，大師也樂於接見他們，並利用這些機會對他們進行教育。

最後九年

一九八〇年五月，大師在接見達賴派回的參觀團時，對他們語重心長地說：「西藏是中國不可分割的一部分，這是一個基本原則，沒有談判的餘地。」他還說：「你們可以總結一下，二十年來採取對抗敵視的態度得到了什麼？終生在外做流亡者是不光彩的，也是不符合西藏人民利益的。『人老了想家，鳥老了想巢』，你們也有個葉落歸根的問題嘛。」

一九八二年夏秋之交，班禪大師回到闊別二十多年的西藏自治區視察，成千上萬的群衆請他摩頂祝福。他在電台和電視台多次宣布：「你們來朝佛，千萬不要認爲供奉得愈多愈善。就我本人而言，絕不需要供奉。何況你們若因供奉過多，影響生產，妨礙生活，這將使我不安、傷心、遺憾。你們來時不要帶供奉。」

班禪大師十分關心西藏的前途。七月十七日，在拉薩幹部會議上，他對中國與西藏的關係作了精闢論述。他說：「維護國家統一，加強民族團結，特別是漢藏民族的團結，是一個始終不能忽視的重大問題，是藏族興旺發達，西藏社會繁榮進步，西藏人民幸福安樂的根本保證，是做好一切工作的前提條件。」他還說：「西藏成爲中國的一部分，是長期歷史發展的結果，是無法否認的歷史事實。」

一九八五年四月底，代表團應邀訪問澳大利亞，班禪任代表團副團長。這是他重新工作後第一次出訪。大師在悉尼和墨爾本等地，幾次應邀到旅居當地的藏胞及外國佛教徒家中做客，爲信徒摩頂和講經。在同藏胞談話時，大師經常談起西藏與中國的關係，大師說：我與達賴是教友，我尊重他，但我們走的路不一樣。我認爲，第一，從歷史講，自元代開始，西藏就成爲中國的部分；第二，從現實講，中國統一是全國各民族的願望，是合乎藏族人民根本利益的。所以，從歷史、現實和藏族的前途著想，我選擇了中國統一的道路，這不是一時的、被迫的，而是永久的和堅定的。

五月九日晚，在班禪大師就餐時，突然接到十四世達賴從西德打來的電話，雙方進行二十六年來的第一次也是最後一次對話。在通話中，針對達賴提出的班禪「處境」問題，大師堅定地說：「我決心爲各民族的大團結，爲了藏族人民的幸福，而一如既往，不管發生什麼事情，也改變不了我的信念！」達賴在通話中還提到了所謂漢族向藏區移民的問題，班禪大師解釋說：藏區地域遼闊，條件落後，應實行對外開放，需要漢族等各民族的支援。

在訪問期間，分裂主義的激進組織——西藏青年大會黨鼓動班禪「趁這次訪問的機會，去自由的國家美國，要求政治避難。」

班禪大師對此不爲所動。

一九八八年三月五日，拉薩發生騷亂。班禪大師得知消息後，立即表示，對騷亂，必須採取果斷措施堅決制止。同時，他給自己的策林多吉頗章（金剛宮）的負責人打電話說：「馬上傳達我的話，不准札什倫布寺的喇嘛和剛堅公司的工作人員參加鬧事，不准剛堅公司拉薩商店的人員外出，如果發現他們有參加騷亂的，一律開除。拉薩商店要敞開大門歡迎軍警，要愛護、支援和幫助他們……」

班禪大師還針對有一些別有用心的人鼓動僧人參與鬧事的事情，諄諄告誡說：佛教的宗旨就是普渡衆生，免除一切人世間的災難。拉薩的少數喇嘛，尼姑參加了騷亂，這在佛教教規上是不允許的。我們必須按照佛教提倡的「莊嚴國土，利樂有情」的教義，遵守佛教的教規和國家的法律，使每一個僧尼都成爲愛國、愛教的好信徒。有一次，他聽到拉薩發生騷亂後，心急如焚，夜不能寢，立即通知札什倫布寺：「佛教的教義是諸惡莫作，諸善奉行，利益有情，廣積功德。請傳達我的命令，如有人膽敢做壞事，應叫他永世不得翻身。」

班禪大師是藏傳佛教的傑出領袖，在佛教經典的研習上有較深的造詣。深受群衆的尊敬，擁護和愛戴。大師每到一處，總有幾百名，上千名騎士和數以萬計的群衆隊伍，手捧哈達和鮮花，道路兩旁的「煨桑」爐中散發著縷縷清香，群衆和民間藝人跳著「鍋莊」和弦子舞，鼓樂齊鳴。他們高興地說：我們的佛爺能到我們這個窮鄉僻壤來，把幸福送到我們家門口，這是我們做夢也想不到的。

大師在訪問視察時，宗教活動是重要內容之一。他在札什倫布寺、塔爾寺、甘孜寺等處，都舉行了大法會，由他自己講《菩提道次第廣論》、《時輪金剛灌頂法》等顯密教義。一九八二年，他在札什倫布寺講《時輪金剛灌頂法》，早在北京就同經師嘉雅活佛一起準備了一段時間，到日喀則後，幾乎每天晚上十點以後，他都把經師請到他房間裡，就經典裡的一些重要的問題進行反覆探討。

講經那天，天公不作美，下了一場大雨，但是一兩萬僧衆一直靜靜地坐在廣場上聽大師講解，衣服都澆濕了，卻沒有一個人離去，大師的講經法台雖然設在大帳篷裡，但也擋不住大雨，他也挨了淋。法會結束後，大師開玩笑地說：「老天爺公平得很，群衆挨淋，我也挨淋，誰也沒有撈到便宜，大家都眞的灌了頂。」

班禪大師視察時，一般先是給群衆摩頂示福，接著，群衆依次坐在面前，聽他講經，最後大師就利用這個機會宣講政策。信教群衆非常愛聽大師講經，講政策，他們說，大師的講話通俗易懂，簡單明瞭，道理深刻。他說：「宗教，包括西藏的佛教，是人類社會發展到一定階段的歷史現象，有它發生，發展和消亡的過程。我們佛教經典上也認爲，世間的一切事物都是變化的，走向消亡的，不變化不消亡的東西是不存在的。但是這個消亡是一個自然的發展過程，而不是人爲地強行消滅。」

作爲一名大活佛，一個宗教領袖，能用歷史唯物主義的觀點來解釋宗教，是非常難能可貴的。

班禪大師對寺院和喇嘛教的改革是非常重視的。一九八六年他去康區視察時，針對那裡的寺院情況說：「喇嘛教改革、寺廟要整頓。政府對宗教寺廟該放的要放，該管的要管好，不能放任自流。民主改革中廢除的封建特權不能恢復，寺廟不能搞攤派……現在寺廟已初具規模，喇嘛也不少了，但會念經的不多，有些人進寺廟不是信仰問題，而是爲了生活，爲了趕時髦。甚至有些人受不了寺廟的戒規戒律，而去賭博、喝酒、跳交際舞，搞得僧不像僧，寺不像寺，因此，必須進行整頓。」

班禪大師進行宗教活動時，每次都有一些喇嘛在他面前念經或辯經，他常對身邊的人說：「你看看這些喇嘛，念經的，辯經的都是年齡較大的。那些嘴巴不動的，眼睛東張西望的都是較年輕的，他們是剛穿上袈裟、沒有學過經典的喇嘛，他們是濫竽充數啊！」①

在訪問時，班禪大師還發現一些四十歲左右的活佛，不穿袈裟，不會念經，還有的已經還俗，大師就對這些人說：「過去他們沒有學過經，是歷史條件造成的，不能完全怪他們。但是現在群衆還信仰他們，還把他們看作是活佛，因此對這部分人，要進行培養、教育，要給他們辦個學習訓練班，要讓他們學習一點經典，以滿足群衆的需要」。

正是基於這種想法，大師創辦了藏語系高級佛學院。

班禪大師身爲活佛，卻從無活佛的架子，而是非常理解信教群衆的心情，他知道群衆爲了朝拜他，往往是攜家帶口的從幾十里，甚至百里以外趕來，因此，他總是盡可能地在視察時多去一些地方，或者多設幾個活動點，寧願自己勞累一些，也要滿足群衆的心願。

一九八〇年，他去安多地區視察，當時，有一些痲瘋病患者，住在偏僻的山溝裡，聽說大師來到了此地，他們就要求出來朝拜大師。大師知道後，帶著少數人，來到隔離區，爲他們祈禱祝福，並用毛巾把手包起來爲他們摩頂。自此以後，大師每次到藏區視察時，都要帶上膠皮手套，以備爲病患者摩頂。

等待圓寂

一九八九年一月九日清晨七時，北京西郊機場一架編號爲B——一五四專機劃破長空往西飛去，四個小時後，這架專機降落在中國最西端的拉薩貢嘎機場上，專程從拉薩趕來的熱地、多吉才讓、帕巴拉·格列朗杰等西藏領導人又見到了他們熟悉的班禪。

班禪大師只在拉薩他的雪林多吉頗章裡小歇了三日，就於一月十三日的清晨，乘「豐田」越野車離開了拉薩，穿過曲水大橋，往西沿雅魯藏布江趕往日喀則。班禪大師這次赴札什倫布寺，是要親自主持五世至九世班禪合葬靈塔「札什南捷」的開光典禮。在歷史上，每世班禪大師都有自己的靈塔，但在本世紀六〇年代期間卻被毀掉了。八〇年代以後，西藏逐步落實民族和宗教政策，在中央政府和西藏自治區人民政府的資助下，十世班禪下決心修復靈塔，將僧俗群衆保存的班禪大師的一些靈骨合葬一塔，經過十世班禪親自主辦，班禪東陵終於重建完工。此時此刻，班禪大師的心情是難以用高興或者是激動來形容的，據有關資料記載，當三個月前班禪大師剛從玻利維亞、烏拉圭和巴西三國訪問歸來後，就把整個身心投入到了「札什南捷」開光典禮的最後籌備工作上。班禪大師親自設計了開光典禮使用的十六開紅色請柬，親自提名邀請中央各部門的領導及西藏、青海、甘肅、四川、雲南等省區的有關負責人和藏區、內蒙的著名活佛、格西等去西藏日喀則札什倫布寺參加靈塔開光。十二月下旬，班禪大師親自審定了物資採購清單，待客用的瓷器、酒具、筷子等樣品都一一經他過目，連涮羊肉用的銅火鍋的尺寸規格，也是經他比較後確定的，甚至韭菜花，醬豆腐等佐料他都有具體的要求。班禪大師的身體一向就很好，這時他才五十一歲，渾身充滿活力，但自從籌備開光典禮以來，他就太累太累，他哪裡知道這會嚴重危害自己的身體呢！

班禪大師仍然像往常一樣習慣坐在司機右側的座位上，也許只有這樣他才能更好地觀賞映入他眼簾的每一片熟悉的土地。快到中午的時候，班禪大師和他身後長長的車隊開始盤旋登上崗巴拉山，只要翻過山口，西面的土地就是我們常說的後藏了，而這一片土地在歷史上曾是歷代班禪管轄的範圍。豐田越野車剛越過最後一道彎路，班禪大師就看見巨大的瑪尼石堆上掛在樹枝和繩索上的各種顏色的經幡。在西藏，不同顏色的經幡，表示不同的意思，一般來講，藍色表示天，白色表示雲，紅色表示火，綠色表示水，黃色表示土，這是西藏祭神的特殊方式之一。

班禪大師的車在山頂前後藏的分界處停穩後，大師和他的經師冒著高原上凜冽的刺骨寒風登上了山口的最高處，湛藍湛藍的羊卓雍湖就在山的下面，與四周灰黃色的山野形成了很大的反差，從湖面吹來的風舞動著經幡，唰唰地叫個不停。班禪大師開始在那裡進行煨桑儀式，祭祀山口神，這是一個莊嚴的宗教儀式，每次他路過這裡時，都要親自舉行這種儀式，這是西藏古老的祭祀傳統。

藏族群衆生活的地域是地球的最高處，號稱世界屋脊。在這塊土地上，山巒起伏，峨嶺疊嶂。每遇出行，少不了要翻山越嶺。行人翻越的山頭、山口藏語稱「砬孜」，凡「砬孜」處都有石頭堆起來的「砬載」，現在人們習慣把它稱爲瑪尼堆。這些石頭都是過往行人一塊一塊堆放起來的。石堆上插有經幡，掛有經文紙帶和羊毛等。過往的行人每到「砬載」處，不論其身份高低，都須整理衣帽，乘馬者需下馬，而現在乘車者也要下車，以示恭敬，並將五色經幡、哈達、經文紙帶或羊毛等掛到經幡桿上或桿繩上。然後焚燒香枝、糌粑以及酥油等，並脫帽祈禱：「旅途平安，所願皆償；爲我餞行，爲我洗塵……」祈禱完後，在場的所有人用右手抓一把糌粑，面向「砬載」，先是三呼「嗦」，然後高喊「吉嗦，神靈必勝！」隨後將手中的糌粑撒向空中。儀式完畢，衆人先是倒退幾步，然後才下山趕路。

過往行人在「砬孜」處祭祀「砬載」的目的是爲了祈求「砬載」神截住跟隨在行人後面的妖魔，祈求沿途的神靈迎接護送自己。

班禪大師作爲藏族人民的精神領袖，他非常熟悉民間的種種風俗和儀式，但他作爲一位至尊活佛，其眼界和胸懷則更遠更寬，他的祭祀幾乎完全超越了自我而變爲一種民族整體的追求。班禪大師站在山巒之巔，將一把糌粑撒向天際，然後又將一瓶瀘州大曲酒傾倒在山口，開始高誦經文，祈禱西藏風調雨順，五穀豐登，吉祥如意。最後大師高舉雙手，面對羊卓雍湖呼喊：

「一——切——順——利！」

喊聲伴隨著經幡和寒風在山口迴盪，這博大的氣勢恐怕就連高居山口的砬載神也會低首起敬，更何況那些跟隨大師參加札什南捷開光典禮的隨行人員了。

一月十四日清晨，班禪大師終於看見了日喀則城西都布山麓的日照峰。三萬多名僧俗群眾早已在城外等候大師的到來。中午時分，班禪大師乘敞篷車緩緩駛進日喀則市區，頃刻間，道路兩旁的歡呼聲、祈禱聲、傳統的「色瑪卓」鼓聲、喇嘛儀仗隊的法號聲響徹了日喀則城。人們手提香爐，揮動花束向班禪大師致意，無數條哈達像飄帶似的飛向大師乘坐的敞篷車。班禪大師就這樣帶著他那獨有的活佛的永恆微笑來到札什倫布寺。這裡是西藏黃教四大寺院之一，也是歷代班禪的住錫地。札寺位於日喀則城西都布山麓的日照峰（又稱尼瑪山）之南，依山而建，規模龐大。寺壁紅白相間，寺頂金碧輝煌。由札寺民主管理委員會主任恰札．強巴赤列活佛引香開道，班禪大師首先在大經堂向釋迦牟尼頂禮膜拜，吟誦安神經。

一月十五日晚上九時三十分，班禪大師同經師以及幾位德高望重的高僧，將五至九世班禪的靈骨裝進五只特製的紫檀香木箱內。箱的正面，各自用黃色綢緞包裹，分別刻著每位班禪的坐像和名字。五位大師的靈骨放入箱內後，周圍塡放了香料和名貴的藏紅花。

一月十七日下午二時，札什倫布寺開始舉行迎請五世至九世班禪靈骨入靈塔儀式。這時，法號齊鳴，焚煙繚繞，班禪大師手持藏香，爲迎請隊伍引路。在喇嘛的護衛下，五個檀香木箱從歷代班禪居住的寢宮裡迎請出來，在札寺各大殿堂轉了一圈後，迎向班禪東陵札什南捷。這是一座集藏漢傳統建築工藝於一體的雄偉建築，佔地約二千平方米，高三三．一七米，內外裝飾極爲精緻，尤其是它那鎏金的屋頂，在高原強烈的日照下宛若一座光芒四射的金山，同札什倫布寺的古建築群交相輝映，融爲一體，蔚爲壯觀。在長鳴的法號聲中，班禪大師把五世至九世班禪的靈骨迎請到了靈塔二樓的迴廊殿，並向五位前世敬獻了金黃和白色兩種哈達後，才莊重地將五個檀香木箱安放進靈塔。

一月二十二日是班禪大師親自選定的班禪靈塔開光儀式。這一天，札什倫布寺人頭攢動，猶如節日盛會。在教神院的對面擺著六頭全犛牛和十多隻全羊以及各種各樣的供品，四周掛滿了絲織唐卡（捲軸畫）和各藏區送來的錦旗，札寺的四周都掛上了經幡，背後的尼瑪山也被裝飾一新。在一片歡樂的嗩吶和鼓聲中，班禪大師身穿黃緞長袍走上東陵前的平台，向參加開光典禮的所有代表和群衆發表講演，抒發自己熱愛佛教的肺腑之情。班禪大師說：歷代班禪額爾德尼都是維護民族團結的。不幸的是，在「十年浩劫」中，這些名垂青史的宗教領袖的遺體靈塔被毀，祭殿被拆。我作爲歷世班禪的當然傳承人，主動承擔起歷史賦予我的重建歷代班禪靈塔的使命。面對這座宏偉建築，我心情激動，思緒萬千。可以毫不誇張地說，這是藏漢民族的團結的象徵。是藏民族宗教界和僧俗人民愛國主義的象徵。凡是來到這裡瞻仰參觀的人，只要尊重事實，就必然會領悟到民族宗教政策的眞諦，藏漢民族團結的重要意義。

下午三時，開光典禮進入高潮。班禪大師和來賓們一起前往班禪東陵札什南捷靈塔祀殿。班禪大師首先高誦吉祥經後，親自解穗開門。頓時，數萬名信教群衆和僧人一片歡呼，共同慶祝開光大典圓滿成功。開光是藏傳佛教的重要儀式，每當佛像或佛塔、寺院等建成後，都必須進行開光儀式，讓智慧之神寄附其上；開光的目的，就是要將諸神和菩薩們的才智和功德匯集於佛像、佛塔或寺院之上，然後它就具有了佛性，才能供人們祈禱、敬奉和朝拜。在僧衆的簇擁之下，班禪大師來到靈堂內，親自點燃靈塔前的金燈，向五位前世的塑像敬獻哈達，祈願五位大師的靈塔如日光生輝，永照人間。

班禪大師從來到西藏的近二十天裡，他除了要籌辦組織五至九世班禪合葬儀式和班禪東陵札什南捷開光大典等繁忙事務外，更多的時間是召開各種座談會，同幹部僧俗群衆探討發展西藏經濟，繁榮文化教育的大計，爲全面振興藏民族繪製藍圖。此外，來他住處談工作的也接連不斷，他在夜裡十二點以前從未休息過，一般在第二天凌晨二點左右才能休息，一大早又起床工作。這時，他已太累太累，他哪裡知道自己的一生就剩下最後的兩天！

一月二十六日，班禪大師在他的住地德慶格桑頗章，爲多日來等候在日喀則的群衆摸頂。這天，人們排著數里長的隊伍緩緩從大師面前走過，他慈祥地爲每一個人摸頂，從上午直到傍晚持續不斷，胳膊和手都腫了也不停歇一下，因爲他不願使所有趕來的信徒們失望。二十五日至二十六日兩天，摸頂的人數多達五萬。在排著長隊等著摸頂的人流中，有一對藏族年輕夫婦，他們抱著自己的雙胞胎兒女來到大師跟前，請大師取一個吉祥的名字。大師端詳兩個胎兒後，高興地給男孩起名扎西頓珠（吉祥圓滿），給女孩取名西繞卓瑪（智慧仙女）。夫婦倆感動地流下了眼淚。連聲感謝班禪大師。可是就在這天，他已開始感到後背有寒意，就讓工作人員用熱水袋貼在背上堅持摸頂。

一月二十七日，像往常一樣，日喀則的天亮得很晚。十二時，日喀則刮起了揚天掘地的黃風，班禪大師看著窗外說：「這麼大的黃風，我還從來沒有見過。」

黃風一直在刮著。這是自然的巧合？這是有什麼預兆?!

二十二時三十分，大師閱讀報紙，收聽廣播。深夜零時三十分，班禪大師就寢。這是他這次進藏以來休息最早的一天。

一月二十八日清晨四時三十分，班禪突然後背疼痛波及兩上臂。隨身醫生立即進行檢查，心電圖顯示急性下壁及廣泛前壁心肌梗塞。消息從日喀則傳到拉薩，又從拉薩傳到北京。上午十點左右，消息傳到中南海。

候補書記溫家寶和統戰部副部長武連元，人大常委會副秘書長許孔正，率領首都幾位著名的心臟病專家趕赴日喀則。專家小組的成員有保健局局長王敏清，北京醫院副院長、心血管專家劉元恕，心血管專家沈謹等。從接到大師病重的消息，到溫家寶一行乘飛機離開北京，僅僅用了兩個小時。當時溫家寶連大衣都來不及穿，從警衛人員手裡拿過一件棉大衣，就匆忙上路，許孔正在人民大會堂接到電話，僅用了五分鐘，只提了一個提包就上了去機場的汽車。經過五個多小時的飛行，溫家寶等於下午三點三十分到達拉薩。在機場，他們沒有休息片刻，沒有喝一口水，又登上了飛往日喀則的直升飛機。經過兩個多小時的顛簸，直升飛機終於抵達日喀則。溫家寶帶著專家們，直奔班禪大師的新宮。他們到達那裡時是下午六點三十分。對於病危的大師，專家們全力進行搶救。但因大師積勞成疾，引發急性下壁、廣泛前壁心臟梗塞，引起心臟驟停。二〇時十六分，班禪大師在他的新宮圓寂。

✻✻✻

①《緬懷第十世班禪大師》，民族出版社，第一二八頁。

第22章 世紀末的轉世大典

鎦金護頂的靈體

公元一九八九年五月二十六日，是藏曆十七饒迴土蛇年閏三月二十一日，這是由西藏高僧按藏曆占卜擇定的吉日。十世班禪靈體由新宮迎請至札什倫布寺供奉的儀式就定在這一天。

高原五月的早晨，山野靜靜的，尼瑪山上還有幾絲晚間留下的低雲，當陽光從明靜的藍天緩緩射在新宮德欽格桑頗章杏黃色的牆面時，低沉的法號和傳統的民間噶爾樂隊的鼓號交織著，不斷地在新宮內迴盪，此時，僧俗群衆的心情也一下激動起來，念誦禱文的聲調也隨之提高。迎請儀式開始了，載有十世班禪大師靈體的黃緞大轎緩緩抬出。八名頭戴紅穗蓋盤帽，身著黃緞藏袍的藏族青年抬著靈轎，走出新宮德欽格桑頗章正門，慢步走下了台階。在二樓的樓台，幾位頭戴黃帽的活佛和高僧舞動著哈達，爲靈體送行。

走在最前面的是一位身穿白色藏袍的寧瑪派僧人，據說由寧瑪派僧人開路有禦邪驅魔的用意。從西藏佛教史上看，寧瑪派要算是最早的教派，它的密宗法典在全藏最爲著名，而其中的一些密咒據說就是清除災障的禦邪術。據很多藏文宗教著作記載，著名的寧瑪派祖師蓮花生就是這方面的行家，當他受藏王赤松德贊的邀請來西藏傳法時，就一路降服了不少的凶神，並使他們成了西藏佛教的護法神。

在藏族人的觀念裡，白色象徵吉祥如意，但它同時也能禦邪，就是在今天的西藏民間，我們也能在一些節日的場合看到身穿白袍或頭披白布假面的藏族人表演驅除惡魔邪障祝願吉祥如意的儀式場面。寧瑪派老僧人的手舉著一根柳樹枝，上面綠葉蔥翠，在柳葉與枝桿中間用白色哈達掛著繪有輪迴圖案的唐卡圖畫。他步履成緩慢方步，長髮灰白，臉上始終帶著高深莫測的微笑，它的內涵普通人是無法知曉的，只有精修過寧瑪派密法的喇嘛才能看出其中的禦邪奧妙來。

在寧瑪派老僧的後面，並排站著三位高舉幡旗的黃教喇嘛，再後面是噶爾樂隊。在法轎前，兩名喇嘛不停地吹奏嗩吶，引路的是兩名高僧。其中一位是札什倫布寺著名的邊巴噶青，翻譯成漢語就是大咒師，班禪大師圓寂七七四十九天的祭祀儀式，就是由他主持的。

在西藏歷史上，像寧瑪派老僧和邊巴噶青這樣的身懷密宗絕技的喇嘛，在社會上的地位是比較高的，他們儘管不能像乃窮護法神那樣可以諭示未來，但他們在人們的心目中卻是禦邪降災的「英雄」。

在靈轎的後面，兩名喇嘛手捧托盤，托盤上盛放著班禪大師生前常用的物品，另有兩名彪形喇嘛身上斜披哈達，高擎象徵班禪大師崇高宗教地位的黃緞華蓋。從班禪新宮到札什倫布寺僅有一千三百多米，但越走越多的迎請隊伍差不多走了一個小時。四萬多僧俗群衆手持藏香、哈達夾道迎送，整個路程佛煙彌漫，充滿了神秘的宗教氣氛。靈轎所到之處，抽泣聲誦經聲響成一片，擁擠的人群擠不到路當中，只好爭相向靈轎投擲哈達，還沒到札寺，靈轎就如同白雪覆蓋。

班禪大師的靈轎就這樣走走停停，終於來到了札什倫布寺。早有數百位喇嘛等候在大門兩側的土道上，他們手持佛旗、傘幢和經幡，旁邊是札寺的喇嘛儀仗隊，數支幾米長的拖地長號，有節奏地發出低沉渾厚的法音。靈轎開始抬進寺門，圍在門外的信徒如急雨般高擲哈達，然後擠在前面的人又將落下的哈達拾起再往前扔，無數哈達就這樣猶如雪白的海潮一波一波湧向寺門，那虔誠敬仰的情景是不多見的。

靈轎在「多加」大院繞了三圈，並在院內停放了片刻。在「多加」大院，可以看見四壁的數個尊佛陀坐像，而大院的青石板卻是五百多年前從喜瑪拉雅山運來的。這裡還是歷代班禪講經和寺僧辯經的場所。

最後靈轎被迎請進至「多康欽波」大經堂。這裡設有班禪的寶座，寺僧也常在這裡聚衆誦經。大師的法體面向正殿供奉的釋迦牟尼像停放。這時整個殿堂一下安靜下來，喇嘛們開始用低沉的聲調緩慢地念經祈禱。安放靈體的寶座的四周鑲了玻璃，上有鎦金護頂。這座前的香桌上擺滿了淨碗、法鼓、曼札、乾果等，另一個方桌上堆滿了哈達。

在安放靈體的大殿上，懸掛著很多幅唐卡畫，大殿的兩側，一邊是國務院、西藏自治區人民政府等布施的緞匹、酥油、茶葉，另一側是千盞供燈、酥油花和裝有淨水的銅碗。

透過靈體寶座的玻璃，可以十分清楚地看見十世班禪的靈體，大師頭戴尖頂黃帽，身裹黃緞法衣，右手持金剛杵，左手持法鈴做結印手勢。

據說，十世班禪大師從一月二十八日圓寂後，靈體一直保存於新宮德欽格桑頗章，面容遮有錦緞。現在大師的靈體上遮飾的錦緞已被除去，法容塗了金粉並重新描畫了五官。據操辦十世班禪後事的負責人里蘇·晉美旺久稱，十世班禪的靈體完全按照傳統方法處理和保存，先用藏紅花、檀香料、鹽巴等混合擦洗靈體，等塗抹一層後，再用綢緞嚴密裹緊，吸出靈體水份。據說頭兩個月，每天至少要換一次綢緞。在處理保存大師靈體時，按照傳統的做法，有三十個顯密喇嘛每日每刻誦經。

十世班禪的靈體供奉在殿堂後，信教群衆和僧人都可以瞻仰靈體尊容。直到十世班禪靈塔修建完備，再移至塔中安葬。

祈禱轉世

爲祈願大師靈童早日降生雪域，消除他出生後的各種不測和災禍，盡快認定眞身，順利重歸佛位，班禪靈童尋訪領導小組進行了大量的佛事活動：從一九九〇年十二月到一九九三年七月，西藏、青海、甘肅、四川、雲南的各大寺院共念誦九六〇〇萬字的《甘珠爾》五遍，一八〇〇〇萬字的《丹珠爾》十遍，誦念《文殊菩薩經》、《緣起經》、《降生經》、《度母儀軌經》等二十一部顯密經書，共計達八六二七二三六遍。同時，札什倫布寺的僧衆還爲大昭寺的釋迦牟尼佛、小昭寺的釋迦明久多吉佛像、熱振寺的釋迦強白多杰佛像以及本寺各經堂佛像重刷全身，並奉獻袍服，至誠至敬，虔誠頂禮，具足圓滿。

觀看聖湖顯影

在班禪靈童尋訪過程中，要想知道班禪大師轉世於何處，必須到雍雜綠措和拉姆拉措兩湖去觀影。雍雜綠措位於日喀則仁布縣境內，這是札什倫布寺護法神姜森的依止處；拉姆拉措神湖則位於山南加查縣北部山區，藏傳佛教認爲它是西藏最爲靈驗的護法大神班丹拉姆（吉祥天女）的寄魂之地，歷輩達賴喇嘛、班禪大師以及大活佛轉世何方，都能在這座神湖中顯現。

札什倫布寺先後兩次派出兩批高僧到雍雜綠措和拉姆拉措觀看神湖顯影。一九八九年六月，札什倫布寺孜貢紮倉的瓊布·洛桑頓月活佛和比龍·白瑪旦增活佛率尋訪人員登上雍雜綠措時，先進行敬供、祈禱等佛事活動，其後屏息觀察，隱約間。他們似乎看到一個身穿藏袍、頭戴帽子的婦女，一邊用白綢招手，一邊走過來；看見一個男人和一個四五歲的男孩；看見雪山、犛牛、樹林、一匹棗紅馬走來走去。七月，仍由他們倆率隊，先到拉薩大昭寺朝拜並供奉釋迦牟活佛後，來到加查縣的曲果甲拉姆拉措觀湖。雨季的天是捉摸不定的，天空總是布滿陰雲，直到第四天才雲開日出，湖面上顯現出很多生動的影像。瓊布·洛桑頓月活佛看到的是：一隻從北向南的大腳；朝東的佛瓶；像藏文「薩」字的圖形；三個箭頭向東方的圖案。

一九九一年六月，札什倫布寺著名高僧俄欽·邊巴率尋訪人員第二次到拉姆拉措觀湖。這一次他們看到了更多的影像：清晰的藏文字「查」；一座紅色的房屋，雪山和門多次顯現；草坪上的樹木，白色的房子，藏式門窗；札什倫布寺曬佛台似的大房子，前後左右有好幾座金頂；還有小湖、樹莊、樹木、羊群、流淌的小河……

綜合前後兩次觀湖情況以及十世班禪圓寂時的朝向，尋訪工作領導小組最後確定了轉世靈童的降生方位、屬相和住地——方位在札什倫布寺東部或東北部，屬相為蛇、馬、羊。

暗中秘訪

一九九四年二月，尋訪工作領導小組派出三個秘訪組進行第一次秘訪工作。比龍活佛率領一組到青海、甘肅的廣大藏蒙地區和四川阿壩藏族自治州秘密尋訪；噶欽·洛桑平措率一組赴四川甘孜地區和藏東昌都地區秘訪。他們主要考察土蛇（一九八九年）、鐵馬（一九九〇年）、鐵羊（一九九一年）年出生的男童。如果遇到與上述屬相不同的男童，而其有特殊徵兆，也可秘密進行考察。考察的內容包括：男孩的姓名、屬相、出生日期、徵兆、舉止容貌及其父母家庭；此外對男孩的出生地的地形、地勢、河流、水源、樹木、道路，景觀也需詳細觀察記錄。這次秘訪歷時五十四天，遍及鎮區的四十多個縣，發現許多有靈異徵兆的男童。

一九九四年九月，尋訪工作領導小組又派出兩個小組再次秘訪。由比龍活佛率隊秘訪山南、林芝一帶，曲俄欽·邊巴率隊秘訪拉薩、那曲一帶。歷時三十一天，又發現頗為神異的男童數人。

一九九五年一月，尋訪工作領導小組第三次派出尋訪小組考察調查。由生欽·

洛桑堅贊活佛率隊深人那曲一帶，比龍活佛則率隊深入山南各縣，俄欽・邊巴率隊入拉薩市、郊各區縣，經二十一天的實地考察，對原來所認的有靈異特徵的男童，再次進行細緻的觀察和了解。

經過近一年的艱苦細緻又極其保密的尋訪，在五省區四十六個縣共找出有靈異特徵的男童二十八名。根據觀湖預示的方法、靈童屬相出生地特徵和實地尋訪的情況，特別是男童的不同吉兆，經反覆比較分析研究，於一月二十四、二十五日篩選出重點對象和核查對象七名，最後又選出三名最具吉兆的男童，由尋訪工作領導小組將尋訪工作及候選兒童的情況上報中央，通過金瓶掣簽認定十世班禪轉世靈童。

金瓶驗明正身

藏曆第十七繞迴木豬年十月八日，公元一九九五年十一月二十九日。

這是第十世班禪轉世靈童金瓶掣簽的吉日，是經藏傳佛教高僧大德們依據藏曆精心、縝密推算而選定的良辰。

大昭寺內萬盞供燈齊放光明，喇嘛們的誦經聲裊裊入耳，呈現出一派祥和，莊嚴的氣氛。按照歷史定制和宗教儀軌，藏傳佛教各大活佛的轉世靈童必須在釋迦牟尼像前舉行金瓶掣簽儀式，祈求佛祖聖靈的「法斷」。

（一）入座

凌晨四點鐘，近千名各界各族代表和信教群衆懷著激動和喜悅的心情陸續入大昭寺神殿，依次而坐。

在佛祖神龕前的平台上，中間置有一排座位。居中的是中共國務院代表、國務委員羅幹；他的左邊是國務院特派專員，自治區主席江村羅布；右邊是國務院宗教事務局局長葉小文。三人面向釋迦牟尼佛像而坐。

佛像的左右兩邊也有一溜位置。左邊供自治區領導人座，而右邊則是西藏自治區內外四十四名高僧大德的位置。

（二）宣布儀式開始

五時整，羅幹宣布國務院對西藏自治區人民政府《關於確定三名男童爲第十世班禪轉世靈童金瓶掣簽候選對象的請示》的批覆。

在熱烈的掌聲中，江村羅布接著鄭重宣布：「第十世班禪額爾德尼轉世靈童金瓶掣簽儀式現在開始！」

（三）驗證金瓶

掌聲頓時響起，千百雙眼追逐著兩名金瓶護衛喇嘛。供奉在佛祖像前的金瓶由他們小心翼翼地捧至平台中央的案桌上。百餘年來未曾啓封的金瓶又要開啓了！按照金瓶掣簽的儀軌，這個金瓶提前七天被迎請並供奉在十世班禪的拉薩雪林．多吉頗章內，並組織了以甘丹池巴波米．強巴洛追爲首的幾名西藏佛教界的高僧大德，專門舉行了主尊金剛大威德十三尊護法神作爲意念的主尊佛密宗佛事活動。高僧大德們親自查證金瓶內有無簽牌，確認金瓶內有三根等高的空白象牙簽牌後，放進特爲供奉金瓶所設的佛龕中，用封條封住佛龕，反覆誦念，虔心祈禱，祈盼十世班禪轉世靈童早日認定。

（四）供奉金瓶

二十九日凌晨二時，一位高僧鄭重地走到供奉金瓶的佛龕前，開啓封條，雙手捧出供奉多日的金瓶。高僧大德們又圍繞金瓶，齊聲念誦金瓶經。誦畢，將金瓶裝入特殊的盒子，從雪林．多吉頗章迎請到大昭寺。迎候大昭寺門前的喇嘛儀仗隊，將金瓶迎入寺內，親手交給札什倫布寺民管會主任喇嘛次仁。喇嘛次仁虔誠地用雙手把金瓶捧放在釋迦牟尼佛像前，繼續供奉直至儀式正式開始。

（五）驗簽

隨後，工作人員將瓶蓋揭開，取出簽牌。將事先用藏漢文書寫好的候選男童名字貼在簽牌上，置於托盤內。

江村羅布宣布：「現在驗核候選靈童名簽。」於是工作人員手捧托盤，從國務院代表、國務院特派專員開始，依次請自治區領導、高僧活佛、三名候選男童的父母及在場僧俗代表察看，大家一致認爲名簽準確無誤。

驗畢，江村羅布宣布：「請國務院特派專員、國務院宗教事務局局長葉小文最後驗核並密封名簽。」

工作人員再次手捧托盤呈至葉小文面前。葉小文又一次將簽牌逐一驗核，爾後一一裝進黃綢布袋後密封，當即向江村羅布報告：「名簽書寫正確，密封完畢。」

（六）入簽祈禱

隨後，江村羅布宣布：「現在請札什倫布寺民主管理委員會主任、尋訪領導小組負責人喇嘛·次仁將名簽投入金瓶內。」

七十六歲高齡的喇嘛·次仁出台，向釋迦牟尼佛像恭敬叩頭禮拜，隨後揭開金瓶頸套，取出簽筒，左手握簽筒，右手將名簽投人筒內，蓋上瓶蓋，搖動數次，然後套上瓶頸套，連簽筒一起放入瓶腹，對好卡口，蓋上瓶蓋，回到原座。

隨即，江村羅布宣布：「將金瓶捧至釋迦牟尼佛像前供奉，祈禱。」

兩名護衛喇嘛恭敬地將金瓶捧至釋迦牟尼佛像前供奉，此時，由一百多名高僧組成的喇嘛誦經組齊聲念誦《金瓶經》、《上師貢》，歷時二十分鐘。此時此刻，在場的高僧大德們也情不自禁地隨之唱和起來。

（七）金瓶掣簽

誦經畢，江村羅布宣布：「現在請中國佛教協會西藏分會會長、靈童尋訪領導小組成員波米·強巴洛追掣簽。」

兩名護衛喇嘛又將釋迦牟尼佛像前的金瓶捧置於平台中央的案桌之上。無數雙眼睛聚焦在波米·強巴洛追身上。

今年七十七歲，精通五部大倫的代理甘丹池巴波米·強巴洛追此時的心情格外激動。掣簽的擔子有多重，他心裡十分明白。他穩了一下情緒，走上台來。向佛祖及金瓶叩頭後，走到金瓶前，默默祈禱。略等誦經段落內容相合後，揭下金瓶蓋子，用手撥轉名簽，突然毫不遲疑地掣出一簽，呈交江村羅布後歸座。

（八）宣布中簽靈童姓名

江村羅布接過名簽，取下綢袋，激動而大聲地宣布：「嘉黎縣堅贊諾布簽！」並高舉簽牌向眾人展示。這時眾人齊聲高呼「拉加羅」（藏語「神斷」勝利之意），並向空中拋撒象徵吉祥圓滿的青稞粒和瞻匐花（宗教儀式中專用的白色花瓣），以示慶賀。

（九）驗視餘簽、再次宣布中簽靈童姓名

江村羅布將名簽交給自治區副主席拉巴平措，拉巴平措將名簽逐一呈羅幹、葉小文、自治區領導、高僧活佛、中簽男童父母以及在場僧眾察看。眾人看畢，將名簽插在青稞供器上，置於金瓶旁。

江村羅布接著宣布：「現在驗視餘簽。」

札什倫布寺民管會副主任平拉將金瓶中兩支餘簽，取出綢袋，讓國務院代表、國務院特派專員、自治區領導、高僧活佛察看，再交未中簽兩名男童父母察看。平拉報告：「餘簽驗核無誤！」並去掉簽牌上的名字，放於托盤內，回原座。

江村羅布宣布「餘簽驗核完畢」後，再次鄭重地說：「現在我宣布——嘉黎縣，父索朗扎巴，母桑吉卓瑪於公元一九九〇年二月十三日（藏曆第十七繞迴土蛇年十二月十九日）所生男童堅贊諾布中簽，待報請國務院批准後，繼任第十一世班禪額爾德尼。」

（十）致謝、儀式結束

在場人員群情振奮，再度歡呼「拉加羅」，並向空中拋撒青稞粒和瞻匐花。與此同時，札什倫布的喇嘛們將堅贊諾布迎請到釋迦牟尼佛像前，向佛祖叩頭謝恩，敬獻哈達。

堅贊諾布的父母滿含激動的淚花，也向釋迦牟尼佛像及金瓶叩頭，獻哈達，並向國務院代表、國務院特派專員、自治區領導及區內外高僧大德敬獻哈達致謝。護瓶喇嘛又將金瓶和中簽名牌一并供奉在釋迦牟尼佛像前。

金瓶掣簽儀式至此圓滿結束。

（十一）剃度儀軌

緊接著，江村羅布宣布：「第十世班禪額爾德尼轉世靈童剃度儀式開始！」話音剛落，在場人們的目光齊刷刷地向釋迦牟尼佛殿的樓梯口方向望去。不一會兒，但見兩位近侍喇嘛挽手爲轎，抬著穿戴黃色衣帽的堅贊諾布，緊隨札什倫布寺民管會名譽主任生欽・洛桑堅贊，走下樓梯，穿過人群，來到釋迦牟尼佛像前朝拜，並敬獻哈達，繞佛祖像一周。

札什倫布寺民管會主任喇嘛・次仁向靈童的經師波米・強巴洛追獻哈達，並請他到台上爲靈童剃度取法名。

靈童和強巴洛追互獻哈達，面朝釋迦牟尼而坐。強巴洛追正對著靈童，並爲他剪去三綹頭髮。同時爲其取法名爲「吉尊・洛桑強巴倫珠確吉杰布・白桑布」，意即聖主・智者仁愛天成法王・精華。

隨後，札什倫布寺民管會的人員手捧一盆盆齋飯，由活佛加持過的青稞，瞻匐花向僧眾散發，並向參加金瓶掣簽、剃度儀式的國務院代表和特派專員，自治區領導，各位高僧大德獻哈達、卓瑪哲斯（米中摻合人參果而煮成的齋飯），向大家深表謝意。

六時整，江村羅布宣布「第十世班禪額爾德尼轉世靈童金瓶掣簽和剃度儀式圓滿完成！」

冊立與坐床大典

一九九五年十一年二十九日下午四時，拉薩雪林．多吉頗章內，第十一世班禪額爾德尼的冊立典禮準時舉行。典禮由西藏自治區主席江村羅布主持。

在熱烈的掌聲中，江村羅布宣布冊立第十一世班禪額爾德尼典禮正式開始。典禮洋溢著莊嚴、隆重、熱烈的氣氛⋯⋯

十二月八日，十一世班禪額爾德尼的坐床典禮儀式，將嚴格按歷史定制和宗教儀軌舉行。

札什倫布寺拉讓「益格曲增」殿（意爲歡樂持教之處）──歷代班禪坐床典禮的神聖殿堂，今天顯得格外的莊嚴。專程前來主持和照護班禪坐床的中共國務委員李鐵映也早於十二月六日抵達日喀則。

上午七時五十分，李鐵映準時來到舉行坐床儀式的「堅贊彤波」二樓迴廊，以左僧右俗的順序迎接李鐵映一行的西藏自治區部分黨政領導和高僧早已恭候在這裡。十一世班禪額爾德尼．確吉杰布和中央代表互獻哈達，在嗩吶悠揚的鳴奏聲中，李鐵映攜著小活佛，並肩進入益格曲增殿。隨後，中國佛教協會副會長帕巴拉．格列郎杰、西藏自治區書記陳奎元、西藏自治區主席江村羅布、宗教事務局局長葉小文等按順序進入「益格曲增」殿堂內。

坐床儀式由江村羅布主持。

江村羅布宣布坐床儀式正式開始的話音剛落，益格曲增大殿內頓時響起由八位佛學精深的喇嘛按宗教儀軌誦經祈禱的渾厚洪亮的嗓音。誦經三遍後，李鐵映代表宣讀了〈關於舉行第十一世班禪額爾德尼坐床典禮的請示〉的批覆。

誦經祈禱聲復起。李鐵映走近班禪寶座，近侍喇嘛把小活佛輕輕抱起，李鐵映順勢一扶，小活佛便穩穩地坐在歷輩班禪那殊勝的檀香木法床上了。李鐵映隨後在殿堂正面的一個座位上坐下，與十一世班禪相向而對。

上午九時，典禮移到四樓的日光殿舉行。在這裡，十一世班彈額爾德尼・確吉杰布將與他的前輩們一樣接受中央政府頒贈的金冊金印。

日光殿裡洋溢著吉祥的氣氛。在其正面的牆上，懸掛著十世班禪大師像。像的正下方，並排設了兩個座位。李鐵映在右、班禪在左分別就座。其他人員各自就座。

主持人江村羅布宣布：「第十一世班禪額爾德尼坐床典禮現在開始！」掌聲響徹日光大殿。

李鐵映首先宣讀金冊鐫文。

李鐵映將金冊授予十一世班禪。小班禪在喇嘛・次仁的協助下，雙手奉接金冊，置於桌案一旁。

接下來的是金印。光閃閃、沉甸甸的金印上鐫有「班禪額爾德尼之印」八字的漢藏文印文。李鐵映手捧金印，向在場僧俗展示片刻，然後將金印親手交到班禪手中。

時針已悄然指向十時四十分，隨著江村羅布的鄭重宣告聲，第十一世班禪額爾德尼坐床典禮圓滿結束了。

十一時許，確吉杰布身著黃色綢緞衣帽在高僧大德的簇擁下，穩步走進多佳大院，登上早已陳設在那裡的法座上。慶祝典禮由札什倫布寺民管會名譽主任生欽・洛桑堅贊主持。

五名札什倫布寺的高僧獻上身語意殊勝曼扎，同時用特殊的音調祈禱念誦，稱贊無量光佛化身的歷輩班禪，德高行深，學問通達，於佛院聖教功德無量。

在場的僧衆用最貴重的禮品向十一世班禪獻禮以表達他們的敬仰之情，十一世班禪始終微笑著，一一接受禮品，並認眞地爲每一個人摸頂賜福。

與此同時，辯經活動也在進行，啪啪的擊掌聲和著精妙的對答傳遍了整個大院；舞蹈隊則表演了精彩的宮廷樂舞，吉祥的日子裡最受歡迎的是歡樂的曲子，歌聲抒發了他們無比激動的心情。

＊＊＊

①張雲等著《從靈童到領袖》海南出版社，一九九六年九月，第二四〇頁。

附錄：主要參考書目

1.《六世班禪洛桑巴丹益希傳》，西藏人民出版社，許得存、卓永強譯。
2.《章嘉國師若必多吉傳》，民族出版社，陳慶英、馬連龍譯。
3.《西藏文史資料選輯》，西藏自治區政協文史資料委員會編。
4.《藏事論文選》上、下，西藏人民出版社。
5.《十三世達賴喇嘛傳》，西藏社會科學院西藏學漢文文獻編輯室編印，〔英〕查爾斯·貝爾著，馮其友、何盛秋、劉仁杰、尹建新、段稚荃、莫兆鵬合譯，葛冠宇校。
6.《班禪額爾德尼傳》，西藏人民出版社，牙含章編著。
7.《中國藏傳佛教名僧錄》，甘肅民族出版社，唐景福著。
8.《安多政教史》，甘肅民族出版社。
9.《達賴喇嘛傳》，人民出版社出版，牙含章編著。

10.《倉央嘉措情歌及秘傳》，莊昌譯，民族出版社出版。
11.《西藏奇遇》西藏人民出版社，〔德〕海因利希．哈雷著，袁士樸譯。
12.《拉薩聞見記》，商務印書館，朱少逸著。
13.《七世達賴喇嘛傳》，西藏人民出版社，蒲文成譯。
14.《十三世達賴喇嘛圓寂致祭和十四世達賴喇嘛轉世坐床檔案選編》，中國藏學出版社出版，中國藏學研究中心，中國第二歷史檔案館合編，主編李鵬年、萬仁元。副主編，劉慕燕。編輯殷華。
15.《論西藏的政教合一制度》，中國社會科學院民族研究所民族研究室，東嘎．洛桑赤列著，郭冠忠、王玉平譯。
16.《藏族神靈論》，中國社會科學出版社，丹珠昂奔著。
17.《西藏佛教發展史略》，中國社會科學出版社，王森著。
18.《西藏和蒙古的宗教》，天津古籍出版社，〔義〕圖齊、〔西德〕海西希著，耿升譯，王堯校。
19.《佛教密宗儀禮窺密》，大連出版社，李冀誠著。
20.《國外藏學研究論文資料選編》，中國社會科學院民族研究所，《民族譯叢》編輯部編印。
21.《瑪爾巴譯師傳》西藏人民出版社，查同結布著。

22.《國外藏學研究譯文集》，西藏人民出版社。
23.《青史》，西藏人民出版社，郭和卿譯。
24.《西藏的文明》，西藏社會科學院西藏學漢文文獻編輯室編印，〔法〕P．A．石泰安著，耿升譯，王堯校。
25.《迷人的西藏》，上海百家出版社，周煒著。
26.《土觀宗派源流》，土觀．羅桑卻吉尼瑪著。
27.《藏學研究叢刊》第一集，西藏人民出版社。
28.《西藏》，〔日本〕山口瑞鳳著。
29.《西藏研究》。
30.《古代　史研究》，〔日本〕佐藤長著。
31.《第三世嘉木樣傳》（藏文）勘布．阿旺土登嘉措著，中國藏學出版社。
32.《格魯派教法史——黃琉璃寶鑑》，第司．桑結嘉措著，中國藏學出版社。
33.《九世班禪圓寂致祭和十世班禪轉世坐床檔案匯編》，中國第二歷史檔案館，中國藏學研究中心合編，中國藏學出版社。
34.《寧瑪派簡史》（藏文），索朗頓珠著，民族出版社。
35.《五世達賴傳》（上、中、下，藏文），西藏人民出版社
36.《六世達賴傳》（藏文），西藏人民出版社。

37.《七世達賴傳》（藏文），西藏人民出版社。
38.《四世班禪傳》（藏文），西藏人民出版社。
39.《拉卜楞寺志》（藏文），阿旺班智達著，甘肅民族出版社。
40.《第二世嘉木樣傳》（藏文），貢唐·貢卻丹白卓美著，甘肅民族出版社。
41.《章嘉若白多杰傳》（藏文），土觀洛桑卻吉尼瑪著，甘肅民族出版社。
42.《十三世達賴喇嘛傳》（藏文），西藏人民出版社。
43.《雪域文化》。
44.《中國西藏》。
45.《西藏民族宗教》。
46.《中國藏學》。

國家圖書館出版品預行編目資料

活佛轉世與神秘西藏／周煒著. --第一版. --
臺北市：臺灣先智, 2001〔民90〕
面； 公分. --（東方WISDON）
參考書目：面
ISBN 957-0482-36-2（平裝）

1. 藏傳佛教

226.96 89019701

東方WISDOM－活佛轉世與神秘西藏

著　　者／周　煒
負 責 人／陳孟宗
發 行 人／陳堯宗
出 版 者／台灣先智出版事業股份有限公司
地　　址／台北市仁愛路四段314號2樓之1（仁愛雙星大廈）
電話：（02）2700-5535（代表號）
傳真：（02）2754-2342
郵政帳號：17473286

副總編輯／洪淑美
文字校對／劉于華
出版登記證／局版臺業字第5961號

總 經 銷／旭昇圖書有限公司
台北縣中和市中山路二段352號2樓
電話：（02）2245-1480（代表號）
傳真：（02）2245-1479

電腦排版／極翔電腦排版企業有限公司
製版印刷／宇慶彩色印刷股份有限公司
裝　　幀／源太裝訂實業有限公司
定　　價／新台幣360元

2001年2月　第一版第一刷

本書經光明日報出版社正式授權
Printed in Taiwan

ISBN 957-0482-36-2

東方 Wisdom 系列

定價230元

讀《水滸》掌握方法

魏春健．李文庠◆等編著

水滸傳一百零八位好漢的故事，廣為流傳數百年，古代評論家曾言：不讀水滸，不知天下之奇。水滸中的奇謀，不但令人拍案叫絕，更能給人以智慧的啓迪。本書通過30多個「水滸」故事，諸如七雄智取生辰綱、吳用智激林沖、小李廣梁山射雁、宋江大破連環馬、楊志賣刀遇牛二、聽詔書吳用識詐……，告訴我們求異的方法、自荐的方法、運籌的方法、表達的方法、說話的方法等，正確掌握思維方法和工作方法，跨出成功人生的第一步。

定價230元

讀《西遊》善待挫折

王錦◆編著

西遊記中的各種妖魔鬼怪，唐僧師徒取經途中遇到的九九八十一難，其實都是現實社會世態人情的一種折射。人生路和取經途一樣，逆境和挫折普遍存在。本書通過30多個「西遊」故事，諸如孫悟空如何屢扑屢起、如何變「不可能」為「可能」、唐玄奘如何脫胎換骨、豬八戒如何搬弄是非、沙和尚如何合力排難……，告訴我們何為挫折，挫折是如何形成的，怎樣對待挫折，以及如何戰勝困境的思維、方法和途徑。語言幽默，令人忍俊不禁；有理有情，讓您回味無窮，實為一部涉世克難的佳作。

台灣先智出版公司
台北市仁愛路四段314號2樓之1（仁愛雙星大廈）
TEL：02-27005535 FAX：02-27542342
劃撥帳號：17473286

WISDOM 書房

天之鏡(I)(II)

揭開地球與天體間密碼　尋找失落的高度古文明

《上帝的指紋》作者漢卡克最新力作
再度讓你大開眼界
百萬張照片中精選300幅珍奇寫眞
首度發表
全書彩色100磅特級紙張高質印刷

漢卡克古文明探索系列

全球狂銷500萬册，27種語言風靡發行

國際知名探險家葛瑞姆．漢卡克繼全球暢銷書《上帝的指紋》之後，再度踏上古文明遺址驚異之旅，帶領我們從古埃及的神秘金字塔至復活節島魔幻的巨石雕像，再從美洲前哥倫布時期的謎樣廢墟至古高棉吳哥窟不可思議的古寺遺址，尋找地球表面與天體宇宙間的詭奇對應密碼，迫使我們重新思索人類文明起源的整體概念...一個未知高等的文明曾經在遠古洪荒造訪而後消失？

天之鏡1
中南美洲與埃及密境探奇

周健．高志仁．劉世平／譯
中國文化大學史學系副敎授
周健／審校

經典特價450元

天之鏡2
高棉與復活節島魔幻之旅

周健．劉世平／譯
中國文化大學史學系副敎授
周健／審校

特價380元

WISDOM 書房

月的魔力

懸浮在夜空中的催情之星

都是月亮惹的禍，她不應該離地球
這麼近，讓人類心智爲之瘋狂
——莎士比亞

當月亮運轉越來越靠近地球時，月亮的拉力使地球宛如橡皮球，海水高漲，人體內的水位逐步上升決堤，驚駭的事開始發生…海洋魚類成群冒出水面，牡蠣張開平日緊閉的雙殼，掠食動物變得亢奮，開膛手傑克、波士頓絞首魔選在月圓之夜出柙，很多人莫名的爬上舊金山金門大橋往下跳，行經百慕達三角洲的船隻突然消失，女性的生理週期隨著月亮起舞…

醫學博士亞諾．L．李柏＆
傑洛英．艾傑／著
劉世平 譯

定價230元

WISDOM 漫畫館

漫畫論語

強檔新書．勁爆推荐

繼搶手暢銷書《漫畫易經》後
再度掀起另一波讀古熱潮

論語變漫畫
不亦哈哈乎
從此讀論語
不再昏昏欲睡

森哲朗／編著
吳雅清／校潤

定價450元
特價360元

人類文化萌生時最精粹的思想紀錄
現代人學習如何治學、做人、做事、管理、領導的人生智典與心靈良方

台灣先智出版公司
台北市仁愛路四段314號2樓之1
（仁愛雙星大廈）
TEL：02-27005535（代表號）
FAX：02-27542342
劃撥帳號：17473286
（戶名：台灣先智出版公司）
總經銷：旭昇圖書公司